**B&E** 经济学系列

# 投资经济学

李北伟 主编 于旭 董碧松 副主编

Invest Economics

清华大学出版社

北 京

## 内 容 简 介

本书在总结我国投资的相关经验和吸收国际成熟理论的基础上，全面系统地介绍了投资的理论、方法及其应用。全书共 12 章，包括投资概述，投资与宏观经济，投资环境的建设与评价，融资的渠道与模式，政府投资，建设项目投资，房地产投资，企业扩张、并购与重组，个人理财，国际投资，风险管理与投资战略，投资价值与效益评价。

本书结构完整，内容丰富、尤其是融入了资本市场的有关理论与方法，使本书更具新颖性。本书较全面地论述了投资经济的方法，既具有理论性又具有系统性，同时又具有很强的可操作性，可以作为高等院校经济管理类、金融类相关专业的教材，也可供金融投资人员、投资设计研究人员、经济管理人员使用。

**图书在版编目（CIP）数据**

投资经济学/李北伟主编；于旭，董碧松副主编．--北京：清华大学出版社，2009.12
（B&E 经济学系列）
ISBN 978-7-302-21582-0

Ⅰ．①投…　Ⅱ．①李…②于…③董…　Ⅲ．①投资经济学　Ⅳ．①F830.59

中国版本图书馆 CIP 数据核字（2009）第 224769 号

责任编辑：高晓蔚
责任印制：何　芊

| | | | |
|---|---|---|---|
| 出版发行：清华大学出版社 | | 地　　　址：北京清华大学学研大厦 A 座 | |
| http://www.tup.com.cn | | 邮　　　编：100084 | |
| 社　总　机：010-62770175 | | 邮　　　购：010-62786544 | |
| 投稿与读者服务：010-62776969，c-service@tup.tsinghua.edu.cn | | | |
| 质　量　反　馈：010-62772015，zhiliang@tup.tsinghua.edu.cn | | | |

印 刷 者：北京市清华园胶印厂
装 订 者：三河市李旗庄少明装订厂
经　　销：全国新华书店
开　　本：185×230　印　张：24.25　插　页：1　字　数：489 千字
版　　次：2009 年 12 月第 1 版　印　　次：2009 年 12 月第 1 次印刷
印　　数：1~4000
定　　价：39.00 元

# B&E

# 前　言

　　随着我国经济体制改革的深入发展和社会主义市场经济的建立，投资经济学得到了迅速的发展，在经济学领域占有重要的地位。它以理论经济学为指导，考察现代经济社会中投资运动的过程及其规律。

　　改革开放以来，随着投资经济的发展和深化，《投资经济学》教科书编写达到繁荣时期，各经济类高校编写出版了若干版本的教材。这些教材从不同角度对投资经济的理论与方法进行了全面系统的介绍。但是，面对投资经济实践和理论的发展和变化，我们在教学实践中也深深感到原有的教材及其教学内容过于陈旧，大而全的教学内容难以适应经济管理类专业的教学要求。同时，作为经济管理类专业的一门主要课程，应该随着经济改革和理论的发展变化而丰富和充实教学内容，以适应形势发展的需要。根据这一想法，本书着重从内容体系和分析方法等方面进行编写。

　　本书的编写具有以下几方面的特点：

　　第一，理论与方法体系比较完善。本书在兼收并蓄国内外同类著作精华的同时，紧密结合我国投资实践情况，以此来架构比较完善的投资经济学的理论与方法体系。

　　第二，内容新颖。近几年来，投资实践的发展很快，投资理论也随之不断丰富和充实。本着理论联系实际的原则，本书将那些既具有前瞻性又具有指导性的观点、理论以及做法加以整理和吸收。

　　第三，便于教学。从教学的特点出发，本书的每一章除了介绍基本内容之外，还给出了"学习要点""典型案例""本章小结""复习思考题"，以方便教师和学生使用，以期达到更好的教学和学习效果。

本书由李北伟教授主编，于旭、董碧松副教授担任副主编，参与编写的人员有：董微微、姜稀耀、张文平、宋双勇、芦晓伟。

由于编者水平有限，加之时间仓促，本书中的缺点和不足之处在所难免，敬请同仁和广大读者朋友不吝赐教，不胜感激。

李北伟

2009 年 8 月

# 目录

# 第一章
## 投资概述

**本章学习要点**

1. 掌握投资的定义；
2. 了解投资的几种类型及其特点，并认真体会投资的含义；
3. 理解投资运动过程及其阶段并了解投资的作用；
4. 了解投资经济的发展阶段与发展趋势；
5. 了解投资经济学的研究对象和研究方法。

## 第一节 投资的含义

### 一、投资的定义

一般意义上的投资是指投资者将一定的资财（资本资源、资产或财富）投入某项事业，以便未来能获得所期望的价值增值的一种经济活动。它是与商品经济相联系的历史范畴。

投资的概念有金融概念和经济概念之分。所谓投资的金融概念，是从投资者或资本供给者的观点来看，投资是投入现有的资金，以便以利息、股息、租金或退休金等形式取得将来的收入，或者使本金增值。无论投资者是从别人那里买进证券，还是把资金用于新的资产，都没有关系。即在"公开"市场上买进"二手"证券，如股票、债券、抵押契约，或购买为新增资本而发行的证券，作为投资并没有多大区别。从金融的立场出发投资是否用于经济意义上的"生产性"用途，也是无关紧要的。投资在经济意义上的含义则明显不同，它是以新的建筑、新的生产者的耐用设备或者追加存货等形式构成新的生产性的资本。只有当实物资本品的生产通过建造房屋、生产汽车或类似的活动产生时，才有经济学家所说的投资。显然上述经济学上的投资只包括生产性投资，并不包括非生产性投资，只包括物质资本的投资,并不包括人力资本的投资。

## 二、投资运动过程

整个投资活动运动过程包括投资的产生与筹资、投资的分配与使用、投资的回收与增值三个阶段。投资运动过程依次经历上述三个阶段,分别采取货币资金、实物资产或金融资产、货币资金三种表现形式,如图 1-1 所示。

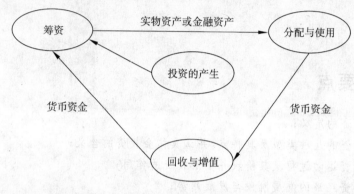

图 1-1　投资运动过程

### (一)投资的产生与筹资

投资产生于生产,生产是投资的源泉。从再生产角度考察,投资资金形成于社会总产品的价值构成。社会总产品的价值构成为 $c+v+m$,其中作为生产资料价值 $c$ 的部分能够以货币形式收回形成投资资金;作为劳动者必要劳动所创造的产品价值 $v$ 的部分也能够以货币形式收回,除满足个人消费需要外,余额部分也可以转化为投资资金;作为生产中创造的剩余产品价值 $m$ 的部分同样能够以货币形式收回,其中一部分可以积累起来转化为投资资金。可见,投资作为再生产过程中的价值垫付,来自生产。没有生产过程就不能形成价值,从而不能产生投资。生产中创造的价值实现后流向各种资金渠道。投资者要进行投资,首先必须从这些渠道把资金吸引并集中到手,这个过程就是筹资。一般来说,社会上有多少投资供应渠道,就有多少筹资途径。就我国情况看,筹资途径主要有财政拨款、银行贷款、民间集资、投资基金、直接融资、自有资金和外资供应等。筹资途径由一定时期的社会生产力水平决定,它反映投资领域中的经济关系。

### (二)投资的分配与使用

筹集到的资金继续运动,进入分配和使用阶段。分配要根据经济发展的需要,在各产业、各部门和各企业之间进行。通过投资分配,协调各种投资比例关系,达到优化投资结构,提高投资效益的目的。

资金分配是为了使用。投资资金的使用是指从投资立项到投资实施结束的全过程。投资资金使用过程遵循先立项论证,再形成决策,最后在具体操作的运行轨道进行。立项论证是对投资项目的可行性研究,目的是使投资决策目标可靠并能顺利实现。实施投资项目,首先把决策目标分解落实到每一个执行单位,各执行单位在明确自己职责范围基础上,接受并执行任务。其次是跟踪检查,通过信息反馈,使决策方案在执行中更加完善。投资资金使用过程要坚持高效率、高质量、低成本的原则,以此争取得到最好的投资效果。

### (三) 投资的回收与增值

这是生产性投资垫付的资金收回并实现增值的过程。生产性投资是社会投资运动的典型形式,它是投资运动的基础。当投入的资金能够全部收回并取得增值,投资运动就会继续进行,并且能够扩大投资。当投入的资金不能全部收回时,投资运动就会受阻,甚至于中断。因此,在整个投资循环运动中,投资的收回与增值具有决定意义。

投资运动过程依次经历上述三个阶段,分别采取货币资金、实物资产或金融资产、货币资金三种表现形式。这种运动不断循环下去,就形成周期性的投资运动。且上述投资运动经历的三个阶段必须紧密衔接、连续进行,形成不断循环的过程。如果运动在第一阶段停留下来,就不能引起投资;如果运动在第二阶段停留下来,就不能创造价值或效益;如果运动在第三阶段停留下来,就不能实现价值或效益,从而不能形成再投资。因此,连续性是投资运动的显著特点。

## 三、投资的作用

投资的作用表现在投资对经济增长的推动上。投资与经济增长关系非常紧密,在经济理论界,西方和我国有一个类似的观点,即认为经济增长情况主要是由投资决定的,投资是经济增长的基本推动力,是经济增长的必要前提。投资对经济增长的影响,可以从要素投入和资源配置来分析。

从要素投入角度看,投资对经济增长的影响表现在投资供给对经济增长的推动作用和投资需求对经济增长的拉动作用两个方面。所谓投资供给是指交付使用的生产经营资产。这种投资供给,不论数量多少,都是向社会再生产过程注入新的生产要素,增加生产资料供给,为扩大再生产提供物质条件,是促进经济发展的重要要素,是马克思所说的扩大再生产的源泉。另一方面,投资需求对经济增长具有拉动作用。投资需求是指投资活动所引起的社会需求。凯恩斯在分析投资需求对经济增长的影响时提出了著名的投资乘数理论,其中心思想是增加一笔投资会带来数倍于这笔投资额的国民收入。投资乘数理论表明,投资需求对经济增长的影响非常大,其中可控程度也较高。

再从资源配置角度来分析投资对经济增长的影响。资源配置最终影响经济结构,而合理的经济结构是经济发展的条件。经济结构通过生产流通流程、生产资料和劳动力利用、技术进步和提高经济效果来影响经济发展，而投资是影响经济结构的决定因素。所以，归根到底还是投资促进了经济的增长和平衡发展，具体表现为以下几方面。

**（一）促进国民经济增长**

投资能够形成和改变社会再生产的物质技术水平，创造市场的需求和供给；能够增加生产要素、提高技术水平，实现扩大再生产，增加国民收入；投资具有乘数效应，即投资的增加会带来数倍于投资增加额的国民收入增加额。因此，投资是经济增长的基本因素，经济增长就是合理进行投资、不断提高投资效率的结果。实践证明，任何一个国家的发展，首先要提高经济增长率，而提高经济增长率就必须进行投资。没有投资，经济则难以启动，无法发展。在改革开放中，我国通过投资体制改革，建立了一整套科学的投资管理体系，拓宽了投资途径，提高了投资经济效益，极大地促进了国民经济增长。可见，投资是经济增长的巨大推动力，对经济增长有极大的促进作用。

**（二）调整社会供需总量平衡**

国民经济持续、稳定、协调发展，最重要的是求得社会总供给与总需求平衡。但是，在现实生活中，国民经济总是在平衡与不平衡的矛盾运动中发展，不平衡是绝对的，平衡是相对的。因此，要不断通过投资调整供求关系，实现相对平衡。投资是需求，但又能转化为供给。一方面，在投资的实现过程中，通过投入引起对生产资料和消费资料的大量需求，从而使国民经济需求总量增加，这就是投资的需求效应；另一方面，有需求就有供给，通过直接投资能够生产出各种产品，从而使国民经济供给总量增加，这就是投资的供给效应。这两个效应直接影响国民经济总需求和总供给的平衡。如果人们过于追求增加供给而投资，忽视投资产生的需求效应，就会带来社会总需求和总供给的比例失衡，甚至于破坏国民经济正常发展。因此，在市场经济条件下，要善于运用投资调控手段，注意投资两个效应的作用，特别是要调节好投资的流量和流向、规模和结构，只有这样才能保证国民经济持续、稳定、协调地向前发展。

**（三）保证社会协调与可持续发展**

社会生产的目的是最大限度地满足人民日益增长的物质文化需要。实现这一目的不仅要创造物质财富，而且要创造精神财富，两种财富都离不开投资活动。一方面要进行生产性投资，通过对各种物质部门的投入促进生产力水平提高，从而不断生产出更多、更好的物质产品，满足人们各种物质需要；另一方面要进行非生产性投资，通过对非物质生产部门的投入，改善人们的生活环境和生活质量，美化人们的生活，满足人们精神生活的需要。可见，投资对于保证社会协调与可持续发展是多么重要。

### （四）促进国际经济发展

投资作为一项重要的经济活动,不断开拓自己的领域和市场。在现代经济全球化条件下,投资已冲出狭隘的国内界限,走向国际,在各国之间形成纵横交错的投资经济关系。这种国际化的投资活动,一方面能够填补各国投资不足,缓解失业压力,推动各国经济发展;另一方面密切国际协作,促进科学技术的国际交流和推广,使生产力能够在全球范围内合理配置,极大地推动社会生产力向前发展。

# 第二节　投资的分类与特点

## 一、投资的分类

随着社会经济生活的日益复杂化,投资活动也呈多样化趋势。从不同的角度看,投资可以分为不同的类型,如图 1-2 所示。

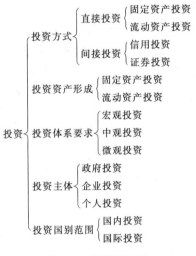

图 1-2　投资的分类

### （一）直接投资和间接投资

按照投资方式不同,投资可分为直接投资和间接投资。

直接投资是指投资主体将资金直接用于建造和购置固定资产和流动资产的行为或过程。因此,直接投资又可分为固定资产投资和流动资产投资。间接投资是指投资主体为了获得预期的效益,将资金转换为金融资产的行为或过程,它包括信用投资和证券投资两大类。信用投资包括信贷投资和信托投资。将资金贷给直接投资者,并从直接投资者那里以利息形式分享投资效益的,称为信贷投资。将资金委托银行的信托部门或信托投资公司代为投资,并以信托受益形式分享投资效益的称为信托投资。

证券投资是指投资者通过购买证券,让渡资金使用权给证券发行者进行直接投资,并以债息、股息、红利的形式与直接投资者分享投资效益,它包括股票投资和债券投资。需要说明的是,通常证券投资是指购买股票、债券、投资基金等的行为,它既包括一级市场的购买也包括二级市场的购买。

间接投资与直接投资是投资的两种最基本的形式。间接投资者将货币或能以货币衡量的物品转换为借据、信托受益权证书、债券、股票等金融资产,它不形成实物资产。但这并不意味着间接投资对增加社会实物资产无足轻重、可有可无。正如马克思所说:"假如必须等待积累去使某些单个资本增长到能够修建铁路的程度,那么恐怕直到今天世界上还没有铁路。但是,集中通过股份公司转瞬之间就把这件事完成了。"间接投资的意义在于广泛积聚社会资金,对扩大直接投资规模、引导直接投资流向、提高直接投资效益都会产生积极的影响。

### (二)固定资产投资和流动资产投资

按照投资资产形成的不同,投资可分为固定资产投资和流动资产投资。

固定资产是指在社会再生产过程中,可以长期反复使用,且在使用过程中保持其原有实物形态基本不变,但其价值会逐步转移的劳动资料和其他物质资料,比如房屋、建筑物、机器设备、运输工具等。固定资产投资是指将资金用于购置、建设固定资产的行为。固定资产投资对于社会、国家以及人们的生活水平和质量的提高有着重要的意义。

流动资产投资是指投资主体为启动投资项目而购置或垫支流动资产的行为和过程。流动资产按其内容可分为储备资金、生产资金、产成品资金和货币资金。任何一项固定资产投资建成投产后都需要配备一定量的流动资产,否则就无法正常运转。流动资产投资与固定资产投资是构成直接投资的密不可分的两个部分,是直接投资所不可缺少的。而且,两者之间应有一个合理的比例,比例多大,不同类型、不同规模的项目是不同的。一般而言,资金密集型企业、技术密集型企业流动资产的投资比例小,劳动密集型企业流动资产投资比例大。此外也与经营管理水平高低有关,管理水平越高,流动资产投资占全部投资的比重就越低,反之就越高。

由于流动资产投资的对象与企业日常生产经营中流动资产的投放对象相一致,所以很容易被混淆,但两者的性质不同,前者属于投资资金,后者属于经营资金,因此两者既相同又不同。相同的是,两者是由投资主体投入并在企业内不断循环、周转的同一笔资金。不同的是,流动资产投资一旦进入企业,就一直被企业所占用,只有到企业停止生产经营时才能收回,完成一次循环,因而循环周期很长;而生产经营中流动资产循环的周期与产品生产周期相同。首先,经营者以货币资金购置原材料、燃料等流动资产,形成生产储备,另一部分货币资金用于预付劳动者工资。然后,流动资产进入生产过程,在这个过程中,原材料、燃料等劳动对象物质形态发生变化,价值一次性转移到产品中去,劳动者通过劳动也将新创造的价值追加到产品中去,而劳动资料则只是将其磨损部分的价值转移到产品中去。最后,通过产品销售,价值得以实现,流动资产又恢复到起始形态——货币资金的形态,生产经营性流动资产一个循环遂告完成,进入下一次循环,如此周而复始,直至企业停止生产经营。可见流动资产投资的一次循环包含了许多次生产经营性流动资产的循环。

**（三）宏观投资、中观投资和微观投资**

按照投资体系要求,投资可划分为宏观投资、中观投资和微观投资。

宏观投资是指国家在一定时期内对整个国民经济的投资。它属于战略性投资,直接关系到整个国民经济能否协调稳定增长和社会再生产活动能否顺利实现。

中观投资是指各地区、各部门在一定时期内对本地区、本部门的投资。它直接关系到地区、部门内的经济发展水平、发展速度和效益高低。中观投资接受宏观投资的指导,是实现宏观决策的保证,同时也是连接宏观投资和微观投资的桥梁和纽带。

微观投资是指作为社会基本经济单位的企业和事业单位的投资。它属于战术性投资,不仅关系到微观单位本身的存在和发展,而且是中观投资和宏观投资得以实现的基础。

**（四）政府投资、企业投资和个人投资**

按照投资主体不同,投资可划分为政府投资、企业投资和个人投资。

政府投资是指中央政府和地方政府为达到一定目的而进行的投资。中央政府投资包括国家经济发展、社会发展和国防建设等方面的投资。地方政府投资主要包括地方经济发展、地方建设和地方社会事业等方面的投资。

企业投资是指工商、贸易、金融、建筑和运输等具有法人地位的诸经营单位的投资。企业投资是整个社会投资的基础,它不仅能促进企业自身的发展,而且也能促进国民经济的发展。

个人投资指城市居民、农民个人和个体企业的投资。个人投资有利于吸收社会闲散资金,补充政府投资和企业投资,有利于繁荣国民经济。

**（五）国内投资和国际投资**

按照投资国别境界范围,投资可划分为国内投资和国际投资。

国内投资是指投资主体在本国范围内的各种投资。这种投资完全是在国内同一环境范围进行,投资的目的主要是促进国内经济发展。

国际投资是投资主体跨越国界所进行的境外投资。国际投资是在差异性和复杂性的投资环境中进行。投资的目的具有多样性,例如有的在于使资本保值增值,有的在于改善两国双边经济关系,有的则抱有政治目的等。相比国内投资,国际投资具有制约性强、风险性大等特点。

## 二、投资的特点

投资活动主要有八大特点:投资领域的广泛性、投资活动的复杂性、投资资金的垫付性、投资周期的长期性、投资活动的连续性、投资活动的波动性、投资效应的双重性、投资收益的风险性。

### (一)投资领域的广泛性

投资活动是国民经济最重要的经济活动,投资领域涉及面广,投资活动从宏观到微观,从国内到国外,覆盖着整个社会,涉及诸多领域,包括产业、部门、行业、企业和各种项目的投资等。因此,涉及工业、农业、商业、交通运输业、金融业、贸易和服务业、房地产业、高新技术业、通信业以及各种有关的配套投资等等。

随着生产现代化程度的提高,社会分工更加精细,新的投资领域不断涌现,使投资活动在更加广阔的领域中发挥作用。投资以其自身特殊的开拓功能推动着国民经济的发展,同时国民经济的发展又使投资领域不断地拓宽。

### (二)投资活动的复杂性

首先,投资活动受到许多因素的制约和影响。例如人、财、物、技术、信息、时间和空间等等。这些因素对于投资总体活动来说都不是各自孤立存在的,而是以一定的结构和方式相互联系、相互制约和相互作用,构成复杂的经济关系。因此,投资活动是一项巨大的系统工程,其筹划和操作过程十分复杂。

其次,投资活动是一项社会经济活动,它不能孤立存在,它涉及的范围甚广,投入的领域繁多。因此,投资经济关系十分复杂,只有协调和处理好各种投资经济关系,才能使整个投资活动在正常轨道运行,从而取得好的投资经济效益。

最后,投资活动总是在一定利益的驱动下进行。各投资主体之所以垫付货币或其他资源,都是为了获得一定的经济利益。例如,宏观投资主要追求全局利益的实现,微观投资主要追求局部利益的实现。两种利益关系既相互对立,又相互统一,处在复杂的矛盾运动之中。因此,投资活动体现着多种复杂的经济利益关系。

### (三)投资资金的垫付性

与一般的经济活动不同,从表象看,投资活动是一种垫付性的活动,即投资者先将资金和可折合成一定价值的实物资产和无形资产垫付在投资客体上(即形成某项资产),然后凭借形成的资产取得预期效益。投资垫付性的特点意味着原先的资金和资产必须转变为另一种新的资产,或新资产的一个组成部分。换言之,不具备一定的资金和资产是无法成为投资者的。由于投资活动的垫付性特点,在投资过程中,只有投入,没有产出,因此,投资规模的大小必须与投资者的可垫付量相一致,超越可垫付量的投资规模,会使投资者陷入困境。

投资活动的垫付性从宏观层面上看,要求投资规模必须与国力相适应,超越国力(即超越可垫付量)的投资规模不仅会损害社会的供求平衡,而且还会损害投资活动本身,使投资活动难以顺利运行。投资活动的垫付性还要求,投资结构与可垫付的结构也要均衡,否则会引起经济结构的失衡。投资的垫付性对微观投资的要求是:必须量力而行,在投资中必须筹措到足够的资金;同时,还必须考虑时间上的可承受性,如果投资需要两年,这两年中将只有垫付,没有产出,投资者是否可承受。

### (四)投资周期的长期性

任何一项经济活动都需要花费一定的时间,有的长些,有的短些,有的甚至瞬间就能完成。比如购物活动,一手交钱一手交货,所需时间极短。一般的工业生产所需时间也不太长,往往是这边原材料投入,那边产成品即可出来。但投资活动则不同,由于投资项目造型庞大、地点固定,且具有不可分割性,使得投资周期较长。如我国大中型项目,仅建设周期就达 3.5 年。投资周期由投资决策期、投资实施期(即建设期)和投资回收期三个阶段构成。一般而言,在投资决策期,应对投资进行充分审慎的研究论证,做好建设的各项准备工作。实践证明,决策工作做得越细、越认真,投资成功的可能性就越大。因此,投资决策期务必给予时间上的保障,应避免仓促拍板上马。在建设期,则应在保证质量的前提下,力争缩短时间,加快建设进度,使项目早竣工、早投产。缩短投资回收期,意味着可早日收回投资,理应想方设法予以缩短。

当然,具体每项投资的周期是不同的,这与项目的大小、复杂程度、技术水平有很大的关系。投资者在进行投资前,一定要对自己所投资项目的投资周期有相当准确的判断,根据自身的情况,决定项目的取舍。在正式开始投资后,应尽可能缩短建设周期,争取早日竣工投产。缩短投资周期,最主要的是缩短投资回收期,而投资回收期与产品价格走向,产品的质量、性能,生产成本,营销有直接的关系,这就要求在投资过程中必须兼顾到以后的生产经营情况,以服从生产经营为中心,确保顺利实现投资回收。

### (五)投资活动的连续性

投资活动是一个不间断的连续运动过程。一方面,投资活动的连续性是由投资目的决定的,投资为获得收益,而获得收益不能一步到位,需经过投资资金的形成、筹集、分配、使用和回收等全过程才能实现;另一方面,投资活动的连续性是社会化大生产的要求。社会化大生产使投资领域各部门、各单位、各环节的联系密切,如果某一方面出现问题,就会波及其他方面,造成连锁反应,给整个投资运动带来困难和障碍。因此,投资活动只有连续进行才能使社会再生产顺利实现。

## （六）投资活动的波动性

投资活动具有平缓—高峰—平缓的周期性波动的特点。这种波动性由投资的固有性质决定。在投资过程中，存在着投资本身支出多少的问题。一般来说，投资的实施准备阶段支出不大，属于平缓期。进入实施阶段后，投资支出逐渐增大，当投资所需的各种要素全部到齐、到位时，投资支出达到高峰，这时，就不需要再支出，于是投资走向平缓。投资活动的波动性要求人们规划和均衡好投资支出，既要避免出现社会上投资高峰期的集中，又要善于错开投资高峰期。只有这样才能有效配置资源，使投资资金合理分配，有效利用，从而使投资活动连续进行，取得效益。

## （七）投资效应的双重性

投资通过双重效应作用于经济发展。一方面投资活动产生需求效应，即投资需要消耗一定的资金、劳动和其他各种必要物质。这种消耗形成对投入物的需要，从而扩大社会总需求，推动社会再生产的发展；另一方面，投资活动产生供给效应，即投资的结果形成生产力，增加市场的供给并改变供给结构，从而推动国民经济向前发展。投资效应的双重性是有条件的，即只有建立在投资适度规模的基础上，才能促进经济发展。如果投资规模过小，不能满足扩大再生产的需要，就会降低投资效果；如果投资规模过大，超过扩大再生产的正常需要，就会造成投资的浪费，同样也会降低投资效果。因此，只有规模适度，即投资规模与财力、物力相适应才能实现投资的双重效应。

## （八）投资收益的风险性

投资收益的风险性，是指投资实施的结果的风险性，即投入的资金可能不仅不能取得预期收益，甚至还可能发生亏损或血本无归的危险。投资可以获利，但是由于投资活动受各种复杂因素影响，并且有的因素难以预料，所以投资获利程度事前难以确定，这就是投资风险所在。投资风险主要表现在三种投资结果上：一是投资获得收益；二是投资出现亏损；三是投资形成持平。三种投资结果，如果是在同种项目和同等条件的前提下，可认为第一种情况投资风险最小，第二种情况投资风险最大，第三种情况投资风险一般。但是，就一般投资而言，由于投资项目、投资环境、投资条件和投资防范能力等方面的差异，投资风险大小也不同。因此，不同的投资活动存在着不同风险。投资风险性特点决定了投资者在投资前必须进行风险预测，在权衡利弊得失之后，再作出决策进行投资。投资收益的风险性是由主观和客观两方面原因引起的。主观原因有：对市场预测错误、投资决策欠妥、投资管理工作不善等；客观原因是：市场突变、政策变化、天灾人祸等。投资风险包括：市场风险，是指市场的变化和竞争引起的风险；技术风险，是指投资于新技术的研发所可能产生的风险；财务风险，是指证券发行人或债务人不能按期偿付以及价格、利率、汇率变动带来的风险。此外，还有通货膨胀风险、政治风险、自然灾害风险、战争风险等。投资的风险性,微观上要求投资者在进行投资活动时必须进行科学的预测和论证,慎重决策,强化投资管理,尽可能减少、分散和避免投资风险;宏观上要进一步健全风险承受机制,完善投资风险的各项保险,扩大各类投资风险的担保机构,建立风险投资基金,改进投资风险预警系统。

# 第三节　投资经济的发展阶段与趋势

## 一、人类投资活动的发展过程

投资活动是人类社会最重要的经济活动之一。任何一个社会、一个国家都面临着维持原有的经济水平和进一步发展经济的任务,都必须不断地进行物质资料的再生产,年复一年地、不断地生产食品、衣被等诸如此类的物资,以满足社会生存和发展的需要。就一般意义而言,如果一个社会、一个国家所生产的物质资料规模趋于缩减,则这个社会、国家在走向衰败;反之,规模趋于扩张,则这个社会、国家正处于兴旺。尽管这一衡量社会、国家兴衰的尺度,在新经济浪潮的冲击下,已发生一定的变化,目前,衡量社会、国家兴盛的标准,除了要看有形的物质资料数量与质量外,更要看无形的知识产品的数量与质量,但物质资料的生产对绝大多数国家仍具有十分巨大的意义。物质资料的生产过程,按照马克思的话讲,是劳动三要素(即劳动手段、劳动对象和劳动者)相互结合、共同作用的过程,其中,劳动手段直接关系到生产效率的高低。由于工器具、机器、设备、厂房等劳动手段在使用过程中会逐渐磨损、毁坏,为了维持原有的生产规模,就必须及时加以置换;如考虑扩大生产规模,就必须添置更多的劳动手段。这种购置劳动手段的过程,其实质就是投资活动。由此可见,投资活动对保证社会简单再生产和扩大再生产的顺利运行,具有极为重要的意义,它是人类社会最重要的经济活动之一。

投资活动是人类社会最重要的经济活动之一,还与投资活动在整个经济中的地位有关。社会经济的基本矛盾是供给与需求的矛盾。从供给方面看:供给能力的大小取决于生产能力的大小,生产能力的大小取决于劳动手段(主要是固定资产)的多少,而现有固定资产是由过去的投资所形成的,未来固定资产数量、质量直接取决于现行的投资活动。从需求方面看,一个社会的需求是由消费需求、进出口需求和投资需求构成的,由于前两者的需求弹性相对较小,当社会供求失衡时,各国政府往往首先通过调控投资需求,来促使供求平衡。投资领域是整个经济调控领域中最为重要的领域。

投资活动本质上是劳动手段的购置过程,而劳动手段又是进行生产的前提条件,从这个意义上讲,投资活动是一项伴随着人类社会的产生而产生,将随着人类社会的消亡而消亡的经济活动。但是在人类社会的不同发展阶段,投资活动的表现形式是不同的。

## （一）自然经济社会的投资活动

原始社会生产力水平十分低下，人们只能共同协作劳动，平均分配劳动成果，没有剩余物资资料，也没有分工，生产工具只是些稍稍加工的棍棒、石块。这种对生产工具的加工、制作与现代社会对机器、设备的购置，就社会劳动手段数量的增加、质量的改进而言，并没有本质的差别，只是表现形式不同而已。其第一个不同点是：前者比较直接，劳动者自己加工、制作生产工具，并供自己使用；后者比较间接，投资者是向生产工具的生产者进行购置，且一般并不是供自己使用。两者的目的都是为了获取生产工具，只是途径不同。其第二个不同点是：前者在获取生产工具中投入的是劳动，后者投入的则是资金或可折合一定量资金的物品。严格地讲，前者是一种"投劳"，后者是一种"投资"，但如果将资金看做是必要劳动价值的货币表现的话，两者又没有本质的区别了。第三个不同点是：前者制作、加工生产工具的目的是为了更好、更多地捕杀猎物，供氏族内成员共同享用；后者购置生产工具的目的则是为了通过使用生产工具，能为自己带来超过购置费的收益。最后一个不同点是：两者风险不同。前者对加工、制作后的生产工具的优劣比较容易鉴别，后者则比较困难；前者的生产工具使用效率的高低与自身经济利益关系不大，后者则是利害攸关。总之，在原始社会初期，投资行为只是表现为一种"投劳"行为，这时的"投资者"、生产工具制造者、生产工具的使用者是合而为一的，且几乎没有什么风险。

到了原始社会后期，社会生产力有了一定的提高，有了剩余产品，刺激了社会分工，产生了专门从事制作生产工具的工匠，这些工匠通过物物交换，用所制作的生产工具换回自己所需的物品。这样，生产工具的制造者与生产工具的使用者分离了，出现了萌芽状态的投资者，即与工匠的交易者。当然，这时的投资仍表现为"投劳"，或也可称之为"投物"，因为购置生产工具者认为，他是用耗费一定劳动的形成物或并非自己直接劳动形成的某一物品换来生产工具的。这时投资者与生产工具的使用者一般还是合而为一的。

随着货币产生后，生产工具的购置形式由投资完全取代了"投劳"，投资者与生产工具的使用者也逐渐出现了分离。

## （二）商品经济社会的投资活动

在商品经济社会，情况更有了巨大的变化，具体表现为以下几方面。

1. 产生了真正意义上的投资。尽管在资本主义社会之前，存在着投资之实，但从现代经济学意义上看，那时的投资是一种低级、粗糙、不完整的投资。

2. 投资活动在整个国民经济中占据愈来愈重要的地位，投资规模日益扩大，投资活动渗透到国民经济的各个方面，成为影响经济运行的最重要因素。

3. 投资方式日趋多样化、复杂化。比如，在资本主义社会发展初期，投资者主要是资本家，采用的投资方式主要是实物投资，即通过购置土地、机器设备、原材料，雇佣工人，进行生产经营活动。当时,投资者往往又是投资管理者、投资经营者,投资活动相对简单。进入19世纪中叶以后,随着股份经济的发展,证券投资方式逐步兴起,投资者与投资管理者、投资经营者开始分离,产生了投资管理阶层。到了20世纪70年代,布雷顿森林体系解体,为了规避利率风险及外汇风险,出现了大量金融衍生工具,相应的投资方式也应运而生。

4. 投资风险愈来愈大。一般而言,股票投资风险要大于实物投资,金融衍生工具的投资风险要大于股票投资。

综上所述,投资活动与消费活动一样,是人类社会经济活动的一个组成部分,而且是一个非常重要的组成部分;投资活动的范围有从对生产工具的直接投入逐渐向有利于提高生产工具投入效率方向拓展的趋势;投资理念发生了巨大的转变和升华,投资方式日趋多样化、复杂化。

### 二、投资经济的发展趋势

随着社会及人类投资活动的发展,投资经济呈现出以下发展趋势。

#### (一)直接投资向间接投资转变

直接投资向间接投资的转变是随着股份制的产生而发展起来的。随着股份制和职业经理人的出现,以前投资者直接投资经营的投资方式转变为投资者依靠职业经理人经营间接投资的方式。

#### (二)实体投资向金融投资发展

投资活动在由直接投资向间接投资转变中,其实也体现为实体投资向金融投资的发展,特别是金融证券业的发展,带动了虚拟经济的兴盛,为投资活动筹集资金开辟了新的途径,也为人们提供了间接的投资渠道。

#### (三)国内投资向国际投资发展

随着全球经济一体化进程的加快,投资活动已不再囿于本国范围。大量的跨国公司、投资者将投资活动由国内向国际发展。与此同时,各国都在积极建设良好的投资环境以吸引国际投资者投资。

## 第四节 投资经济学的研究对象及方法

### 一、投资经济学的研究对象

投资活动古已有之,但是作为它的理论——投资经济学的真正确立,不过是近几十年的事。投资经济学是一门崭新的学科,它充满着青春活力。对投资经济的研究,每个国家都有自己的起点和特点,研究的内容也各有规定。从国际角度看,早在20世纪30年代西方一些国家就开始对证券投资进行研究,并逐渐形成了证券投资的投资经济学。但是,由于没有把直接投资列入投资经济学研究范围,因此,没有形成投资经济学的完整体系。近三四十年以来,随着科学技术革命的迅速发展,引起社会生产力巨大提高,新兴产业不断涌现,投资活动尤其是直接投资表现活跃,国际投资也迅速发展起来。由于投资领域和投资范围的扩大,使投资环境更加复杂,投资风险也不断增加。在这种形势下急需投资理论以崭新的姿态、丰富的内容和科学的方法指导投资实践。于是,掀起了历史上不曾有过的投资理论研究热潮。现在各国的研究成果累累,并且形成了各具特点的投资经济学体系。

在我国,以生产资料公有制为主体的社会主义市场经济体制下,投资活动有其自身的特点和作用。我们进行投资的出发点和宗旨是发展生产力,繁荣社会主义经济,实现社会主义生产目的。投资理论研究正是基于这样的客观要求不断深入展开,许多研究成果已成为党和国家制定路线、方针和政策的重要依据。改革开放后我国投资领域发生了深刻变化。随着社会主义初级阶段和社会主义市场经济理论的提出,投资活动日益兴旺,出现了投资主体多元化,投资方式多样化,投资体系多层次化,投资结构、规模和管理向着合理化、科学化方向发展的新局面。同时,投资理论研究也空前活跃起来。研究成果表明,在我国已把投资经济学作为一个特定概念确定下来,对投资经济学的研究对象、任务和方法等也都有新的探索和新的规定。近年来,在各方面的重视和支持下,我国成立了各种投资经济研究机构,出版发行的研究成果不计其数。许多大专院校建立了投资专业,编写并出版了大量投资经济系列教材。不仅如此,随着投资活动的国际化展开,理论研究也走向国际化。在同许多国家进行投资经济学术交流中,我国的研究成果尤其引人注目。这些都充分说明投资经济学已经作为一门独立的新兴科学在我国兴起。

投资经济学是以投资领域为客体,研究投资经济关系和投资运动规律及其管理原理的一门经济学科。

投资作为社会经济活动的基本行为,存在着各种复杂的经济关系。例如,投资与经济增长的关系、投资与生产力布局的关系、投资与产业结构的关系、投资与市场的关系、投资与国际经济的关系等。投资的各种经济关系既相互联系,又相互制约,构成了投资活动有机联系的整体。正确认识和处理各种投资经济关系,是发展社会生产力,繁荣经济的需要,也是社会安定与发展的需要。研究投资经济关系的发展变化,科学地组织和管理各项投资活动,是我国发展社会主义市场经济的需要,也是实现社会主义生产目的的需要。

投资活动不仅有投资经济关系的客观规定性,而且还有投资的时序、流向和流量等方面的客观要求。因此,投资作为一种动态变化因素,有自己的运动规律。从投资的时序要求看,每一投资活动都必须经过从投入到收回的投资运动全过程。其中每个阶段、每个环节、每个要素都不可缺少,并且必须保持前后有序,相互继起的运动状态。如果投资的时序颠倒或出现缺位,都会造成运动受阻、投资中断。从投资的流向看,它不仅决定着投资的地区结构和部门结构,而且决定着国民经济的生产结构和行业结构。一个国家一定时期的投资流向,是由本国经济发展水平和经济发展战略所决定的。但是每一国家一定时期的投资流向又都以当时国情的实际情况为依据。因此,投资流向哪里要根据当时的国情、国力以及国民经济发展的实际需要统筹兼顾,合理安排。从投资的流量看,它决定一定时期内投资的规模和国民经济发展速度。一个国家一定时期的投资量,取决于当期国民经济发展对投资的需要量和同期可用于投资的国家财力和物力。因此,投资流量的确定不可随意进行,它必须以国民收入水平为基础,任何投资流量带来的投资膨胀或投资不足都不利于国民经济顺利发展。

概言之,投资经济学研究的是投资运动的规律。具体地讲,就是研究投资资金运动的规律以及投资经济关系。

## 二、投资经济学的研究方法

### (一)实证分析与规范分析相结合

实证分析,是指通过对某一经济现象的分析,找出问题所在,在此基础上,提出几种可供选择的解决方案,并对选择方案的后果进行评价。规范分析,是指在实证分析的基础上,着重分析该不该做以及行不行得通的问题。由于每项解决方案总会对某些人或某个群体有利而对另一些人或群体有损,因此,该不该实行某项方案,值不值得实行某项方案,某项方案的贯彻落实是否可行就很值得研究了。对投资经济学的研究,尤其是在对策性方面的研究,实证分析与规范分析相结合的方法是一种比较好的研究方法,它可以使我们对投资活动的某一问题和解决问题的思路以及解决问题的方法、措施的可行性有比较清楚的认识,从而避免瞎指挥、乱干预情况的发生。

### (二)静态分析与动态分析相结合

静态分析,是指在假定其他因素不变的条件下,对某个时点上的某一经济现象进行的分析。比如,在投资结构分析中,将某一年份各种投资结构罗列出来,然后进行纵向(即与历史时期)比较和横向(即与其他地区、国家)比较,从中找出问题的所在,这就是静态分析方法。所谓动态分析,是指在考虑各种影响因素变化的条件下,对某一经济现象的发展趋势进行的分析。在前例中,如果我们分析的是未来投资结构的趋向,就必须充分考虑利率、汇率、社会需求、原材料供应的可能变化,在此基础上预测投资结构的变化趋向,这就是动态分析方法。在投资经济领域,对投资项目进行经济评价,不考虑货币时间价值的投资总收益率的计算就是一种静态分析法,考虑了货币时间价值的投资总收益率的计算就是一种动态的分析方法。

### （三）定性分析与定量分析相结合

定性分析，是指通过对经济现象的分析，从中找出本质的东西，然后加以概括、提炼，形成某种结论的分析方法。比如，通过对我国长期投资活动的分析，总结了正反两方面的经验教训，得出投资规模必须与国力相适应的结论，这就是一种定性分析。定量分析，是指通过对经济现象的分析，从中找出带有数量比例关系的东西，然后用数学模型的形式来揭示其内在联系的分析方法。比如，通过对投资活动的分析，发现投资率不能超过30％，这就是定量分析。由于定性分析揭示了经济现象的本质，因而定性分析是定量分析的基础和前提，但定量分析有助于我们了解事物内部的数量关系，有助于具体工作的开展。因此，两者应结合起来加以运用。

### （四）比较分析与系统分析相结合

有比较才有鉴别。在投资经济学的研究方法上，常见的比较分析有：中外比较、地区比较、历史比较、方案比较等。通过比较，可以发现问题，找出问题所在，从而可以选定解决问题的方案。因而比较分析法是经济分析包括投资经济分析中最常用的分析方法之一。在比较分析中，必须注意可比性问题。比如，在作投资规模合理性研究时，如果单纯将我国的投资规模与美国的投资规模进行比较，从而得出我国投资规模偏小的结论，是可笑的，因为两国的经济总量差异太大。因此，在比较分析时应结合系统分析方法。所谓系统分析，是指从整体联系和过程联系来认识事物，把某一事物看做一个大系统，其内部是由众多的子系统构成的，这些子系统相互作用、相互影响，规定了大系统的状态、特征及本质。美国的投资规模是美国经济大系统中的一个子系统，其大小应用投资规模占美国经济总量的比例（即投资率）表示比较妥当。因此，当我们将我国的投资规模与美国的投资规模进行比较分析时，用投资率就比较适宜，当然如果再考虑两国的政策影响、人口因素、发展阶段等，比较分析就更有意义。

### （五）西方经济理论与中国特色相结合

我国社会主义市场经济的发展、改革开放和规模空前的投资活动为投资经济理论的深入研究提供了丰富而生动的源泉。我们必须加强调查研究，不断了解新形势、新情况和新问题，不断总结投资领域的经验，并把西方经济理论与中国特色相结合，按照科学发展观的要义，进行投资活动实践。

# 本 章 小 结

投资是指投资者将一定的资财（资本资源、资产或财富）投入某项事业，以便未来能获得所期望的价值增值的一种经济活动。从不同的角度看，投资可以分为不同的类型，主要可分为：直接投资和间接投资；固定资产投资和流动资产投资；宏观投资、中观投资和微观投资；政府投资、企业投资和个人投资；国内投资和国际投资。

投资具有投资领域的广泛性、投资活动的复杂性、投资资金的垫付性、投资周期的长期性、投资过程的连续性、投资活动的波动性、投资效应的双重性、投资收益的风险性八大特点。

投资具有促进国民经济增长、调整社会供需总量平衡、保证社会协调与可持续发展和促进国际经济发展的作用。

整个投资活动运动过程包括投资的产生与筹资、投资的分配与使用和投资的收回与增值三个阶段。投资运动过程依次经历上述三个阶段，分别采取货币资金、实物资产或金融资产、货币资金三种表现形式。这种运动不断循环下去，就形成周期性的投资运动。且上述投资运动经历的三个阶段必须紧密衔接、连续进行，形成不断循环的过程。

人类投资活动的发展由直接投资向间接投资转变，由实体投资向金融投资转变，由国内投资向国际投资发展。

投资经济学的研究方法主要有：实证分析与规范分析相结合、静态分析与动态分析相结合、定性分析与定量分析相结合、比较分析与系统分析相结合、西方经济理论与中国特色相结合。

# 复习思考题

1. 投资的含义是什么？
2. 投资活动可以分哪些类型？
3. 投资具有哪些特点？
4. 投资的作用？
5. 投资运动过程经历哪些阶段？在各阶段分别以何种表现形式出现？
6. 投资经济学的研究对象及研究方法是什么？

# 参 考 文 献

[1]　王正斌，杜越涛.投资经济学[M].西安：陕西人民出版社，1991.

[2]　成伟林，吴可.投资经济学[M].第2版.武汉：华中理工大学出版社，1997.

[3]　潘石，麻彦春，谢地.投资经济学[M].长春：吉林大学出版社，1997.

[4]　林丽琼.投资经济学[M].北京：中国财政经济出版社，1999.

[5]　李大胜，牛宝俊.投资经济学[M].太原：山西经济出版社，2000.

[6]　陈康幼.投资经济学[M].上海：上海财经大学出版社，2003.

# 第 二 章
## 投资与宏观经济

## 本章学习要点

1. 了解西方经济学主要理论中投资与经济增长的关系；
2. 掌握我国宏观调控的主要手段；
3. 了解失业及投资对就业的影响；
4. 掌握投资与可持续发展的关系；
5. 了解促进公平分配的途径；
6. 了解虚拟经济及其与投资的关系；
7. 了解泡沫经济产生的原因及危害。

## 第一节　投资与经济增长的基本理论

对投资与经济增长关系的研究，从理论发展史的角度来考察，主要体现在以下流派中：以亚当·斯密和李嘉图为代表的古典经济学理论；以哈罗德—多马模型为代表的凯恩斯主义的理论；以索洛为代表的新古典经济学理论；以卡尔多为代表的新剑桥学派理论；马克思的扩大再生产理论以及我国的关于投资与经济发展的理论。本节将以此为主线对投资与经济增长关系的研究作一次回顾与总结，从而为全书的分析提供必要的理论基础。

### 一、古典经济学中投资与经济增长的关系

经济学家对投资与经济增长问题的探讨起始于亚当·斯密。

亚当·斯密不仅认为资本积累决定国民产出的增长，而且"实际上，他把资本积累看做普通的国民财富和福利的绝对增加"。亚当·斯密之后，李嘉图从分配的角度研究问题，发现在政府投资很少，资本家被看做是唯一或重要投资主体的情况下，资本形成（或投资）是利润的函数，它们决定于利润的分配，而利润又决定于工资，工资决定于谷物的价

格，谷物价格又决定于土地或进口粮食的可能性。

1848年，穆勒在他的《政治经济学原理》中对经济增长问题进行了研究。但他分析的是经济增长对投入要素价格的影响。

穆勒之后近百年，一方面由于资本主义经济的周期波动和分配不均日益严重，使经济学家们忙于研究短期问题；另一方面，由于伴随着资本积累而出现的技术变革和伴随着产量增加而出现的规模经济这两个因素，又使西欧和北美的经济从总体上仍然保持了有效增长，这也使经济学家们忽视了长期增长问题。除熊彼特等少数人外，大多数经济学家都忙于研究短期经济问题，主要是边际的有效分配问题。

## 二、哈罗德—多马模型中投资与经济增长的关系

1936年，凯恩斯在他发表的《就业、利息和货币通论》中提出了著名的投资乘数理论，认为在一定的消费倾向下（消费倾向大于零），国民经济中新增加的投资可导致收入的多倍增加。但确切地说，投资乘数理论并不是研究投资和经济增长之间的关系，而是假定在社会劳动数量和技术不变的情况下，达到一定生产水平下的均衡就业量时可以实现的国民收入量。由于凯恩斯的理论分析不考虑时间因素，也不考虑人口数量、资本存量和技术变化对经济的影响，因而它是一种短期的准静态理论。

英国经济学家罗伊·哈罗德和美国经济学家埃西·多马认为，凯恩斯的分析方法不考虑经济达到均衡状态前后的连续变化，有一定的局限性。因此，他们主张将凯恩斯理论加以长期化和动态化：即在人口数量、资本数量和技术条件都可以发生变化的较长时期里考察经济的发展变化，把经济活动看成是一种在时间上具有连续性的活动，从而着重考察经济稳定增长的条件和长期增长的变动趋势。

哈罗德模型的假设前提是：(1)全社会只生产一种产品；(2)储蓄 $S$ 是国民产量（收入）的函数，即 $S = sY$，这里的 $s$ 代表平均（边际）储蓄倾向；(3)生产过程中只使用两种生产要素，即劳动 $L$ 和资本 $K$；(4)劳动力按照一个固定不变的比率 $n$ 增长，这里的 $n$ 是外生决定的；(5)不存在技术进步，也不存在资本的折旧问题；(6)生产的规模收益不变，或者说生产函数是固定系数生产函数，即

$$Y = \left( \frac{K}{v}, \frac{L}{n} \right)$$

式中 $v$（资本—产出比率）和 $n$ 是常数。经过一系列推导（过程略）我们可以得到哈罗德模型的基本方程式如下：

$$G = \frac{s}{v}$$

它表明，要实现均衡的经济增长，国民产量（收入）增长率 $G$ 就必须等于储蓄倾向 $s$ 与

资本—产出比率 $v$ 二者之比。哈罗德认为,实际增长率与"有保证的增长率"之间一旦发生了偏离,经济活动不仅不能够自我纠正,而且还会产生更大的偏离。这个结论又叫做哈罗德的"不稳定原理"。

多马模型的基本方程是

$$G = s\sigma$$

这里的 $G$ 代表产量的增长率,$s$ 代表储蓄在收入中所占的比例,$\sigma$ 代表产量增量与投资增量之比。这里的 $\sigma$ 与哈罗德模型中的 $v$ 互为倒数,可见多马模型的基本方程式与哈罗德模型的基本方程式是一致的。也正是由于这个原因,人们把哈罗德模型与多马模型合称为哈罗德—多马模型。哈罗德—多马模型在实质上是凯恩斯学派的,它认为在自由放任的条件下,存在使投资与充分就业时的储蓄相等的有效调节机制。

### 三、新古典增长模型中投资与经济增长的关系

由于哈罗德—多马经济增长模型存在明显的缺陷,一些经济学家便试图建立一个考虑工资率和利息率的变动以及劳动力与资本的替代的更为复杂和比较完整的理论。索洛是最早在这方面进行探索的经济学家之一。

索洛以柯布—道格拉斯生产函数为基础,推导出一个新的增长模型。这个模型假定:(1)资本—产出比率是可变的;资本和劳动可以互相替代;(2)市场是完全竞争的,价格机制发挥主要调节作用;(3)不考虑技术进步,技术变化不影响资本—产出比率,因而规模收益不变。用 $a$ 和 $1-a$ 分别代表资本和劳动对总产出的贡献,$\Delta K/K$ 为资本增长率;$\Delta L/L$ 为劳动增长率,该模型用公式可以表示为:

$$G = a\,\Delta K/K + (1-a)\Delta L/L$$

从上式可以看出,经济增长率 $G$ 由资本和劳动增长率及其边际生产力决定。依据这一模型,人们可以通过调节生产要素投入的边际生产力,即调整资本和劳动的配合比例,来调节资本—产出比率,以实现理想的均衡增长。索洛模型通过引入市场机制和改变资本—产出比率为常数的假定,发展了哈罗德—多马模型,但索洛仍然没将技术进步作为重要因素纳入模型,这是一个重大缺陷,因为技术进步在促进经济增长中的重要作用是现实中一个明显的事实。1960 年,索洛和米德对该模型进行补充,在原有模型中引入了技术进步和时间因素。修正后的模型被称为"索洛—米德模型",其基本公式为:

$$G = a\Delta K/K + (1-a)\Delta L/L + \Delta T/T$$

上式中 $\Delta T/T$ 代表技术进步。索洛模型和之后的索洛—米德模型不仅体现了凯恩斯主义,而且体现了新古典学派的经济思想,常被称为新古典增长模型,该模型所阐述的增长理论被称为新古典增长理论。

新古典增长模型与哈罗德—多马模型的最主要区别在于,它引入了变动的相对要素

价格和生产率,以改变生产过程中投入要素组合的比例。从某种意义上看,新古典学派的经济增长理论处于同哈罗德—多马经济增长理论相反的另一端。

## 四、新剑桥理论中投资与经济增长的关系

现代经济增长理论的第三个分支是新剑桥理论,这一理论的主要代表人物是英国剑桥大学的 J. 罗宾逊和 N. 卡尔多。

新剑桥经济增长模型的基本假设有:(1)资本—产出比率保持不变,即常数;(2)均衡条件为 $I=S$;(3)社会成员分为工资收入者(工人)和利润收入者(资本家),两者的储蓄率都是固定的,而且利润收入者的储蓄率大于工资收入者的储蓄率。

以 $P$ 代表资本利润,$W$ 代表工资,$Y$ 代表国民收入,则

$$Y = P + W \text{ 或 } W = Y - P$$

以 $s_P$ 代表利润收入者的储蓄率,$s_w$ 代表工资收入者的储蓄率,$s$ 代表总储蓄率,则有

$$s = P/Y \times s_P + W/Y \times s_w = P/Y(s_P - s_w) + s_w$$

$$k = K/Y$$

将以上二式代入哈罗德—多马模型中,得到

$$G = [P/Y(s_P - s_w) + s_w]/k = P/K(s_P - s_w) + s_w/k$$

$P/K$ 即是利润率,以 $\pi$ 为代表,则

$$G = \pi(s_P - s_w) + s_w/k$$

上式即是新剑桥经济增长模型。该模型的含义是:在既定的技术水平下,经济增长率决定于利润率的高低以及资本家和工人两个阶级的储蓄倾向。新剑桥理论认为,投资并非取决于储蓄倾向,而是取决于企业家们的决策,而这些决策又依赖于他们在不久前的经验、政府的政策、对承担风险的意愿和社会文化影响之类的因素;新剑桥理论还拒绝接受新古典学派的生产函数以及与之相联系的收入分配的完全边际生产率理论,而提出了另一种宏观经济理论作为替代。

## 五、新增长理论对投资与经济增长关系的认识

最近几十年来,一些非主流学派关于投资与经济增长的观点逐渐引起了经济学界的重视,有的还成为新增长理论的主要代表人物。

1964 年,著名经济学家哈里·G. 约翰逊在他的《走向通往经济发展的一般化的资本积累途径》一书中提出,资源的有效配置对经济增长的影响最好通过一个通向经济增长的资本积累的一般途径来研究。英国经济学家、牛津大学纳菲尔德学院的 M.F. 斯科特从投资的定义入手,分析了投资对经济增长的贡献。斯科特认为,投资是经济系统发生变化的成本支出,它涉及为了预期的结果而对目前消费的牺牲。世界银行西非项目处的高级经济学家 D.

安德森运用微观经济学方法,推导出了经济增长是投资率、投资分配和投资效率的函数,证明了经济增长因素分析中的"剩余"即技术进步参数根本不是一个参数,而是投资率、投资在经济活动中的分配、这些活动的投资报酬率以及代表投资对经济产出中劳动份额的影响的变量的函数。美国前总统里根的经济顾问委员会主席、著名经济学家、哈佛大学教授马丁·斯图亚特·费尔德斯坦认为,"增加投资将对生产率和我们的生活水准作出重要的贡献",而"较高的储蓄对增加投资是必要的",所以经济增长的关键是储蓄和投资。

## 六、马克思的扩大再生产理论

马克思认为社会资本再生产的核心是社会总产品的实现问题,也就是社会总产品的补偿问题,包括价值补偿和实物补偿两个方面。他在资本有机构成、剩余价值率和剩余价值积累率不变的假定前提下,指出要使社会再生产顺利进行,社会总产品必须在价值和实物上得到补偿或实现,他根据产品的最终用途,把社会总产品分为生产资料和消费资料两大类,相应的,把社会总生产分为生产资料生产第Ⅰ部类和消费资料生产的第Ⅱ部类,每一部类产品价值都由不变资本 $c$、可变资本 $v$ 和剩余价值 $m$ 构成。简单再生产的实现条件是:

$$Ⅰ(v+m) = Ⅱc$$

即第Ⅰ部类向第Ⅱ部类提供的生产资料,同第Ⅱ部类向第Ⅰ部类提供的生活资料,二者在价值上必须相等。

从这个公式可以引申出以下两个公式:

第一, $Ⅰ(c+v+m) = Ⅰc + Ⅱc$

即第Ⅰ部类全部产品的价值,应该等于两大部类的不变资本的总和。

第二, $Ⅱ(c+v+m) = Ⅰ(v+m) + Ⅱ(v+m)$

即第Ⅱ部类的总产品的价值,应该等于两大部类的可变资本和剩余价值的总和。于是,在分析简单再生产平衡条件的基础上,马克思提出了扩大再生产的前提条件为

$$Ⅰ(v+m) > Ⅱc \quad 即, \quad Ⅰ(c+v+m) > Ⅰc + Ⅱc$$

即第Ⅰ部类一年中所生产的全部生产资料,除了维持两大部类简单再生产所需要的生产资料外,还必须有一个余额,用以满足两大部类扩大再生产对追加生产资料的需要。

在此基础上,马克思分析了扩大再生产的实现过程和实现条件。

后来我国学者对扩大再生产的前提条件进行了补充,给出了第二个前提条件:

$$Ⅱ(c+m-m/x) > Ⅰ(v+m/x)$$

即

$$Ⅱ(c+v+m) > Ⅰ(v+m/x) + Ⅱ(v+m/x)$$

其中 $m/x$ 表示剩余价值中用于资本家个人消费的部分, $m-m/x$ 就表示剩余价值中

供积累用的部分。这一式子表明第Ⅱ部类所生产的全部消费资料,除了满足两大部类进行简单再生产所需要的生活资料以外,还必须有一个余额,用于满足两大部类扩大再生产对追加生活资料的需要。

在此基础上,马克思分析了扩大再生产的实现过程和实现条件。在马克思的论述中我们可以抽象出社会资本扩大再生产的实现条件:

$$Ⅰ(v + \Delta v + m/x) = Ⅱ(c + \Delta c)$$

即第Ⅰ部类原有的可变资本价值,加上追加的可变资本价值,再加上本部类资本家用于个人消费的剩余价值,三者之和应当等于第Ⅱ部类原有的不变资本价值和追加的不变资本价值之和。之所以称为"我们可以抽象出",是因为马克思在原文里尽管对这一问题作了深入细致的阐释,但并没有提出一个非常直观的公式。我们还可以从这个实现条件引出另外两个实现条件:

$$Ⅰ(c + v + m) = Ⅰ(c + \Delta c) + Ⅱ(c + \Delta c)$$

即第Ⅰ部类全部产品的价值,必须等于两大部类原有的不变资本价值和追加的不变资本价值之和。

$$Ⅱ(c + v + m) = Ⅰ(v + \Delta v + m/x) + Ⅱ(v + \Delta v + m/x)$$

即第Ⅱ部类全部产品的价值,必须等于两大部类原有的可变资本价值、追加的可变资本价值以及资本家用于个人消费的剩余价值之和。

## 七、我国的投资与经济发展理论

### (一)新中国成立初期形成的均衡投资发展理论

从新中国成立初期到改革开放前近30年时间里,毛泽东根据当时中国国情和国际形势,制定了区域经济均衡发展战略。即把生产力相对落后的内地作为经济建设的重点,通过生产力的均衡布局,缩小沿海与内地的差距,追求地区的同步发展和自成体系。新中国成立初期的区域经济均衡发展战略的内涵有三个方面:第一,优先发展内地,平衡生产力布局;第二,充分利用和发展沿海工业,以支持内地发展;第三,以备战为中心,以三线建设为重点。均衡布局是中国改革开放前区域经济发展的基调,也是最主要的指导思想。内地倾斜是在当时国内外环境下集各地区共同发展、重工业优先发展战略于一身的共同要求,可以说是当时国家利益的体现。毛泽东的区域经济均衡发展战略是实现各地区共同发展的必然要求,是特定时期特殊社会环境的产物,其实践结果有着独特的历史作用。

### (二)改革开放后形成的非均衡投资发展理论

在充分认识到区域经济均衡发展战略的局限性和中国经济社会发展不平衡的实际问题之后,邓小平在中国改革开放的整体战略中果断调整发展思路,大胆创新,实施了区域经济非均衡发展战略,即以沿海发达地区的优先发展,作为撬动整个国家经济的杠杆,在一定时间内保持地区之间适度的经济差距,然后有次序地发展中西部地区,最终实现全国经济的共同发展。我国的区域经济非均衡发展战略有三方面的内涵:第一,优先发展沿海,先富带动后富;第二,构建两个大局,第一步发展沿海(第一个大局),第二步帮助内地(第二个大局),实现共同富裕;第三,自东向西推移,保持动态平衡。区域经济非均衡发展战略实施 30 年来,取得的成就是巨大的。正如江泽民同志所肯定的:"经过几十年的发展,这一政策已收到显著的成效,沿海地区和大中城市及其周围地区,确实发展得很快,经济上了一个很大的台阶,这是邓小平同志的一大贡献。"

### (三)科学发展观指导下的投资理论

中国共产党十六届三中全会通过的《中共中央关于完善社会主义市场经济体制若干问题的决定》,引人注目地提出了要"坚持以人为本,树立全面、协调、可持续的发展观,促进经济社会与人的全面发展"。胡锦涛总书记把这样的发展观称为"科学发展观"。科学发展观是以胡锦涛同志为总书记的党中央在邓小平理论和"三个代表"重要思想指导下,按照党的十六大精神,根据新的形势和任务,对社会主义现代化建设指导思想做出的新发展,是指导新世纪、新阶段党和国家事业发展全局的重大战略思想。科学发展观的内涵非常丰富,涉及经济、政治、文化和社会发展各个领域,既有生产力和经济基础问题,又有生产关系和上层建筑问题。其基本内容可以清楚、明确、简洁地定义为"坚持以人为本,全面、协调的可持续发展的道路"。可持续发展是一种崭新的发展思想和发展战略。它的目标是保证社会经济具有长时期持续发展的能力。从宏观的角度来看,可持续发展就是资源、环境、经济、人和社会五大系统相互协调、共同进步的发展。

# 第二节　投资与政府宏观调控

## 一、我国的投资体制

投资体制,是指组织协调社会投资活动中有关责、权、利关系的部门和制度体系的总称。包括投资主体的确定,投资方式、管理方法的选择,管理机构的设置,管理法规的建立等内容。

投资体制与经济体制是密切相关的。一方面,一定的投资体制是由一定的经济体制决定的,一定的经济体制模式都有其主导的投资体制模式相适应。投资体制的基本属性与整个经济体制是相适应的。另一方面,投资体制是经济体制的中心环节,它对经济体制具有重大影响。建立与社会经济发展水平相适应的投资体制,对于加速社会生产力的发展,增强国民经济实力,不断提高人民的物质文化生活水平具有重要意义。

中国投资体制的形成过程是一个创新的过程,几乎没有经验可以借鉴,虽然在某些手段或方式上,我们是在模仿西方的模式,但是整个投资体制的形成完全是"摸着石头过河",到目前为止,世界上还没有一套理论可以解释我国的经济现象。改革开放以来30年的经验积累使我们已逐渐形成了自己的一套方法论,那就是不断地尝试,不断地纠错,在探索之中优化。

**（一）新中国成立初期形成的集中统一的投资体制**

党的十一届三中全会以前,与各个时期的经济体制相适应,投资管理推行的是集中统一的体制,这种体制的特点是:投资决策权集中于中央,人、财、物由中央统一调度分配,投资管理的监督权集中由建设银行执行。

对中国计划经济体制的分析,需要放在一定的历史背景下,从经济发展与经济体制的关系来看,它是在当时经济发展多重约束条件下的一个现实的体制选择,有其历史必然性和合理性。这从"一五"计划的顺利完成,中国工业化体系在20世纪50年代逐步得以确立,这个经济发展的结果中可以得到证明。但随着社会生产力的发展和生产关系的变革,冲破了原有的单一靠行政管理投资的体系,企业作为独立的商品生产者的地位日益突出,在这种情况下,对投资体制进行改革被提上了议事日程。

**（二）改革开放以后投资体制的调整**

党的十一届三中全会以来,在总结经济建设经验和教训的基础上,为了改变投资体制存在的弊端,我国的投资管理在经济体制改革和对外开放对内搞活的大政方针指导下,进行了一系列改革,取得了举世瞩目的成就。

第一,改变了国家单一投资主体的模式,形成了投资主体多元化、投资来源多渠道化和投资方式多样化的局面,资本市场得以发展。随着对外开放、简政放权、财政分灶吃饭、经营承包等改革措施的实行,扩大了地方、部门和企业财政,形成了政府、企业、个人和外国多元投资主体的格局。投资主体的多元化带来了投资来源的多渠道化,形成了国家预算内资金、企业内部积累、利用外资、银行贷款和自行集资等多种资金渠道。

第二,改革了单靠行政部门定项目的决策方式,初步形成了科学化、民主化的投资决策体系。在投资决策方面国家制定国民经济中长期发展规划和产业政策,制定规模经济效益标准、定额、评价方法和评估参数,为项目决策提供了重要依据。将项目可行性研究列入投资建设程序,建立项目评估审议制度,并成立了中国工程咨询公司,规定所有国家投资的大中型项目都由该公司进行技术经济评价。

第三,改变了以行政手段为主的直接管理方法,运用经济、行政、法律相结合的手段,对投资活动进行间接调控。例如,国家财政建设项目简化了审批办法,下放了管理权限。再比如,重视了经济杠杆的运用。改革以来,基建物资实行市场调节,建筑材料按市场价格购销;建筑产品按商品价格实行商品化销售;启动银行贷款,多次调整贷款利率。运用价格、信贷、利率、税收等经济杠杆调节投资需求,引导投资方向,控制投资规模,收到了应有效果。

第四,改变了财政投资无偿使用的状况,实行投资贷款制度。财政投资采取信贷方式管理,有利于发挥信贷、利息经济杠杆对贷款贷出单位投资行为的约束作用,有利于增强投资责任心,树立投入产出比的经济效益观念。

第五,改革了投融资方式,拓宽了投融资渠道。一是成立了国家开发银行;二是外资得到广泛利用;三是发展了长期资金市场;四是银行资金进入了长期投资领域。1978—1992年,中国资本市场开始萌生。中国资本市场从早期的区域性试点迅速走向全国性统一市场,相关的法律法规和规章制度陆续出台,市场机制开始运行,资本市场得到了较快的发展。

第六,引入竞争机制,实行各种形式的投资经济责任制。改革以来在投资领域实行了投资包干责任制、项目招标投标制、企业法人责任制、百元产值工资含量包干制等各种形式的经济责任制,逐步确立了投资责权利相结合的经营机制,从而对控制投资规模、加强经济核算、降低工程造价、缩短建设工期、提高投资效果等方面起着推动和促进作用。

### (三)我国投资体制的现状

经过 30 年的投资体制改革,我国的投资体制已经取得了初步成效。投资体制由最初政府主导的政策主导型转变为政策和市场共同推动型,随着经济体制改革的不断深化,投资体制将进一步由政策和市场共同推动型转为市场主导型。1998 年至 2004 年,我国投资增长主要依靠政策和市场推动。经过扩大内需政策和其他措施的持续作用,特别是 2004 年 7 月 25 日,备受社会瞩目的《国务院关于投资体制改革的决定》正式出台,表明目前投资体制已经从政策主导型向政策和市场共同推动型转变。

从 1994 年开始,中国的企业改革进入了建立现代企业制度的新阶段。1993 年 11 月,中共十四届三中全会通过了《关于建立社会主义市场经济体制若干问题的决定》,明确指出,中国国有企业改革的方向是建立适应市场经济要求的"产权明晰、权责明确、政企分开、管理科学"的现代企业制度。即要以理顺产权关系、实行政企分开、明确责权、加强企业管理为核心,深化企业产权制度及相关体制的配套改革,逐步建立与社会化大生产和市场经济发展相适应的现代企业制度,使国有企业真正成为自主经营、自负盈亏、自我发展、自我约束的法人实体和市场竞争的主体,为建立社会主义市场经济新体制创造基础。与此同时,全国人大还颁布了《公司法》,这标志着中国的国有企业改革进入了第四个阶段,即建立现代企业制度、进行企业制度创新的新阶段。

我国现代资本市场制度的完善是从股权分置改革开始的。股权分置改革是按照公司法、证券法和"国九条"的要求,规范上市公司的股权结构,统一股权、统一价格、统一市场、统一利益。随着改革的完成,中国证券市场将由行政主导转向市场主导,市场价格的公信力将大大提高。我国的资本市场的多层次、多类型体系也在不断的完善中,2009 年创业板的推出标志着我国多层次的资本市场体系正趋于完善。

我国目前的投资体制仍然存在着一些问题。首先,总量和结构矛盾并没有得到根本解决,结构性矛盾占据着宏观经济的主导地位。改革初期原有的经济体制占据主流,而20世纪90年代市场条件则有了很大的改善。但是,总量和结构的矛盾一直存在,都没有有效地解决。生产能力过剩一直是我国经济中存在的问题,同时经济结构仍然不够合理,第二产业比重过大,而第三产业没有充分发展。其次,我国的金融体制仍存在着问题。虽然我国金融体系在2008年受到金融危机的影响相对较小,说明我国的金融体系具有一定的抗风险能力,但同时也暴露出我国金融体系中的问题,最主要的问题就是我国多元化的投融资渠道不健全,政府对金融机构业务的干预仍比较多。第三,中央和地方存在着利益上的矛盾。改革以来的30年,地方政府开始成为独立的利益实体,中央与地方的利益矛盾日益突出。特别是在沿海经济较发达、地方经济实力较强的地方,这种矛盾就显得更为突出。第四,区域经济与人均收入的差距被拉大。改革开放以来,中国的区域经济发展差距不断拉大。东部地区的经济总量、居民收入、财政收入和产业结构水平明显高于中西部;制度、历史和区位、国家政策、基础设施、市场意识等诸因素导致了中国区域经济发展差距的产生和扩大。区域经济的差距是导致人均收入差距最主要的原因,当然,我国发展市场经济的政策也在一定程度上促使人均收入差距的拉大。

## 二、政府投资调控的手段

改革开放30年来,随着投资主体的多元化和资金来源的多渠道,我国投资活动的市场化程度不断提高,市场在资源配置中的作用日益加强,我国政府对投资进行调控的手段也不断丰富,已从最初的以计划手段为主,逐渐演变为综合运用计划、金融、财政、法律以及行政等各种手段进行调控。

### (一)计划手段

计划手段曾是我国政府进行投资调控最主要的政策工具,在我国特殊的经济时期发挥着特殊的作用,其核心是年度投资计划和项目审批制度。改革前,由于我国产出相对需求的严重不足,采取计划手段调配社会有限的资源是必须的。在那个时期,计划手段对维护我国经济稳定发展、完成工业体系建设有着功不可没的作用,正是在特殊时期采用了计划手段才为我国改革开放以后经济的飞速发展奠定了雄厚的经济基础。现在计划手段在我国政府投资调控中的地位和作用已大不如从前,这一方面是以建立市场经济体制为取向的经济体制改革的必然结果,同时在一定程度上也是因为现行的投资计划和项目审批还不能完全适应市场经济的要求,需要进一步改进。

市场不是万能的,已被资本主义经济实践所证实。同样,计划也非无所不能,这也为社会主义各国的计划经济实践所证明。既然计划与市场都不是万能,而且两者在功能上具有互补性,市场与计划相结合共同配置经济资源,并由市场起基础性作用,已成为社会化大生产的客观发展趋势。

### （二）经济手段

运用经济手段调节宏观经济运行主要是经济杠杆在起着重要的作用。经济杠杆的定义一般是指它的本质内容，即通过对经济利益的调整，进而对经济主体的行为进行调节。我国主要的经济手段有货币金融手段、财政手段和产业政策三个方面。

#### 1. 货币金融手段

随着金融体制的改革和金融市场的培育，货币金融政策日益成为我国政府进行投资调控的重要手段。但由于我国的金融体制改革并没有完全到位，我国政府在货币金融政策的运用上还明显带有过渡时期所特有的现象，既使用了市场经济条件下各国政府最常使用的三大货币政策工具——公开市场业务、存款准备金和再贴现，还同时使用着一些传统的计划金融手段，如直接调整利率和再贷款。从各项政策工具的调控效果上看，似乎传统的计划金融手段要优于三大现代政策工具，这是因为我国的金融体制改革还没有完全到位，但投资贷款规模控制这一计划金融时期最具代表性的金融调控手段被彻底抛弃，说明我国的金融体制改革已迈出了最坚实、最关键的一步。

#### 2. 财政手段

我们知道，市场经济条件下政府通常使用财政投资、税收、国家信用、折旧政策以及财政补贴、贴息、担保等财政手段对投资进行调控。到目前为止，这几种手段在我国政府的投资调控中都得到了使用。

#### 3. 产业政策

产业政策是指国家根据国民经济发展的内在要求，为了保证一定的战略目标和实现国民经济的持续、稳定、协调发展而制定的有关各产业部门发展、产业结构合理化的政策措施和手段的总和。产业政策主要包括产业组织政策、产业结构政策、产业技术政策和企业规模结构政策等。其中产业组织政策主要指选择合理的产业组织形式（诸如组织横向经济联合、发展企业集团、建立产业间以及产业内部间的平等经营关系等政策）。产业结构政策主要包括实现产业结构合理化所采取的国家经济政策，为实现国民经济发展的战略目标，在产业结构方面所采取的政策对策等。其中，最重要的结构政策是战略重点部门的选择和扶持政策。

### （三）法律手段

法律规则是社会主义市场经济体制必不可少的调控手段。法律手段是国家采取法律形式来调节各种经济关系和经济活动，它具有权威性、规范性、强制性和相对稳定性等特点。市场经济是一种竞争主体自主化的经济，市场经济主体之间的商品交换与经济行为，主要是以契约（合同）的形式来实现的。这些合同表现了商品交换的法律形式，所以说市场经济是法制经济,进入市场的主体必须共同遵守一定的法律规则,接受国家的宏观调控。法律调控手段的内容包括法律保护和制裁两个方面。

20世纪90年代以来,中央政府越来越重视通过法律手段对经济活动进行调控,出台了许多的经济法律和部门规章,其中许多法规都与投资活动有着十分密切的关系,有的直接从某一方面对投资活动进行了规范。

我国的经济法规,特别是行业法,主要是以各行业管理部门为主起草的。许多行业管理部门把法律的起草变成了维护本行业利益、扩大本部门权力和职能的一种手段和工具,把一些不合乎市场经济要求的管理手段以法律的形式固定下来,许多行业法之间还存在有关规定互相矛盾和抵触的现象,这大大降低了法律对经济和投资活动的规范与调节作用。

**(四)行政手段**

行政手段是国家政府部门运用行政权力对市场、企业和相关的经济行为进行超经济的强制管理,属于国家对宏观经济运行的行政干预。从直至目前世界各国市场经济发展的情况来看,都保留了不同程度的必要的行政干预,但市场机制要求行政干预应该减少到最低限度。

行政干预是政府管理经济的特殊方式,可以对社会经济活动进行直接的行政调控,具有强制性、简洁性和高效率的特点,所以运用行政手段调节是组织社会化大生产必不可少的手段,它与按照市场价值规律的要求实行宏观经济管理是一致的。在一定的时期或者某些特殊的情况下,行政干预可以起到其他经济手段无法起到的作用。但是,运用行政手段对经济活动进行干预,必须充分考虑社会各方面的经济利益关系,而且也必须在法律允许的范围内进行。

**(五)其他调控手段**

1. 投资项目资本金制度

投资项目资本金,是指在投资项目总投资中由投资者认缴的出资额。对投资项目来说,它是非债务性资金,项目法人不承担这部分资金的任何利息和债务;投资者可按其出资的比例依法享有所有者权益,也可转让其出资,但不得以任何方式抽回。

投资项目资本金制度的基本内容包括:投资项目资本金制度的实施范围、投资项目资本金的出资方、投资项目资本金出资形式的规定及资金来源、根据不同行业和项目的经济效益等因素确定的投资项目资本金占总投资的比例、可以试行通过发行可转换债券或组建股份制公司发行股票方式筹措资本金的规定、对不发达地区投资项目资本金的规定、投资项目资本金的认缴和到位、投资项目资本金的调整、投资项目资本金的使用、监督和处罚等。

2. 价格手段

在市场经济条件下,价格总水平的运动是各种经济因素、政策因素和心理因素综合作用的结果,因此政府影响总供给与总需求的各种政策手段、调整经济活动者的各种行为的政策手段、影响价格预测及收入预期的各种政策手段以及直接管制物价的各种政策手段,都会直接或间接地对价格总水平的波动产生影响,因而,这些政策手段又可以成为宏观价格的调控手段。总的来看,政府对于宏观价格的调控手段大体可以分为两种:一种是行政手段,一种是经济手段。

 **案 例**

### 中国政府的4万亿投资拉动内需计划

席卷全球的国际金融危机给我国经济带来了很大冲击,首当其冲的是对外贸易遭遇前所未有的挑战。面对外部需求的急剧萎缩,政府高瞻远瞩,坚定信心,在稳住外需的同时,立足全面扩大内需,果断出台了一揽子宏观调控政策。

国务院出台4万亿元规模的经济刺激计划将惠及诸多行业领域。4万亿投资的具体构成主要包括:近一半投资用于铁路、公路、机场和城乡电网建设,总额1.8万亿元;用于地震重灾区的恢复重建投资1万亿元;用于农村民生工程和农村基础设施3700亿元;生态环境3500亿元,保障性安居工程2800亿元,自主创新结构调整1600亿元,医疗卫生和文化教育事业400亿元。预计4万亿经济刺激每年将拉动经济增长约1个百分点。

自2008年第四季度我国实施积极的财政政策和适度宽松的货币政策以来,中央加大了政府公共投资力度。数据显示,4万亿元投资中,中央投资总额为11800亿元。截至4月底,今年中央政府公共投资已累计安排下达5189亿元,执行进度为57%。2009年前4个月,全国城镇固定资产投资同比增长了30.5%,投资增速迅速反弹表明4万亿元投资计划效果正在显现,尤其表现在政府支持的一些大型公共基础设施项目,投资增长力度更加明显。

政府加大投资对于扩大内需、增加就业、拉动经济增长具有很强的乘数效应。一方面增加投资本身会带来社会需求;另一方面,投资带动社会基础设施建设增多,必然增加对劳动力的需求,从而增加劳动力收入,间接扩大了消费。

统计显示,在政府一揽子计划带动下,消费对经济的拉动作用正在进一步发挥。2009年第一季度国民经济增长6.1%中,消费拉动4.3个百分点。2009年前4个月,全社会消费品零售总额同比增长15%。在投资和消费增速"双加快"的拉动下,我国经济运行正在显现出积极变化。

资料来源:根据新华网北京2009年5月26日电述评"千方百计扩大内需——聚焦我国4万亿投资计划的初步成效"整理而成。

# 第三节　投资与改善民生

"民生"一词最早出现在《左传·宣公十二年》，所谓"民生在勤，勤则不匮。"这里的"民"，就是百姓的意思。而《辞海》中对于"民生"的解释是"人民的生计"，是一个带有人本思想和人文关怀的词语，话语语境中显然渗透着一种大众情怀。"在现代社会中，民生和民主、民权相互倚重，而民生之本，也由原来的生产、生活资料，上升为生活形态、文化模式、市民精神等既有物质需求也有精神特征的整体样态。"

胡锦涛同志在十七大报告中提出，社会建设与人民幸福安康息息相关。必须在经济发展的基础上，更加注重社会建设，着力保障和改善民生，推进社会体制改革，扩大公共服务，完善社会管理，促进社会公平正义，努力使全体人民学有所教、劳有所得、病有所医、老有所养、住有所居，推动建设和谐社会。

## 一、投资保障民生

投资作为经济增长的驱动力，其归宿就是提高人民的生活水平。集中精力搞建设，一心一意谋发展，为的就是提高广大人民群众的物质文化生活水平。社会主义的优越性体现在哪里？一是要有比资本主义更高的劳动生产率，要发展得更快；二是要达到全体人民的共同富裕，不能"朱门酒肉臭，路有冻死骨"。有了这两条，社会主义才站得住脚，才能叫人信仰，才会有群众基础。所以邓小平说：贫穷不是社会主义。贫穷的"社会主义"早晚要崩溃，就像一切不能带来社会进步只带来贫穷的社会制度早晚都要崩溃一样。殷鉴不远，我们要记取教训。

投资是维持社会稳定发展的重要手段。在经济出现不稳定迹象，特别是出现危机的情况下，最主要的维稳手段就是投资。此时投资最直接的效果就是熨平经济的波动，提振人民对经济的信心，给民众一颗定心丸。我国经济结构中最突出的问题是需求相对于产能严重不足。我国需求不足其实是我国消费层次低的表现，而消费层次低的根本原因在于我国居民可支配收入相对较低。投资作为促进社会资源分配的重要手段，可以创造出大量的就业岗位，保证社会就业情况稳定，促使社会财富向广大的中低收入人群转移，从根本上解决我国的需求问题，进而保证经济的稳定增长。

所以，从宏观角度来看投资，其根本目的就是保稳定、保就业、保发展，进而实现我国以人为本的发展理念。

## 二、投资与就业

"十六大"报告明确指出："就业是民生之本。扩大就业是我国当前和今后长时期重大而艰巨的任务。"投资虽不是直接影响就业的因素,但却是影响就业的根源性因素之一。

### (一) 失业与失业率

根据国际劳工组织的定义,"失业"是指在某个年龄以上,在考察期内没有工作,而又有能力工作,并正在寻找工作的人。

在我国的劳动统计中,对失业人员的定义是指所有 16 岁及以上有劳动能力,在一定期间内没有工作,有就业意愿并正在积极寻找工作,如有就业机会马上可以工作的人。这里,"一定期间"是指一星期的时间(调查周);"没有工作"也与国际上通行的 1 小时原则一致,是指在调查周内没有从事过 1 小时有收入的工作;"正在积极寻找工作"是指在调查标准时点前 3 个月内,有求职行为;"如有就业机会马上可以工作"是指在调查时点以后的两周内能上班。

### (二) 投资影响就业

投资影响就业,主要表现在投资规模影响就业、投资结构影响就业和投资效益影响就业上。

#### 1. 投资规模影响就业

一般来说,投资增加,就业增加;投资规模越大,就业机会就越多。投资规模影响就业体现在以下三个方面:(1)投资形成的生产和服务单位提供的就业岗位。显然,投资规模越大,能为社会提供的就业岗位就越多。(2)投资过程中的建筑安装活动提供的就业岗位。投资要转化为资本,形成固定资产,需要有一个建筑安装的过程,在这个过程中要吸纳一批建筑安装工人。显然,投资规模越大,需要的建筑安装工人越多,为社会提供的就业岗位自然也多。(3)因刺激关联产业的生产而提供的就业岗位。投资规模越大,对这些部门的刺激就越大。投资的这种创造就业机会属于投资间接创造就业效应。投资间接创造就业效应还体现在投资作为一种需求对整个经济的刺激上,投资越大,在其他需求不变的情况下,社会需求就会增大,从而整个经济就会繁荣,经济的繁荣必定使就业岗位增多。

投资规模对就业的影响度,可以通过投资就业弹性计量。所谓投资就业弹性,是指投资每增长一个百分点所带来的就业增长的百分比。20 多年来,我国投资就业弹性呈不断下降状况,其原因主要是:第一是技术的进步。由于投资的技术密集程度的不断提高,劳动生产率随之提高,过去两个人的工作现在一个人就可以完成,就业弹性当然会减少。第二是投资结构的变化。近年来,投资已越来越向技术和资金密集型行业倾斜,由于劳动密集型行业的投资相对增长较慢,这也使就业弹性变小。投资就业弹性的大小,只是说明投资与就业的关系,与失业程度无关,不能认为就业弹性大就可达到充分就业。当然,在失业较严重的情况下,提高投资就业弹性,将意味着等量投资可以吸纳的劳动者更多,这是政府决策部门应考虑的问题。

**2. 投资结构影响就业**

投资结构对就业的影响与各产业、行业、部门吸纳就业能力不同直接相关。以三大产业为例,我国第一产业的平均就业弹性为 0.06,第二产业为 0.34,第三产业为 0.57,即第一产业的发展对就业的拉动作用最小,第三产业最大。

第一,产业之所以就业弹性小,与我国第一产业对就业的贡献主要表现为一种剩余劳动力的"蓄水池"有关,很大程度上是反映了第二、第三产业就业对它的影响。当第二、第三产业吸纳就业能力下降的时候,第一产业就业弹性就升高;当第二、第三产业吸纳就业能力增强时,第一产业的就业弹性就下降。这种现象反映了每当城市就业减少,大批流动劳动力首先被排斥出去,被迫回到农村和农业中。

第二,产业的就业弹性在我国呈稳定下降的趋势,1998 年后一直为负值。就业弹性为负值有两种情况:一种是经济为正增长但就业减少,称为经济发展对就业的"挤出"效应,此时就业弹性绝对值越大,经济发展对就业的"挤出"效应就越大。另一种是经济为负增长但就业增加,称为经济发展对就业的"吸入"效应,此时就业弹性绝对值越大,对就业的"吸入"效应就越大。一般来讲,"吸入"效应不是一种正常的经济现象,是有悖于经济发展一般规律的,但如前所述,我国的第一产业就存在"吸入"效应,而我国第二产业就业弹性为负值,显然表现为"挤出"效应,它反映了企业减负增效、消除冗员、体制改革以及技术进步等,对总体经济来说,并非坏事。

我国目前拉动就业主要靠第三产业。这是因为,第三产业的就业弹性比第一、第二产业大得多,尽管该产业的就业弹性也呈下降趋势,但幅度较第一、第二产业小得多。从三大产业的就业弹性发展趋势来看,第一产业就业弹性总体水平较低,但波动较大,到"八五"期间就业弹性的平均数变成了负数,2003 年至 2005 年也是负数;第二产业的就业弹性从"六五"到"九五"呈现出快速下降的特点,2002 年就业弹性呈负值,直到 2005 年才上升为 0.59;第三产业的就业弹性也存在着总体下降的趋势,"八五"期间有所回升,"九五"和"十五"期间处于较低水平,2003—2004 年间就业弹性提高较快。但与第一产业和第二产业相比,其下降的幅度要小得多,而且一直保持了较高的就业弹性,即第三产业对劳动力一直保持了较强的吸纳能力。

第一产业已经不再具有大量吸纳就业的潜力;曾经是吸纳就业重要领域的第二产业的就业弹性下降,这与各地工业化过程中倾向资本密集型有关;只有以服务业为主的第三产业仍保持较高的吸纳就业能力,成为目前中国就业增长的主要支撑,但是,这些就业岗位(特别是批发和零售贸易、餐饮业和社会服务业)主要吸纳的是低学历层次、有重复性技艺的工人,对以理论为基础、脑力劳动见长的大学毕业生来说这些行业的吸纳能力较弱。

**3. 提高就业,注重民生**

当前和今后一个时期,我国就业、再就业形势依然严峻,压力仍然较大,劳动力供给大于需求的局面在相当长的时间内难以改变,并成为我国社会稳定和经济发展的一个重要制约因素。

(1) 伴随着经济结构调整而来的技术进步和产业升级,加剧了下岗失业率增加和用人数量萎缩并存的态势。就业弹性的下降,表明我国经济的高速增长并没有带来就业水平的相应提高。这意味着,我国目前面临的就业压力不会随着经济的快速发展而迅速减轻或消失。

(2) 市场经济的建立和现代企业制度的完善,加剧了劳动力供求的结构性矛盾。一方面,高素质、高技能、懂业务、会管理的复合型人才严重短缺;另一方面,越来越多的文化低、技能低、素质差、年纪大的弱劳动力在激烈的劳动力市场竞争中败北而走向失业。据劳动人事部门在全国 70 个大中型城市的调查发现,在失业时间超过 18 个月(国际上公认的长期失业时间标准)以上的失业者群体中,未接受过高等教育的约占 72%;未受过专业化培训而无一技之长的约占 61%;年龄在 45 岁以上的约占 56%。

(3) 体制转轨遗留就业问题仍很突出。国有、集体企业下岗失业人员再就业问题尚未全部解决,国有企业重组改制和关闭破产过程中职工分流安置的任务繁重,部分困难地区、困难行业和困难群体的就业问题仍然存在。

(4) 农民工"非正规就业"。随着我国农业劳动生产率的大幅提高,农村剩余劳动力转移是我国经济发展到一定阶段的必然结果,这是历史的进步。计划经济体制下长期被"隐性化"了的农业剩余劳动力问题随着市场经济因素逐渐扩大而被显性化出来。我国社会经济正在从一种比较传统的,以农业、工业为主要特征的社会经济形态,逐步转向以知识产业、信息产业、高新技术产业或第三产业为主要特征的社会经济形态。随着我国现代化建设的推进,农村剩余劳动力向城市转移是不可阻挡的潮流。

(5) 高校毕业生规模逐年扩大与就业机会的紧缺之间的矛盾是我国大学生就业面临的主要问题。扩大招生必将对高校毕业生就业产生一定的影响,扩招对毕业生就业的直接影响是导致毕业生数量急剧增加。连续几年的大扩招,致使每年进入就业市场的高校毕业生大幅度增加,而社会需求量相对不足,供需总量上的矛盾可能会进一步加剧,毕业生的就业竞争将更趋激烈。2008 年,全国普通高校毕业生为 559 万人。2003—2007 年,教育部直属和中央部委所属高校毕业生人数从 30.08 万人增长到 39 万人,地方高校毕业生人数从 152.46 万人增长到 352.1 万人,民办高校毕业生人数从 5.21 万人增长到 56.69 万人。2008 年,全国普通高校毕业生总数达 611 万人。人社部等六部委定下的工作目标是:力争应届普通高校毕业生初次就业率达到 70% 左右;毕业生登记失业后半年内就业率达到 60% 以上;同时建立家庭经济困难毕业生登记认定制度,登记后半年内就业率达到 90% 以上。

经济增长方式的转变是提高就业容量的关键。当前就业已经成为关系我国改革和稳定的全局性问题,解决就业问题的根本出路在于增加就业机会,而扩大就业的原动力在于经济增长。但是否能够实现经济增长与就业增长的良性互动,还取决于经济增长方式的转变。经济增长方式由粗放型向集约型转变是一种必然的选择,这种转变的实质在于技术进步和经济质量的提高,表现为较少的投入获得较大的产出,但并不意味着一定用技术和资本密集经济取代劳动密集经济。我国的国情是劳动力资源丰富,一方面有就业难的不利因素,另一方面也有劳动力成本低的竞争优势。如果能够找到一种有效发挥我国劳动力资源优势,劳动密集、资本密集和技术密集有机结合的产业结构和技术结构,就能在保持经济快速增长的基础上,进一步提高经济增长的就业容量。

## 三、投资与收入分配

### (一)收入分配政策的演变

在市场经济中按生产要素贡献分配收入,往往出现收入分配的不平等。西方经济学把收入的不平等分为两种:一是来源于机会不均等的收入不平等;二是在机会均等情况下出现的收入不平等。收入分配政策在两方面发挥作用:第一,克服机会不均等,为每人提供均等机会;第二,直接调节收入水平,调整收入分配差距。

合理的收入分配制度是社会公平的重要体现,关系人民群众的切身利益。邓小平将社会进步与人的发展、增长与分配相统一的要求具体化为解放和发展生产力与实现共同富裕相统一,这是社会主义的本质在社会主义初级阶段的具体表现。改革开放以前,我国收入差距相对较小,是一个均等化程度较高的社会。这主要与当时单一的生产资料公有制、平等化收入分配政策、国家集中运用行政命令推进工业化并实现经济赶超的目标等因素有直接关系,另外也与传统的经济观念和文化习惯有一定关系。因此,"效率优先,兼顾公平"原则的出台,本身就具有了很大的现实意义。经济体制改革在带来经济高速增长,为我国居民收入增长奠定了重要物质基础的同时,也引起了居民收入分配格局的重大变化。

在十四届三中全会上,我们党首先提出了"效率优先,兼顾公平"的收入分配政策,十六大又提出了初次分配注重效率、再分配注重公平。十七大报告中指出,初次分配和再分配都要处理好效率和公平的关系,再分配更加注重公平。可以看出,在这次报告里并没有如以往那样继续提出"效率优先",而是指出要正确处理好两者之间的关系,并明确指出不仅再分配要处理好效率和公平的关系,而且初次分配中也要处理好效率和公平的关系。我国的经济政策正从优先提高效率向注重公平分配上倾斜。

### (二)影响收入分配的因素

经济增长是收入分配的基础和条件。虽然经济增长为收入的分配提供了物质财富,但是在经济增长的过程中,也存在着许多影响收入分配的因素,造成了我国现阶段各种收入差距的不断扩大。

### 1. 二元经济结构

我国是一个发展中的大国,目前正处于社会主义发展的初级阶段,生产力比较低,与其他发展中国家相比,存在比较明显的二元经济结构。同时,城乡不同的发展政策以及城乡居民的不平等待遇,加重了城乡二元经济结构,拉大了城乡居民收入差距。

我国仍处于由传统农业社会向现代化工业社会转型的时期,二元经济结构的特征没有根本改变,城乡之间收入差距在逐步扩大。在收入增加过程中,城市的储蓄积累高于农村,财产收入的差别更加大了收入差距。只有当农村剩余劳动全部转移、农产品价格上升时,城乡之间的差距才可能缩小。虽然 20 世纪 80 年代初期农村的价格改革和家庭联产承包责任制的推行,对缩小城乡收入差距有显著的作用,农村中非农经济的发展也有助于减小城乡差距,但城镇居民的创收渠道更多,财产收入增加更快,收入结构也随着经济转型而发生了重大变化。两者共同的作用使城乡差距没有能够缩小。

### 2. 两大倾斜式发展战略

1984 年起,我国实行了两大倾斜式发展战略:一是改革由农村向城市倾斜战略,二是沿海优先于内地发展的战略。应该说,这两大战略对全国经济与社会发展产生了重大的积极意义,尤其是从整体上提高了经济增长效率,加快了经济发展的速度。但是,这两大倾斜式发展战略对收入分配产生了较大的影响。

首先,改革由农村向城市倾斜的发展战略,使城市经济发展快于农村,因此,城市居民受教育水平和机会高于农村,在市场竞争中,劳动力素质较高的城市居民就比农村居民更加具有竞争力,从而获得更多的收入,这样就加大了城乡收入差距。另外,在市场体系发育的过程中,无论是商品市场,还是资本、技术等要素市场等,都是最先在城市或城市周边地区发展起来的,而许多农村地区由于地处偏远、交通通信不便,市场发育比较迟缓。再考虑到中国在转型时期的制度障碍,从体制上看仍然是城乡分割体制,城乡统一市场体系的构建还不具备条件,这就造成城乡收入差距更加明显。

其次,沿海优先发展战略对东、西部地区的经济增长,进而对东、西部地区收入差距产生了重大影响。实施沿海优先发展的倾斜性战略后,我国在东部地区创立了经济特区、沿海开放城市、沿海经济开放区。国家放松管制,并给予资金、资源和一系列优惠政策的扶持,大量外资也流入该地区,生产力水平得到极大提高,为其经济的持续发展奠定了良好的基础,使得沿海地区在良好的政策环境中迅速发展起来。反过来看,内地缺乏政策支持,其本身的资金、人才也大量向东部集聚,在为东部发展作贡献的同时,自己却发展缓慢。从而使东西部地区收入差距日益增大。

### 3. 经济体制改革

改革开放以来,我国的经济体制已经发生了根本性的改革,经济体制由计划经济轨道转向了市场经济轨道,由国家行政计划配置资源转向由市场机制配置资源,并形成了以按劳分配为主,各种生产要素共同参与分配的收入分配制度。伴随着资源配置逐步优化,科技创新、管理创新活动活跃,按生产要素分配也调动了劳动者和生产要素所有者的积极性,大大加快了社会生产力发展,使人民生活水平迅速提高。与此同时,在市场竞争过程中,不同社会成员、不同经济组织的竞争能力、劳动贡献和要素投入不同,收入分配产生差距是必然的。

经济体制改革使得许多行业走向市场,既得利益和职工收入由其市场竞争力所决定。但在资源配置环节,一个市场机制为基础的制度还没完全形成,一些垄断性行业如金融、电力、通信等行业,利用垄断优势获取超额利润;一些竞争性行业如建筑业和餐饮业等,在激烈的竞争中只能获得平均利润;一些依靠财政补贴的行业,如农业、林业等只能获得低于平均水平的利润和工资。此外,近年的国有企业改革中,推出奖金制度、岗位津贴制度、企业年薪制度、分红制度等多样化分配制度,又出现大量的下岗失业人员,这在一定程度上也扩大了城镇内部的收入差距。

在经济转轨过程中还存在着一些利用制度漏洞谋取利益的行为:如寻租、腐败、偷税漏税、侵蚀所有者合法资产等等。这些行为所带来的不合法收入会对收入分配产生巨大的冲击作用,也导致了收入分配领域出现紊乱和不规范。

### 4. 对外开放

对外开放程度的不平衡性具有扩大收入差距的效应。首先,就对外贸易而言,我国具有比较优势的产业可以从国际贸易中获得较大的利益,而缺乏竞争力的一些产业则会受到一定程度的冲击,这显然会扩大不同产业之间从业人员的收入差距。其次,我国农业是弱势产业,农民是弱势群体,加入 WTO 后,农业无疑面临着巨大挑战,农民收入增长可能会受到一定影响,这将可能进一步扩大城乡居民的收入差距。再次,沿海地区是我国对外开放的最大受益者,因为沿海地区具有天然的区位优势,加之经济基础、人力、技术等要素禀赋优于内地,它们更多地获得了对外开放的好处。目前,流入中国的外资主要集中在沿海地区,中国对外贸易的主要份额也是由沿海省份提供,内地在吸引外资和对外贸易方面远远落后,因此,对外开放的因素在很大程度上扩大了沿海与内地的发展差距。

### (三)促进公平分配的途径

面对收入差距扩大带来的不利影响,我们应该通过制度改革和政策调整使收入分配更加公平化。有以下几条主要路径可供我们选择。

第一,当前我国日益扩大的收入差距表明了劳动力市场的严峻和存在着劳动力流动的制度性障碍。因此,加快培育和发展更加开放性、更加流动性的劳动力市场是缩小城乡差距、地区差距以及行业差距的有效途径。消除劳动力流动的制度障碍不仅包括取消户籍管制、限制农民工进城等直接阻碍劳动力流动的政策,也包括应努力消除公共服务的歧视性,如城市的公共教育体系应当同时覆盖到农民工的学龄子女,城市的医疗卫生服务体系和住房制度应该将流动人口纳入其服务范围,不应有所歧视。与此同时,尽快打破行业垄断。垄断行业对收入分配的负面影响不仅表现在垄断行业获得高额的垄断利润和高收入,更重要的是其通过操纵垄断价格不正当地攫取消费者剩余,普遍损害社会公众利益。

第二,建立保护弱势人群的收入再分配政策。弱势人群不仅包括城乡中的贫困人口,也包括在市场经济中处于不利地位的人群,如失地农民、城市中的农民工、下岗失业家庭等。这些人群收入水平低,主要因为他们缺少获取一定收入的潜在能力。因此,对于这类人群收入再分配政策的重点在于提高其潜在能力,包括增强就业机会、提供必要的教育补贴、医疗保障及其他社会保护措施。

第三,增加中央财政转移支付力度,缩小城乡之间、地区之间公共支出的差别。在市场经济条件下,财政的职能应当从经济建设型财政转向公共服务型财政,更多关注于公共安全、公共卫生、公共教育和职业培训、公共救济体制、基础设施等方面,以缓解社会矛盾,保持社会的稳定和安全,并为实现全国基本公共服务均等化提供有力保障。通过转移支付方式,增加农村地区、贫穷落后地区的公共建设投入,缩小城乡之间、地区之间由于财政收入差异而造成的公共服务差异。中央财政的转移支付应当更多地瞄准基础教育、医疗卫生、社会救助等公共服务与社会保障。作为转移支付制度的基础,应当建立起更加公平的税收制度,增强收入税的累进性,高收入人群应该按照更高的税率纳税,较低收入人群以低税率交税,贫困人群不仅不交税,还应得到转移支付收入,并通过物产税调节财富的过分悬殊。

第四,加快政府体制转型,消除权力和腐败带来的社会分配不公问题。收入分配体制改革与政府体制转型密切相关。权力集中而又缺乏民主监督,极易导致寻租腐败,腐败所产生的收入分配不公具有极大的社会敏感性,其负面影响也是最为严重的。因此,应当加快政府转型步伐,减少权力与经济利益合谋的机会。

**(四)收入分配对投资的影响**

收入分配对资本积累及投资结构的影响可以通过"收入分配方式→收入水平→有效需求→资本积累及投资结构"这一机制来实现。(1)城镇居民收入水平的提高和收入差距的扩大都将导致投资结构中重工业相对比重的加大和相对增长速度的提高,从而引致投资结构重化的倾向;(2)农村居民收入水平的提高则会促使轻工业投资比重和相对增长速度的提高,但农村内部的收入差距对投资结构的影响不太显著;(3)投资结构重化的倾向主要是由城镇居民收入差距的扩大引起的。

## 四、投资与城市化

### (一)城市化的内容与动因

#### 1. 城市化的内容

城市化是社会生产力的变革所引起的人类生产方式、生活方式和居住方式改变的过程。其表现形式为：人口特征上，一个国家或地区内的人口由农村向城市转移；空间特征上农村地区逐渐演化为城市地域，城市用地规模扩大；数量特征上，农村地区出现新兴城镇，城市数目增加；产业特征上，非农经济代替农业经济；生活居住特征上，城市基础设施和公共服务设施水平不断提高；社会文化特征上，城市文化和价值观的普及和传播。和其他国家的城市化过程一样，中国的城市化也伴随着工业化的发展，工业化与城市化相互推动，相辅相成。

### 2. 城市化的动因

城市化的产生与发展既受一定的社会、经济、政治、文化条件的制约和影响，又有其自身发展的内在动力和机制。

（1）农业发展是城市化的原始动力

城市化往往是在农业分工发达、农村经济繁荣的地区率先发展，城市化是农业生产力发展到一定程度的产物。农业生产力发展构成城市化的原始动力主要表现在农业生产力为城市和城市工业提供必要的商品粮、资金积累、原材料、广阔的市场、源源不断的劳动力。农业的发展是城市化的根本前提。

（2）工业化是城市化发展的根本动力

制造业的集约性和规模性、交通的准确性和高效性、生产点和销售点的趋近性等带来了城市工业的比较成本收益，城市工业的发展又反过来促进了城市的发展。工业化还促进了规模经济的产生，大工业带来规模经济，规模经济又进一步促进了生产要素的集中，从而推动城市化。

（3）第三产业发展是城市化发展的新兴动力

第三产业的兴起，刺激了就业机会和就业人口的剧增，第三产业已经成为继工业化之后城市化的新兴动力。而且，第三产业带来更多的城市化质的提高。农业发展所产生的农村城市化的推力，以及工业化和第三产业发展形成的城市化引力，共同筑成了城市化运动的动力系统，它们所产生的合力决定着城市化的进程和方向。

### （二）城镇化推进二元经济结构的转变

城乡二元经济结构一般是指以社会化生产为主要特点的城市经济和以小生产为主要特点的农村经济并存的经济结构。城乡二元经济结构的存在是制约中国农村经济发展的结构性矛盾。中国城乡二元经济结构主要表现为，城市经济以现代化的大工业生产为主，而农村经济以典型的小农经济为主；城市的道路、通信、卫生和教育等基础设施发达，而农村的基础设施落后；城市的人均消费水平远远高于农村。城乡分割的二元经济结构，是阻碍我国实现全面建设小康社会奋斗目标和现代化整体推进的最大障碍，也是我国现代化面临的最大难题。因此，必须改变二元经济结构的状况，促进二元经济结构向城乡一体化的现代经济结构转变。而推进城镇化发展，是实现这一转变的重要举措。

第一，城镇化作为社会发展的必然趋势，有利于转移农村人口和优化城乡经济结构，为经济发展提供广阔的市场和持久的动力。通过加速城镇化，可以逐步减少农村人口，转移农村劳动力，使农村人口、居住地、生产经营活动向城镇集中，对于改变我国城乡分布结构，推动农村社会变革具有重大意义。

第二，城镇化发展有利于带动农村经济的发展。城市是经济发展、市场运行、金融服务、交通信息、科教文化、社会活动的中心。通过发挥诸多中心的作用，将有利于带动农村经济的发展。如：城市可以为农村生产发展提供各种要素，即生产设备、技术服务、能源产品、人才资源、资金投入等；还可以为农村经济发展提供规划、决策、指导；农村在扩大再生产过程中，生产、流通、分配、消费的各个主要环节，城市都可以进行有效的调控与协调。通过城市这个中心，为农村提供经济要素，调节经济活力，指导生产经营，从而促进农村经济的发展。

第三，城镇化特别是小城镇的发展，是改变城乡二元经济结构，推进城乡一体化进程的轴心。小城镇面向城市、农村两个领域，上连城市，下靠农村，是城乡之间的联系纽带。它具有交通枢纽功能，物资、信息、资金集散功能和文化服务辐射等多种功能。作为"乡村之首"，它是农村区域经济的"发展极"和"增长点"，带动农村经济社会发展和农民生活质量的提高；作为"城市之尾"，它接受大中城市的辐射，并起着将城市先进产品、技术、信息等向农村传递，将农产品向城市输送的双向交流作用，以促进城乡生产、生活要素资源的合理流动和优化组合。小城镇的发展，将逐步形成城乡一体化的生产网络、流通网络、交通网络、科技文化教育网络、金融信贷及经济信息网络等，以促进城乡一体化的现代经济结构的实现。

### （三）城镇化促进农村劳动力转移

城镇化是当今世界各国走向现代化过程中的必经阶段，也是工业革命的直接后果。只有把农业人口的剩余劳动力从土地上转移出来，工业生产才能有劳动力后备军，农业生产资料的集约化经营、规模化生产才有可能实现。中国是发展中国家，社会发展的各个方面都与发达国家存在一定差距，其中城市化发展水平是主要差距之一。同时，把农业人口长期禁锢在农村，也严重制约了农村经济的发展。改革开放以后，虽然农村经济得到空前发展，农业人口流动有了较大的自由度，农民通过开办乡镇企业、进城务工等方式来发展经济，增加收入，但是在诸多政策限制下，农业人口的合理流动问题一直未从根本上得到解决。

在经历了土地改革、联产承包责任制、农村税费改革后的今天，我国"三农"问题解决的重点应该是如何让农民增加收入。纵观历史和现实，增加农民收入的有效方式是合理化地转移农业人口中剩余劳动力，从而促使农村社会资源按照现实社会发展条件和可持续发展要求进行再一次合理配置。而要达到这个目标的现实途径是加快农村城镇化进程，走大中小城市和小城镇协调发展的有中国特色的城镇化道路，引导农村人口向非农产业转移,创造新的就业机会,实现城乡之间、三大产业之间的协调、持续发展。以城镇化方式来有效转移农业人口中的剩余劳动力,是社会发展的一般规律。

**（四）城镇化对投资的需求**

城镇是区域性的经济、文化中心,不仅仅只是建几栋房子,修几条公路,而是一项庞大的系统工程。城镇质量的提高、功能的完善,直接效应就是农村人口和非农产业向城镇聚集。健全市场功能,使各种要素按照公平效率的原则自由流通;加快交通建设及城市道路、桥梁的规划与建设,建成合理的道路交通体系,构筑城市的基本骨架,拓展城区的面积;将城市改造与调整优化城市功能、改善环境、促进经济发展相结合,实行统一规划、综合治理、分步实施;加强园林绿化建设,完善绿地建设布局;推进城镇的景观工程,充分挖掘历史沉淀;把基础设施作为商品推向市场,从公益型转为经营开发型,对路、桥、水、电等建设项目,实施"以路养路,以桥养桥,以水养水,以电养电"的政策,提高基础设施的自我积累、自我发展的能力。

加强城镇的基础设施建设势必需要相应的投入。首先,加大城市基础设施的财政性投入力度,提高市政财力用于市政建设的比例。一般来说,公共物品应由政府来提供,准公共物品可由政府和企业联合提供。其次,改革城镇基础设施和公共服务设施投资体制。在城镇化迅速推进的情况下,仅靠市政财力进行基础设施建设,不能满足人们所需的公共产品。这就使得一部分公共产品通过充分运用市场机制,拓宽投融资渠道得以提供,并逐步形成城镇建设投资主体的多元化格局,提高城市基础设施建设和运营效率。因此,加强基础设施建设要在遵循城市发展的普遍规律的基础上,结合本地的实际情况,因地制宜地确立城市的发展方向和发展模式,形成以基础设施建设支持城市经济发展,用城市经济发展拉动基础设施建设的良性循环。

从本质上讲,城市是非农业人口集中建设公共基础设施,以方便其从事生产、经营和生活的一种人类聚集方式(如果仅就生活方式而言,甚至还包括部分农业人口)。人口聚集生产和生活的原则就是所谓的规模效应。在我国经济面临需求不足,各方都在努力寻求投资热点的时候,作为最能扩大需求(最大的公共产品)、最能带动各非农产业的发展(为其他非农产业提供必要的生产和经营条件),同时十分讲求或遵循规模经济的城市建设当然就成为人们的首选。我国城市化将进入快速发展时期,由此带来的各方面的投资,尤其是城市建设方面的投资是巨大的。

# 第四节　投资与可持续发展

为了使投资能满足可持续发展的需要,实现可持续发展目标,应当加强在资源综合利用、资源节约和合理使用、环保投资等方面的投资力度。

## 一、可持续发展定义

对可持续发展的理解还有广义和狭义之分。狭义的可持续发展指的是资源环境可以承受的社会经济发展,它要求以最小的环境损失换取最大的经济社会成果。广义的可持续发展是一种综合的发展观,它强调以人为本的经济—社会—自然复合系统的整体性发展,它包括了下列基本思想:(1)内容方面。可持续发展要求把经济增长、社会进步、环境建设作为发展的三大目标,实现经济效益、社会效益、环境效益的统一。(2)目的方面。可持续发展强调发展根本指向是满足人民群众的基本需求、提高人民群众的生活质量,人是可持续发展的最终受益者。(3)能力方面。可持续发展要以体制、法制、科技、教育等作为发展的支撑和保障,没有良好的能力建设,可持续发展就不能实现。(4)主体方面。可持续发展指的是要求提高全民的可持续发展参与意识和参与能力,来自政府的自上而下的力量和来自公众的自下而上的力量要形成合力。

## 二、可持续发展的基本精神

可持续发展概念最早萌发于生态学。自 1980 年在国际自然和自然资源保护联盟(IUCN)发布的文件《世界自然保护战略》中首次提出以来,这个概念已渐入人脑,并成为当今世界人们使用频率极高的词汇。同时对它的理解和认识也逐步深化,对它的研究已从最初的生态环境领域,扩展到整个经济社会系统的可持续发展问题。可持续发展是基于人类无限发展的需要与自然资源的有限性这一现实矛盾而提出的,因而它自然蕴涵着如下基本精神。

### (一)以人为本——可持续发展的本质

可持续发展起源于人对自身生存发展条件的担忧,虽然保护自然是其中的一部分,但从根本上说仍是人的问题。《中国 21 世纪议程》白皮书指出:"可持续发展以人为本。"其基本含义是:"既要使人类的各种需要得到满足,个人得到充分发展,又要保护资源和生态环境,不对后代人的生存和发展构成威胁";"既要考虑当前发展的需要,又要考虑未来发展的需要,不要以牺牲后代人的利益为代价来满足当代人的利益。"可见,关注人、满足人的需要,而且不只是当代人的需要,还包括后代人的需要,是可持续发展观始终要关心和解决的问题,也是可持续发展的本质所在。

### (二)协调发展——可持续发展的核心

可持续发展问题的提出,源于人们对环境问题的认识。而环境问题的出现,又是因人口、资源与环境关系的失调引起的。由于地球资源的承载力是有限的,这就使人类无限发展的需求与自然资源的有限性存在尖锐的矛盾,使人口的过度增长一方面对自然资源构成了威胁,造成限量资源的过度开发和枯竭,可再生资源失去再生能力,形成对环境系统的破坏,使其失去平衡;另一方面,人口密度的增加,生产消费规模的扩大,又会使人类所产生的废物量不断增加,当其超过环境容量时,就会造成环境污染,破坏环境质量。所以,人口、资源、环境之间密切相关,它们的发展是否协调,是环境可持续发展的基本问题。而从整个社会角度看,人口、资源、环境的协调既是它们与经济、社会发展是否协调的原因,也是它们与经济、社会发展是否协调的结果。从宏观角度讲,可持续发展应该是环境的可持续发展、经济的可持续发展和社会的可持续发展,是它们共同的、协调的发展的统一,任何一方发展的不协调都会造成其他方面发展的不可持续,因此,"协调发展"是可持续发展的核心问题。

### (三)文明发展——可持续发展的境界

文明是一个"人造"的世界。文明的起源和进步始于人类的实践活动,是与人对自然界的改造相联系的。在这个过程中,人对自然界采取何种态度,以何种方式去处理人与自然的关系以及人与人自身的关系,是社会文明程度的标志。可持续发展作为人类对自身发展目标理性化的选择,体现着一种崭新的社会文明发展趋向。它以更高的境界和更宽广的视野把人类与环境、人类与经济、人类与社会发展融合在一起,从一个新的视角把人类的文明发展提升到前所未有的地位。以人为本、协调发展、公平发展,是文明发展的集中体现,也是可持续发展的境界所在。

## 三、投资对可持续发展的影响

投资是影响可持续发展的一个非常重要的因素,主要表现在投资规模、投资结构、投资布局、投资项目技术水平和投资项目组织程度等方面对可持续发展的影响。

### (一)投资规模对可持续发展的影响

一般而言,投资过快增长,投资规模超过合理界限,会对经济运行的稳定性和可持续性带来一定的风险。在技术、制度等其他因素既定的情况下,投资规模过大会产生以下结果:一是投资过快增长,必然加大对原材料和能源的需求,意味着对资源的占用和消耗加大。二是投资规模越大,以后的建成投产项目越多,形成的生产能力越多,整个生产系统占用和消耗的资源也就越多,如果在投资效益方面存在问题,会造成资源的浪费。三是加大了环境的压力。投资规模越大,相应对环境污染的影响也越大。四是影响经济发展的可持续性。从长期看,经济发展的最终目的是为了消费,而不是单纯的投资,投资增长过快,势必进一步扭曲投资消费关系,既影响经济增长的稳定性和持续性,也不利于结构调整和经济增长方式的转变。

## （二）投资结构对可持续发展的影响

投资结构形成以后的经济结构，不同的经济结构对资源的占用、消耗不同，对环境的污染也不同。以三大产业为例，第二产业相对资源消耗量大，对环境污染也比较严重。第二产业中的采掘业、制造业、火力发电等，都具有消耗大、易污染的特征，我国是传统的制造业大国，这直接造成我国目前比较严重的污染状况。第三产业总体来看对环境污染的影响较小。第三产业的金融业、保险业、地质普查业、房地产业、公用事业、居民服务业、旅游业、咨询信息服务业和各类技术服务业等，都是附加值较高的行业。发展第三产业有利于降低环境污染，有利于经济可持续发展。

## （三）投资布局对可持续发展的影响

现在的投资布局是影响将来生产力布局的最重要因素，而生产力布局是否合理将直接影响可持续发展。这主要因为：一方面，合理的生产力布局可以使公平原则得以实现。合理的生产力布局可以促进各地区经济均衡发展，缩小落后地区与发达地区经济发展水平的差距，有利于各地区充分发挥本地区的资源和人力等方面的优势。另一方面，合理的生产力布局可以最有效地利用本地区资源，提高资源的使用效率。

## （四）投资项目技术水平对可持续发展的影响

如果投资项目的技术水平较高，在其他条件相同的情况下，就可以以较少的投入获得同样的产出或更大的产出，这样就节省了资源，提高了经济增长质量。目前存在的高投入、低产出、消耗大、污染重的情况，从本质上讲，和投资项目的技术水平低有密切关系。要实现可持续发展的目标，就要不断提高投资项目的技术水平，着重发展低消耗、低污染、无污染的都市农业、生态农业，工业的发展也要有利于节能、节材、节水、节地，要重点发展资源消耗少、附加值高、技术含量高的产业和产品，实现清洁生产、循环经济。

此外，投资项目组织程度、投资调控和投资效益等也对可持续发展有一定的影响。

# 第五节　投资与虚拟经济

## 一、虚拟经济的核心内容

### （一）虚拟经济的含义

虚拟资本，在英文中为"fictitious capital"，是一个与实体资本相对应的概念。最早系统研究虚拟资本的是马克思。在《资本论》中，马克思从"商品—货币—资本—生息资本—虚拟资本"的演化过程，层层分析了货币和资本的虚拟性。

狭义的虚拟资本一般指专门用于债券和股票等有价证券的价格，它是最一般的虚拟资本。广义的虚拟资本是指银行的借贷信用(期票、汇票、存款货币等)、有价证券(股票和债券等)、名义存款准备金以及由投机票据等形成的资本的总称。虚拟资本是在借贷资本和银行信用制度的基础上产生的,是市场经济中信用制度和货币资本的产物。

当经济中越来越多形态的虚拟资本作为商品进入市场进行交易,并达到一定规模时,就形成了虚拟经济。狭义的虚拟经济是指股票、债券、衍生品交易市场,即不是通过提供传统产品和服务赚钱而是"以钱生钱"的经济。广义的虚拟经济是指从事包括金融、无形资产和其他呈现出资本化定价方式的各类资产的经济活动,与实体经济是相对应的。实体经济是指物质产品、精神产品的生产、销售及提供相关服务的经济活动,即实体经济不仅包括农业、能源、交通运输、邮电、建筑等物质生产活动,也包括商业、教育、文化、艺术、体育等精神产品的生产和服务。

### (二)虚拟经济的特性

虚拟经济有两个特性:一是经济性,一是虚拟性。

所谓经济性,就是指价值符号及它们的交换也是以劳动价值为基础的,没有价值及价值交换就与经济沾不上边,也就谈不上它的经济性;并且,价值符号还可以还原为价值实体,即从虚拟走向现实。无论是纸币,还是股票、电子货币、其他各种有价票证,它们的发行和流通基础就是价值和信誉,它们代表的是实体价值,是实体价值的代表,并且还可以为实体经济服务。而信誉作为价值符号的发行基础存在很大的接受风险。

所谓虚拟性,是指它的交换物在形态上是虚拟的而非实物的,它只是以价值符号为交易对象,而不以实物为交易对象。虚拟经济领域交易的只是价值符号而不是有形的实物。纸币不是价值实体,而只是一种价值符号;这种符号又脱离了价值实体,成了实体价值的影子。当价值符号脱离价值实体较长时间,并且在这个时间内完成了投机性交易,就使这种脱离成了价值的另一种存在方式,即价值的游离存在方式,这就是虚拟现实。纸币就是这种游离价值的存在方式,游资是它们存在的具体表现。纸币的价值是不能不承认的。特别是今天,纸币是一个国家的信誉及价值尺度符号,更是一个国家政治实力、文化实力等综合国力的综合体现。只有国家的综合实力包括经济实力、科技实力、军事实力、政治实力、文化实力等充分强大,国家的货币才是一个强势货币。在这样的环境下,一个国家的货币就被赋予了更多的非客观物质性的劳动价值,即可能被充入了更多的政治价值。一个国家综合实力中的任何一种实力上升或下降,都可能影响其货币所代表的价值量。

资金作为价值的表现,只有当它没有与实物商品进行交换,而只与它的同类即价值符号进行交换时,它才能被归为虚拟经济范畴。

期货合约只是一种远期实现的商品购销合同,买卖期货合约不是真正的实体商品交易,它只能归为虚拟经济范畴。

以价值符号互为交易对象及为此所构筑的交易平台,都属于虚拟经济范畴。银行、资金市场、证券市场、外汇市场、期货市场等都可以算作是虚拟经济范畴。

## 二、虚拟经济与投资的关系

随着生产力水平的不断提高,物质产品的供给能力得到了较大的改善,当人类社会告别物质商品相对短缺的时代后,精神产品消费在消费中的比例必然不断增大。而精神产品的生产、供给与消费的模式不同于物质产品。有一部分精神产品的消费以劳务的形式计入 GDP 中,但也存在部分未计入 GDP 的精神产品,更为重要的是在精神产品领域也存在大量潜在的供给能力,而且这种供给与物质产品不太相同,它由潜在供给变成现实供给,更少地借助于物质资料。潜在的物质产品的供给能力使得人们不会去担心别人用虚拟资产去换取物质产品,而消费内容从物质产品向精神产品的转变,使得人们不会太多地关注物资产品领域,精神产品的潜在供给能力的存在使得人们更加放心地持有虚拟资产,而不用担心无法将其用来购买消费品。因而,"虚拟经济"并不"虚拟",虚拟经济超出实体经济那一部分的物质基础是未计入 GDP 的精神产品和精神消费品、物质消费品潜在供给能力的"包容器",是财富的"蓄水池",同时也是衡量社会生产力进步的"指示器"。

虚拟经济对投资(包括物质产品和精神产品)的影响主要体现在两个方面:提高投资的效率和促进资本的形成。一方面,虚拟经济是配置资源、引导生产和消费的"软件",通过金融市场的价格信号作用引导资源流向,分散风险、平滑消费从而影响投资、降低单位产品的消耗,进而提高投资的效率。另一方面,健康高效的虚拟经济运行系统能够形成良好的"储蓄—投资"转化机制,促进资本的形成。更为重要的是,虚拟经济通过信用杠杆的放大作用,能够解决投资的资金约束瓶颈,促成投资的发生。在市场经济中,由于绝大多数投资都必须通过货币这一中介来完成,通过货币来促使劳动者和生产资料相结合,虚拟经济的作用正是通过各种虚拟资本工具和相关技术使得投资者能够突破资金瓶颈,顺利进行投资。

虚拟经济的出现使得在虚拟经济中的投资活动具有其独有的特点。第一,虚拟经济增加了投资的对象,虚拟经济之前,资本仅针对具体项目、企业及资源等经济实体进行投资,但在虚拟经济中,资本还可以投资于虚拟资本,此时的投资已经脱离了实体经济,具有虚拟性。第二,虚拟经济增加了投资的渠道。货币市场、资本市场、外汇市场和黄金市场组成的金融市场和房地产市场等具有虚拟经济意义的市场是虚拟资本存在的主要场所,它们完全不同于产业资本所投资的市场,它们为资本提供了新的投资渠道,加速了资本的流通。第三,虚拟经济使投资的主体具有虚拟化的倾向。由于虚拟经济的虚拟性,在虚拟经济中的交易只是价值符号交换,交易方式可以简单到一句交易指令,所以在虚拟经济中的投资者面对的交易对象只是价值符号,投资者根本无法分清这些价值符号具体属于哪个交易主体,虚拟经济中的投资主体与投资对象之间已经没有了必然的联系。

### 三、虚拟资本对经济增长的影响

#### (一)虚拟资本对经济增长的积极作用

虚拟资本对社会经济具有重大影响,其中一方面是它对经济的发展具有良好的促进作用,表现为以下几方面。

第一,促进资源的合理配置。虚拟资本的一大特点就是流动性强。在当今金融市场已经非常发达的情况下,虚拟资本的载体有价证券,特别是衍生金融工具能够借助现代信息、通信、金融等条件,非常灵敏地运动。且除特殊情况外,总是由效益低的企业、行业、地区流向效益高的企业、行业、地区,并按照效益最大化原则进行重新配置,达到资源合理配置的目的。

第二,筹集社会资金。虚拟资本的重要功能是在资本市场上筹集资金,虚拟资本的发展扩大了社会信用,能把各种闲置的社会资金快速集中起来,投入资本领域。由于虚拟资本具有的流动性,投资者可以把资金随时投入或取出,并可能通过买卖获得额外的收益,增大了股票、债券、衍生金融工具等虚拟资本体现物对投资者的吸引力,使一部分原打算消费的货币和休闲的零散资金投入虚拟资本的体现物,并由此投入实体经济,使全社会用于经济建设的资金增加,经济建设的速度加快。虚拟资本的存在,无疑能促进人们踊跃购买有价证券,增加投入,从而使经济建设和发展的速度加快。可以这样说,没有虚拟资本的出现,就不可建立现代企业制度。

第三,规避风险。在现代市场竞争激烈的条件下,实体资本面临的风险越大,投资领域越来越窄,由于虚拟资本的发展,出现了可供实体资本选择的各种投资工具,为实体资本分散和规避经营风险,降低经营成本提供了有利的途径。

第四,补充宏观调控手段的功能。由于虚拟资本发行和交易市场的存在,投资者较充分地把握相关的信息,对实体资本的经营形成一定的压力,企业发行股票、债券和其他有价证券,必须透明度高,有获得较大经济效益的基础和前景,否则,它发行的有价证券就没有人购买,即使买了也会很快出卖。且有价证券上市成虚拟资本,虚拟资本朝着经济效益高的方向流动,既能支持和促进经济效益高的企业加快发展,又能对经济效益低的企业形成强大压力,促使其切实采取有效措施,改善经营管理,增大经济效益,从而使全社会的经济效益水平不断提高。

第五,资本向外扩张的功能。以虚拟资本为代表的虚拟经济的长足发展对金融深化,即金融机构多样化、金融市场组织化、利率自由化和金融业国际化作出了显著贡献。它促使资本在更广范围内扩张、逐利,并服务于经济增长。

#### (二)虚拟资本对经济增长的消极作用

虚拟资本虽有很大的积极作用,但也存在不小的消极影响,表现如下。

第一,使经济发生波动和危机的可能性加大。虚拟资本是以实体资本为基础又独立于实体资本之外、流动性很大的一种资本。加上衍生金融工具的发展,就使它同实体资本脱离得更远,这自然就成了投机资本进行经济博弈的最好途径。可能经济发生波动和危机的可能性加大。一旦虚拟资本价格大幅度下降,金融机构为了减少自身的损失,降低风险,不得不减少信用规模,社会信用关系链条会由于金融机构信用规模的缩小而遭到破坏,从而使金融机构自身经营也会陷入困境,同时金融机构之间又有复杂的债权关系,当个别金融机构产生较多的呆账、坏账时,其他金融机构将产生连锁反应,并逐级放大,从而使金融系统风险加剧,最终可能引发局部或全局性的金融危机,并有可能导致全面的经济危机。

第二,容易制造虚假繁荣。比如房地产、股票等的价格,由于过分乐观的预期,脱离其自身的价值基础和社会物价水平畸形上涨,形成的虚假经济价值。当虚拟资本发展以至产生较多的经济泡沫时,整个经济就会出现虚假繁荣的现象。在虚拟资本的价格不断上升过程中,市场机制会失灵,一旦投资者预期发生转折,经济泡沫就会破裂,形成对社会经济的巨大冲击。

第三,造成实体资本供应减少。由于虚拟资本的投资收益率会高于实体资本的投资收益率,在一定程度上造成对实体资本产生挤出效应,社会资金大量流向虚拟资本领域。在资本总量一定的条件下,流入虚拟资本领域的资本越多,实体资本供应就越不足,使社会经济缺乏发展的基础,债务拖欠和违约现象大量存在,企业破产频繁。

## 四、虚拟经济与金融危机

虚拟经济如果过度膨胀就会出现泡沫经济现象,此种情形如果不加以控制,在某个触发条件下,就会引发金融危机,严重的话,更会造成经济衰退。

### (一)泡沫经济与经济泡沫

#### 1.泡沫经济概述

泡沫经济是指虚拟经济过度膨胀引致的股票和房地产等资产价格的迅速膨胀,是虚拟经济规模和发展速度超过实体经济规模和发展速度所形成的经济虚假繁荣现象。当某种资产被预期价格将上涨而成为集中追捧的对象时,大量的买入使价格节节攀升,以至于实际资产价格严重偏离理论上的价格,形成泡沫经济。而一旦价格上涨的预期发生逆转,价格暴跌,泡沫破灭,并引发金融危机乃至整个社会经济衰退。

泡沫经济是由虚假需求形成的局部经济泡沫在一定的传导机制作用下,使社会有效需求得到过度刺激而发展形成的。泡沫经济产生的影响是多方面的。有人认为,泡沫经济可以加速资本周转、促进经济增长。然而,历史上发生的每一次泡沫经济,无不证明其对社会经济的影响是相当惨痛的。泡沫经济不是靠劳动积累起来的实业经济和实际资本,而是人为炒作产生的虚拟经济和虚假资本。如同泡沫一样,迟早会破裂,膨胀得越快,泡沫破灭来得越快。一旦泡沫破灭,引起金融资本资金链条断裂,就会产生金融危机。

泡沫经济与经济泡沫是两个不同的概念。如果一个国家的股市中存在泡沫的成分,但国民经济运行良好,通货膨胀和失业率都很低,我们就不能认为存在泡沫经济。局部的"泡沫"对经济的快速发展起到推动作用,只有当"泡沫"发展到国民经济全局范围内,并急剧膨胀,调控机制失去作用,才称之为泡沫经济。

2．金融危机的内容

金融危机又称金融风暴,是指一个国家或几个国家与地区的全部或大部分金融指标(如:短期利率、货币资产、证券、房地产、土地(价格)、商业破产数和金融机构倒闭数)的急剧、短暂和超周期的恶化。

金融危机的特征是人们基于经济未来将更加悲观的预期,整个区域内货币出现幅度较大的贬值,经济总量与经济规模出现较大的损失,经济增长受到打击。往往伴随着企业大量倒闭,失业率提高,社会普遍的经济萧条,甚至有些时候伴随着社会动荡或国家政治层面的动荡。

金融危机可以分为货币危机、债务危机、银行危机等类型。近年来的金融危机越来越呈现出某种混合形式的危机。

**(二)泡沫经济产生的一般原因**

具体地说,泡沫经济现象产生的主要原因有以下五个方面。

第一,实物经济与虚拟经济相背离。一个国家的经济发展水平和社会福利水平的提高,最终取决于其所创造的和拥有的社会物质财富,即最终商品和劳务,而货币是游离于其上的表现其价值的一般等价物。现代经济发展水平和社会福利水平就是用货币来表现的,这就构成了一个与实物经济系统相对应的虚拟经济系统,二者在社会经济运行过程中是相互分离和独立的。自从货币转化为生息资本以后,出现了许多金融衍生物,诸如各种证券和票据等虚拟资本,它们的存在一方面提高了社会经济运行的效率;另一方面有可能使虚拟经济系统严重背离实物经济系统,从而引发一系列的经济问题,比如泡沫经济现象等。也就是说虚拟经济与实物经济的背离是产生泡沫经济的根源。

第二,技术创新与制度创新能力差,生产性领域利润下降,银行贷款向非生产性领域过度集中。根据熊彼特的观点,创新是利润之源,当然也是经济增长之源。技术创新使产品质量成为一流,产品的竞争力得到提高,是产品利润产生的根本原因,但技术创新所获得的利润不可能维持很久,因为随着时间的推移,人们利用已有的技术来进行模仿,瓜分"新产品"的利润,使"新产品"的利润趋于减少。如果要使利润一直存在,则必须不断进行创新。制度创新可以进一步解放生产力,调动员工的工作积极性,激发员工的工作热情,使工作效率大大提高,所以它同样是利润产生的源泉。一个国家的技术创新和制度创新能力差,其生产领域的利润必然下降,银行贷款必然会向非生产性领域集中,去追逐非生产性领域内的利润,这就成为了泡沫产生的原动力。

第三,过早的实行金融自由化政策,且银行体系的管理制度不健全,对金融监管不力。金融自由化是一个国家经济发展的目标之一,发达国家在实现金融自由化过程中,积累了丰富的经验,建立和健全了金融监管制度。发展中国家在迈向工业化国家行列时,在需要大量引进外资以满足国内投资需求的驱使下,如果没有根据国内实际情况而过早地实行金融自由化政策,使得外资大举自由进入资本市场,特别是短期外资自由进入,加上银行体系管理制度不健全,政府对金融监管不力,使银行呆账、坏账增多。当该国需求旺盛时,经济处于上升时期,外资愿意进入产业部门,对经济的发展起促进作用。当种种原因使国内外市场条件变化时,生产性领域利润下降,内外资就会向非生产性领域集中,以追逐高额利润,使股票、房地产市场异常火暴,出现虚假繁荣。一旦在某一巨大投机力量的触发下,外资就纷纷撤离该国,特别是短期外资就会迅速撤离该国,使该国的工业处于瘫痪状态,国民信心丧失殆尽,出现抛售股票、房地产和抛售本币换美元的情况,经济泡沫破灭,金融危机随即爆发。

第四,外来投资中短期投资过多,长短期投资比例严重失调,导致泡沫经济产生。当今世界经济趋于一体化,任何一个国家要发展经济,都不可能将自己排除在世界经济范围之外来求得发展。发达国家和发展中国家在经济发展过程中,无不需要外来投资。在外来投资中,长期投资的主体所承担的市场风险大,长期投资也不容易抽回;相反,短期投资的主体所承担的市场风险小,比较容易抽回资金,也很容易从事投机炒作。当生产性领域利润下降,而非生产性领域因投机因素利润上升时,短期投资很容易向后者集中。短期投资过多,投资比例严重失调,当国内外市场条件变化时,企业利润下降,短期投资就会被抽回,或流向证券、房地产和外汇市场从事投机炒作,从而形成泡沫经济。

第五,产业结构和产品结构不合理,产品缺乏竞争力,导致资金流向股市、房地产等虚拟产业,诱发泡沫经济。任何一个国家经济的发展离不开支柱产业的支撑,支柱产业是一些在国内外市场上具有较强竞争力的产业,在国际市场上主要是依靠它出口创汇。一个国家支柱产业和产品结构的确定,要依托本国的国情,扬长避短,开发出在国际市场上有较强竞争力的产品,政府必须制定正确的产业政策予以扶持。否则,企业难以融资,支柱产业也难以形成,产品也缺乏竞争力,外来投资特别是长期投资减少,经常项目出现逆差,企业生产经营活动中向银行的贷款难以偿还,银行的呆账、坏账增加,资本就会向非生产性领域集中,以求得赚取风险利润,使股市、房地产市场异常火暴,引发泡沫经济。

### (三)亚洲金融危机的爆发及影响

#### 1. 亚洲金融危机概述

1997 年 7 月 2 日,亚洲金融风暴席卷泰国,泰铢贬值。不久,这场风暴扫过了马来西亚、新加坡、日本和韩国等地。亚洲一些经济大国的经济开始萧条,一些国家的政局也开始混乱。自1997年7月以来,亚洲金融危机经历了五个阶段,随着时间的推移,危机向区内、外以至全球金融市场扩展,危机不断深化。第一阶段:1997年7月起,泰国、印尼、马来西亚、菲律宾等东南亚国家相继发生货币贬值、股市暴跌。第二阶段:1997年10月下旬,危机直接冲击中国三地,香港和深圳、上海股市暴跌,台湾新台币贬值,并引起全球股市一阵跌风。第三阶段:金融危机向东北亚蔓延,1997年11月韩国放弃保护韩元措施,韩元大幅度贬值,接着韩向IMF求援以缓解债务危机。第四阶段:1998年5月起日元开始出现持续贬值,到6月中旬,日元对美元比价跌至近8年来最低点,同时,日本宣告进入战后最严重的经济衰退,从而使亚洲金融市场再起波澜,有的国家股市甚至再创新低。第五阶段:1998年8月初以来,俄罗斯出现严重的金融危机及政治危机,引发了以美欧股市暴跌(在一个半月中美国和西欧股价跌幅在20%上下)为标志的全球金融市场严重动荡,亚洲汇市和股市也出现新的跌风。危机还波及巴西等拉美国家。可以说,全球近百个已有一定规模金融市场的国家都或多或少卷入这场金融危机的旋涡之中。亚洲金融危机的持续性、严重性和扩展性都大大超过人们的预期。

此危机迫使除了港币之外的所有东南亚主要货币在短期内急剧贬值,东南亚各国货币体系和股市的崩溃,以及由此引发的大批外资撤逃和国内通货膨胀的巨大压力,给这个地区的经济发展蒙上了一层阴影。

从表2-1与表2-2中我们可以看出,亚洲金融危机对亚洲金融体系与经济体系造成的严重动荡。

2. 亚洲金融危机的影响

此次亚洲金融危机不仅使遭受危机的国家经济严重受挫,而且使近几年增长强劲的美国和西欧也难以维持其"繁荣的绿洲"的地位。金融危机已明显对亚洲经济、社会及政治等方面产生了严重的影响。首先,亚洲国家出现严重的经济衰退。其次,亚洲国家的贫困现象加剧。此外,危机国家还付出了社会动乱甚至政治危机的沉重代价。世界多数国

**表2-1　亚洲金融危机下汇率变化**

| 货币 | 对1美元汇率 | | 涨跌幅/% |
|---|---|---|---|
| | 1997年6月 | 1998年7月 | |
| 泰铢 | 24.5 | 41 | −40.2 |
| 印尼盾 | 2 380 | 14 150 | −83.2 |
| 比索 | 23.6 | 42 | −37.4 |
| 马币 | 2.5 | 4.1 | −39.0 |
| 韩元 | 850 | 1290 | −34.1 |

表 2-2  亚洲金融危机下 GDP 变化

| 国家 | GDP（10 亿美元） | | 涨跌幅/% |
| --- | --- | --- | --- |
| | 1997 年 6 月 | 1998 年 7 月 | |
| 泰国 | 170 | 102 | −40.0 |
| 印度尼西亚 | 205 | 34 | −83.4 |
| 菲律宾 | 75 | 47 | −37.3 |
| 马来西亚 | 90 | 55 | −38.9 |
| 韩国 | 430 | 283 | −34.2 |

家经济受到金融危机的影响,全球经济增长速度将放慢。日本、韩国、东南亚国家和俄罗斯陷入严重的衰退,其他国家的经济增长率也大多低于前一两年。亚洲金融危机影响了整个世界经济的增长。亚洲地区经济增长停滞或衰退,对外需求疲弱,必然导致其他国家,特别是与该区贸易关系较密切的美国的出口减少,在该区投资的公司利润下降,这些都直接影响到其他国家的经济增长。亚洲金融危机旷日持久,使本已出现泡沫的西方股市更加脆弱,美欧股市在 1998 年八九月间的持续暴跌,导致西方国家内需减弱,最终使美欧经济增长放慢。

中国经济在受到较大冲击的情况下仍保持高速增长。亚洲金融危机对中国经济也产生了较大的影响。在亚洲金融危机影响使出口增长速度放慢,加上受历史罕见的大洪灾影响的情况下,中国政府采取了扩大国内需求以带动经济增长的政策。中央银行两次下调贷款利率,降低了存款准备金要求和准备金率,增加了对中小企业出口和出口企业的贷款支持。同时,实行更积极的财政政策。中国在此次亚洲金融危机中为地区经济的稳定作出了巨大的努力。中国政府在出口增长率下降、国内需求不振、失业增多的情况下,仍坚决维护了人民币汇率的稳定。这一政策缓解了危机国家的出口压力,避免了本地区货币的轮番恶性贬值。

这次金融危机影响极其深远,它暴露了一些亚洲国家经济高速发展背后的一些深层次问题。从这个意义上来说,它不仅是坏事,也是好事,它为推动亚洲发展中国家深化改革,调整产业结构,健全宏观管理提供了一个契机。在各国积极的应对措施以及全球宽松的经济环境下,金融危机的阴影正在退却。特别是以中国为代表的发展中国家基本上走上了经济复苏的轨道之上,中国无疑是本次经济复苏的领导者,在推动世界经济发展中所扮演的角色将会越来越重要。

### （四）美国金融危机的爆发及影响

#### 1. 美国金融危机概述

美国金融危机最初表现为次级贷款的危机,由于信用记录和还款能力较差的贷款人无法偿还次级抵押贷款所造成的。为了促进消费,在市场中出现了次级贷款,这是专门为不符合标准贷款条件的贷款人提供的贷款,其利率高于标准贷款。美国金融体系的风险一面,是从 2007 年中后期开始有所显现的。在随后的一年多时间里,这种风险性一直若隐若现、欲盖弥彰,直至 2008 年八九月间,它的能量得以较大规模地释放出来,形成一场金融危机。在大多数人眼中,这场危机犹如一股突如其来的龙卷风,迅速将美国社会各界卷入其中。

首当其冲的是那些昔日长袖善舞和风光无限的金融机构。雷曼兄弟宣布破产,同样在破产边缘徘徊的美林和贝尔斯登分别被两大美国银行收购,高盛和摩根斯坦利转为银行控股公司。紧随破产企业或出现流动性危机的企业掉入金融危机深渊的,是投资人。他们或者是这些金融企业的股东,或者是这些金融企业兜售的金融衍生品的买家,总之,他们是大幅缩水的金融资产的主要持有人,也是为金融危机付出惨痛代价的一个群体。在众多的投资人中,有一类重要的角色,是美国的养老基金。由于美国养老基金的主要资产形式是股票,股市进入熊市周期以及公司股价的持续下行,必然对养老金的投资收益造成重大不利影响。被卷入金融危机旋涡的还有失业者。根据美国劳工统计局发布的劳工失业率统计,全美失业率不断上升,美国失业率创 16 年来新高。随着首次申请失业救济的人口数量的迅速增长,一些州的失业保险信托基金已经遭遇支付困难。

在更广的范围,对未来的悲观预期,已经蔓及各行各业,越来越多的企业和工薪阶层带着紧张、焦虑的情绪,辛苦地劳作。产品和服务的提供者们,忧虑需求下降所可能带来的经营困难;雇员们,则心存对失去宝贵工作机会和自身购买力持续下降的担忧。

#### 2. 美国金融危机的影响

在全球化的大背景下,美国金融危机的影响也是带有全局性的。而且,美国金融危机已经并将继续对世界经济各方面产生重要影响。

美国以市场为基础的资本主义自由放任模式受到置疑。此次金融危机充分暴露了市场不受监管和金融体系规章制度缺失的弊端。为了遏制金融危机的蔓延和深化,美国政府的经济政策从自由主义向凯恩斯主义即国家干预方向回摆。

世界经济高增长期中断,发达国家同时陷入经济衰退。受国际金融危机拖累,2008年及之后两年内世界经济增长将显著放慢。日本、欧元区和美国,世界三大经济体在“二战”后首次同时陷入衰退。据估计,美国经济衰退将经历至少 18 个月,是大萧条以来持续时间最长的经济衰退。

能源资源“超级牛市”将可能终止。世界银行在《2009 年全球经济展望》报告中称,最近石油和粮食价格大幅度下跌,标志着过去几十年来历史上最严重的商品价格上涨的终结。

主要经济体调整增长方式。金融危机和经济衰退正促使美国消费进行多年的调整,同时,中国等新兴经济体正在调整增长方式,积极扩大内需。但真正改变全球经济失衡局面还需要印度、日本、德国等国家扩大个人消费。

国际金融体系酝酿重大改革。危机导致国际金融体系重新洗牌,也为改革不合理的国际金融秩序提供了契机。显然,在可见的未来,对现行国际金融秩序的改革如果仅限于作些修补,特别是美欧要维护其既得利益,就不可能对现行金融体系进行大刀阔斧的改革。

西方贸易、投资保护主义抬头。危机证明了全球化与缺乏可信的国际监管之间的矛盾日渐增大。这促使各国重新认识和评估全球化及其负面影响,对美国倡导的经济和金融自由化采取更加谨慎的态度。

美国经济金融实力遭受一定损失。金融危机表明长期以来美国金融体系稳定的神话被打破,纽约华尔街在全球金融体系的主导地位下降。面对全球性危机,美国主导世界事务的能力下降,必须与欧洲、日本及中国等新兴大国联手"救市"。危机使美国背负上万亿美元的财政赤字,对外经济政治影响也将受到限制。

中国在危机中发挥独特的稳定作用。国际金融危机使中国遭遇严峻挑战,但也带来一些重要机遇。与10年前的亚洲金融危机期间一样,中国被视为重要的稳定力量。

# 本 章 小 结

西方经济学中关于投资理论的论述主要有以下几个典型理论:第一,古典经济学中对投资与经济增长问题的探讨;第二,哈罗德—多马模型对投资与经济增长问题的探讨;第三,新古典增长模型中对投资与经济增长问题的探讨;第四,新剑桥理论对投资与经济增长问题的探讨;第四,新增长理论中对投资与经济增长问题的探讨。马克思主要从扩大再生产角度来探讨投资与经济增长的关系。我国对投资与经济增长关系进行论述的理论有毛泽东的均衡发展理论、邓小平的非均衡经济增长理论,以及中央在新的历史条件下提出的可持续发展的科学发展观。

我国的经济体制改革体现在投资管理上主要有六个方面。第一,改变了国家单一投资主体的模式,形成了投资主体多元化、投资来源多渠道化和投资方式多样化的局面。第二,改革了单靠行政部门定项目的决策方式,初步形成了科学化、民主化的投资决策体系。第三,改变了以行政手段为主的直接管理方法,运用经济、行政、法律相结合的手段,对投资活动进行间接调控。第四,改变了财政投资无偿使用的状况,实行投资贷款制度。第五,改革了投融资方式,拓宽了投融资渠道。第六,引入竞争机制,实行各种形式的投资经济责任制。

我国的宏观调控手段有计划手段、经济手段、行政手段以及其他的调控手段,诸如投资项目资本金制度、价格手段等。

在我国的劳动统计中,对失业人员的定义,是指所有 16 岁及以上有劳动能力,在一定期间内没有工作,有就业意愿并正在积极寻找工作,如有就业机会马上可以工作的人。投资影响就业,主要表现在投资规模影响就业、投资结构影响就业和投资效益影响就业上。

对可持续发展的理解还有广义和狭义之分。狭义的可持续发展指的是资源环境可以承受的社会经济发展,它要求以最小的环境损失换取最大的经济社会成果。广义的可持续发展是一种综合的发展观,它强调以人为本的经济—社会—自然复合系统的整体性发展。投资主要从规模、机构、布局以及项目技术水平四方面对可持续发展产生影响。

为解决机会不均等,政府采取的措施有三方面:(1)政府要为公民提供均等的就业机会;(2)普及教育,促进教育机会均等;(3)促进财产占有的机会均等。实现收入均等化目标,除机会均等化政策之外,还可以直接调节收入水平,其政策手段有:(1)税收政策;(2)转移交付政策;(3)价格政策。

泡沫经济现象产生的主要原因有:第一,实物经济与虚拟经济相背离。第二,技术创新与制度创新能力差,生产性领域利润下降,银行贷款向非生产性领域过度集中。第三,过早地实行金融自由化政策,且银行体系的管理制度不健全,对金融监管不力。第四,外来投资中短期投资过多,长短期投资比例严重失调,导致泡沫经济产生。第五,产业结构和产品结构不合理,产品缺乏竞争力,导致资金流向股市、房地产等虚拟产业,诱发泡沫经济。

## 复习思考题

1. 简述西方经济学中投资与经济增长的关系。
2. 什么是投资体制?市场经济条件下如何改革与完善投资体制?
3. 简述三种主要经济手段的内容。
4. 简述投资对可持续发展的影响。
6. 投资是怎样影响就业的?
7. 论述泡沫经济产生的原因。

# 参 考 文 献

[1] 杜两省.投资与经济增长[M].北京:中国财政经济出版社,1996.

[2] 郭锡林.投资经济基础[M].北京:中国财政经济出版社,2003.

[3] 胡进祥.马克思投资理论与当代中国民间投资[J].社会科学,2001,(6).

[4] 陈康幼.投资经济学[M].上海:上海财经大学出版社,2003.

[5] 王继莹.我国经济增长与收入分配的关系研究[D].长春:吉林大学硕士论文,2008.

[6] 朱伟骅.虚拟经济与实体经济背离程度研究[D].上海:复旦大学博士论文,2008.

[7] 鲁育宗.经济虚拟化背景下的经济增长的原因和机制研究[D]. 上海:复旦大学博士论文,2008.

[8] 唐云,张小雁.我国收入分配体制改革的现状及政策探讨[J].法制与经济,2008,(2):107-108.

# 第 三 章
# 投资环境的建设与评价

## 本章学习要点

1. 理解投资环境的含义及其内容；
2. 了解投资环境的分类及特点；
3. 了解投资环境建设的重大意义；
4. 了解投资硬环境建设、投资软环境建设的主要内容；
5. 掌握投资环境评价的角度、原则及主要方法。

## 第一节　投资环境概述

### 一、投资环境的含义及内容

#### （一）投资环境的含义

投资环境是指投资的一定区域内对投资所要达到的目标产生有利或不利影响的外部条件的总和。这些外部条件包括：社会政治、经济、法律、文化、自然地理、基础设施、服务等。

投资环境作为保证实现投资目标的外部条件是对于投资的流动性而提出的，投资总要落实到一定的区域，若投资不能在区域间相互转移就不会存在投资环境问题。在较低级的生产方式条件下，技术、通信和交通条件都比较落后，影响了投资在区域间大规模移动。随着生产方式不断改变，技术、通信和交通条件的飞速发展，大大便利了投资者寻找最有利的投资场所，导致了资本的大规模远距离流动。由于同一投资可以在不同地域内取得各不相同的经济效益，投资环境就成为获取投资效益的外部因素而变得日益重要，对投资环境的研究也日益得到社会的重视。投资在不同的区域间流动，既包括在一国范围内的不同区域间流动，也包括在不同国家和地区的区域间流动。即使在封闭型经济中，国家之间的外来投资被隔绝,但国内区域性经济的存在使国内投资投向不同的区域也会产生不同的经济效益,这也导致国内投资在不同区域之间的流动,形成了国内不同区域的投资环境。在开放型经济中,国家之间不同的自然地理、政治、经济和社会条件,更是形成了各具特色的投资环境。因此不论是封闭型经济或是开放型经济,都客观地存在着不同的投资环境。投资环境作为实现投资目标的一项重要内容,最初主要表现为投资区域范围内的自然地理环境和基础设施等基本物质条件。各国为了加速推进经济发展,相继采取了鼓励投资的政策,除了提供基本物质条件之外,还在经济、立法、制度、服务等方面不断创造各种优惠条件,以吸引各种投资。这就为投资者提供了更多的选择机会,也迫使接受投资的国家和地区相互竞争,从更多的方面注意改善投资外部条件,创造最优投资环境。于是,投资环境的外延就从最初的自然地理环境和基础设施等基本物质条件,进一步扩展到社会的政治、经济、市场、文化、办事效率等其他方面,而且后者的重要性呈不断上升趋势。

### (二)投资环境的内容

投资环境是一个多层次、多因素的复杂系统,其所涉及因素很多,一般而言,综合起来投资环境包括以下内容。

#### 1. 政治环境

政治环境是投资者始终密切关注的重要方面,是投资环境中最敏感的因素,能够反映一国政治环境状况的因素多种多样,包括政治制度、政府的行政效率、政局稳定性及政策连续性和国际关系等因素。东道国的政局稳定与否、政策是否具有连续性、政府的对外关系、对投资者的态度等直接关系到投资能否得到保障的问题。只有政局稳定,致力于和平建设的国家,才能确保投资的安全,为投资者经营获利创造必要的前提。反之,如果政变迭起,社会动荡不安,就无法使投资得到起码的保障,有可能使投资者遭到政治风险所带来的巨大损失。

第一,社会制度及政治体制。一国的政治、经济、文化等方面的制度,特别是国家政权的组织形式及其有关的制度,是投资环境的政治因素形成的基础。它们的健全程度、稳定状况,以及投资双方在这些方面所存在的一致性和差异性是国际投资者认识东道国投资环境的基本鉴别内容。

第二,执政者的能力及政府的行政效率。执政者的能力反映在国家政治经济生活各个方面,一般从几方面来评估:政府管理和处理内政的表现、政府的形象、对待社会意见的态度及对待外来威胁的能力等。政府部门行政效率高低既取决于制度原因的影响,也有政府部门的工作作风和人员素质等因素的影响。

第三,政局稳定性及政策连续性。政局稳定性与政策连续性是决定和衡量东道国政治环境优劣的实质性因素。一般从以下几方面来进行判断:主要领导人非常规性更换的次数、国内现实和潜在的政治冲突、国内民族和宗教及其他社会文化团体的情况、军队和警察的状况、政府目标及各项政策的稳定性等。

第四,国际关系。主要指与其他国家的外交关系状况及与主要贸易伙伴的关系状况。良好的国际关系有利于创造良好的投资环境,促进投资;否则,不利于投资,或者致使投资者承担巨大风险,蒙受巨额损失。

2. 经济环境

在投资环境系统中,经济环境是一个包括面最广,内容最丰富,而且是最重要的子系统。其内容主要包括:经济体制、经济政策、社会经济发展水平、经济稳定性、生产要素供应水平、市场规模、税率、汇率、资本外调、国际储备状况与外债规模等。

第一,经济体制。经济体制是实现一个社会的经济目标和基本原则所借助的手段体系。具体来说,构成经济体制的因素包括:所有制结构、国家干预经济生活的方式、商品流通体系、金融保险体系、对外经济体制、劳动就业体制、财税体制等。

第二,经济政策包括经济发展战略、产业政策及地区政策等。

第三,社会经济发展水平。社会经济发展水平指一定时期内的经济技术开发能力、人民的生活质量以及经济活力。在不同的经济发展阶段,投资环境的优劣、投资需求的多寡、投资方向的选择是明显不同的。一般通过人均能源消耗量、人均收入水平、非农业部门劳动力的比例、非农业部门的产值占国内生产总值的比例等指标的计算分析,便可以大体上弄清一国或地区所处的经济发展阶段、工业化水平,以及由此决定的经济技术开发能力。生活质量与投资之间的关系是建立在市场需求基础上的,居民生活质量越高,对商品和劳务的需求就越大。经济活力是指一定时期内总供给和总需求的增长速度及其潜力,主要涉及国民生产总值增长率、资本积累率和储蓄率及其变化。

第四,经济稳定性。一般通过考察通货膨胀率及其变化趋势和财政金融状况来分析经济的稳定性。

第五,生产要素供应水平。生产要素供应水平是投资环境诸因素中能够直接决定和影响投资经营成本和效率的重要因素。生产要素供应水平的高低,大致反映在以下四个方向:(1)生产要素流动的渠道、效率及灵活性,同生产要素市场的发育程度是正相关的。一种由生产资料、技术市场、金融市场、劳动力市场以及房地产市场所构成的生产要素市场体系,可以为投资者及时、齐备、按质、按量地提供所需的生产要素创造应有的条件。(2)生产要素的可供量。(3)生产要素的成本,如劳动力的工资水平、土地价格、生产资料价格及筹资成本等。(4)生产要素的质量,即劳动力素质和生产资料的质量。这几个方面是相互联系的,受经济发展水平的制约和影响。通常,经济发展水平越高,生产要素流动的市场化程度越高,高素质的劳动者和优质的生产资料的供应越充足,资本市场越发达,但生产要素的价格却越趋高攀;反之,亦然。这使得发达国家和发展中国家在生产要素方面都可能享有各自的优势,前者以高质量占先,后者以低成本见长。

第六,市场规模。不论是国内投资还是国际投资,都要占有一定规模的市场。如果市场的规模过小,投资回报较小,则不利于吸引投资者投资。相反,巨大的市场规模则容易吸引投资者进行投资。

第七,税率。税率的高低直接影响投资者经营成本。征收的税收及税率高低,与投资者兴趣关系甚大。许多国家在吸收外资时都制定了有关税收优惠政策,对于吸引外资起着很大的作用。

第八,资本外调。资本(包括利润和利息收入)能否自由出入国境,这是涉外投资者考察资本流动性的一个重要标志。

第九,国际储备状况与外债规模。国际储备资本(包括黄金、外汇储备、特别提款权和在国际货币基金组织的储备头寸)的充裕程度是维系一国对外信誉的基础。一国国际储备充裕,国际清偿能力越强,就能够在按期偿还债务的情况下进一步扩大内需和放松外汇管制,这不仅有利于该国的对外贸易和经济发展,而且也利于吸引更多的外资。

### 3. 基础设施

基础设施是保证生产经营顺利进行的必要条件。基础设施是国民经济建设和发展的主要组成部分,是维系和促进各类生产、生活活动的基本物质条件。基础设施是投资者投资区址选择的重要因素之一。当地基础设施落后,既意味着当地内部人流、物流、信息流的载体容量小,整体功能差,也意味着使各种"流"向外辐射的能力低。在这样的地区投资,不仅对内对外联系的困难多、效率低,而且获取生产要素的选择性也小。除为了开发和利用某种稀缺的资源,投资者一般不会到这类地区投资。可见,一国或一地区要形成对投资的强大吸引力,其重要条件之一就是使当地基础设施具有相当的承载能力,具有同当地经济社会发展规模相适应的较大容纳能力。

### 4. 自然环境

自然环境是指投资者所面临的并与其生产和经营活动直接相关的地理位置、自然资源和气候条件等非人为因素。自然环境对投资具有不可忽视的重要影响,其中,地理位置和自然资源对投资活动更是有直接的影响。地理位置是指某一国家或地区对于外在的客观事物在方位上和距离上的空间关系。地理位置由许多要素构成,包括:(1)与投资者原地的距离;(2)与重要运输线的距离;(3)与资源产地的距离;(4)与市场的距离。随着现代科学技术和交通运输业的飞跃发展,地理上的绝对距离的意义正在变小,绝对距离的遥远并不一定意味着经济地理位置的远离。因此,在讨论地理位置的远近时,不仅要考虑绝对距离,而且也要考虑当今技术、交通和世界经济贸易格局。自然资源指在自然环境中能为人类提供使用价值的一切物质与能量,包括可再生资源和不可再生资源。

5．社会文化环境

社会文化环境包括语言、民族、宗教、风俗、传统价值观念、道德水准、教育水平、人口素质等因素。一般来说，可以从以下几个不同侧面具体分析社会文化环境的优劣及对投资的影响。第一，文化的同质性，即社会文化的一体化程度。人们的宗教信仰、处世哲学、人生态度、价值观念及语言、民族等社会文化因素一致性越高，则其同质性程度越高，外来投资者对该社会文化越容易适应，从而越有利于投资活动。第二，文化的稳定性。稳定性越高，风险和不确定性越小。第三，文化的威胁性。即指人们对外来投资的态度。对外来投资排斥、敌视，则意味着威胁性大，投资风险也就较大。第四，文化的复杂性。指人们行为的含蓄或外显的程度，或沟通过程中非言语符号、非正式规则的使用程度。文化复杂性低，投资者容易适应。

6．法制环境

投资法制环境是指投资的法律制度环境，通过投资立法、投资执法和投资司法规定投资法制环境的内容，包括以下几点：第一，投资主体及其地位。规定投资主体的法律地位及可以从事哪些投资行为。第二，投资方式。规定投资方式的种类，并对直接投资、间接投资、独资经营、合理经营、合作经营等投资方式在法律中作出具体规定。第三，投资范围。规定哪些产业或地区可以投资，哪些产业和地区不可以投资。第四，投资者权益。对投资者从事投资的权利和义务的规定。

## 二、投资环境的特点及分类

### （一）投资环境的特点

投资环境主要具有综合性、区域性、差异性、动态性四大特点。

1．综合性。投资环境系由众多因素构成的有机复合体。影响和决定投资活动的投资环境，远非限于经济因素，还有不属于经济范畴的政治、法律、物质技术、社会文化、自然地理等多种因素，而每一方面的因素又是包含着若干子因素的一个系统，并且所有因素（各方面因素及其子因素）都以其形成的一定的有机结构方式作用于投资活动。

2．区域性。区域经济的存在是产生投资环境区域性特点的基础，由于各地区发展生产的有利条件不同，逐渐形成了具有不同主导产业的区域经济。这里，自然地理条件的差异是产生区域经济的自然基础。原有的经济发展水平、经济管理体制、经济发展政策、劳动力素质等是区域经济发展的社会基础。各地区成本和市场的比较优势是区域经济发展的经济基础。总之，区域经济具体表现为地区经济间的各种差异。在不同的区域内进行投资，其投资环境也必然体现该区域的特点。

3．差异性。投资环境对投资活动的制约与影响存在着差异性。同一投资环境对不同部门、行业和项目的投资有不同的制约与影响、有的投资环境适合吸收工业投资，有的投资环境适合旅游业投资,有的投资环境适合劳动密集型产业,有的投资环境适合技术密集型产业。明确投资环境的差异性,既可使投资者选择便于发挥其拥有行业、项目优势的地区进行投资,也便于受资地区从其投资环境的实际出发,有针对性地改善投资环境,以有效地增强对所需行业投资的吸引力。

4. 动态性。这一特征是指投资环境本身及其评价观念都在变化之中。一般来说,在投资环境的构成因素中,除自然条件和地理位置不可变动外,政治、经济、法律、管理、社会文化、物质技术等众多因素都将随着时间推移而程度不同地发生变化。与此同时,评价投资环境的标准和观念,也随世界政治、经济、科技的发展而发生变化和调整。认识动态性的特点,可以使我们明确:投资环境优劣不是绝对的而是相对的,改善投资环境是无止境的,必须坚持不懈地作出努力;同时,研究目前和预测未来的评价投资环境的标准和观念以提高改善投资环境的自觉性和预见性是有重要意义的。

**(二) 投资环境的分类**

根据投资环境系统的各种要素功能的不同,投资环境有不同的分类,如图 3-1 所示。

| 投资环境分类 | | |
|---|---|---|
| | 投资环境因素作用的范围 | 宏观投资环境 / 微观投资环境 |
| | 投资环境包含因素的多少 | 狭义投资环境 / 广义投资环境 |
| | 投资环境因素的物质性与非物质性 | 投资硬环境 / 投资软环境 |
| | 影响投资的外部条件和波及范围 | 国际投资环境 / 国内投资环境 |

图 3-1 投资环境分类

1. 按投资环境因素作用的范围不同,可以分为宏观投资环境和微观投资环境。宏观投资环境通常表示一国总的投资环境,作为一般条件考察在该国投资的有利程度。包括一个国家的政治状况、法制健全程度、经济发展总体水平、经济政策及对外资的态度、机构办事效率、居民的风俗习惯以及受教育程度等与投资有关的自然、经济和社会环境。微观投资环境是指影响具体投资项目的环境状况,作为具体条件考察投资项目在该国投资的有利程度。包括投资地点及周围的经济发展水平,地方性政策的取向,当地交通和通信等基础设施状况、产业技术水平、劳动力素质等自然、经济和社会条件。一国的宏观投资环境良好,不等于微观投资环境都良好,对某些项目的投资可能存在不利条件;反之,宏观投资环境不良,也不等于微观投资环境都不好,在某些项目上的投资可能有利可图。投资环境宏观与微观的划分,有利于解决一般性与特殊性的矛盾,二者的生产条件、生产能力和经济效益,都直接影响外资的投向、规模和方式以及投资效益,它们在吸引和利用外资过程中是相互依赖、相互完善的。

2. 按投资环境包含因素的多少,可分为狭义投资环境和广义投资环境。狭义投资环境主要指经济环境,即一国或一个地区的经济发展水平、经济发展战略、经济体制、金融市场的完善程度、产业结构以及货币的稳定状况等。广义投资环境除了经济环境外,还包括自然、政治、社会文化、法律、地理等方面的内容,它们之间互相联系,互相制约,共同构成投资环境大系统,并对投资在不同程度上产生各种影响。

3. 根据投资环境因素具有的物质性和非物质性,可分为硬环境和软环境。硬环境主要指能够影响投资环境的外部物质条件,包括自然地理环境、基础设施等,这类条件一般是由自然或历史长期形成的。软环境指影响投资的非物质条件,包括政治法律环境、经济环境和文化环境等,一般来说,改善投资硬环境需要消耗较多的物力和财力,但见效较快。软环境的建设虽不需花费大量资金,但由于一国的政治状况、经济政策、法制的完备性和文化素养等不是一朝一夕所能改善的,因此也较困难。投资环境的"软"、"硬"划分,有利于受资国或地区根据投资环境的这种区别,采取针对性措施,即用物质或非物质手段去建设投资环境。这种划分较为实用,也较多为一般人所接受。

4. 此外,从影响投资的外部条件形成和波及范围方面划分,可分为国际投资环境和国内投资环境。国内投资环境又可分为国家环境、行业环境、地区环境和企业环境;根据环境因素内容的不同,可分为社会经济环境、物质技术环境、自然地理环境和资源环境等。

# 第二节　投资硬环境

## 一、投资硬环境的定义

投资硬环境主要指能够影响投资环境的外部物质条件,包括自然地理环境、基础设施等,这类条件一般是由自然或历史长期形成的。

## 二、投资硬环境建设

一般来说,改善投资硬环境需要消耗较多的物力和财力,加强基础设施建设,改善投资硬环境能较快见效。基础设施的建立和完善是改善区域投资环境的必要条件,许多国家在发展外向型经济中,都十分重视基础设施的建设,从而在吸引外资方面获得了巨大成功。我国在很长一段时间,把基础设施投资视为非生产性投资,这种观点导致基础设施部门的非企业性及其产品的非商品性,其投资仅靠国家财政拨款和提取维护费来解决,资金供给远远小于投资需求,基础设施薄弱成为困扰经济发展的一大难题。为解决这个问题,我们首先应彻底转变观念,承认基础设施部门是创造价值和国民收入的重要物质生产部门,实行城市基础设施的有偿使用,为其开发和建设积累资金。同时,调整政策,对投资于基础设施的地方政府、集体企业、个体资金给予优惠鼓励,并积极采取多种形式筹集资金,如发行债券、股票、投资基金等,引导社会闲置资金投入基础产业,对于一些能做到收支自给并有盈余的基础设施项目,应采取慎重的、积极的措施,争取国外优惠贷款、BOT 融资、合资经营。鉴于基础设施项目具有建设规模较大、周期较长、协调配套性较强的特点,要做到统一规划,超前安排,从而提高其使用寿命和经济效益。

投资硬环境建设可分为由公共产品形成的硬环境建设和非公共产品形成的硬环境建设。

**(一)由公共产品形成的硬环境**

由公共产品组成的硬环境包括为生产服务的公共设施、为生活服务的公共设施、为要素发展服务的公共设施三类。

1. 为生产服务的公共设施

此类公共设施的主要目的是为生产服务,同时也可以为生活服务;它必须是企业无法独立承担投资的服务。政府建立这类设施的目的在于节约企业的生产成本,克服企业独立投资的障碍,因为这些设施所提供的服务都是为企业生产提供必要的要素。这类产品包括:通信、交通、供水、供电、供气等。由于这些产品多带有自然垄断性,政府如果不采取以财政性投资兴办事业单位或者造成高额垄断利润的情况,就会增加投资者成本,减少投资者的效益。

2. 为生活服务的公共设施

企业所投入的要素中,劳动力对企业成本影响很大,如果劳动力生活成本很高,则会间接地影响到企业成本,因为这意味着劳动力效益的下降,劳动力会流出本地,本地区劳动力存量减少,劳动力供给紧张,价格上升,企业成本增高;这种情况还会影响到企业劳动力素质方面的成本,即流走的劳动力可能是人力资本较高的,低等级劳动力不能替代高等级劳动力,本地区劳动力素质下降,也会增加企业成本。为生活服务的设施除了为生产服务也为生活服务,如医疗卫生设施、公园和娱乐设施、旅游风景、草坪以及其他可以由政府提供的商业、饮食等设施。

3. 为要素发展服务的公共设施

要素发展可以为企业和要素所有者提供未来的利益预期,因此,为要素发展提供服务的公共设施也可以产生吸引投资者和要素进入的效果。这些公共设施包括:免费的幼儿教育、基础性教育、专业教育、养老、丧葬等设施,包括为要素交易和流动提供的交易场所与服务,如产权市场、科技与企业家人才市场、劳务市场、不动产市场等。要素拥有者都希望要素流动决策,但要素拥有者更多地看中的是未来的利益;同时,要素发展对要素的雇用者来说,也是一项重要的潜在外部收益。在知识经济到来之际,哪个地区更能持续地发展,拥有更多的有后劲的要素,它就能在未来取得竞争优势。所以,为要素未来发展服务的公共设施投资是地区经济发展的一项长期决策。

**(二) 由非公共产品形成的硬环境**

由非公共产品形成的硬环境是指不能由政府提供的地区经济发展的物质环境,包括自然资源环境和区域市场环境。

1. 自然资源环境

自然资源环境,如矿产资源禀赋、地表形状、气候条件、土质条件、沿海条件等,这些条件直接对企业的生产方式、生产工艺、产品决策和生产成本产生影响,其本质性的影响是生产成本。第一,自然资源条件决定了生产方向,决定了本地区的产业优势。一个地区具有什么优势,它将首先考虑利用这种资源生产相应的产品。然而,是否具备地区自然资源的优势,还要考察这种资源是否能够转化为产品优势,否则只能是潜在的优势,而不是现实的优势。这就意味着:自然资源的优势需要有合理的生产经营组织将这种优势转化为市场竞争优势,否则,这种优势将会失去,为其他地区发展所利用。第二,自然资源条件影响着企业的生产成本和价格。资源的开发难易程度对资源开采的成本有重要影响,开采条件越差,开采成本越高。自然资源的不断耗竭将促使资源性产品的价格不断上升,这将形成该类产品市场竞争力的下降;同时,也将刺激替代品的出现和扩张,替代品在市场上销售份额的扩大将进一步使成本上升和价格下降,使资源性产品缺少竞争力,被挤出市场。替代品的出现可能是直接的,如煤炭和石油之间替代曾影响到许多国家和地区的经济兴衰;也可能是间接的,如不同地区的同一类资源因为运输和开采条件的变化而形成替代,例如铁路的兴建和煤炭运输费用的下降,导致一个地区企业更具有竞争力,而另一个地区企业则降低了竞争力。资源的开发条件即开发成本和资源的品质是决定本地区资源能否具有优势的根本性原因。区域经济运行状况和区域市场结构及区域非生产性设施与服务的因素总和构成区域市场环境。对于企业来说,区域市场环境直接影响着企业生存和发展的空间,因为区域市场环境直接为企业提供利益或减少企业的利益,企业会因区域市场环境的变化极为敏感地调整自己的决策,使之适应这一变化,找到自己最佳的市场位置。企业作为市场主体的一员,也无时不在影响着环境。因此,企业不仅要选择环境,还要积极地保护和改善环境,使环境朝着有利于自己发展的方向改进。

2. 区域市场环境

区域市场环境必须注重区域内企业间的竞争秩序与竞争程度。衡量区域市场结构的指标主要有行业分散程度、主导行业的集中程度、市场进入障碍。行业分散,竞争程度较低,行业可选择余地大,有利于小企业发展。主导行业集中程度高,表明本地区经济特征明显,短期内主导产业的带动作用较大,但长期下去可能会存在产业风险,并引起巨大产业转换成本,甚至走向衰落。进入成本过高,会使本地区经济走向封闭,本地区企业虽然受到保护,但却可能缺少竞争能力,最终要被挤出市场。服务水平、基础设施商业化程度、要素供给与价格也是区域市场环境的重要内容。就服务水平来说,如果人们忽视了服务的重要性,有可能会成为地区经济发展的瓶颈性因素。这里的服务不是指政府提供的服务,而是指地区内第三产业,如金融、保险、商业零售、信息等方面的服务,尽管它们是服务性的行业,但却具有商业目的,通过服务获得收益。如果地区内第三产业不发达,特别是第三产业内部结构不合理,就会存在着一些服务难以实现,企业只有自己去从事此方面的工作,导致专业化程度下降和成本上升,每个企业都这样做就会极大地降低本地区的经济效率,影响企业的生存和发展。所以,优先发展第三产业,调整第三产业内部结构,用第三产业推动第一产业和第二产业的发展,是改善地区竞争环境的重要措施。就基础设施商业化程度来说,自然垄断性商品可以由政府组织提供,也可以由市场自发完成垄断。当政府缺少足够的财力完成公共产品生产时,私人对这种产品的生产是一种必要的补充。因此,政府应在一定范围内,鼓励基础设施的商业化建设。一个地区基础设施的商业化程度越高,表明这一地区的经济越发达。基础设施商业化是构成一个地区硬环境的重要因素。就要素供给与价格来说,每个企业都必须考虑要素供给的情况,主要是要素供给的余缺、种类、要素价格、供给弹性、提供的方便程度、要素质量以及要素信息。主要要素指的是劳动力要素和资本要素的供给情况。本地区劳动力是否丰富决定了企业对劳动力的选择自由程度;劳动力是否具有多层次和多种类,决定了企业在选择劳动力时能否按自己的意愿选择合适工种的劳动力;劳动力质量是指劳动力中所包含的以市场标准衡量的人力资本,而不是以文凭或职称来衡量的人力资本。

# 第三节　投资软环境

## 一、投资软环境的定义

投资软环境指影响投资的非物质条件,包括政治法律环境、经济环境和文化环境等。

## 二、投资软环境建设

### (一)投资软环境建设的目标

投资软环境是优化经济发展环境的核心内容,它主要包括以下五个方面。

1. 营造开明、开放的思想环境。要营造开明、开放的思想环境就必须增强忧患意识,摒弃"部门利益至上"的狭隘心态,纠正不良的官僚作风,牢固树立"人人都是投资环境"的观念,增强服务意识,努力实现环境创新,吸引外来投资,把握住发展的良机。

2. 营造重商、亲商的服务环境。在硬件设施差距逐渐缩小的今天,招商的主要竞争手段是服务。谁拥有更优质高效的服务,谁就能吸引更多的投资者。营造服务环境,很重要的是表现在政府服务的质量和办事效率方面。政府领导经济工作的方式要由管理型向服务型、责任型转变,政府的公务员也要真正实现"管理员"向"服务员"的角色转变。提高政府工作效率是营造良好的创业环境的关键。政府要以规范的方式为客商提供快捷便利的服务,让企业进入一个平台就可以办成一系列的事情,从而减少企业的交易成本。如北京正式成立投资促进局,集企业投资前咨询、投资中服务、投资后投诉受理为一体,形成全程服务。政府工作人员要换位思考,一切环节都要力争提速,让速度的压力来催化每位办事人员的责任与服务意识。

3. 营造诚信、守信的信用环境。信用环境是投资软环境的关键因素。资本安全是投资者考虑的第一因素。诚信就是财富。有诚信,人气就旺,商机就多,发展就快。从政府角度说,打造优质的信用环境,应从两个方面入手,第一个层次是政府要提高"公信力",坚决防止政策多变、政出多头、因人行政、条块不一的现象。第二个层次是中介机构要有良好的信用。客商到一地投资兴业,必然要与一系列中介机构打交道,政府部门一定要严格管理这些中介机构,严防中介机构在执业过程中垄断经营,为了一己之利损坏投资者利益,破坏投资环境。

4. 营造公平、公正的法制环境。首先,要提高行政执法的公开性、透明度,切实维护好投资者和纳税人的合法权益,坚决杜绝执法部门不严格执法、不按规章办事,对企业乱收费、高收费、乱罚款、乱摊派、乱检查等现象。其次,要清除不利于公平竞争的本位主义、地方保护主义,抛弃歧视和排斥外来人员的偏见。对破坏和扰乱市场秩序的行为,要严厉惩办。此外,还要强化社会治安综合治理,全力维护企业的安定,使投资者"投资放心、工作宽心、生活安定、财产安全"。

5. 营造温馨、和谐的人文环境。在竞争机制的作用下,人才、信息、资金技术等生产要素,除了向成本低、效益高、投资安全便利的区域流动外,还会向那些环境优美、生活舒适、人际关系和谐、机制完备的地域流动。因此,加强公民道德教育,努力提高市民素质,大力推进社会风气建设,不断净化、绿化、亮化、美化城市环境,提升城市的品位,营造温馨、和谐的人文环境就显得尤其重要。温馨、和谐的人文环境会为投资者在生活居住、子女就学、医疗保健等诸多方面提供便利,使其创业投资、兴业经商皆能各得其所。

另外,投资软环境的建设可以从政府性软环境及经济性软环境两方面进行。

**(二)政府性软环境建设**

政府性软环境主要是指政策法律环境,包括法律环境、政府政策环境和政府机构与服务环境。政策提供的软环境,通常为人们所忽视,但对企业决策来说,这种环境可能经常是最具风险性的,因为它最难以在事前加以论证,而在事后最容易产生决策上的延误和失败,因此,软环境越来越受到投资者的重视。同时,软环境与政府行为关系密切,政府是软环境的直接控制者,它应受到政府的重视。

### 1. 立法与执法情况

法律环境即立法与执法情况。地方政权可以根据国家法律和本地区的经济发展情况进行立法,通过立法来调整本地区与其他地区间、政府与个人间的利益关系,明确企业和个人的行为界限,形成人们的稳定预期。一般地方政府立法权较小,这一环境变动的范围较窄,但是执法是否严格,每个地区却存在着很大差异,而这又恰是法律权威的最终体现,也是法律环境对人们的行为具有本质性影响的方面。因为人们通常会从对法律触犯的范例中获得暗示,形成偏离法律要求的行为预期。执法不严,则地区法律环境就具有不稳定性,人们的投入就很难得到保证,也会因为意外事件过多,而带来大量的、不可预见的费用支出;相反,执法严格,法律方面无机可乘,企业平等,企业决策时就可以有明确的依据,大大减少企业决策风险。因此,法律环境中的执法环境,要比立法环境更重要,区域竞争环境改善应首先从执法环境入手。

### 2. 政策环境

政策环境是指由政府根据当地经济运行状况提出的各种增加或减少市场主体利益的措施。政策是由政府制定的,具有行政性,它可以有两种政策。第一种,限制性政策,是指政府对某些市场主体或市场主体的某类活动提出的限制、惩罚、收费及审批控制。例如对经营范围限制、对污染企业的限制、对企业使用生产要素和对要素进行补偿的限制等等。第二种,鼓励性政策,是指政府对某类市场主体或市场主体的活动提供支持、协助、税费的减免和返还及优惠等措施。例如,对下岗职工自我雇用的优惠政策、外贸企业的关税返还、外商投资企业的减免税、高新技术企业和部分改革试点国有企业的优惠政策等。政策环境十分灵活,地区可执行程度较高,但政策也是信息,经常难以同其他地区形成差别,这个地区如果采取了某种比较有效的政策,另一个地区也可以效仿采取这种政策,因此,地区的政策环境会变成一个国家的政策环境。这并不意味着地区不可以创造政策环境,也不意味着不必在地区政策环境上做文章,如果其他地区采用了这种政策,而只有这一地区不采用,就会丧失发展机会。所以,地区政府要运用好政策环境所能够提供的效益。

### 3. 政府机构及其服务

政府机构为本地区市场主体提供服务,包括服务的职能、服务的质量、服务的效率、服务的成本和服务的态度等方面。这是区域竞争差异中最重要的内容。因为政府的服务对企业运行效率影响最为经常,也最为直接,企业的效益在很大程度上取决于政府服务的质量,全面的、具有指导意义的政府服务,可以减少企业的决策失误,降低企业的经营风险,减少企业公共信息性支出,节约企业的成本。同时,相对政策而言,政府的服务不具有可传递性,可以形成地区特有的软环境。只有政府有了对纳税人服务的意识,才能够将服务推向更高的层次,并给本地区企业带来更大的利益,形成与其他地区不同的软环境。

### (三) 经济性软环境建设

经济性软环境建设主要包括信用环境和商业道德环境两方面。

#### 1. 信用环境

所谓信用环境是指由企业与企业之间、企业与个人之间以及个人与个人之间的信任关系与信任程度。在现代经济中,每个企业的正常经营离不开必要的信用。一个没有信用环境的地区,企业与企业、个人与个人之间没信任感,这种经济根本就无法运行下去,只能退回到自然经济时代。良好的信用环境是地区经济发展的环境条件。良好的信用环境是指既不是信用资源过度使用,也不是信用资源不足。信用是一种资源,它是经过长期培养才能形成的社会信任关系。尽管这种资源没有量的限制,但如果消耗过大,就会产生泡沫经济,为信用危机打下伏笔。维护良好的信用环境要求政府必须着力控制信用资源的适度使用,特别是制定合理负债率,作为维护信用资源的手段,同时,还要为建立和培育信用资源、创造信用环境作出努力。

创造信用环境的重要措施是形成契约经济。契约经济要求:第一,明确利益关系,把当事人的利益以契约形式明确下来,这要求每个当事人的权利与义务必须双方认可、签字、公证后生效;第二,依据契约内容严格执行,不得反悔,也就是当事人在建议契约时必须慎重,一旦合同生效,就应该有义务承担责任;第三,以合同为依据保护自己的利益。契约经济要求的是形成人们自觉地遵守建立契约和履行契约的习惯,减少由于不履行契约而造成的损失。人们能够自觉接受契约,明确自己的责任和利益,是地区市场经济成熟的标志。

#### 2. 商业道德环境

在商业活动中,很多责任与利益无法用契约明确表达出来,但却对当事人产生非常大的影响,这种表现在商业活动中的行为主要取决于商业道德。一个地区的商业道德活动状况构成地区道德环境,它将影响地区经济的整体形象,是构成区域竞争软环境的重要因素之一。商业道德是在商业活动中表现出来的行为是否符合基本伦理的规范化观念,即其行为是否为同行所认同,为多数顾客所认同。为同行所认同,表明存在着行规及行业内约束;为顾客所认同,表明存在着顾客购买和保护消费者整体利益的双重约束。商业道德一般表现为是否存在商业欺诈,是否存在服务质量低下等行为。商业道德影响到投资者的直接利益较少,但它却会影响到劳动力要素和投资者本人的生活成本。对投资者来说,他不能不考虑地区性商业道德给他的投资造成的风险,特别是所雇用劳动力在企业中的表现是否忠实于企业,是否会因为没有商业道德观念、不遵守商业道德增加企业培训成本或减少企业利益。地区政府在商业道德方面的工作是建设行规,形成行业自律;同时,还要加强市场监督,运用社会舆论监督工具促进商业道德水平提高,促使企业进行商业道德方面的培训。

# 第四节　投资环境的评价

## 一、投资环境评价的角度

分析投资环境需要解决评价角度问题。国际上对于如何评价投资环境问题进行了多方面探讨，提出了许多富有创建性的观点和方法。但是由于没有充分认识到投资双方对投资环境的具体要求，评价事实上是不一致的。进行投资环境评价角度分析，首先要分析投资方和受资国对投资的不同动机。对于投资方而言，其投资的根本目的在于获取高额利润，实现资本增值。获取利润方式是多种多样的。因此投资者的具体投资动机也较为复杂，大致可分为三类。

第一类，战略动机。包括：为了稳定地获得廉价的自然资源；为了开辟和占领新的海外市场或是为了突破贸易保护壁垒，维护和扩大出口市场。

第二类，行为动机。包括：通过到国外投资，充分利用企业闲置不用的相对陈旧的生产设备；通过一些产品的国外投资，带动零部件和其他相关产品的出口；通过到国外投资，将一些劳动密集型产业转移到劳动力资源丰富的国家或地区，以利用其较为廉价的劳动力，降低生产成本；利用公司的垄断优势或特殊的竞争优势获取超额利润；生产多元化的需要。

第三类，经济动机。包括：为避免在激烈的竞争中失败，跟随本行业的主导者或竞争对手到国外进行投资；为维护本公司和产品的市场信誉，避免假冒伪劣产品对本公司或产品形象造成损害而到国外投资；随客户活动范围的扩展，跟随客户到国外投资；为降低运货、生产成本等的成本导向型投资；受东道国优惠政策的吸引进行的投资等。就受资国而言，吸引外资主要是弥补本国（本地区）资金不足，协调本国经济的发展。具体有以下几点：弥补东道国建设资金不足，促进其经济的繁荣与发展。引进国外的先进技术和设备，产品替代进口或填补国内空白，加强东道国国民经济中的基础部门或薄弱环节；引进先进的生产技术和管理经验，促进现有企业的技术改造和管理水平的提高，增强企业的竞争能力；利用国外的现代化生产技术和外商发达的国际销售渠道，增强出口创汇能力；增加本国就业人口，增加财政收入；扩大对外经济技术交流与合作，培养和锻炼对外经济合作人才；促进国内国际旅游事业的发展，活跃国内市场。

从投资方和东道国双方的辩证关系看，东道国吸引外资的根本目的是发展本国经济，维护国家利益。因此，为了实现这一目的，它必须创造一个良好的投资环境，尽可能地吸引外来投资。可以说东道国掌握着提供和改善投资环境的主动权；投资方追求的则是资本的最大增值，掌握着投资地点的选择权。所以，对评价投资环境的角度问题的科学解释是：在尽可能不损害东道国利益的前提下，最大限度地满足投资方的要求，促进东道国和投资方在可能的范围内实现各自的最大利益。如果投资环境不能满足或较好地满足投资方的要求,或虽能满足投资方的要求但却严重损害东道国的利益,那么就不可能使投资方和东道国实现各自可能的最大利益,这种投资环境也就不是一个良好的投资环境。具体而言,东道国应从本国的实际国情出发,结合本国的经济发展规划,科学地制定吸引外资的战略和目标,据此决定吸引外资的主要类型,然后,再深入地分析所选择的这些类型的外资对投资环境的要求和期望,有针对性地改善投资环境。

## 二、投资环境评价的准则

投资环境是多个要素组成的复杂系统,为了全面、客观、准确地评价投资环境,必须遵循一定的评价准则。

### (一)客观性准则

要从实际出发,以事实为依据,实事求是地进行评价;不能从主观愿望出发,想当然地进行评价。为了真实、客观地反映一国、一地的投资环境,必须进行实地考察,收集尽可能多的资料、数据,并对这些资料、数据加以整理、甄别、归纳,而后广泛听取有关专家的意见,在此基础上进行评价。

### (二)系统性准则

投资环境是一个多要素、多层次的复杂系统,系统内各要素相互联系、相互制约、相互影响,各要素是投资环境的子系统,而各要素又是由许多孙系统构成的。在评价投资环境时,应从系统性准则出发,不能顾此失彼,不能抓住一点推及整体,而必须既要有对宏观层次的整体性评价,又要有对微观层次的具体性评价;既要对自然、经济环境予以评价,又要对社会文化环境予以评价;既要从静态上进行评价,又要从动态上进行评价;既要对资本形成阶段的建设环境进行评价,又要对资本使用阶段的生产经营环境进行评价。总之,对投资环境的各组成要素都应当进行评价。当然,由于各要素对投资环境整体的重要性是不同的,评价时简繁程度也应有所不同。

### (三)比较性准则

有比较才有鉴别,投资环境的优劣程度只有通过与不同国家、不同地区的比较才能显示出来。比较各要素的参照系,在国际投资中,是该要素投资环境中最优秀的国家,在国内投资中,是投资环境中该要素最优秀的省、自治区、直辖市,即把那些投资环境最优秀的国家或地区作为评价标准的最高级。

### (四)效益性准则

投资的目的是为了取得效益,从根本上讲,对投资环境的评价是为了找出能给投资者带来最大效益的地理空间,或者向投资者展示某一地理空间对其取得效益的有利和不利程度。因此,投资环境要素的选择,投资环境要素的评判标准,都应当从是否有利于投资者投资效益最大化出发。任何与投资效益无关的因素都不应列入评价范围之内。需要指出的是,这里讲的投资者是指投资者整体,是泛指,不是特指某个投资者。投资外境的评价一般都是针对泛指的投资者。

### (五)层次性准则

评价一国的投资环境所考虑的要素和评价一国内部某地区投资环境所考虑的要素是不相同的,因为层次不同。有些用于国别比较的要素,在地区间比较上根本用不上,因为这些要素在地区间根本没有或很少有差别。比如政治制度,国与国比较时是可以用的,而一国内部两个地区比较时,根本没用,因为两地是处于同一个国家、同一个政治制度下。

### (六)"安全至上"准则

在对一国投资环境各要素进行评价时,必定会存在有的要素评价结果好些,有的要素评价结果差些,但如果评价结果差到将威胁投资者的人身安全和投资资本金安全时,应本着"安全至上"的准则,实行"一票否决制",即使其他要素评价结果再好,也应将该国列入投资环境极差的名单之中。

### (七)定量性准则

在评价投资环境时,单用定性分析是不够的,必须将定性分析转化为定量分析。因为在评价投资环境时,往往会遇到一个国家有些投资环境要素很优越,有些则很差,而另一国正好相反。再者,各要素在定性分析基础上是无法汇总的,因此,只有将定性分析转化为定量分析,才能得出准确的评价结论。投资环境的定量分析,主要采用指标法和各项指标打分法,将其量化。

## 三、投资环境评价的方法

国外对投资环境评价方法的研究始于 20 世纪 60 年代末。在跨国投资浪潮的推动下,现已形成了多种广为采用的评价方法。我国自改革开放以来,为了吸引更多的外资,各级政府对投资环境建设热情高涨,理论界和实际工作部门也投入了相当多的时间及精力进行投资环境评价方法的研究,从而丰富和发展了投资环境的评价理论和方法。投资环境评价比较有代表性的方法主要有以下几种。

### (一)冷热对比法

这是最早的投资环境评价方法,是 1968 年由美国学者伊西·利特法克和彼德·班廷在《国际商业安排的概念构造》一文中提出的。冷热分析法的基本思路是:从投资者和投资国的立场出发,选定诸投资环境要素,对目标国的投资环境要素逐一评价,好的为热,差的为冷,根据冷热因素所占的比重大小,决定一国投资环境是"热国"还是"冷国",最后将各目标国内"热"至"冷"依次排出投资环境好差顺序。

当初这两位学者选定的投资环境要素有 7 个,它们是:

1. 政治稳定性。主要看政权是否由全国各阶层代表所组成;是否为广大人民群众所拥护;政府能否为企业生产经营创造良好的、适宜的外部环境。若肯定的,则为"热";否定的,则为"冷"。

2. 市场机会。主要看消费者人数、购买力强弱以及对外国投资生产的产品或提供的服务的需求程度。若都比较大,则为"热",反之为"冷"。

3. 经济发展和成就。主要看经济是否稳定,发展速度是否快,经济效率是否高。若答案是肯定的,则为"热";否则为"冷"。

4. 文化一元化。主要看各阶层人民的相互关系、风俗习惯、价值观、宗教信仰是否差异大。若差异很小,则为"热";相反的则为"冷"。

5. 法律阻碍。主要看法律尤其是外资法是否过严、过繁,而给外资进入和以后经营活动带来的困难程度。若非常困难,则为"冷";一点也不困难,则为"热"。

6. 实质阻碍。主要看自然、地理条件的优劣。恶劣的自然地理条件,势必对企业经营活动产生阻碍,可定为"冷",反之为"热"。

7. 地理及文化差距。主要看与投资者所在国的空间距离以及文化、观念的差异。如果距离远、差异大,则为"冷",否则为"热"。现对冷热对比法举例如下(如表 3-1 所示)。

表 3-1　冷热对比法

| 国别 | 要素\冷热度 | 政治稳定性 | 市场机会 | 经济发展与成就 | 文化一元化程度 | 法律阻碍 | 实质阻碍 | 地理及文化差距 |
|---|---|---|---|---|---|---|---|---|
| A | 热 | 大 | 大 | 大 | 大 | 小 | 中 | 小 |
| B | 偏热 | 大 | 大 | 大 | 中 | 小 | 中 | 大 |
| C | 偏冷 | 大 | 中 | 中 | 中 | 大 | 中 | 大 |
| D | 冷 | 大 | 小 | 小 | 中 | 大 | 大 | 大 |

冷热对比法虽然比较粗糙,但评价的思路和框架,尤其评价要素采用的等级标准做法,为以后投资环境评价方法的发展和完善奠定了基础。

**(二) 等级尺度法**

1969 年,美国学者罗伯特·斯托伯在《如何分析国外投资气候》一文中,提出了投资环境评价的等级尺度法。该方法的基本思路是:围绕东道国政府对外国直接投资者的限制和鼓励政策,确定影响投资环境的八大因素,即资本收回限制、外商股权比例、对外商的管制程度、货币稳定性、政治稳定性、给予关税保护的意愿、当地资本可供程度、近五年通货膨胀率。根据每个因素对整体投资环境的重要性,确定评分区间。同时,根据每个因素的完备程度分成若干层次,在各因素的评分区间内,确定各层次的分值。进行投资环境评价时,只要根据受评国的情况,对号入座,分别评出各因素的分值,然后将各因素的分值加总,即可得出投资环境评价总分。总分越高,投资环境越好(如表 3-2 所示)。

### 表 3-2 投资环境等级尺度评分表

| 序号 | 投资环境因素 | 评分 |
|---|---|---|
| | 资本抽回(capital repatriation) | 0~12 分 |
| | 无限制 | 12 |
| | 有时间上的限制 | 8 |
| 1 | 对资本有限制 | 6 |
| | 对资本和红利都有限制 | 4 |
| | 限制繁多 | 2 |
| | 禁止资本抽回 | 0 |
| | 外商股权(foreign ownership allowed) | 0~12 分 |
| | 准许并欢迎全部外资股权 | 12 |
| | 准许全部外资股权但不欢迎 | 10 |
| 2 | 准许外资占大部分股权 | 8 |
| | 外资最多不超过股权半数 | 6 |
| | 只准外资占小部分股权 | 4 |
| | 外资不得超过股权的三成 | 2 |
| | 不准外资控制任何股权 | 0 |
| | 对外商的歧视和管制程度(discrimination and controls) | 0~12 分 |
| | 对外商和本国企业一视同仁 | 12 |
| | 对外商略有限制但无管制 | 10 |
| 3 | 对外商有限制并有管制 | 6 |
| | 对外商有限制并严重管制 | 4 |
| | 对外商严加限制并严重管制 | 2 |
| | 禁止外商投资 | 0 |
| | 货币稳定性(currency stability) | 4~20 分 |
| | 完全自由兑换 | 20 |
| | 黑市与官价差距小于 10% | 18 |
| 4 | 黑市与官价差距在 10%~40% 之间 | 14 |
| | 黑市与官价差距在 40%~100% 之间 | 8 |
| | 黑市与官价差距在 100% 以上 | 4 |

续表

| 序号 | 投资环境因素 | 评分 |
|---|---|---|
| | 政治稳定性(political stability) | 0~12 分 |
| | 长期稳定 | 12 |
| | 稳定但因人而治 | 10 |
| 5 | 内部分裂但政府掌权 | 8 |
| | 国内外有强大的反对力量 | 4 |
| | 有政变和动荡的可能 | 2 |
| | 不稳定,政变和动荡极有可能 | 0 |
| | 给予关税保护的意愿(willingness to grant tariff protection) | 2~8 分 |
| | 给予充分保护 | 8 |
| 6 | 给予相当保护但以新工业为主 | 6 |
| | 给予少许保护但以新工业为主 | 4 |
| | 很少或不给予保护 | 2 |
| | 当地资金的可供程度(availability of local capital) | 0~10 分 |
| | 成熟的资本市场,有公开的证券交易所 | 10 |
| | 少许当地资本,有投机性的证券交易所 | 8 |
| 7 | 当地资本有限,外来资本(世界银行贷款等)不多 | 6 |
| | 短期资本极为有限 | 4 |
| | 资本管制很严 | 2 |
| | 高度的资本外流 | 0 |
| | 近五年的通货膨胀率(annual inflation) | 2~14 分 |
| | 小于 1% | 14 |
| | 1%~3% | 12 |
| | 3%~7% | 10 |
| 8 | 7%~10% | 8 |
| | 10%~15% | 6 |
| | 15%~35% | 4 |
| | 35%以上 | 2 |
| | 合计 | 8~100 分 |

等级尺度法的优点是:有较为具体的内容,评价时所需的资料易于取得;在各项因素的分值确定上,采取了区别对待的原则,体现了不同因素对投资环境重要性的差异。尤为有意义的是,将定性分析定量化,避免了单纯的定性分析所导致的模糊概念;且评价时不需要深奥的数学知识,简便易懂。其缺陷是:评价的内容和标准还不够完善。如对所得税、基础设施没有加以考虑,政治稳定性仅给予 12 分的权重,外汇黑市与官价差距小于10%的却给了 18 分的权重。这些缺陷与斯托伯评价的对象主要为发达国家有关,也与当时的经济背景有关,对此,我们在实际运用中,应结合目前国际经济的实际情况,对具体的因素和评分标准加以调整,不能照抄照搬,拿来就用。

**(三)因素评价法**

在等级尺度法的基础上,我国香港中文大学教授闵建蜀提出了两种密切联系而又有一定区别的投资环境评价方法:闵氏多因素评价法和关键因素评价法。

**1. 多因素评价法**

多因素评价法的基本思路是:首先确定影响投资环境的因素。闵氏将其确定为十一类(具体内容如表 3-3 所示)。

表 3-3　多因素评价法因素与子因素组成

| 影响因素 | 子因素 |
|---|---|
| 1. 政治环境 | 政治稳定性,国有化可能性,当地政府的外资政策 |
| 2. 经济环境 | 经济增长,物价水平 |
| 3. 财务环境 | 资本与利润外调,对外汇价,集资与借款的可能性 |
| 4. 市场环境 | 市场规模,分销网点,营销的辅助机构,地理位置 |
| 5. 基础设施 | 国际通信设备,交通与运输,外部经济 |
| 6. 技术条件 | 科技水平,适合工资的劳动生产力,专业人才的供应 |
| 7. 辅助工业 | 辅助工业的发展水平,辅助工业的配套情况等 |
| 8. 法律制度 | 商法、劳工法、专利法等各项法律是否健全,法律是否得到很好执行 |
| 9. 行政机构效率 | 机构的设置,办事程序,工作人员的素质等 |
| 10. 文化环境 | 当地社会是否接纳外资公司及对其信任和合作程度,外资公司是否适应当地社会风俗等 |
| 11. 竞争环境 | 当地的竞争对手的强弱,同类产品进口额在当地市场所占份额 |

将上述有关资料收集齐全后,由专家采用 5 分制方法分别评定各投资环境因素的得

分,5分制的5、4、3、2、1分,分别对应优、良、中、可、差。然后按下列公式计算投资环境总分:

$$投资环境总分 = \sum_{i=1}^{11} W_i(5a_i + 4b_i + 3c_i + 2d_i + e_i)$$

式中:$W_i$——第 $i$ 类因素的权重;

$a_i, b_i, c_i, d_i, e_i$——第 $i$ 类因素被评为优、良、中、可、差的百分比。

某国投资环境多因素评价的评分表如表3-4所示。

总分越接近5,表明投资环境越好;总分越接近1,则表明投资环境越差。该国投资环境总分为3,属于投资环境中等偏上的国家。

2. 关键因素评价法

关键因素评价法的基本思路是:确定影响具体投资项目的因素(即关键因素),以后的评价过程与闵氏多因素评价法相同。

表3-4　某国投资环境多因素评价评分表

| 投资环境因素 | 权数 | 各子因素得分所占比重 | | | | | 单项因素得分 | 考虑权数得分 |
|---|---|---|---|---|---|---|---|---|
| | | 5分 | 4分 | 3分 | 2分 | 1分 | | |
| 政治环境 | 0.15 | 0.15 | 0.30 | 0.35 | 0.15 | 0.05 | 3.35 | 0.50 |
| 经济环境 | 0.10 | 0.30 | 0.30 | 0.25 | 0.10 | 0.05 | 3.70 | 0.37 |
| 财务环境 | 0.15 | 0.05 | 0.20 | 0.30 | 0.40 | 0.05 | 2.80 | 0.42 |
| 市场环境 | 0.10 | 0.10 | 0.20 | 0.30 | 0.30 | 0.10 | 2.90 | 0.29 |
| 基础设施 | 0.05 | 0.05 | 0.20 | 0.30 | 0.40 | 0.05 | 2.80 | 0.14 |
| 技术条件 | 0.05 | 0.10 | 0.25 | 0.35 | 0.20 | 0.10 | 3.05 | 0.15 |
| 辅助工业 | 0.10 | 0.05 | 0.15 | 0.30 | 0.40 | 0.10 | 2.65 | 0.27 |
| 法律制度 | 0.10 | 0.10 | 0.15 | 0.30 | 0.35 | 0.10 | 2.80 | 0.28 |
| 行政机构效率 | 0.05 | 0.20 | 0.30 | 0.30 | 0.10 | 0.10 | 3.40 | 0.17 |
| 文化环境 | 0.10 | 0.05 | 0.20 | 0.20 | 0.30 | 0.25 | 2.50 | 0.25 |
| 竞争环境 | 0.05 | 0.10 | 0.30 | 0.30 | 0.20 | 0.10 | 3.10 | 0.16 |
| 合计 | 1.00 | | | | | | | 3.00 |

如某投资者投资的主要动机是为了降低成本,通过分析,劳动力成本、原材料价格、运输条件为关键因素。具体评价结果如表3-5所示。

表 3-5  关键因素评价法评分举例

| 关键因素<br>国家地区 | 原材料价格<br>（0.3） | 劳动力成本<br>（0.5） | 交通运输条件<br>（0.2） | 总评分 | 投资环境 |
|---|---|---|---|---|---|
| A | 6 | 7 | 3 | 5.9 | 中 |
| B | 5 | 2 | 7 | 3.9 | 差 |
| C | 9 | 9 | 6 | 8.4 | 优 |
| D | 10 | 5 | 8 | 7.1 | 良 |

由计算可知，四个国家或地区中，以 C 的投资环境为最优。与冷热对比法、等级尺度法相比，因素评价法考虑的投资环境因素比较全面，比较适用于发展中国家，而且简便易行。其缺陷是：由专家进行打分，使得打分往往具有主观倾向。此外，正确确定各环境因素的权重也不是一件容易的事。

**（四）准数评价法**

准数评价法是我国学者林应桐在《国际资本投资动向和投资环境准数》一文中提出来的。他根据各种投资环境因素的相关特性，对在投资建设与生产经营活动中起不同效用的因素进行了归纳分类，形成了"投资环境准数"的数群概念，为评价和改善投资环境提供了一种新的思路和方法（如表 3-6 所示）。

表 3-6  投资环境要素评价分类表

| 项目要素 | 代号 | 内涵 | 评分 |
|---|---|---|---|
| 1. 投资环境激励系数 | $K$ | ①政治经济稳定；②资本汇出自由；③投资外交完善度；④立法完备性；⑤优惠政策；⑥对外资兴趣度；⑦币值稳定 | 0～10 |
| 2. 城市规划完善度因子 | $P$ | ①有整体经济发展战略；②利用外资有中、长期规划；③总体布局的配套性 | 0～1 |
| 3. 税利因子 | $S$ | ①税收标准；②合理收费；③金融市场 | 2～0.5 |
| 4. 劳动生产率因子 | $L$ | ①工人劳动素质和文化修养；②社会平均文化素质；③熟练技术人员，技术工人数量 | 0～1 |
| 5. 地区基础因子 | $B$ | ①基础设施、交通、通信、电力等；②工业用地；③制造业基础；④科技水平；⑤外汇资金充裕度；⑥自然条件；⑦第三产业水平 | 2～10 |
| 6. 效率因子 | $T$ | ①政府机构管理科学化程度；②有无完善的涉外服务体系；③咨询体系；④管理手续简化程度；⑤信息资料提供系统；⑥配套服务体系；⑦生活环境 | 2～0.5 |
| 7. 市场因子 | $M$ | ①市场规模；②产品对市场占有率；③进出口限制；④人、财、物供需市场开放度 | 0～2 |
| 8. 管理权因子 | $F$ | ①开放城市自主权范围；②"三资"企业外资股权限额；③"三资"企业经营自主权程度 | 0～2 |

表 3-6 所列八大要素与准数值"N"的关系,用下式表示:

$$N = \frac{KB}{ST}(P + L + M + F) + X$$

式中,X 表示其他机会性因素,其值可为正或负。运用这种方法,可以较便利地评价投资环境的优劣。如果一国投资环境准数值越高,表明该国投资环境越佳,对投资的吸引力越大。

准数评价法的主要优点是:注意了各种因素之间的相关性及其动态性,避免了前面几种评价方法都基于一个假设,即"整体等于部分之和"的问题;评价包括的因素也较全面,既有宏观因素又有微观因素,既有硬环境因素又有软环境因素,能较好地反映投资环境的全貌。

### (五)动态评价法

投资环境不仅因国而异、因地而异,即使在同一国家、同一地区也会因时而异。因此,在评价投资环境时,不仅要看现在,还要估计今后可能发生的变化,以便确定这些变化在一定时期对投资活动的影响。美国道氏化学公司为此制定出一套投资环境动态评价方法(基本内容如表 3-7 所示)。

表 3-7　道氏公司投资环境评价法

| 1. 企业业务条件 | 2. 引起变化的主要压力 | 3. 有利因素和假设的汇总 | 4. 预测方案 |
| --- | --- | --- | --- |
| (1) 实际经济增长率 | (1)国际收支结构及趋势 | 对前两项进行评价后,从中挑出 8～10 个在某个国家的某个项目能获得成功的关键因素(这些关键因素将成为不断查核的指数或继续作为国家评估的基础) | 提出 4 套国家/项目预测方案<br>(1) 各种关键因素造成的"最可能"方案<br>(2) 如果情况比预期的好,会好多少<br>(3) 如果情况比预期的糟,会如何糟<br>(4) 会使公司"遭难"的方案 |
| (2) 能否获得当地资产 | (2)被外界冲击时,易受损害的程度 | | |
| (3) 价格控制 | (3)经济增长相对于预期 | | |
| (4) 基础设施 | (4)舆论界领袖观点的变化趋势 | | |
| (5) 利润汇出规定 | (5)领导层的稳定性 | | |
| (6) 再投资自由 | (6)与邻国的关系 | | |
| (7) 劳动力技术水平 | (7)恐怖主义骚扰 | | |
| (8) 劳动力稳定性 | (8)经济和社会进步的平衡 | | |
| (9) 投资刺激 | (9)人口构成和人口因素 | | |
| (10) 对外国人的态度 | (10)对外国人和外国投资的态度 | | |

道氏公司认为,投资者面临的风险可以分为两类:一是正常企业风险,或称为竞争风险。例如,竞争对手可能会生产出性能价格比更好的产品。二是环境风险,即政治、经济

及社会因素。这类因素往往会改变企业所处的环境、企业经营所遵循的规则、企业经营所采取的方式,并且这些变化的影响又往往是不确定的,既可能对企业有利,也可能不利。据此,动态评价法的基本思路是:将投资环境的因素分为两部分:一部分是企业从事生产经营的业务条件,即现存的对企业生产经营活动有影响的一些因素;另一部分是有可能引起企业生产经营的业务条件变化的主要压力,主要包括可能会变化的政治、经济、社会因素。两部分分别有 40 项因素。然后对两部分因素进行评价,得出某地、某国的投资环境基本分值。如要进行某项投资,在基本分值较大的家或地区中,再选择 8～10 个关键因素,进行进一步评价,最后各提出 4 套预测方案(即最可能结果方案、较好结果方案、较差结果方案、极差结果方案),从中选出最优的投资环境国或地区。

表 3-7 中,第一栏是现存对企业生产经营活动有影响的一些因素;第二栏是可能有变化并对第一栏产生影响的社会、政治、经济因素;第三栏为挑出的关键因素;第四栏为 4 套预测方案,以供决策参考。

### (六) 抽样评价法

抽样评价法是通过随机抽取或选定若干不同类型的外商投资企业,由其高级管理者对东道国投资环境要素进行口头或书面评估,然后综合其意见得出评价结论的一种方法。在评估时,通常采取专题调查表形式。表中列出所有重要的投资环境因素及其评价标准,由被调查者根据本企业投资建设与生产经营的实际体会及其所掌握的有关资料和信息,逐项回答对东道国投资环境的基本看法。例如,美国科艺国际咨询公司与中国对外经济贸易部国际贸易研究所曾联合对中国投资环境作过抽样评估,调查对象是在中国投资的36 家外资企业(包括合资企业)。调查结果如表 3-8 所示。

表 3-8  调查结果表

| 评估项目 | 评 估 标 准 | | | |
|---|---|---|---|---|
| | 非常好 | 良好 | 一般 | 不佳 |
| 政策 | 8 | 14 | 14 | 0 |
| 法律 | 10 | 11 | 12 | 3 |
| 税收/制度措施 | 7 | 17 | 9 | 3 |
| 利息 | 8 | 10 | 16 | 2 |
| 劳资关系 | 11 | 18 | 7 | 0 |
| 劳动生产率 | 0 | 13 | 19 | 4 |
| 动力/水供应 | 0 | 7 | 20 | 9 |
| 运输/通信 | 0 | 3 | 9 | 24 |

续表

| 评估项目 | 评估标准 | | | |
|---|---|---|---|---|
| | 非常好 | 良好 | 一般 | 不佳 |
| 劳动成本 | 13 | 15 | 5 | 3 |
| 市场发展/销售 | 7 | 11 | 12 | 6 |
| 人力资源 | 7 | 11 | 12 | 6 |
| 投资环境结论 | 17.9% | 32.8% | 34.1% | 15.2% |

　　表3-8中的百分数是该栏企业的平均数占被调查企业总数的比例。例如,将"良好"一栏所有企业数加总后平均,再除以企业总数36家,即可得出有32.8%的外资企业认为中国投资环境"良好"。这种评估法的主要优点是简便易行,调查对象和项目可以根据投资需要来合理选择确定,而且调查结果的汇总与综合评价也不很困难,可以较快地为投资者提供决策的依据。它的主要缺陷是评估结果往往带有被调查者的主观色彩,从而有可能使其与现实投资环境有一定的差距。投资环境的评价方法除了上述几种外,还有以投资硬环境,投资软环境或物理环境、制度环境为核心的"两因素评价法";以"重要物件、吸引力、满意度"三项指标为核心的"三因素评价法";运用数量相似度模型的相似度法等等。各种方法既有相似之处,也有一些区别和各自的特点。在实践中,应该根据具体情况和可能掌握的信息资料,选用适当的评价方法,并且可以对被选用的方法加以必要的修改和调整,以更方便、更合理地评价投资环境。

 案例　　　　　　　　　　**深圳市投资环境**

　　深圳是中国改革开放倡导设立的中国第一个经济特区,是我国改革开放的窗口,是连接中国香港和内地的纽带和桥梁,在中国的制度创新、扩大开放等方面肩负着试验和示范的重要使命。

　　深圳是中国最重要的旅游城市之一,重要的旅游创汇基地,被誉为"中国主题公园和旅游创新之都"。其中华侨城旅游度假区是中国首批最高等级的AAAAA级旅游景区。深圳拥有立体化的旅游交通网络,安全快捷,海陆空口岸俱全,陆路、水路和市内交通方便,食、住、行、游、娱、购协调发展。荟萃全国和世界各地的美食与名、优、特、新商品。"精彩深圳,欢乐之都",一小时车程内,便可以纵横驰骋,领略一座城市的青春之美和现代之美。

　　深圳坚持现代化、国际化标准发展城市基础设施。海陆空运输四通八达,以公交大巴和地铁轨道交互组成的市内交通日趋完善,建立了便利、高效的立体综合运输体系。深圳是中国主要的对外贸易和国际交往口岸,港口航运深圳港口码头岸线长逾 15 公里,建成蛇口、盐田等 9 个商业港区,500 吨以上泊位 141 个,其中万吨以上经营性深水泊位 53 个。2007 年深圳港集装箱吞吐量 2 110.38 万标准箱,增长 14.3%,连续 7 年居全球集装箱枢纽港第四位。深圳宝安国际机场是全国一级民用机场,已跻身中国四大繁忙空港之列,现已开辟国内航线 137 条,国际航线 36 条。2007 年机场旅客吞吐量 2 061.93 万人次,比上年增长 12.3%;连续 6 年稳居全国第四位,跻身全球 100 强。深圳铁路四通八达,贯穿中国大陆的两条主要铁路干线——京广线和京九线在深圳交汇。深圳路网总长 2 800 多公里,其中公路通车里程超过 1 400 公里,通行高速公路 200 多公里。快速道路系统使特区一、二线通行时间缩短至半小时以内,深圳至广州等周边城市通行时间缩短至 1 小时左右。

深圳把加快发展高新技术产业作为新的经济增长点,产业高端化取得突破性进展。2007 年,深圳高新技术产业继续保持高速增长,高新技术产品产值为 7 598.76 亿元,增长 20.5%,其中具有自主知识产权的高新技术产品产值达到 4 454.39 亿元,占全市高新技术产品产值的 58.6%。深圳已成为我国高新技术产品开发、生产和出口的重要基地,建立起电子信息、生物技术、新材料、机电一体化、激光等五大领域的高新技术产业群。

作为中国改革开放的"窗口"和"试验田",深圳以激情、创新、敢闯和实干,在短短 28 年间,从一个不到 2 万人口的边陲小镇,崛起为一座现代大都市。如今的深圳经济繁荣、社会和谐、功能完备、环境优美,平均年龄只有 28 岁的深圳人,正用自己的努力创造,让这座中国现代化的先锋城市永葆青春活力。

资料来源:根据招商引资信息网深圳市投资环境整理而成。

# 本 章 小 结

投资环境是指投资的一定区域内对投资所要达到的目标产生有利或不利影响的外部条件的总和。这些外部条件包括:社会政治、经济、法律、文化、自然地理、基础设施、服务等。

投资环境是一个多层次、多因素的复杂系统,其所涉及因素很多,一般而言,综合起来投资环境包括:政治环境、经济环境、基础设施、自然环境、社会文化环境、法制环境等内容。

投资环境具有综合性、区域性、差异性、动态性等特点。

按投资环境因素作用的范围不同,可以分为宏观投资环境和微观投资环境;按投资环境包含因素的多少,可将其分为狭义投资环境和广义投资环境;根据投资环境因素具有的物质性和非物质性,可将其分为投资硬环境和投资软环境;从影响投资的外部条件形成和波及范围方面划分,可分为国际投资环境和国内投资环境。

投资硬环境主要指能够影响投资环境的外部物质条件,包括自然地理环境、基础设施等,这类条件一般由自然或历史长期形成的。投资硬环境建设可分为由公共产品形成的硬环境建设和非公共产品形成的硬环境建设两方面的建设。由公共产品组成的硬环境包括为生产服务的公共设施、为生活服务的公共设施、为要素发展服务的公共设施三类。由非公共产品形成的硬环境意指不能由政府提供的地区经济发展的物质环境,包括自然资源环境和区域市场环境。

投资软环境指影响投资的非物质条件,包括政治法律环境、经济环境和文化环境等。投资软环境的建设可以从政府软环境及经济软环境两方面进行。政府性软环境包括立法与执法情况、政策环境、政府机构及其服务。经济性软环境建设主要包括信用环境和商业道德环境两方面。

全面、客观、准确地评价投资环境,必须遵循的评价准则是:客观性准则、系统性准则、比较性准则、效益性准则、层次性原则、"安全至上"准则、定量性准则。

目前广为采用的投资环境评价方法有冷热对比法、等级尺度法、因素评价法、准数法、动态评价法、抽样评价法。

# 复习思考题

1. 投资环境的含义?
2. 投资环境的内容及其特点?
3. 投资环境可分为哪几类?
4. 何谓投资硬环境、投资软环境?
5. 投资硬环境建设与投资软环境建设有何不同?
6. 投资环境评价的准则是什么? 评价方法有哪些?

# 参 考 文 献

[1]　wanghu.深圳市投资环境[EB/OL].
http://www.zhaoshangyinzi.com/touzihuanjing/2009/06/10/1456/.
[2]　金德环.投资经济学[M].第2版.上海:复旦大学出版社,1992.
[3]　潘石,麻彦春,谢地.投资经济学[M].长春:吉林大学出版社,1997.
[4]　强莹.投资经济学[M].南京:南京大学出版社,1997.
[5]　李大胜,牛宝俊.投资经济学[M].太原:山西经济出版社,2000.
[6]　陈康幼.投资经济学[M].上海:上海财经大学出版社,2003.

# B&E

# 第四章
## 融资的渠道与模式

## 本章学习要点

1. 了解融资的概念及功能；
2. 掌握金融市场的分类与作用；
3. 掌握资本市场的作用与构成；
4. 了解融资的主要模式。

## 第一节　融资的基本概念和相关理论

随着经济的发展，企业融资渠道越来越多，一些新的融资方式也应运而生，但对于企业而言，如何选择融资方式，怎样把握融资规模以及各种融资方式的利用时机、条件等问题，都是企业在融资之前就必须进行认真分析和研究的。

《新帕尔格雷夫经济学大辞典》对融资的解释是：融资是指为支付超过现金的购货款而采取的货币交易手段或为取得资产而集资所采取的货币手段。企业融资是社会融资的基本组成部分，是指企业作为资金需求者进行的资金融通活动。广义的融资是指资金在持有者之间流动，以余补缺的一种经济行为，这是资金双向互动的过程，包括资金的融入和融出，既包括资金的来源，又包括资金的运用。狭义的融资主要是指资金的融入，也就是资金的来源。具体是指企业从自身生产经营现状及资金运用情况出发，根据企业未来经营策略与发展需要，经过科学的预测和决策，通过一定的渠道，采用一定的方式，利用内部积累或向企业的投资者及债权人筹集资金，组织资金的供应，保证企业生产经营需要的一种经济行为。它既包括不同资金持有者之间的资金融通，也包括某一经济主体通过一定方式在自身体内进行的资金融通，即企业自我组织与自我调剂资金的活动。从该经济主体的角度来看，前一种方式称为外源融资，后一种方式称为内源融资。从融资主体角度，可对企业融资方式作三个层次的划分：第一层次为外源融资和内源融资；第二层次将对外源融资划分为直接融资和间接融资;第三层次则是对直接融资和间接融资再作进一步的细分。在实践中,还经常根据资金来源和融资对象,将企业融资方式分为财政融资、银行融资、商业融资、证券融资、民间融资和国际融资等。

企业融资区别于一般金融机构所进行的金融活动。金融机构是货币资金的中介机构,其任务是聚集社会的闲散资金再贷放出去,是为全社会的经济运行服务,它筹措资金的目的是运用资金,获取利息。企业融资则是为企业自身的生产经营服务,它筹集资金是为了自身的再生产或商业活动服务,它运用资金是为了谋求更高的收益。可以说,企业融资是现代银行赖以生存和发展的基础,它同银行金融之间具有互补性,形成了一种并立的格局。

## 一、内源融资与外源融资

按照融资过程中资金来源的不同方向,可以把企业融资分为内源融资和外源融资。一般来说,储蓄转化为投资有两种形式:一是同一经济体内的储蓄向投资的转化;二是不同经济体之间的储蓄向投资的转化。前一种形式叫内源融资,后一种形式则叫外源融资。任何企业都有一个确定内源融资与外源融资的合理比例问题。所谓企业内源融资,是企业依靠其内部积累进行的融资,具体包括三种形式:资本金、折旧基金转化为重置投资和留存收益转化为新增投资。内源融资对企业资本的形成具有原始性、自主性、低成本性和抗风险性的特点,是企业生存与发展不可或缺的重要组成部分。所谓企业外源融资,则是指企业通过一定方式从外部融入资金用于投资。相对于外源融资,内源融资可以减少信息不对称问题及与此有关的激励问题,节约企业的交易费用,降低融资成本,也可以增强企业的剩余控制权。因此,内源融资在企业的生产经营和发展壮大中的作用是相当重要的。但是,内源融资能力及其增长,要受到企业的赢利能力、净资产规模和未来收益预期等方面的制约。现实中的资金供求矛盾总是存在的,并推动着外源融资的发展。外源融资的发展,可以提高全社会对储蓄资源的动员和利用能力,优化社会资源的配置效率,有利于分散投资风险。外源融资是企业吸收其他经济主体的储蓄,使之转化为自己的投资的过程。它对企业的资本形成具有高效性、灵活性、大量性和集中性的特点。因此,在经济日益货币化,信用化和证券化的进程中,外源融资成为企业获取资金的主要方式。一般来说,企业外源融资是通过金融媒介机制的作用,以直接融资和间接融资的形式实现的。

## 二、直接融资与间接融资

按照融资过程中资金运动的不同渠道,可以把企业融资分为直接融资和间接融资,其核心依据是储蓄向投资转化是否经过银行这一金融中介机构。

### (一)直接融资与间接融资的含义

直接融资,是指企业作为资金需求者向资金供给者融通资金的方式,是资金盈余部门在金融市场购买资金短缺部门的直接证券,如商业期票、商业汇票、债券和股票的融资方式,另外,政府拨款、占用其他企业资金、民间借贷和内部集资等都属于直接融资范畴。直接融资具有以下特点。

1. 直接性,即资金直接从资金供给者流向需求者,并在两者之间建立直接的债权债务关系,或资金需求者以股权形式直接取得资金。

2. 长期性,直接融资所取得的资金的使用期限要长于间接融资。

3. 不可逆性,采取发行股票形式进行的直接融资,所取得的资金是毋需还本的,投资者若需变现就必须借助于流通市场,与发行人无关。

4. 流通性,由于直接融资工具是股票与债券,而股票与债券是可以在证券二级市场上流通的。

间接融资则是企业通过金融中介机构间接向资金供给者融通资金的方式。间接融资是由金融机构充当信用媒介来实现资金在盈余部门和短缺部门之间的流动,具体的交易媒介包括货币和银行券、存款、银行汇票等非货币间接证券。另外,像"融资租赁"、"票据贴现"等其他方式也都属于间接融资的方式。间接融资具有与直接融资截然相反的特性,即间接性、短期性、可逆性及非流通性。直接融资与间接融资的这种划分,只是一种理论上的抽象,在现实中要复杂得多。随着全球金融创新的发展,这两者的区别越来越模糊,出现了直接融资间接化、间接融资直接化的趋势。各种融资方式及其相互关系,见表4-1。

表 4-1  各种融资方式及其相互关系

| 资金性质 | 融资渠道或融资方式 | | 来　源 |
|---|---|---|---|
| 自有资金 | 资本金 | | 内源融资 |
| | 折旧基金 | | |
| | 留存利润 | | |
| 借入资金 | 发行股票 | 直接融资 | 外源融资 |
| | 发行债券 | | |
| | 其他企业资金(各种商业信用) | | |
| | 民间资金(民间借贷和内部集资) | | |
| | 外商资金 | | |
| | 银行借贷资金 | 间接融资 | |
| | 非银行金融机构(融资租赁、典当) | | |

**(二)直接金融体制与间接金融体制的比较**

不同的国家由于历史、文化、传统不同,经济发展的水平、阶级不同,以及对资金需求程度不同,所选用的金融体制也不相同。纵观世界各国的融资市场,按照直接融资和间接融资在社会融资总量中所占比重以及对国民经济发展所起的不同作用,相应形成了以直接融资为主导的直接金融体制和以间接融资为主导的间接金融体制。

市场机制比较发达的国家,资金由短缺变为相对充足,各项法规比较完备,资本市场达到一定规模,信息开始相对公开,能较灵敏、准确地反映企业的经营状况和资产负债状况,有效地抑制过度投机行为,降低了直接融资的风险和交易费用;价格体系基本合理,价格形成的市场机制较完善;企业建立了有效的激励和约束机制。这类国家往往采用直接金融体制。在直接金融体制下,企业更多依靠发行直接证券(债券、股票)等方式从资本市场获取资金。

市场机制相对落后的国家,由于资金短缺与分散,法规不健全,信息不对称,资本市场容易出现过度投机行为,使经济呈现虚假繁荣即泡沫经济,导致大量资金游离于实物经济之外,不能真正改善企业资金短缺状况,对实物经济的发展不能起积极作用。企业财务状况不透明,约束机制不健全,易造成融资行为的扭曲,而金融中介机构在信息收集和监控方面具有相对优势,有利于克服直接融资的局限性,提高资金运用的安全系数,并且发行的间接债券比直接债券更具有流动性,更能符合经济行为主体资产选择与组合的需要。因此,以银行为中介的间接融资往往成为后进国家在经济起飞时采用的一种主导性的资金供给方式,是经济增长的必要条件。在间接金融体制下,企业资金来源主要依靠贷款,银企关系较密切。

不同的金融体制规范着企业获取资金的渠道,制约着企业的融资形式和取向。衡量金融体制有效性的标准是看其是否能保证资金的有效供给和合理配置。就企业而言,有效的金融体制要有利于企业自由选择和灵活运用各种融资方式,迅速筹集所需资金以保证生产经营的需要;要有利于企业合理运用资金,既可将资金用于购买短期证券,又可存入金融机构以获取利息。

**(三) 直接融资和间接融资的主要差异**

从理论上说,直接融资和间接融资主要有以下差异。

1. 体现的产权关系不同。直接融资特别是股票融资体现的是所有权与控制权的关系。投资者享有企业剩余索取权和最终控制权,是企业的股东。融资者接受投资者的委托经营其资产,与之是委托—代理关系。间接融资体现的是债权债务关系。贷款者不是企业资产的最终所有者,融资者借入的是一种资金使用权或债务,银行则作为信用中介,拥有对企业的相机控制权,即在融资者能够按合同规定履约付款时,银行不拥有对企业的控制权,只有企业不能按合同履约时,其控制权才自动转移到作为债权人的银行手中。

2. 资金约束主体不同。直接融资的资金约束主体是居民个人。虽然在直接融资条件下,对资金短缺企业构成约束的主体很多,但从各国金融市场的发展看,居民是其中最重要的投资者,因为居民是社会最重要的资金盈余者。企业在金融市场融资,则必须对居民财产负责,即债券到期必须还本付息,股票按时发放股息。间接融资的资金主体是银行,企业需对银行承担还本付息的责任。在市场经济国家,企业通常是以财产作为抵押而取得贷款的,当不能按合同规定履约付款时,银行有权没收其财产,或要求企业破产清算。这种约束是硬约束。在发展中国家,由于处于市场机制不成熟的阶段,企业融资行为易受政府的干扰,往往带有非市场化的倾向。

3. 融资风险不同。在银行信贷资金高效运作的前提下,对居民来说,直接融资的融资风险要高于间接融资。居民在金融市场上购买直接证券,由于受单个资本财力的限制,能购买的直接证券种类有限,所面临的融资风险相对较高。居民购买间接证券,金融机构可集中众多投资者的剩余资金,通过资产组合,即购买不同的直接证券,将融资风险降至最低限度。

4. 融资成本不同。从企业的角度来看,证券利率和股息、红利一般要低于银行利率;同时企业直接融资还需承担其他费用,如企业评审费、证券印刷费、广告宣传费、代理发行费及兑付费等,因此对企业来说,直接融资成本要高于间接融资成本。从全社会的角度来看,间接融资的成本并不是无条件地低于直接融资成本。首先,整个社会的融资成本包括企业融资成本和银行融资成本,而企业以低成本取得银行贷款往往是以银行的亏损为代价的。其次,企业融资不仅包括会计成本,还有机会成本。传统的财务会计只反映实际已发生的成本。企业金融学为有效筹集和运用资金,注重各种机会所花费的成本,并从中选择成本最小的机会进行决策,以实现收益最大化。相对会计成本,机会成本是构成企业决策行为的主要依据。从我国的情况来看,企业取得银行贷款的机会成本较高。因此,考虑到银行成本和企业的机会成本,间接融资的成本不一定低于直接融资的成本。

5. 中介机构在其中所扮演的角色不同。在直接融资中,通常也有中介机构的介入,但中介机构的作用仅仅是沟通并收取佣金,它本身不是一个资金供给主体,不发行金融凭证。而在间接融资中,中介机构本身就是一个资金供给主体或需求主体,需要发行金融凭证,并将资金从最终供给者手中引到最终需求者手中。

### 三、融资成本与风险

融资成本是指使用资金的代价,包括融资费用和使用费用。前者是企业在资金筹集过程中发生的各种费用,如委托金融机构代理发行股票、债券而支付的注册费和代办费,向银行借款支付的手续费等;后者是指企业因使用资金而向其提供者支付的报酬,如股票融资向股东支付的股息、红利,发行债券和借款支付的利息,使用租入资产支付的租金等。由于融资费用与融资额几乎同时发生,因此应将融资费用视为融资额的抵减项。融资成本便成为资金使用代价。

一般情况下,融资成本指标以融资成本率来表示。

$$融资成本率 = \frac{融资使用费}{融资总额 - 融资费用}$$

不同条件下,企业以不同方式取得的资金所付代价是不同的。内源融资一般是无偿使用的,无须实际对外支付融资成本。但如果从社会各种投资或资本所取得的平均收益的角度来看,内源融资的留存赢利也应于使用后取得相应的报酬。就这一点它与外源融资无差别,只是前者不对外支付,后者需对外支付。因此企业留存赢利可视同普通股对企业的再投资,其资金成本是股东对外投资的机会成本,即股东将可以分得的股利,再投资于其他企业的股票或债券所得的收益。因此,企业用留存赢利赚取的收益至少应等于股东们投资于各种具有同等风险的投资机会赚取的收益,这种同等风险的投资机会可以直接假定为对企业进行再投资,并赚得和以前股本同样的报酬。所以,内源融资的赢利率与普通股相同,只不过它不需要支付再融资费用。

就外源融资来说,无论是权益性融资(股本、实收资本)还是债务性融资,都必须支付融资成本,其表现形式分别是股利或利息。但债务性融资的成本一般低于权益性融资的成本。与债务性融资相比,权益性融资具有以下特点:

第一,权益性融资无固定偿还期,它们构成持续终身的投资。出资者承担收益减少及可能破产的风险。债务出资人只是在企业破产清理后仍不能还本付息时,承担第二破产人的风险。

第二,权益性融资的收益是不断变化的,每期分配的股利依企业的赢利水平而不断变动。

第三,股票市场上股价波动所带来的潜在的资本收益和损失,相对于债券较大或极不稳定。对于出资者来说,权益性融资比债务性融资具有较大的风险和易变现特点,其要求报酬率相对较高。

债务性融资也因短期债务和长期债务的差别而使融资成本不同。长期债务的利息一般高于流动负债(短期负债)的利息。

第一,长期负债的运用与短期负债的使用相比,能形成较多的周转次数,如每次周转完成后的利润再参加下一次周转,长期负债使用后的赢利水平较高,这成为长期负债成本高于短期负债成本的基础。

第二,考虑货币的时间价值,长期负债的回收期限长于短期负债,同时考虑复利的影响,长期负债所收回的价值如不以较高的利率来补偿,难以补偿其借出时的原值。

第三,从利率的构成看,根据费雪效应,名义利率、实际利率和预期通货膨胀率的关系为:

$$名义利率 = 实际利率 + 预期通货膨胀率$$

长期负债通常比短期负债面临更大的通货膨胀的影响,因此长期负债的预期通货膨胀率会大于短期负债,其名义利率也较高。

第四,长期负债比短期负债有更大的信用或违约风险。长期负债使用期限长,收益具有不可预期性和不稳定性,而负债企业在长期内所面临的市场风险也不确定,易于使企业违约不能按期偿还债务;长期负债通常用于购置固定资产,而固定资产能否实现其全部周转价值,受到市场的极大影响,从而给偿债带来风险,因此债权人要求较高的利率回报。

不同来源渠道获取资金的融资费用的不同,融资成本有所差别。对企业来说,通过金融市场的直接融资的费用要高于其他融资方式,但其灵活性大,所受功能限制较少。

总融资成本率是以不同来源的资金所占比重为权数,对各种资金的成本加权平均计算出来的,故又称为加权平均的融资成本率。

融资风险是指企业使用债务因资本收益率和借款利率不确定而产生的由股东(或企业资本投入者)承担的附加风险。它包括两个层次:一是企业可能丧失偿债能力的风险;二是由于举债而可能导致企业股东的利益遭受损失的风险。

融资风险因企业融资方式的不同而有所不同。债务性融资的风险一般高于权益性融资的风险,主要表现在:

第一,资金不能如数偿还的风险。在债务性融资的方式下,企业自身承担资金不能偿还的损失,必须将所借资金如数偿还才能保证企业的持续经营。而权益性融资可以永久使用,企业无需考虑偿还的要求。

第二,资金不能按期偿还的风险。债务性融资的条件下,举债必须按期偿还,当企业不能按期偿债时,将面临丧失信誉、负担赔偿,甚至变卖资产的风险。而权益性融资因其是终身的投资,无按期归还的风险。

第三,对有偿债务,企业将面临不能付息的风险。权益性融资因是利润分享,相应的,损失也共担,企业不会面临付息压力。

因此,在实际的融资操作中,企业必须考虑到期能否还本付息,以防止融资风险的发生。在难以还本付息的情况下,企业只能转向融通资本金。企业是把权益性资本作为其自身还债风险的担保物或稀释物来筹借的。

此外,即便是债务性融资,也因长期负债和流动负债而有所差异。流动性压力的作用使企业流动负债风险大于长期负债。流动性负债要求企业流动性资金的周转必须顺畅,后者要求企业在较长时期偿还,一方面减轻了企业的流动性压力,另一方面使企业在较长的债务期内可以获得调整和改善经营的缓冲机会从而减轻偿债压力。

最后,融资风险因不同的资金来源渠道而有所不同。通过证券市场的直接融资必然面临金融市场风险,包括发行风险和再融资风险。而通过银行信用的间接融资以及商业信用则不会面临市场风险。

## 四、融资结构与资本结构理论

### （一）融资结构

企业从不同来源渠道获取的资金在融资成本、融资风险、净收益、税收等方面各不相同,股东和债权人在企业治理结构中的作用也有很大的不同,对企业行为形成不同的约束。因此企业面临投资机会时,能否根据自己的目标函数和成本效益原则,选择最佳的融资结构和资本结构,使企业市场价值最大,成为衡量企业融资行为是否合理的一个重要标志。

融资结构指企业通过不同渠道筹措的资金的有机组合以及各种资金所占比例,具体指企业所有的资金来源项目之间的比例关系,即自有资金(权益资本)及借入资金(负债)的构成态势。它是资产负债表右方的基本结构,主要包括短期负债、长期负债和所有者权益等项目之间的比例关系。企业的融资结构揭示了企业资产的产权归属和债务保证程度,反映了企业融资风险的大小,即流动大的负债所占比重越大,其偿债风险越大,反之则偿债风险越小。企业融资是一个动态的过程,而融资结构是企业融资行为的结果;不同的行为形成不同的融资结构。企业融资行为合理与否通过融资结构反映出来。

资金结构是指企业取得的长期资金的各项来源的组合及其相互关系,具体表现为所有者权益和长期负债的组合和相互关系。资本结构与融资结构虽有许多共同点,但却是两个不同的财务金融范畴,它们的研究内容和目的是各有侧重的。

融资结构是资产负债表右边项目的结构,即公司的融资形式,研究的目的在于如何使企业合理、有效地举借债务资金,以发挥财务杠杆作用。而资本结构是指长期资金项目之间的比例,主要包括长期负债、优先股和普通股之权益,但不包括短期信用。因此从内容上看,企业的资本结构只是融资结构的一部分,侧重于通过股权资本与长期借入资金之间的比例来反映企业资本化的情况。就一个持续经营的企业而言,资本结构又被视作企业恒久性资金来源的构成。从分析企业资金偿付能力及企业财务风险程度来看,研究资本结构更显得重要。因此在现代企业融资活动中,为实现企业价值最大化,一般将资本结构作为研究重点;探讨资本结构变动对企业价值及总资本成本率的影响,相应形成了不同的资本结构理论。融资结构和资本结构结合运用,有助于识别举债来源的变化、综合分析企业的财务状况,为科学地进行融资决策提供依据。

### （二）资本结构理论:朴素资本结构理论与传统资本结构理论

企业的目标在于实现市场价值最大化,企业的市场价值($V$)一般由权益资本价值($E$)和债务价值($D$)组成,其大小受预期收益及投资者的要求收益率的影响。预期收益通常与公司的息税前利润(EBIT)密切相关,而息税前利润是由资产的组合、管理、生产、销售、经济状况等因素决定的,因此增减企业的债务不会影响息税前利润。

$$V = E + D = \frac{\text{EBIT}}{K_a}$$

假设企业只采用权益资本和负债两种融资方式,那么总资产成本率 $K_a$ 就是权益性资本成本率(即权益资本的要求收益率,用 $K_e$ 表示)和债务资本成本率 $K_d$ 的加权平均资本成本率(又称企业的资本变化率)。用公式表示为:

$$K_a = \frac{E}{V}K_e + \frac{D}{V}K_d$$

上述企业市场价值的公式意味着:在企业息税前利润既定的情况下,总资本成本率最低时企业价值将达到最大。因此衡量企业资本结构优劣的标准为,企业市场价值最大或资本成本最低。

**1. 朴素资本结构理论**

(1)作为早期资本结构理论中的一个极端理论,净收益理论主张采用负债融资对企业总是有利的:通过负债融资提高企业的财务杠杆比率,可降低总资本成本率,从而提高企业的市场价值。

假设权益资本的要求收益率 $K_e$ 和负债成本率 $K_d$ 均固定不变,$K_d < K_e$,那么总资产成本率 $K_a$ 将随着负债 $D$ 的增加而下降。一般情况下,权益资本的风险较负债大,因此随着 $D/V$ 比率的逐渐增加,加权平均资本成本率 $K_a$ 将减少。由此,在无债务($D/V=0$)时,$K_a = K_e$,加权平均成本最高。随着财务杠杆比率的提高,$K_a$ 开始下降,当企业的资本完全来自于负债时,$E$ 等于 0,$K_a = K_d$,加权平均资本成本降至最低点,此时企业的市场价值最高。显然,随着财务杠杆作用的扩大,不考虑企业融资风险和融资成本率变化的假设很难成立。根据该理论,企业最理想的结构是 100% 的负债,因为此结构能确保加权平均资本成本最低时的企业市场价值最大。

(2)净营业收益理论

净营业收益理论代表了早期资本结构理论的另一个极端理论。它认为企业财务杠杆的变化对企业总价值没有影响,加权平均成本率是固定不变的,即企业价值与资本结构不相关。它假设总资本成本率不受资本结构变化的影响,是固定不变的;同时,负债成本率也是固定不变的。

$$K_a = \frac{E}{V}K_e + \frac{D}{V}K_d$$

根据公式,可推导出企业市场价值不受债务在整个企业资本中所占比率增减的影响。在市场将公司的总价值资本化的情况下,负债资金所得的益处正好被权益资本化比率的增加而抵消。因此,在任一负债比率下,权益资本化比率与债务资本化率的加权平均数均保持不变。随着财务杠杆作用的扩大,企业权益成本会相应增加,而投资者对此所要求的补偿则是根据负债增加率来提高权益资本化比率,财务杠杆产生的收益率将全部作为股利向股东发放,权益资本成本率的上升正好抵消了财务杠杆带来的好处。因此,权益者仍以原来的固定的加权平均成本率来衡量企业的净营业收入,企业的总价值没有变化。如果此理论成立,则不存在资本结构的决策问题,也没有最佳资本结构。

### 2. 传统资本结构理论

这是介于净收益理论和净营业收益理论两种极端理论之间的一种折中理论。它认为,债务成本率、权益成本率和总资本成本率均可能随着资本结构的变化而变化。随着负债比例的提高,资本成本不会保持不变;负债比例提高后,企业风险相应增加,从而导致债务成本及权益成本提高,加权平均成本也随之提高。

企业在一定限度内利用财务杠杆作用,即负债比例 $D/V$ 在一定限度时,负债和权益资本都不会有明显风险增长,债务成本率 $K_d$ 和权益资本率 $K_e$ 基本不变,由于 $K_d < K_e$,$K_a$ 会随着负债 $D$ 的增加而逐渐下降,从而使企业的市场价值上升,并且可能在此限度内达到最高点。但如果企业负债融资的财务杠杆作用一旦超出此限度,由于风险明显增大,使企业债务成本率和权益资本率开始上升,以致使加权平均资本成本率上扬。负债比例超出此限度越大,加权平均资本成本率上升越快。而在负债超出此限度后,企业的市场价值随着加权平均资本成本的上升而开始下降。该理论承认,企业的资本成本并不独立于其资本结构,企业确实存在一个可以使企业的市场价值达到最大化的最佳资本结构,此资本结构可通过财务杠杆的运用来获得。一般来说,在最佳资本结构点上,负债的实际边际成本率与权益资本的边际成本率相同。

### 3. MM 理论

MM 理论又称为资本结构无关论,是在对净营业收益理论的进一步发展的基础上提出的,通过严格的数学推理,证明在一定条件下,企业的价值与它们所采取的融资方式无关,即与发行债券还是发行股票无关。

MM 模型的基本假设是:①公司只有长期债券和普通股票;②不考虑企业增长问题;③所有利润全部作为股利分配。

MM 模型认为:当不考虑公司税时,企业的价值是由其预期收益和与其风险等级相对应的贴现率贴现确定的。用公式表示为:

$$V_L = E_L + D_L = EBIT/WACC = EBIT/R_U = V_U$$

式中:$V_L$——运用财务杠杆机制的企业市场价值;

$\qquad V_U$——不运用财务杠杆机制的企业市场价值;

$\qquad E_L$——该企业股票的市场价值总额;

$\qquad D_L$——该企业债券的市场价值总额;

$\qquad WACC$——同等级风险企业资本的平均投资收益率;

$\qquad EBIT$——企业息税前利润;

$R_U$——仅靠权益资本经营的企业所要求的收益率（或该企业权益资本投资机会成本）。

公式表明，对所有同一风险等级的企业来说，WACC 等于不利用财务杠杆企业权益资本的投资收益率 $R_U$，企业价值与是否运用财务杠杆无关。

假定有两家企业，它们除了筹资方式和资本结构不同外，各方面均相同。企业 A 百分之百非负债融资，因此其市场价值 $V_U$ 等于其股票的市场价值总额 $B_U$；企业 B 有一部分负债融资，它的市场价值则应等于其负债市场价值 $D_L$ 与股票的市场价值 $E_L$ 之和。现有一投资者进行投资，方案 I 是购买企业 A 10％的股票；方案 II 是购买企业 B 股票、债券各 10％，这样投资者的投资成本和应得的收益情况如表 4-2 所示。

表 4-2　投资者投资成本和投资收益

|  | 投资于企业 A | 投资于企业 B |
|---|---|---|
| 投资方案 | 购买 10％股票 | 购买 10％股票和 10％债券 |
| 投资成本 | $0.1V_U$ | $0.1(E_L+D_L)=0.1V_L$ |
| 投资收益 | $0.1X$ | $0.1X$ |
| 其中:债务 |  | $0.1RD_L$ |
| 权益 | $0.1X$ | $0.1(X-RD_L)$ |

注:表中 $X$ 为企业利润，$R$ 为利息率。

投资者获得的收益都是企业利润的 10％，即 $0.1X$。由于资本市场高度完善，具有相同收益的投资，投资成本也应相等。即

$$0.1V_L = 0.1V_U, \quad 即 \quad V_L = V_U$$

非负债企业 A 的市场价值与负债企业 B 的市场价值完全相同。

同时，MM 模型又认为，负债融资企业的普通股资本成本等于企业总资本成本加上该企业资本成本与企业债务资本成本的差额与债券市场价值—股票市场价值权益比例的乘积。公式为：

$$R_L = R_U + (R_U - R_B) \times D/E$$

式中:$R_L$——普通股预期收益率；

$R_U$——企业所有有价证券收益率；

$R_B$——企业债券预期收益率；

$D/E$——债务—权益比。

公式表明，在不考虑债务风险的情况下，股权收益率随负债率的提高而提高。在考虑债务风险的情况下，股权收益率随负债率的提高而下降，债务收益率则由于风险增加而

提高。

这一结论似乎与前一结论相矛盾，但实际上两者是一致的。当企业增加债务资本，相应增加了风险，企业权益投资者必然要求增加风险补偿，即提高必要收益率，而提高的必要收益率恰好抵消了预期收益率对股价上升的推动作用。

如果考虑到公司税，MM 理论认为，运用财务杠杆机制企业的价值等于同样风险等级的不运用财务杠杆机制企业的价值，加上免税现值。用公式表示：

$$V_{\mathrm{L}} = V_{\mathrm{U}} + \mathrm{PVTS}$$

$$\mathrm{PVTS} = \frac{T \times R_{\mathrm{B}} \times D_{\mathrm{L}}}{R_{\mathrm{B}}} = T \times D_{\mathrm{L}}$$

式中：PVTS——免税现值；

　　$T$——所得税率；

　　$R_{\mathrm{B}}$——利息率；

　　$D_{\mathrm{L}}$——债务融资额。

因此，$V_{\mathrm{L}} = V_{\mathrm{U}} + TD_{\mathrm{L}}$，由此推断：要使 $V_{\mathrm{L}}$ 趋于最大化，应尽可能扩大 $D_{\mathrm{L}}$ 的规模。

同时，MM 模型还认为，运用财务杠杆企业权益资本的机会成本等于同等风险程度的不运用财务杠杆企业权益资本的机会成本加上风险年金率。用公式表示：

$$R_{\mathrm{L}} = R_{\mathrm{U}} + 风险年金率 = R_{\mathrm{U}} + (R_{\mathrm{U}} - R_{\mathrm{B}}) \times (1 - T) \times (D_{\mathrm{L}}/E_{\mathrm{L}})$$

综上所述，在考虑公司税的情况下，企业价值和资本投资机会成本均与资本结构有关。当债务比重加大时，资本投资机会减少，企业价值增加。如果进一步考虑个人所得税的因素，则 MM 模型扩展为

$$V_{\mathrm{L}} = V_{\mathrm{U}} + \left[ 1 - \frac{(1-T)(1-T_{\mathrm{S}})}{(1-T_{\mathrm{B}})} \right] \times D_{\mathrm{L}}$$

式中：$T$——公司税率；

　　$T_{\mathrm{B}}$——个人债券收入所得税率；

　　$T_{\mathrm{S}}$——个人所得税率。

从上式可推断：

当公式 $T_{\mathrm{S}} = T_{\mathrm{B}}$ 时，模型变为 $V_{\mathrm{L}} = V_{\mathrm{U}} + T \times D_{\mathrm{L}}$，表明财务杠杆所增加的免税价值为个人所抵消，即企业价值不变。

当 $T_{\mathrm{S}} < T_{\mathrm{B}}$，括号内的价值小于 $T$，甚至可能小于 0，意味着企业价值将下降。

总之，企业所得税提高，会促使资金从股票流向债券；个人所得税提高，会促使资金从债券流向股票，进而影响企业价值。

# 第二节　融资与金融市场

金融市场,又称资金市场,是金融资产易手的场所。从广义来讲,一切金融机构以存款货币等金融资产进行的交易均属于金融市场范畴。金融市场有广义和狭义之分。广义的金融市场泛指一切金融性交易,包括金融机构与客户之间、金融机构与金融机构之间、客户与客户之间的金融活动,交易对象包括货币借贷、票据承兑和贴现、有价证券的买卖、黄金和外汇买卖、办理国内外保险、生产资料和产权交换等;狭义的金融市场则限定在以票据和有价证券为交易对象的金融活动,即股票和债券的发行和买卖市场。一般意义上的金融市场是指狭义的金融市场。

## 一、金融市场的分类

金融市场是由许多功能不同的具体市场构成的。对金融市场可以按不同标准进行分类。

### (一)有形市场与无形市场

从市场活动的特点来看,有有形市场与无形市场之分。有形市场是指有固定交易场所和固定组织机构的市场。无形市场则是没有固定交易场所和固定组织机构的市场。

### (二)短期资本市场与长期资本市场

以期限为标准,可以把金融市场分为短期资本市场与长期资本市场。短期资本市场又称货币市场,是指融资期限在一年以内的金融市场,包括同业拆借市场、票据市场、大额定期存单市场和短期债券市场;长期资本市场又称资本市场,是指融资期限在一年以上的资本市场,包括股票市场和债券市场。

### (三)发行市场与流通市场

以功能为目标,金融市场分为发行市场与流通市场。发行市场又称为一级市场,主要处理信用工具的发行与最初购买者之间的交易;流通市场又称为二级市场,主要处理现有信用工具所有权转移和变现的交易。

### (四)资本市场、外汇市场和黄金市场

以融资对象为标准,金融市场分为资本市场、外汇市场和黄金市场。资本市场以货币和资本为交易对象;外汇市场以各种外汇信用工具为交易对象;黄金市场则是集中进行黄金买卖和金币兑现的交易市场。

### (五)现货市场和期货市场

以交割时间为标准,金融市场可以分为现货市场和期货市场。现货市场是指买卖双

方成交后,当场或几天之内买方付款、卖方交出交易标的的交易市场;期货市场是指买卖双方成交后,在双方约定的未来某一特定的时日才交割的交易市场。

**(六)地方性金融市场、全国性金融市场和国际性金融市场**

以地理范围为标准,金融市场可以分为地方性金融市场、全国性金融市场和国际性金融市场。

## 二、金融市场的作用

简要说来,金融市场具有这样的作用:第一,它为金融资产的持有者提供变现机会,变现能力的大小是金融资产最重要的特征之一;第二,它能减少金融资产的交易费用,还能减少收集各种金融资产未来所得的情报费用,以及投资者活动的情报费用。针对企业融资而言,金融市场具有如下作用。

**(一)金融市场是企业投资和融资的场所**

金融市场上有很多种筹集资金的方式,并且比较灵活。企业需要资金时,可以到金融市场选择合适自己的方式筹资。企业有了剩余的资金,也可以灵活选择投资方式,为其资金寻找出路。

**(二)企业通过金融市场使长短期资金互相转化**

企业持有的股票和债券是长期投资,在金融市场随时可以转手变现,成为短期资金;远期票据通过贴现,变为现金;大额可转让定期存单,可以在金融市场上卖出,成为短期资金。与此相反,短期资金也可以在金融市场上转变为股票、债券等长期资产。

**(三)金融市场为企业融资提供有意义的信息**

金融市场的利率变动,反映资金的供求状况;有价证券市场的行市反映投资人对企业的经营状况和赢利水平的评价。这些都是企业经营和投资的重要依据。

## 三、我国的主要金融机构

金融机构是指专门从事货币信用活动的中介组织。我国的金融机构,按地位和功能可分为四大类:

第一类,中央银行,即中国人民银行。

第二类,银行。包括政策性银行、商业银行、投资银行。

第三类,非银行金融机构。主要包括国有及股份制的保险公司、城市信用合作社,证券公司,财务公司等。

第四类,在境内开办的外资、侨资、中外合资金融机构。以上各种金融机构相互补充,构成了一个完整的金融机构体系。

### （一）中国人民银行

中国人民银行是 1948 年 12 月 1 日在华北银行、北海银行、西北农民银行的基础上合并组成的。1984 年以前，中国人民银行身兼中央银行及商业银行的职能。1983 年 9 月，国务院决定中国人民银行专门行使中央银行职能，同时成立中国工商银行来办理其原来商业银行的业务。1995 年 3 月 18 日通过的《中华人民共和国中国人民银行法》确立了其作为中央银行的法律依据。

中国人民银行主要职责与业务：

1. 制定和实施货币政策，保证货币币值稳定。
2. 依法对金融机构进行监督管理，维护金融业的合法、稳健运行。
3. 维护支付、清算系统的正常运行。
4. 持有、管理、经营国家外汇储备、黄金储备。
5. 代理国库和其他金融业务。
6. 代表我国政府从事有关的国际金融活动。

### （二）政策性银行

政策性银行，一般是指由政府设立，以贯彻国家产业政策、区域发展政策为目的的，不以赢利为目标的金融机构。1994 年，我国组建了三家政策性银行——国家开发银行、中国进出口银行和中国农业发展银行。

国家开发银行，主要帮助扶持制约经济发展的"瓶颈"项目；直接增强综合国力的支柱产业的重大项目；高新技术在经济领域应用的重大项目及跨地区的重大政策性项目等。

中国进出口银行，发行政策金融债券为主，为机电产品和成套设备等资本性货物出口提供出口信贷；办理与机电产品出口有关的各种贷款以及出口信息保险和担保业务。

中国农业发展银行，以中国人民银行的再贷款为主，同时发行少量的政策性金融债券，办理粮食、棉花、油料等主要农副产品的国家专项储备和收购贷款；办理扶贫贷款和农业综合开发贷款以及小型农、林、牧、水基本建设和技术改造贷款。

### （三）商业银行

商业银行，是以经营存、放款，办理转账结算为主要业务，以赢利为主要经营目标的金融企业。

商业银行通过资产负债比例管理，对其银行资产、负债进行综合、全面管理，通过谋求合理的资产与负债结构，使银行资产达到保值增值目的。

国有独资商业银行，由中国工商银行、中国农业银行、中国银行、中国建设银行四家国家专业银行演变而来。除农行外，国有独资商业银行业务逐步向大中城市集中，主要服务于国有大中型和大型建设项目。

股份制商业银行。1987年4月,交通银行得以重组,成为一家股份制商业银行。随后,又成立了深圳发展银行、中信实业银行、中国光大银行、上海浦东发展银行等。股份制商业银行股本以企业法人和财政入股为主,它们以商业银行机制运作,业务比较灵活,业务发展很快。

城市合作银行,在对城市信用社清产核资基础上,通过吸收地方财政、企业入股组建成。其依照商业银行经营原则为地方经济发展服务,为中小企业发展服务。

### (四)保险公司

保险是运用互助共济的原理,将个体面临的风险由整体来分担。

目前,我国保险公司的业务险种达400余种,大致可分为财产保险、责任保险、保证保险、人身保险四大类及保险机构之间的再保险。1995年10月1日,新中国成立以来第一部保险法《中华人民共和国保险法》开始施行。

我国全国性的保险公司包括中国人民保险(集团)公司、中保财产保险有限公司、中保人寿保险有限公司、中保再保险有限公司、中国太平洋保险公司、中国平安保险公司、华泰财产保险公司、泰康人寿保险公司和新华人寿保险公司等;地方性的保险公司有新疆兵团保险公司、天安保险公司、大众保险公司、永安财产保险公司和华安财产保险公司等;外资、合资保险公司有中国香港民安保险深圳公司、美国友邦保险公司上海分公司、美国美亚保险公司广州分公司、东京海上保险公司上海分公司、中宏人寿保险股份有限公司和瑞士丰泰保险公司上海分公司等。

### (五)信托投资公司

信托投资公司是一种以受托人的身份,代人理财的金融机构。它与银行信贷、保险并称为现代金融业的三大支柱。我国信托投资公司的主要业务:经营资金和财产委托、代理资产保管、金融租赁、经济咨询、证券发行以及投资等。根据国务院关于进一步清理整顿金融性公司的要求,我国信托投资公司的业务范围主要限于信托、投资和其他代理业务,少数确属需要的经中国人民银行批准可以兼营租赁、证券业务,用于进行有特定对象的贷款和投资,但不准办理银行存款业务。信托业务一律采取委托人和受托人签订信托契约的方式进行,信托投资公司受托管理和运用信托资金、财产,只能收取手续费,费率由中国人民银行会同有关部门制定。

信托投资公司业务特点:收益高、责任重、风险大、管理复杂等。

### (六)证券机构

证券机构包括证券公司、证券交易所、登记结算公司等。

证券公司,又称证券商,如华夏证券有限公司、中国国泰证券有限公司等,主要业务包括:推销政府债券、企业债券和股票代理买卖和自营买卖和自营买卖已上市流通的各类有价证券,参与企业收购、兼并,充当企业财务顾问等。

证券交易所不以赢利为目的,为证券的集中和有组织的交易提供证券交易的场所和设施,并履行相关职责,实行自律性管理。如上海证券交易所和深圳证券交易所。

登记结算公司,确保证券交易的过程准确和资金及时、足额到账。

### (七)财务公司

我国的财务公司,是由企业集团内部各成员单位入股,向社会集中长期资金,为企业技术进步服务的金融股份有限公司。

财务公司的主要业务:吸收集团成员的存款;发行财务公司债券;对集团成员发放贷款;办理同业拆借业务;对集团成员单位产品的购买者提供买方信贷等。

财务公司的定位,应以筹集中长期资金,用于支持企业技术改造,而企业集团成员所需短期资金转由商业银行贷款支持。

### (八)信用合作组织

合作制,是分散的小商品生产者为了解决经济活动中的困难,获得某种服务,按照自愿、平等、互利的原则组织起来的一种经济组织形式。

分配方式:赢利主要用于积累,利润归社员集体所有。股东分红、积累要量化到每一股份。

### (九)其他金融机构

中国邮政储金汇业局:以个人为服务对象,以经办储蓄和个人汇兑等负债、结算业务为主。

金融租赁公司:根据企业的要求筹措资金,提供以"融物"代替"融资"的设备租赁;租期内承租人只有使用权。

典当行:以实物占有权转移的形式为非国有中小企业和个人提供临时性质押贷款。

## 第三节  融资与资本市场

### 一、资本市场的概念

狭义的资本市场亦称"长期金融市场"、"长期资金市场",是指经营期限在一年以上各种资金借贷和证券交易的场所。其最主要的功能是筹集资本、优化资源配置、价值发现和产业结构调整。资本市场除了以上功能之外,还有地区经济社会发展水平的展示功能,地区知名度的宣传功能。广义的资本市场还包括货币市场,包括股票市场、债券市场和由此派生的商品期货市场、基金市场、银行间金融债券市场以及衍生产品市场等。

**（一）股票市场**

股票是股份有限公司在筹集资本时向出资人发行的股份凭证。股票代表着其持有者（即股东）对股份公司的所有权，这种所有权是一种综合权利，如参加股东大会、投票表决、参与公司的重大决策、收取股息或分享红利等。同一类别的每股股票所代表的公司所有权是相等的。每个股东所拥有的公司所有权份额的大小，取决于其持有的股票数量占公司总股本的比重。股票一般可以通过买卖方式有偿转让，股东能通过股票转让收回其投资，但不能要求公司返还其出资。股东与公司之间的关系不是债权债务关系。股东是公司的所有者，以其出资额为限对公司负有限责任，承担风险，分享收益。

股票是社会化大生产的产物，作为人类文明的成果，股份制和股票也适用了我国社会主义市场经济。企业可以通过向社会公开发行股票筹集资金用于生产经营。国家可通过控制多数股权的方式，用同样的资金控制更多的资源。

**（二）债券市场**

债券是政府、金融机构、工商企业等机构直接向社会借债筹措资金时，向投资者发行，并且承诺按约定利率支付利息并按约定条件偿还本金的债权债务凭证。债券的本质是债的证明书，具有法律效力。债券购买者与发行者之间是一种债权债务关系、债券发行人即债务人，投资者（或债券持有人）即债权人。

债券市场是发行和买卖债券的场所。债券市场是金融市场的一个重要组成部分。根据不同的分类标准，债券市场可分为不同的类别。最常见的分类有以下几种。

1. 根据债券的运行过程和市场的基本功能，可将债券市场分为发行市场和流通市场。

债券发行市场，又称一级市场，是发行单位初次出售新债券的市场。债券发行市场的作用是将政府、金融机构以及工商企业等为筹集资金向社会发行的债券，分散发行到投资者手中。

债券流通市场，又称二级市场，指已发行债券买卖转让的市场。债券一经认购，即确立了一定期限的债权债务关系，但通过债券流通市场，投资者可以转让债权，把债券变现。

债券发行市场和流通市场相辅相成，是互相依存的整体。发行市场是整个债券市场的源头，是债券流通市场的前提和基础。发达的流通市场是发行市场的重要支撑，流通市场的发达是发行市场扩大的必要条件。

2. 根据市场组织形式，债券流通市场又可进一步分为场内交易市场和场外交易市场。

证券交易所是专门进行证券买卖的场所，如我国的上海证券交易所和深圳证券交易所。在证券交易所内买卖债券所形成的市场，就是场内交易市场，这种市场组织形式是债券流通市场的较为规范的形式,交易所作为债券交易的组织者,本身不参加债券的买卖和价格的决定。只是为债券买卖双方创造条件,提供服务,并进行监管。

场外交易市场是在证券交易所以外进行证券交易的市场。柜台市场为场外交易市场的主体。许多证券经营机构都设有专门的证券柜台,通过柜台进行债券买卖。在柜台交易市场中,证券经营机构既是交易的组织者,又是交易的参与者,此外,场外交易市场还包括银行间交易市场,以及一些机构投资者通过电话、计算机等通信手段形成的市场等。目前,我国债券流通市场由三部分组成,即沪深证券交易所市场、银行间交易市场和证券经营机构柜台交易市场。

3. 根据债券发行地点的不同,债券市场可以划分为国内债券市场和国际债券市场。

国内债券市场的发行者和发行地点同属一个国家,而国际债券市场的发行者和发行地点不属于同一个国家。

### (三)货币市场

货币市场是短期资金市场,是指融资期限在一年以下的金融市场,是广义资本市场的重要组成部分。由于该市场所容纳的金融工具主要是政府、银行及工商企业发行的短期信用工具,具有期限短、流动性强和风险小的特点,在货币供应量层次划分上被置于现金货币和存款货币之后,称之为"准货币",所以将该市场称为"货币市场"。

### (四)基金市场

基金是一种利益共享、风险共担的集合投资方式,即通过发行基金单位,集中投资者的资金,由基金托管人托管,由基金管理人管理和运用资金,从事股票、债券、外汇、货币等金融工具投资,以获得投资收益和资本增值。

### (五)银行间债券市场

全国银行间债券市场是指依托于中国外汇交易中心暨全国银行间同业拆借中心(简称同业中心)和中央国债登记结算公司(简称中央登记公司)的,包括商业银行、农村信用联社、保险公司、证券公司等金融机构进行债券买卖和回购的市场,成立于1997年6月6日,其主要职能是:提供银行间外汇交易、人民币同业拆借、债券交易系统并组织市场交易;办理外汇交易的资金清算、交割,负责人民币同业拆借及债券交易的清算监督;提供网上票据报价系统;提供外汇市场、债券市场和货币市场的信息服务等。经过近几年的迅速发展,银行间债券市场目前已成为我国债券市场的主体部分。记账式国债的大部分、政策性金融债券都在该市场发行并上市交易。

### (六)金融衍生品市场

衍生产品是英文 derivatives 的中文意译,其原意是派生物、衍生物的意思。金融衍生产品通常是指从原生资产(underlying assets)派生出来的金融工具。由于许多金融衍生产品交易在资产负债表上没有相应科目,因而也被称为"资产负债表外交易(简称表外交易)"。金融衍生产品的共同特征是保证金交易,即只要支付一定比例的保证金就可进行全额交易,不需实际上的本金转移,合约的了结一般也采用现金差价结算的方式进行,只有在满期日以实物交割方式履约的合约才需要买方交足贷款。因此,金融衍生产品交易具有杠杆效应。保证金越低,杠杆效应越大,风险也就越大。

## 二、资本市场的作用

资本市场是现代金融市场的重要组成部分,其本义是指长期资金的融通关系所形成的市场,但随着市场经济发展到今天,资本市场的意义已远远地超出了其原始内涵,而成为社会资源配置和各种经济交易的多层次的市场体系,在经济中发挥着举足轻重的作用。

功能的发挥是资本市场作为一种新的融资制度得以确立和发展的基础。发达国家资本市场从最初建立至今,已经显示出市场蕴涵的巨大能量和活力。除了发挥着重要的投融资功能之外,资本市场在优化资源配置及促进社会的稳定和发展等方面也显示了独特的功效。事实上,资本市场在功能定位上同时具有本质性和外延性,本质性体现在资本市场微观功能的发挥上,外延性则是资本市场的发展在宏观功能上的发挥所起到的作用。因此,对资本市场功能定位的研究往往要涉及两个层面。

### (一)资本市场的微观功能

从某种意义上来说,资本市场所发挥的微观功能是资本市场功能最本质和最直接的功能,是资本市场内在运作机制最集中和最具体的表现。其效果往往成为评价一国资本市场发达程度的最重要指标。一般来说,资本市场的微观功能可归纳为两个主要方面。

1. 投融资功能:引导储蓄向投资转化

在现代人眼中,没有资本市场的投融资功能,现代企业的形成和运行是不可思议的。可以说,没有资本市场就不具备现代企业产生和成长的条件,而在现代投融资体系的构成中,资本市场具有不可替代的地位。一方面,资本市场具有重要的融资功能,对于利用发行各种证券筹集资金的政府和企业来说,资本市场为证券发行者提供了多方面的筹资便利,不但提高了融资效率,而且节约了筹资成本;另一方面,资本市场还具有投资功能,而且这一功能对于新兴资本市场来说十分重要。它不仅为证券投资者提供投资选择的机会,强化投资者金融意识,更重要的是,它是资本市场发育程度的重要标志。总之,资本市场的兴起,的确为筹资者提供了一个扩大生产经营规模、解决资金周转不灵问题的有效场所。资本市场作为筹资者和投资者之间的桥梁和纽带,把资金的供求双方直接、紧密地联结在一起。与传统的以银行为主体的间接融资方式相比,这种直接融资方式具有异乎寻常的良好效果。

资本市场能调动储蓄资金并促进其向投资转化。资本市场在调动储蓄资金方面发挥着重要作用。资本市场为投资者提供了种类繁多的具有不同流动性、收益率和安全性的金融工具,如股票、债券、可转换债券等。这些金融工具刺激人们去进行金融投资、储蓄,这就能提高社会的储蓄倾向和一国的储蓄率水平。资本市场提供的金融工具通过与利率控制的银行存款之间的相互竞争,能推动利率达到更合理的水平,从而形成合理的金融资产价格体系,促进储蓄水平的提高和有效投资。许多有利可图或高风险、高回报的投资项目需要长期资本的投入,但投资者往往不愿长期放弃安全性高、存取自由的银行储蓄。资本市场创设的发行市场和交易市场机制为实现金融工具的高流动性和投资者的进入退出提供了条件。流动的产权资本市场不仅能使证券投资者获得一份资产股本,还能在他们一旦需要增加储蓄或改变其资产组合时,可以立即抛售,降低投资风险。公司则可以在资本市场上获得永久性的资本来源,从而改善企业资本结构,提高企业的竞争力,促进经济长期增长。

2. 资源配置功能:风险定价与产权转换和重组

有效的资源配置分析,自古以来就是经济理论研究的重要课题,并且它也是现代微观经济理论的基本组成部分。经济活动的最终结果实际上是通过提供商品和服务来满足人们的需要,而这些商品和服务是由生产和交换提供,并且受到资源短缺和技术的限制。从这种意义上讲,效率意味着在资源和技术条件限制下尽可能满足人类需要的运行状况。它可以用帕累托最优状态的概念来表示。

在市场经济条件下,资本市场的最主要与最核心的功能是资源配置和再配置。通过具有独立意志和利益的经济主体之间的竞争来形成市场价格,并通过市场价格来引导社会资金的流量、流向、流速和流程,从而完成资源优化和合理组合的配置过程。

市场经济中,经济资源主要是通过市场来配置的,但不同的市场对于资源的配置方式的效果是不一样的。产品市场配置资源具有一定的间接性,通过产品的价格波动来调节各种经济资源在不同企业、不同行业的配置,一方面会产生一定的时滞,另一方面会因过剩产品的浪费而降低资源配置的效率。资本市场则不同,它可以通过资本资产价格的波动而使资本资源直接在不同的企业和行业分配。

在发达的金融体系中,资本市场的一个最基本的功能是风险定价,资本市场也正在这一功能的基础上来指导增量资本资源的积累与存量资本资源的调整。风险定价具体是指对风险资产的价格确定,它所反映的是资本资产所带来的未来收益与风险的一种函数关系,这也是现代资本市场理论所研究的核心问题。在所有的风险资产中,股票是最为基本和最为重要的一种。普通股票是综合性的资本资产,它不仅包括企业一般所拥有的各种不同的有形资本,而且还包括大部分公司所具有的独特技术、人才和信誉等无形资产。因此,股票价格往往与新建立同样企业或现在的企业的有形资本的价值不一致。企业在一定的条件下可能通过发行新股票来增加其可利用的金融资源,但企业对新发行股票的实际依赖程度在不同的国家或同一国家的不同时期是大不相同的。例如,在美国,基础好的企业一般不大发行新股票,新股票市场主要是具有较大投机特征的新企业筹集资金的来源。近年来,美国股票市场发行的股票净增加总额一般都是负数,因为股票的注销和回购超过新发行股票的总数。但在发展中国家,新增的股票总额往往会是正数,这是因为新兴市场的总的规模在不定期时间内会长期持续地扩张。

资本市场的风险定价功能在资本资源的积累和配置过程中都发挥着重要作用。首先,它决定了风险资本的占有条件,只有能够支付得起一定风险的报酬的融资者,才能获得资本资源的使用权,这也保障了稀缺的资本资源只流向使用权对其使用效率最高的单位;其次,企业收益的自留或分配,部分地反映了它们对于预期收益和企业风险资本在资本市场中的价格(股票价格)状况的考虑。对于能够获得超过平均利润率的企业,往往具有发行新股票的资格和条件。而低于一般平均利润率的企业,则要么将其用于投资的收益分配出去,以维持其现在的股票价格水平,要么使其股票贬值。

3. 其他功能

除以上两项基本功能外,一些专家还认为资本市场的微观功能还表现在以下几个方面。

(1)降低交易成本

资本市场配置资源效率较高的另一个原因是它降低了资本资源的交易成本。资本交易成本一般包括寻找费用、信息费用和签订投资合同费用。寻找费用有直接费用和间接费用,直接费用是指为出售或购买金融资产而支付的广告费用,间接费用是指为进行资本交易而耗费的时间的潜在价值。信息费用是指对所要投资的金融资产的价值评估所需支付的费用,即为估计金融资产所能带来未来收益大小而进行一切信息收集和处理活动所支付的费用。签订投资合同费用一般是指对金融工具的交易过程中所支付的费用,在交易所市场中这一费用是有明确规定的,但在银行信贷市场是不用支付这一费用的。在发达的资本市场中,尤其是在交易所市场中,为数众多的金融工具的供给者和需求者在一起进行竞价交易,减少了寻找成本和信息成本,提高了资本资源的配置效率。而在一个有效率的资本市场中,资本资产的价格反映了所能收集到的所有信息。

(2)提高资本资产的流动性

投资者在资本市场购买了金融工具以后,在一定条件下也可以出售所持有的金融工具,这种出售的可能性或便利性,称为资本市场的流动性功能,它有利于投资者分散风险。流动性良好的资本市场中,投资者的积极性会更高,他们也会愿意持有更多品种的金融工具,并可以根据市场的变化和自己对市场变化的预期调整其投资组合。如果资本市场的流动性不高,投资者被迫持有金融工具到该工具的到期日,这可能是一个较长的时间段,在这段时间内不能出售这些工具,这无疑增大了投资者的投资风险。因此,流动性的高低,往往成为检验资本市场效率高低的重要指标。

总之,资本市场的基本功能是提供一种将资金从储蓄者转移到投资者的转移机制。资本市场的这种机制是通过市场主体的不断活动来实现的。资本市场主体是指资本市场活动的参与者,包括政府、企业和个人,在所有市场主体中,金融中介机构发挥着重要的作用。资本市场在经济运行中主要是通过上述的基本功能在经济中发挥着重要作用。而存在这些基本功能的基础则是由于资本市场所具有的信息集散的优势,从而使信息成本和交易费用下降。因此,信息化建设是检验资本市场效率高低的基本标志。

**(二)资本市场的宏观功能**

对于资本市场来说,微观功能是基本的,但其与其他功能不是对立的,而是相辅相成的,微观功能虽然是证券市场最基本的功能但不是唯一的功能。资本市场除了在微观上筹集并配置资金资源外,还要在宏观上达到社会资源的有效利用和优化配置。具体到操作层面,要在微观上为优质企业筹集到足够的资金,在宏观上实现国民经济的运行机制和资源利用的根本改善。一般来看,资本市场的宏观功能体现在以下四方面。

**1. 经济"晴雨表"**

资本市场素有"经济晴雨表"之称。经济情况从来不是静止不动的,它要经过繁荣、衰退、萧条和复苏四个阶段的周期波动。而资本市场综合了人们对于经济形势的预期,这种预期较全面地反映了有关经济发展过程中表现出的有关信息,特别是经济中的人的切身感受。这种预期又必然反映到投资者的投资行为中,从而影响资本市场的价格。既然市价反映的是对经济形势的预期,因而其表现必定领先于经济的实际表现。可以看出,资本市场的价格波动与经济周期具有相互关联的关系,而且资本市场价格波动对于经济形势的发展变化是最为敏感的。

**2. 促进经济增长与抑制通货膨胀**

为经济增长提供动力的银行信用机制很难实现刺激经济增长与抑制通货膨胀的双重目标,其根本原因在于银行信用的货币供给机制。经济的长期增长客观上要求有更高效率且能解决刺激经济增长与抑制通货膨胀之间矛盾的融资机制,资本市场的发展为这一矛盾的解决提供了可能性。以证券为媒介的资本市场的特殊功能在于:它在扩大货币资本供给规模的同时却能保持货币供给总量的相对稳定,而且这一机制会促使货币资本按照效率原则在不同经济主体之间合理流动和高效配置。一方面,它把社会闲置货币转化为运营资本,这种转化在保持货币供给总量不变的同时相应增加了社会的投资;另一方面,资本市场的有效资本配置效率能提高货币资本的运用效率,从而减少对货币资本的总需求,降低中央银行货币投放量。然而,一国在经济高速度发展的过程中时常遭受通货膨胀的损害,根本的原因在于两方面:一是企业对银行信贷的低效运用和企业对银行信贷供给的倒逼;二是由于缺乏银行信用之外的融资机制,企业的融资和财政赤字主要靠中央银行放款规模的扩大来满足。然而,经济产出的低效益不能吸收货币供应量的增加额,这就会导致通货膨胀的上升。西方发达国家之所以能长期保持很低的通货膨胀率,除实行从紧的货币政策外,与它们拥有发达的高效运作的资本市场具有极大的相关性。

**3. 降低国民经济整体运行风险**

发展资本市场一个非常直接和重要的作用是降低国民经济整体运行风险。通常,一国国民经济运行的整体风险增大的原因是多方面的。在一国的经济体系中,资产形式单一、资产流动性差、投资主体过于集中以及企业资产负债率高等是其重要原因。因此,发展资本市场的意义在于:第一,可以逐步改变一国经济体系中传统的资金配置格局,提高直接融资在整个融资结构中的比重,直接融资比重提高的重要意义在于,它可以逐步降低一国企业过高的资产负债率,增加企业资本金。第二,可以使资产形式多样化,同时使投资主体多元化,这对降低经济体系的运行风险具有十分重要的意义。第三,证券市场的建立和发展,使资产具有了较充分的流动性,而资产是否具有较强的流动性,对降低经济运行的整体风险极为关键。从现代投资理念角度分析,如果一种资产不具有流动性,那么,无论其潜在回报率有多高,它都不具有优先投资价值。资产的流动性是从两个角度来降低经济运行风险的:一是组合投资机制,另一是资产变现机制。没有资本市场的发展,没有证券市场的发展,资产的流动性是不可能提高的,资产就会经常处在一种凝固的状态,既没有效率,又潜伏着巨大的风险。第四,可以有效地强化市场对企业的约束力。这种来自于证券市场的约束力,要强于目前银企之间形成的那种债权债务关系的约束力。现在的情况是,许多企业欠下银行的债务,有的无力偿还,有的则不想偿还。在信用关系很不完善的经济体系中,过分依赖间接融资,将不可避免地为整个金融体系带来潜在的危机。所以,证券市场的发展,在对企业形成一种有效的市场约束机制的同时,也部分地转移了整个银行体系的经营风险和潜在危机。

**4. 促进产业结构调整**

上市公司股权流动性好,能够为公司投资价值提供定价的机制,为企业追求市场价值最大化提供基础。对于股权相对不具流动性的公司来说,企业往往追求的是利润,特别是近期利润最大化。而对于上市公司来说,企业追求的主要目标则是市场价值最大化。由于公司市场价值是它未来现金收入贴现,从而使上市公司更加注重企业的未来发展。这样,由于上市公司和非上市公司追求最终目标的差异,使得它们在对待未来产业和市场需求变化上的敏感性存在差别,上市公司更倾向于向未来的朝阳行业转变。股票市场的这种配置资源的作用适合国家产业结构调整的方向,并且随着股票市场规模的扩大,这种通过存量资本或增量资本调整所形成的规模将会增加,当股票市场达到一定规模后,这一调整总量对于一个国家产业结构调整具有重要意义。运用股票市场进行资源配置,其产业结构调整是依靠市场的力量,而不是靠政府的行政手段来进行。用市场来调整产业结构最大的好处就是在调整过程中保持一种平稳的态势,避免产业结构的过分波动和资源的浪费。

## 三、多层次资本市场的构成

在我国近年资本市场发展和完善的基础上,针对我国市场经济和金融市场发展的特点,可以对多层次资本市场进行如下构想。

主板市场:以上海证券交易所为代表,定位也相对明确,是我国大中企业上市融资的主要市场。

二板市场(创业板市场):完善的二板市场是我国风险投资业发展的重要标志。在具体操作上,可以利用现有的深沪两地证券交易所的电子交易系统与清算系统,在深圳证券交易所设立二板市场。针对二板市场的发行上市、交易、结算各环节制定具体的操作规则,开发具有当今国际领先水平的二板市场交易清算系统,保证以较低的成本建立起国际标准的上市公司运作体系、市场运作体系和证券监管体系,并为改善主板市场的运作积累经验,借以提升我国证券市场的整体质量和总体运行效率,防范和化解金融市场的风险,促进我国证券市场规范、高效、稳健、有序地发展。从市场的需求和架构情况来看,中小企业市场是我国多层次市场体系不可或缺的重要组成部分。二板市场将为成长型的中小企业融资服务,以高成长型企业为主,不分国有、民营,也不分高科技还是服务业。同时,也为对这些企业有投资偏好的投资者服务,其交易规则与主板市场有所不同。在推出、实施"CEPA"之后,充分发挥深圳、香港各自的优势,重新整合深圳、香港现有的资本市场,使其成为一个开放的、与国际接轨、有相应产业支撑、能够承接国际间接投资及大规模跨国并购资金的新兴市场。如果能够在这个新市场中采取特许准入的方式,引入港币、台币进行证券投资,则可以率先启动人民币与港币。台币可控制下的兑换,为人民币逐步进入东南亚、逐步走向国际化作出有益的探索和尝试,也为我国资本市场体系的多层次、开放性打下相应的基础。

三板市场(场外交易市场):主要有"代办股权转让系统"和地方产权交易市场,形成"条块结合"的场外交易市场体系。要充分利用现有的各地区域性产权交易中心资源,加快电子产权交易系统的建设,建立起区域性乃至全国性的电子产权交易系统。"代办股权转让系统"经过几年的运行,随着交易公司和主办券商的增加,其功能与作用初步显现。尽管至今证券监管部门并未给该系统明确定位,但是只要好好设计,该系统可以成为未来场外交易市场的主体,关键是看它是否与地方产权交易市场打通、连接。地方产权交易市场由原体改委及财政、国资系统组建的产权交易所和由科委系统组建的技术产权交易所两大部分组成。其主要特点是以做市商或会员代理制交易为特征,进行产权、股权转让、资产并购、重组等。近两年来,地方产权交易市场的发展十分迅猛,其主要原因是地方中小企业的发展缺少金融服务的支持,更没有资本市场的支撑。因此,我国三板市场体系的建设如果能采取"条块结合"模式,以"代办股权转让系统"为基础,打通和连接地方产权交易市场,建成既有统一、集中的场外交易市场,又有区域性的权益性市场,将会极大地扩大其市场容量,大大丰富其功能和作用,在多层次的资本市场体系中扮演不可或缺的角色。我国幅员辽阔,中小企业众多,区域性的电子产权交易系统有利于当地投资者对企业的监管,并降低企业的融资成本。同时电子产权交易系统还可以解决现有的产权交易中心市场狭小、相对分散、缺乏横向联系交易等问题。利用现有的规模和硬件环境,逐步加以整顿和规范,在吸收创业企业进入系统股权交易的同时,不断培育和完善自身市场体系,将电子产权交易系统建设成为我国基础层次的资本市场。

# 第四节　融资的主要模式

## 一、债券融资的主要模式

以债权融资为主的六种模式,包括国内银行贷款、国外银行贷款、发行债券融资、民间借贷融资、信用担保融资、金融租赁融资。

### (一)国内银行贷款

在很多国家,银行贷款在公司企业融资总额中所占的比重都是最高的。企业对融资的需求不同,对融资渠道的选择就不同。如果需要一种风险低、成本小的资金,银行贷款是最合适的。

银行贷款是指银行以一定的利率将资金贷放给资金需要者,并约定期限归还的一种经济行为。作为一种有着悠久历史的融资方式,它具有如下特点:

1. 贷款的主要条款制定只需取得银行的同意,不必经过诸如国家金融管理机关、证券管理机构等部门的批准,因此与其他商业性融资形式相比,手续较为简单,融资速度快。

2. 在经济发生变化的情况下,如果需要变更协议的有关条款,借贷双方可以灵活地协商处理。与采用债券融资因债券持有者较为分散,难以得到所有债券持有者的变更许可相比,银行贷款较为灵活。

3. 商业信贷由借款者和贷款者直接商定信贷条件,无须做广泛的宣传与广告推广,无须大量的文件制作,因而融资成本较低,且借款利率也低于债券融资的利率。

4. 银行贷款利息可以进入成本,取得所得税前抵减效应,从而相对减轻企业税负。

5. 发行股票和债券融资这两种形式仅适合于公司制的大中型企业,而银行则可根据企业的信用状况相应给予恰当的贷款,从而成为中小企业长期资本的主要来源。

当然,毫无疑问,银行为了保护自身的财产安全和降低经营风险,保证存贷的正常流转,一般都是制定相应的保护性条款,包括一般性保护条款、例行性保护条款和特殊性保护条款,这自然就构成了对企业因生产经营活动而使用贷款的约束。

### (二)国外银行贷款

**1. 国外商业银行贷款是非限制性贷款**

国外商业银行贷款的决定和使用灵活简便,没有什么限制条件,主要表现在:

(1)所有资金需要者都可以申请借款,国外商业银行直接对社会经营,没有有关贷款条件和贷款资格限制,凡需要资金的可以到银行申请借款,由银行根据借款人的资金用途、还款能力和信誉资格,决定贷与不贷。

(2)不指定贷款用途。一般国外商业银行贷款都不指定用途,借款人可根据自己的需要安排使用。

(3)手续比较简便。国外商业银行贷款既不限制用途,也不限制适用地区,同时也不需要繁杂的贷款审批手续。

(4)不限制贷款数额。只要借款人信誉良好,商业银行贷款不限制金额。

(5)借款人可以自由选择币种。大多情况下,商业银行贷款允许根据需要选择各种货币。这样,借款人可以灵活掌握以什么货币来偿付贷款,也能主动地掌握所借货币须承担的汇价变动的风险。

**2. 国外商业银行贷款利率比较高**

作为货币经营者,各国商业银行的贷款数额、贷款利率受国际金融市场各种货币的供求关系和银行本身经营条件的制约,同时利率还受借款人信誉高低的影响。不论是固定利率还是浮动利率,一般都按国际金融市场的平均利率计算,所以较高。国外商业银行贷款利率的高低与下列因素有关:

(1)贷款期限长短。一般贷款期限越长,利率越高;反之,利率越低。

(2)货币种类。硬通货使用范围广,汇率稳定,贷款利率低;软通货汇率不稳定且呈下浮趋势,所以贷款利率相应就高。

(3)采用利率的形式。使用同一货币,固定利率情况下,借款人对借款成本容易测算,面临的风险低,因而固定利率一般比浮动利率高。

(4)提款方式。一次性提款比分期提款的利率低,因为一次性提款方式对银行来说,资金比较容易安排。而且,借款人一次性提款后往往分期使用,未用部分只能用于其他途径,如存入银行,而银行存款利率低于贷款利率,所以一次性提款比分期提款利率低。

(5)有无宽限期。贷款项目到期后,一般需有一段时间积累资金用于还款,这段时间叫宽限期。有宽限期的贷款利率高于无宽限期的贷款利率,因为在宽限期内可以不还本,因而利率高。

3. 国外商业银行贷款的还款方法多

一般的，借款人可以采取以下方法归还贷款：

（1）到期一次性还款。借贷双方当事人签订贷款协议后，按协议规定计划分次支出贷款，到期时一次性归还本金，每季或半年付息一次。

（2）分次归还。借款双方在签订借款协议时即规定了用款期和还款期。借款人在用款期内，分次提用，每半年（或一季）按实际贷款数额和使用天数付息一次；在还款期内，每半年还本付息一次。

（3）自支用贷款日起，逐年偿还。例如，一笔 5 年期的 2 亿美元贷款，从第一年起每年偿还 4 000 万美元，到第 5 年末还清本息。

（4）延期偿还。即对贷款规定一定的宽限期。例如，一笔 10 年期的贷款，根据协议规定，到期时可以延长一定时间（如一年）还本付息。但延长期的利息相应提高。

（5）提前还款。贷款协议中都规定借款人可以提前还款。这对还款人十分有利，他可以在所借货币汇率上浮幅度较大，或贷款利率有上升趋势时提前还款，从而避免外汇风险，减少利息负担。

### （三）发行债券融资

发行债券所筹集的资金期限较长，资金使用自由，购买债券的投资者无权干涉企业的经营决策，现有股东对公司的所有权不变，债券的利息还可以在税前支付，并计入成本，具有"税盾"的优势，因此，发行债券是许多企业愿意选择的筹资方式。

债券是企业直接向社会筹措资金时，向投资者发行，承诺按既定利率支付利息并按约定条件偿还本金的债权债务凭证。债券的本质是债的证明书，具有法律效力。债券购买者与发行者之间是一种债权债务关系，债券发行人即债务人，投资者（或债券持有人）即债权人。《公司法》规定，股权有限公司、国有独资公司和两个以上的国有企业或者两个以上的国有独资主体投资设立的有限责任公司，为了筹集生产经营资金，可以发行公司债券。

1. 发行公司债券所需要的条件

根据《公司法》的规定，发行公司债券必须符合下列条件：

（1）股份有限公司净资产额不低于人民币 3 000 万元，有限责任公司净资产额不低于人民币 6 000 万元；

（2）累计发行在外的债券总额不超过发行人净资产额的 40%；

（3）最近 3 年平均可分配利润足以支付公司债券 1 年的利息；

（4）项目符合国家产业政策及发行审批机关批准的用途；

（5）债券利率不得超过国务院限定的利率水平；

（6）国务院规定的其他条件。

我国《公司法》规定，发行公司有下列情形之一的，不得再次发行公司债券：

（1）前一次发行的债券尚未募足的；

（2）已发行的公司债券或者其债务有违约或延迟支付本息的事实，且仍处于继续状态的。

2. 发行可转换债券所需要的条件

发行可转换公司债券的还应当符合股票的发行条件。根据《可转换公司债券管理暂行办法》以及《关于做好上市公司可转换公司债券发行工作的通知》中的规定，上市公司发行可转换债券，应当符合下列基本条件：

（1）收益率要求

经注册会计师核验，公司最近3个会计年度的加权平均净资产利润率平均在10%以上；属于能源、原材料、基础设施类的公司可以略低，但是不得低于7%。

（2）负债率的规定

可转换公司债券发行后，资产负债率不高于70%。

（3）债券余额的要求

上市公司发行可转换公司债券前，累计债券余额不得超过公司净资产额的40%；本次可转换公司债券发行后，累计债券余额不得高于公司净资产额的80%。

（4）其他要求

① 筹集资金的投向符合国家产业政策；

② 可转换公司债券的利率不超过银行同期存款的利率水平；

③ 可转换公司债券的发行额不少于人民币1亿元。

**（四）民间借贷融资**

在我国，民间借贷多发生在经济较发达、市场化程度较高的地区，例如我国广东、江浙地区。这些地区经济活跃，资金流动性强，资金需求量大。市场存在现实需求决定了民间借贷的长期存在并业务兴旺。这种需求表现为：一方面，中小企出于自身生存和发展的要求，迫切需要资金支持，但在正规融资渠道又受到长期排斥。另一方面，民间又确有大量的游资找不到好的投资渠道。正是这样的资金供求关系催生了民间借贷，并使之愈演愈烈。由于存在现实需求，民间借贷活动一直保持着很强的生命力。

1. 民间借贷是正规金融的替代产品

随着地区经济的发展，民间对资金的需求与日俱增，民间借贷的存在，对群众资金发挥了调剂有无的作用，及时填补了国家正规金融机构缺位留下的真空。民间借贷在一定意义上是正规金融的一面镜子，存在此消彼长的关系。民间借贷的发展反衬出正规金融的不足，并相应的在某些领域加以替代。

2. 民间借贷的主体与资金来源

目前，民间金融的主体主要有：企业、行政事业单位、村委、公务员、个体户、私营企业主、农村中的专业经营户等。普遍而言,农户参与金额在 3 000～15 000 元之间,城镇居民投入的资金多在万元以上。因此,参与民间金融的主体主要是私人个体。

3. 民间借贷风险管理具有自发性和自主性

民间借贷属于游离于官方金融监管范围之外的金融行为,在不具备外部审计和相应外部风险分担机制的环境下,民间金融的风险管理具有自发性和自主性的特点。

4. 民间借贷的定价机制:风险加成

由于民间借贷多是发生在无法从正规金融机构获得借款的情况下发生的,通常民间金融利率都以官方利率为基准,实行风险和交易费用加成定价法,即根据借款的主体、借款的用途、借款的缓急程度、借款的时间长短而定,大部分在国家规定的银行同期利率 4 倍以内,月利率从 8‰～30‰不等,有的甚至高达 50‰。在农村,亲友之间的借贷绝大部分为无息,少数根据其用途参照银行同期利率,如果是用于生活,参照银行存款利率;用于生产经营,参照银行贷款利率;但如果借贷人经营状况较好,且借款次数频繁,利率也较高,月利率从 3‰～6‰不等。企业之间的借贷一般高于银行同期利率的 2～3 倍。期限越短,借款越急,利率也就越高。

### (五) 信用担保融资

信用担保作为一种特殊的中介活动,介于商业银行与企业之间,它是一种信誉证明和资产责任保证结合在一起的中介服务活动。担保人提供担保,来提高被担保人的资信等级。另外,由于担保人是被担保人潜在的债权人和资产所有人,因此,担保人有权对被担保人的生产经营活动进行监督,甚至参与经营管理活动。

由于担保的介入,使得原本在商业银行与企业两者之间发生的贷款关系变成了商业银行、企业与担保公司三者之间的关系。担保的介入分散了商业银行贷款的风险,商业银行资产的安全性得到了更高的保证,从而增强了商业银行对中小企业贷款的信心,使中小企业的贷款渠道变得通畅起来。

担保的本质实际上就是风险的防范和分散而非风险的转移。由于担保的介入分散了商业银行对企业贷款的风险,却给担保业本身带来了高风险。对风险的识别与控制首先取决于担保专业人员业务经验的积累。还有最重要的一点即是与商业银行达成共识,共同建立风险分散机制,实行比例担保,这样对于商业银行业务的开展和担保业的发展则是一个"双赢"的结果。从各地担保公司几年来的业务实践上看,商业银行认识到这点是至关重要的。

从微观功能来看,信用担保的介入只是便利了商业银行对企业的贷款。单个的担保还不具有全面调节经济资源配置的作用;但从宏观功能来看,专业担保机构的担保可以集中地、系统地、按照特定目的承担数倍于其资产的担保责任,引导社会资金和商品的流向和流量,在社会经济资源的配置过程中发挥调节作用,成为政府实施财政政策和产业政策的有效工具之一。因此,世界上许多国家的政府往往愿意出资引导、推动和发展本国的担保业。

### (六)金融租赁融资

融资租赁是市场经济发展到一定阶段而产生的一种适应性较强的融资方式,是集融资与融物、贸易与技术更新于一体的新型金融产业。经过 50 多年的发展,金融租赁在西方发达国家已经是仅次于银行信贷的金融工具,现在全球近 1/3 的投资通过这种方式完成。目前,发达国家的金融租赁业的市场渗透率一般为 15%～30%,很多国家非常重视这项业务,俄罗斯把发展金融租赁作为其发展经济的五大措施之一;在中美双方的"入世"谈判中,美方的要价之一就是要求我国开放金融租赁市场。自 2001 年 12 月 12 日起,外资机构即可获准在中国从事金融租赁业务。我国融资租赁业始于 20 世纪 80 年代初,在 20 余年来的发展过程中,融资租赁在电气设备、机械加工设备、医疗设备、通信设备、环保设备、航空飞行器、教学科研设备、公寓酒店配套设备等方面发挥的作用尤为明显。加入世界贸易组织后,随着金融租赁市场的进一步开放,我国融资租赁将得到更大的发展。

## 二、股权融资的主要模式

以股权为主的 9 种融资模式,即股权出让融资、增资扩股融资、产权交易融资、杠杆收购融资、引进风险投资、投资银行投资、国内上市融资、境外上市融资、买卖上市融资。

### (一)股权出让融资

股权出让融资,是指企业出让部分股权,以筹集企业所需要的资金。投资者以资金换取企业的股权后,便使企业股东间关系产生变化,股东的权利和义务将要进行重新调整,企业的发展模式和经营方式也将随之产生变化。鉴于股权出让融资的真实含义,企业在进行此类融资时必须慎重。在进行股权融资中应注意的是企业股权结构、企业管理权、企业发展战略、企业收益方式四个方面的变化。

企业进行股权出让融资,实际是吸引直接投资、引进新的合作者的过程,这将对企业的发展目标、经营管理方式产生重大影响。因此,在吸引新投资者之前,应仔细考察新投资者是否在以下方面与企业的创业者保持一致:企业的发展战略及长期发展目标;企业的股权稀释以及企业管理权的分散;企业的赢利方式及利润分配方式。在解决了上述问题之后,创业者还应该考虑通过融资是否能解决企业发展中所存在的如下问题:能否提高企业的管理水平;是否能加快企业技术的创新和产品的开发;能否扩大企业的生产能力和产品的市场份额;激励企业科技人员,稳定企业核心管理及技术人员;保持稳定的资金来源,保持下一步融资渠道的畅通,促进新的融资方式的开展。对于那些想完全掌握企业控制权、完全占有企业收益、完全支配企业的生产经营的企业创业者来说,股权出让融资并非一种适宜的融资方式。

### （二）增资扩股融资

增资扩股融资，是指企业根据发展的需要，扩大股本融进所需资金。与股权出让融资类似，按扩充股权的价格与股权原有账面价格的关系划分，股权出让融资可以划分为溢价扩股、平价扩股。另外，从增资扩股的资金来源形式划分，增资扩股融资还可以分为内源融资形式的增资扩股（即通常所说的集资）与外源融资形式的增资扩股（私募）。企业在采用增资扩股融资时，一定要注意相关的法律法规规定，确保操作程序和有关依据合乎法律规定，融得合法资金。

增资扩股融资与股权出让融资类似，具有共同点，均是为筹集资金、吸引直接投资、引入新的投资者的过程。从这一点上说，增资扩股融资与股权出让融资均具有以下的优点和缺点。

1. 增资扩股的优点

（1）增资扩股、利用直接投资所筹集的资金属于自有资本，与借入资本比较，它更能提高企业的资信和借款能力，对扩大企业经营模式、壮大企业实力具有重要作用。

（2）增资扩股、吸收直接投资不仅可以筹集现金，而且能够直接获得其所需要的先进设备与技术，这与仅筹集现金的筹资方式相比较，更能尽快形成生产经营能力。

（3）企业根据其经营状况向投资者支付报酬，企业经营状况好，要向投资者多支付一些报酬，企业经营状况不好，就可不向投资者支付报酬或少付报酬，比较灵活，没有固定支付的压力，所以财务风险较小。

2. 增资扩股的缺点

（1）增资扩股、吸收直接投资支付的资金成本较高。由于投资者要分享企业收益，因此，资金成本通常较高，特别是企业经营状况较好和赢利较强时更是如此。

（2）增资扩股、吸收直接投资容易分散企业的控制权。采用增资扩股方式筹集资金，投资者一般都会要求获得与投资数量相适应的经营管理权，这是接受外来投资的代价之一。如果外来投资者的投资较多，则投资者会有相当大的管理权，甚至会对企业实行完全控制，对企业的原有管理者构成威胁，这是增资扩股的不利因素。

企业在采取增资扩股融资时，必须对其有关优点和缺点全面考虑。结合考虑企业自身特点，从企业发展战略的高度，确定具体的融资方式。

### （三）产权交易融资

产权交易是企业财产所有权及相关财产权益的有偿转让行为和市场经营活动，是指除上市公司股份转让以外的企业产权的有偿转让。可以是企业资产与资产的交换、股份与股份的交换，也可以是用货币购买企业的资产，或用货币购买企业的股份，也可以是几种形式的综合。不论采用何种形式,这种有偿转让行为都要通过市场实现,即产权交易是不同民事主体之间通过市场转让企业产权的一种民事法律行为。

产权交易包含了三个方面的含义:

1. 产权交易是一种遵循等价交换原则的商品经营活动;

2. 产权交易属于产权经营活动,其经营主体是企业财产所有者或所有者代理;

3. 产权交易作为一种普通的经营活动,它是市场经济发展的结果。

### (四)杠杆收购融资

所谓杠杆收购,是指主要通过负债融资即增加公司财务杠杆的力度的办法筹集收购资金来获得对目标企业的控制权,并从目标公司的现金流量中偿还债务的一种企业并购方式。企业采用杠杆收购方式收购其他企业时,以被并购企业的资产作为抵押,筹集部分资金用于收购。在一般情况下,借入资金占受收购资金总额的 $70\% \sim 80\%$,其余部分为自有资金,通过财务杠杆效应便可成功地收购企业或其部分股权。一般而言,通过杠杆收购方式重新组建后的公司总负债率为 $85\%$ 以上,从国外的实践是,负债中主要成分为银行的借贷资金。债权人的资金在杠杆收购中至关重要。

杠杆收购的应用范围十分广泛,可以适用于以下一些情况:

1. 资本规模相当的两个企业之间的收购;

2. 实力较强的大公司收购小公司;

3. 小公司收购大公司;

4. 个人资本收购其所在企业或所熟悉了解的企业;

5. 由分散的多个股东持股的公司转为由单个股东持股或公司在外股份的集中回购。

与一般的企业并购交易比较,杠杆收购具有如下特征:

1. 收购企业用于收购的自有资金远少于收购总资金,自有资金的比例一般为 $10\% \sim 15\%$;

2. 收购公司的绝大部分收购资金为借贷而来,贷款方可能是金融机构、信托投资机构、个人,也可能是目标公司具有实力的大股东;

3. 收购公司用来偿付贷款的款项来自目标公司的资产或现金流量,也就是说,目标公司实际上将最终支付它的售价;

4. 收购公司除投资非常有限的资金(自有资金)外,不负担进一步投资的义务,即贷出绝大部分收购资金的债权人,只能向目标公司求偿。国际上通常的做法是贷款方通常在目标公司资产上设有投保,以确保优先受偿地位。

### (五)引进风险投资

风险投资的英文是 venture capital,venture 与一般意义上的风险(risk)不同,其本意有冒险创新的意思,venture capital 多指人们对较有意义的冒险创新活动或冒险创新事业予以资本支持,这里的 venture 有一种主动的意思。而 risk 是指人们在从事各项活动中所遇到的不可预测又不可控制的不确定性,其含义没有主动的成分。因此,venture capital 不是一般意义上的 risk capital。正因为如此,有人把 venture capital 干脆译成创业投资,以示于 risk capital(风险投资)有区别。目前这两种说法仍到处可见。风险投资从广义上讲,是指向风险项目的投资;从狭义上讲,是指向高风险、高收益、高增长潜力、高科技项目的投资。它集融资与投资于一体,会供应资本和提供管理服务于一身。目前比较通行的风险投资定义"是一种投资于极具发展潜力的高成长性风险企业并为之提供经营管理服务的权益资本"。作为一种金融创新工具,风险投资在现代经济发展中起着举足轻重的作用。

风险投资的特征:

1. 高风险。风险企业较之一般企业有更高的风险性。

2. 高回报。有丰富的资金流入到风险资本市场,是因为其极高的回报率。

3. 风险投资的对象主要是高科技企业。

4. 风险投资是一种长期的、流动性低的权益资本。

5. 风险投资具有很强的参与性。

**(六)投资银行投资**

简单说来,投资银行是主营资本市场业务的金融机构,现实中的证券公司、并购重组顾问公司、基金管理公司、投资管理公司、风险投资公司等都是投资银行机构。投资银行起源于 15 世纪的欧洲,于 19 世纪传入美国,20 世纪发展到全球。经过数百年的发展,投资银行已经成为金融体系的一个重要组成部分,是资本市场的核心。一般来说,投资银行业务从广到窄可以有四个定义:第一,投资银行业务包括所有的金融市场业务;第二,投资银行业务包括所有资本市场业务;第三,投资银行业务只限于证券承销、交易业务和兼并收购业务;第四,投资银行业务仅指证券承销和交易业务。目前,被普遍接受的是第二个定义,即投资银行业务包括所有资本市场的业务。根据这个定义可知,并不是所有经营资本市场业务(或投资银行业务)的企业都是投资银行,只有那些主营业务为资本市场业务的企业才是投资银行。另外,也并不是经营全部资本市场业务的企业才是投资银行,主要主营业务是资本市场业务(无论是一项还是两项)的企业就是投资银行。

**(七)国内上市融资**

股票融资的目的不尽相同。企业发行股票不单单是为了筹集资金,也有的是为了使企业进一步发展壮大。

1. 为解决企业资金短缺而发行股票融资

这包括四个方面的具体内容,一是为了筹集企业成立的原始资本;二是为了进行新的投资扩大企业的规模,这是最常见的一种融资;三是为了筹集周转资金;四是为了归还债务而进行的融资。

2. 为了吸引新股东而发行股票融资

为了谋求与某企业或个人合作,将其吸收成为股东而发行股票,比如企业为扩大产品销路,而让经销商成为股东,就采用发行新股票的方法,把新股票发放给经销商。

3. 为防止企业被兼并发行股票融资

为了维护企业经营支配的权力,防止企业被其他企业兼并而发行股票进行融资。采取这种做法的,一般都是资金较少、基础较薄弱的企业。

4. 为了提高企业信用度、增加资本而发行股票融资

股份公司的资本实力越强,这个企业的信用就越高。高信用有利于企业贷款和发行债券。

5. 为了使企业具备股票上市的条件而发行股票融资

股票要在交易所上市,一个重要条件就是企业必须有一定的股本。在上市基准变更的时候,为创造上市的条件而增加资本,通常采取发行新股的办法。

6. 为了收购其他企业发行新股票融资

### (八)境外上市融资

境外上市融资,即企业根据国家的有关法律在境外资本市场上市发行股票融资的一种模式。目前我国企业实际可选择的境外资本市场包括美国纽约交易所和 NASDAQ 股票市场、英国伦敦交易所股票市场、新加坡交易所股票市场、香港交易所主板和创业板股票市场。其中香港交易所主板和创业板股票市场为国内企业境外上市融资的首选股票市场。

### (九)买壳上市融资

所谓买壳上市,是指非上市公司通过收购控股上市公司来取得上市地位,然后利用反向收购的方式注入自己的有关业务和资产。从本质上说,这种方式就是非上市公司利用上市公司的"壳",先达到绝对控股地位,然后进行资产和业务重组,利用目标"壳"公司的法律上市地位,通过合法的公司变更手续,使非上市公司成为上市公司。

买卖壳上市相对应的一种说法,称为借壳上市。借壳上市是指收购方通过资产置换的方式或优质资产拥有方将主要资产注入到上市公司的子公司中(上市公司反向收购)来实现其上市。买卖壳上市和借壳上市的共同之处在于,他们都是一种对上市公司"壳"资源进行重新配置的活动,都是为了实现间接上市。其不同点在于,买壳上市的企业一般是由收购方出资收购一家上市公司的控制权,而借壳上市的企业一般都需要通过资产置换的方式取得上市公司的控制权;买壳上市一般都由收购方向股权出让方支付资金,而借壳上

市一般都由"壳"公司向资产出让方支付收购款。对借壳上市而言,只要是为非上市公司所控制的上市公司,都可以成为借壳的对象。但对买壳上市而言,则存在一个买壳对象的问题。从实质上说,买壳上市和借壳上市都是属于股权转让的并购重组行为,其差别不是绝对的,只是在交易行为上略显不同。相对于其差异性而言,买壳上市与借壳上市的共同之处多于其不同之处。

## 三、内部融资和贸易融资的主要模式

### (一)留存盈余融资

企业除了从外部融资外,还可以通过对分配方式的科学合理安排获得需要的资金。企业的税后利润是企业可以从内部掌握的资金,使用起来灵活,具有一定的优越性,筹资成本相对较低。留存收益是企业缴纳所得税后形成的,其所有权属于股东。股东将这一部分未分派的税后利润留存于企业,实质上是对企业追加投资。如果企业将留存收益用于再投资所获得的收益率低于股东自己进行另一项风险类似的投资的收益率,企业就不应该保留留存收益而应将其分派给股东。

留存盈余融资是企业内部融资的重要方式。企业的收益分配包括向投资者发放股利和企业保留部分盈余两个方面,企业利用留存盈余融资,就是对税后利润进行分配,确定企业留用的金额,为投资者的长远增值目标服务。从另外一个角度看,研究企业如何以留存盈余融资,就是研究企业如何进行分配的股利政策。股利政策对公司筹措资金决策非常重要。股利政策包括是否发放股利、何时发放股利、发放何种形式的股利、股利发放数量多少等问题。如果这些问题处理得当,能够直接增加企业积累能力,吸引投资者和潜在投资者投资,增强其投资信心,为企业的进一步发展打下良好的基础。

### (二)资产管理融资

资产管理融资属于企业的内源融资。企业可以将其资产通过抵押、质押等手段融资。另外应该指出的是,通过对资产进行有效科学的管理,节省企业在资产上的资金占有,也可以扩大企业的资金来源。

### (三)票据贴现融资

1. 票据贴现的概念

票据贴现融资,是指票据持有人在资金不足时,将商业票据转让给银行,银行按票面金额扣除贴现利息后将余额支付给付款人的一项银行授信业务,是企业为加快资金周转,促进商品交易而向银行提出的金融要求。票据一经贴现便归贴现银行所有,贴现银行到期可凭票直接向承兑银行收取票款。在我国,商业票据主要是指银行承兑汇票和商业承兑汇票。以商业票据进行支付是商业中很普遍的现象,但如果企业需要灵活的资金周转,往往需要通过票据贴现的形式使手中的"死钱"变成"活钱"。票据贴现可以看做是银行以购买未到期银行承兑汇票的方式向企业发放贷款。贴现者可预先得到银行垫付的融资款项,加速公司资金周转,提高资金利用效率。

2. 票据贴现融资的优点

票据贴现融资方式的好处之一是银行不按照企业的资产规模来放款,而是依据市场情况(销售合同)来贷款。企业收到票据至票据到期兑现之日,往往是少则几十天,多则300 天,资金这段时间处于闲置状态。企业如果能充分利用票据贴现融资,远比申请贷款手续简便,而且融资成本很低。票据贴现只需带上相应的票据到银行办理有关手续即可,一般在 3 个营业日内就能办妥,对于企业来说,这是"用明天的钱赚后天的钱",这种融资方式值得企业广泛、积极地利用。对目前我国众多的企业来说,在普通贷款中往往因为资本金规模不够,或无法找到合适的担保人而贷不到钱,因此,票据贴现无须担保、不受资产规模限制的特性对他们来说就更为适用。

票据贴现的另外一个优势就是利率低。票据贴现能为票据持有人快速变现手中未到期的商业票据,手续方便、融资成本低,是受企业欢迎的一项银行业务。贴现利率在人民银行规定的范围内,由企业和贴现银行协商确定。企业票据贴现的利率通常大大低于到银行进行商业贷款的利率,融资成本下降了,企业利用贷款获得的利润自然就高了。

**(四) 资产典当融资**

典当是指当户将其动产、财产权利作为当物质押或者将其房地产作为当物抵押给典当行,交付一定比例费用,取得当金并在约定期限内支付当金利息、偿还当金、赎回典当物的行为。典当融资是我国企业融资渠道的有效补充。当企业把有关物品用来质押典当时,典当行就会根据该物品的市场零售价及新旧程度、质量优劣,尽可能作出公平、合理的评估,然后在此基础上确定典当发放的额度,并向企业提供资金。近年的企业融资中,典当以它特有的优势重新拥有了市场。典当行具有两个基本功能:(1)融资服务。只要当物在当期内不发生绝当(即不再赎回),典当就在发挥融资功能。(2)商品销售服务。事实上,随着私营企业大规模发展,在我国的许多地区特别是东南沿海地区,典当行更多体现的是第一功能,商品销售功能成为次要的。

**(五) 商业信用融资**

商业信用是指在商品交易中,交易双方通过延期付款或延期交货所形成的一种借贷关系,是企业之间发生的一种信用关系。它是由商品交换中商品与货币在时间上的分离而产生的,它产生于银行信用之前。

商业信用具有很强的灵活性,在企业利用市场机制的过程中,已经成为简易方便的经济杠杆。

1. 商业信用适应商品生产特点

有些商品生产周期长,占用资金大,资金周转缓慢,由于生产过程长,价格业绩不稳定,企业生产风险性大,如大型运输工具制造、房屋建设等,还有一些商品,如水、电、劳务等,又是生产过程,又提供消费,生产企业为减少损失,也可预收费用。也有的商品,属专业性特殊用途的商品,专业性强,要求高,数量小,消费对象单纯,这也可以双方协商收取定金,再纳入生产计划。

2. 商业信用能够为买卖双方提供方便

国家为了掌握一些重要的关系国计民生的物资,如棉花、粮食、油料等,采取预购方式。有的新产品,在不为消费者了解之前,销货人不愿承担滞销风险,采取由生产企业委托试销的做法,扩大业务范围。也有的商品,价格昂贵,如住房、汽车等,如一次付款出售,会失去一些顾客,采取分期付款方式可以扩大销售额。在流通中,一些积压商品需要推销处理,清库结账,采取寄库代销方式,也有利于产品销售。

3. 商业信用可以巩固经济合同,加强经济责任

在市场经济大发展的时代,多种经济联系和购销形式也应运而生。为了保证经济合同兑现,在加工货物、补偿贸易、来料加工等不同购销形式上,加强双方法律责任,收取押金、定金也是一种商业信用手段。这种办法,有利于维护双方信誉,确保经济合同的法律权威。

4. 商业信用有利竞争

社会化大生产条件下,各企业间互相联系日益增强。企业间利用商业信用形式互相提供配件、技术、设备,进行产品补偿等经济合作与联合,有利于生产经营,使企业获得固定的原材料和零配件的供应和销售,增强竞争力。

**（六）国际贸易融资**

国际贸易融资是指各国政府为支持本国企业进行进口贸易而由政府机构、银行等金融机构或进出口商之间提供资金,主要形式有国际贸易短期筹资和中长期筹资两种。

**（七）补偿贸易融资**

国际补偿贸易是国外向国内公司提供机器设备、技术、各种服务、培训人员等作为贷款,待项目投产后,国内公司以该项目的产品或以商定的其他方法予以偿还的经济活动。

1. 补偿贸易是投资与贸易相结合的活动。卖方是投资者,提供全套机器设备、技术、各种服务和培训人员,国内提供厂房、原材料和人员,双方进行合作生产。

2. 补偿贸易是商品贸易、技术贸易和国际信贷结合的活动。它是在买方信贷的基础上,进口商从卖方进口设备、技术和其他物资,在约定期限内,用所购设备生产的商品、劳务等分期偿还。

3. 买方需支付利息。买方在所购设备价款未全部偿还之前,要按合同规定的利率,

就欠款向卖方支付利息。

4. 补偿贸易由买卖双方直接签订合同,一般没有出口国政府在利率上给予补贴,因而利率比出口信贷高。

5. 设备价款和利息不以现汇而用设备生产的产品偿还,这对外汇短缺国家十分有利。

### 四、项目融资和政策融资的主要模式

#### (一)项目包装融资

所谓项目包装融资,是指根据市场运行规律,经过精密的构思和策划,对具有潜力的项目进行包装和运行,以丰厚的回报吸引投资者,为项目融得资金,从而完成项目的建设。项目离不开包装,要想取得良好的经济和社会效益,必须做好项目的包装。

做好项目包装融资,一定要认识到对项目的包装是成功融资的关键,绝非可有可无。包装,是对一个项目各种要件的充分准备和尽可能地完善。项目的名称、外观、环境、采用的材料既属于项目自身的内容,又属于项目包装的范畴。所以做好项目自身,也包含着做好项目包装的含义。任何一个项目的投资者必须按市场经济规律办事,看该项目是否具有市场效益和发展前景,是朝阳产业还是夕阳产业,是能够在短时间内见效益赚钱的,还是在很长的时间内才能收回成本的,每一个投资者都会作出一个客观的成本核算,最终作出自己是否投资的决策。所以,对于一个项目的包装,其最终目的,就是要让国内外投资者在很短的时间内,选择既是政府所需要的,又是投资者投资风险较小和发展前景看好的项目。

#### (二)高新技术融资

高新技术融资,即用高新技术成果进行产业化融资的一种模式,是科技型企业可以采用的一种适用的融资模式。科技型企业具有建设所需资金少、建成周期短、决策机制灵活、管理成本低廉、能够适应市场多样性的需求等特点,特别是在创新机制和创新效率方面具有其他企业无法比拟的优势。科技型企业既是加快科技成果转化、实现技术创新的有效载体,也是国民经济增长的重要源泉。

#### (三)BOT 项目融资

BOT 的英文全称为 build-operate-transfer,意思是建设—经营—转让。BOT 的实质是一种债务与股权相混合的产权。它是由项目构成的有关单位(承建商、经营商及用户等)组成的财团所成立的一个股份组织,对项目的设计、咨询、供货和施工实行"一揽子"总承包。项目竣工后,在特许权规定的期限内进行经营,向用户收取费用,以回收投资、偿还债务、赚取利润。特许权期满后,财团无偿将项目交给政府。BOT 项目一般都是进行基

础设施投资、建设和经营,以政府和私人机构之间达成协议为前提,由政府向私人机构颁布特许,允许其在一定时期内筹集资金建设某一基础设施并管理和经营该设施及其相应的产品与服务。政府对该机构提供的公共产品或服务的数量和价格可以有所限制,但保证私人资本具有获取利润的机会。整个过程中的风险由政府和私人机构分担。当特许期限结束时,私人机构按约定将该设施移交给政府部门,转由政府指定部门经营和管理。运用 BOT 方式承建的工程一般都是资本、技术密集型的大型项目,主要集中在市政、道路、交通、电力、通信、环保等方面。

BOT 项目不仅是一种投资方式,从另一个角度看,也是一种新型的融资方式。但由于 BOT 项目融资具有相对较为严格的适用条件,并非全部企业均可采用。BOT 项目是一种特许权经营,只有经过政府颁布特许的具有相关资格的企业才能通过 BOT 项目进行投资和融资。

### (四) IFC 国际投资

IFC 是国际金融公司的简称,是世界银行集团成员之一。IFC 成立于 1956 年 7 月,其宗旨是对发展中国家(会员国)的私人企业的新建、改建和扩建提供贷款资金,促进发展中国家私营经济的增长和国内资本市场的发展,促进发展中国家私营部门的可持续投资,从而减少贫困,改善人民生活。它是世界银行的附属机构,但从财务制度和法律地位上看,它又是独立的经营实体。公司的组织结构与世界银行一样,最高决策机构是理事会,并设有管理日常业务的执行董事会。公司的正副理事、正副执行董事、经理都由世界银行的正副理事、政府执行董事、行长兼任。国际金融公司利用自有资源和在国际金融市场上筹集的资金为项目融资,同时还向政府和企业提供技术援助和咨询。

### (五) 专项资金融资

专项资金投资指投资于专项用途的资金。为了繁荣市场经济,促进产业竞争力的加强,近年来,我国政府财政出资设立了针对特定项目的专用资金。另外,全国各省市为了增强自己的竞争力,不断采取各种方式扶持科技含量高的产业或者优势产业,各地政府也相继设立了一些政府基金予以支持。

### (六) 产业政策投资

产业政策投资,是指政府为了优化产业结构,促进高新技术成果产业化而提供的政策性支持投资。政策性投资种类,可以分为财政补贴、贴息贷款、优惠贷款和税收优惠政策等。企业分处各行各业,每个产业和行业的发展分处不同阶段,有其特定的规律和特点,中央政府和地方政府为了提高我国经济建设和水平,促进产业和行业经济繁荣,分别有针对性地给予了大量优惠性政策支持。应该看到,政府以牺牲税收为代价等形式,推出相应产业政策,本身就是一种投资。作为往往处于弱势地位的企业,可以针对本地区、本行业政府产业政策特点,争取到相应的政策优惠措施。

## 无锡尚德纽约证券交易所上市模板解析

2001年1月,澳大利亚籍的施正荣博士回国创业,得到了无锡市政府的支持。在当地政府的动员下,江苏小天鹅集团、无锡国联信托投资公司、无锡高新技术投资公司、无锡水星集团、无锡市创业投资公司、无锡山禾集团等企业共出资600万美元,与施正荣共同组建了中澳合资的"无锡尚德",并占75%的股权。施正荣则以40万美元现金和160万美元的技术入股,占25%的股权,施正荣名下股份通过他个人全资拥有的澳大利亚公司PSS间接持有。

2004年,"无锡尚德"开始谋划上市。据"尚德控股"向美国证监会(SEC)提交的上市招股说明书披露,"无锡尚德"2002年亏损89.7万美元,2003年利润仅92.5万美元,这样的业绩水平根本无法满足国内的上市标准。另一方面,海外资本市场对光伏产业相当认同,美国SUN POWER(纳斯达克)、中国台湾茂迪(6244.TW)等光伏企业上市时都受到狂热的追捧,因此,施正荣从一开始就瞄准了海外上市。

第一步:"百万电力"过桥贷款助力施正荣收购国有股权,6700万港元当年回报超过100%。

国内企业海外上市最重要的准备工作之一就是引进海外战略投资机构。对这些海外机构来说,国有企业的管理制度和公司治理结构往往令他们对公司发展抱有怀疑态度,而一个由施正荣个人控股的股权结构显然有吸引力得多。对施正荣来说,能够通过海外上市取得对企业的绝对控股权也完全符合自身的利益。

2005年1月11日,意在帮助施正荣取得控制权的"尚德BVI(BVI是英属维尔京群岛(British Virgin Islands)的英文名称缩写)"公司(Power Solar System Co.,Ltd.)(pss)成立,该公司由施正荣持有60%,由"百万电力"(Million Power Finance Ltd.)持有40%,法定股本50 000美元,分为50 000股。

第二步:"无锡尚德"重组实现外资私有化,风险投资商8000万美元入股"尚德BVI"在"百万电力"提供过桥贷款作为保证金后,施正荣就可以与国有股东签订股权收购的意向协议了,而有了意向协议,海外的风险投资机构也同意谈判向"尚德BVI"溢价入股。

《股份购买协议》中说明,"尚德BVI"通过向这些外资机构发行A系列优先股所得到的8000万美元收入,将主要用于公司"重组",而"重组"的完成也是外资机构认购优先股生效的前提。这里所说的"重组",其实就是指将"无锡尚德"从一个国有控股的中外合资公司,通过股权转让的方式转变为由"尚德BVI"100%拥有的子公司。

"重组"完成后的架构将是:"尚德BVI"持有PSS和"欧肯资本"100%的股权及"无锡尚德"36.43%的股权;同时PSS和"欧肯资本"持有"无锡尚德"其余63.57%的股权。根据《股份购买协议》,PSS和"欧肯资本"应当在随后90天内把自己所持有的"无锡尚德"的股份全部转让给"尚德BVI",使"尚德BVI"直接拥有"无锡尚德"100%的权益。

2005年5月,通过一系列交易,"尚德BVI"基本完成了收购"无锡尚德"的全部国有股权。如果外资机构的8000万美元全部由国有股东获得,则国有股东实际出资的600万美元获得了约13.3倍的回报率。据国内媒体报道,"重组"中退出"无锡尚德"的国有股东们分别获得了10~23倍的投资回报率不等。

第三步:"对赌"完成股权设计,外资6倍市盈率投资"尚德"。

"尚德BVI"成立之初的股权结构是:法定股本和已发行股本都是50 000美元,分为50 000股面值1美元的股份。为了方便海外风险投资机构的入股,在《股份购买协议》生效前,"尚德BVI"首先进行了一次拆股和一次送红股。拆股是现有股本由50 000股、面值1美元拆分成500万股、面值0.01美元;送红股是普通股股东每1股获赠17股,这样,已发行股本就达到9 000万股。

第四步:"换股"打造上市主体"尚德控股"。

开曼群岛的法律环境最符合美国上市要求,开曼公司是最理想的上市主体,在海外上市实务操作中,"换股"是搭建上市主体最常用的方式。2005年8月8日,在上市主承销商瑞士信贷第一波士顿和摩根斯坦利的安排下,由施正荣完全控股的壳公司D&M Technologies在开曼群岛注册成立"尚德控股",发行1股,面值0.01美元。2005年8月16日,"尚德控股"和"尚德BVI"的全体股东共同签订了一份"换股协议"。

根据协议,"尚德控股"向"尚德BVI"现有的16家股东发行股票作为代价,交换这些股东所持有的"尚德BVI"全部股份,这简称为"换股"。"换股"后,"尚德控股"将持有"尚德BVI"100%股份而"尚德BVI"的16家股东将拥有"尚德控股"100%的股权。"尚德控股"作为最终控股公司,将择机上市。

"尚德控股"共向"尚德BVI"现有的16家股东发行了89 999 999股普通股和34 667 052股A系列优先股。这些代价股份与"尚德BVI"的股权结构相比,只有两处差别:第一,为了方便上市操作,原应支付给施正荣的股份改为支付给D&M Technologies公司了;第二,代价股数比"尚德BVI"发行股本少了一股。为什么少一股呢?因为这一股早就被D&M Technologies注册"尚德控股"时持有了。这就是说,"尚德控股"其实是完全复制了"尚德BVI"的股权结构。

第五步：登陆纽约交易所完成财富增值。

在寻求海外上市的过程中，"无锡尚德"曾先后计划在新加坡交易所、香港联交所和纳斯达克上市，但是由于2005年10月施正荣与纽交所CEO约翰塞恩偶然结识，随后纽交所董事总经理马杜又到无锡亲自登门拜访，"无锡尚德"最终确定申请到全球超大型企业的俱乐部——纽约交易所上市。

2005年12月14日，"尚德控股"向公众出售2000万股新股，老股东向公众出售638万股旧股，在纽约交易所完成了上市。对外资机构来说，按公司发行价15美元计算，其2.3077美元的购股成本在半年内增值了6.5倍；按公司上市首日收盘价计算，增值了近10倍。对施正荣来说，除了"无锡尚德"成立之初的40万美元股金外，几乎没有追加任何资金投入，而最终拥有了46.8%的股份，价值超过14.35亿美元。

资料来源：根据谈判律师网证券上市与交易监管内容整理而成。

# 复习思考题

1. 什么是资本市场？
2. 资本市场有哪些功能？
3. 金融市场的分类有哪些？
4. 债券融资的主要模式有哪些？
5. 股权融资的主要模式有哪些？

# 参 考 文 献

[1] 王铁军. 中国中小企业融资28种模式[M]. 北京：中国金融出版社，2004.

[2] 周正庆. 证券知识读本[M].修订本. 北京：中国金融出版社，2006.

[3] 罗珉. 资本运作——模式、案例与分析[M]. 成都：西南财经大学出版社，2001.

[4] 陈燕，刘义圣. 中国资本市场功能的拓展与深化[J]. 福建论坛，2005，(6).

[5] 徐少华，郑建红. 中国资本市场功能的实证考察[J]. 股份制纵横，2003.

[6] 王卫彬. 我国证券市场的功能分析与对策[D]. 南充：西南石油学院硕士论文，2005.

[7] 刘义圣. 我国对资本市场功能认识的几个阶段[J]. 经济研究参考，2004，(79).

[8] 郭华平. 企业股票融资的经济思考[J]. 微观论述，2006.

[9] 黄诗娴. 企业融资模式的比较研究与借鉴[D]. 南京：暨南大学优秀硕士论文，2001.

[10] 汤光华. 证券市场定位论[J].财经问题研究，1999，(9).

# 第五章
## 政府投资

## 本章学习要点

1. 了解政府投资的概念及内容；
2. 掌握政府投资的动因；
3. 理解政府投资的职能；
4. 掌握政府投资资金的来源；
5. 了解我国政府投资的领域；
6. 理解政府采购的方式。

## 第一节　政府投资概述

随着经济的快速发展和城市化进程的加快,政府投资项目逐年递增。政府投资项目大多数是为社会提供公共产品,如城市道路桥梁等城市基础设施建设、城市绿化、文物保护、生态环境建设、水利基础设施建设、文教卫体、公检法司等公益设施建设等。这些项目的主要共同特点是关系国家安全和市场不能有效配置资源的经济和社会领域。市场机制具有天然的合理性,并在经济运行中起重要作用。但也存在种种局限,即市场失灵;而市场机制发生失灵的领域,即公共产品和公共服务需要由政府提供才能保证效用的最大化。

### 一、政府投资概念

从投资主体角度看,政府投资指政府作为投资主体所进行的投资。西方国家政府的税收主要用于公共事业投资,和为改善投资环境而进行的有关投资。我国在一个长时期内,政府投资是全部投资的主要部分,几乎所有的项目都由政府进行决策并从财政预算收入中拿出资金。中国共产党十一届三中全会以后,随着有计划商品经济逐步发展和改革开放政策的不断深入贯彻,投资领域发生了重要的变化,投资主体由原来单一的政府投资主体发展为政府、企业、个人、外商等多种投资主体。

从投资组成角度看,一般来说政府投资包括财政投资和政策性投资两部分。财政投资是政府对财政收入按照政策意图所安排的资金支出。政策性投资是政策性银行根据政策性银行信用所筹资金,按照产业政策、技术政策所安排的资金支出。从本质上讲政策性银行属于政府金融机构,政策性信用属于国家信用,因此政策性投资属于政府投资。政策性投资是为了弥补财政投资的不足而设计的,是被一些经济发达国家早已证明了的行之有效的手段。

从资金用途角度看,把政府用于固定资产建设的支出与政府投资分开。政府投资一般用于公益性项目、公共产品及基础设施等领域,但用市场经济观念和投资营利性目标来看,许多一直被我们称作政府投资的固定资产建设项目应该称作政府支出,属于这一类的项目有:政府本身及其所属机构办公设施项目;公检法司国防等行为;部分学校、医院等社会公益性机构的各项设施项目;城市基础设施项目;治沙、治碱、防护林工程等自然环境治理项目及治理废水、废气等人为环境治理项目;大江大河治理工程项目等。这一类项目是非营利性的,其回报没有办法用货币价值来计算,只有货币投入而没有货币回流,应当将政府用于这一类项目的支出从政府投资范畴中分离出去,和用于政府机构工作人员的工资支出等所有政府的日常支出一起合并到政府支出概念中去,称为政府固定资产建设支出。

本书认为,政府投资概念可从狭义和广义两个层次来理解。狭义的政府投资应限于为弥补市场失灵,由政府出资投放于具有一定经营性的基础设施项目、自然垄断项目、资源开发项目以及高新技术产业项目等,这些项目要么投资额大,投资周期长、投资风险大,一般民间资本做不了或不愿做,要么是民间资本愿做但做不好的,政府投资于这些项目虽不以营利为主要目的,但他们都属于经营性项目,政府投资要追求一定的保值增值和较强的投资效益,政府不做就会对消费者利益造成较大损害,原则上不适合民间投资者做的。广义的政府投资应理解为,在狭义的政府投资的基础上再加上政府支出投放于非经营性的公共物品、公共办公设施、公益性项目等,如国防、医疗、卫生城市公共设施,自然环境及人为环境治理,公检法司等政权机关建设项目等,政府投资于这些项目旨在提高社会效益,都不以赢利为目的,他们都属非营利性项目,这些政府投资主要是为社会营造一个安全、稳定、便利的公共条件,以保证社会持续、稳定、健康发展。

## 二、政府投资动因

投资动因是指支配投资主体投资行为的动力和原因。没有投资动因,也就没有投资主体的投资行为。总的来看,投资行为或者受经济动因的支配追求经济利益,或者受社会动因的支配追求社会效益。具体到政府投资的投资动因,目前已有文献和研究没有十分统一的观点,也没有十分明确的表述。总结前人对政府投资动因问题的分析,本书现归纳为四种观点:市场失灵论、特殊企业论、主辅关系论、政治利益论。

这四种观点各自从不同角度探讨了政府投资动因。其内容既存在相互交叉,又存在着一定互补,当然也有不一致的地方。世界各国政府投资的具体实践也有所差别,在市场经济条件下,政府投资多是处于辅助补充地位,我国政府投资多是处于主体地位。本书认为政府投资不能与民间投资作为同一层面上的同等主体身份出现,民间投资完全是一般企业的市场行为,而政府投资应完全是作为政府调控经济的一种工具手段而非一般企业行为,两者不能简单地统一在所有制这个层面上进行研究,也就是说,政府投资的功能应定位于作为政策调控工具,服从和服务于政策调控的需要。

**(一)市场失灵论**

市场失灵是指市场无法有效率地分配商品和劳务的情况。市场价格机制在经济运行中起着重要的作用,它像一只看不见的手引导着资源得到合理的配置,但现实的市场价格机制在很多场合不能导致资源的有效配置,它存在着一定的缺陷和不足。一种情况是通过市场机制自发作用不能解决,另一种情况是通过市场机制自发作用解决不好,这被称作市场失灵。为克服和纠正市场失灵就必须借助政府的力量。由政府出钱出资去做市场不能做或能做但做不好的事情,即通过政府投资来弥补市场机制的缺陷。

引起无效率的原因一般被归纳为四个:

第一,公共物品的存在。由于公共物品具有非排他性和非竞争性,因而存在着"搭便车"现象,从而使公共物品供给不足,投资短缺。这是市场机制本身无法解决的问题,这时就需要政府出面,以向每个享用者强制性征税来为提供公共物品筹资加以解决。

第二,外部经济。存在外部经济情况下,产品的社会利益大于私人利益,但在市场经济中企业的产量决策只根据私人利益,不根据社会利益,这样企业就往往会较少地生产对社会有益的产品,会产生供给不足,需要由政府来弥补这一投资空缺。

第三,不完全信息。信息在许多方面具有公共产品的特征,而且由于搜寻信息的成本有时候非常高昂,因而在市场经济中,总是供给不足的。当消费者拥有的产品信息不充分或拥有错误信息时,市场在资源配置方面就不可能有效发挥作用,因此必须由政府出钱给消费者进行免费提供信息。

第四,自然垄断。这类行业的投资者往往利用垄断优势使其产品价格长期保持在较高水平,赚取垄断利润,同时,生产数量远远小于完全竞争情况下的生产数量,把一部分消费者排除在消费之外,为保护消费者利益这类行业项目必须由政府投资来解决。

总之,市场失灵假说认为政府投资旨在弥补市场失灵,从而实现资源配置的"帕累托最优"以及解决经济收入不公平和经济周期波动等问题。

## （二）特殊企业论

狭义的政府投资形成国有企业,但国有企业不是以利润最大化为目标的一般企业,而是肩负一定社会政策义务的特殊企业。我国十五届四中全会第一次明确提出将现代企业制度分为两类:一般现代企业制度和特殊现代国有企业制度,有人把后者叫做"政府企业"。"政府企业"是实现政府职能的需要,可以从两方面加以说明:一是政府投资构成社会投资的一部分,具有投资的普遍意义;二是政府投资作为投资的特殊形式,是社会一般投资所无法取代的。

政府投资作为社会投资的一种方式,必然会对经济增长产生效应,即投资的需求效应和供给效应。政府投资所形成的需求和供给自然是社会总需求与总供给的重要组成部分。政府作为投资主体而形成的政府投资,具有一般投资的共同特点:即在宏观上有对经济增长、需求与供给的刺激作用;在微观上通过投资有获得收益的动机。此外,政府投资由于投资的独特地位,与非政府投资相比有着明显的差异:政府投资的动因有追求经济利益的一面,但它更注重社会动因,更注重保证社会经济稳定运行,使经济结构和经济环境得到优化,使社会各经济主体展开有效的经济活动。所以政府投资不受市场利益的驱动,不以营利为唯一目的,这是非政府投资做不到的。同时,政府投资同非政府投资相比,由于自身实力雄厚,而且投资资金的来源具有无偿性,可以投资于大型项目和长期项目,也可以用于新兴产业和风险较大产业的投资,而这些对于非政府投资来讲,不是财力有限无力投资,就是由于风险因素而不愿投资。

总之,政府投资作为一种特殊投资肩负着一定社会责任和经济任务是国民经济发展不可或缺的。

## （三）主辅关系论

我国现在实行社会主义市场经济体制,政府是企业和个人需要的产物。政府是权威,并不是因为它天然具有支配企业和个人的地位,而是因为它是公众的公正代表,公众需要政府协调它们之间的关系,这主要体现在:

（1）政府投资于非经营性的公益性项目,公检法司等政权机关的建设项目及政府机关、社会团体办公设施,国防设施等建设项目,为民间投资创造一个安全、稳定、井然有序的共同条件;

（2）政府投资于非经营性的科技、教育、文化、卫生、体育、环保等工业的建设项目,为民间投资创造一个便利顺畅协调的优良环境;

（3）政府投资于投资额大、风险高、回收期长的经营性基础设施和大型项目,来补充民间投资的真空领域。

总之,政府投资是对民间投资的补充和辅助,凡是民间投资愿做和能做的,政府都不会"与民争利",凡是民间投资不愿做和不能做的,政府都应承担起投资责任,履行投资义务,维持社会经济生活秩序,保证经济协调稳定发展,为民间投资创造一个良好的外部环境和共同条件。

### (四)政治利益论

政府投资决策是一种不完全的市场决策问题,因而不太适合用以市场行为为研究对象的经济理论进行分析。公共选择理论所关注的问题,如非市场决策的原因,决策者的理性和利益取向,公众利益偏好的显示与判断等问题,典型地呈现在政府投资决策过程中。公共选择理论认为,即使在非市场决策中,人也是有理性和关心个人利益的,这些"政治人"与"经济人"不同的是,它的决策行为发生在政治舞台上,因而可以认为政府中的投资决策和执行人员的行为同市场上经济人的行为相似,他们像经济人追求自己的利益那样追求自己的政治利益。"公众利益"是政府考虑的因素,但不是唯一的因素,例如,在西方多党制国家中"竞选取胜"和"连选连任"是政党或政府政治利益中最重要的因素,中国则不同,政府所要考虑的重要因素是"政局稳定"、"人民拥护"、"在群众中享有威信"等。从以上前提我们很容易看出,政府还是有愿望制定并执行科学的投资决策的,但在实践中可能会"走样",因为政府投资决策在考虑"全民利益"的同时,还夹杂着地方利益、部门利益和私人利益等,并且由于信息的不完全性和政府人员认识的局限性,投资选择的合理性还应值得考虑。实际上,不要说政府投资范围过宽要付出抑制市场竞争积极作用的高昂代价,就是"市场失灵"领域也不能对政府投资决策的期望过高,因为市场存在缺陷并不是将问题交给政府处理的新理由。

总之,在现实生活中,由于政府投资决策者具有"双重人格","一方面,他是公共利益的代表,另一方面他又是个人","有他自己的私人利益",这就必然会出现"私人利益"渗透在政府投资决策中。

## 三、政府投资的职能

政府投资是国家宏观经济调控的必要手段,在社会投资和资源配置中起重要宏观导向作用。政府投资可以弥补市场失灵,协调全社会的重大投资比例关系,进而推动经济发展和结构优化。政府投资职能一般表现在以下几个方面:

### (一)均衡社会投资,发挥宏观调控作用

在市场经济条件下,尽管政府投资量不占据主要地位,但对社会投资总量的均衡能起到调节作用。当社会投资量呈扩张势头、通货膨胀趋势严重时,政府投资主体通过减少投资量,缓解投资膨胀。当经济不景气、社会投资低迷时,政府投资主体采取增加投资量的途径,扩大社会需求,推动经济发展。

### （二）调节投资结构、引导社会投资方向

国家在经济发展的不同时期需要制定不同的产业政策,确定产业发展次序,投资的基本方向是国家产业政策规定优先发展的产业,特别是国民经济薄弱环节,对社会效益大而经济效益并不显著的产业予以重点扶持,这有利于优化投资结构,协调投资比例关系。在市场经济条件下,政府已不是唯一的投资主体,即使是国家需要重点扶持的基础设施及其他重要产业也需要鼓励社会投资的介入,但政府投资起到了一种先导和示范作用,它通过运用直接投资和间接投资手段(如投资补贴、投资抵免、投资贷款贴息等),引导全社会投资更多地投入国家鼓励发展的产业和领域。

### （三）为社会民间投资创造良好的投资环境

投资的环境好坏,很重要的一个方面是公用设施和社会基础设施完善与否。公用设施和社会基础设施及软环境建设,有相当部分是无法实现商品化经营或商品化程度很低,即不能实现投资经济活动投入产出的良性循环,因此这方面的投资是政府投资主体的义务和责任,是政府投资的一个重点。

### （四）支持地区内国家重点项目的建设

政府投资从资金、移民搬迁、劳动力供给等方面为重点项目的建设提供保障,承担区域内公益性项目投资,集中力量投资于基础项目和支柱产业的项目,同时通过各项政策和经济手段,推动资产的重组,进行存量调整,推进现代企业制度建设,使企业成为投资的基本主体。

# 第二节　政府投资的资金来源

政府要进行投资,使用的是财政收入,其资金来源主要有:税收收入、债务收入、国有资产经营收益、专项收入和其他收入。地方政府的财政收入中除包括以上方式,还有来自中央政府的转移支付和土地使用权收费。本节将阐述政府投资的资金来源。

## 一、税收收入

税收收入是国家凭借政治权力参与社会产品分配取得的财政收入。由于税收具有强制性、无偿性和固定性三大特征,除组织收入外,对经济社会运行、资源配置和收入分配都具有重要的调节作用。

### （一）税收的基本特征

税收具有三个基本特征,即通常所说的税收"三性":强制性、无偿性和固定性。

1. 税收的强制性

税收的强制性是指税收是国家以社会管理者的身份,凭借政权力量,依据政治权力,通过颁布法律或政令来进行强制征收。负有纳税义务的社会集团和社会成员,都必须遵守国家强制性的税收法令,在国家税法规定的限度内,纳税人必须依法纳税,否则就要受到法律的制裁,这是税收具有法律地位的体现。

2. 税收的无偿性

税收的无偿性是指通过征税,社会集团和社会成员的一部分收入转归国家所有,国家不向纳税人支付任何报酬或代价。税收的这种无偿性是与国家凭借政治权力进行收入分配的本质相联系的。

3. 税收的固定性

税收的固定性是指税收是按照国家法令规定的标准征收的,即纳税人、课税对象、税目、税率、计价办法和期限等,都是税收法令预先规定了的,有一个比较稳定的试用期间,是一种固定的连续收入。对于税收预先规定的标准,征税和纳税双方都必须共同遵守,非经国家法令修订或调整,征纳双方都不得违背或改变这个固定的比例或数额以及其他制度规定。

**(二)税收的分类**

税收分类是以一定的目的和要求出发,按照一定的标准,对各不同税种隶属税类所做的一种划分。我国的税种分类主要有:

1. 按课税对象分类

(1)流转税。流转税是以商品生产流转额和非生产流转额为课税对象征收的一类税。流转税是我国税制结构中的主体税类,目前包括增值税、消费税、营业税和关税等税种。

(2)所得税。所得税亦称收益税,是指以各种所得额为课税对象的一类税。所得税也是我国税制结构中的主体税类,目前包括企业所得税、个人所得税等税种。目前,内外资企业所得税率统一为25%。另外,国家给予了两档优惠税率:一是符合条件的小型微利企业,减按20%的税率征收;二是国家需要重点扶持的高新技术企业,减按15%的税率征收。

(3)财产税。财产税是指以纳税人所拥有或支配的财产为课税对象的一类税。包括遗产税、房产税、契税、车辆购置税和车船使用税等。

(4)行为税。行为税是指以纳税人的某些特定行为为课税对象的一类税。我国现行税制中的城市维护建设税、固定资产投资方向调节税、印花税、屠宰税和筵席税都属于行为税。

(5)资源税。资源税是指对在我国境内从事资源开发的单位和个人征收的一类税。我国现行税制中资源税、土地增值税、耕地占用税和城镇土地使用税都属于资源税。

2. 按税收的管理和使用权限为标准分类

(1)中央税。中央税是指由中央政府征收和管理使用或由地方政府征收后全部划归中央政府所有并支配使用的一类税。如我国现行的关税和消费税等。这类税一般收入较大,征收范围广泛。

(2)地方税。地方税是指由地方政府征收和管理使用的一类税。如我国现行的个人所得税、屠宰税和筵席税等(严格来讲,我国的地方税目前只有屠宰税和筵席税)。这类税一般收入稳定,并与地方经济利益关系密切。

(3)中央与地方共享税。中央与地方共享税是指税收的管理权和使用权属中央政府和地方政府共同拥有的一类税。如我国现行的增值税和资源税等。这类税直接涉及中央与地方的共同利益。

这种分类方法是实行分税制财政体制的基础。

### (三)税收的作用

税收是历史上最早出现的财政范畴,它是随着私有制和国家的产生而产生的。由于税收的特点,使得它对保证财政收入具有重要作用。所以;税收历来是各个国家取得财政收入的重要形式,只是不同性质国家税收的本质不同,而体现着不同的分配关系。我国的税收是取之于民、用之于民的,它来源于劳动者所创造的社会产品和国民收入,而又用于满足劳动人民各方面的需要,它体现的是人民根本利益一致基础上的分配关系。

税收收入是现代国家最重要的公共收入形式,是世界各国公共收入的主要来源,一般约占各国经常性公共收入的90%以上;20世纪90年代之后,我国的财政收入中税收的比重也一直维持在90%以上,近两年有所降低,仍在88%以上。

表 5-1 税收占财政收入的比重

| 年份 | 1978 | 1980 | 1985 | 1990 | 1995 | 2000 | 2001 |
|---|---|---|---|---|---|---|---|
| 财政收入/亿元 | 1 132.26 | 1 159.93 | 2 004.82 | 2 937.10 | 6 242.20 | 13 395.23 | 16 386.04 |
| 税收收入/亿元 | 519.28 | 571.70 | 2 040.79 | 2 821.86 | 6 038.04 | 12 581.51 | 15 301.38 |
| 税收占财政收入比重/% | 46 | 49 | 102 | 96 | 97 | 94 | 93 |
| 年份 | 2002 | 2003 | 2004 | 2005 | 2006 | 2007 | 2008 |
| 财政收入/亿元 | 18 903.64 | 21 715.25 | 26 396.47 | 31 649.29 | 38 760.20 | 51 321.78 | 61 316.90 |
| 税收收入/亿元 | 17 636.45 | 20 017.31 | 24 165.68 | 28 778.54 | 34 804.35 | 45 621.97 | 54 219.62 |
| 税收占财政收入比重/% | 93 | 92 | 92 | 91 | 90 | 89 | 88 |

## 二、债务收入

政府债务(亦称公债)收入是指政府以债务人身份,依据有借有还的信用原则取得的资金来源,是一种有偿形式的、非经常性的财政收入。

财政分配的特点之一是无偿性,而债务收入是有偿的。为什么它属于财政分配呢?这是因为,首先债务收入纳入国家预算,作为财政资金的一部分。其次,对债务的偿还是作为国家预算支出的一部分,并且这部分债务还本付息的来源仍靠财政的无偿分配。所以,通常把债务收入称为信贷性财政。

### (一) 政府债务的特征

政府债务作为一种财政分配的特殊形式,与财政分配的其他形式相比较,有以下特殊性。

1. 政府债务的双重性

政府债务收入是财政收入的特殊形式,其收入列入政府预算,由政府统一安排支出,还本付息由政府预算列支,是财政分配的特殊形式,属于财政范畴。但政府债务又是利用信用形式,按照信贷原则,以偿还为条件的资金分配,属于信用范畴。因而政府债务具有财政与信用的双重属性。

2. 政府债务的信誉性

政府债务的发行主体是政府,政府是社会政治经济活动的主导者和管理者,具有极高的社会地位及权威性。政府债务的发行是以政府信誉和国家资产做担保,因此,具有较高的信誉。

3. 政府债务的灵活性

政府债务是根据某一预算年度或某一时期的经济和社会发展对财政资金的需求而发行的,其发行规模和范围,偿还期限和形式都可以灵活调剂,只要经过政府批准就可以。而政府收入的其他形式,如税收和利润上缴收入,则要根据法律规定和财政体制的确定,获得固定收入,不太可能大幅度调整变化。相比之下,国债更具有灵活性。

4. 政府债务的有偿性

政府财政收入的其他形式,或是凭借政治权力强制取得,或是凭借财产权利参与收益分配获得,都是无偿的。但政府债务是利用信用形式,按照信贷原则,到期需要偿付本金和利息的有偿分配,政府与债券持有人之间是债权与债务关系。

### (二) 政府债务的分类

政府债务按不同的分类方法进行划分,通常有以下种类,如表5-2所示。

表 5-2　政府债务分类方式

| 分　类　方　式 | 种　　　类 |
|---|---|
| 按偿还期限分 | 短期、中期和长期公债 |
| 按发行地域划分 | 内债和外债 |
| 按发行方式划分 | 强制公债和自愿公债 |
| 按发行对象划分 | 货币公债、实物公债、折实公债 |
| 按发行主体划分 | 中央公债和地方公债 |
| 按公债的用途划分 | 建设公债和财政公债 |
| 按流通性划分 | 上市公债和非上市公债 |

以上分类方式中,常用分类方式为按地域划分和按发行主体划分。

在表 5-2 中,政府内债是指国家在本国境内发行的债券。一般来说,政府内债是以本国居民和企事业单位认购为主,内债的发行及还本付息也以本国货币进行,但也不排除外国居民在本国境内购买公债的可能性,同时,政府也可以用外币发行国内公债。因此,只要本国政府在本国境内发行的公债,不管其发行对象是否为本国居民,也不管其发行的货币单位是否以本国货币计量,都为国内公债。

政府外债是指政府在国外的借款及在国外发行的公债。外债的债权人多为外国政府、国际金融组织和外国公民,也不否定本国侨民在居住国购买本国在国外发行的公债券的可能性。外债的发行及还本付息须以外币支付。外债的发行可以弥补国内资金短缺,加快国内经济的发展速度。

中央公债是由中央政府发行与偿还的债务,也称作国债。国债收入列入中央预算,由中央政府安排支出和使用,还本付息也由中央政府承担,用于实现中央政府的职能。

地方公债是由地方政府发行和偿还的债务。债务收入列入地方预算,由地方政府安排使用,还本付息也由地方政府承担,地方公债的发行范围并不局限于本地区。

2009 年 3 月,财政部印发《2009 年地方政府债券预算管理办法》,禁止地方政府将筹得的资金用于经常性支出。根据该办法,地方政府债券收入可以用于省级直接支出,也可以转贷市、县级政府。使用地方政府债券收支实行预算管理。地方政府债券收入全额纳入省级财政预算管理,市、县级政府使用债券收入的,由省级财政转贷,纳入市、县级财政预算。地方政府债券收入安排的支出纳入地方各级财政预算管理。地方政府债券到期后,由中央财政统一代办偿还。地方财政要足额安排地方政府债券还本付息所需资金,及时向中央财政上缴地方政府债券本息、发行费等资金。地方政府债券到期后,财政部将代表地方政府还本付息,随后地方政府要向财政部足额上缴这部分资金。地方政府债券期限为 3 年。

### （三）政府债务的作用

政府债务是指政府凭借其信誉，政府作为债务人与债权人之间按照有偿原则发生信用关系来筹集财政资金的一种信用方式，也是政府调度社会资金，弥补财政赤字，并借以调控经济运行的一种特殊分配方式。政府债务是整个社会债务的重要组成部分，具体是指政府在国内外发行的债券或向外国政府和银行借款所形成的政府债务。政府债务分为中央政府债务和地方政府债务。中央政府债务即国债，是中央政府为筹集财政资金而举借的一种债务。除中央政府举债之外，不少国家有财政收入的地方政府及地方公共机构也举借债务，即地方政府债务。目前我国地方政府尚不能举债，因此，这里所说的政府债务即为国债。

政府债务是一个特殊的财政范畴和信用范畴。它首先是一种非经常性的政府财政收入，政府发行债券或借款的目的是筹集资金，这意味着政府可支配资金的增加。但政府债券的发行必须遵循信用原则：有借有还。政府债务具有偿还性，又是一种预期的政府支出，这一特点和无偿性的税收是不同的。政府债券的担保物是政府信誉，因此也常被称为"金边债券"。在弥补财政赤字、调节经济运行等方面发挥着十分重要的作用。

发行公债，一方面可以增加财政收入，减少财政赤字，有利于平衡财政收支；另一方面，国家通过发行公债把居民个人手中的闲散资金集中起来用于经济建设，把一部分消费基金转化为积累基金，从而减少了游资对市场的冲击，对市场供应的紧张状况会起到一定缓和作用，有利于物价和币值的稳定。政府债券的发行主体是政府。它是指政府财政部门或其他代理机构为筹集资金，以政府名义发行的债券，主要包括国库券和公债两大类。一般国库券是由财政部发行，用以弥补财政收支不平衡；公债是指为筹集建设资金而发行的一种债券。有时也将两者统称为公债。中央政府发行的称国家公债，地方政府发行的称地方公债。

## 三、国有资产经营收益

国有资产的经营收益是指国家凭借归国家所有的资产所有权，从国有资产经营收入中所获得的经济利益。其来源是国有企业或国家参股企业的劳动者在剩余劳动时间内为社会创造的剩余产品价值。国有资产收益包括政府凭借其资产所有权取得的股息、红利、租金、资金占有费、土地批租收入、国有资产转让及处置收入等。

在现代企业制度下，国家与国有企业（包括拥有国有股份的企业）之间的分配关系，除依法征税之外，还有资产收益分配关系，即国家以资产所有者的身份通过企业缴纳利润和国家股分红等形式取得一定的收益。

《中华人民共和国企业国有资产法》自 2009 年 5 月 1 日起施行。该法所称国有资产收益,具体包括:国有企业应上缴国家的利润;股份有限公司中国家股应分得的股利;有限责任公司中国家作为出资者按照出资比例应分取的红利;各级政府授权的投资部门或机构以国有资产投资形成的收益应上缴国家的部分;国有企业产权转让收入;股份有限公司国家股股权转让(包括配股权转让)收入;对有限责任公司国家出资转让的收入;其他非国有企业占用国有资产应上缴的收益;其他按规定应上缴的国有资产收益。

### 四、专项收入

专项收入是指国家为特定的事业或项目建设需要所征收的财政收入。它主要包括经常性专项收入和建设性专项收入。经常性收入主要包括教育费附加收入、交通运输提价收入等;建设性专项收入主要有:改烧油为烧煤专项收入、下放港口以港养港收入、铁道专项收入、电力建设资金专项收入、征收排污费收入、征收城市水资源费收入、天然气开发基金收入、石油"平转高"差价收入和其他专项基金收入等。

### 五、其他收入形式

#### (一)规费

规费是政府部门为公民提供某种特定服务或实施行政管理所收取的手续费和工本费。通常包括两类:一是行政规费,诸如外事规费(如护照费)、内务规费(如户籍规费)、经济规费(如商标登记费、商品检验费、度量衡鉴定费)、教育规费(如毕业证书费)以及其他行政规费(如会计师、律师、医师等执照费);二是司法规费,又可分为诉讼规费(如民事诉讼费、刑事诉讼费)和非诉讼规费(如出生登记费、财产转让登记费、遗产管理登记费、继承登记费、结婚登记费等)。

#### (二)使用费

使用费是按受益原则对享受政府所提供的特定公共品或劳务相应的支付的一部分费用。它也是财政收入的一个来源。对政府所提供的诸如公路、桥梁和娱乐设施等收取使用费是与受益原则相一致的。收费标准是通过特定的政治程序制定的,通常抵于该种物品或劳务的平均成本,平均成本与使用费之间的差额则是以税收形式为收入来源的财政补贴。很显然,政府对诸如公共住宅、公共交通、教育设施、公共娱乐设施、下水道、供水,以及公共保健等收取的使用费,通常只相当于为提供该种物品或劳务所花费的成本费用的一部分。一般说来,政府收取使用费的作用主要是:一方面有利于促进政府所提供的公共设施的使用效率,另一方面有助于避免经常发生在政府所提供的公共设施上的拥挤问题。

#### (三)特许金

这是政府给予个人或企业某种行为或营业活动的特许权所得的收入,如娱乐场所的开设等。取得特许权必须按照规定缴纳特许金,不缴纳或缴纳未清而进行该种活动,即是违法行为。

### (四)对政府的捐赠

这里指在政府为某些特定支出项目融资的情况下,政府得到的来自国内外个人或组织的捐赠。如政府得到的专门用于向遭受自然灾害地区的灾民或其他生活陷入困难之中的人们提供救济的特别基金的捐赠,战争期间政府得到的来自国内外组织或个人的物力、人力的支持,以及和平时期政府鼓励厂商、个人对应由政府提供的公共设施的捐助等。

## 六、政府间的转移支付

政府间的转移支付一般是上一级政府对下级政府的补助。确定转移支付的数额,一般是根据一些社会经济指标,如人口、面积等,以及一些由政府承担的社会经济活动,如教育、治安等的统一单位开支标准计算的。政府间的转移支付主要是为了平衡各地区由于地理环境不同或经济发展水平不同而产生的政府收入的差距,以保证各地区的政府能够有效地按照国家统一的标准为社会提供服务。

转移支付的模式主要有三种,一是自上而下的纵向转移;二是横向转移;三是纵向与横向转移的混合。规范转移支付制度的原则是:公平原则、效率原则和法治原则。根据国际货币基金组织《政府财政统计手册》中的支出分析框架,政府转移支付有两个层次,一是国际间的转移支付,包括对外捐赠、对外提供商品和劳务、向跨国组织交纳会费;二是国内的转移支付,既有政府对家庭的转移支付如养老金、住房补贴等,又有政府对国有企业提供的补贴,还有政府间的财政资金的转移。一般我们称的财政转移支付,是指政府间的财政资金转移,是中央政府支出的一个重要部分,是地方政府重要的预算收入。

我国的财政转移支付制度是在 1994 年分税制的基础上建立起来的,是一套由税收返还、财力性转移支付和专项转移支付三部分构成的,以中央对地方的转移支付为主,且具有中国特色的转移支付制度。

### (一)税收返还

税收返还是我国财政转移支付的主要形式,是地方财政收入的重要来源。因此,税收返还的设计合理与否决定了整个制度的合理程度。

### (二)财力性转移支付

财力性转移支付是为弥补财政实力薄弱地区的财力缺口,由中央财政安排给地方财政的补助支出。财力性转移支付是缩小地区财政差距的重要手段,应是财政转移支付的主要组成部分。主要包括:一般性转移支付、调整工资转移支付、民族地区转移支付、农村税费改革转移支付、年终结算财力补助等形式。

### （三）专项转移支付

专项转移支付是中央财政为实现特定的宏观政策及事业发展战略目标而设立的补助资金，重点用于各类事关民生的公共服务领域。地方财政需按规定用途使用资金。

## 七、土地使用权收费

土地是性质特殊的稀缺资源之一，城市的主要资产，不少地区利用土地为基础设施建设筹集了大量的资金。我国城市基础设施（道路、通信、供水、供电、供热、排水和固体废物处理等）的建设资金主要来源于三个方面：第一，财政税费收入；第二，土地批租收益；第三，债务收入。

随着近年来城市基础设施规模的不断扩大，融资难的问题日显突出，表现在：财政税费收入越来越难以满足经常性支出的需要，能够用于建设性支出的比例减小；由于目前地方政府举债过多，通过银行债务融资成本过大，使得土地批租收益成为城市基础设施的主要融资渠道之一。大多地方政府通过拍卖、招标、挂牌、抵押贷款和资本化融资等方式，运用土地利用总体规划和城市总体规划，通过商业运作，使土地资源整体增值，使地方政府在土地出让的整体活动中获得最大的利益。土地使用权出让所获收益用于补偿基础设施投资的支出，盈余部分可以投入新地块的开发和利用。实现上述过程的良性循环和投资资金的周转使用，从而达到融资目的。土地使用权的收费是地方政府的财政收入的主要来源之一。

# 第三节　政府投资的领域

本章第一节分析了政府投资的投资动因和职能，在此基础上确定政府投资范围实际上就是确立政府投资作为政策调控工具发挥作用的范围。什么时期什么条件下在什么领域需要政府投资发挥调控作用，政府就应该在该时期该条件下的该领域进行投资实施政策调控，以此来促进、稳定和优化经济发展。据此，在市场经济条件下，政府投资范围应限于市场失灵和市场失效范围内。下面就具体来探讨政府投资的领域问题。

## 一、主要市场经济国家政府投资领域差异

在政府投资的范围和领域问题上，各个国家的具体实践体现了一定程度的共性，大多数发达市场经济国家的政府投资主要是针对纯公共产品和部分准公共产品进行的，但在投资的具体领域和形成方式上仍存在着一些差异。

### （一）美国政府投资

美国是市场经济高度发达的联邦制国家，政府基本上不实行宏观经济计划。从产品

在消费上的非排他性与非竞争性出发,政府投资主要投向国防、教育、医疗卫生、基础设施与农业等,但更多的集中于国防与行政管理、公路建设及初等教育等典型的公共产品上,对公共产品特征不太明显的铁路、通信、电力、供水等基础设施投资不多。

在国防支出的比例小幅稳步下降的同时,美国政府对社会基础设施及科教卫生等领域的投资日益重视。此外,美国政府对基础设施与基础产业的投资主要是通过在经济中占统治地位的垄断资本所有制的股份公司进行,政府一般只提供投资资助,而不采取政府直接投资,然后形成国有企业的方式,因而在通常公认的政府投资领域内美国国有企业的比重都很小。

### (二)英国的政府投资

在战后很长一段时间内,英国历届政府都奉行凯恩斯主义,以政府投资为主体的公共支出呈大幅增长趋势,20世纪80年代保守党执政以来,英国政府在许多领域进行了私有化政策,缩小了政府的投资范围。从2000年开始,政府在公共领域的净投资规模开始增加,至2003年已达到113亿英镑。英国是一个社会福利体系非常完善的国家,政府投资主要集中在公共领域,重点关注教育、交通、医疗保健和住房四个优先行业。另外,英国政府一直承诺将提高生产率作为一项长期的国策,因此对提高生产率有核心支撑作用的交通等基础产业也是优先投资的对象。

英国地方政府2002—2006年在公共领域的投资年增长要达到10.7%。资金来源主要有两个,一个是中央政府的直接拨款,另一个是信贷担保。信贷担保主要承诺年收益能支付融资和借贷的费用而获准借贷。同时,地方政府还通过合同的形式利用私人信贷。另外各种基金也是公共投资的来源之一,这些基金既包括各种机构捐赠的款项,也包括社会福利基金,如彩票基金等,对公共服务设施的改进起了很大的作用。

### (三)日本和韩国政府投资

日本高度重视对基础设施、基础产业的投资,对交通、通信设施、工商业、农林业发展的有关设施,如用水、用地、林道等方面都进行了大量的直接投资。政府对农业的投资占农业总投资的比重高达60%以上,在治山治水,改善环境以及振兴教育方面的投资金额巨大。韩国政府的投资主要集中于公路、铁路、邮电通信及供水、供电等基础设施部门,政府承担了大量的社会基础设施建设任务,同时积极创办国营企业进行开发,国营企业在公共部门与非公共部门都占有十分重要的地位。这里需要特别提及的是韩国的"国家投资基金",它是韩国政府为实现产业结构转变、扶植重工业的发展设立的专门基金,重点支援包括石油、化工、钢铁、有色金属、机械、电子和造船业在内的产业。

## 二、政府投资领域界定的原则

一般而言,在市场经济条件下,政府投资领域的选择应遵循以下几个原则。

### 1. 市场有效性原则

要科学地界定我国政府投资范围和领域,必须回到政府投资的政策调控工具职能上来,政府投资必须服务和服从于政策调控,解决市场失灵和缺陷问题,优化经济结构,平衡区域经济协调发展。所有这些必须建立在确保市场机制正常发挥作用的前提下进行,即"凡是市场能够做且能够做好的,政府都不要插手",以充分保证市场调节的有效性,这是政府投资所要遵循的最基本原则。

### 2. 非营利性原则

合理界定政府与民间的投资范围,应当按营利和非营利来明确划分。营利性投资最终目的是利润最大化,主要应由民间投资,而不是由政府完成。至于非营利性投资,其目的是为了获取社会效益和环境效益,市场调节难以对这类投资起主导作用,因为无法解决对社会有利而对个别企业不利,或对个别企业有利而对社会不利的矛盾,一些带有强自然垄断性质的行业,市场调节也难以发挥作用。这类投资只能由代表公共利益的政府来进行,属于政府投资行为。

### 3. 示范性原则

我国目前还没有健全、完善的市场体系,市场信号有时不那么正确、灵敏,难免带有误导性。在这种情况下,政府投资便产生示范和倡导效应,使政府投资在资金运用上能够反映政府扶植的导向和社会经济发展的长远目标,这在一定程度上降低了其所涉及领域的投资风险,增强其他投资主体的投资信心,为了政策调控目标,政府应通过自身投资对民间投资进行适时诱导。对一些因信息、风险、投资能力等问题使民间投资未能进入,其产品长期供给不足的领域和项目政府应积极介入并诱导民间投资;对于民间投资在经济运行特定时期信心丧失,此时若没有政府投资就不足以启动经济增长时,政府应当在那些最容易启动经济增长的项目上进行投资,以便建立信心,诱导民间投资。当然为了诱导民间投资,为了政策调控目标,政府进行的投资领域和项目也可能是属于营利性的,不过这种营利性的领域不应是政府持久存在的领域,随着经济的发展,政府在合适时机应采取灵活有效的办法逐步退出。

### 4. 产权标准和效率原则

产权标准是指凡是产权关系清晰的领域由企业投资;凡是无法明确界定产权或者界定产权成本太高的领域由政府投资。私人产品具有竞争性、可分割性和排他性,按照成本等于边际收益的原则确定价格和供应量能弥补所开支的全部费用,因而这部分产品能由市场决定,企业投资生产,且实践证明,这样能够实现资源配置的最优化并取得令人满意的使用效率。相反,作为团体拥有、集体消费的公共产品存在着非竞争性、不可分割性和非排他性的特征,产权关系不清,生产者根本无法确定这种产品的产权是他的,消费者不支付代价也能使用或消费。同时,公共产品的提供始终存在着递增规模报酬性质,相应具有递减的边际成本,若按边际成本等于边际收益原则确定价格和供应量,将无法弥补产品生产的全部成本,使得由市场机制决定的公共产品的供应往往低于效率水平,甚至是供应量接近于零,因而政府必须投资生产这种公共产品。

以上四项原则中,市场有效性是基本原则,其他三个是具体原则。在总原则的前提下,其他三个原则灵活使用,可能它们中间存在着一定的交叉与暂时性冲突,但最终都必须统一到政府投资政策调控工具职能作用正常发挥这个根本性决定因素上来。

### 三、我国政府投资领域的界定

改革开放以来,国家对原有的投资体制进行了一系列改革,打破了传统计划经济体制下高度集中的投资管理模式,初步形成了投资主体多元化、资金来源多渠道、投资方式多样化、项目建设市场化的新格局。但是,现行的投资体制还存在不少问题,特别是企业的投资决策权没有完全落实,市场配置资源的基础性作用尚未得到充分发挥,政府投资决策的科学化、民主化水平需要进一步提高,投资宏观调控和监管的有效性需要增强。为此,还需进一步深化投资体制改革,其目标是:改革政府对企业投资的管理制度,按照"谁投资、谁决策、谁收益、谁承担风险"的原则,落实企业投资自主权;合理界定政府投资职能,提高投资决策的科学化、民主化水平,建立投资决策责任追究制度。

#### (一)完善政府投资体制,规范政府投资行为

1. 合理界定政府投资范围。政府投资主要用于关系国家安全和市场不能有效配置资源的经济和社会领域,包括加强公益性和公共基础设施建设,保护和改善生态环境,促进欠发达地区的经济和社会发展,推进科技进步和高新技术产业化。能够由社会投资建设的项目,尽可能利用社会资金建设。合理划分中央政府与地方政府的投资事权。中央政府投资除本级政权等建设外,主要安排跨地区、跨流域以及对经济和社会发展全局有重大影响的项目。

2. 健全政府投资项目决策机制。进一步完善和坚持科学的决策规则和程序,提高政府投资项目决策的科学化、民主化水平;政府投资项目一般都要经过符合资质要求的咨询中介机构的评估论证,咨询评估要引入竞争机制,并制定合理的竞争规则;特别重大的项目还应实行专家评议制度;逐步实行政府投资项目公示制度,广泛听取各方面的意见和建议。

3. 规范政府投资资金管理。编制政府投资的中长期规划和年度计划,统筹安排、合理使用各类政府投资资金,包括预算内投资、各类专项建设基金、统借国外贷款等。政府投资资金按项目安排,根据资金来源、项目性质和调控需要,可分别采取直接投资、资本金注入、投资补助、转贷和贷款贴息等方式。以资本金注入方式投入的,要确定出资人代表。要针对不同的资金类型和资金运用方式,确定相应的管理办法,逐步实现政府投资的决策

程序和资金管理的科学化、制度化和规范化。

4. 简化和规范政府投资项目审批程序，合理划分审批权限。按照项目性质、资金来源和事权划分，合理确定中央政府与地方政府之间、国务院投资主管部门与有关部门之间的项目审批权限。对于政府投资项目，采用直接投资和资本金注入方式的，从投资决策角度只审批项目建议书和可行性研究报告，除特殊情况外不再审批开工报告，同时应严格政府投资项目的初步设计、概算审批工作；采用投资补助、转贷和贷款贴息方式的，只审批资金申请报告。具体的权限划分和审批程序由国务院投资主管部门会同有关方面研究制定，报国务院批准后颁布实施。

5. 加强政府投资项目管理，改进建设实施方式。规范政府投资项目的建设标准，并根据情况变化及时修订完善。按项目建设进度下达投资资金计划。加强政府投资项目的中介服务管理，对咨询评估、招标代理等中介机构实行资质管理，提高中介服务质量。对非经营性政府投资项目加快推行"代建制"，即通过招标等方式，选择专业化的项目管理单位负责建设实施，严格控制项目投资、质量和工期，竣工验收后移交给使用单位。增强投资风险意识，建立和完善政府投资项目的风险管理机制。

6. 引入市场机制，充分发挥政府投资的效益。各级政府要创造条件，利用特许经营、投资补助等多种方式，吸引社会资本参与有合理回报和一定投资回收能力的公益事业和公共基础设施项目建设。对于具有垄断性的项目，试行特许经营，通过业主招标制度，开展公平竞争，保护公众利益。已经建成的政府投资项目，具备条件的经过批准可以依法转让产权或经营权，以回收的资金滚动投资于社会公益等各类基础设施建设。

### （二）政府投资的主要领域

根据以上政府投资的目标，将政府投资项目的领域界定为以下几个方面。

1. 自然垄断项目。自然垄断是指在某些行业中，需求和供给的条件使得只由一个企业来进行生产时的成本最低。在许多市场中，竞争并不存在；在另一些市场，竞争无效率。有些生产过程能从规模经济中受益，即单位生产成本随着产量的增加而下降。

2. 外部效果显著的项目。市场是通过价格的变化来影响企业和消费者的经济利益和决策的，但是现实中存在一种情况，不通过价格的变动就直接作用于他人的经济利益，这种情况在经济学里称为外部效果。外部性的存在，使价格机制不能传递出为获得效率的正确信息，正外部性显著的领域将出现民间投资的不足，因此需要政府对投入的补充，如农业、水利、通信、教育、卫生、环境治理和部分交通运输等项目。

3. 提供公用物品的项目。民间部门通过市场提供的所有商品或服务都具有一个重要特征：供应商能够向那些想消费或享用这种商品（服务）的人收费，同时可以根据消费或享用的多少收取不同的费用并获得利润。这类商品称为私用物品，在消费时具有所谓排他性和竞争性的特征。与其相对应的公用物品不具有这两种性质，也就无法通过市场来配置这方面的资源。如国防、社会治安、公共设施、环境保护等是由社会成员共同享用的，一个人消费这种物品不会影响其他任何人的消费，同时也无法排除不付费的人消费。

4. 关注弱势群体的项目。从政治与道义的角度来说，减少贫困是政府的职责。完全竞争的市场均衡是一个帕累托最优，但可能具有明显的不公平：一些人得到的太多，而另一些人则太少。得到的太少的群体(城市或农村的低收入群体)如果明显增加，一方面会影响他们的生活水平与生活质量，另一方面会造成社会的不安定。扶贫、增加就业是政府投资项目要考虑的领域。

5. 具有战略意义的大型项目。作为一个国家全体人民的代表，公共部门能够支配的资源比任何单个的民间部门机构都多，因此，它可以承担那些大型的、具有战略意义的项目。这些项目或所需要的投资量超出了民间部门的财力范围；或项目风险太大，民间投资无力承担项目失败的风险；或者投资回收的时间太长；或者出于领土完整和安全以及减少地区间经济发展差异的考虑。

6. 资源性产品项目。为保证资源合理利用以及人类社会可持续发展，各类矿产土地等不可再生资源，以及水资源、森林等可再生资源，必须由政府规划开发，特许使用。

7. 关系国家经济命脉的项目。"十六大"报告明确指出，"必须毫不动摇地巩固和发展公有制经济。发展壮大国有经济，国有经济控制国民经济命脉，对社会主义制度的优越性，增强我国的经济实力、国防实力和民族凝聚力，具有关键性作用"。为保证国有经济在国民经济中的地位，国家有必要持续进行战略性投资，控制关键产业部门，维持一个适当的总量。

8. 高风险、高投入的高新技术及基础研究项目。风险大的高新技术由于不确定性比较大，并具有公用性和外部性的扩散效果。民间投资显然是不足的，因此需要政府资金的支持。

### (三)我国中央政府和地方政府投资领域分工

我国划分中央和地方政府投资分工的基本原则是，面向全国的重要建设工程，由中央或主要由中央承担，地区性重点建设工程和一般性的建设工程由地方承担。根据政府间投资分工的一般性原则与我国的现实情况，我国中央政府和地方政府投资范围与领域的划分可以概括性地表述为：中央政府应主要承担受益范围为全国性的或具有显著外部效应和规模经济效应的重大基础设施和公用设施投资，如全国性交通、邮电、大江大河水利设施投资，以及重大和关键的高新技术产业项目、涉及生产力布局和区域开发的重大项目和少数需要巨额投资、具有巨大风险的基础产业项目投资。地方政府负责本区域内的公用设施项目和基础设施的投资，如地区教育、卫生、福利、治安、消防等公用事业和公共部门的投资，区域性交通、邮电、农田水利、城镇住宅及其配套设施以及少量的能源、原材料工业建设投资。在结合各地区经济发展水平、产业结构与资源察赋等具体情况的基础之上,对政府投资领域和范围进行合理分工的目的是,在提高效率,向不同地区的居民提供大致相同的公共产品和服务的同时,有效地发挥政府在经济转型时期的功能和作用。

但现实情况是无论是中央政府还是地方政府投资的随意性都较大,中央政府包揽过多会面临中央财力不足的严重挑战,在政企关系未能理顺、放权让利造成的地方激励机制和约束机制不对称的格局下,地方政府投资行为具有浓厚的趋利倾向和短期化特征,表现为加工业投资的过度膨胀与重复建设,而地方保护主义又加剧了这一行为趋势。应该由地方负担的地方基础性设施和社会公益性项目,地方政府往往尽可能地依赖中央政府的投资。

在中央与地方政府的投资调控关系方面,还存在着中央调控与地方逆调控的矛盾。我国的地方政府在投资领域具有双重性,它既是投资主体,又是投资行政管理者;既是被调控者,又是调控者。这双重身份是矛盾的,是出现逆调控的一个重要体制因素。解决这一矛盾必须实行在中央宏观统一决策下的中央与省两级负责的原则。一是我国土地辽阔,由于各地区经济发展水平和改革开放程度的差异性,需要在中央统一政策下,赋予地方政府因地制宜地制定具体的实施政策权力,以调动地方的积极性,才能避免一刀切。二是地方具有组织经济的职能。发展地区经济是地方政府的重要职责,地方政府需运用地方财力来扩大经济规模,合理地区布局,协调地区内各产业、各部门、各地方的关系。我国市场体系很不完善,有些市场调节不能办的仍需由政府直接干预与调节。三是地方政府具有对地方国有资产监管的职能。在实行政企分开、转换经营机制后,地方政府将以出资者或资产所有者的身份对国有企业进行监管,对资产存量的调整和增量的投放仍会有一定责任。所以,在我国的经济条件下,在完善市场经济体制中仍发挥地方的积极性,发挥地方对投资调控的能动作用。

从当前来说,完善两级投资负责制,可以采取以下三条措施:一是中央要下放投资项目决策权,扩大地方投资审批权限,让事务主要由地方政府承办。地方基础性项目和社会公益性项目,凡是由地方自己筹措资金、自行平衡生产条件的,不需向中央政府报批,由地方自主决策、自行审批。中央只管理全国性的和跨地区项目的投资审批。要鼓励地方对基础项目和社会公益项目投资,中央在财力上尤其对经济落后地区要给予一定的支持。二是通过理顺企业和政府的关系,强化地方政府对竞争性项目投资的责任,加重地方政府投资管理的责任。在保证中央统一政策和全国统一市场的前提下,发挥地方政府投资管理的能动作用,同时给予相应的实施手段。地方政府通过地方税收政策以及环保、土地使用管理进行间接调控,合理布局,优化资源配置。三是中央政府要加强对货币供应量和信贷规模(包括银行固定资产贷款、国外贷款、债券和股票发行)的管理,从资金源头上控制投资规模。

# 第四节　政府采购与国有资产经营

## 一、政府采购的概念和特征

### (一)政府采购的概念

政府采购是国际比较通行的做法,被称为"阳光政策",既能节约政府采购支出,又能有效防止采购中的腐败现象,是中央确定的从源头上治理腐败的重要举措之一。

政府采购不完全是指采购行为,更侧重于规范采购行为的管理制度。国际上没有政府采购的定义,而是以法律形式对政府采购行为进行约束。

《政府采购法》的定义是:"政府采购,是指各级国家机关、事业单位和团体组织,使用财政性资金采购依法制定的集中采购目录以内的或者采购限额标准以上的货物、工程和服务的行为。"

财政部通过对国际文献规定和发达国家实践的总结和提炼,形成了政府采购的定义,即政府采购也称公共采购,是指各级政府及其所属机构为了开展日常政务活动或为社会公众提供公共服务的需要,在财政部门、其他有关政府部门和社会公众的监督下,使用财政性资金,以法定方式、方法和程序,采购货物、工程和服务的行为。在这个定义中,浓缩了政府采购的基本要素,包括规范的主体、范围、方式、程序以及监督管理等。

### (二)政府采购的特征

#### 1. 政府采购的公共性

政府采购是以政府为代表的公共机构为主体进行的购买活动。政府采购的公共性可以从两个方面具体分析:一是政府采购资金来源的公共性,政府采购资金主要是以税收为主的财政性资金;二是政府采购的目标具有公共性,政府采购中有相当部分的物品是由政府部门或机构直接使用和消费的,使得政府采购的公共性受到置疑,但实际上政府使用这些物品是为了履行其职能,间接为公共利益服务。

#### 2. 政府采购的经济主体性

政府采购直接表现为一种对商品物资的购买活动。政府在市场上与其他经济主体的地位相同,不存在等级贵贱之分,都要遵循市场经济自愿平等的市场经济规则。从这个意义上来说,政府采购是政府作为经济主体进行市场交易的经济行为。

#### 3. 政府采购的经济性

政府采购的经济性和经济主体性既有区别又有联系。政府采购的经济主体性是指政府采购主体在采购过程中,不会由于政府属于特殊部门就在采购市场上享受特殊待遇,而是与其他经济主体一样,遵循市场行为规则。政府采购的经济型是指政府采购追求效益最大化原则,这是由于政府采购的经济主体性所决定的。

4. 政府采购的非营利性

政府采购的非营利性是指政府采购活动本身并不以营利作为目标,这是由政府采购的公共性决定的。政府采购的目的与一般的商业性采购不同,一般的商业性采购的目的是追求商业利润最大化,商品的购买者并不是商品的最终使用者。由于政府采购资金来源具有公共性,采购本身是为了履行政府职能,为纳税人提供公共品或服务。因此,政府采购本身具有非营利性。

## 二、政府采购的方式

### (一)政府采购方式的分类

在现代市场经济中,随着政府活动范围的扩大,特别是对经济干预职能的增强,政府对社会商品和劳务需求呈不断增长的趋势,政府采购占社会总采购的比重也不断上升,在社会经济生活中起到越来越大的作用。

目前,国际上通用的采购方式很多,按照不同的标准,可分为不同种类(如表5-3所示),如招标采购、询价采购、单一来源采购、询价采购等。一般来说,一个国家对国内使用的采购方式及适用条件都有明确规定,但这些规定都是相对而言的,因为每个项目的情况都不一样。

为了规范政府采购当事人的采购行为,维护社会公共利益和政府采购招标投标当事人的合法权益,《政府采购法》规定政府采购的主要方式有公开招标、邀请招标、竞争性谈判、询价、单一来源采购等。

表5-3 政府采购方式的分类

| 分类方式 | 种类 |
|---|---|
| 按是否具备招标性质分类 | 招标性采购和非招标性采购 |
| 按采购规模分类 | 小额采购方式、批量采购方式和大型采购方式 |
| 按运用的手段分类 | 传统采购方式和现代化采购方式 |
| 按组织形式分类 | 集中采购和分散采购 |
| 按招标所经历的阶段 | 单阶段招标采购和两阶段招标采购 |

### (二)公开招标采购方式

公开性招标采购也称竞争性招标采购,即采购方根据已经确定的采购需求,提出招标采购项目条件,邀请所有有兴趣的供应商参与投标,最后由招标人通过对各投标人所提出的价格、质量、交货期限和该投标人的技术水平、财务状况等因素进行综合比较,确定其中最佳的投标人为中标人,并与其最终签订合同。

公开招标最大的特点,是能向所有供应商提供公平的机会,引起最大范围内的供应商间的竞争,即最突出的特点为竞争性。因此若采购产品的性质不具有竞争性,竞争性招标就不是政府采购的最佳方法。总的来说,不适合竞争性招标采购的情况可以分为如下三类:

1. 采购的商品不存在竞争的情况或者要求采购的产品是独家产品。由于自然或技术等原因,某些产品会出现垄断现象,市场上缺乏竞争,只有一两家垄断供应商,此时若采用竞争性招标,因为缺乏广泛竞争的存在条件,失去了竞争招标的意义。这时,应采用其他的采购方式。

2. 不适合用竞争进行采购的情况。比如,采购物资价值太低,采用竞争性招标会增加成本;紧急采购的情况,用竞争性招标会耗时太久;出于安全方面的考虑,有些物资不宜公开采购。

3. 排除竞争的情况。如研究和开发、工程扩建、采用计划价格的产品等。

**(三)邀请招标采购**

邀请招标也是一种使用较普遍的政府采购方式。所谓邀请招标,也称选择性招标,是指采购人根据供应商或承包商的资信和业绩,选择一定数目的法人或其他组织,一般不能少于三家,向其发出招标邀请书,邀请他们参与投标竞争,从中选定中标的供应商。

邀请招标采购的特点:(1)发布信息的方式为投标邀请书;(2)采购人在一定范围内邀请供应商参与投标;(3)竞争范围有限,采购人只要向三家以上供应商发布邀请标书即可;(4)招标时间大大缩短,招标费用也相对低一些;(5)公开程度不如公开招标。

适用范围:(1)采购项目比较特殊,如保密和急需项目或者因高度专业性等因素使提供产品的潜在供应商较少,公开招标与不公开招标都不影响其提供产品的供应商数量。(2)若采用公开招标方式所需时间和费用与拟采购的项目的总金额不成比例,采用公开招标方式的费用占政府采购项目总价值的比例过大,采购人只能通过邀请招标方式达到经济和效益目的。(3)邀请招标的使用范围是政府采购的货物和服务项目,不包括工程项目。

**(四)竞争性谈判采购方式**

竞争性谈判采购指采购实体通过与多家供应商(不少于三家)进行谈判,最后从中确定中标供应商的一种采购方式。这种方法适用于紧急情况下的采购或涉及高科技应用产品和服务的采购。

《政府采购法》中规定,符合下列情形之一的产品或者服务,可以依照本法采用竞争性谈判方式采购:

(1)招标后没有供应商投标,或者没有合格标的,或者重新招标未能成立的;

(2)技术复杂或者性质特殊,不能确定详细规格或者具体要求的;

（3）采用招标所需的时间不能满足用户紧急需要的；

（4）不能事先计算出价格总额的。

### （五）询价采购方式

询价采购也称货比三家，是指采购单位向国内外有关供应商（通常不少于三家）发出询价单，让其报价，在报价基础上进行比较并确定最优供应商一种采购方式。适用询价采购方式的项目，主要是对现货或标准规格的商品的采购，以及供应商的资格审查条件过于复杂的采购。询价采购可以分为报价采购、订购、议价采购等。

适用询价采购方式的项目，主要是针对现货或标准规格的商品的采购，或投标文件的审查需要很长时间才能完成，供应商准备投标文件需要更高额的费用或资格审查条件过于复杂的采购。

### （六）单一来源采购方式

单一来源采购即没有竞争的采购，是指达到了竞争性招标采购的金额标准，但所购商品的来源渠道单一，或属专利、首次制造、合同追加、原有采购项目的后续扩充和发生了不可预见紧急情况不能从其他供应商处采购等情况。该采购方式的最主要特点是没有竞争性。

《政府采购法》规定，符合下列条件之一的货物或服务，可以采用单一来源方式采购：

（1）只能从唯一的供应商处采购的；

（2）发生了不可预见的紧急情况，不能从其他供应商处采购的；

（3）必须保证原有采购项目一致性或服务配套的要求，需要继续从原供应商处添购，且添购金额不超过原合同采购金额的10%。

在以上采购方式中，公开招标采购方式是最重要最常用的采购方式，根据《政府采购法》的规定，除有特殊规定之外，达到财政部及省级人民政府规定的限额标准以上的单项或批量采购项目，均应实行招标采购方式。

## 三、国有资产概述

### （一）国有资产的含义与形成背景

国有资产，是国家作为产权主体的资产，是国家对国有企业的各种形式的投资以及投资收益形成的，或者依法认定取得的国家所有者权益，具体包括资本金、资本公积金、盈余公积金和未分配利润等。任何一个国家，经济基础和经济利益的地位与作用都是十分巨大和至关重要的，拥有和控制一部分形成经济基础和进行经济活动的社会财富，就成为一个国家社会秩序正常运行的物质保障，是国家意志得以正常体现、未来利益或者预期利益得以实现的物质基础。正因为如此，国有资产的存在与运行，就必然在整体上和性质上与一般的以经济利益为唯一目标的资产不同，它具有多元化的功能与运行目标。

国有资产作为国家的产物,总是与国家联系在一起的,是一种世界性的现象,也是一种历史性的事物,我们可以从政治、经济和社会三个方面来考察它的形成背景:

(1)国有资产形成的经济背景。国家是人类经济活动能力或生产力发展到一定水平的产物,是在生产力发展速度较快的地区出现的。相应的,国家出现以后,国家的重要使命之一是保护和促进经济发展,也就是促进本国经济发展和财富增长,为实现此目的,政府往往会选择国有资产的形式。这一点在现代社会里表现得更为明显。

(2)国有资产形成的政治背景。为了确保国家的政治性质与政治功能,巩固其经济基础,国家必须拥有和控制一定数量的国有资产,这说明一部分社会资产的国有化是必然的和有意义的。

(3)国有资产形成的社会背景。在现实生活中,国家承担着繁杂的社会使命,促进整个社会的关系协调、运行有序和发展顺利,是国家的重要任务,这就要求国家对一部分社会财富进行直接的控制。但是,国家控制和支配的社会财富的比例并不是越大越好,也不是越小越好,而应是一个合理的变量。因此,国有资产的形成和发展,应当根据社会整体的发展需要确定一个科学合理的比例。

**(二)国有资产的类型**

国有资产形成以后,分别根据生产特点、政府的性质与要求而体现出不同的职能和发挥不同的作用,从而也形成不同种类的国有资产。

(1)从经济活动关系上看,可分为垄断性国有资产和竞争性国有资产。一般而言,国有资产大多形成于垄断性较强的经济活动领域,形成垄断性国有资产。但随着生产力发展变化,不同产业在国民经济中的重要性和从事某些垄断产业的特殊条件发生了一定的变化,逐渐形成了竞争局面,使某些垄断性国有资产也成为带有一定竞争性,甚至完全变为竞争性国有资产。从发展的角度看,对于垄断性的国有资产,不能长期为垄断而垄断,而应根据客观经济关系的变化而进行及时科学地改革和调整。

(2)从资产的经济用途看,可分为经营性国有资产、非经营性国有资产和资源性国有资产。经营性国有资产是由国家投资形成且要求经济效益回报的资产,如一、二、三产业中绝大部分的企业和生产经营实体的资产。经营性国有资产的存在形式,主要是指那些存在于能够独立参与社会经济活动的企业法人中的资产,既可以国有独资企业的方式存在,也可存在于非国有企业之中。即使在企业之中,其资产的结构也可以进一步细分为经营性和非经营性资产,即经营性和非经营性国有资产的划分,是应该和可以分层次进行的。

非经营性国有资产也是由国家投资形成但不要求(或基本不要求)经济效益回报,而要求社会效益和其他效益回报的资产,如国家机关、人民团体、科教文卫等机关事业单位的绝大部分资产。它们以各种物化形式存在,表现为社会大系统中的国家政权的组织形态。但随着社会的现代化,原来属于国家的一些组织机构也逐渐非国家化,成为一般性的社会组织,使非经营性国有资产的分布、结构与规模随着社会发展进程与时代特点不断进行优化调整。

资源性国有资产,主要是指对于社会经济发展能够发挥现实作用和带来一定经济收益的由法律规定的所有权属于国家的各种自然资源。

经营性国有资产通过生产经营活动获取的收益中的积累部分,不仅要用于增加经营性资产,又要用于开发资源性资产,还要用于增加非经营性资产。所以经营性国有资产及其生产经营效益关系到全社会资产的增值和经济的发展,本书主要研究国有经营性资产的保值增值及其运营问题。

### 四、国有资产的经营

国有资产经营是指国有资产的所有者和代理人为了保证国有资产的优化配置、合理利用,提高运行的经济效益、社会效益及生态效益,实现国有资产的保值增值,充分发挥在国民经济中的主导地位而进行的一系列筹划、决策活动。

#### (一)国有资产经营的目标

国有资产经营目标是由国家的性质决定的,不同的经济制度下,国有资产的经营目标也不同。我国是社会主义国家,发展国有经济的根本任务是巩固和壮大社会主义制度的物质基础,维护国家和人民的整体利益和长远利益,提高人民群众的物质文化生活水平。为了完成这一根本任务,国有资产经营目标应当包括以下几个方面:

(1)社会目标。社会目标是指国有资产经营能够引导其他经济形式、共同发展社会主义市场经济。国有经济能够自觉按照客观经济规律和社会化大生产的客观要求,认真贯彻和执行反映这一客观要求的国家社会经济发展规划、产业政策和其他各项有关的技术经济政策,充分发挥国有经济在国民经济中的主导作用。因此,国有资产经营的社会目标就是引导和实现国民经济的持续、稳定、协调发展。

(2)调控目标。调控目标是指通过实现国有资产的最佳配置促进国民经济的规模、结构和布局的调整,实现国民经济的合理配置。

(3)公益目标。公益目标是指国有资产经营能够弥补市场缺陷,为社会成员提供公共产品和服务。市场机制是配置资源的基础性方式。但由于市场失灵的存在,政府需要通过实行必要的经济政策、直接组建国有企业等方式,提供公共物品或者公共服务以弥补市场失灵。如在公用事业和基础设施建设等方面,这些事业一般只能由政府所有的国有企业去经营,才能够较好地接受政府调节,较好地解决企业微观利益和国家宏观利益之间的矛盾,满足国民经济发展和人民生活的基本需要。

(4)经济目标。国有资产经营的经济目标是实现国有资产保值增值,增加国有资产的经营收入。尽管各国举办国有企业的主要目的不是营利,但是实现国有资产保值增值,增加国有资产经营收入毕竟是目标之一。国有资产的保值就是通过加强管理、防止国有资产的非正常损坏和流失,并按期足额提取折旧,来确保国有资产的完整性;国有资产增值就是通过国有资产的优化配置、合理流动和有效使用,创造新价值。资产的保值和增值是市场经济的一般规律,也是社会经济发展的客观要求。

**(二)国有资产经营的原则**

国有资产经营必须坚持一定的原则:

1. 坚持与国家经济政策协调一致的原则

国家的经济政策反映了国家的整体利益和长远利益,同时为国有资产的经营指明了方向。只有按照国家的经济政策和产业政策经营国有资产,才能将国有资产配置到经济建设最需要的部门和领域,才能从总体上提高国民经济的宏观效益,促进国民经济的协调发展。

2. 讲求效益原则

讲求效益是一切经济工作的必然要求,也是提高国有资产经营效益的客观要求。既要讲求企业效益,又要讲求社会效益,实现企业效益和社会效益的有机结合。既要讲求当前效益,又要讲求长远效益,实现当前效益和长远效益的有机结合。既要讲求局部利益,更要讲求全局利益。只有这样才能处理好微观经济与宏观经济的关系,才能处理好企业当前发展与国家长远发展的关系,才能处理好企业自身发展与国民经济整体发展的关系,发挥国有资产经营的作用。

3. 所有权与企业法人权分离的原则

企业财产所有权与企业法人权分离的原则,是我国经济体制改革的一项重要原则,是我国企业管理体制改革的理论基础之一,也是做好国有资产经营工作的重要原则。

4. 自主经营、自负盈亏的原则

坚持国有企业自主经营、自负盈亏的原则,明确所有者与经营者的责、权、利的关系,有利于调动所有者与经营者两方面的积极性,提高国有资产经营的效益。

5. 依法履行出资人职责的原则

依法履行出资人职责也是“十六大”报告和《条例》所确定的一项重要原则。“十六大”报告提出,“国家要制定法律法规,建立中央和地方政府分别代表国家履行出资人职责、享有所有者权益,权利、义务和责任相统一,管资产与管人、管事相结合的国有资产管理体制”,“各级政府要严格执行国有资产管理法律法规”。《条例》以行政法规的形式将十六大的规定法律化、具体化,对各级政府特别是政府国有资产监督管理机构依法履行出资人职责,做了明确规定。《条例》根据公司法等法律法规科学界定了国有资产监督管理机构的出资人职责,界定了国有资产监督管理机构同所出资企业的关系,明确了国有资产监督管理机构对所出资企业负责人管理、重大事项管理、国有资产监管的职权和行使方式,确立了出资人依法监督管理国有资产的基本制度。

### （三）国有资产经营的方式

目前，常见的国有资产经营的方式有：

**1. 国有资产的股份制经营**

国有资产的股份制经营，是指国家通过与其他投资主体联合兴建股份制企业，收购其他企业股份或对原国有制企业进行股份制改造等形式，运用国有资产，建立规范的现代企业制度，实现产权明晰，所有权与经营权分离、企业拥有法人财产权，构建所有者、经营者、生产者之间的制衡关系，建立企业内部科学管理制度，真正实现企业自主经营、自负盈亏、照章纳税，具有自我积累、自我约束、自我发展能力目标的经营方式。

**2. 国有资产的集团经营**

国有资产的集团经营，指国家授权有关企业集团对其所属企业的国有资产实行统一管理、经营。这也是市场经济条件下国有资产经营的重要方式。

**3. 国有资产的委托经营**

国有资产的委托经营，是指在不改变国有资产所有权及资产最终处置权的前提下，国家将国有资产委托给有关主管部门、地方政府及其他组织经营管理的方式。

**4. 国有资产的承包经营**

国有资产的承包经营，指在坚持国有资产所有权不变的前提下按所有权与经营权相分离的原则，以承包经营合同形式确定国家与企业间的责、权、利关系。在承包合同范围内，使企业自主经营、自负盈亏的经营管理制度。

**5. 国有资产的租赁经营**

国有资产的租赁经营，是指在不改变国有资产所有制性质的前提下，国家将部分国有资产出租给有关承租人经营。

### （四）国资委对国有资产管理的出资人制度

党的十六大总结了我国改革开放以来有关国有资产管理的丰富经验，提出了国有资产管理体制改革的新思路，即在坚持国家所有的前提下充分发挥中央和地方两个积极性。国家要制定法律法规，建立中央政府和地方政府分别代表国家履行出资人职责，享有所有者权益，权利、义务和责任相统一，管资产和管人、管事相结合的国有资产管理体制。中央政府和省、市（地）两级地方政府设立国有资产管理机构。继续探索有效的国有资产经营体制和方式。各级政府要严格执行国有资产管理法律法规，坚持政企分开，实行所有权和经营权分离，使企业自主经营、自负盈亏，实现国有资产保值增值。这不仅为国有资产管理体制改革指明了方向，也是深化国有资产管理体制改革所要遵循的基本原则。

为建立适应社会主义市场经济需要的国有资产监督管理体制，进一步搞好国有企业，推动国有经济布局和结构的战略性调整,发展和壮大国有经济,实现国有资产保值增值,国务院制定了《企业国有资产监督管理暂行条例》。

条例规定,企业国有资产属于国家所有。国家实行由国务院和地方人民政府分别代表国家履行出资人职责,享有所有者权益,权利、义务和责任相统一,管资产和管人、管事相结合的国有资产管理体制。

国有企业是我国国民经济的支柱。改革开放以来,特别是党的十四大提出建立社会主义市场经济体制、十四届三中全会提出建立现代企业制度以来,国有企业迅速地发展,继续在国民经济中发挥着主导作用。但是,随着国有企业改革的不断深化,国有资产管理体制改革不断推进,国有资产管理面临的体制性障碍还未得到真正解决,政府的社会公共管理职能与国有资产出资人职能没有完全分开,一方面造成国有资产出资人不到位,国有资产监管职能分散,权利、义务和责任不统一,管资产和管人、管事相脱节;另一方面导致政府对企业进行行政干预,多头管理,影响了政企分开,制约了国有企业建立现代企业制度。为此,十五届四中全会的决定指出:"政府对国家出资兴办和拥有股份的企业,通过出资人代表行使所有者职能,按出资额享有资产受益、重大决策和选择经营管理者等权利,对企业的债务承担有限责任,不干预企业日常经营活动。"党的十六大作出改革国有资产管理体制的重大决策,提出:"继续调整国有经济的布局和结构,改革国有资产管理体制,是深化经济体制改革的重大任务。在坚持国家所有的前提下,充分发挥中央和地方两个积极性。国家要制定法律法规,建立中央政府和地方政府分别代表国家履行出资人职责,享有所有者权益,权利、义务和责任相统一,管资产和管人、管事相结合的国有资产管理体制。关系国民经济命脉和国家安全的大型国有企业、基础设施和重要自然资源等,由中央政府代表国家履行出资人职责。其他国有资产由地方政府代表国家履行出资人职责。"

# 本 章 小 结

狭义的政府投资应限于为弥补市场失灵,由政府出资投放于具有一定经营性的基础设施项目、自然垄断项目、资源开发项目以及高新技术产业项目等。广义的政府投资应理解为,在狭义的政府投资的基础上再加上政府支出投放于非经营性的公共物品、公共办公设施、公益性项目等,如国防、医疗、卫生城市公共设施,自然环境及人为环境治理,公检法司等政权机关建设项目等。

政府投资是国家宏观经济调控的必要手段,在社会投资和资源配置中起重要宏观导向作用。政府投资可以弥补市场失灵,协调全社会的重大投资比例关系,进而推动经济发展和结构优化。

政府项目主要投资领域:自然垄断项目;外部效果显著的项目;提供公用物品的项目;

关注弱势群体的项目;具有战略意义的大型项目;资源性产品项目;关系国家经济命脉的项目;高风险、高投入的高新技术及基础研究项目。

政府采购,是指各级国家机关、事业单位和团体组织,使用财政性资金采购依法制定的集中采购目录以内的或者采购限额标准以上的货物、工程和服务的行为。

政府采购的方式:公开招标;邀请招标;单一来源采购;竞争性谈判;询价;国务院政府采购监督管理部门认定的其他采购方式。其中,公开招标应作为政府采购的主要采购方式。

国有资产经营的方式:国有资产的股份制经营;国有资产的集团经营;国有资产的委托经营;国有资产的承包经营;国有资产的租赁经营。

# 复习思考题

1. 什么是政府投资?
2. 政府投资的动因是什么?
3. 政府投资资金的来源有哪些?
4. 我国政府投资的投资领域有哪些?
5. 政府采购的方法有哪些?
6. 国有资产经营的方式有哪些?

# 参 考 文 献

[1] 樊纲等. 公有制宏观经济理论大纲[M]. 上海:上海三联书店,1990.

[2] 徐文通. 投资大词典[M]. 北京:中国人民大学出版社,1992.

[3] 张伟. 论财政投资与政策性投资的协调[J]. 投资与建设,1995,(9).

[4] 张仲敏,钱丛龙. 投资学[M]. 大连:东北财经大学出版社,1995.

[5] 胡代光,周安军. 当代国外学者论市场经济[M]. 北京:商务印书馆,1996.

[6] 张溯. 政府投资概论[M]. 武汉:华中理工大学出版社,1996.

[7] 斯蒂格利茨. 经济学[M]. 北京:中国人民大学出版社,1997.

[8] 陈忠卫. 转变思路:继续深化国有企业技术与发展[J]. 财贸研究,2000,(2).

[9] 耿明斋. 论投资体制及其改革的目标模式[J]. 河南大学学报,2001,(2).

[10] 河北省财政科学研究所. 地方财政运行分析系统[M]. 北京:经济科学出版社,2001.

[11] 曹富国,李庭鹏,李爱斌. 政府采购与招标投标法的适用[M]. 北京:企业管理出版社,2002.

[12] 张平. 对知识经济时代投资融资管理问题的思考[DB/OL]. http://www.e521.com. 2002.

[13] 中华人民共和国财政部国库司. 政府采购[M]. 北京:中国方正出版社,2004.

**B&E**

# 第六章

## 建设项目投资

## 本章学习要点

1. 了解建设项目经济活动的基本特点；
2. 掌握建设项目的运作流程；
3. 理解可行性研究的作用和内容；
4. 了解项目申请报告的内容；
5. 掌握商业计划书的作用和内容；
6. 了解可行性研究和商业计划书的区别。

## 第一节　建设项目投资概述

建设项目是促进社会经济持续稳定发展的重要途径,建设项目投资是资本运动和资本增值的一种重要方式,对一个国家的经济运行至关重要。建设项目投资不仅对改变或提高资本的有机构成、改变生产力布局、调整经济结构有重要作用,而且对一个国家经济发展的后劲和经济质量的提高,有着至关重要的作用,直接关系到现实经济增长的快慢和人民生活质量的改善。

### 一、建设项目相关要素界定

#### （一）建设项目的定义

联合国工业发展组织《工业项目评估手册》从投资角度对项目的定义是:一个项目是对一项投资的一个提案,用来创建、扩建或发展某些工厂企业,以便在一定周期时间内增加货物的生产或社会的服务。

我国建筑业从建设角度对项目的定义是:建设项目是在批准的总体设计范围内进行施工,经济上实行统一核算,行政上有独立组织形式,实行统一管理的建设单位。所谓建设项目就是按照一个总体设计进行施工的基本建设工程。《项目管理学》从综合角度对项目的定义为：项目是在一定的时间内为了达到特定目标而调集到一起的资源组合，是为了取得特定的成果开展的一系列相关活动，也就是说，项目是特定目标下的一组任务或活动。PMI 推出的 PMBOK 中对项目的定义为：项目是为完成某一独特的产品或服务所做的一次性努力。

本书把建设项目定义为：建设项目是指以一定量的资金经过决策和实施等一系列的程序，按照一个总体设计进行施工，建成后具有完整的系统，可以独立地形成生产能力或使用价值的建设工程，由一个或几个单项工程组成，经济上实行统一核算、行政上实行统一管理的建设实体。一般以一个企业或联合企业单位、事业单位或独立工程作为一个建设项目。

**（二）建设项目的分类**

建设项目有多种分类方式，具体如图 6-1 所示。

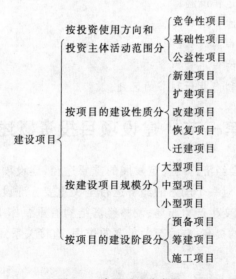

图 6-1　建设项目分类图

**1. 按项目投资使用方向和投资主体的活动范围不同分类**

可分为竞争性项目、基础性项目和公益性项目。

竞争性项目主要是指收益比较高、市场调节比较灵敏、具有市场竞争能力的行业部门的相关项目。它主要包括工业、建筑业、商业、房地产业、公用、服务、咨询业及金融保险业等。这类项目的投融资应直接面向市场，由企业自主决策，自担风险，通过市场筹资、建设、经营。

基础性项目主要是指具有一定自然垄断、建设周期长、投资量大而收益较低的基础产业和基础设施项目。它主要包括农林水利业、能源业、交通、邮电、通信业及城市公用设施等。

公益性项目是指那些非营利性和具有社会效益性的项目。它主要包括教育、文化、卫生、体育、环保、广播电视等设施,公、检、司、法等政权设施,政府、社会团体、国防设施等。

2. 按建设项目的建设性质不同分类

按照建设项目的建设性质不同,基本建设项目分为新建、扩建、恢复和迁建项目。技术改造项目一般不作这样的分类。

3. 按建设的总规模或总投资的大小分类

国家对工业建设项目和非工业建设项目的大、中、小型划分标准均有规定,各部、委对所属专业建设项目的大、中、小型划分标准,也有相应的规定。基本建设项目可分为大型、中型和小型项目三类。更新改造项目按照投资额分为限额以上项目和限额以下项目两类。能源、交通、原材料工业项目 5 000 万元以上,其他项目 3 000 万元以上为大中型(或限额以上)项目,否则为小型(或限额以下)项目。

4. 按建设的不同阶段分类

处在建设的不同阶段的建设项目分别有:预备项目(或探讨项目)、筹建项目(或前期工作项目)、施工项目、建成投产项目、收尾项目。

## 二、建设项目投资相关要素界定

### (一)建设项目投资的概念

建设项目投资的概念,一般是指工程项目建设阶段所需要的全部费用总和。若从广义角度来看,建设项目投资是指工程项目建设阶段、运营阶段和报废阶段所花费的全部资金。换句话说,建设项目投资的概念,就是指投入项目建筑安装工程、设备及技术的活劳动和物化劳动以货币表现的工作量总和。

从这个意义上看,建设项目的总投资,反映了工程项目的建设规模。但是,这个总规模或总投资,应该以批准的可行性研究报告或初步设计作为依据,一般不能突破。新建项目规模按项目的全部设计能力或全部投资计算;改扩建项目规模按改扩建新增的设计能力或改扩建所需投资计算,不包括改扩建前的原有生产能力和投资;分期建设项目,应按总体设计规定的全部设计能力或总投资来确定其建设规模,不应以各分期工程的设计能力或投资额划分。

根据上述建设项目投资的概念,可以把项目投资理解为经济进程和工程技术进程交织进行的、同时增加新固定资产的经济活动。

### （二）建设项目投资的类型

在我国，投资不都是为了获取利润。投资包括生产经营性投资与非生产经营性投资两大部分。

1. 生产经营性投资。国家工矿企业、轻工业和商业等工程项目，其建设目的就是为了进行生产经营，这些工程项目投资，称为生产经营性投资。

2. 非生产经营性投资。政府、事业单位和城乡居民建设的国防工程、市政公共设施、行政办公大楼、自用住宅等，是非生产经营性质的建设项目，它们的建设也需要投入资金，这个投资称为非生产经营性投资。

在我国社会主义初级阶段经济构成上，存在着全民所有制、集体所有制、私人所有制等多种经济成分，因而全社会的投资，包括全民所有制单位投资、城乡集体所有制单位投资、私人投资、外商投资等多种经济成分的投资。

### （三）建设项目投资的构成

建设项目由三种不同性质的工程内容构成，即建筑安装工程，购置设备、工具、器具，与前述两项活动相联系的其他基本建设工作。建设项目投资分别由上述三种基本建设活动所完成的投资额组成。

建筑安装工程投资是指建设单位用于建筑和安装工程方面的投资，包括用于建筑物的建造及有关准备、清理等工程的投资。用于需要安装设备的安置、装配工程的投资，是以货币表现的建筑安装工程的价值，其特点是必须通过兴工动料，追加活劳动才能实现。

设备工器具购置投资是指按照建设项目设计文件要求、建设单位（或其委托单位）购置或自制的达到固定资产标准的设备和新建、扩建项目配置的首套工器具及生产家具所需要的投资。它由设备工器具的原价和包括设备成套公司服务费在内的运杂费组成。在生产性的建设项目中，设备工器具的投资可称为"积极投资"，它占项目投资费用比重的提高，标志着技术的进步和生产部门有机构成的提高。

其他基本建设投资是基本建设项目竣工投产所必需的支出。但从其支出内容来看，有相当一部分是消耗性支出，因此，其投资额在一定限度内变动是合理和必要的，超出一定限度则说明了基本建设投资中的浪费。这就需要采取措施，加以解决。因此，观察其他基本建设投资额在全部投资额中的比重，除为安排基建计划、检查基建计划提供依据外，也是分析节约方针执行情况的依据。

## 三、建设项目投资活动的基本特点

### （一）一次性和独特性

一次性是建设项目投资活动与其他重复性经济活动的最大区别。它有明确的起点和终点,常常没有完全可以照搬的先例,将来也不会有完全相同的重复。独特性是指有些建设项目即使所提供的产品或服务是类似的,它们所发生或进行的地点、时间、外部环境和自然社会条件也都会有所差别,所以任何一个建设项目都具有自身的独特性。

### (二)目标的确定性

建设项目必须有确定的终点,其终点的含义不仅是时间目标,也包括成果性目标、约束性目标,以及满足其他的条件。目标是允许修改的,但是建设项目的目标一旦发生实质性变动,它就不再是原来那个项目了。目标的确定性,为项目的事后评价提供了标准,即在项目达到终点时,审查既定的项目目标是否完成;但更重要的是,项目目标的实现需要经过较长的项目时间过程,发生各种变动因素使项目不能实现的可能性也比较大。

### (三)组织的流动性和开放性

建设项目在执行过程中,其参与的人数、成员和职能在不断地变化,甚至某些项目班子的成员是借调来的,参与项目的组织往往也有好多。这些组织和个人通过合同、协议或其他社会组织联系组合在一起,使组织没有严格的边界,具有流动性和开放性的特点。

### (四)成果的不可挽回性

建设项目不像其他事情可以做坏了重来,也不像批量产品,合格率达到99%就很好了。建设项目必须确保成功,这是因为在项目特定条件下,个人和组织的资源都有限,一旦失败就会造成巨大的损失浪费。因此,建设项目要求科学决策、合理设计、精心实施、严格控制,以确保预期目标的实现。

### (五)建设项目建设期的阶段性

建设项目经济活动是一种一次性的渐进过程,从它的开始到结束可以划分为若干个阶段,构成项目的整个生命期。不同的项目可以划分为不同的阶段,但大多数项目的建设期都可以归纳为启动、规划、实施、结尾等阶段,各阶段的资源投入也有相似的模式,即开始投入较低,而后逐步增高,接近结束时迅速降低。每个项目阶段都以它的某种可交付成果的完成为标志。

## 四、建设项目周期

建设项目周期是指建设项目从投资意向开始到投资终结的全过程。按时间排序,一个完整的项目周期又可分为:项目的初步选择、项目的选择确定、项目的准备、项目的事先评估、项目执行、项目运营和项目事后评价等几个阶段。或者说一个项目周期包括:投资前时期、投资时期、生产时期三个投资活动的时期。项目周期如表6-1表示。

表 6-1　建设项目周期

| 投资前时期 | | | | 投资时期 | | | | 生产时期 | |
|---|---|---|---|---|---|---|---|---|---|
| 项目的初步选择 | 项目的选择确定 | 项目准备 | 项目事先评估（包括审批） | 项目执行 | | | | 项目运营 | 项目事后评价 |
| 机会研究（鉴别投资机会） | 初步可行性研究（项目选定） | 详细可行性研究（项目规划） | 评估与决定 | 谈判与签订合同 | 项目施工 | 竣工 | 运转 | 生产 | |

在一个项目周期中，技术人员和管理人员在上述的每个阶段，都必须对其技术、经济、财务、组织机构和社会等诸方面进行反复研究、评估检验等，确保项目的可行性，技术的适用性、先进性，经济的合理性，财务的赢利性，社会的协调发展。

**（一）投资前时期**

所谓投资前时期，是指项目的初步选择、项目的选择确定、项目的准备及项目的事先评估（包括审批）等四个阶段。在这个时期主要是从事可行性研究及资金筹措活动。这个时期是项目成败的关键时期，如果这个时期的工作做得好，就会使以后各阶段的成本降低，甚至会有重大的节约，从而产生较高或很高的效益。由于这个时期所花费的时间和资金，都不会产生直接的效益，因此有些人很不重视这个时期的工作，结果分析和论证出现了重大失误，造成了较大的经济损失，惨痛的教训应当引起后人的注意。

投资前时期的准备和安排的花费比起投资时期的投资要小得多。这意味着可行性研究的经费是以少量花费避免大的经济损失，同时还应看到，在项目的准备和安排中所发生的成本将来会由成功后的项目效益给予补偿。因此，投资前时期的研究费用是必不可少的、应该花和值得花的。若不进行认真的项目准备和安排，将会造成重大的决策失误，对经济效益将会产生无可挽回的影响。

**（二）投资时期**

投资时期也称项目执行阶段，也称项目建设时期。在这个时期中，主要完成：施工图纸的绘制，谈判签约，订立合同，厂房建设，设备购置与安装，组织机构增设及各类人员的培训，试生产等。

在这个时期，监督是非常重要的。有关人员重视这时期各阶段工作环节的质量，经常监督检查财务开支是否遵守国家的财经纪律，是否符合项目事先的预算，对可能出现的资金拨款延误，设备、物资供应的延误或其他外部条件的变化等，要及时采取纠正或补救措施，万万不可听之任之，看之任之，否则会造成重大的人、财、物的损失。

**（三）生产时期**

所谓生产时期是指项目的运营阶段。在这个时期社会提供商品和劳务，要实现预计的效益。

这个时期必须保证有足够的资金以及技术熟练、精通经济活动分析和管理的人员来进行生产操作和经营管理,科学地、系统地处理设备远行、生产管理、市场开拓、技术进步、更新改造和投资债务的偿还等一系列技术、财务、经营管理等问题。

### (四)项目的事后评价

当项目进入运营之后,即可对项目进行事后评价了,这是项目发展周期的最后一个阶段,项目的事后评价,简单地说就是评价项目是否正在实现它的预定目标,其中包括分析项目发展周期所发生的各类问题和现象:如工期拖延、资金不足、原材料供应短缺、技术失误或组织机构障碍等。

项目的事后评价,就是要在项目实践中不断总结经验教训,为将来的项目发展提供有价值的信息。在吸取同类项目发展经验教训的基础上,根据实际的需要,一个新的项目被选定了。随着新项目的选定,一个新的项目发展周期又开始了。

# 第二节 建设项目的运作流程

投资活动是企业最重要的经济活动之一,直接关系到企业的存亡兴衰;投资活动又是企业最复杂的经济活动之一,具有时间长、耗资大、涉及面广等特点。建设项目投资是企业重要的投资活动,按其工作程序,大致可分为四个阶段:建设项目决策阶段、建设项目设计阶段、建设项目施工阶段、建设项目总评价阶段。了解投资的各个阶段及其内容,对于理解建设项目的投资是如何运作的,投资管理的重点应放在什么地方等,是十分必要的。

## 一、建设项目决策阶段

建设项目决策是选择和决定投资行动方案的过程。它一方面是对拟建项目的必要性和可行性进行技术经济论证,对不同建设方案进行技术经济比较选择及作出判断和决定的过程;另一方面是指投资者按照自己的意图目的,在调查、分析、研究的基础上,对投资规模、投资方向、投资结构、投资分配以及投资项目的选择和布局等方面进行技术经济分析,决断投资项目是否必要和可行的一种选择。

### (一)投资机会研究阶段

机会研究是拟投资建设项目前的准备性调查研究,是把项目的设想变为概略的投资建议,以便进行下一步的深入研究。机会研究的重点是投资环境分析,鉴别投资方向,选定建设项目。

### (二)项目建议书阶段

项目建议书(又称立项申请)是拟增上项目单位向发改局项目管理部门申报的项目申

请,是项目建设筹建单位或项目法人,根据国民经济的发展、国家和地方中长期规划、产业政策、生产力布局、国内外市场、所在地的内外部条件,提出的某一具体项目的建议文件,是对拟建项目提出的框架性的总体设想。对于大中型项目,有的工艺技术复杂,涉及面广,协调量大,还要编制可行性研究报告,作为项目建议书的主要附件之一。项目建议书是项目发展周期的初始阶段,是国家选择项目的依据,也是可行性研究的依据,涉及利用外资的项目,在项目建议书批准后,方可开展对外工作。所包括的内容主要有项目的必要性、项目的市场预测、产品方案或服务的市场预测、项目建设必需的条件。

### (三)可行性研究阶段

在可行性研究中,对拟建项目的市场需求状况、建设条件、生产条件、协作条件、工艺技术、设备、投资、经济效益、环境和社会影响以及风险等问题,进行深入调查研究,充分进行技术经济论证,做出项目是否可行的结论,选择并推荐优化的建设方案,为项目决策单位或投资者提供决策依据。由此可见,项目建议书是围绕项目的必要性进行分析研究;可行性研究是围绕项目的可行性进行分析研究,必要时还需对项目的必要性进行进一步论证。关于可行性研究的详细内容,将在本章第三节详细阐述。

### (四)项目评估阶段

在项目可行性研究报告提出后,由具有一定资质的咨询评估单位对拟建项目本身及可行性研究报告进行技术上、经济上的评价论证。这种评价论证是站在客观角度,对项目进行分析评价,决定项目可行性研究报告提出的方案是否可行,科学、客观、公正地提出对项目可行性研究报告的评价意见,为决策部门、单位或项目发起人对项目审批决策提供依据。重要的项目在项目建议书编写出来以后也要进行一次评估。

项目评估一般可分为预审核和正式评估两个阶段。预审阶段,由拟建单位邀请有关技术、经济专家和承办投资贷款的银行,对项目可行性研究报告进行预审;正式评估阶段,由政府计划决策部门授权的工程咨询公司进行评估,工程咨询公司在认真仔细地审查、计算和核实的基础上,编写出项目评估报告,作为政府计划决策部门审批的参考依据。

### (五)项目决策审批阶段

项目主管单位或项目发起人,根据咨询评估单位对项目可行性研究报告的评价结论,结合国家宏观经济条件对项目是否建设、何时建设进行审定。

评估工作完成后,拟建单位应将可行性研究报告与评估报告提交计划决策部门进行审批,如获通过,就算立项,投资项目决策阶段即告结束。接下来就可以进入投资项目实施阶段。需要指出的是,随着我国投资体制改革的深入,企业投资自主权在不断地扩大,除了关系到国家经济和社会生活的大型项目和特大型项目国家需调控之外,一般性中小项目的立项已由政府审批逐渐向项目登记备案制度转变。

## 二、建设项目设计阶段

建设项目设计阶段主要是确定拟定项目具体方案,是选择和设计实现项目投资构想的优化实施方案的过程。根据可行性研究的深度和项目的规模、性质,工程设计可划分为几个阶段。一般建设项目按初步设计和施工图设计两个阶段进行(称为两阶段设计);在初步设计之后,增加技术设计称为三阶段设计,主要适用于重大和特殊项目;对牵涉面广的大型矿区、油田、林区、垦区和联合企业等建设项目,在编制初步设计之前,还应编制总体设计。

### (一)总体设计的内容和要求

总体设计也称总体规划设计,是指对矿区、油田、林区、垦区或联合企业中的每个单项工程根据生产运行的内在联系,进行统一规划、部署和安排,使整个工程在布置上紧凑、流程上顺畅、技术上可靠、生产上方便、经济上合理。总体设计的内容主要包括:建设规模、产品方案、原料来源、工艺流程概况、主要设备配置、主要建筑物构筑物、公用辅助工程、"三废"治理和环保方案、占地面积估计、生活区规划设计、施工基地的部署、材料来源、建设总进度和进度配合要求、投资估算等方面的文字说明和图纸。

总体设计应满足:初步设计的开展,主要大型设备、材料预安排,土地购置等方面的要求。

### (二)初步设计的内容和要求

初步设计是对设计的建设项目作出基本技术决定,并通过编制总概算,确定总的建设费用和主要技术经济指标。初步设计的内容主要包括:设计指导思想、建设规模、产品方案、工艺流程、设备选型、主要设备清单和材料用量、劳动定员、主要技术经济指标、主要建筑物构筑物、公用辅助设施、综合利用、"三废"治理、生活区建设、抗震和人防设施、占地面积和场地占用情况、建设工期、总概算等文字说明和图纸。

初步设计应满足:设计方案的确定、主要设备材料的订货及生产安排、土地购置、投资控制、施工图设计和施工组织设计的编制、施工和生产准备等方面的要求。

### (三)技术设计的内容和要求

技术设计是根据初步设计和更详细的调查资料编制的对重大项目和特殊项目的某些具体技术问题或某些技术方案进行的深化设计。它是对在初步设计阶段中无法解决而又需要进一步研究解决的问题所进行的一个设计阶段。技术设计的具体内容需根据工程项目的具体情况、特点和需要而定。一般有:特殊工艺流程方面的试验,新型设备的试验、研究及确定,大型建筑物、构筑物某些关键部位的试验、研究和确定。在此基础上编制修正总概算。

（四）施工图设计的内容和要求

施工图设计是在初步设计或技术设计的基础上,将工程项目建设形象化、图纸化。施工图设计一般包括:施工总平面图、房屋建筑总平面图和剖面图、安装施工图、各种专门工程的施工图、非标准设备加工详图,以及设备和各类材料明细表等。

施工图设计应满足:设备、材料的安排,各种非标准设备的制作,施工图预算的编制,土建、安装工程的要求。

## 三、建设项目实施阶段

建设项目实施阶段是投资建设的一个重要阶段,它是把计划文件和设计图纸付诸实践,变为现实的过程,包括施工准备、组织施工、生产准备、竣工验收等内容。

### （一）施工准备

施工准备是工程施工的首要环节,其工作内容主要包括:征地拆迁,进行建设场地的三通一平,采用招投标方法确定和储备好材料、物件,组织设备的订货,施工机具的集中和维修,施工力量的集结和培训,以及其他现场准备工作。施工准备一般应按照计划和设计规定的建设进度进行,过早或过迟,都会造成不必要的损失和浪费。施工准备的管理,我国目前普遍采用的是招投标制和合同制。招投标是指由招标人和投标人经过要约、承诺、择优选定,最终形成协议和合同关系的一种交易方式。

### （二）组织施工

施工是实施设计方案和投资计划的关键环节。施工准备工作就绪以后,就可以提出开工报告。开工报告经批准,就可以开始动工兴建。施工是按照施工组织设计中的施工进度计划进行的,要做到合理、均衡施工,必须经过周密考虑,做出切实可行的施工组织设计。施工计划应本着先主体、后辅助,先重点、后一般,保质量、保竣工、保投产的原则编制,还要按照先地下、后地上,先主体、后围护,先结构、后装修,先土建、后安装,先干线、后支线的顺序安排施工。如发现问题和提出合理化建议,应经设计单位同意后才予变动。为了保证均衡施工,在施工中还应合理安排施工力量,使各个工种按部就班,有节奏、有秩序地完成全部作业。

### （三）生产准备

生产准备工作是保证项目建成后能及时投产,尽快达到设计能力,充分发挥投资效益的重要一环。生产准备不能等到项目建成后才着手去做。生产准备工作的起始时间因项目而异,一般在施工阶段就着手进行的居多。生产准备的内容主要有:招收和培训生产所必需的工人和管理人员;组织生产人员参加设备的安装、调试和工程验收;落实生产用原材料、燃料、水、电、气等的来源和协作产品以及其他协作配套条件;组织工具、器具、备品、备件等的制造和购置;组建生产组织机构;制定管理制度;收集生产技术经济资料、产品样品等。

### (四) 竣工验收、交付使用

竣工验收、交付使用是项目建设的最后一个环节,也是工程项目由建设阶段转入生产阶段的标志。所有建设项目按批准的计划和设计文件所规定的内容建设完成,工业项目经联动负荷试运转和试生产考核,能够生产合格产品;非工业项目符合设计要求,能够正常使用,就要及时组织验收。

按验收的对象,竣工验收可分为单项工程验收和全部验收。一个单项工程或一个车间完成后,能满足生产要求或具备使用条件,即可由建设单位组织验收。整个建设项目全部建设完成,且符合规定的竣工验收标准时,可进行整个项目的全面验收。在办理验收的同时,建设单位要认真清理结余财产物资,编好工程竣工决算,分析概、预算执行情况和投资效益的情况。竣工验收后,建设单位要及时办理固定资产交付使用的转账手续,加强固定资产管理。

## 四、建设项目总结评价阶段

### (一) 投资回收

投资回收是指投资实现后,通过投资项目的运作,投资资金以货币资金的形态重新全额回归到投资者手中的过程。可见实现投资回收,必须是在投资实现后,凭借投资项目才能完成的。若在投资实现前,比如投资只完成一半,投资者就通过一定方法取回一部分资金,甚至全额资金,则不能称之为投资回收,只能称为抽回投资。因为这时投资者取回的资金是以放弃对尚未完成投资的财产权、退出该项投资活动为代价的,而不是通过投资项目的运作实现的。

在理解投资回收概念时,还有一个非常重要的问题需要引起高度重视,即投资回收的顺利性。它表现为:(1)初始投资额必须全额回归到投资者手中。若在投资项目报废时投资额还不能全额回到投资者手中,这时可称之为没有顺利实现投资回收。(2)投资的回收必须在计划期限之内。若超过计划期限,也不能算顺利实现投资回收。

由于企业投资的领域相当广泛,投资内容丰富多彩,与之相适应,投资回收的形式也呈多样化。归纳起来大致有以下几种形式:商品回收形式、服务回收形式、特许权回收形式、市场回收形式、间接回收形式。

顺利实现投资回收对企业生产经营活动具有重大的意义。首先,它是衡量企业投资成败的标准。在市场经济条件下,企业的投资行为是趋利行为,是为了达到预期赢利而将资金转化为资产的行为。能否实现投资回收是衡量投资成败的最低标准。其次,实现投资回收是企业维持简单再生产的必要条件。企业的生产过程是劳动手段、劳动对象、劳动者三要素相结合不断运动的过程。再次,能否实现投资回收对企业整体经济效益也有影响。企业任何一项投资活动,如获成功可提高企业整体经济效益,如失败则会使企业整体经济效益下降。投资成败对企业整体经济效益的影响有时较小,有时则较大,有时甚至是利害攸关的。投资成败对企业整体经济效益的影响程度一般与投资规模大小、未能收回的资金数量有关。最后,能否顺利实现投资回收将全面影响企业生产经营活动的方方面面,如企业的融资能力、企业的股票价格、企业的信誉度、企业形象、企业内部凝聚力,等等。

### (二) 投资项目后评价

投资项目后评价,是指在项目建成投产、竣工验收以后,经过一段时间的运营,与项目立项决策目标和设计的技术经济要求相比较,分析项目实施过程的成绩和问题,对项目的建设、运营、效益和影响进行评价,从而判断项目目标的实现程度,总结经验教训,并通过及时有效的信息反馈,为完善已建项目、调整在建项目、指导拟建项目服务。

1. 项目后评价的任务:项目全过程的回顾和总结;项目效果和效益的分析评价;项目目标和持续性的评价;总结经验教训,提出对策建议。

2. 项目后评价的基本内容:项目的技术效果评价;财务和经济效益评价;环境影响评价;项目社会影响评价;项目的管理效果评价。

3. 项目后评价的目标评价

目标评价的层次:包括宏观项目目标分析和直接建设目标分析两个层次。宏观目标层次,即对国家、地区、行业产生的影响,或对技术、经济、社会、环境的重大影响。直接的建设目标(直接目的),即项目产生的直接作用和效果。

目标评价的内容:分析项目实施中或实施后是否达到在项目前评估中预定的目标,达到预定目标的程度,与预定目标产生偏离的主观和客观原因;在项目实施或运行中,有哪些变化,应采取哪些措施和对策,以保证达到或接近达到预定的目标;必要时对项目的目标进行分析和评价,确定其合理性、明确性和可操作性,提出调整或修改目标的意见和建议。

目标评价的常用分析方法包括目标树法、层次分析法和逻辑框架法等,国际上常采用逻辑框架法。

项目目标适应性是指项目原定目标是否正确,是否符合全局和宏观利益,是否得到政府政策的支持,是否符合项目的性质,是否符合项目当地的条件等。

4. 项目可持续性分析

项目的可持续性指在项目建设资金投入完成后,项目既定目标是否还能继续,项目是否可以继续发展下去,接受投资的项目业主是否愿意并可能依靠自己的力量继续下去实现既定目标。

可持续性分析的步骤:(1)进行制约因素分析。列出制约项目可持续发展的主要因素,并分析原因。(2)进行项目可持续发展的条件分析。根据上一步的因素分析,分析主要条件,区分内外部条件,并提出合理的建议和要求。(3)提出必要措施和建议。根据制约因素解决方案,提出完善项目的具体的、详细的措施建议,使之具有较强的持续发展的能力。建议包括内部措施实施和外部条件创造的具体意见,重点是项目业主无法控制的外部条件,例如工艺技术创新、设备改进、价格、收费、扩建、政策性补助、立法等。

图 6-2 列示了建设项目的流程。

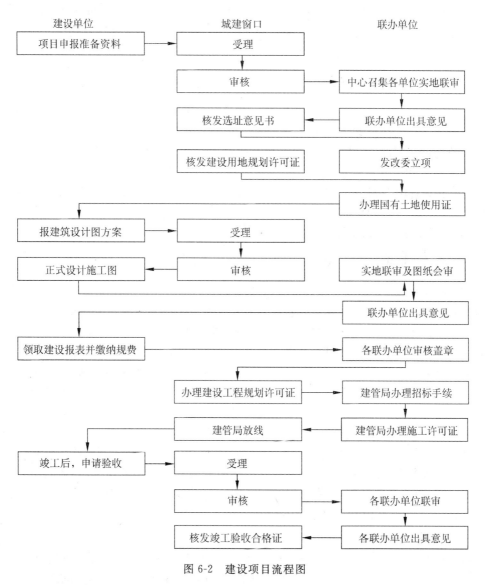

图 6-2 建设项目流程图

# 第三节 可行性研究

可行性研究是在项目的投资决策时期,通过调查研究和计算分析综合论证项目投资技术上的适用性、先进性,经济上的合理性,财务上的赢利性和社会上的协作性,看其项目是否可行,为投资决策提供科学的依据。可行性研究的目的简单地说就是保证投资项目的成功率,提高投资的经济效益。

## 一、可行性研究的概念

可行性研究是指对一个建设项目(即一个投资方案)在作出投资决策之前,先对与其有关的技术、经济、社会等方面进行调查研究、科学预测和技术经济分析,研究建设项目在技术上的先进适用性,在经济上的合理有利性和建设上的可能性,据以决策该建设项目是否应该投资建设的科学方法。

可行性研究是建设项目前期工作的核心和主要内容。通过可行性研究可以对拟议中的项目进行系统分析和全面论证,不仅要判断该项目是否值得投资,是否可行,还要进行反复比较,寻求最佳建设方案。

## 二、可行性研究的阶段

可行性研究是投资前期工作的重要内容,通过可行性研究,应对建设项目的建设投资做出切合实际的估算,拟订出各种可能的建设方案和技术方案,对其进行经济性分析计算和论证,从而预测出建设项目建成投产后的经济效益,并对建设项目作出技术上、经济上和建设上的评价,据此提出该建设项目是否应该投资的结论性意见,作为投资决策的科学依据。

可行性研究工作分为投资机会研究、初步可行性研究、详细可行性研究、评价报告四个阶段。各个研究阶段的目的、任务、要求以及所需费用和时间各不相同,其研究的深度和可靠程度也不同。可行性研究工作方法的特点是循序渐进,研究的程度是逐步加深,每一阶段的工作都建立在前一阶段工作的基础之上。研究人员每完成一个阶段的工作都要作出是否可行的初步结论。若得出"不可行"的结论,就应立即停止下一阶段的研究。只有当前一阶段的研究是"可行"的并且能显示出积极的经济效益的结果时,才可进入下一阶段的研究,花费更大力气,用去更多的时间和资金,收集更详细的资料,进行更深入的研究,直至作出最后的投资决策为止。

### (一)投资机会研究

投资机会研究是指在一个确定的地区和部门,通过对建设项目的发展背景(如经济发展规划等)、自然资源条件、市场情况等基础条件进行初步的调查研究和预测之后,迅速而经济地作出建设项目的选择和鉴别,以便寻找最有利的投资机会。

机会研究又分一般机会研究和具体项目机会研究。

一般机会研究要对多种情况和可能进行广泛调查,包括地区情况,如劳动力状况、社会条件、地理环境、国内外市场、国家工业政策及工业布局、资金市场情况、项目建成后对社会的影响、经济效益和社会效益如何,等等。地区研究旨在发现某一特定地区由于其自然地理条件,在国民经济中的地位及本身的优劣势而面临的投资机会,部门或行业研究旨在部门或行业中发现某一特定部门或行业由于技术进步、国内外市场变化等条件下出现的新的发展和投资机会。以资源为基础的研究则旨在考虑出于自然资源的开发和综合利用而出现的投资机会。

根据一般机会研究的情况,当某项具体项目具有投资条件时,应立即进行具体项目机会研究。目的是将项目设想转变为概略的投资建议。

投资机会研究主要是提出建设项目的投资建议,编制项目规划,提出项目的设想与构思,鉴定投资方向,研究投资的可能性,识别投资机会。投资机会的研究是把项目设想变为概略的项目投资建议,即一旦确认某建设项目的构思是具有生命力的,便可提出进行下一步更深入的研究工作。投资机会研究是项目的初选阶段,要求投资估算精确度在 $\pm 30\%$ 以内。投资机会研究比较粗略,其所需时间比较短,费用比较少。通常大中型的建设项目,所需时间一般为 1～3 个月,所需费用约占投资额的 0.2%～1.0%。当然,以上所提出的数字不应看做是绝对的。

### (二)初步可行性研究

当投资项目的规划设想经过上阶段的项目机会研究分析鉴定后,认为该项目有较强的生命力,值得继续研究时,就应该着手进行初步决定。如果项目中有特别关键部分,还可进一步对此进行辅助研究。

初步可行性研究是介于机会研究和详细可行性研究之间的一个中间阶段,也是一个非常重要的阶段和不可缺少的阶段。由于详细可行性研究需要较长的时间、较准确的数据资料,需要较多的经费,因此不经初步可行性研究得出是否值得投资的初步决定,一般是不宜轻率进行详细可行性研究的。这正是可行性研究方法循序渐进的合理性、科学性所在。

初步可行性研究与详细可行性研究相比较,除了研究的深度和精度有差异外,其内容大体相同。可行性研究最后要对项目进行评估,评估的对象和基础是达到目标的各种可行方案。

初步可行性研究是在经过投资机会研究,提出的项目投资建议被主管单位选定,但尚未掌握足够的项目数据去进行详细可行性研究,或是对建设项目的经济性有怀疑,尚不能决定项目的取舍的情况下,进行的较粗略的可行性分析研究。

为避免过多的费用支出和时间占用,而以较短的时间、较少的费用对建设项目的获利性进行初步的分析和评价,得出是否进行详细可行性研究的结论。因此,进行初步可行性研究,是为了进一步弄清项目的某些关键性问题,从而也深入地判明项目的生命力和经济效果。初步可行性研究相当于项目发展周期中的第二阶段,就是项目的选择确定。这一阶段的研究,包括项目的初步设计,要将项目的目标定量地表示出来,并进行成本效益计算。此阶段对投资额和生产成本的估算精确程度要求达到±20%,对其所花费用要求达到占投资额的0.25%～1.25%,所需时间为2～3个月。经过初步可行性研究,要筛选掉那些效益差的方案,对效益好的方案进行更深入的研究。

**(三) 详细可行性研究**

详细可行性研究是在投资机会研究和初步可行性研究的基础上进行的,是一个关键性阶段。详细可行性研究对建设项目进行深入细致的技术经济论证,为投资决策提供技术、经济、商业方面的根据,是建设项目投资决策的依据。

在初步可行性研究结论认为可行的基础上,方可进行详细可行性研究。也就是说,初步可行性研究是作为是否下决心进行投资项目建设的科学依据,详细可行性研究是为如何进行项目建设和生产经营提供科学的依据。项目的详细可行性研究相当于项目发展周期中的第三阶段,即项目准备。这一阶段涉及的范围很广、内容很深,工作任务相当繁重。

此阶段着重于各方案的技术经济分析和比较,以求获得经济效益最佳建设方案。这个阶段工作量很大,需要的时间长、费用高。建设项目越大,其内容越复杂,对其研究所需时间越长,费用越多。一般来说,这个阶段的研究结论具有最后一次的性质。此阶段对于投资额和生产成本计算的精确度要求达到±10%以内,其所需费用与项目大小有关,小型项目约占投资额的1.0%～3.0%,大型复杂项目约占投资额的0.2%～1.0%,所需时间为3～6个月。

详细可行性研究必须仔细分析该项目的全部基本组成部分和可能遇到的问题,为项目提供技术、商业、财务、经济及组织机构等方面的基础,它应对项目的厂址、生产规模、原材料的供应及其他投入、使用的工艺技术、设备、动力机械、组织机构及人员提供依据。

上述可行性研究工作的三个阶段在目的及有关费用等方面的不同要求见表6-2。

**表6-2 可行性研究各阶段的深度要求**

| 深度要求 工作阶段 | 目 的 | 投资与成本 估算精度 | 研究费用占投资 总额的百分比/% | 所需时间 /月 |
|---|---|---|---|---|
| 投资机会研究 | 鉴别与选择建设项目,寻找投资机会 | ±30% | 0.2～1.0 | 1～3 |
| 初步可行性研究 | 对项目进行初步技术经济分析,筛选项目方案 | ±20% | 0.25～1.25 | 2～3 |
| 详细可行性研究 | 进行深入细致的技术经济分析,对多方案比较选优提出结论性报告 | ±10% | 大项目0.2～1.0 小项目1.0～3.0 | 3～6或更长 (6～18) |

### （四）评价报告

评价报告是根据研究对象的性质、规模和复杂性，所进行的投资机会研究、初步可行性研究、详细可行性研究结果，提出该项目是否值得投资和如何进行建设的咨询意见，为项目决策提供依据的一种综合性的分析方法。报告中应明确作出项目是否"可行"的结论或建议。

## 三、项目可行性研究报告的编制依据

一般的，项目可行性研究报告的编制依据根据项目的性质及管理要求的不同而有所不同，但总体上应取得如下依据：

（1）国民经济发展的长远规划，部门、地区发展规划，产业政策和投资政策。

（2）批准的项目建议书或预可行性研究报告。项目建议书或预可行性研究报告是建设项目投资决策前的总体设想，主要论证项目建设的必要性，同时初步分析项目建设的可行性。它是进行各项投资准备工作的主要依据，只有经有关部门同意，并列入建设前期工作计划后，才可以进行可行性研究的各项工作。

（3）国家有关法律、法规、政策。

（4）批准的环境影响文件。

（5）国家批准的资源报告、国土开发整治规划、区域规划、工业基地规划。

（6）有关的自然、地理、气象、水文、地质、经济、社会、环保、交通运输等基础资料。这些都是项目进行厂址选择、工程设计、技术经济分析所不可缺少的基本数据。

（7）有关行业的工程技术、经济方面的规范、标准、定额资料，以及国家正式颁发的技术法规和技术标准。它们都是进行项目技术分析的基本依据。

（8）国家颁发的评价方法与参数，如社会折现率、行业基准投资收益率、影子汇率等。这些评价方法和评价参数是进行项目经济评价的基础和判别标准。

（9）中外合资、合作项目各方签订的协议书或意向书。

（10）编制可行性研究报告的委托合同。

（11）其他有关依据资料。

## 四、项目可行性研究报告的主要内容

根据我国现行规定，一般工业建设项目的可行性研究应包括以下 19 个方面的内容。

### （一）项目兴建理由与目标

项目兴建理由与目标的研究，是根据已经确定的初步可行性研究报告（或项目建议书），从总体上进一步论证项目提出的依据、背景、理由和预期目标，即进行项目建设必要性分析；与此同时，分析论证项目建设和生产运营必备的基本条件及其获得的可能性，即进行项目建设可能性分析。对于确实有可能建设的项目，继续进行可行性研究，开展技术、工程、经济、环境等方案的论证、比选和优化工作。

1. 项目兴建理由。拟建项目都有其特定的背景、依据和原因，一般来说有以下理由：新建或者扩大企业生产能力，提供产品或服务，满足社会需求，获取经济利益的需要；进行基础设施建设，改善交通运输条件，促进地区经济和社会发展的需要；合理开发利用资源，增加社会财富，实施可持续发展的需要；发展文化、教育、卫生等公益事业，满足人民不断增长的物质文化生活的需要；增强国防和社会安全能力的需要。

2. 项目预期目标。根据项目兴建的理由，对初步可行性研究报告提出的拟建项目的轮廓和预期达到的目标进行总体分析论证。分析论证的内容主要有：项目建设内容和建设规模；技术装备水平；产品性能和档次；成本、收益等经济目标；项目建成后在国内外同行业中所处的位置或者在经济和社会发展中的作用等。通过分析论证，判别项目预期目标与项目兴建理由是否吻合，预期目标是否具有合理性与现实性。

3. 项目建设基本条件。对于确实需要建设且目标合理的项目，应分析论证其是否具备建设的条件。一般应分析市场条件、资源条件、技术条件、资金条件、环境条件、社会条件、施工条件、法律条件，以及外部协作配套条件等对拟建项目支持和满足的程度，考察项目建设和运营的可能性。

### （二）市场预测

市场预测是对项目的产出品和所需的主要投入品的市场容量、价格、竞争力，以及市场风险进行分析预测。市场预测的结果为项目建设规模与产品方案提供依据。市场预测的主要内容如下。

1. 市场现状调查。市场现状调查是进行市场预测的基础。市场现状调查主要是调查拟建项目同类产品的市场容量、价格，以及市场竞争力现状。

2. 产品供需预测。产品供需预测是利用市场调查所获得的信息资料，对项目产品未来市场供应和需求的数量、品种、质量、服务进行定性与定量分析。

3. 价格预测。项目产品价格是测算项目投产后的销售收入、生产成本和经济效益的基础，也是考察项目产品竞争力的重要方面。预测价格时，应对影响价格形成与导致价格变化的各种因素进行分析，初步设定项目产品的销售价格和投入品的采购价格。

4. 竞争力分析。竞争力分析是研究拟建项目在国内外市场竞争中获胜的可能性和获胜能力。进行竞争力分析，既要研究项目自身竞争力，也要研究竞争对手的竞争力，并进行对比。进一步优化项目的技术经济方案，扬长避短，发挥竞争优势。

5. 市场风险分析。在可行性研究中，市场风险分析是在产品供需、价格变动趋势和竞争能力等常规分析达到一定深度的情况下，对未来国内外市场某些重大不确定因素发生的可能性,及其可能对项目造成的损失程度进行分析。市场风险分析可以定性描述,估计风险程度;也可以定量计算风险发生概率,分析对项目的影响程度。

6. 市场调查与预测方法。在进行市场调查与预测时,应根据项目产品特点及项目不同决策阶段对市场预测的不同深度要求,选用相应市场调查与预测方法。

### (三) 资源条件评价

矿产资源、水利水能资源和森林资源等是资源开发项目的物质基础、直接关系到项目开发方案和建设规模的确定。资源开发项目包括:金属矿、煤矿、石油天然气矿、建材矿、化学矿、水利水电和森林采伐等项目。在可行性研究阶段,应对资源开发利用的可能性、合理性和资源的可靠性进行研究和评价,为确定项目开发方案和建设规模提供依据。

### (四) 建设规模与产品方案

建设规模与产品方案研究是在市场预测和资源评价(指资源开发项目)的基础上,论证比选拟建项目的建设规模与产品方案(包括主要产品和辅助产品及其组合),作为确定项目技术方案、设备方案、工程方案、原材料燃料供应方案及投资估算的依据。

### (五) 场址选择

可行性研究阶段的场址选择,是在初步可行性研究(或者项目建议书)规划选址已确定的建设地区和地点范围内,进行具体坐落位置选择,习惯上称为工程选址。

### (六) 技术方案、设备方案和工程方案

项目的建设规模与产品方案确定后,应进行技术方案、设备方案和工程方案的具体研究论证工作。技术、设备与工程方案构成项目的主体,体现项目的技术和工艺水平,也是决定项目是否经济合理的重要基础。

### (七) 原材料燃料供应

在研究确定项目建设规模、产品方案、技术方案和设备方案的同时,还应对项目所需的原材料、辅助材料和燃料的品种、规格、成分、数量、价格、来源及供应方式,进行研究论证,以确保项目建成后正常生产运营,并为计算生产运营成本提供依据。

### (八) 总图运输与公用辅助设施

总图运输与公用辅助设施工程是在已选定的场址范围内,研究生产系统、公用工程、辅助工程及运输设施的平面和竖向布置以及工程方案。

### (九) 环境影响评价

建设项目一般会引起项目所在地自然环境、社会环境和生态环境的变化,对环境状况、环境质量产生不同程度的影响,环境影响评价是在研究确定厂址方案和技术方案中,调查研究环境条件,识别和分析拟建项目影响环境的因素,研究提出治理和保护环境的措

施,比选和优化环境保护方案。

### (十) 劳动安全卫生与消防

拟建项目劳动安全卫生与消防的研究是在已确定的技术方案和工程方案的基础上,分析论证在建设和生产过程中存在的对劳动者和财产可能产生的不安全因素(如工伤和职业病、火灾隐患),并提出相应的防范措施。

1. 劳动安全卫生。劳动安全卫生主要通过对危害因素及危害程度的分析,提出预防及安全措施方案。其主要内容包括:危害因素和危害程度分析及安全措施方案。

2. 消防设施。消防设施研究主要是分析项目在生产运营过程中存在的火灾隐患和重点消防部位,根据消防安全规范确定消防等级,并结合当地公安消防设施状况,提出消防监控报警系统和消防设施配置方案。

### (十一) 组织机构与人力资源配置

合理、科学地确定项目组织机构与人力资源配置是保证项目建设和生产运营顺利进行、提高劳动效率的重要条件。在可行性研究阶段,应对项目的组织机构设置、人力资源配置、员工培训等内容进行研究、比选和优化方案。

1. 组织机构设置及其适应性分析。根据拟建项目的特点和生产运营的需要,应研究提出组织机构的设置方案,并对其适应性进行分析。项目建设规模和生产运营方式不同,机构设置的模式和运转方式也不相同。根据拟建项目出资者的特点,研究确定相适应的组织机构模式;根据拟建项目的规模大小,研究确定项目的管理层次;根据建设和生产运营特点和需要,设置相应的管理职能部门。

2. 人力资源配置。在组织机构设置方案确定后,应研究确定各类人员包括生产人员和其他人员的数量和配置方案,满足项目建设和生产运营的需要,为提高劳动生产率创造条件。人力资源配置主要是指研究确定合理的工作制度,根据行业类型和生产过程的特点,提出工作时间、工作制度和工作班次方案。

### (十二) 项目实施进度

项目工程建设方案确定后,应研究提出项目的建设工期和实施进度安排,科学组织建设过程中各阶段的工作,按工程进度安排建设资金,保证项目按期建成投产,发挥投资效益。

1. 建设工期。建设工期一般是指从拟建项目永久性工程开工之日到项目全部建成投产或交付使用所需要的时间。建设工期主要包括土建施工、设备采购与安装、生产准备、设备调试、联合试运转、交付使用等阶段。

项目建设工期可参考有关部门或专门机构制定的建设项目工期定额和单位工程工期定额(例如一般土建工程工期定额、设备安装工期定额、隧道开凿工程工期定额等),结合项目建设内容、工程量大小、建设难易程度以及施工条件等具体情况综合研究确定。

2. 实施进度安排。项目建设工期确定后,应根据工程实施各阶段工作量和所需时间,对时序作出大体安排,并使各阶段工作相互衔接。应编制项目实施进度表(横道图),如表6-3所示。

表6-3　项目实施进度表

| 序号 | 工 作 阶 段 | 第一年 | | | | 第二年 | | | | 第 N 年 | | | |
|---|---|---|---|---|---|---|---|---|---|---|---|---|---|
| | | 1 | 2 | 3 | 4 | 1 | 2 | 3 | 4 | 1 | 2 | 3 | 4 |
| 1 | 土建施工 | | | | | | | | | | | | |
| 2 | 设备采购与安装 | | | | | | | | | | | | |
| 3 | 生产准备 | | | | | | | | | | | | |
| 4 | 设备调试 | | | | | | | | | | | | |
| 5 | 联合试车运转 | | | | | | | | | | | | |
| 6 | 交付使用 | | | | | | | | | | | | |

注:表中代表时间的1,2,3,4表示季度。

**(十三) 投资估算**

投资估算是在对项目的建设规模、技术方案、设备方案、工程方案及项目实施进度等进行研究并基本确定的基础上,估算项目投入总资金(包括建设投资和流动资金),并测算建设期内分年资金需要量。投资估算作为制定融资方案、进行经济评价以及编制初步设计概算的依据。

**(十四) 融资方案**

融资方案是在投资估算的基础上,研究拟建项目的资金渠道、融资形式、融资结构、融资成本、融资风险,比选推荐项目的融资方案,并以此研究资金筹措方案和财务评价。

**(十五) 财务评价**

财务评价是在国家现行财税制度和市场价格体系下,分析预测项目的财务效益与费用,计算财务评价指标,考察拟建项目的赢利能力、偿债能力,据以判断项目的财务可行性。

**(十六) 国民经济评价**

国民经济评价是按合理配置资源的原则,采用影子价格等国民经济评价参数,从国民经济的角度考察投资项目所耗费的社会资源和对社会的贡献,评价投资项目的经济合理性。

**(十七) 社会评价**

社会评价是分析拟建项目对当地社会的影响和当地社会条件对项目的适应性和可接

受程度,评价项目的社会可行性。

### （十八）风险分析

投资项目风险分析是在市场预测、技术方案、工程方案、融资方案和社会评价论证中已进行的初步风险分析的基础上,进一步综合分析识别拟建项目在建设和运营中潜在的主要风险因素,揭示风险来源,判别风险程度,提出规避风险对策,降低风险损失。

### （十九）研究结论与建议

在前述各项研究论证的基础上,归纳总结,择优提出推荐方案,并对推荐方案进行总体论证。在肯定拟推荐方案优点的同时,还应指出可能存在的问题和可能遇到的主要风险,并作出项目和方案是否可行的明确结论,为决策者提供清晰的建议。

推荐方案总体描述。推荐方案总体描述包括推荐方案的主要内容和论证结果。具体内容有:市场预测;资源条件评价;建设规模与产品方案;场址选择方案;技术设备工程方案;原材料、燃料供应方案;环境影响评价;项目投入总资金及资金筹措;经济效益和社会效益;方案实施的基本条件;主要风险分析结论。

对推荐方案不同意见和存在问题的阐述,即要对推荐方案论证过程中出现的不同意见进行充分、实事求是的反映,阐述推荐方案存在的有待解决的问题。

主要比选方案描述。在可行性研究过程中,还应对未被推荐的一些重大比选方案进行描述,阐述方案的主要内容、优缺点和未被推荐的原因,以便决策者从多方面进行思考并作出决策。

结论与建议。通过对推荐方案的详细分析论证,明确提出项目和方案是否可行的结论意见,并对下一步工作提出建议。建议主要包括两方面的内容:第一,对项目下一步工作的重要意见和建议。例如,在技术谈判、初步设计、建设实施中需要引起重视的问题和工作安排的意见、建议。第二,项目实施中需要协调解决的问题和相应的意见、建议。

## 五、项目申请报告

项目申请报告不同于可行性研究报告,是国家投资体制改革后,企业投资建设应报政府核准的项目时,为获得项目核准机关对拟建项目的行政许可,按核准要求报送的项目论证报告。

项目申请报告应重点阐述项目的外部性、公共性等事项,包括维护经济安全、合理开发利用资源、保护生态环境、优化重大布局、保障公众利益、防止出现垄断等内容。编写项目申请报告时,应根据政府公共管理的要求,对拟建项目从规划布局、资源利用、节能、征地移民、生态环境、经济和社会影响等方面进行综合论证,为有关部门对企业投资项目进行核准提供依据。至于项目的市场前景、经济效益、资金来源、产品技术方案等内容,不必在项目申请报告中进行详细分析和论证。

## 项目申请报告

为进一步完善企业投资项目核准制,指导企业做好项目申请报告的编写工作,2007 年 5 月,国家发展改革委员会下发了关于发布项目申请报告通用文本的通知,规范项目核准机关对企业投资项目的核准行为,特编写"项目申请报告通用文本"和"关于《项目申请报告通用文本》的说明",供有关方面借鉴和参考。项目申请报告通用文本的内容如下。

第一章　申报单位及项目概况

1．项目申报单位概况。包括项目申报单位的主营业务、经营年限、资产负债、股东构成、主要投资项目、现有生产能力等内容。

2．项目概况。包括拟建项目的建设背景、建设地点、主要建设内容和规模、产品和工程技术方案、主要设备选型和配套工程、投资规模和资金筹措方案等内容。

第二章　发展规划、产业政策和行业准入分析

1．发展规划分析。拟建项目是否符合有关的国民经济和社会发展总体规划、专项规划、区域规划等要求,项目目标与规划内容是否衔接和协调。

2．产业政策分析。拟建项目是否符合有关产业政策的要求。

3．行业准入分析。项目建设单位和拟建项目是否符合相关行业准入标准的规定。

第三章　资源开发及综合利用分析

1．资源开发方案。资源开发类项目,包括对金属矿、煤矿、石油天然气矿、建材矿以及水(力)、森林等资源的开发,应分析拟开发资源的可开发量、自然品质、赋存条件、开发价值等,评价是否符合资源综合利用的要求。

2．资源利用方案。包括项目需要占用的重要资源品种、数量及来源情况;多金属、多用途化学元素共生矿、伴生矿以及油气混合矿等的资源综合利用方案;通过对单位生产能力主要资源消耗量指标的对比分析,评价资源利用效率的先进程度;分析评价项目建设是否会对地表(下)水等其他资源造成不利影响。

3．资源节约措施。阐述项目方案中作为原材料的各类金属矿、非金属矿及水资源节约的主要措施方案。对拟建项目的资源消耗指标进行分析,阐述在提高资源利用效率、降低资源消耗等方面的主要措施,论证是否符合资源节约和有效利用的相关要求。

第四章 节能方案分析

1. 用能标准和节能规范。阐述拟建项目所遵循的国家和地方的合理用能标准及节能设计规范。

2. 能耗状况和能耗指标分析。阐述项目所在地的能源供应状况,分析拟建项目的能源消耗种类和数量。根据项目特点选择计算各类能耗指标,与国际国内先进水平进行对比分析,阐述是否符合能耗准入标准的要求。

3. 节能措施和节能效果分析。阐述拟建项目为了优化用能结构、满足相关技术政策和设计标准而采用的主要节能降耗措施,对节能效果进行分析论证。

第五章 建设用地、征地拆迁及移民安置分析

1. 项目选址及用地方案。包括项目建设地点、占地面积、土地利用状况、占用耕地情况等内容。分析项目选址是否会造成相关不利影响,如是否压覆矿床和文物,是否有利于防洪和排涝,是否影响通航及军事设施等。

2. 土地利用合理性分析。分析拟建项目是否符合土地利用规划要求,占地规模是否合理,是否符合集约和有效使用土地的要求,耕地占用补充方案是否可行等。

3. 征地拆迁和移民安置规划方案。对拟建项目的征地拆迁影响进行调查分析,依法提出拆迁补偿的原则、范围和方式,制定移民安置规划方案,并对是否符合保障移民合法权益、满足移民生存及发展需要等要求进行分析论证。

第六章 环境和生态影响分析

1. 环境和生态现状。包括项目场址的自然环境条件、现有污染物情况、生态环境条件和环境容量状况等。

2. 生态环境影响分析。包括排放污染物类型、排放量情况分析,水土流失预测,对生态环境的影响因素和影响程度,对流域和区域环境及生态系统的综合影响。

3. 生态环境保护措施。按照有关环境保护、水土保持的政策法规要求,对可能造成的生态环境损害提出治理措施,对治理方案的可行性、治理效果进行分析论证。

4. 地质灾害影响分析。在地质灾害易发区建设的项目和易诱发地质灾害的项目,要阐述项目建设所在地的地质灾害情况,分析拟建项目诱发地质灾害的风险,提出防御的对策和措施。

5. 特殊环境影响。分析拟建项目对历史文化遗产、自然遗产、风景名胜和自然景观等可能造成的不利影响,并提出保护措施。

第七章 经济影响分析

1. 经济费用效益或费用效果分析。从社会资源优化配置的角度,通过经济费用效益或费用效果分析,评价拟建项目的经济合理性。

2. 行业影响分析。阐述行业现状的基本情况以及企业在行业中所处地位,分析拟建项目对所在行业及关联产业发展的影响,并对是否可能导致垄断等进行论证。

3. 区域经济影响分析。对于区域经济可能产生重大影响的项目,应从区域经济发展、产业空间布局、当地财政收支、社会收入分配、市场竞争结构等角度进行分析论证。

4. 宏观经济影响分析。投资规模巨大、对国民经济有重大影响的项目,应进行宏观经济影响分析。涉及国家经济安全的项目,应分析拟建项目对经济安全的影响,提出维护经济安全的措施。

第八章　社会影响分析

1. 社会影响效果分析。阐述拟建项目的建设及运营活动对项目所在地可能产生的社会影响和社会效益。

2. 社会适应性分析。分析拟建项目能否为当地的社会环境、人文条件所接纳,评价该项目与当地社会环境的相互适应性。

3. 社会风险及对策分析。针对项目建设所涉及的各种社会因素进行社会风险分析,提出协调项目与当地社会关系、规避社会风险、促进项目顺利实施的措施方案。

在编写具体项目的项目申请报告时,可根据拟建项目的实际情况进行适当的调整与删减。

# 第四节　商业计划

在美国,商业计划是作为一种吸引私人投资人和风险投资家进行投资的"商业包装"而起源的。同时,对于一个公司来说,把商业计划提供给自己的各种合作者(包括顾客、供应商、代理商和银行等)也不失为一种很好的方式,通过这种途径可以让合作伙伴更好地了解自己,同时,制订商业计划也可以增强自己对公司现状及未来前景的了解。因而,它不但在企业运营之初扮演着重要的角色,而且在实际运作中仍然继续发挥着它作为管理工具的作用。

## 一、商业计划概述

### (一)商业计划

商业计划是一份全方位的项目计划,它从企业内部的人员、制度、管理,以及企业的产品、营销、市场等各个方面对即将展开的商业项目进行可行性分析。它是企业经营者素质的体现，是企业拥有良好融资能力、实现跨越式发展的重要条件之一。一份完备的商业计划，不仅是企业能否成功融资的关键因素，同时也是企业发展的核心管理工具。

商业计划还便于你有计划地开展商业活动，增加成功的概率。特别是对于创业者来说，这是不可缺少的。

对于商业计划的完整理解，可以从以下三个方面来理解：

第一，商业计划是开始一个成功企业的最初和最重要的一个环节。商业计划描述一个企业或一个项目应该如何进行，并阐述其成功的关键和实施计划。

第二，商业计划也是一个关键性的管理工具，它使你现实地预测项目的可行性及做出行动计划，它也是一个动态的文件，随着对市场信息的不断掌握而变化，它也是一个衡量成功的标尺。

第三，商业计划至少是一份可行性研究报告，通过市场研究，订立经营和财政计划，企业家能判断项目是否可行，只有企业家确定他能被成功地执行时才算最后完善。

**（二）商业计划书**

商业计划书是国际惯例通用的标准文本格式形成的项目建议书，是全面介绍公司和项目运作情况，阐述产品市场及竞争、风险等未来发展前景和融资要求的书面材料。

商业计划书是企业或项目单位为了达到招商融资的目的和其他发展目标，在经过对项目调研、分析以及搜集整理有关资料的基础上，根据一定的格式和内容的具体要求，向读者（投资商及其他相关人员）全面展示企业/项目目前状况及未来发展潜力的书面材料；商业计划书是包括项目筹融资、战略规划等经营活动的蓝图与指南，也是企业的行动纲领和执行方案。

也就是说，商业计划书是对企业或者拟建立企业进行宣传和包装的文件，它向风险投资商、银行、客户和供应商宣传企业及其经营方式；同时，又为企业未来的经营管理提供必要的分析基础和衡量标准。

## 二、商业计划的作用

### （一）商业计划对投资者的作用

投资者是资金拥有者，但投资者不是慈善家。投资者投资的目的在于获取投资带来的收益。投资者对于投资项目的选择也是十分谨慎而苛刻的。由于投资者的时间精力都有限，对于任何潜在投资项目他们不可能身体力行地去考察。因此，作足表面文章就是十分必要的了。具体说来，对于投资者而言，一份理想的商业计划书要能够提供投资者评估时所需的信息，使其能自众多创业家所提出的商业计划书中，进行有效率地筛选分析，迅速挑选出适合的投资方案，以缩短评估决策所需花费的时间。

### （二）商业计划对创业者的作用

商业计划对于一个企业的成败有关键意义，对于初创企业尤其如此。创业者可以借助商业计划来促使自己系统地通盘思考。一个项目在头脑中酝酿时，往往很美妙，在创业热忱的冲动下，会觉得有很大的胜算把握。但把正反理由逐条写下来的话，就能从各个角度推敲。通过商业计划，创业者可以对创业活动有更清晰的认识。

一份商业计划详细地讲述了一项业务背后的整体创业理念，它对经济环境、设定目标、所需资源都进行了准确的概括。商业计划迫使创业者对其创意进行系统的思考。商业计划是一个有用的管理工具，可用来提高创业者的管理水平。

### （三）商业计划对创业企业员工的作用

商业计划不仅仅是创业者向潜在投资者描绘的未来蓝图，它同时也是企业今后的奋斗目标。对于任何企业来说，无论它的未来多么美妙，无论它的目标多么诱人，最终都要通过企业的全体员工来实现。从这个意义上来说，与其说企业未来的蓝图是由创业者描绘的，倒不如说企业未来的蓝图是由企业员工描绘的。因此，商业计划只有被企业员工充分理解并认同，商业计划所描绘的目标才能得以实现。可见，良好的商业计划还具有增强企业凝聚力和向心力的作用。

## 三、商业计划中的商业模式

商业模式是企业为实现其战略目标而采取的能使其自身不断增值或获利的经营方式，通俗地说就是如何做生意。

从某种范畴上看，商业模式是属于企业的战略层面，但它赋予战略更深层次的含义，使企业战略所包含的内容更丰富。从其存在价值上看，商业模式甚至比单纯的企业战略更重要。特别是对风险投资商来讲，创业企业的商业模式是否蕴藏巨大的利益、是否能对现有的和潜在的利润进行重新组合与分配，是决定其投资的关键所在。

### （一）商业模式与企业的关系

商业模式指导企业的发展。一个企业要想成功，必须有一个好的商业模式。商业模式明确了企业行为，是企业进行经营活动的指导思想。新经济下的产业和传统的产业都可创造成功的商业模式，诸如连锁店（特许经营权）、虚拟运作、直销、仓储式销售等都是典型的取得成功的商业模式。

商业模式使企业发展具有更多种的选择。企业可以选择不同的商业模式，这些商业模式仅仅是形式上的不同，其目的都是为了实现企业的战略目标。企业可以从无数多的侧面进行商业模式的创新，成功与否依赖于是否符合市场和自身条件。由于创新是企业发展的主要动力，不断创造好的商业模式就成为企业成败的关键。

对于创业企业来说,商业模式更为重要,创业者在有创业的动机时就需要考虑创业企业的商业模式。它决定了企业的创业行为、吸纳资金以及进一步的发展,只有设计出成功的商业模式并在实施中不断完善,企业才能成功地完成创业。

**(二)商业模式是商业计划的焦点**

前面已经提到,商业模式是企业为实现其目标所要采用的经营方式,确定的商业模式将在一定时期内指导企业的经营运作。因此,创业者在商业计划中一定要明确所要选择的商业模式。

同时,商业计划最重要的一个作用是吸引风险投资,而风险投资商在研究一个创业企业的商业计划时,他最关注的是这个企业是否具有能够成功的商业模式。所以在商业计划中,商业模式就是一个焦点问题。

在商业计划中,创业者应该表明拟创建企业的商业模式,并讲述你的企业不是提供单纯的产品和服务,而是通过这种产品、服务,让消费者提高效率或降低费用,使其不断增值。只有让风险投资商充分认识到你的企业具有无限的增值潜力,他才会给你的企业投入资金。

## 四、商业计划书的内容

### (一)计划摘要

计划摘要列在商业计划书的最前面,它是浓缩了的商业计划书的精华。计划摘要涵盖计划的要点,以求一目了然,以便读者能在最短的时间内评审计划并作出判断。

计划摘要一般要包括以下内容:公司介绍;主要产品和业务范围;市场概貌;营销策略;销售计划;生产管理计划;管理者及其组织;财务计划;资金需求状况等。

在介绍企业时,首先要说明创办新企业的思路,新思想的形成过程以及企业的目标和发展战略。其次,要交代企业现状、过去的背景和企业的经营范围。在这一部分中,要对企业以往的情况作客观的评述,不回避失误。中肯的分析往往更能赢得信任,从而使人容易认同企业的商业计划书。最后,还要介绍一下风险企业家自己的背景、经历、经验和特长等。企业家的素质对企业的成绩往往起关键性的作用。在这里,企业家应尽量突出自己的优点并表示自己强烈的进取精神,以给投资者留下一个好印象。

在计划摘要中,企业还必须要回答下列问题:(1)企业所处的行业,企业经营的性质和范围;(2)企业要生产的产品;(3)企业的市场在哪里,谁是企业的顾客,他们有哪些需求;(4)企业的合伙人、投资人是谁;(5)企业的竞争对手是谁,竞争对手对企业的发展有何影响。

摘要尽量简明、生动。特别要详细说明自身企业的不同之处以及企业获取成功的市场因素。

### （二）产品（服务）介绍

在进行投资项目评估时，投资人最关心的问题之一就是，风险企业的产品、技术或服务能否以及在多大程度上解决现实生活中的问题，或者，风险企业的产品（服务）能否帮助顾客节约开支，增加收入。因此，产品介绍是商业计划书中必不可少的一项内容。通常，产品介绍应包括以下内容：产品的概念、性能及特性；主要产品介绍；产品的市场竞争力；产品的研究和开发过程；发展新产品的计划和成本分析；产品的市场前景预测；产品的品牌和专利。

在产品（服务）介绍部分，企业家要对产品（服务）作出详细的说明，说明要准确，也要通俗易懂，使不是专业人员的投资者也能明白。一般的，产品介绍都要附上产品原型、照片或其他介绍。

一般的，产品介绍必须要回答以下问题：

1. 顾客希望企业的产品能解决什么问题，顾客能从企业的产品中获得什么好处？

2. 企业的产品与竞争对手的产品相比有哪些优缺点，顾客为什么会选择本企业的产品？

3. 企业为自己的产品采取了何种保护措施，企业拥有哪些专利、许可证，或与已申请专利的厂家达成了哪些协议？

4. 为什么企业的产品定价可以使企业产生足够的利润，为什么用户会大批量地购买企业的产品？

5. 企业采用何种方式去改进产品的质量、性能，企业对发展新产品有哪些计划？等等。

产品（服务）介绍的内容比较具体，因而写起来相对容易。虽然夸赞自己的产品是推销所必需的，但应该注意，企业所做的每一项承诺都是"一笔债"，都要努力去兑现。要牢记，企业家和投资家所建立的是一种长期合作的伙伴关系。空口许诺，只能得益于一时。如果企业不能兑现承诺，不能偿还债务，企业的信誉必然要受到极大的损害，因而是真正的企业家所不屑为的。

### （三）人员及组织结构

有了产品之后，创业者第二步要做的就是结成一支有战斗力的管理队伍。企业管理的好坏，直接决定了企业经营风险的大小。而高素质的管理人员和良好的组织结构则是管理好企业的重要保证。因此，风险投资家会特别注重对管理队伍的评估。

企业的管理人员应该是互补型的，而且要具有团队精神。一个企业必须要具备产品设计与开发、市场营销、生产作业管理、企业理财等方面的专门人才。在商业计划书中，必须要对主要管理人员加以阐明，介绍他们所具有的能力，他们在本企业中的职务和责任，他们过去的详细经历及背景。此外,在这部分商业计划书中,还应对公司结构做一简要介绍,包括:公司的组织机构图;各部门的功能与责任;各部门的负责人及主要成员;公司的报酬体系;公司的股东名单,包括认股权、比例和特权;公司的董事会成员;各位董事的背景资料。

### (四)市场预测

当企业要开发一种新产品或向新的市场扩展时,首先就要进行市场预测。如果预测的结果并不乐观,或者预测的可信度让人怀疑,那么投资者就要承担更大的风险,这对多数风险投资家来说都是不可接受的。

市场预测首先要对需求进行预测:市场是否存在对这种产品的需求?需求程度是否可以给企业带来所期望的利益?新的市场规模有多大?需求发展的未来趋向及其状态如何?影响需求的都有哪些因素。其次,市场预测还要包括对市场竞争的情况、企业所面对的竞争格局进行分析:市场中主要的竞争者有哪些?是否存在有利于本企业产品的市场空当?本企业预计的市场占有率是多少?本企业进入市场会引起竞争者怎样的反应,这些反应对企业会有什么影响?等等。在商业计划书中,市场预测应包括以下内容:市场现状综述;竞争厂商概览;目标顾客和目标市场;本企业产品的市场地位;市场细分和特征;等等。

创业企业对市场的预测应建立在严密、科学的市场调查基础上。企业所面对的市场,本来就有变幻不定、难以捉摸的特点。因此,应尽量扩大收集信息的范围,重视对环境的预测和采用科学的预测手段和方法。市场预测不是凭空想象出来,对市场错误的认识是企业经营失败的最主要原因之一。

### (五)营销策略

营销是企业经营中最富挑战性的环节,影响营销策略的主要因素有:消费者的特点;产品的特性;企业自身的状况;市场环境方面的因素。最终影响营销策略的则是营销成本和营销效益因素。

在商业计划书中,营销策略应包括以下内容:市场机构和营销渠道的选择;营销队伍和管理;促销计划和广告策略;价格决策。

对创业企业来说,由于产品和企业的知名度低,很难进入其他企业已经稳定的销售渠道中去。因此,企业不得不暂时采取高成本低效益的营销战略,如上门推销,大打商品广告,向批发商和零售商让利,或交给任何愿意经销的企业销售。对发展企业来说,它一方面可以利用原来的销售渠道,另一方面也可以开发新的销售渠道以适应企业的发展。

### (六)制造计划

商业计划书中的生产制造计划应包括以下内容:产品制造和技术设备现状;新产品投

产计划;技术提升和设备更新的要求;质量控制和质量改进计划。

一般的,生产制造计划应回答以下问题:企业生产制造所需的厂房、设备情况如何;怎样保证新产品在进入规模生产时的稳定性和可靠性;设备的引进和安装情况,谁是供应商;生产线的设计与产品组装是怎样的;供货者的前置期和资源的需求量;生产周期标准的制定以及生产作业计划的编制;物料需求计划及其保证措施;质量控制的方法;相关的其他问题。

### (七)财务规划

财务规划需要花费较多的精力来做具体分析,其中就包括现金流量表、资产负债表以及损益表的制备。流动资金是企业的生命线,因此企业在初创或扩张时,对流动资金需要有预先周详的计划和进行过程中的严格控制;损益表反映的是企业的赢利状况,它是企业在一段时间运作后的经营结果;资产负债表则反映在某一时刻的企业状况,投资者可以用由资产负债表中的数据得到的比率指标来衡量企业的经营状况以及可能的投资回报率。

财务规划一般要包括以下内容:

(1)商业计划书的条件假设;

(2)预计的资产负债表;预计的损益表;现金收支分析;资金的来源和使用。

一份商业计划书概括地提出了在筹资过程中风险企业家需做的事情,而财务规划则是对商业计划书的支持和说明。因此,一份好的财务规划对评估风险企业所需的资金数量、提高风险企业取得资金的可能性是十分关键的。如果财务规划准备得不好,会给投资者以企业管理人员缺乏经验的印象,降低风险企业的评估价值,同时也会增加企业的经营风险,那么如何制定好财务规划呢? 这首先要取决于风险企业的远景规划,是为一个新市场创造一个新产品,还是进入一个财务信息较多的已有市场。

### (八)风险分析

创业企业面临的风险主要有以下几种。

1. 技术风险

产品从研发到实现商品化的整个链条中任何一个环节的技术问题,都可能使产品的创新以失败告终。主要包括:技术转化风险、技术淘汰风险、技术功效风险等。

2. 市场风险

市场风险指的是市场上存在亏损的可能性。新产品推向市场时,存在着是否被消费者接受的问题,当市场逐渐拓展后,还会有一系列其他与市场营销有关的问题。主要包括:市场需求风险、价格风险、营销战略风险。

3. 资金风险

资金是企业健康运转的前提条件。资金风险包含两个方面的含义:一是企业资金来源不足;二是企业的现金流不能保持连续性,这两种情况都可以让企业的运营陷于停顿。

4. 管理风险

企业经营管理中潜在的问题也是不可小视的风险。管理风险主要表现在:如果企业刚成立,或者组建不久,经营历史短将被视为一个不稳定的因素;如果主要管理者缺乏能证明其经营能力的证据,若创业者是技术出身,都会被投资者认为管理经验不足,而考虑新创企业的管理风险。主要管理者对企业的成功举足轻重,但企业如果过分依赖于某个人,有时会给企业的正常发展留下隐患。企业的组织结构不合理也会带来风险。企业起步时的组织设计原则是尽量简化组织结构,当企业获得发展后,当初的组织结构也许会落后于形势因而需要不断进行调整。组织风险包含人力资源计划、绩效考评、薪酬设计、各种规章制度等方面。

5. 其他风险

(1) 道德风险

企业管理层利用掌握信息的优势损害投资者的利益,谋取私利,如携款外逃。

(2) 决策风险

管理者在决策时如果没有对各种影响因素进行客观分析而是凭主观偏好盲目作出决策,极易导致失败。

(3) 环境风险

企业经营所处的外界环境如政治、经济、法律发生变化,也会极大地影响企业创业成功的可能性。

## 五、可行性研究与商业计划的关系

### (一) 可行性研究与商业计划的联系

可行性研究与商业计划书两者相互联系,有许多相同相似之处。首先,它们的目的是相同的,都是为投资决策的科学性和合理性服务的。两者都是围绕项目公司进行深入的分析,弄清拟议中的项目在技术经济上的合理性和可行性,为项目融资、投资决策提供重要依据。其次,内容是相似的,利用的手法和工具也十分相似。内容方面,两者在报告中都阐述了以下问题:产品技术的先进性、市场的概况、生产管理计划、财务计划——资产负债表、损益表、现金流量表等。手段方面都是以市场调研为基础,运用统计和数学模型为项目寻找技术、经济的可比性,规划项目的资金运作、资源的配置,确定实施步骤,保证项目有条不紊地进行,使以后项目的操作在控制的风险范围之内。

### (二) 可行性研究与商业计划的区别

虽然商业计划书和可行性研究有相通之处,但它们之间的区别是本质的。

第一,目前可行性研究是计划经济下审批制度的产物,审批后的可行性研究享有许多的特权。它可以作为向当地政府申请建设用地的依据，向金融机构申请贷款的重要文件，还能够作为申请外汇的依据。可行性研究是基本建设的程序之一，计划经济的项目启动不经过这个阶段是万万不能的，它有很强的约束力。商业计划书作为市场经济的产物，是投资者（公司）与项目（公司）双向选择的平台，是为项目融资服务的工具。投资者需要好的项目，项目公司需要资金的帮助，双方在地位上是平等的，无特权可言。融资的同时投资者获得项目的股权（或特别贷款权）。计划书的撰写本质上是商业行为，利益第一。

第二，可行性研究和商业计划书看待问题的角度不同。可行性研究主要关注的是项目在满足社会经济宏观面上所起的作用——项目是不是能替代进口，是不是能够从本地区、本行业的产业升级等大的方面考察，而很少从微观、竞争的角度来看待项目。商业计划书关注微观的市场和项目企业本身。计划书提供与企业产品和服务相关的细节：产品本身的独特性；产品的市场定位；目标市场是什么，有多大的规模，其人文和地理特征，以及未来的变化趋势；以什么样的分销渠道把产品、服务送到目标消费群，利用什么样的促销组合、生产成本、销售成本、售价。一份合格的商业计划书还应该知己知彼，进行竞争对手分析，分析对手市场占有率及其分布，竞争者的营销策略以及应对竞争对手的对策；同时还应该介绍上游供应链的情况和替代品市场的情况使投资者不仅相信产品的先进性，同时也认同项目按照计划书的实施步骤能够赢得商机。

第三，可行性研究有一套固定的模式和评价标准，它包括项目概况、项目建设的必要性和市场预测、建设规模、产品方案的技术经济比较、项目的选址、资源的开发利用与环境保护、项目内外部的条件落实、项目的实施进度、项目企业的组织、项目财务评价。国家计委还颁布了《关于建设项目进行可行性研究的试行管理办法》、建设项目经济评价方法与参数，以规范可行性研究的编制和评审。

商业计划书没有千篇一律的模式，更多地取决于项目公司的发展情况和投资公司对风险和收益的认同、不同的发展阶段、公司的融资对象不同，编制商业计划书的侧重点也不同。如在项目的初创期，项目本身的不确定性高，风险很大。商业计划书的编撰主要为项目的启动服务。通常是利用项目自身的技术方案、产品设计雏形获得资金，资金需要得不多，投资者也因为风险的原因不会投入太大，商业计划书应关注技术和产品，强调它具有的独特性和可能产生的革命性影响，着重介绍通过一定数量的资金投入，项目企业能迅速形成定型产品和服务，同时详细叙述融资以后资金的安排和使用，以便投资者控制风险，监督预算的执行。

第四，商业计划书与可行性研究最大的不同——对于"人"的认识和作用有不同的理解。在可行性研究中注重对项目硬件的规划和管理，对资金技术等硬杠杆论述得很充分；而计划书详细介绍项目的管理架构、管理团队、薪金体制、人力资源的安排。

第五，商业计划书必须充分体现股东和投资者价值。融资是以债权或股权交换为代价的,在每一份商业计划书中,以什么价格为交换,这是无法回避的问题,投资公司能否拥有董事会席位,如何监控项目的运作也是重要的内容。

第六,与可行性研究不同的是,在每份商业计划书的最后还应编写撤出计划。所谓撤出计划就是如何把投资者的投资以金钱的形式归还给他们,他们期待在并不遥远的一天通过卖出企业的股权获利。通常有以下几种撤出计划:企业未来公开上市,进入股票交易市场,投资者将会获得十倍甚至更多的回报;企业被拍卖或被收购,其实现的价值一般对投资人也十分有利;企业管理阶层回收股权,这种方案是实际采用最多最广泛的,美国纳斯达克证券市场、中国香港的创业板市场通常是新企业公开上市主渠道,总结这些市场成功的经验:一个发达的多层次的融资过程能在客观上保证企业健康的发展,最终走向上市,通过商业计划书的形式融资的次数越多,企业的结构也越完善,最终上市以及上市后的发展越有保证,这也是纳斯达克证券市场能成功的一条重要经验。随着我国证券市场的开放,《公司法》及其相关法律的修改,会有更多创新的撤出手段出现,为投资者创造更有效率的回报。

# 本 章 小 结

建设项目是促进社会经济持续稳定发展的重要途径,建设项目投资是资本运动和资本增值的一种重要方式,对一个国家的经济运行至关重要。建设项目投资不仅对改变或提高资本的有机构成、改变生产力布局、调整经济结构有重要作用,而且对一个国家经济发展的后劲和经济质量的提高有着至关重要的作用,直接关系到现实经济增长的快慢和人民生活质量的改善。

可行性研究是指对一个建设项目(即一个投资方案)在作出投资决策之前,先对与其有关的技术、经济、社会等方面进行调查研究、科学预测和技术经济分析,研究建设项目在技术上的先进适用性、在经济上的合理有利性和建设上的可能性,据以决策该建设项目是否应该投资建设的科学方法。

可行性研究工作分为投资机会研究、初步可行性研究、详细可行性研究、评价报告四个阶段。

商业计划书是一份全方位的项目计划,它从企业内部的人员、制度、管理,以及企业的产品、营销、市场等各个方面对即将展开的商业项目进行可行性分析。它是企业经营者素质的体现,是企业拥有良好融资能力、实现跨越式发展的重要条件之一。一份完备的商业计划书不仅是企业能否成功融资的关键因素,同时也是企业发展的核心管理工具。商业计划书还便于你有计划地开展商业活动,增加成功的概率。特别是对于创业者来说,是不可缺少的。

商业模式是企业为实现其战略目标而采取的能使其自身不断增值或获利的经营方式,通俗地说就是如何做生意。

# 复习思考题

1. 建设项目经济活动有哪些基本特点?
2. 建设项目周期的概念是什么?
3. 可行性研究报告的主要内容是什么?
4. 什么是商业计划书?
5. 可行性研究和商业计划书的区别是什么?

# 参 考 文 献

[1] Dixit A,Pindyck R. Invest under Uncertainty[M]. Princeton University Press. 1994.

[2] 李京文.跨世纪重大工程技术经济论证[M]. 北京:社会科学文献出版社,1997.

[3] 于九如.投资项目风险分析[M]. 北京:机械工业出版社,1999.

[4] 邱菀华.项目管理学——工程管理理论、方法与实践[M]. 北京:科学出版社,2001.

[5] 郑玉歆.环境影响的经济分析:理论、方法与实践[M]. 北京:社会科学文献出版社,2001.

[6] 刘瑾. 从可行性研究在商业计划书[J]. 中国高新区,2002.

[7] 徐绪松等.商业计划书的编制技巧[M]. 北京:民主与建设出版社,2002.

[8] 国家科技风险开发事业中心等编. 商业计划书编写指南教材[M]. 北京:电子工业出版社,2003.

[9] 陈康幼.投资经济学[M].上海:上海财经大学出版社,2003.

[10] 简德三.项目评估与可行性研究[M]. 上海:上海财经大学出版社,2004.

[11] 李伯亭.商业计划:创业融资的敲门砖[M]. 新时代出版社,2004.

[12] 陈冠蕾.建设项目投资绩效审计研究[D]. 长沙:中南大学硕士论文,2006.

# 第 七 章
## 房地产投资

## 本章学习要点

1. 掌握我国土地使用权出让的方式；
2. 了解房地产开发企业的设立条件和设立程序；
3. 掌握房地产项目投资决策的措施；
4. 掌握房地产企业融资的方法；
5. 掌握个人住房按揭贷款程序；
6. 了解住房公积金贷款的条件；
7. 掌握房地产业调控的主要手段；
8. 了解国家房地产管理体制。

## 第一节　房地产开发制度

　　房地产开发是指根据城市建设总体规划和社会、经济发展的要求,对土地及其地上建筑物进行建设、改进、利用等生产建设活动的全过程。房地产开发是房地产交易、经营和管理的基础,是房地产业的重要组成部分。本节简单介绍我国房地产开发的制度,包括房地产开发用地、房地产开发企业和房地产中介服务等的制度要求。

### 一、房地产开发用地

　　房地产开发用地制度是土地制度的组成部分。我国的房地产开发用地制度主要由两部分组成,一是土地使用权出让制度,二是土地使用权划拨制度。

#### (一)房地产开发用地制度概述

1. 房地产开发用地的概念

房地产开发用地,即进行基础设施和房屋建设的用地。

正确理解用于房地产开发用地的"土地",必须注意以下几点:

第一,从权利性质来看,房地产开发用地仅指取得开发用地的使用权,而不是指取得开发用地的所有权。我国实行土地所有权与土地使用权分离制度,使土地使用权商品化,开发商取得的仅指使用权。

第二,从土地所有权来看,仅指城镇国有土地,而不包括集体所有的土地。我国对土地一级市场实行国家垄断经营的政策,能有偿出让使用权的土地只能是城镇国有土地,集体所有土地除国家征用外,不得出让,不得用于经营性房地产开发,不得转让、出租用于非农业建设。

第三,从土地范围来看,出让的土地使用权只是一种地上使用权,该土地的地下资源和埋藏物仍属于国家所有。

2. 房地产开发用地制度的确立

(1) 土地使用制度模式的选择

世界各国的土地使用制度,大致可以分为三种模式。

一是以土地私有制为基础的完全市场模式。在这种模式下,土地可以在市场上自由买卖,价格也主要由供求关系和竞争程度决定,如美国、日本等国的土地使用制度就是这种模式。

二是以土地公有制为基础的非市场模式。在这种模式下,土地所有权属于国家(或集体),由国家无偿分配给使用者使用,如苏联、东欧国家以及我国传统的土地使用制度就是这种模式。

三是以土地公有制为主的国家控制的市场模式。在这种模式下,土地所有权属于国家,但在一定条件下允许出卖或再卖(转让),如英联邦国家、我国香港地区的土地使用制度就是这种模式。

(2) 现行土地使用制度的形成

我国现行土地使用制度的形成经历了一个逐步演变的过程。1980 年 7 月 26 日,国务院《关于中外合营企业建设用地的暂行规定》规定:"中外合营企业用地,不论新征土地,还是利用原来企业的场地,都应计收场地使用费。"这一规定是我国改变传统用地模式的最初尝试。1982 年深圳经济特区开始按城市土地的不同等级向土地使用者收取不同标准的使用费,为我国土地使用制度的改革提供了实践经验。为了使土地使用权有偿出让、转让活动规范化和制度化,在地方性立法和经济特区经验的基础上,通过修改《宪法》、修改《土地管理法》,发布实施《城镇国有土地使用权出让和转让暂行条例》,我国土地使用权有偿使用制度得以确立。2006 年 12 月 27 日,国土资源部发布《全国工业用地出让最低价标准》,并从 2007 年 1 月 1 日起实施。此举标志着,我国工业用地必须采用招标拍卖挂牌方式出让,其出让底价和成交价格均不得低于所在地土地等别相对应的最低价标准。

2007年3月16日颁布的《物权法》明确规定："工业、商业、旅游、娱乐和商品住宅等经营性用地以及同一土地有两个以上意向用地者的,应当采取招标、拍卖等公开竞价的方式出让。"发展到现在,我国土地有偿使用制度主要有三方面:一是国有土地出让制度;二是土地收购储备制度;三是经营性土地使用权招标拍卖和挂牌出让制度。

3. 我国现行土地使用制度的特点

我国新的土地使用制度已从第二种模式走向第三种模式。它显示出如下特点:

第一,国家实行国有土地有偿出让及保持少量必要的行政划拨。供应房地产开发用地,只转移了土地使用权,国家仍然享有土地所有权。

第二,土地使用权已成为具有相对独立意义的一种物权,即依法占有、使用、收益和一定处分的权利,土地使用者成为权利主体。

第三,国家垄断城镇土地一级市场,同时加强土地二级市场的管理。在房地产用地市场的第一个层次即出让层次中,是由政府统一出面的。集体所有的土地不得擅自出让,只能先征用转为国有土地后方可出让。第二个层次即转让层次,也要受到原土地使用权出让合同规定的条件和期限的制约。

第四,建立系统的登记制度,明确登记是确认土地使用权的必要条件。改革后的这种土地使用制度与香港地区的做法有许多相同或相似之处。

**(二)土地使用权出让**

1. 土地使用权出让的概念和特征

国有土地使用权出让,是指国家将国有土地使用权在一定年限内出让给土地使用者,由土地使用者向国家支付土地使用权出让金的行为。这是国有土地有偿使用的一种方式。

土地使用权出让是我国土地制度的一项重大改革,1988年七届全国人大一次会议通过了《宪法修正案》,在宪法中删去了禁止土地"出租"条款,增加了土地使用权可以依法转让的内容,为土地使用权的出让和转让提供了宪法依据。1988年12月,七届全国人大常委会第五次会议通过了修改《土地管理法》的决定,删去禁止土地出租的规定,增加了"国有土地和集体土地的使用权可以依法转让"。1990年5月19日国务院发布《城镇国有土地使用权出让和转让暂行条例》,同时发布《外商投资开发经营成片土地暂行管理办法》,标志着我国土地使用权有偿使用制度正式确立。

2. 土地使用权出让的方式

按《城市房地产管理法》第十二条规定:土地使用权出让可以采取拍卖、招标或者双方协议的方式。商业、旅游娱乐和豪华住宅用地,有条件的必须采取拍卖、招标方式;没有条件,不能采取拍卖、招标方式的,可以采取双方协议的方式。

(1)拍卖

拍卖,又称竞投。是指土地使用权的出让人在指定的时间、地点,组织符合条件的有意受让人到场,就拟出让使用权的地块公开竞投,按"价高者得"的原则确定土地使用权受让人的出让方式。

拍卖的一般程序是:①出让人发出拍卖公告,将土地使用权拍卖事宜向社会公布。②竞买,即在拍卖场所,竞投人以报价方式向拍卖人做出应价。③签约,应价高者与出让人签订土地使用权出让合同。④履约,受让人交付土地使用权出让金,出让人交付土地,办理土地使用权登记手续,受让人领取土地使用证书。

(2) 招标

招标是指在指定的期限内,由符合条件的单位或者个人以书面形式竞投某地段的土地使用权,由出让人即招标人根据一定的要求择优确定土地使用权受让人的出让方式。

招标出让的一般程序包括招标、投标、定标、签约和履约五个阶段。招标通常是以招标通告的形式公告出让的地块的位置、面积、用途以及其他相关事项。投标则是经资格审查合格的人,以接受标书为条件向招标人发出的订立合同的意思表示。投标人在规定的时间内,向招标人交纳投标保证金后,方可在规定的期限内将密封的投标书投入指定的标箱。定标是招标人公布所有的投标书并公开进行评比,对评定的最优投标人允诺与其订立合同的意思表示,定标一般又经过开标、评标、决标三个阶段,决标后向中标者发出中标证明书。

招标与拍卖的区别主要表现为两个方面。第一,拍卖是按"价高者得"确定受让人,招标是按"最优者得"确定受让人,招标中最高标价不一定赢得竞投,还要综合考察其他条件,如规划设计方案等。第二,招标方式中,各投标人互不知道他方所提竞投条件,投标人也只有一次投标机会,投标书一旦投出,不能随意更改,而拍卖则是各方买者之间的公开竞投,报价可以随时提高。

(3) 协议出让

协议出让是指出让方与受让方经过协商,就土地使用条件及双方的权利义务达成一致意见的一种出让方式。

协议出让的一般程序包括申请、协商和签约。协议出让首先要由有意受让方向土地管理部门提出使用土地的申请,经双方平等协商,达成一致意见后签订协议。协议出让是一对一的协商,受让人有较大的讨价还价的机会,在实践中容易产生土地条件相当而出让金差别较大的情况,因此,1994 年颁布的《城市房地产管理法》已限制这种方式的运用。

3. 土地使用权出让合同

出让土地使用权必须签订书面合同。土地使用权出让合同是指土地所有者或其代表与土地使用权受让人之间就土地使用权出让事宜所达成的、明确相互权利义务关系的协议。出让合同是一种特殊的民事合同,出让合同一经依法签订,即具有法律效力。

我国现阶段的土地使用权出让合同,一般采取标准合同的格式,合同的主要条款、格式由出让方提出,受让方很少有修改的余地。一般而言,出让合同应包括以下主要内容:

（1）出让地块的基本情况，包括位置、面积、界线等；

（2）出让金额的数量、支付方式和支付期限；

（3）土地使用权的出让期限；

（4）地块的规划设计条件，或称土地使用条件，由城市规划部门根据城市规划确定，包括建筑密度、容积率等控制指标，工程管线、竖向规划、配建停车场或其他公共设施的要求。土地使用条件是受让人使用土地的限制条件，受让人如需改变出让合同中的土地使用条件，应征得出让方的同意，并报城市规划部门批准，重新签订出让合同、调整出让金。

（5）违约责任。按法律规定，出让方未依照合同规定提供土地使用权的，土地使用权受让方有权解除合同并可请求给予违约赔偿；另一方面，受让方未按规定期限交付出让金，出让方有权解除合同并可请求给予违约赔偿。

**（三）土地使用权划拨**

1. 土地使用权划拨的概念

土地使用权划拨，是指县级以上人民政府依法批准，在土地使用者缴纳补偿、安置等费用后将该幅土地交付其使用，或者将土地使用权无偿交付给土地使用者使用的行为。以划拨方式取得土地使用权，是出让方式以外的另一种取得国有土地使用权的方式。

土地使用权划拨具有以下特征：

（1）土地使用权划拨是一种具体的行政行为，国家行使社会经济管理者的行政权力，将土地使用权进行分配或调整。

（2）土地使用权划拨是一种无偿的行为，土地使用者取得使用权无须支付地价，但这并不等于使用者不需支付任何费用。一般情况下，土地使用者必须对原土地使用者支付补偿费和安置费，并且必须依照《城镇土地使用税暂行条例》的规定缴纳土地使用税。

（3）土地使用权可以是有期限的，也可以是无期限的。《中华人民共和国城市房地产管理法》（2007年8月30日修订）第二十三条规定："依照本法规定以划拨方式取得土地使用权的，除法律、行政法规另有规定外，没有使用期限的限制。"

（4）划拨的土地使用权，对其转让的要求更加严格。《中华人民共和国城市房地产管理法》（2007年8月30日修订）第四十条规定："以划拨方式取得土地使用权的，转让房地产时，应当按照国务院规定，报有批准权的人民政府审批。有批准权的人民政府准予转让的，应当由受让方办理土地使用权出让手续，并依照国家有关规定缴纳土地使用权出让金。"

2. 土地使用权划拨的范围

长期以来，行政划拨是我国分配国有土地使用权的主要方式。实践表明，土地使用权划拨制度存在许多弊端，主要表现为土地资源严重浪费、土地利用率低、国家收益损失严重等。由于划拨土地使用权的使用者无须支付地价，刺激了多占地、占好地、占而不用等行为，并产生了土地隐形市场，国有土地资产流失严重。为此，我国土地划拨制度必须实行改革。

1990 年《城镇国有土地使用权出让和转让暂行条例》确立了土地有偿出让和行政划拨并存的双轨制度,并将两种不同的取得国有土地使用权方式加以区别。用地单位或个人以有偿出让方式取得土地使用权,是一项独立的财产权利,可以转让、出租、抵押,而以行政划拨方式取得的土地使用权,用地者每年需缴纳土地使用税,其土地使用权不得转让、出租、抵押。1995 年 1 月 1 日起施行《城市房地产管理法》,从促进用地制度改革的角度出发,对以行政划拨取得土地使用权的范围进行限制。下列建设用地的土地使用权,确属必需的,可以由县级以上人民政府批准划拨:①国家机关用地和军事用地;②城市基础设施用地和公益事业用地;③国家重点扶持的能源、交通、水利等项目用地;④法律、行政法规规定的其他用地。

3. 划拨土地使用权的转让、出租、抵押

划拨土地使用权,只有符合一定条件才可以转让、出租、抵押。条件就是:①土地使用者必须是企业、公司、其他经济组织和个人。这就排除了非营利性的单位,如机关、事业单位享有此项权利的可能性。②领有国有土地使用证。③具有地上建筑物、其他附着物合法的产权证明。④依照有关土地使用权出让的规定签订土地使用权出让合同,向当地市、县人民政府补交土地使用权出让金或者以转让、出租、抵押所获得收益抵交土地使用权出让金。

上述规定表明,划拨土地使用权转让、出租、抵押,必须经过由划拨土地使用权到有偿出让土地使用权这一体制的转换;未补办土地使用权有偿出让手续,不得转让、出租、抵押。从立法原意上理解,这种土地使用权性质的转换,是以协议方式实现的,因为转换后的土地使用者,仍是原划拨的土地使用人。如果以拍卖或招标方式实现,则等于国家已把划拨的土地使用权收回,只有在国家已收回国有土地使用权的前提下才能采取拍卖或招标方式出让土地使用权。

4. 划拨土地使用权的收回

依照《城镇国有土地使用权出让和转让暂行条例》第四十七条划拨土地使用权的前提有下列两种:

(1) 土地使用者因迁移、解散、撤销、破产或者其他原因而停止使用土地的,市、县人民政府应当无偿收回其划拨土地使用权;

(2) 对划拨的土地使用权,市、县人民政府可以根据城市建设发展需要和城市规划要求无偿收回。

最新《土地管理法》规定的可以收回划拨的国有土地使用权的情形则更为具体:①为公共利益需要使用土地的;②为实现城市规划进行旧城区改建,需要调整使用土地的;③土地出让等有偿使用合同约定的使用期限届满,土地使用者未申请续期或者申请续期未获批准的;④因单位撤销、迁移等原因,停止使用原划拨的国有土地的;⑤公路、铁路、机场、矿场等经核准报废的。

无偿收回划拨土地使用权时,对其地上建筑物、其他附着物,市、县人民政府应当根据实际情况给予适当补偿。对于因第一、第二种收回土地使用权情形而产生的补偿,应当按照《城市房屋拆迁管理条例》等法律规定予以适当补偿。

## 二、房地产开发企业

### (一)房地产开发企业的概念和种类

**1. 房地产开发企业的概念**

房地产开发企业,是指以赢利为目的,从事房地产开发和经营的企业。正确理解房地产开发企业的含义,应注意以下三点:

(1)以赢利为目的。房地产开发企业应是自主经营、自负盈亏、自我发展、自我约束的经济实体,以获取利润为直接目的,其开发经营活动必须讲求经济效益。

(2)营业内容包括房地产开发和经营。无论是房地产专营企业,还是房地产兼营企业,其业务范围均包括房地产开发和经营。

(3)依法律规定的条件和程序设立。房地产开发企业的业务内容直接关系到国计民生和人民生命财产安全,而且房地产开发有较高的专业技术要求,所以,法律对其设立有严格的条件、程序规定,房地产开发企业必须依法设立。

**2. 房地产开发企业的种类**

目前,我国房地产开发企业主要有三种。

(1)专营企业

房地产开发专营企业(通称专营公司),是以房地产开发经营为主的企业。房地产专营企业按照资质分为五级。一级企业由建设部核发等级证书,二级以下企业由省级建设行政主管部门核发等级证书。

(2)兼营企业

房地产开发兼营企业,是指经批准从事房地产开发经营业务的其他企业。对兼营企业虽不定资质等级,但也有必要的条件要求。

(3)项目公司

房地产开发项目公司,是以开发项目为对象从事单项房地产开发经营的企业。其经营对象只限于经批准的项目,项目开发经营完毕后,应向工商行政管理机关办理注销经营范围的登记。

### (二)房地产开发企业的设立条件和程序

**1. 房地产开发企业的设立条件**

房地产开发企业作为房地产开发经营的主体,在房地产市场上扮演着最为活跃的角

色。规范房地产市场,首先要规范开发商。设立房地产开发企业,应当具备下列条件:

(1) 有自己的名称和组织机构。

(2) 有固定的经营场所。

(3) 有符合国务院规定的注册资本。

(4) 有足够的专业技术人员。

(5) 法律、行政法规规定的其他条件。

2. 房地产开发企业的设立程序

(1) 申请登记

设立房地产开发企业,应当向县级以上工商行政管理部门申请设立登记。根据1988年《企业法人登记管理条例》的规定,申请企业法人登记,经企业法人主管机关审核,准予登记注册的,领取《企业法人营业执照》,取得法人资格。办理企业法人登记但未经企业法人登记主管机关核准登记注册,不得从事经营活动。

(2) 发给营业执照

工商行政管理部门对符合法律规定条件的登记申请,应当自收到申请之日起30日内予以登记,发给营业执照;对不符合条件的不予登记,并应当说明理由。

(3) 备案

房地产开发企业在领取营业执照后的30日内,应当到登记机关所在地的县级以上地方人民政府确定的部门备案。备案制度是政府加强对房地产开发的管理措施之一。

**(三) 房地产开发企业的管理**

1. 房地产开发企业的设立管理

(1) 房地产开发企业的总量控制

我国房地产开发企业发展较快,而且还在不断增加。它们在我国房地产开发中发挥着重要作用,但也出现了不少问题,亟须法律规范。在市场经济条件下,企业的生存与发展,在很大程度上取决于其所属产业的发展前景。房地产开发企业的增多,反映了房地产这一新兴行业快速发展的势头。我国房地产市场仍处在发育的初级阶段,还将继续发展,但眼下房地产开发企业与开发任务之间失衡,房地产开发企业过多、过滥。因此,对房地产开发企业既不能规定硬性指标,亦不能任其自由发展,而要作适度调整、适当控制。

(2) 房地产开发企业设立的资质审批

1993年11月16日建设部颁发《房地产开发企业资质管理规定》,旨在有效遏制由于乱设房地产开发公司而造成房地产市场混乱的现象。《城市房地产管理法》规定,对房地产开发企业的设立采取准则主义。1998年7月20日国务院发布的《城市房地产开发经营管理条例》规定,工商行政管理部门在对设立房地产开发企业申请登记进行审查时,应当听取同级房地产开发主管部门的意见。实践中,为了保障和提高房地产开发企业的素质,建设行政主管部门坚持对房地产开发企业开展资质审查,资质年检也依法进行。

2. 房地产开发企业的行业管理

房地产开发企业的行业管理主要有以下几个方面。

(1) 规定设立房地产开发企业的必要条件。前面已指出,根据《城市房地产管理法》规定,设立房地产开发企业必须具备五个条件。工商行政管理部门应当根据这些条件,对申请者进行审查,从而达到一定的管理目的,防止不具备房地产开发条件的申请者从事房地产开发。

(2) 建立房地产开发企业工商登记后的备案制度。房地产开发企业应当自领取营业执照之日起 30 日内,持下列文件到登记机关所在地的房地产开发主管部门备案:

- 营业执照复印件;
- 企业章程;
- 验资证明;
- 企业法定代表人的身份证明;
- 专业技术人员的资格证和聘用合同。

通过备案制度可将设立登记后的房地产开发企业纳入政府行业管理部门的监督管理之下,促进房地产开发企业的健康发展和企业市场行为的规范化,达到政府对房地产市场实行宏观调控的目的。

(3) 对房地产开发企业实行分等定级。按现行规定,房地产开发专营企业资质等级共分五级。通过对房地产开发企业实行分等定级管理,可以避免"小马拉大车",即由于资金不足、管理能力不足而带来的弊端。所以,《城市房地产管理法》第三十条规定:"房地产开发企业的注册资本与投资总额的比例应当符合国家有关规定。"即房地产开发企业的注册资本应当与其承担项目的投资规模相适应。

(4) 对房地产开发企业的开发、经营活动进行监督、检查。检查分期资金的投入,检查执行城市规划的情况,检查工程质量和配套建设质量,检查是否按法律、法规规定进行房地产转让活动等。

3. 房地产开发企业的资质管理

为了加强房地产开发企业的资质管理,促进房地产开发经营的健康发展,《房地产开发企业资质管理规定》将房地产专营企业按资质条件划分为四个等级。

各资质等级企业的条件如下:

一级资质:注册资本不低于 5 000 万元;从事房地产开发经营 5 年以上;近 3 年房屋建筑面积累计竣工 30 万平方米以上,有职称的建筑、结构、财务、房地产及有关经济类的专业管理人员不少于 40 人。

二级资质:注册资本不低于 2 000 万元;从事房地产开发经营 3 年以上;近 3 年房屋

建筑面积累计竣工 15 万平方米以上,有职称的建筑、结构、财务、房地产及有关经济类的专业管理人员不少于 20 人。

三级资质:注册资本不低于 800 万元;从事房地产开发经营 2 年以上;近 3 年房屋建筑面积累计竣工 5 万平方米以上,有职称的建筑、结构、财务、房地产及有关经济类的专业管理人员不少于 10 人。

四级资质:注册资本不低于 100 万元;从事房地产开发经营 1 年以上;已竣工的建筑工程质量合格率达 100%;有职称的建筑、结构、财务、房地产及有关经济类的专业管理人员不少于 5 人。

房地产开发主管部门应当根据房地产开发企业的资产、专业技术人员和开发经营业绩等,对备案的房地产开发企业核定资质等级。房地产开发企业应当按照核定的资质等级,承担相应的房地产开发项目。

### 三、房地产中介服务

#### (一)房地产中介服务的概念

房地产中介服务,是指为房地产开发和交易提供各种媒介活动的总称。它包括房地产咨询、房地产价格评估、房地产经纪等活动。房地产中介服务的范围比较广泛,而房地产咨询、房地产价格评估、房地产经纪只是目前三种主要形式。今后,随着社会主义市场经济的不断发展,房地产中介服务的形式也会发展。

需要注意的是,中介与代理是两个具有不同含义的法律概念。不要将房地产中介服务与房地产代理行为混淆在一起,否则会发生适用法律上的错误,给实际工作造成损失。

#### (二)中介服务机构及其管理

目前,我国对房地产中介机构的种类、设立条件和程序、年检以及法定义务等方面内容作了规定。

1. 房地产中介服务机构的种类

承办房地产中介服务业务的主体,必须是一定的组织,即"机构"。房地产中介服务机构主要包括房地产咨询机构、房地产价格评估机构和房地产经纪机构。

(1)房地产咨询机构

房地产咨询机构是为房地产活动当事人提供法律法规、政策信息、技术咨询等服务的组织。具体来说,房地产咨询机构主要承担的业务范围为:房地产开发企业、有关部门、其他企事业单位、公民个人需要咨询的有关房地产业的知识和情况。如公民个人之间签订房屋租赁合同,需要向房地产咨询机构咨询有关的方针、政策、法律、价格等情况;房地产开发企业开发房地产,需要向房地产咨询机构咨询土地使用权的取得条件和取得方式、国家对房地产开发的原则要求和具体条件、如何进行房地产的交易等情况。因此,房地产咨询机构在房地产业的发展过程中是必不可少的。

（2）房地产价格评估机构

房地产价格评估机构是从事房地产测算及其经济价值和价格评定等业务的组织。建立房地产价格评估制度，包括确定房地产价格评估的原则、房地产价格评估的程序、房地产价格评估的方法和房地产价格评估机构的设立等内容。房地产价格评估机构的建立，是开展房地产价格评估的前提条件之一。房地产价格评估机构的主要业务是受理房地产开发企业、有关部门、其他企事业单位以及公民个人有关房地产价格评估的委托，进行房地产价格评估活动。

（3）房地产经纪机构

房地产经纪机构是为委托人提供房地产信息、报告订立合同的机会或者提供订立合同的媒介服务等的组织。在房地产交易中，房地产经纪机构为房地产交易双方牵线搭桥，提供服务，促成交易。在市场经济条件下，房地产经纪机构在房地产交易市场中将发挥重要的作用。

2. **房地产中介服务机构设立的条件和程序**

（1）设立条件

房地产中介服务机构必须具备法定的条件。根据《城市房地产管理法》和《城市房地产中介服务管理规定》，设立房地产中介服务机构应具备下列条件：

① 有自己的名称、组织机构。

② 有固定的服务场所。

③ 有必要的财产和经费。

④ 有足够的专业人员。其中，从事房地产咨询业务的，具有房地产及相关专业中等以上学历、初级以上专业技术职称的人员须占总人数的 50% 以上；从事房地产评估业务的，须有规定数量的房地产估价师；从事房地产经纪业务的，须有规定数量的房地产经纪人。

⑤ 法律、行政法规规定的其他条件。"其他条件"，如设立有限责任公司、股份有限公司从事房地产中介服务的应当执行《公司法》的有关规定。

（2）设立程序

① 资质审查。设立房地产中介服务机构的资金和人员条件，应由当地县级以上房地产管理部门进行审查，经审查合格后，再办理工商注册登记。

② 注册登记。设立房地产中介服务机构，经审查合格后，应当向当地工商行政管理部门申请设立登记。

③ 登记备案。房地产中介服务机构在领取营业执照后的 1 个月内应当到登记机关所在地的县级以上人民政府房地产管理部门备案。

3．年检与其他法定义务要求

国家对房地产中介服务机构实行年检制度。房地产管理部门应当每年对房地产中介服务机构的专业人员条件进行一次检查，并于每年年初公布检查合格的房地产中介服务机构名单。检查不合格的，不得从事房地产中介服务活动。

国家不仅对房地产中介服务机构实行年检制度，而且规定房地产中介服务机构必须履行下列义务：

① 遵守有关的法律、法规和政策；
② 遵守自愿、公平、诚实守信的原则；
③ 按照核准的业务范围从事经营活动；
④ 按规定标准收取费用；
⑤ 依法缴纳税费；
⑥ 接受行业主管部门及其他有关部门的指导。

**（三）中介服务人员资格管理**

房地产中介服务人员主要包括房地产咨询业务人员、房地产价格评估人员和房地产经纪人。国家对房地产中介服务人员采取统一考试、执业咨询认证和注册登记的管理办法。

1．对从事房地产咨询业务人员的管理

从事房地产咨询业务的人员，必须是具有房地产及相关专业中等以上学历，有与房地产咨询业务相关的初级以上专业技术职称并取得考试合格证书的专业技术人员。

2．对从事房地产价格评估人员的管理

国家实行房地产价格评估人员资格认证制度。房地产价格评估人员分为房地产估价师和房地产估价员。

房地产估价师必须是经国家统一考试、执业资格认证，取得《房地产估价师执业资格证书》，并经注册登记取得《房地产估价师注册证》的人员。未取得《房地产估价师注册证》的人员，不得以房地产估价师的名义从事房地产估价业务。

房地产估价员必须经过考试并取得《房地产估价员岗位合格证》。未取得《房地产估价员岗位合格证》的人员，不得从事房地产估价业务。

3．对房地产经纪人员的管理

房地产经纪人员必须经过考试、注册并取得《房地产经纪人资格证》。未取得《房地产经纪人资格证》的人员，不得从事房地产经纪业务。

上述房地产中介服务人员从事业务，必须加入某一对应机构，并由其所在中介机构统一受理委托，签订书面中介服务合同。中介服务合同应当包括下列主要内容：

（1）当事人姓名或名称、住所；

（2）中介服务项目的名称、内容；

（3）合同履行期限；

（4）收费金额和支付方式、时间；

（5）违约责任和解决纠纷方式；

（6）当事人约定的其他内容。

房地产中介服务机构如要将受委托的中介业务转让给其他具有相应资格的中介服务机构代理，必须经委托人同意，并不得增加佣金。

房地产中介服务费用由房地产中介服务机构统一收取，并开具发票，依法纳税。房地产中介服务机构开展业务应当建立业务记录，设立业务台账。业务记录和业务台账应当载明业务活动中的收入、支出等费用，以及省、自治区、直辖市建设行政主管部门或房地产管理部门要求的其他内容。

房地产中介服务机构在房地产中介活动中不得有下列行为：

（1）索取、收受委托合同以外的酬金或其他财物，或者利用工作之便，牟取其他不正当的利益；

（2）允许他人以自己的名义从事房地产中介业务；

（3）同时在两个或两个以上中介服务机构执行业务；

（4）与一方当事人串通损害另一方当事人利益；

（5）法律、法规禁止的其他行为。

房地产中介服务实行回避制度。房地产中介服务人员与委托人有利害关系的，应当回避。

房地产中介服务实行赔偿制度。因房地产中介服务人员的过失而给当事人造成经济损失的，由所在中介服务机构承担赔偿责任。而后，所在中介服务机构可以对有关人员实行追偿。

## 第二节　房地产开发的投融资

### 一、房地产开发投资

#### （一）房地产项目投资的特点

由于房地产本身具有的物理及经济特征，房地产投资也表现出区别于其他项目投资的固有特性。首先，房地产业是资金密集型的行业，项目投资数额巨大，对金融依赖性高。投资者一般不愿将资金投入到那些难以更换用途的行业，如特种厂房、码头等。而商场、写字楼、公寓等，常被各种公司租用，更换使用性质方便，更容易吸引投资者注意，所以，房地产市场的结构性问题比较突出。其次,由于有房地产作为抵押担保,并且一般能够安全地按期收回贷款,所以易取得金融机构的支持。由于房地产业在社会经济生活中的重要性,各国政府对房地产市场和房地产投资都十分关注,常常将对房地产市场和房地产业的调控作为调节经济的一个重要方面,房地产投资额也因而更多地受到政府政策的影响。最后,房地产的不可移动性,以及房地产投资数额巨大、回收期长等特点,使得房地产投资长期受未来宏观经济、社会、政治、法律法规,以及自然、环境等多方面因素变化所产生的不利影响,风险因素多,风险水平相对比较高。因此,在房地产投资活动中,投资者在选择投资机会或决策投资项目时,必须增强投资的风险意识,充分了解房地产投资风险及其变化规律,通过加强风险管理来保障投资的收益。

**(二)房地产项目投资的类型**

划分房地产投资类型的方法有多种,一般投资者更关心按物业类型的划分,主要包括商业房地产投资、工业房地产投资和住宅房地产投资三方面。

商业房地产投资在房地产投资中所占比重最大,其投资回报率也最高,往往是房地产投资的重要目标,如宾馆饭店类投资、写字楼投资、超市或购物中心等商业用房投资。商业房地产投资成本一般要高于其他物业房地产投资成本,但为了获取高额商业利润,尽管商业房地产投资成本高、风险大,仍是投资者青睐的热点投资项目。

由于工业用房的适用性差、技术性强,工业房地产对投资者的吸引力小于商业房地产。工业房地产投资对所处的位置只要求交通方便,水、电、煤等能源动力供应充足,并不一定要靠近城市中心,因此,工业房地产的投资成本也远远低于商业房地产。

住宅房地产投资主要是满足随着社会经济发展和人口的增长不断增加的居住需求。在我国,由于目前住房整体上仍处于供不应求的状态,住房短缺问题仍是一个亟待解决的经济、社会问题,所以,目前乃至今后一段时期内,我国住宅投资仍然是房地产投资的热点之一。

**(三)房地产项目投资的策略**

房地产投资策略是指为房地产投资决策而事先安排的计划,其主要内容有:项目的区位分析与选择,开发时机的分析与选择,开发内容与规模的分析与选择,开发合作方式的分析与选择,融资方式和资金结构的分析与选择,项目建成后经营管理方式的分析选择等。合理的投资策略是实现正确投资决策的基本条件,按照投资策略进行项目决策是科学决策的基本要求。下面分析几个重要的方面。

1. 项目的区位分析与选择

(1)地域的分析与选择

地域的分析与选择是战略性选择,是对项目宏观区位条件的分析与选择,主要需考虑项目投资所在地区的政治、法律、经济、文化教育、自然条件等因素。

（2）具体地点的分析与选择

如果说地域是大环境，那么具体地点的分析与选择就是小环境的选择问题了。对于房地产项目具体地点的分析与选择，是对房地产项目坐落地点和周围环境、基础设施条件的分析与选择，主要考虑项目所在地点的交通、城市规划、土地取得代价、拆迁安置难度、基础设施完备程度以及地质、水文、噪声、空气污染等因素。

2. 开发时机的分析与选择

人类社会经济发展实践已经证明，市场对经济资源配置的调节因市场主体的独立性和异质性而带有盲目性，因此，经济波动是难以避免的客观存在。现代社会的经济波动，包括"衰退、复苏、增长、稳定"等不同时期。仅就经济波动与企业投资的关系而言，经济波动可以直接影响投资。房地产市场作为社会经济大环境中的一个组成部分也不可避免会受到经济周期波动的影响，如何在经济波动中选择最佳的开发时机，准确把握投资机会，是投资决策者需要慎重考虑的重要问题。一般而论，在经济衰退期，投资机会减少，各类开发企业因生产与销售受阻而减少了销售收入和利润，从而导致企业自我积累、自我扩展、自我投资的能力下降，使企业可能推迟或放弃投资计划。在经济复苏和增长期，投资机会增多，金融机构银根松动，企业自身也因产品生产和销售的旺盛而使企业销售收入和利润增加，从而导致自我扩展、投资能力增强，企业投资随之增加。在经济稳定期，由于总供给与总需求相对平衡，企业的工作重心应是审慎地分析经济形势，适时采取相应的投资对策，使企业尽量减少因经济衰退期的到来而造成的损失。此外，对于房地产项目的投资时机，我们还要密切关注市场的整体动态走向以及地产项目所在的局部区域的供求关系，只有掌握了这两个动态关系的基本情况我们才可以根据项目的建设估算期倒推出投资的最佳时机。

3. 开发内容与规模的分析与选择

对于一般房地产项目开发内容与规模的分析与选择，应是在符合城市规划的前提下按照最佳利用原则，选择最佳的用途和最合适的开发规模，包括建筑总面积、建设和装修档次、平面布置等。在根据对市场的客观分析，确定了拟开发项目的物业类型、物业目标客户后，需要对目标客户的需求状况、购买行为、购买能力等方面进行详细的分析，按照分析的结论，结合项目自身资源条件，构思项目建设方案，如是采用高层还是多层，是采取何种建筑风格等。在确定项目建设方案的同时，根据地块的建筑工程规划许可证的规定以及市场分析的指标，确定项目开发规模（总建筑面积、配套设施面积、绿化面积、车位数量等各项经济技术指标）和开发建设周期。

### （四）房地产项目投资的决策

#### 1. 准确定位房地产开发企业的市场

房地产开发企业的市场定位就是以了解和分析消费者的需求心理为中心和出发点,设定自己企业形象、企业产品、企业服务独特的、与竞争者有着显著差别的特征,以引起社会认同和顾客心理上的共鸣。房地产开发企业在制定投资战略时,首先要弄清什么是企业的角色,即应承担什么样的社会责任、是一个什么性质的企业、应从事什么业务等。企业角色就是企业在社会进步和经济发展中所应担当的角色和地位,为企业提供了一种原则、方向和哲学。做好房地产开发企业的角色定位,必须做好企业的分析、发掘和培育企业的核心能力及目标市场的定位。一旦确定下来,就要形成一套行之有效的制度和体系,使核心能力得以维系发扬。总之,通过企业的分析,发现和培育企业的核心能力,发掘一个目标市场,就构成了企业的角色定位。房地产开发企业的角色定位最终以企业定位或使命的形式表述出来,要简明扼要并且准确地表明企业的产品范围、市场消费群、地理范围等因素。

#### 2. 做好房地产项目可行性研究

房地产项目的可行性研究是投资决策前,对拟建项目有关的社会、经济、技术等方面进行深入细致的调查研究,对可能采用的各种方案进行认真的技术经济分析和比较论证,对项目建成后的经济效益进行科学的预测和评价。在此基础上,对拟建项目的技术先进性和实用性、经济合理性和有效性,以及建设的必要性和可行性进行全面分析、系统论证、多方案比较和综合评价,由此得出该项目是否应该投资和如何投资等结论性意见,为项目投资决策提供可靠的科学依据。

#### 3. 做好房地产项目投资风险管理

房地产投资金额大、回收期长等特性决定了房地产投资存在着巨大的风险,为了减少房地产投资的风险损失,加强和完善房地产投资风险管理成为重中之重,日益受到房地产开发商的重视。开发商可以采取某些策略来进行风险管理。例如风险回避,即选择相对风险小的投资项目或者放弃那些相对风险较大的投资项目。风险回避是一种较为保守的处理房地产投资风险的方法,这种策略能够将风险控制在很低的水平内,但通常也会大大降低获得高额利润的机会。另外一种策略是投资组合,即投资者依据房地产投资的风险程度和年获利能力,按照一定的原则进行恰当的项目选择,搭配投资各种类型的房地产,以降低投资风险。

## 二、房地产开发融资

### （一）房地产开发融资的含义

房地产开发的融资是指房地产企业为支持房地产的开发建设,促进房地产的流通及消费,运用多种方式为房地产的生产、再生产及销售筹集与融通资金的业务活动。房地产开发融资与房地产行业本身的特点与经营策略相互影响,其特征较为明显:资金需求量大、期限较长,融资成本较高。

**（二）房地产开发融资的方法**

房地产业是资金密集型产业,具有高投入、高风险、高产出的特性。房地产开发的每一个阶段都需要庞大的资金支持,处于发展初期的开发商需要融资来开发项目;处于发展期的需要融资来维持项目;已经发展到一定阶段、一定规模的公司需要融资扩大规模,进一步发展。因此,如何筹集资金成为房地产资本运作中最为重要的一环。一般来说,房地产融资可以分为内部融资和外部融资两种。

**1. 房地产的内部融资**

内部融资主要是房地产企业的自有资金,包括一些抵押贴现的票据、债券、立即出售的楼宇,以及在近期内可以收回的各种应收账款,近期可以出售的各种物业的付款,也包括公司向消费者预收的购房定金。房地产企业内部融资主要有以下具体形式。

**（1）自有资金**

企业自有资金包括:企业设立时各出资方投入的资金;经营一段时期后,从税后利润中提取的盈余公积金、资本公积金（主要由接受捐赠、资本汇率折算差额、股本溢价等形成）。以上这些资本由企业自由支配、长期持有。自有资金是企业经营的基础和保证,但开发商在实际操作过程中,一般不太愿意过多地动用企业的资本金。

**（2）预收账款**

房地产开发经营企业将正在建设中的房屋预先出售给承购人,由承购人支付定金或房价款,是一种特殊的期货买卖形式,是当今房地产企业最为盛行的一种经营方式,同时也是一条重要的筹资渠道。预售房地产可以用客户的资金建房,同时也完成了房屋销售工作。既售房又筹资,资金来源既无息又安全。

**2. 房地产的外部融资**

外部融资又可以分为间接融资和直接融资。间接融资主要是从金融机构获得的资金,主要是房地产贷款,解决房地产开发中短期的资金需求。直接融资主要是从资本市场获得的资金,主要满足长期投资的资金需求,包括股票融资、债券融资、房地产产业投资基金、房地产信托以及建筑商垫资等多种融资方式。房地产企业外部融资主要有以下具体形式。

**（1）银行贷款**

房地产贷款的基本方式有三种:一是信用贷款,二是担保贷款,三是抵押贷款。目前,我国以上三种贷款形式同时存在。对企业而言,银行贷款的优点是融资速度快,融资弹性大,成本相对较低,财务杠杆作用大等;缺点是还债压力较大,对企业的经营状况、财务状况要求较高,对于一些中小企业来说,限于自身实力以及不正规的管理,向银行获得贷款比较困难。

（2）股票融资

房地产股票融资就是指地产企业通过股票市场获得资金的一种方式，是房地产企业和资本结合的理想方式，是国际房地产企业通行的一种房地产融资方式。对于房地产企业而言，股票融资可以迅速筹集大量资金，分散开发风险，实现企业规模实力的扩张，可以使企业净资产在一夜之间成倍增长。但股票融资对房地产企业来说是一把双刃剑，上市之后也会受到更多的监管，同时也会承担更多的风险。

（3）债券融资

房地产债券指企业或政府为筹集房地产开发经营资金，依照法定程序发行，约定在一定期限内还本付息的有价证券。债券的持有人有权按照约定期限取得利息、收回本金，但是无权参与房地产债券的发行人对所筹集资金的经营管理。对于房地产企业而言，债券融资的优点在于还款期限较长，附加限制少，并且不能高出市场利率40%的规定使得资金成本较低；但缺点是对发行债券主体有严格的要求，而且发行债券手续较复杂。我国债券市场相对规模较小，发行和持有的风险均较大，大多数房地产企业无法通过发行债券进行融资。

（4）**房地产产业基金**

房地产产业基金（Real Estate Industrial Fund）指专门投资于房地产行业的产业投资基金。它是由企业集团或投资公司、非银行金融机构发起，向特定或不特定投资人募集，资金投向严格限定于与房地产有关的证券（包括房地产上市、非上市公司的股票、债券、住房抵押贷款债券等）、房地产开发实体项目、房地产（包括政策性住房）的租赁与出售等方面的产业基金。房地产产业基金按照投向的不同可以分为房地产投资基金和房地产消费基金两大类。

（5）**房地产信托**

房地产信托（Real Estate Industrial Trusts），也就是人们常说的 REITs。它起源于美国，是一种股权型融资。它是一种采取公司或者商业信托的组织形式，集合多个投资者的资金，收购并持有收益类房地产或者为房地产进行融资，并享受税收优惠的投资机构。大部分的REITs 采用公司形式，股票一般都在证券交易所和市场进行交易。与房地产产业投资基金不同，绝大多数 REITs 都是采取公募方式发行的。在发行后 REITs 可以在二级市场流通，方便持有人进行交易变现，因而其流动性要强于一般的房地产产业投资基金。

（6）**建筑商垫资**

所谓"建筑商垫资"是指房地产企业在不给付预付款的情况下，要求施工企业带资施工到工程一定部位，或要求施工企业在工程开工前预缴一定数额的工程抵押金（保证金）。垫资的方式包括带资施工、形象节点付款、低比例形象进度付款和工程竣工后付款等。在目前的建筑市场上，无论是政府投资的项目、房地产项目、民营投资项目还是基础设施项目，几乎都涉及这种法律、行政规定和市场交易习惯并不明确的行为。

案例

## 万科的融资模式

万科企业股份有限公司成立于 1984 年 5 月,是目前中国最大的专业住宅开发企业。2008 年公司完成新开工面积 523.3 万平方米,竣工面积 529.4 万平方米,实现销售金额 478.7 亿元,结算收入 404.9 亿元,净利润 40.3 亿元。万科借助新兴资本市场的力量,高速成长为国内房地产市场的领跑者。万科每一次成功的资本运作,都给企业带来了更快的发展。万科是同批上市企业当中唯一一家上市以来持续赢利并增长的公司,上市以来连续分红,股价回报更是超过基准水平。在快速壮大的道路上,多元化融资的作用功不可没。

**(一)保持良好的银企关系**

万科和银行之间始终保持了良好的关系,历年均被国内各大银行评为资信等级"AAA"。而银行的贷款支持也缓解了万科的资金短缺压力,提高了万科的资金周转率;使万科的资金运作没有后顾之忧,不断尝试更多新的融资方式,使万科的融资之路走得更长、更宽。

**(二)充分利用股市融资功能**

1991 年万科上市,如今"万科 A"是 A 股市场流通市值最大的房地产上市公司,历年来万科公司借助证券市场的融资平台,股本规模得到了快速扩张(见表 7-1)。1991 年年末万科 A 的总股本为 7796.55 万股,经过一系列的配股、送股、转赠、B 股 IPO、权证行权、发行可转换债券、增发等融资方式,迅速将股本扩大到 1 099 521.022 万股(2008 年年底),股本扩张了约 141 倍之多,股本扩张速度和倍数列所有房地产上市公司之首。获得资本市场平台的支持,万科的发展如虎添翼,多次的证券市场融资,使万科在 20 年间逐渐成为国内房地产业的领头羊。

**(三)重视融资创新,积极拓宽融资渠道**

1. 尝试房地产信托

2004 年 1 月 5 日,万科发布公告称,新华信托投资股份有限公司已于 2003 年 12 月 31 日向深圳市万科房地产有限公司("深圳公司")发放了总额人民币 2.602 亿元、期限 2 年、年利率为 4.5％的贷款。2004 年 6 月 9 日,新华信托投资股份有限公司向万科全资子公司深圳市万科房地产有限公司("深圳公司")发放总额人民币 1.999 5 亿元、期限 2 年、年利率为 4％的贷款。

表 7-1　1997—2008 年万科企业股份有限公司融资状况

| 序号 | 融资时间 | 融资手段 | 融资额度/亿元 |
|---|---|---|---|
| 1 | 1997 年 7 月 | A 股配股 | 3.01 |
| 2 | 1997 年 7 月 | B 股配股 | 0.87 |
| 3 | 1999 年 6 月 | A 股配股 | 6.41 |
| 4 | 2002 年 6 月 | 公开发行可转换公司债券 | 15 |
| 5 | 2004 年 9 月 | 公开发行可转换公司债券 | 19.9 |
| 6 | 2006 年 12 月 | 非公开发行 A 股 | 42 |
| 7 | 2007 年 8 月 | 公开发行 A 股 | 100 |
| 8 | 2008 年 9 月 | 公开发行债券 | 59 |
| 合计 | | | 261.19 |

2. 房地产产业基金融资

2005 年 12 月，万科与中信资本投资有限公司签订了合作协议，共同筹组成立"中信资本·万科中国房地产开发基金"，以投资于万科及万科关联公司开发的房地产项目。万科和中信资本投资及其关联公司为基金的初始投资人。基金首期募集目标金额不超过 1.5 亿美元，存续期 5 年（经基金投资人批准可延长至 7 年）。2007 年 4 月，全球最大的地产公司 GE Commercial Finance Real Estate（通用电气商业金融房地产公司）把在内地的首笔 2 000 万美元投向"中信资本·万科中国房地产开发基金"。

3. 扩大合作开发融资

2005 年万科集团的子公司万科地产（香港）有限公司与 KEENSINO SERVICES-LIMITED 签署了受让东台工业发展有限公司 70% 股权的协议。香港东台为鹏利国际下属的子公司，拥有鹏利国际置业（广州）有限公司 100% 的股权。万科通过成为东台大股东的形式取得鹏利（广州）的土地储备。2005 年 11 月，由中粮集团下属鹏利国际和万科集团联手开发广州科学城。作为万科在广州首个占地超过 20 万平方米的别墅住宅，鹏利项目成为两大集团在地产方面进行战略对接的起点。万科在不断扩大土地储备的同时，其资金链也备受考验。而引入总资产达 7 000 多亿元的中粮集团作为战略伙伴，将为其带来充足的现金流及土地储备。在这占地面积达 22 万平方米的项目中，两家各占一半股权，风险共担，并且主要开发资金将由项目公司自筹解决。

资料来源：根据《大型房地产公司多元化融资模式的探索——万科融资模式》《万科公司年报》《深圳证券交易所市场信息》等资料整理。

## 第三节 房地产按揭贷款与住房公积金

### 一、商品房按揭制度

#### （一）按揭贷款

"按揭"一词来自香港，是香港人对于英美法上一种物的担保方式"mortgage"的翻译，在我国法律、行政法规中从未采用这一概念，但"按揭"一词在实务界已被普遍使用与接受。按揭就是指商品房的预购人以其已预付部分房款的尚未竣工的商品房的全部权益作为担保，向银行等金融机构取得贷款以支付购房余款的一种融资购楼方式。在预购人不能按时履行还款义务时，银行有权处理作为担保物的商品房。其中借款人为按揭人，贷款银行为按揭权人。在我国，为了确保银行债权的实现，银行往往要求开发商作为担保人，因此，在我国预售商品房的按揭关系中还有第三方当事人，即楼宇的预售人，也即开发商。按揭实际上是一种担保方式，是通过转让物产权益保证偿还债务。

#### （二）预售商品房按揭的作用

预售商品房按揭具有明显的融资功能，它使房地产开发商、购房人和银行三者的利益达到了最佳的组合。其作用主要表现在三个方面。

第一，按揭解决了普通购房者资金不足的问题，增强了买房人的支付能力。购房者资金不足是按揭制度产生与发展的基础。通过按揭，购房者在支付部分甚至是一小部分购房资金后，就可以通过向银行分期付款的方式，取得所需的房屋。这一制度大大减轻了普通购房人付款的压力，从而增强了购房人的支付能力。

第二，按揭解决了房地产开发商开发资金不足的难题。按揭制度使房地产开发商在项目建设过程中，即可获得预售资金，从而解决其开发资金匮乏的问题，也减轻了其信贷压力。预售商品房按揭不仅为开发商增加了相当数量的住宅消费群体，而且也分散了开发商的部分投资风险。正因为如此，开发商才愿意为预购人按揭时提供担保。

第三，按揭为银行等金融机构提供了丰厚且有保障的贷款利益，为银行开辟一个新的广大的投资市场。一方面降低贷款成本，银行等金融机构通过房地产按揭将房地产开发与销售这两个皆需贷款支持的环节合而为一，降低了成本；另一方面是获得丰厚的利润，随着购房群体的扩大，按揭贷款有广阔的市场。同时由于按揭是以预售的商品房做担保的，因此，银行对购房者还款不必有太大的顾虑。其风险可以说是相当低的。

#### （三）个人住房按揭贷款程序

一般在开发商取得了银行为开发商的客户办理按揭贷款的承诺之后，购房者才可以在银行取得按揭贷款。个人办理住房按揭贷款，按以下步骤进行。

1. 开发商取得住房按揭贷款承诺

开发商与按揭银行达成协议,按揭银行同意开发商的客户办理住房按揭贷款。开发商取得按揭贷款承诺应具备以下条件:第一,开发商必须为其客户的按揭贷款提供无条件、不可撤销的担保,一旦借款人不能如期偿还贷款,开发商应承担无限连带责任。第二,开发商必须在按揭银行开立账户,开发商全部售楼款统一收入该账户内。第三,贷款银行在同意按揭贷款前,有权对开发商的资信状况、开发项目、开发项目的销售情况等进行审查。第四,开发商必须已经与有关监管机构签署售房款监管协议。按揭银行经审查后,认为可以给予按揭贷款承诺的,与开发商签订《预售(销售)商品房合作协议书》。

2. 购房者取得银行按揭贷款

购房者取得银行按揭贷款需经以下步骤。

(1)申请。购房者应填写申请贷款申请书,交给按揭银行或者按揭银行指定的律师事务所。

(2)审查。按揭银行或按揭银行委托的律师事务所收到申请后,对其身份和资信进行审查。买房者为公民个人的,需审查身份证等个人证件、薪水税单、溢利税表、收入证明等。若买房者为法人机构,需审查其商业登记文件、营业执照、法人代表证明、纳税证明、最新财务报表。由律师事务所审查的,律师事务所对买房者提交的文件进行审查后,应向委托银行出具《法律意见书》。

(3)发放按揭贷款。按揭银行统一将款项划入开发商在按揭银行开立的账户内。

(4)取得按揭贷款。开发商收到按揭贷款后,为购房者出具售楼发票,购房者取得按揭贷款。购房者取得售楼发票后,在按揭银行设立还款账户,按季结算分期偿还贷款本息。

## 二、我国住房公积金制度

### (一)住房公积金基本内容

1. 住房公积金概念

我国住房公积金起源于上海,当时叫公积金,是一种义务性的长期储金。住房公积金,是指国家机关、国有企业、城镇集体企业、外商投资企业、城镇私营企业以及其他城镇企业、事业单位及其职工缴存的长期住房储金。职工个人缴存的住房公积金和职工所在单位缴存的住房公积金,属于职工个人所有。

公积金是筹集、融通住房资金的手段。公积金制度是一种住房社会保障措施,具有社会性、互助性、保障性和政策性等特征。实行公积金制度,有利于深化住房制度改革,有利于加快住房建设,有利于提高职工的购房能力。

2. 住房公积金的缴存

住房公积金管理中心应当在受委托银行设立住房公积金专户。单位应当到住房公积金管理中心办理住房公积金缴存登记,经住房公积金管理中心审核后,到受委托银行为本单位职工办理住房公积金账户设立手续。每个职工只能有一个住房公积金账户。

新设立的单位应当自设立之日起30日内到住房公积金管理中心办理住房公积金缴存登记,并自登记之日起20日内持住房公积金管理中心的审核文件,到受委托银行为本单位职工办理住房公积金账户设立手续。

单位合并、分立、撤销、解散或者破产的,应当自发生上述情况之日起30日内由原单位或者清算组织到住房公积金管理中心办理变更登记或者注销登记,并自办妥变更登记或者注销登记之日起20日内持住房公积金管理中心的审核文件,到受委托银行为本单位职工办理住房公积金账户转移或者封存手续。

单位录用职工的,应当自录用之日起30日到住房公积金管理中心办理缴存登记,并持住房公积金管理中心的审核文件到受委托银行办理职工住房公积金账户的设立或者转移手续。

单位与职工终止劳动关系的,单位应当自劳动关系终止之日起30日内到住房公积金管理中心办理变更登记,并持住房公积金管理中心的审核文件,到受委托银行办理职工住房公积金账户转移或者封存手续。

职工住房公积金的月缴存额为职工本人上一年度月平均工资乘以单位住房公积金缴存比例。单位为职工缴存的住房公积金的月缴存额为职工本人上一年度月平均工资乘以单位住房公积金缴存比例。

新参加工作的职工从参加工作的第二个月开始缴存住房公积金,月缴存额为职工本人当月工资乘以职工住房公积金缴存比例。单位新调入的职工从调入单位发放工资之日起缴存住房公积金,月缴存额为职工本人当月工资乘以职工住房公积金缴存比例。

职工和单位住房公积金的缴存比例不得低于职工上一年度月平均工资的5%;有条件的城市,可以适当提高缴存比例。具体缴存比例由住房委员会拟订,经本级人民政府审核后,报省、自治区、直辖市人民政府批准。

职工个人缴存的住房公积金、由所在单位每月从其工资中代缴。

单位应当于每月发放职工工资之日起5日内将单位缴存的和为职工代缴的住房公积金汇缴到住房公积金专户内,由受委托银行记入职工住房公积金账户。

住房公积金自存入职工住房公积金账户之日起按照国家规定的利率计息。

住房公积金管理中心应当为缴存住房公积金的职工发放缴存住房公积金的有效凭证。

**（二）住房公积金的使用和支取**

1．住房公积金的使用

（1）住房公积金使用的概念

住房公积金的使用，应专指职工个人在住房公积金缴存期间，依法使用住房公积金的行为。这种行为的特点是：第一，体现了职工个人享有支配、处理本人所有住房公积金的主体性；第二，体现了职工个人支配、处理本人所有住房公积金的无偿性；第三体现了职工个人支配、处理本人所有住房公积金的专项性。

住房公积金管理机构依法定职责，以归集住房公积金为基础，发放单位和个人购建、大修住房的委托贷款，应界定为使用行为。

（2）住房公积金的使用范围

住房公积金制度的建立是为了解决职工的住房问题。住房公积金应按以下用途使用：

① 职工购买、建造、翻建和大修自住住房；

② 偿还职工购房贷款的本息；

③ 支付超出职工家庭工资收入规定比例的房租；

④ 职工住房公积金贷款；

⑤ 经住房委员会批准用于购买国债。

2．住房公积金的支取

（1）住房公积金的支取概念

住房公积金的支取，是指职工按规定的条件和程序，提取个人缴存的住房公积金本息。根据各地实践，办理住房公积金的支取，主要有三种情况：第一种情况是职工在住房公积金的缴存期间为使用住房公积金而发生的支取；第二种情况是按规定职工进行住房公积金本息余额的结算、同时办理销户手续时发生的支取；第三种情况是有关规定允许的特殊情况下办理的支取。

（2）住房公积金的支取条件

记在职工个人账户下的住房公积金，所有权属于职工个人，但由于其中含有单位的资助和对缴存人长远利益保障的引导，所以职工个人不能随意支取使用。一般情况下，须符合下列条件中的一项条件才可支取：

① 购买，建造自住住房，或者翻建、大修个人所有的自住住房；

② 偿还个人购买，建造自住住房，或者翻建、大修个人所有的自住住房发生的贷款；

③ 职工个人离休或退休；

④ 职工实纳租金超过当地政府规定的收入比例，超过部分可支取住房公积金，用于支付房租；

⑤ 户口迁出居住城市；

⑥ 出境定居；

⑦ 完全丧失劳动能力；

⑧ 职工死亡或宣告死亡，该职工的继承人或受遗赠人，支取其继承或者接受遗赠的住房公租金。

（3）住房公积金的支取程序

一般情况下，住房公积金的支取程序规定如下：

① 由职工个人依规定条件，向所在单位提出文字申请，并填写书面申请书；

② 单位审核并签注同意支取的意见；

③ 职工凭单位签注同意意见的"住房公积金支取申请书"，到有关的住房公积金归集部门办理支取手续。

**（三）住房公积金贷款的条件**

各地可根据实际情况规定公积金贷款的条件。以上海为例，同时符合以下条件的职工可以申请公积金贷款：

（1）具有本市城镇常住户口；

（2）申请前连续缴存住房公积金的时间不少于 6 个月、累计缴存公积金的时间不少于 2 年；

（3）所购买的房屋符合市公积金中心规定的标准；

（4）购房首期付款的金额不低于规定比例；

（5）具有较稳定的经济收入和偿还贷款的能力；

（6）没有尚未还清的数额较大、可能影响贷款偿还能力的债务。

**（四）职工个人申请住房公积金贷款的手续**

职工申请公积金贷款的具体程序由各地自行确定。一般包括：

（1）职工提出借款申请。职工填写借款申请书并提供身份证、本市城镇常住户口证明和房屋买卖合同等材料。

（2）借款申请的审批。公积金管理中心在接到借款申请后的一定时间内作出是否给予贷款的决定，并通知申请人。

（3）办理贷款手续。在被予贷款的有效期限内，借款人到指定的银行或选择一家受委托的银行办理贷款手续。

**（五）住房公积金缴存人的权利**

职工在按照规定缴存住房公积金后，享有以下权利：

（1）支取住房公积金。在职工购买、建造、翻建和大修自住住房，或离休、退休，或完全丧失劳动能力并与本单位终止劳动关系,或户口迁出所在的市县或出境定居,或偿还贷款本息,或房租超出家庭工资收入的规定比例时,职工可以提取住房公积金账户内的存储余额。

(2)申请使用公积金贷款。缴存住房公积金的职工,在购买、建造、翻建和大修自住住房时,可以向住房公积金管理中心申请公积金贷款。

(3)查询个人公积金的缴存及使用情况。职工有权查询本人住房公积金的缴存、提取情况,住房公积金管理中心、受委托的银行不得拒绝。

### (六)单位对缴存职工住房公积金的义务

单位应当按时、足额缴存住房公积金,不得逾期缴存或者少缴。

对缴存住房公积金确有困难的单位,经本单位职工代表大会或者工会讨论通过,并经住房公积金管理中心审核,报住房委员会批准后,可以降低缴存比例或者缓缴;待单位经济效益好转后,再提高缴存比例或者补缴。

单位为职工缴存的住房公积金,按照下列规定列支:

(1)机关在预算中列支;

(2)事业单位由财政部门核定收支后,在预算或者费用中支出;

(3)企业在成本中列支。

## 第四节　政府对房地产业的管理

### 一、房地产业调控的内容

#### (一)房地产业调控的概述

房地产业调控是指以国家为主体,从经济运行全局出发,运用各种经济手段,对房地产业的总量和结构进行的管理、调节和控制。总量平衡和结构平衡,是房地产业调控的内在要求和最终目标,其中总量平衡是结构平衡的前提,结构平衡是总量平衡的基础。房地产业调控手段的选择和实施,都是为实现这一最终目标而服务的。房价的平稳是实现房地产总量平衡与结构平衡的前提保证,因此对房价的调控可以说是房地产业宏观调控的核心内容。图7-1显示了我国1997年至2007年间商品房平均价格的走势。

房地产业调控有利于房地产业发展。第一,房地产业调控有利于市场功能的有效发挥,抑制市场的消极作用,保证房地产市场有序运行,实现房地产总供给和总需求的基本平衡。第二,房地产业调控可以保证房地产经济持续稳定增长,协调与国民经济其他部门的比例发展,避免发生大起大落。第三,房地产业调控既保护竞争,又保证社会公平。

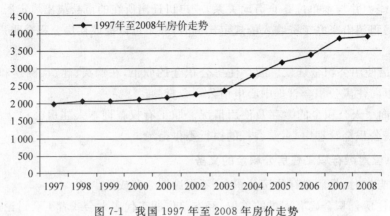

图 7-1　我国 1997 年至 2008 年房价走势

数据来源:《中国统计年鉴 2008》。

房地产业调控体系由宏观调控主体、市场中介和微观经济主体三者构成。国家是房地产业调控的主体,启动并把握着房地产业发展的方向;房地产企业是调控的对象,是房地产业调控体系的终端;房地产市场是国家与房地产企业之间的中介层次,发挥着国家房地产业调控意志与房地产企业微观经济活动之间的信息传导作用,并使二者衔接起来。

### (二) 房地产业调控的主要手段

**1. 国家计划**

由国家统一制定的房地产业发展计划,是国家经济决策的主要体现,是国家从宏观上调控房地产业运行的基本依据。国家计划的作用主要是引导房地产业发展方向,引导房地产市场调节和引导房地产企业行为。在房地产业调控手段体系中,国家计划属于高层次手段,它规定着其他调控手段的作用方向。

**2. 经济政策**

经济政策是房地产业调控的重要手段,主要包括产业政策、货币政策和财政政策。产业政策是国家调整房地产业结构及房地产企业结构依据的经济政策。产业政策的实施,有待于财政、税收、信贷等方面倾斜政策的配合,甚至需要必要的行政干预。货币政策是中央银行组织和调节全国的货币供应,使信贷在数量和利率方面体现国家房地产业调控目标的经济政策。控制货币供给的主要手段有:公开市场业务、调整再贴现率和改变法定存款准备金率。财政政策是政府通过财政收支总量和结构的变化调控房地产经济,使经济目标得以实现的经济政策。财政政策主要包括以下内容:税收政策、财政支出政策(包括政府的购买、对公共工程的投资、转移支付)、预算政策(赤字或盈余)。

### 3. 法律法规

法律法规是国家调控房地产经济的法律依据。经济法规是国家立法机构将符合客观经济规律和现实国情的经济关系和管理方式,以法律形式固定下来,使其制度化、规范化和法制化。国家对房地产经济的干预,无论是制订国家计划,还是产业政策,以及实施行政干预,都必须有法律依据。科学、严谨、完备的法律体系,是国家实现房地产业调控的法律依据和有效手段。

### 4. 行政干预

行政干预是国家政府机构运用行政权力对房地产市场、房地产企业及其有关经济活动所进行的超经济行政强制。在市场经济条件下,行政干预应减少到最低限度,但是在某些特殊情况下,行政干预也可以起到经济手段起不到的作用。

## 二、国家房地产管理体制

根据《土地管理法》,中华人民共和国实行土地的社会主义公有制,即全民所有制和劳动群众集体所有制。国务院土地行政主管部门统一负责全国土地的管理和监督工作。县级以上地方人民政府土地行政主管部门的设置及其职责,由省、自治区、直辖市人民政府根据国务院有关规定确定。根据《城市房地产管理法》,国务院土地管理部门、建设行政主管部门依照国务院规定的职权划分,各司其职,密切配合,管理全国房地产工作。县级以上地方人民政府房产管理、土地管理部门的机构设置及其职权由省、自治区、直辖市人民政府确定。如图 7-2 所示。

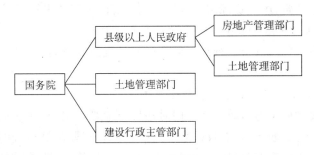

图 7-2 我国房地产管理体制结构图

### (一)国务院

国务院即中央人民政府,领导和管理全国城乡建设。最新修正的《土地管理法》确定:土地的全民所有,即国家所有土地的所有权由国务院代表国家行使。这就解决了长期以来国有土地权益代表多元化的混乱现象。

国务院对全国土地实行宏观调控,包括:(1)批准各省、自治区、直辖市的土地利用总体规划,以及批准经省、自治区人民政府审查同意后上报的省、自治区人民政府所在地的市,人口在 100 万以上的城市和国务院指定城市的土地利用总体规划;(2)批准征用基本农田、基本农田以外的耕地超过 35 公顷的、其他土地超过 70 公顷的;(3)其他法定的权限。

国务院制定全国城镇住房的基本制度、统一政策。

国务院设立建设行政主管部门、土地行政主管部门。规定职权划分,管理全国城乡房地产工作。

### (二)地方人民政府

地方人民政府在国务院领导下,管理本地方的城乡建设。

地方权限范围内的征用土地、申请建设用地的审批权,分别由省一级、市一级、县一级人民政府行使;其中,征用土地批准权,只能由省一级人民政府行使。

县级以上地方人民政府可以设房地产管理、土地管理部门。

### (三)土地行政主管部门

1. 国务院土地行政主管部门的设置及其职责

1998 年 3 月国务院机构改革,设立国土资源部。该部由原地质矿产部、国家土地管理局、国家海洋局和国家测绘局共同组建。这一新的政府部门的职能是:主管土地资源、矿产资源、海洋资源等自然资源的规划、管理、保护与合理利用。

根据《土地管理法》的规定,国务院土地行政主管部门统一负责全国土地的管理和监督工作。国务院还决定,国土资源部对省级人民政府国土资源主管部门实行业务领导。

2. 地方人民政府土地行政主管部门的设置及其职责

县级以上地方人民政府土地行政主管部门的设置及其职责区、直辖市人民政府根据国务院有关规定确定。

3. 土地行政主管部门的监督检查职责及工作要求

县级以上人民政府土地行政主管部门对违反土地管理法律、法规的行为进行监督检查。履行这种监督检查职责时,有权采取下列措施:第一,要求被检查的单位或者个人提供有关土地权利的文件和资料,进行查阅或者予以复制;第二,要求被检查的单位或者个人就有关土地权利的问题作出说明;第三,进入被检查单位或者个人非法占用土地的现场进行勘测;第四,责令非法占用土地的单位或者个人停止违反土地管理法律、法规的行为。

此外,还可以采取下列措施:第一,询问违法案件的当事人、嫌疑人和证人;第二,进入被检查单位或者个人非法占用的土地现场进行拍照、摄像;第三,责令当事人停止正在进行的土地违法活动;第四,对涉嫌土地违法的单位或者个人,停止办理有关土地审批、登记手续;第五,责令违法嫌疑人在调查期间不得变卖、转移与案件有关的财物。

在监督检查工作中发现土地违法行为构成犯罪的,应当将案件移送有关机关,依法追究刑事责任;不构成犯罪的,应当依法给予行政处罚或者行政处分。

为了保证土地管理的合法性和科学性,立法上提出了下述要求:土地管理监督检查人员应当经过培训,经考核合格后,方可从事土地管理监督检查工作;土地管理监督检查人员履行职责,需要进入现场进行勘测、要求有关单位或者个人提供文件、资料和作出说明的,应当出示土地管理监督检查证件;土地管理检查人员应当熟悉土地管理法律、法规,忠于职守,秉公执法。

有关单位和个人对县级以上人民政府土地行政主管部门就土地违法行为进行的监督检查应当支持与配合,并提供工作方便,不得拒绝与阻碍土地监督检查人员依法执行职务。

### (四)建设行政主管部门

1. 国务院建设行政主管部门的设置及其职责

1998 年 3 月国务院机构改革,继续保留建设部,把它作为综合管理全国建设事业的政府部门。它的主要职能是:城乡建设规划管理、建筑业管理、居民住宅建设和管理等。

2. 地方人民政府建设行政主管部门的设置及其职责

《城市房地产管理法》提出:"县级以上地方人民政府房产管理、土地管理部门的机构设置及其职权由省、自治区、直辖市人民政府确定。"《城市房地产开发经营管理条例》又规定:"县级以上地方人民政府房地产开发主管部门负责本行政区域内房地产开发经营活动的监督管理工作。县级以上人民政府负责土地管理工作的部门依照有关法律、行政法规的规定,负责与房地产开发经营有关的土地管理工作。"据此,各地设立相关机构,分别负责管理规划、土地、房产、建筑、住宅等项工作。

中央的和地方的建设行政主管部门,都负责《城市规划法》、《城市房地产管理法》、《建筑法》的实施和监督实施工作。

## 三、房地产调控政策的变迁

### (一)《国务院关于进一步深化住房制度改革加快住房建设的通知》的出台

该通知提出从 1998 年下半年开始,停止住房实物分配,逐步实行住房分配货币化。这是一个划时代的文件。1997 年东南亚金融危机之后,中国出现了严重的失业问题和内需不足,因此从 1998 年开始,中央实施了以扩大内需为主基调的扩张性宏观调控政策,将房地产作为新的经济增长点加速上升,居民住房得到有效改善,对国民经济的贡献显著提高,并逐渐成为国民经济的支柱产业。

### (二)《国务院关于促进房地产市场持续健康发展的通知》的出台

2003 年 8 月 12 日,国务院下发了《关于促进房地产市场持续健康发展的通知》,通称

18 号文。该文明确提出房地产业"已经成为国民经济的支柱产业",并指出房地产是"促进消费、扩大内需,拉动投资,保持国民经济持续快速健康发展的有力措施"。

### (三) 2005 年系列调控房地产价格措施的出台

2005 年年初起,针对房价上涨过快的现象,国务院作出了一系列对房地产市场进行调控的决策。3 月,国务院办公厅下发的《关于切实稳定住房价格的通知》(旧"国八条")。4 月国务院出台的《加强房地产市场引导和调控的八条措施》(新"国八条")。5 月,国务院转发了建设部等七部委的《关于做好稳定住房价格工作的意见》,此即 25 号文。国家层面控制房价行动就此启幕。

### (四)《关于调整住房供应结构稳定住房价格的意见》的出台

2006 年 5 月,九部门制定《关于调整住房供应结构稳定住房价格的意见》再被国务院转发,是为 37 号文。文件明确要求各城市在 2006 年 9 月底前公布普通商品房、经济适用房和廉租房建设目标,"90/70"政策(套型在 90 平方米以下的住宅比率必须达到开发面积的 70%)被提了出来,税收和信贷等政策进一步紧缩。

### (五)《房地产开发企业土地增值税清算管理有关问题的通知》的出台

2007 年 1 月 16 日,国税总局下发《房地产开发企业土地增值税清算管理有关问题的通知》作为年内针对房地产行业的第一道政策,预示着房地产行业的调控再度升温,以此为标志拉开了 2007 年调控的序幕。从 2007 年 3 月 18 日起,中央银行便吹起了加息的号角,接下来 5 月 19 日、7 月 21 日、8 月 22 日、9 月 15 日和 12 月 21 日,2007 年央行连续进行 6 次加息。

### (六)《国务院关于促进节约集约用地的通知》的出台

2008 年 1 月 7 日的《国务院关于促进节约集约用地的通知》虽然是围绕土地问题展开,但却是"意在房价",在为 2008 年的楼市格局和房价走势定调。从时间上来看,《国务院关于促进节约集约用地的通知》是在房贷新政实施以后,在房地产市场成交低迷,房价走势面临着巨大内在调整冲动的情况下出台的,有着明显的"再加把力"的意味。促使房地产开发商在规定期限内开发土地,增加房屋供给,打击开发商过度囤地行为,是国家实行对房地产行业"增加供给、抑制需求"的调控思路的具体表现。

### (七) 系列支持房地产新政的出台

2008 年 10 月 12 日起,为提振低迷的楼市,中央出台了一系列支持房地产的新政。从 2008 年 11 月 1 日起,对个人首次购买 90 平方米及以下普通住房的,契税税率暂统一下调到 1%;对个人销售或购买住房暂免征收印花税;对个人销售住房暂免征收土地增值税。地方政府可制定鼓励住房消费的收费减免政策。

对居民首次购买普通自住房和改善型普通自住房提供贷款,其贷款利率的下限可扩大为贷款基准利率的0.7倍,最低首付款比例调整为20%。下调个人住房公积金贷款利率。中国人民银行决定自2008年10月27日起,将商业性个人住房贷款利率的下限扩大为贷款基准利率的0.7倍;最低首付款比例调整为20%。

# 本 章 小 结

房地产开发是指根据城市建设总体规划和社会、经济发展的要求,对土地及其地上建筑物进行建设、改进、利用等生产建设活动的全过程。近年来,我国房地产业增长迅猛,成为拉动经济增长的重要力量。

目前,我国房地产开发企业主要有三种:(1)专营企业;(2)兼营企业;(3)项目公司。设立房地产开发企业,应当具备下列条件:(1)有自己的名称和组织机构;(2)有固定的经营场所;(3)有符合国务院规定的注册资本;(4)有足够的专业技术人员;(5)法律、行政法规规定的其他条件。房地产开发企业的设立程序是:申请登记、发给营业执照、备案。为了加强房地产开发企业的资质管理,促进房地产开发经营的健康发展,《房地产开发企业资质管理规定》将房地产专营企业按资质条件划分为四个等级。

房地产中介服务是指为房地产开发和交易提供各种媒介活动的总称。它包括房地产咨询、房地产价格评估、房地产经纪等活动。房地产中介服务机构主要包括房地产咨询机构、房地产价格评估机构和房地产经纪机构。

房地产开发投资决策是指在房地产开发投资活动中,房地产开发商为了实现预期的房地产投资目标,运用一定的科学理论、方法和手段,通过一定的程序,对若干个可行的房地产开发投资进行研究论证,从中选出最满意的房地产投资方案的过程。

一般来说,房地产融资可以分为内部融资和外部融资两种。其中内部融资主要是房地产企业的自有资金。外部融资又可以分为间接融资和直接融资。间接融资主要是从金融机构获得的资金。直接融资主要是从资本市场获得的资金,主要包括股票融资、债券融资、房地产产业投资基金、房地产信托以及建筑商垫款等多种融资方式。

按揭是指商品房的预购人以其已预付部分房款的尚未竣工的商品房的全部权益作为担保,向银行等金融机构取得贷款以支付购房余款的一种融资购房方式。办理住房按揭贷款,应按以下步骤进行:第一,开发商取得住房按揭贷款承诺;第二,购房者取得银行按揭贷款。购房者取得银行按揭贷款要经以下步骤:(1)申请;(2)审查;(3)发放按揭贷款;(4)取得按揭贷款。

住房公积金是指国家机关、国有企业、城镇集体企业、外商投资企业、城镇私营企业以及其他城镇企业、事业单位及其职工缴存的长期住房储金。公积金是筹集、融通住房资金的手段。公积金制度是一种住房社会保障措施,具有社会性、互助性、保障性和政策性等特征。实行公积金制度,有利于深化住房制度改革,有利于加快住房建设,有利于提高职工的购房能力。

房地产业调控是指以国家为主体,从经济运行全局出发,运用各种经济手段,对房地产业的总量和结构进行的管理、调节和控制。房地产业调控的主要手段有国家计划、经济政策、法律法规、行政干预。国家房地产管理的部门主要有国务院、地方人民政府、土地行政主管部门、建设行政主管部门。

# 复习思考题

1. 我国城市房地产开发使用土地制度有哪些特点?
2. 土地使用权划拨的范围如何?
3. 我国对房地产开发企业有哪些管理措施?
4. 简述房地产企业融资的方法。
5. 房地产业调控的主要手段有哪些?
6. 简述我国的房地产管理体制。

# 参 考 文 献

[1] 崔建远,孙佑海,王宛生.中国房地产法研究[M].北京:中国法制出版社,1995.

[2] 苗乐如,向京.住房公积金与住房信贷[M].北京:中国物资出版社,1996.

[3] 稻信和,刘国臻编.房地产法学[M].北京:北京大学出版社,2001.

[4] 许海峰.商品房投资[M].北京:人民法院出版社,2004.

[5] 王海武.我国房地产企业融资方式研究[D].长春:吉林大学硕士论文,2007.

[6] 高波.房地产开发商策略性定价行为的经济学分析[J].产业经济研究,2008,(2).

[7] 陆明柱,项宏.房地产企业融资、上市状况及案例分析[J].中国房地产金融,2008,(5).

[8] 李江宏.房地产项目投资策略及其决策[J].市场论坛,2008,(10):38-39.

# 第八章

## 企业扩张、并购与重组

**B&E**

## 本章学习要点

1. 掌握企业扩张的概念及内涵;
2. 了解企业扩张的类型及作用;
3. 理解企业并购的概念及动因;
4. 理解企业并购的程序;
5. 掌握企业重组的内容;
6. 了解企业并购的监管。

## 第一节　企业扩张

### 一、企业扩张及其内涵

#### (一)企业扩张的概念

企业是人类社会和物质世界的一种客观事物,其既是客观的又是运动的。企业的运动性既包含着企业的量变和质变过程,又包含着企业由低级向高级、由简单到复杂的不断更新的运动过程;既包含着新企业的诞生、发育和成长的过程,又包含着老企业的退化、衰亡的过程。企业演进史表明,企业规模的扩大是企业发展的内在要求。从企业发展的最高层次上看,企业发展是量与质的统一,企业在不断扩大规模的同时,更要关注竞争能力的增强以及市场占有率的扩大等,即企业扩张。企业扩张是企业运动的一种具体形式,是企业的发展壮大。企业扩张是在企业规模扩大和企业素质提高的相互依赖、相互作用并互为条件中实现的,是企业发展的普遍追求。

#### (二)企业扩张的内涵

企业扩张的内涵主要有以下几点。

第一，企业扩张包含了企业发展变化的不同层面：一是企业群体的扩张；二是单个企业的扩张；三是企业内部要素资源结构的发展变化。

第二，企业扩张是一个过程。这个过程可以是企业在一个时间较短的区间内，比如一个企业在数年内的发展壮大，也可以是一个较长的历史进程，比如一个企业在数十年、上百年中的发展经历。

第三，企业扩张本身表现为不同的扩张形式，即表征企业扩张的参数是多个而不是单个。企业扩张可以指一个企业规模的扩大，也可以指一个企业的技术水平、劳动者素质等方面的提高及组织结构的改进；企业扩张可以指一个企业生产能力的提高，也可以指一个企业竞争能力的增强；企业扩张可以指一个企业由粗放经营到集约经营的转变，也可以指一个企业由弱到强的转变；企业扩张可以指一个企业利润额的增加，也可以指一个企业利润率的上升；企业扩张可以指一个企业销售额的增加，也可以指一个企业市场占有份额的提高；等等。

第四，企业扩张是企业发展的量与质的统一。企业扩张是在企业规模的扩大和企业素质提高的相互依赖、互为条件和相互作用中实现的。虽然，企业扩张可以在企业成长的不同侧面表现出来，但是，从长期来看，单纯从某一方面所表现出的企业扩张是不能持久的，只有将企业规模的扩大和企业素质的提高纳入一个互为依托、互相促进的进程的企业扩张，才可以保持企业扩张的持续，才可以称得上是真正的企业扩张。

## 二、企业扩张的本质

### （一）企业扩张的一般阐述

世界企业演化的史实表明，企业扩张客观地存在于企业群体的演化和许多企业个体的发展变化的历史进程之中。世界企业演化的史实还表明，企业扩张表现为多种多样的形式，比如企业资产规模的扩大、企业生产经营规模的扩大、企业利润额的增加、企业利润率的提高、企业生产率的提高，等等。那么，这各种各样的企业扩张表现形式之间共同的性质和特点是什么？这便涉及企业扩张的本质问题。

由于企业扩张是企业发展变化的反映，是企业运动的一种形式，因此，揭示企业扩张的本质是以揭示企业的本质为基础和前提的。正如在前面的论述中所阐明的那样，企业和资本是天然地联系在一起的，企业的本质是在与资本的联系中体现出来的、企业的本质反映了资本的本质。进一步讲，资本是企业存在的前提和基础，没有资本，便没有企业；没有资本，企业便失去了存在的意义和存在的内容。企业是资本的存在形式和载体，没有企业便没有了资本赖以存在、运动和增值的依托；没有企业，资本也就成了无源之水、无本之木。从某种意义上讲，企业因资本得以建立和存在，而资本以企业作为其增值的手段和途径，企业是资本增值的机器，资本是企业运动的动力。

企业和资本的这种紧密联系决定了企业和资本相互映象、相互表征,企业的运动总是体现着资本的运动,而资本的运动也总是以企业的运动为基本的表现形式,没有资本运动的企业运动是不可能存在的,同样,脱离企业运动的资本运动也是无法想象的。企业与资本共存,只要有企业存在,就意味着资本的存在,只要是企业的运动,也就必然同时是资本的运动。企业扩张是企业的一种运动形式,企业规模的扩大表征了企业资本规模的扩大,企业素质的提高表征了企业资本质量的提高,而企业利润率的提高也就是企业资本效率提高的反映。从这种意义上讲,企业扩张本质上就是资本的扩张。

### (二)企业在扩张过程中的资本扩张

企业扩张是在企业运动中实现的,资本扩张同样是在资本运动中实现的,企业和资本密不可分的联系使得企业的运动过程相互融合在一起。企业扩张最直接的表现是企业规模的扩大,资本扩张最直接的表现是资本规模的扩大即资本增值。

首先,企业的运动以企业的建立为起点,而企业的建立过程则是一个资本投入的过程。不管企业是由货币资本形式投入而建立还是由货币资本与其他资本形式的共同投入而建立,企业建立的首要前提就是货币资本的投入,因此,企业的建立反映了资本的投入,也表明企业运动的始点和资本运动的始点是一致的。

其次,企业运动的过程与资本运动的过程是相互融合的。就企业运动基本流程而言,大致可以描述为这样一个重复进行的过程:由资本投入赖以建立的企业,通过将不同的要素资源聚合到企业中进行加工转化,将加工对象变成商品,然后将商品在市场上销售出去,最终取得利润。这一过程实质上融合了资本运动的过程,企业对不同的要素资源聚合的过程,即货币资本向生产资本转化并形成一定的资本结构的过程,企业生产从而资源转化为商品的过程,是资本由生产资本向商品资本转化的过程,企业出售商品的过程则是商品资本又转化为货币资本的过程。由此可见,在企业的运动过程中,资本运动是与其紧密相伴的,企业运动与资本运动是紧密不可分的。

最后,企业运动的终点和归宿与资本运动的终点和归宿是一致的。企业运动的最终结果是商品的售出和利润的实现,资本运动的最终结果则是资本回到货币资本形态和资本的增值。

如果说企业利润的再投入实现了企业扩张的话,那么这也意味着企业资本实现了资本扩张。

## 三、企业扩张的原因

### (一)企业发展的普遍追求

从某种意义上讲,到目前为止的世界企业发展演化史正是一部波澜壮阔的企业扩张史。在这个长期的历史进程中，有许许多多的企业都曾经为这部历史写下过辉煌的篇章。当今世界500家最大企业蔚为壮观的庞大阵容、数万家跨国公司遍及全球的足迹和无所不在的影响，它们各自由小到大的扩张历程以及最大的企业生产经营规模的纪录不断被刷新的事实，不能不使人感到企业扩张的持续不衰。如美国的通用汽车公司、福特汽车公司、波音公司、杜邦公司、IBM公司，德国的戴姆勒—奔驰公司，英国皇家壳牌公司，英国的英国石油公司，法国的汤姆逊公司等具有几十年甚至上百年沧桑历史的世界著名企业，虽然，在它们每一家的发展历史中都无一例外地充满了曲折和艰辛，但是，它们每一家也都无一例外地是靠一步步的企业扩张才造就了今日的辉煌。当然，不可否认的是，在世界企业演化的历史中，也同样有大量的企业并未存活多久就永远退出了历史的舞台。其中的一些企业尚未来得及走上扩张之路也许就已经倒闭了，另外一些企业则也许是经历了一定时期内的扩张但终因经营不善而难以为继，最终被淘汰出局。对于那些寿命较短的企业而言，其归宿只有两种可能，一是因破产而死亡，二是被其他企业所吞并。第二种情况的发生则意味着其他企业的扩张。当然，企业也存在着一个企业分解为多个企业和企业将其一部分出售或收缩业务范围而产生的"企业收缩"现象，但是，这都不能证明企业不想扩张。恰恰相反，世界上不存在不追求扩张的企业。世界企业发展演化史即向人们昭示了企业扩张的广泛性，企业扩张是企业发展的普遍追求。对于任何企业而言，不论是大企业还是小企业，不论是企业刚刚建立还是企业已经扩张到相当大的规模，只要企业存在，就要追求企业扩张的目标。在企业演化的历史中，尚未发现没能实现扩张而长期生存下来的企业个例，不追求企业扩张的企业是罕见的，即便是那些已经扩张成为本领域企业巨擘的大企业都难以保证自己的地位，稍有不慎也照样失败。企业的成功总是以企业扩张的结果为标志，历史也总是格外青睐那些扩张成功的企业，企业扩张也总是企业普遍追求的目标。对于那些已经死亡的企业来说，其失败并不等于它们当时不追求企业扩张，只是它们未能实现扩张或扩张的势头未能持续下来而已。

20世纪90年代以来的世界企业发展演化的现实和趋势表明，大企化的时代并未终结，企业扩张的势头并未减弱，而是进一步强化了。随着"冷战"的结束，随着世界经济多极化和一体化进程的加快、在世界经济正经历一个重大转折和迈向新世纪的调整过程中，世界范围内的企业兼并浪潮迭起，正在把企业扩张推向一个新的高度。世界级企业之间的兼并案不断发生，这预示着一个超巨型规模经济时代的来临。这一切都意味着企业扩张正在一个更高的层次上展开，意味着企业对企业扩张的追求正在瞄准更大的目标，同时也意味着对于所有企业而言，不是扩张，就是死亡，企业的扩张既是企业普遍追求的目标，也是企业在愈演愈烈的市场竞争中得以自保的条件。

### （二）企业发展的市场动因

对于任何企业而言,都是作为市场主体而存在的,而且企业是最重要的市场主体。企业必定是市场主体。作为市场主体,企业不能脱离于市场而孤立地存在,企业的生产经营活动总是在市场中进行的,企业的生存也总是以企业生产经营的商品在市场上的售出即商品交换的实现为基本条件。就企业和市场的关系而言,企业是形成市场的主体要素,市场则是企业的外部环境,一个具体的企业与市场总是具有明确的边界,企业与市场相互依赖、相互作用和相互制约。从某种意义上讲,正是由于企业与市场的这种紧密的联系,正是由于这种联系所产生的企业与市场间的相互作用,才使得企业扩张成为企业必然的和必须的追求,这就是企业间在市场中的竞争。

## 四、企业内部化扩张与外部化扩张

### （一）企业内部化扩张

企业的内部化扩张是指企业依赖自身赢利的再投入及在此基础上通过企业内部其他因素条件的改善而实现的企业扩张。其主要特点是:企业扩张过程表现为单个企业的独立运动,企业扩张是在不改变企业产权、股权结构前提下进行的,企业的内部化扩张意味着企业扩张是企业与市场相互作用的结果,无论是企业扩张表现为企业资产总规模的扩大、销售额的增加、利润的提高,还是企业扩张的其他方面,都不涉及企业股权结构的变动,不涉及企业的产权变动问题,企业还是原来的企业。

从企业扩张的本质、条件和结果来看,企业的内部化扩张在企业资本增值的方式上表现为资本积聚。从这种意义上,企业的内部化扩张过程也就是资本积聚的过程,资本积聚和企业内部化扩张互为条件和结果。企业的内部化扩张以资本积聚到一定的规模为条件,资本积聚的规模只有增大到一定程度,企业才能不断改进技术、扩大生产规模、增强自身的竞争能力,而以资本积聚为基础的企业内部化扩张的实现又最终带来资本进一步扩大的结果。

企业内部化扩张的主要形式是企业实现利润的再投入,企业利润积累到一定程度,企业扩张的需要、竞争的需要便使得企业将积累到一定规模的利润作为新的资本投入于企业扩张。值得注意的是,企业在以内部化方式和途径进行企业扩张的过程中,并不排除企业利用银行的贷款或发行企业债券即通过借贷的形式来促进企业扩张,但是,这种负债扩张并没有改变内部化扩张的基础和前提。企业的负债扩张虽然改变了企业资产负债表,企业的权益结构发生了变化,但并没有改变企业的股权结构。企业的负债扩张只是企业与银行或企业与投资者信用关系的一种反映,并不带来企业产权结构、股权结构的变化,企业并不因为借贷的发生而改变企业的产权结构与股权结构,并且,企业对其贷款的还本付息最终是要依赖于企业自身生产经营活动的最终成果——企业利润,要以企业利润的大小和利润率的高低为条件,企业运用借贷进行的投资,从一个侧面而言即是企业利润的预支,企业发行债券也是如此。

### (二)企业外部化扩张

企业外部化扩张是与内部化扩张相对应的一种企业扩张的基本方式和途径,它是指企业扩张的实现是依赖企业合并及其他企业外部化行为的支撑而实现的企业扩张。其主要特点是:企业扩张包含了企业独立性的丧失,包含了企业股权结构的变动。这种企业扩张表现的不是单个企业的独立运动,也不是在企业股权结构不变前提下的扩张,而是两个企业合并成一个企业或者一个企业在旧的股权结构被打破而形成新的股权结构基础上的扩张,这种企业扩张以企业股权结构的变化为基本标志。同样从企业扩张的本质、条件与结果来理解企业外部化扩张,企业的外部化扩张则在资本增值、资本扩大的方式上表现为资本集中。资本集中表现为社会中个别资本合并成一个统一的大资本或者分散的较小资本不断为大资本所吞并的过程,从这种意义上,企业的外部化扩张则表现为企业兼并和企业联合等企业合并,资本集中与企业的外部化扩张互为条件和结果。资本集中以资本积聚到一定规模为条件,因此,企业的外部化扩张以企业的内部化扩张到一定程度为条件。只有资本积聚到一定规模,才有可能实现对其他资本的兼并,只有企业内部化扩张达到一定程度,才有条件通过兼并其他企业而实现外部化扩张;反之,企业外部化扩张的实现也使得企业有条件进行更大的内部化扩张。由此而言,企业外部化扩张与企业内部化扩张一方面密切联系、相互促进,另一方面又有着各自的规律和特点。如果说企业内部化扩张表现为企业之间在竞争中相互独立、相互排斥的话,那么,企业外部化扩张则表现为企业之间在竞争中的合并;如果说企业内部化扩张以企业利润的再投入能力等内部条件为条件的话,那么,企业的外部化扩张则以企业在市场上的竞争能力相对其他企业的控制能力为条件;如果说企业内部化扩张并未带来企业股权结构的改变的话,那么,企业外部化扩张则必然带来企业股权结构的改变。

企业外部化扩张以各种形式的企业合并为主要方式,除此之外,企业外部化扩张还依赖和表现为其他的一些方式,比如企业可以通过在资本市场上发行股票的形式进行筹资并用于企业扩张。就企业的股票发行而言,包括企业股票上市发行和非上市发行,企业上市发行股票即意味着企业成为一种特殊的企业——上市公司。再比如,企业可以通过转让商标或技术标准来实现控制其他企业和实现自己扩张的目标,像世界著名快餐企业麦当劳公司的扩张就是如此;企业可以通过购买其他企业的股权并将其他企业纳入本企业的控制之下来实现本企业的扩张等等。但是,不管是哪一种形式的企业外部化扩张,它们共同的特点都在于企业的股权结构发生了变化。一般而言,企业的外部化扩张都会导致企业股权结构的分散化。

### (三) 企业内、外部化扩张的地位和作用

自从企业扩张形成内部化扩张和外部化扩张的双元格局以来,企业扩张便成为企业演化中更加突出的现象。在长期的企业扩张的历史进程中,企业内部化扩张和企业外部化扩张作为企业扩张的两种基本方式、基本途径,各自也发生了许多变化,无论是从企业内部而言还是从企业外部而言,企业扩张的支撑因素和条件都大大丰富了。但是,这并没有改变企业内部化扩张和外部化扩张的固有特点和彼此在企业扩张中的一般地位。对于实现扩张的任何企业而言,其持续的企业扩张都不是由某一种扩张方式促成的,而是两者共同促成的,两者在企业扩张中缺一不可。

企业的内部化扩张方式是企业扩张的一般方式,是企业扩张所依赖的一般基础,连同企业的外部化扩张方式在内,也是以企业的内部化扩张方式为基础条件的。企业不依赖于内部化扩张方式扩张到一定程度,是没有能力进行企业兼并、企业合并等外部化扩张活动的。企业的外部化扩张总是以企业内部化扩张到一定程度为基础,企业的外部化扩张方式是企业扩张的特殊方式,任何一个企业的扩张都不可能持续地进行外部化扩张,而且企业的外部化扩张还必须满足一些相应的外部条件才有可能进行,它只能在企业扩张的某阶段运用,即使企业外部化扩张得以进行,其扩张最终也要依靠企业内部化扩张来实现其扩张目标。因此,企业扩张是在内部化扩张和外部化扩张的相互交替、互为依托中实现的,其基本顺序是:企业内部化扩张→企业外部化扩张→新企业内部化扩张→新企业外部化扩张……企业内部化扩张所依赖的基本要素和条件主要来源于企业内部,也同时受到企业内部的限制,一般而言,企业内部化扩张速度不快,扩张过程呈渐进性,扩张风险相对较低。而企业的外部化扩张所依赖的基本要素和条件主要来源于企业外部,也同时受到企业外部的约束,但企业外部化扩张一旦实现,则能够很快地实现扩张。扩张过程呈突变性,但相应的扩张风险也相对较高。正是出于企业的内部化扩张和外部化扩张之间的对应性,才决定了两者之间的互补性和两者在企业扩张中的彼此联系和不可截然分离的关系,决定了两者在企业扩张中都是不可缺少的。企业的内部化扩张总是企业外部化扩张的基础,而企业外部化扩张也总是将企业的内部化扩张推向一个新的水平,并为新的外部化扩张提供一个更高的基础。

企业的内部化扩张在与企业外部化扩张的对应和联系中,其本身的形式是呈多样化发展的。除上面所言的各种形式外,这里值得注意的是企业内部化扩张的一种特殊形

式——企业的退出战略,即企业为集中主要业务,提高主要业务的竞争能力和形成竞争优势,而将企业中与企业关系不大或根本无关的业务出售的战略行为。这也是一种内部化扩张,企业扩张不仅表现为生产规模的扩大,还表现在其他方面。退出战略是为了扩展企业主要业务而进行的战略行动,是企业内部的结构调整。像美国通用电气公司 1970 年 5 月将其所属的计算机事业部卖给霍尼威尔公司之举,就是一次典型的退出战略的成功运用。此举不仅收回 9 亿美元投资的大部分而将其用于扩张其他业务,还避开了 IBM 公司巨大的竞争压力。1971 年,美国通用电气公司的销售额即达到 94 亿美元,获纯利 4.718 亿美元,销售利润率自 1965 年以来,第一次上升到 5%。在现代企业的扩张中,这样的例子不胜枚举。

企业的外部化扩张方式和内部化扩张方式一样,其本身的形式也是呈多样化发展的。仅就其主要形式——企业合并或企业兼并而言,已发展为多种兼并类型,如横向兼并、纵向兼并、混合兼并,如公开收购兼并、直接收购兼并、间接收购兼并、杠杆收购兼并等。企业外部化扩张方式以其迅速扩张企业的优势在现代企业扩张中得到了广泛运用。第二次世界大战后进一步显示了其在企业扩张冲的突出地位,美国经济学家谢勒和雷文斯克罗夫特提供的一组数字表明,1950—1975 年,美国最大的 200 家公司中有 86% 的公司是由于兼并活动扩大规模进入 200 家公司行列的,只有 14% 的公司是由于内部积累增长进入 200 家公司行列的。但是,企业外部化扩张的成功总是以企业内部化扩张为条件,甚至企业外部化扩张是最终靠企业内部化扩张来完成的。现代企业扩张往往表现为内部化扩张与外部化扩张方式的相互结合与综合运用。像上面所提到的美国通用电气公司,自 1981 年由杰克·韦尔奇执掌帅印以来,在 1981—1990 年的一项为期十年的产业大改组计划实施中,就花费 111 亿美元买进了 338 家子公司,又以 59 亿美元卖掉了 232 家子公司。内部化扩张与外部化扩张结合运用,进行一系列兼并收购、调整、改组,到 20 世纪 90 年代初,美国通用电气公司的年销售额超过 600 亿美元,利润将近 45 亿美元,市场价值接近 600 亿美元,而在 80 年代初,其销售额还不过 250 亿美元,利润不过 15 亿美元,市场价值也不过 120 亿美元。美国通用电气公司的成功扩张,是企业内部化扩张与外部化扩张相结合的典范。

### 五、知识经济时代企业发展趋势

知识经济时代的来临,使得人类经济与社会正以空前的速度发生着剧烈而深刻的变革,使得企业生存和发展的环境发生着剧烈而深刻的变革,并对企业扩张的未来带来巨大的冲击和影响,但是,必须注意到的一个事实是,知识经济时代的到来,并不意味着企业本质的改变,并不意味着企业作为一种社会历史现象将退出历史舞台,恰恰相反,企业在自身发展演化的同时正日益扩展着其对经济与社会的影响力和渗透力,世界企业的发展在知识经济时代到来之际正显现出一些引人注目的趋势,这些趋势代表着企业发展的未来方向,蕴涵着企业扩张的未来路径。

### (一)企业经营的全球化

在世界经济全球化的背景下,企业经营的全球化则成为一种必然趋势。企业经营的全球化既是全球经济一体化的重要内容,又是早已存在的企业经营跨国化的进一步放大和强化。企业经营的全球化趋势主要表现在:一是越来越多的跨国企业的企业组织和所入市场由多个国家向全球扩展。当今世界,许多世界级的大型跨国公司已经将其企业机构延伸到世界大多数国家和地区,将其产品或服务渗透到全球市场;二是早已作为企业常态的企业重组越来越明显地在全球范围内展开。近几年来,世界范围内企业兼并风起云涌的事实表明,企业活动正越来越明显地在全球范围内展开,而许多大型跨国公司之间兼并个案的不断发生更增添了其浓厚的全球化经营色彩,强化了其全球化经营的力度;三是企业要素资源配置越来越明显地在全球市场中进行,企业竞争越来越明显地在争夺全球市场份额的背景下展开,越来越多的企业受到全球经济走势的影响和冲击。

### (二)企业运行的信息化

和知识经济时代相联系并作为知识经济重要特征的信息革命的发生和发展,使得信息作为企业要素资源的地位越来越突出,作用越来越明显。信息技术的巨大进步既使得企业可以利用快速的信息技术手段解除以往的企业在信息采集、筛选和加工方面的约束,又可以通过利用信息技术的支撑来进行企业大整合,从而从不同方面掌握企业扩张的地理优势、重塑组织优势和发挥人力优势,进而增进企业对环境的适应能力和企业抗风险能力。但是,知识经济的来临也使得信息高度膨胀,企业的信息需求量、信息处理量、企业内部与企业外部之间的信息交换量大大增加,这恰恰使得企业对于信息及信息技术的依赖性大大增强,使得企业生产和经营、组织与管理乃至整个的企业运行越来越显现出企业的信息化特征。加大对企业信息系统的投入和加快企业信息技术的利用,是近年来企业变化中的一个重要趋势。值得注意的是,由于计算机病毒和黑客的危害,企业运行的信息化过程中的企业信息安全问题始终是需要加以注意和解决的关键问题。

### (三)企业组织的网络化和弹性化

知识经济时代的来临带来企业环境方面的重大变化,企业与企业环境间的互动关系进一步强化,传统的官僚或层级组织已越来越不适应企业生存和发展的需要,如何既能保持企业一体化又能保持企业组织效率是知识经济背景下企业所面临的组织难题。在企业的阶层组织模式逐渐暴露出其僵化的弊端之后,团队价值模式应运而生,近些年来社区组织模式也开始显露出成长的萌芽。总之,多种组织结构并存是当今世界企业中的一个基本特点。但是,值得注意的是,作为企业组织变革的一种趋势,企业组织的网络化和弹性化正在越来越大的范围内向越来越多的企业扩散,许多世界著名大企业尤其是近些年来新兴的信息技术企业都采用了网络化组织模式,网络化组织既减少了传统的阶层组织的管理层次,保持了企业一体化的需要,又具有很大的组织弹性和组织效率,尤其是在信息技术和其他高新技术企业中,企业组织的网络化和弹性化正成为这一领域的一个基本趋势,同时,企业组织的网络化是依靠信息化作为基本支撑手段的。

### (四)企业整合的知识化

知识经济时代的来临,正深刻地改变着各种企业要素资源在企业中地位与作用的格局,知识作为企业要素资源的地位与作用日益突出,同时,知识向其他要素资源的渗透也使得知识对于其他要素资源的影响和作用呈强化趋势,企业内部整合以及由此形成的企业内部结构和企业整体竞争力都越来越明显地依赖于企业的知识学习及知识积累、知识运用和知识创新能力。从某种意义上说,知识经济时代的企业整合是企业作为知识载体的整合,是企业运用知识的整合,是知识化的整合。

需要指出的是,知识经济时代的来临,无疑是企业进化的一个新的历史时期的到来,它无疑给当前的世界企业带来很大的冲击,为企业演化注入新的动力。但是,知识经济时代的来临,并不等于企业本质的改变,也不等于资本和企业其他要素资源在未来企业中承担着无足轻重的角色,不等于企业扩张的停滞。企业,只要还是企业,只要企业仍作为社会生产的历史性组织没有退出历史舞台,只要企业仍作为专门的商品生产经营组织还处于商品经济之中,只要资本还没有消失,只要企业仍作为资本载体和资本的基本存在形式,企业就要追求扩张。

## 第二节　企业并购的基本理论

### 一、企业并购的界定

企业并购是企业兼并和收购(merger & acquisition,M&A)的总称。兼并是指一个企业购买其他企业的产权,使之失去法人资格或改变法人实体的一种行为。收购是指一家企业通过收购另一家企业一定数量的股份或资产而获取该企业相应控制权和经营权的行为。

按照合并方企业的法律地位不同,兼并可分为吸收合并和新设合并。吸收合并是指一个企业吸收一个或一个以上的企业,合并方企业存续,继续拥有法人资格,而被合并方企业不再存续,即 A+B=A;新设合并是指两个或两个以上的企业合并为一个新的企业,原企业都不再存续,即 A+B=C。收购按照收购的对象不同,可分为收购资产和收购股权两种方式。收购资产是指收购方收购目标企业(即被收购企业)部分资产,且并入收购方企业(如全部收购其实就是吸收合并);收购股权是指全部或部分收购目标企业股权,借以控制或影响目标企业的经营行为。需要指出的是,兼并与收购,由于操作方式、表现形式相同,往往作为同义词使用,泛指在市场机制作用下,企业为了获取其他企业的控制权而进行的产权交易活动。

企业并购是企业获取生产要素的一个重要途径。企业要获取诸如机器设备、劳动力、技术、信息等生产要素有两个途径:其一是直接向生产要素提供者购买,这就是传统意义上的直接投资的概念;其二是向生产要素拥有者购买,即企业并购。

## 二、企业并购的分类

### (一)按并购企业与目标企业所属行业的关联程度,可分为横向并购、纵向并购和混合并购

1. 横向并购

横向并购(horizontal M&A),是指为了提高规模效益和市场占有率而在同类产品的产销企业之间发生的并购行为,其目的主要是为了减少竞争对手、提高市场占有率和增强企业实力。由于横向并购发生在技术、生产工艺、产品及销售渠道相同的行业,并购双方容易融会在一起,因而较易达到预期目的。横向并购是企业并购中最常见的形式,但是由于这种并购容易破坏竞争,形成垄断,许多国家对此有一定的限制。

2. 纵向并购

纵向并购(vertical M&A),是指生产过程或经营环节紧密相关企业之间的并购行为,可分为前向并购和后向并购。前者是指向其产品的下游加工流程方向并购,如生产零部件或原材料的企业并购装配企业或加工企业;后者是指向其产品的上游加工流程方向并购,如装配或制造企业并购零件或原材料生产企业。纵向并购的目的主要是为了加速生产流程,缩短生产周期,保证原材料及零部件及时供应,降低交易成本,节约运输、仓储费用等。由于纵向并购的双方一般是原材料供应者和产成品购买者,对彼此的生产状况都比较熟悉,并购后容易融会在一起,所以也比较容易获得成功。

3. 混合并购

混合并购(conglomerate M&A)又称复合并购,是指生产和经营彼此没有关联的产品或服务的企业之间的并购行为。按混合的程度,混合并购又可分为产品扩张型混合并

购、市场扩张型混合并购和纯混合并购三种。产品扩张型混合并购是指产品的生产技术或工艺相似的企业之间的并购,如汽车制造企业并购农用拖拉机或收割机制造企业。市场扩张型混合并购是指具有相同产品销售市场的企业间的并购,如化肥制造企业并购农药生产企业。纯混合并购是指产品和市场都无关联的企业间的并购,如汽车制造企业并购旅游、餐饮企业。混合并购的目的主要是为了实现技术或市场共享,增加产品门类,扩大市场范围,实现多元化经营,分散企业经营风险。由于混合并购双方的产品或服务彼此没有相关性,并购后融合在一起比较困难,因而管理难度较大。

**(二)按并购的出资方式,可分为现金并购、股票并购、杠杆并购和综合证券并购**

1. 现金并购

所谓现金并购,是指通过支付一定数量的现金以换取目标企业的产权。具体方式有:

现金购买资产(cash for assets),它是指并购方企业使用现金购买目标企业部分或全部资产。

现金购买股份(cash for stock),它是指并购企业用现金购买目标企业部分或全部股份。现金并购的优点是:并购方用现金作为支付手段不仅速度快,而且可使有敌对情绪的目标企业措手不及,使竞争对手或潜在的竞争对手难以抗衡。就目标企业而言,现金并购可使其资产或虚拟资本在短时间内转化为现金,不必承担证券风险,日后也不会受到并购企业经营业绩等的影响。现金并购的缺点是增加了并购企业即时现金负担。

2. 股票并购

股票并购是指并购企业通过支付一定量的股票以换取目标企业的产权。具体方式有:

股票购买资产(stock for assets),它是指并购方企业用本企业股票或股权交换目标企业部分或全部资产。

股票换股票(stock for stock),它是指并购方企业用本企业股票或股权交换目标企业的股票或股权。股票并购的优点是:并购方企业不需要支付大量现金就可完成并购活动,就目标企业而言,其原股东仍可保留其所有者权益。缺点是:会使并购方企业股权结构发生变化,有可能损害原股东的利益,会受到有关证券上市规则的限制,可能招来风险套利者,造成股价下滑等。

3. 杠杆并购

杠杆并购(leveraged buy-out,LBO),是指并购方以目标企业的资产和未来的现金流量作为抵押品,向金融机构贷款,从而实现对目标企业的并购。在杠杆并购中,并购企业一般只需拿出并购资本的10%～15%,50%～70%由金融机构的"过渡性贷款"解决,其余部分通过发行"垃圾债券"获得。并购完成后,并购企业或是变卖一部分目标企业的资产,或是将目标企业重新上市,通过套现偿还"过渡性贷款"。杠杆并购的优点是:就并购方企业而言,可以以较小的投资来获得另一企业的全部或部分产权,不仅"大鱼可吃小鱼","小鱼也可吃大鱼",迅速扩大企业规模。就提供贷款的金融机构而言,由于"过渡性贷款"要比一般的贷款利率高,可以获取更高的收益。不足之处是:它将引起企业负债的增加,金融机构的风险加大,一旦经济出现衰退,会使企业和金融机构面临难以自拔的困境。

#### 4. 综合证券并购

综合证券并购,是指并购方企业对目标企业并购的出资方式不单纯是现金或股票,而是现金、股票甚至还有认股权证、可转换债券和企业债券等多种形式的证券综合。综合证券并购方式的优点为:一是可避免支出更多现金,造成企业的资本结构恶化;二是可以防止控股权的转移。缺点是换算比较麻烦。

### (三)按并购方企业对目标企业并购的态度,可分为善意并购和敌意并购

#### 1. 善意并购

善意并购(friendly M&A),也称友好协商并购。它是指并购方企业以较合理的价格、人事安排等并购条件,与目标企业的管理层协商,取得目标企业股东和管理层的理解与配合所进行的并购。善意并购的优点是:由于并购协议是双方经反复协商后达成的,因而对并购以后的整合工作的推进比较有利。缺点是:比较费时,且当目标企业提出的条件难以满足时,并购活动将流于失败。

#### 2. 敌意并购

敌意并购(hostile M&A),也称恶意并购或强迫并购,是指并购方企业事先未与目标企业管理层协商而秘密并购目标企业股份的行为。恶意并购通常有两种做法:一是并购方企业向目标企业提出并购建议,目标企业必须对并购方企业的出价迅速作出决定。另一种是并购方企业事先不向目标企业提出建议,而是直接向目标企业的股东提出要求,或直接在市场上收购目标企业的股票。在敌意并购下,并购方企业通常得不到目标企业管理层的配合;相反,后者还会设置障碍阻挠并购。敌意并购的优点是:无须同目标企业进行反复协商,效率较高。缺点是:会遭到目标企业的阻挠,增大并购成本。

## 三、企业并购的动因分析

企业通常会基于以下几个理论进行并购。

### (一)经营协同效应

所谓经营协同效应,是指通过企业并购使企业生产经营活动效率提高所产生的效应,

整个经济的效率将出于这样的并购活动而提高。经营协同效应的产生主要有以下几个原因：

第一，通过企业并购，使企业经营达到规模经济。企业并购使几个规模小的公司组合成大型公司，从而有效地通过大规模生产降低单位产品的成本。规模经济还体现在通过企业并购从而扩大规模后市场控制能力的提高，包括对价格、生产技术、资金筹集、顾客行为等各方面的控制能力的提高以及同政府部门关系的改善。追求规模经济在横向兼并中体现得最为充分。

第二，企业并购可以帮助企业实现经营优势互补。通过兼并收购能够把当事公司的优势融合在一起，这些有时既包括原来各公司在技术、市场、专利、产品管理等方面的特长，也包括它们中较为优秀的企业文化。例如，1987年美国烟草业巨头菲利浦·莫里斯公司收购生产"麦氏咖啡"的通用食品公司后，就充分利用了它在塑造"万宝路"香烟中获得的经验和它在市场营销方面的专长，成功地推出了"低脂肪"食品。

第三，可能获得经营效应的另一个领域是纵向一体化。将同一行业处于不同发展阶段的企业合并在一起，可以获得各种不同发展水平的更有效的协同。其原因是通过纵向联合可以避免联络费用、各种形式的讨价还价和机会主义行为。

**（二）财务协同效应**

财务协同效应是指在企业并购后，出于税法、证券市场投资理念和证券分析人士偏好等作用面产生的一种好处。它主要表现在以下三个方面：

第一，通过企业并购可以实现合理避税的目的。企业可以利用税法中亏损递延条款来达到避税目的，减少纳税业务。所谓亏损递延条款指的是，如果某公司在一年中出现了亏损，该企业不但可以免当年的所得税，它的亏损还可以向后递延，以抵消以后几年的盈余，企业根据抵消后的盈余交纳所得税。因此，如果某企业在一年中严重亏损，或该企业连续几年亏损，企业拥有相当数量的累积亏损时，这家企业往往会被其他企业作为兼并收购对象来考虑，同时该亏损企业也会希望出售给一个赢利企业来充分利用它在纳税方面的优势。因为通过亏损企业和赢利企业之间的兼并收购，赢利企业的利润就可以在两个企业之间分享，这样就可以大量减少纳税义务。

第二，通过企业并购来达到提高证券价格的目的。如果A公司的市盈率较高，B公司的市盈率较低，则A公司和B公司合并以后，证券投资者通常会以A公司的市盈率来确定合并后新公司的市盈率。这样，合并以后企业的证券价格就会上涨。

第三，通过企业并购能提高公司的知名度。公司扩张性行为能更好地吸引证券分析界和新闻界对它的关注、分析和报道，从而提高公司的知名度和影响力。同时，扩张之后企业规模的扩大也更容易引起市场的关注。

### （三）企业快速发展理论

企业发展主要有两种基本方式，一是通过企业内部积累来进行投资，扩大经营规模和市场能力；二是通过兼并收购其他企业来迅速扩张企业规模。在现实生活中通过企业兼并收购其他企业来迅速发展壮大是一种非常普遍的现象。比较而言，通过兼并收购来实现企业发展有如下几个优点。

第一，兼并收购可以减少企业发展的投资风险和成本，缩短投入产出时间。在兼并收购情况下，可以通过利用原有企业的原料来源、生产能力、销售渠道和已占领的市场，大幅度降低发展过程中的不确定性，降低投资风险和成本。同时，也大大缩短了投入产出的时间差。

第二，兼并收购有效地降低了进入新行业的障碍。公司在进入新行业寻求发展的时候，往往会面临很多障碍，如达到有效经营规模所需要的足额资金、技术、信息和专利，有效占领消费市场所需要的销售渠道等等，这些障碍很难由直接投资在短期内克服，但却能由兼并收购来有效地突破。再者，收购方式还能避免直接投资带来的因市场生产能力增加而引起的行业内部供需关系失衡，从而减少了价格战的可能性。

第三，兼并收购可以充分利用经验曲线效应。所谓经验曲线效应，是指企业的生产单位成本随着生产经验的增多而有不断下降的趋势。由于经验是在企业的长期生产过程中形成和积累下来的，企业与经验形成了一种固有联系，企业无法通过复制、聘请其他企业雇员、购置新技术和新设备等手段来取得这种经验。如果企业通过收购方式扩张，不仅获得了原有企业的生产能力，还将获得原有企业的经验。因此，在企业需要发展壮大时，许多企业都是采取兼并收购其他企业的扩张形式。

### （四）代理问题理论

詹森和梅克林系统阐述了代理问题的含义。当管理者只拥有公司股份的一小部分时，便会产生代理问题。由于拥有绝大多数股份的所有者将承担大部分的成本，因此部分所有权可能会导致管理者的工作缺乏动力并且（或者）进行额外的消费（如奢华的办公室、公司汽车、俱乐部的会员资格等）。他们还认为在有广泛分散所有权的大公司中，个别所有者没有足够的动力为了监控管理者的行为而花费大量的财力和物力。法玛认为，许多报酬协议和管理者市场可能会使代理问题得到缓解。

解决代理问题的另一种市场机制是被收购的危险，被收购的危险可能会代替个别股东的努力来对管理者进行监控。收购通过要约收购或代理权之争，可以使外部管理者战胜现有的管理者和董事会，从而取得对目标企业的决策控制权。

代理问题理论的一个变形是自由现金流量理论,这种理论认为有些收购活动的发生是由于管理者和股东间在自由现金流量的支出方面存在冲突。所谓自由现金流量是指超过公司可进行的净现值为正的投资需求以外的资金,自由现金流量必须支付给股东,以削弱管理层的力量并且使管理者能够更经常地接受公共资本市场的监督。

### (五)市场占有理论

市场占有理论认为,企业并购的主要原因是提高企业产品的市场占有率,从而提高企业对市场的控制能力。因为企业对市场控制能力的提高,可以提高其产品对市场的垄断程度,从而获得更多的垄断利润。就兼并收购的形式来说,不论是横向兼并还是纵向兼并,都会增强企业对市场的控制能力,从而获得更多的垄断利润。在横向兼并中,因为同行业的两个企业之间的兼并,必然会导致竞争对手的减少,从而扩大市场占有率。而纵向兼并,由于控制了原料供应和(或)产品销售渠道,能够有力地控制竞争对手的活动。

## 四、中西方企业并购的发展回顾

### (一)西方企业并购的五次浪潮

近一百多年的历史是西方资本主义经济快速发展的历史,是西方各国生产力不断提升的历史。西方经济之所以得以迅速发展,原因有很多,其中企业并购是一个最重要的原因。从某种意义上讲,正是因为持续不断的并购浪潮推动了西方经济的发展。下面将着重回顾美国一百多年来的并购历史。

1. 第一次并购浪潮(19世纪末—20世纪初)

当时的美国经济正处于由自由竞争时期向垄断时期的过渡。在这一时期美国共发生了2 864起并购,其中仅1889—1903年高峰期就有2 653家企业被并购,涉及资产总额63亿美元。结果是100家最大公司的规模扩展了4倍,并控制了全国工业资本的40%。这次并购浪潮的特点是:以横向并购为主要形式。例如,当时控制全美铁路的摩根财团1889年并购了中西部的一系列中小钢铁公司,成立了联邦钢铁公司,随之又合并了卡内基钢铁公司,1901年又收购了全美3/5的钢铁企业,组建了美国钢铁公司,当时其产量要占到美国市场销量的95%。

2. 第二次并购浪潮(20世纪20年代)

经历了1920—1921年的经济危机之后,在欧洲各国战后恢复和发展经济、对机器设备和原材料大量需求的刺激下,美国经济出现了新一轮的高潮,与此同时形成了企业并购的第二次浪潮。在本次并购浪潮中,被并购企业达12 000家,比第一次并购浪潮增加了近4倍,涉及公用事业、银行、制造业和采矿业等。全国278家大公司中有236家公司进行了不同程度的并购。这次并购浪潮的特点是:以纵向并购为主要形式。例如,美国福特汽车公司在此次并购浪潮中,并购了大量的各类中小企业,形成了一个生产焦炭、生铁、钢材、铸件、锻造、汽车零部件、冰箱、皮革、玻璃、塑料、橡胶、滚动轴承、发电机、蓄电池等有关汽车制造无所不包的生产统一体,还建立了自己的汽车销售网络及分销运输体系。

3. 第三次并购浪潮(20 世纪五六十年代)

第二次世界大战后,美国取代了英国成为世界经济的霸主,当时欧洲、日本都靠美元恢复战争创伤,美元输出带动了美国商品的输出,美国经济再次进入高速发展期,与此同时并购浪潮应运而生。第三次并购浪潮的规模之大是空前的。仅 1960—1970 年间就发生了 25 598 起,在 1951—1968 年间,美国最大的 1 000 家公司有近 1/3 被并购,其中一半以上是被最大的 200 家公司所并购。这次并购浪潮的特点是:以混合并购为主。企业并购形式的这种变化,其主要原因:一是美国政府执行反托拉斯法的力度不断加强,横向并购、纵向并购的难度越来越大;二是在这个时期,管理科学得到迅速发展,计算机在企业中逐渐得到广泛应用,使经理人员对大型混合企业的有效管理成为可能;三是多元化的经营可分散经营风险理论的流行。当时比较典型的案例是可口可乐公司的混合并购。1960年可口可乐并购了一家冷冻果汁公司,1961 年又购进了经营咖啡的邓根食品公司,1970年购进了生产水净化系统的化学溶液公司,1977 年购进了生产塑料薄膜包装材料的普莱斯托产品公司,1977 年又购进了泰勒酿酒公司等。

4. 第四次并购浪潮(20 世纪七八十年代)

本次并购浪潮始于 1975 年,在 1984—1985 年达到高潮,两年并购交易分别高达1 224 亿美元和 1 796 亿美元,并购标的越来越大。1978 年前,10 亿美元以上的并购十分罕见,但从 1979 年起,这类交易开始增多。1984 年达到 18 起,1985 年达到 36 起,1988年达到 45 起,其中 1985 年仅通用电气公司就以 62.8 亿美元收购了美国无线电公司,刷新了美国企业并购史的新纪录。与第三次并购浪潮相比,本次并购浪潮有以下显著特点:其一是综合性。并购的形式趋于多样化,难以看清是以横向并购为主或是以纵向并购为主,还是以混合并购为主。其二是主动性并购的比重比较大。在整个 20 世纪 80 年代,这类并购占整个并购交易量的 35%以上。其三是出现了杠杆并购,产生了"小鱼吃大鱼"现象。比如 1985 年资产仅 15 000 万美元的经营超市的潘特里公司并购了拥有近 20 亿美元资产的经营药品和化妆品的露华浓公司。据统计,20 世纪 80 年代以杠杆并购方式并购的企业总价值达 2 350 亿美元,涉及企业多达 2 800 家。其四是企业并购逐渐从国内并购发展到国外并购。20 世纪 80 年代以来,跨国企业除了涉外直接投资外,还直接并购海外企业,从而大大缩短了开拓海外市场的时间。

5. 第五次并购浪潮(1994— )

本次并购浪潮始于 1994 年,直到现在不仅没有结束的意思,反而一浪高过一浪。本轮并购浪潮具有以下特点:一是并购涉及的行业相对集中,2/3 以上的并购发生在金融业、医疗保健业、电信业、大众传媒业、化学工业和国防航空业,其中金融业的并购尤为活跃。2001 年全球十大并购案中有 4 起为金融业的并购。二是并购标的巨型化,强强联合多以善意并购进行。如世界最大的航空制造公司波音和世界第三大航空制造公司麦道的合并,惠普和康柏的合并,美国航空公司收购美国环球航空公司等,标的动辄几十亿美元、几百亿美元。三是高科技领域成为并购的热点,尤其是 IT 行业,1999—2000 年间,几乎每天都有 IT 行业的并购发生。

### (二)我国企业并购的三个阶段

随着我国经济体制改革的深入、社会主义市场经济体制的确立和逐渐成熟,政府在企业并购中的作用也由主导作用向引导作用过渡,市场机制在并购中的作用由辅助作用向主导作用转变。因此,我国的企业并购将经历政府主导型并购(1991 年之前)、政府与市场共同主导型并购(1992—2010 年)、市场主导型并购(2010 年以后)三个阶段。

1. 政府主导型并购阶段(1991 年之前)

政府主导型并购,是指政府以企业所有者的身份,运用其行政权力主导企业的并购活动,在并购过程中起决定性的作用。

在这一时期,我国的企业并购之所以会以政府主导型并购为主,是国有企业这种制度安排的必然产物。国有企业属全民所有,国家代表全体人民行使所有权,国家的所有权具体由各级政府部门行使。改革开放之前,在以行政性指令为主要经济管理手段的计划经济体制下,政企合一,企业是政府部门的附属物,所有的社会经济活动均由政府出面组织,企业并购表现为政府以所有者身份对资产进行无偿划拨。1979—1991 年期间,国企经历了"放权让利"、"利改税"、"承包制"、"股份制改造"等一系列改革,但由于未解决产权问题,政资、政企不分的现象仍然存在,企业的市场主体地位没有确立,所以政府在企业并购中起主导作用。在这一时期,出现了典型的"保定模式":企业兼并采取自上而下的程序,由政府依据产业政策,以所有者身份进行干预,促进企业间的兼并。

政府主导企业并购的动因主要是减少乃至消灭亏损企业。1989 年,我国颁布的《关于企业兼并的暂行办法》规定被兼并的对象主要是:资不抵债和接近破产的企业,长期经营性亏损或微利的企业以及产品滞销,转产没有条件,也没有发展前途的企业。改革开放以来,国有企业的亏损面不断扩大,如保定市在 20 世纪 80 年代初预算内亏损的企业占总数的 80% 以上,由于没有相应的社会保障制度,让这么多企业破产是不现实的。因此,国家财政对亏损企业的补贴逐年攀升,从 1978 年占财政收入的 5.9% 到 1985 年增加到 10.61%,1985 年国家财政负担的企业亏损补贴为 507.02 亿元。为了减轻财政负担,维护社会稳定,在政府的主导下,出现了优势企业兼并亏损企业的高潮。20 世纪 80 年代全国累计共有 6 226 户企业兼并了 6 966 户企业,共转移存量资产 82.25 亿元,减少亏损企业 4 095 户,减少亏损金额 5.22 亿元。

2. 政府与市场共同主导型并购阶段(1992—2010 年)

政府与市场共同主导型并购,是指在并购过程中,政府与市场共同作用于企业的并购活动,政府通过一系列的优惠政策、法规诱导企业的并购行为,企业根据自身的发展战略在资本市场上选择并购目标。在"少破产,多兼并"方针的指导下,我国出台了一系列鼓励兼并亏损企业的政策。1995 年 5 月颁布的银发[1995]130 号文件规定,兼并困难企业的优势企业可以享受免除利息、逐年还本的优惠;1997 年 3 月,国务院下发的《关于在若干城市试行国有企业兼并破产和职工再就业问题的补充通知》,政府鼓励优势企业兼并困难企业。李善民和陈玉罡(2002)对我国证券市场 1999—2000 年间发生的 349 起并购事件进行研究,发现大多数并购事件不是由双方企业真正的通过资本市场进行产权交易,而是政府的介入[1]。方芳等(2002)对 2000 年发生的 80 起并购事件进行研究,发现国有控股的上市企业中,并购并不是完全市场化行为,还保留着一些非市场化的因素[2]。在这一时期,我国由计划经济向市场经济过渡,此过程是市场经济体制的确立和逐步完善以及政府部门逐步从微观经济领域退出的过程,因此是政府与市场共同主导型并购阶段。

3. 市场主导型并购阶段(2010 年以后)

市场主导型并购是指企业根据自身发展的需要,在资本市场上按照并购市场的规则进行并购的行为。届时,我国关于并购的法律制度将比较完善,资本市场比较成熟,中介市场比较健全,企业可根据自身的发展战略在资本市场上进行并购活动。政府主要通过制定和完善法律制度,对企业的并购行为进行引导和规范,引导有利于实现规模经济效益、范围经济效益的企业并购行为,防止出现有损公平竞争的垄断性并购行为,以实现社会效益的最大化。同时,政府通过完善资本市场,监督中介机构的规范性和合法性,为企业并购创造良好的社会环境。

# 第三节 企业并购的程序

根据资本市场的具体运作方式,企业并购可分为正并购、逆并购和反并购三种形式。

---

① 李善民,陈玉罡.上市公司兼并与收购的财富效应[J].经济研究,2002,(11).
② 方芳,阎晓彤.中国上市公司并购绩效与思考[J].经济理论与经济治理,2002,(8).

正并购是指能导致企业规模及经营范围扩大的并购行为；逆并购又称出售，是指使企业规模及经营范围缩小的各种行为，是正并购的逆过程。逆并购可采取分守和剥离两种形式；反并购又称反收购，即前面所讲的敌意并购。

## 一、正并购的一般操作程序

概括来讲，正并购的一般操作程序包括如下几个过程：聘请中介机构、确定收购方的类型、评估企业并购的风险、选择合适的交易规模、筛选候选企业、首次报价、与目标公司接触、签署意向书、尽职调查、融资、法律文书的签署、兼并收购后的整合。

### （一）聘请中介机构

兼并收购的复杂性和专业技术性使中介机构成为其中不可缺少的角色，尤其是投资银行的积极参与，为兼并收购提供了高质量的专业服务。

除投资银行外，并购的中介机构还包括经纪行和其他中介机构。经纪行往往是地区性或者面向特定行业的小型机构，很多经纪行只有1~2个负责人，其办公设施比较简单，基本上是一部电话、一张办公桌和一个文件柜。小型交易是这些经纪行的主要业务领域，这些经纪行代理的企业常是那些家族式企业或者公司的小分支机构。其他中介机构包括大的商业银行的公司财务顾问部、管理咨询公司以及全国性的会计师公司。

还有一类中介我们称之为搜寻者，它们除了为买卖双方做点介绍外提供不了什么服务。但如果这种介绍是向买卖双方的最高管理层提供，并且方式恰当，则它可以排除许多大公司中存在的官僚主义暗礁。这样，搜寻者就推动了交易的顺利进行。

### （二）确定并购方的类型

在众多的企业中搜寻并购的目标企业并不是一件容易的事。一般来说，企业会在中介机构的协助下，根据并购方不同类型，为搜索被并购方确定一个范围。在实践操作中，通常把并购方归为以下几种类型（见表8-1）。

表8-1　并购方类型

| 并购方类型 | 特　征 |
| --- | --- |
| 只看不买顾客 | 喜欢看，却很少买的顾客 |
| 市场份额/产品系列扩展者 | 喜欢规避经营风险是最常见的顾客类型 |
| 池底渔夫 | 不断地寻找便宜货，活跃的买主 |
| 战略性买主 | 寻求多元化并重新运用资产的买主 |
| 杠杆收购者 | 非常活跃的部门，财务导向的收购者 |

### （三）评估企业并购的风险

在制定企业并购的收购目标时,买主会对其自身的三类主要风险进行评估,并考虑处理相应问题的潜力。这三类主要企业并购风险包括:经营风险(operating risk)、多付风险(overpayment risk)和财务风险(financial risk)。一般来讲,买主会考虑那些落入风险合适范围的目标收购企业(见表 8-2)。

表 8-2 企业并购风险类型

| 企业并购风险 | 特 征 |
| --- | --- |
| 经营风险 | 被收购企业在兼并收购后,业绩预期过高 |
| 多付风险 | 尽管被收购企业运作很好,但高收购价格与投资回报不匹配 |
| 财务风险 | 通过借债为收购融资,制约了买主为经营融资偿债的能力 |

### （四）选择合适的交易规模

如果一家公司决定进行企业并购行为,就应该考虑多大规模的交易。

从最低标准看,交易规模的大小至少应该与经理们在评估、达成交易并完成转轨的过程中所付出的努力相匹配。经验数据表明,最小的交易规模至少达到买主市值的 5%～10%。交易规模的上限应该考虑以下三个主要指标:支付能力、管理层经验以及承担企业风险的能力。一般来说,在上述三个指标的限制下,交易规模的上限在买主市值的 40%左右。

由此可知,买主通常将交易规模设定在买主自身市值的 10%～40%之间,但如果存在更大的机会,也可以对交易规模作灵活性的调整。

### （五）筛选候选企业

企业在分析自身所属的买主类型,并对交易风险和交易规模进行评估之后,可能列出一长串潜在的目标企业,但其中的绝大部分并不适合买主的需要。从这些企业中选出几家具有吸引力和实际操作性的企业,需要严格地遵守一些关键的并购准则。除了很少的几个例外,任何不符合并购准则的候选企业都应该被抛弃,以便将注意力集中到几个可能的目标上来。

从实用的角度出发,企业可以将并购准则分为三类:交易杀手(deal killer)、交易准杀手(probable deal killer)、非常需要但并非绝对必要的特性(highly desirable)。交易杀手是指那些在下一步的筛选过程中候选企业必须具备的特性,如果不具备,就可将其排除。典型的交易杀手是指那些买方经理层非常看重的特性,尽管他们也会考虑购买缺乏这一特定性质的企业,赢利状况和工会因素常被纳入交易杀手的范畴。属于非常需要但并非绝对必要的特性很难特指出来,它们根据行业和公司的不同而不同。这三个层次的并购准则有利于帮助企业将合适的并购对象从众多候选企业中筛选出来。

对于那些已经通过了并购准则筛选的企业,则还需要考虑一些新的因素。买主现在应该跨过卖方笼统的财务和发展特性而对其具体的生产经营特性进行考察。由于职能人员在这方面只有很少的经验,他们必须向经营人员了解是否存在可以"枪毙"交易的经营性问题。这个阶段我们可以称为经营筛选。

经营筛选要求买主对很多内容进行调查,但大多数卖主在买主作出一个有诚意的报价之前,多半会拒绝提供详细的经营数据,同时,如果没有获得足够的经营数据,买主也不可能报出一个有诚意的价格。这个矛盾的解决无疑需要艺术性,而投资银行等中介机构在这种时候的作用也是最大的。

在对上述各项进行调查和筛选之后,买方已经从财务和经营两个方面对潜在收购对象进行了考察。尽管买方还有许多问题未得到回答,管理层已获得了足够的信息来判断它是否应该把企业并购行为继续进行下去。如果卖方的财务和经营都符合买方的要求,那么就应该进入首次报价的阶段了。

### (六)首次报价

在完成上述收购计划前需要完成的大量准备工作之后,买方现在要做的下一个工作是对目标企业进行评估和定价,但由于到目前为止,买主尚未对目标企业进行详细的调查,因此,所定的价格只是一个范围区间,而如何在这个范围区间内选择一个合适的点作为报出的价格,成了一个微妙的过程。

一般来说,买方希望首次报价能以一个合适的价格,而不是一个过高的价格来吸引卖方进行谈判,同时,也不希望以一个过低的价格而失去一个交易。

### (七)与目标公司接触

如何与目标公司接触是件颇具艺术的事。根据收购方提出的收购建议的内容、基调和方式,兼并收购通常可以分为善意并购、敌意并购和狗熊拥抱,不同的兼并收购行为也就决定了不同的接触方式。

1. 善意并购(friendly M&A)

指兼并收购双方经过共同协商达成协议,同意兼并收购行为。这种收购方式下兼并收购双方往往关系融洽,意见一致,目标公司因经营困难或战略调整,同时由于收购方提出的条件也易于接受,从而希望并购成功。有时,目标公司主动配合收购方行动,并且提供必要的信息和技术支持。

2. 敌意并购(hostile M&A)

指收购方在未与目标公司协商的情况下,直接向市场公开收购要约。有时甚至在目标公司反对而采取反收购措施的情况下强行收购。敌意并购中的收购方往往经过长期精心策划,设计了周密的收购方案,出其不意地一举成功,而目标公司则在不知情或反收购失败的情况下不得已接受兼并收购的现实。但有时,兼并收购也会因为目标公司采取了有效的反收购措施而夭折。

3. 狗熊拥抱(bear hug)

这种收购方式介于善意并购和敌意并购之间。在这种收购方式下,收购方会在采取兼并收购行动之前,向目标公司提出兼并收购建议,而不论它同意与否,收购方都会按照收购方案采取行动。这种收购方式与善意并购不同的是,兼并收购者把其所提供的目标公司兼并收购建议方式公之于众;而与敌意并购不同的是,兼并收购者总是先通知目标公司管理层,然后才投标或开始公开的、实际的市场兼并收购。无疑,在这种方式下,目标公司将承受来自收购方的巨大压力,犹如被狗熊拥抱的感觉一样。

### (八)签署意向书

如果交易双方初步接触成功且在基本问题上达成一致,双方就签订意向书(letter of intent,LOI),同时还将召开新闻发布会。虽然意向书不具有法律约束力,但它的确代表了一种道德上的约束,因此双方都认真对待它。

意向书的形式是给卖方或卖方公司股东的一封信,由收购者签署,由卖方或卖方公司的股东会签。意向书包括以下内容:交易形式、价格、对买方的保护性条款、特殊安排、中介机构费用以及中断费。

### (九)尽职调查

在最后的尽职调查阶段之前,每个卖主都还会有一些未披露的问题。出于保密的理由,在此阶段以前,潜在买主获得的信息总是有限的,同时为了销售的缘故,卖方的代理总是一再强调卖方企业中具有吸引力的那些因素,因此,潜在的买主就很有可能未被告知那些本来会促使它停止交易的东西。大量的价值调查工作最后总是无可避免地会发现一些负面的事项,从而使卖方的价值大打折扣。一旦这些事项变得明朗之后,潜在的买主就只有两个选择:重新谈判兼并收购价格;撤离交易。大多数买主会选择前一方案。

### (十)融资

在进行一项兼并收购活动时,融资是最后考虑的细节问题。所谓融资方式,也就是以什么作为兼并收购支付工具的问题,因此,不同的融资方式也就是不同的支付工具选择。具体来说,融资有五种形式:现金方式、普通股方式、优先股方式、可转换债券方式、综合方式。

### (十一)法律文书的签署

当谈判进行到一定程度,双方在中介机构的帮助下就要开始精心准备反映交易条件的文件。其中最基本、最关键的文件是兼并收购协议,兼并收购协议通常附有许多文件,包括各种法律要求的文件和兼并收购协议自身附有的文件。兼并收购协议中最关键的部分有四项：陈述和担保、保证条款、结盘条件以及赔偿条款。

### （十二）兼并收购后的整合

在结盘之后，兼并收购还没有完全结束，买主还应该采取有力的措施使得被收购的公司与买方的公司相整合（integration）。在这个阶段，应采取包括法律、会计、税收、保险、雇员给付以及其他方式的各种步骤来保证公司过渡的成功。

具体来说，兼并收购后的整合包括如下方面：第一，改组董事会及管理层。整合的第一步就是首先对并购后的公司整个管理层进行改组，这是落实公司控制权和治理权的关键。第二，不同企业文化的融合。不同的企业有不同的企业文化，在并购后的整合中如何把不同的企业文化融合到一起，是个重要的内容。第三，并购后的人员整合，包括人员安排和激励机制两方面。第四，调整经营战略。企业并购后还需要根据新的形势调整经营战略，这也是实现企业并购目标的一个重要手段。第五，做好对外公关。公司并购会对公司客户、当地政府、行业主管部门产生实际的影响，新闻媒体和二级市场也会关注企业的并购行为，所以，企业在处理内部整合的时候，还要做好对外的公关工作。

## 二、逆并购的一般操作程序

逆并购的操作程序一般包括如下几个步骤：聘请中介机构、预备工作、准备买主清单、与买主的接触、评价收到的报价、尽职调查和法律文书的准备。

### （一）聘请中介机构

企业在作出资产出售的决定之后，它首先要做的是寻找一个胜任的中介机构。中介机构对出售的成功与否非常重要，除非卖方本身也是一个有经验的并购专家，否则它就不可能取得像经验丰富的中介机构那样好的结果。只有中介机构才能在交易中同时运用利诱和制造紧张气氛来使竞争加剧，从而取得期望的价格目标，如果卖主想自己来运用这些花招的话，它常常表现得不是孤注一掷就是太非专业化，这使它总是以失败而告终。聘请中介机构的关键原则有三个：一是经验，二是类似交易的专门知识，三是承诺。

### （二）预备工作

聘请中介机构，确定出售动因只是企业资产出售的第一步，此后的工作还将更加复杂，常常持续数周到数月。在交易中，中介机构会协助资产出售工作，包括如下预备工作：实地考察；检查有关设施；与管理层会谈；并"找到对企业的感觉"。在完成了上述的尽职调查和类似的信息收集后，中介机构开始以下三个出售前的预备工作："包装"待售资产；确定资产的价格范围；起草以后将提供给买主的情况备忘录。

### （三）准备买主清单

如果情况备忘录的准备已经接近尾声,卖方与中介机构就可以考虑列出一个买主清单,这一清单的长度和组成取决于许多不同的因素。一般来说,这个清单包含 50~100 家的潜在买主名单。

在准备这个买主清单时,以下企业将被排除在外:不具有购买财力的企业;那些卖主的直接竞争对手,卖主认为它并不是真正的买家;买主的坏名声、只看不买的倾向和池底渔夫的形象。

### （四）与买主的接触

当中介机构起草了买主清单后,它会考虑与潜在买主进行接触,中介机构会给每一个潜在买主的高级主管打电话。在对卖主的情况作简要说明之后,中介机构会问对方是否会对收购感兴趣。如果回答是肯定的,则对方公司的经理将收到一份情况备忘录,附带的还有一份待签署的保密函。

之后,中介机构就配合买主对卖方公司进行拜访,并问答有关问题。在面对买主拜访的时候,明智的卖方会准备一些正式的材料以便对情况备忘录作出补充。卖方还会安排每位买主与各主要职能部门的高层主管进行会晤,以便于买主的分析。另外,卖方会以一种方便明晰的形式提供有关的经营性数据。

### （五）评价收到的报价

接下来中介机构的一个重要任务就是要获得一个落入预期价格区间内的有支付能力的报价。请注意"报价"前的修饰语是"有支付能力的",那些由无力筹集收购资金的收购者提出的报价没有任何意义。一旦中介机构获得了一个具有支付能力的报价,它就可以以此为武器要求其他买主迅速完成报价工作。买主也会认识到他的报价有可能被卖主用做兜售手段,因此,它会初次报价设定一个有效期以不让卖主的伎俩得逞。很自然地,中介机构会搁置收到的第一个报价以等待更多的竞争性报价。在理想的情况下,卖主会同时收到 2~3 个报价,这样,就可以从中选出最合适的买主,从而获得理想的卖价。

### （六）尽职调查和法律文书的准备

之后,就到了签署意向书这一步。在意向书签署后,谈判的主动权也就由卖方转向了买方。此后,买方常会根据其尽职调查的发现而略微降低收购价格。大多数卖主会在初步谈判中将企业的全部优点列举穷尽,而买主剩下要做的就是在调查过程中将所有哪怕是很小的负面因素寻找出来。3%~5% 的价格削减是很常见的。

在法律文书的起草过程中,买方会尽量防止使自己陷于尽职调查未能提示或未能预见的问题之中。尽管未知问题永远也无法消除干净,买方还是希望在问题一旦出现时能获得保护,除非目标公司是一家上市公司,卖方常会以代管账户或保证的形式让买主获得放心,这能使买主在某些特定的情况下取得对卖主的追索权。

最后,为进一步保护自己的未来利益,买主也许会要求卖主答应在收购后一段时期内不再从事同一业务,这一期限通常为 3~5 年。

### 三、反并购的一般操作程序

在企业并购中,善意并购往往很少,而且许多善意并购中就并购条件都得讨价还价,往往是不欢而散,因此善意并购又转化成敌意并购。目标公司一旦遭受并购公司的敌意袭击,通常会进行防御,采取各种反并购手段。

反并购的手段主要有以下几种:资产重估、股份回购、白衣骑士、金保护伞和锡保护伞、皇冠上的明珠、毒丸防御计划、帕克门战略、反接管修正、清算、反收购的法律手段、目标公司的早期措施等。

#### (一)资产重估

在现行的财务会计中,资产通常采用历史成本来估价。普通的通货膨胀,使历史成本往往低于资产的实际价值。多年来,许多公司定期对其资产进行重新评估,并把结果编入资产负债表,提高了净资产的账面价值。由于收购出价与账面价值有内在联系,提高账面价值会提高收购出价,抑制收购动机。

#### (二)股票回购

另一个抵制收购的措施是目标公司回购它自己的股份,其基本形式有两种:一是公司将可用的现金分配给股东,这种分配不是支付红利,而是购回股票;二是换股即发行公司债、优先股或其组合以回收股票。

这一调整资本的技巧同时达到了几个目的:第一,通过减少公开发行的股票数量,增加了每股的利润,结果市场价格也随之提高了;第二,从任何当前或潜在的入侵者手中夺回部分市场上可供收购的股票;第三,增加了管理层对公司控制的比例。通过举债买进证券,资本调整使公司对入侵者来说显得不那么吸引人了。但此法对目标公司颇危险,因为这会导致负债比例提高,从而使财务风险增加。

#### (三)白衣骑士

白衣骑士(white knight)是指目标企业为免遭敌意收购而寻找的善意收购者。公司在遭到收购危险时,为不使本企业落入恶意收购者手中,可选择与其关系密切的有实力的公司,以更优惠的条件达成善意收购。一般来讲,如果收购者出价较低,目标企业被白衣骑士拯救的希望就大;若买方公司提供了很高的收购价格,则白衣骑士的成本提高,目标公司获救的机会相应减少。

白衣骑士的一个变化是管理层杠杆收购(MBO),目标公司的管理层本身就是一个潜在的白衣骑士。大量资金充足的杠杆收购机构和主要的投资银行可以帮助这些管理层评价这种替代性的选择方案。

### (四)金保护伞和锡保护伞

公司一旦被收购,目标公司的高层管理者将可能遭到撤换。金保护伞(gold parachute)则是一种补偿协议,它规定在目标公司被收购的情况下,高层管理人员无论是主动还是被迫离开公司,都可以领到一笔巨额的离职补偿费。然而,在大多数情况下金保护伞的开支估计不到全部收购费用的1%,鉴于此,金保护伞条款不是一种有效的收购防御措施。实施金保护伞条款的主要目的在于缓解高级管理人员与股东的利益冲突,减少来自并购对象管理层的对有利于双方股东的并购的阻力,但这又存在金保护伞的另一个弊病,支付给管理层的巨额补偿反而有可能诱导管理层低价将企业出售。

近年来,西方国家又出现了一种锡保护伞(tin parachute),一般是当公司被收购时、根据工龄长短,让普通员工领取数周至数月的工资。锡保护伞的单位金额不多,但聚沙成塔、有可能很有效地阻止敌意收购。

### (五)皇冠上的明珠

皇冠上的明珠(crown jewels)是指从资产价值、赢利能力和发展前景诸方面衡量,在公司中都是最优的资产,通常也是该公司成为收购目标的关键因素。防止敌意收购的策略就是卖掉这部分资产,从而使敌意收购人获得这部分资产的希望破灭。作为替代的方法,也可把皇冠上的明珠抵押出去。

### (六)毒丸防御计划

毒丸防御计划(poison pill defense)是指目标公司为了阻止被收购而安排的一种只有在特定条件下发生作用的方案,这种方案的实施使收购者对其失去兴趣或使并购更难于进行,所谓的"特定条件"是指任何敌意收购或者积累目标公司的股票超过一个比例而使目标公司处于被收购的危险处境这类情况。毒丸防御计划有以下几种主要类型:

优先股计划——在触发点,赋予优先股股东高价赎回优先股或将优先股转为普通股的特权;如果发生兼并,赋予股东以较低价格购买并购者持有的股票的选择权。

翻反计划——以高于市场价格的执行价买入目标公司股份的计划。①如果合并后存续的公司是收购公司,翻反计划允许以远低于市场价格的价格购入收购公司的股份;②如果合并后存续的公司是目标公司,变为翻正。

所有权翻正计划——在触发点,翻正的权利允许以低于市场价格的价格购入目标公司的股份,但收购公司的此项权利无效。

后期供股权计划——在触发点,权利以及目标公司的股份都可以以远高于市场价格的价格被卖出;事实上,它设定了一个最低接管价。

表决权计划——向目标公司股东发行具有绝大多数表决权的优先股;在触发点,收购者的优先股丧失表决权。

### (七)帕克门战略

帕克门战略(pac-man strategy)是指目标公司威胁要进行反接管,并开始购买兼并公司的普通股,以挫败兼并者的企图而采用的一种方法。这一战略被 Martin-Marietta 公司用于防御 Bendix 公司的收购计划,Hwublein 公司用类似的战略吓走了通用电影公司。

### (八)反接管修正

反接管修正(antitakeover amendments),又称为拒鲨条款(shark repellant),是使用日益频繁的防御机制中的一种。反接管条款的实施、直接或间接提高收购成本、董事会改选的规定都可使收购方望而却步。这种修正主要有三种类型:董事会轮选制、超级多数修正、公平价格修正。

**1. 董事会轮选制**

董事会轮选制使公司每年只能改选很小比例的董事。即使收购方已经取得了多数控股权,也难以在短时间内改组公司董事会或委任管理层,实现对公司董事会的控制,从而进一步阻止其操纵目标公司的行为。与董事会有关的反接管修正还有两种变化形式:严禁无故撤换董事,固定董事人数以防董事会"拥挤"。

**2. 超级多数修正**

超级多数修正要求所有涉及控制权变动的交易都必须获得绝大多数(2/3 甚至 90%)的表决才能通过。这样,若公司管理层和员工持有公司相当数量的股票,那么即使收购方控制了剩余的全部股票,收购也难以完成。纯粹的超级多数修正都会严格限制管理层在接管谈判中的灵活性。

**3. 公平价格修正**

该修正是指对超级多数条款再加上这样一条,即如果所有购买的股份都得到了公平价格,就放弃超级多数要求。通常将公平价格定义为某一特定期间要约支付的最高价格,有时还要求必须超过一个确定的关于目标公司会计收入或账面价值的金额。

### (九)清算

清算是最令人沮丧的对策了。卖掉整个企业,关闭工厂,出售设备,降低资产的账面价值。例如,1980 年 UV 工业公司为抵制 Sharon 钢铁公司的收购而进行了清算。

### (十)反收购的法律手段

诉讼策略是目标公司在并购防御中经常使用的策略。诉讼的目的通常包括:逼迫收购方提高收购价以免被起诉;避免收购方先发制人,提起诉讼,延缓收购时间、以便另寻白衣骑士;在心理上重振目标公司管理层的士气。

诉讼策略的第一步往往是目标公司全球法院禁止收购继续进行。于是,收购方首先给出充足的理由证明目标公司的指控不合理,否则不能继续增加目标公司的股票,这就使得目标公司有机会采取有效措施进一步抵御被收购。不论诉讼成功与否,都为目标公司争得了时间,这是该策略被广泛采用的主要原因。

目标公司提出诉讼的理由主要有三条:反垄断;披露不充分;犯罪。

### (十一)目标公司的早期措施

前面讨论的一些基本防御措施(尤其是毒丸防御计划)也可以在收购成为既定事实后运用。但是,收购一旦摆到桌面上,随着时间的推移,目标公司将处于更为不利的地位。侵入者将完全占有主动权来调查研究收购目标,安排物资事宜,以及选择市场条件安排最有利于攻击的时机。而浑然不觉的目标公司只有很短的时间(如证券交易委员会对收购要约有效所规定的时间期限为 20 天)来作出反应。

目标公司赢得更多时间的一个常用方法是利用代理咨询公司的一项新型服务,这种业务通常被称为"鲨鱼监视"(shark watching)。只要付给一定的费用,代理公司声称它能较早地发现并确认股票的积聚。因为绝大部分国家的证券监管机构并不要求收购者在购得一定比例的股份(比如美国为 5%)前表明其身份,所以,早期的预警显然会给予目标公司更多的时间来寻找抵御收购的方法,或者寻找更能接受的合并伙伴(白衣骑士),诸如此类。而且,如果大量购入股票的个人或集团并不是真正意义上的收购者,其主要兴趣只是在于他们的股票是否能以更高的价格卖出,早点发现将极大地降低"绿色邮件"[①]为消除这种威胁所付出的费用。

# 第四节　企业重组

## 一、企业重组

### (一)企业重组的概念

企业重组是企业对现有的各种生产要素和资源通过企业间的兼并与收购,出售与分立等各种方式,实现生产要素和资源在企业间的合理流动与重新配置,从而实现资源共享、提升效益、公司扩张和发展目标的行为。企业重组一般会对原有公司产权结构、组织

---

① "绿色邮件"是指目标公司管理层安排定向回购活动,以溢价的方式从收购方公司购回公司股份的策略。一般来说,回购价格不扩展到公司的其他股东。"绿色邮件"的目的多在于保护管理者利益,而对收购方支付的溢价却有损当前股东利益。由于"绿色邮件"直接以牺牲股东利益为代价来换取管理层的稳定,一般受到各国监管当局的严格禁止,基本上属于公司私下里的行为。一旦发现,管理层通常被处以严重的惩罚。

结构、控制权以至法人地位等产生重大影响。

### （二）企业重组与并购的关系

重组和并购是互相交叉的两个概念，它们既可以互不相干，分别发生；也可以互为因果。比如说有些公司，可能实现了控股权的转移，但并没有出现资产重组；而有些上市公司，可能控制权没有转移，但却进行了资产重组。而更多则是先并购后重组，或者先重组，再并购，再重组。此外，还要看从哪个角度看问题。比如甲公司收购了乙公司的股权，取得了对乙公司的控股地位之后，可能拿乙公司的股权进行抵押融资，或利用乙公司进行担保贷款，而乙公司本身并没有重大的资产收购或出售行为，那么，对甲公司而言，其资产进行了重组，而对乙公司而言，则是仅仅换了大股东而已，可以说被收购了，却与重组不沾边。如果是上市公司，即使控股权有变化，只要不发生资产的注入和剥离，对上市公司本身来讲并不会导致资产的重组，而只是公司所有权结构的变化。由此可见，重组侧重于资产关系，并购侧重于股权关系。

## 二、企业重组的原则

### （一）合法性原则

在涉及所有权、使用权、经营权、抵押权、质权和其他物权，专利权、商标权、著作权、发明权、发现权、其他科技成果权等知识产权，以及购销、租赁、承包、借贷、运输、委托、雇佣、技术、保险等各种债权的设立、变更和终止时，毫无疑问的是只有合法，才能得到法律的保护，才能避免无数来自国家的、部门的、地方的、他人的法律风险。

### （二）合理性原则

在组合各种资产、人员等要素的过程中效益始终是第一位的，其次是合理的前提——稳定性。只有稳定衔接的基础上才能出效益。再次是合理地操作——诚信原则。只有诚信地履行并购协议，才能让重新组合的各个股东和雇员对新的环境树立信心。

### （三）可操作性原则

所有的步骤和程序应当是在现有的条件下可以操作的，或者操作所需的条件是在一定的时间内可创造的，不存在不可逾越的法律和事实障碍。

### （四）全面性原则

要切实处理好中国企业的九大关系——党、政、群、人、财、物、产、供、销，才能不留后遗症，否则，后患无穷。

## 三、企业重组的内容

企业重组的内容包括业务重组、资产重组、债务重组、股权重组、人员重组和管理体制重组,其中资产重组是企业重组的核心环节,也是其他重组的基础。

### (一)业务重组

股份公司应该制定明确的主业发展方向和经营发展目标,强化其业务标准,即公司必须具有集中突出的主营业务、明确的主导产品、详尽严密的业务发展计划、完整清晰的业务发展战略和巨大的主业成长潜力。主营业务突出的具体标准是公司主营业务(指某一类业务)收入占其总收入的比例不低于70%,主营业务利润占利润总额的比例不低于70%。因此,要将与主营业务无关且对公司利润影响不大,甚至起负作用的业务剥离出来。在主营业务的确定上,除了考虑公司的经营现状外,还需要考虑公司的发展规划和发展战略、业务的发展前景和成长潜力、新的利润增长点的培育和业务空间的拓展等因素。

### (二)资产重组

资产重组应遵循的原则是资产划分与业务划分相匹配、资产与负债相匹配、净资产规模与股本结构相匹配、净资产规模与业绩相匹配。按照重组方案对进入股份公司的资产以原企业的报表数为基础,进行相应的资产划分。凡能明确某项资产的使用部门,如果该部门划归股份公司,则相应的资产(主要指固定资产)也划入股份公司,否则划归改制后存续的非上市主体。凡能明确与某类经济业务相关的资产,如该项业务属于股份公司,则相应资产也投入股份公司,否则划归改制后存续的非上市主体。依据股份公司和集团公司的资产分别独立运作的要求,对集团公司的非生产经营性资产进行剥离。由于此类资产不会产生利润,会增大资产规模,减少资产利润率,降低资产营运质量,因此应予以剥离。当然,对剥离出来的非经营性资产要明确管理单位,充分考虑社会的承受能力等因素。同时,应规范股份公司与其主要股东和各个关联企业之间的关系,避免同业竞争,减少关联交易,并确认已存在的关联交易的合理性,以切实维护投资者的合法权益。

### (三)债务重组

债务划分应遵循的原则是:控股股东与股份公司双方合理分担,并尽可能保证同一银行账户资金的独立完整性;保证股份公司的资产负债比例合理(不得高于70%),且符合上市要求;与进入股份公司的资产和机构相关的债务一并划入股份公司;应付工资、应付福利费按进入股份公司的职工人数比例进行划分;正在进行及潜在的诉讼和第三者索赔,所形成的负债由控股股东承担;债务处理的方式和程序符合法律规定,不得损害原债权人的利益。按照重组方案对进入股份公司的资产以原企业的报表数为基础,进行相应的债务划分。凡能明确为取得某项资产而产生的负债,若该项资产划入股份公司,其负债也一并划入,否则划归改制后非上市主体。凡能明确为某项业务而发生的债务,若该业务属于股份公司经营范围,则相应负债也划入股份公司,否则划归改制后存续的非上市主体。

**（四）股权重组**

通过股权重组,促使股份公司产权清晰,权责明确。具体来说,就是要做到产权关系明晰化,产权主体人格化,产权结构多元化。要设计公司科学合理的股权结构,应考虑以下几个方面的因素:保证股权结构必要的稳定性;最大限度地提高资本的运作效率;根据公司的实际需要作出灵活安排;增强公司股本的后续扩张能力。

**（五）人员重组**

在重组中人员与机构或业务是紧密相连的。股份公司与控股股东都必须设置的机构所需人员,在原相关机构的人员中进行合理的分配;对股份公司新设置的机构所需人员,尽量在控股股东或发起人股东的职工中选择调配;依据股份公司和集团公司的人员相互独立的原则,董事、经理等高级管理人员严禁双重任职;财务人员不能在关联公司中兼职;股份公司的劳动、人事及工资管理与股东单位分离。

**（六）管理体制重组**

股份公司应制定严格的管理标准,具备高质量的管理团队和高效、完善的管理系统,同时建立健全公司法人治理结构,形成有效的制衡、约束机制。

**案例 1**

## 凯雷并购徐工失败案例

### 一、背景介绍

美国凯雷投资集团（又称为卡莱尔集团,以下简称凯雷集团）成立于 1987 年,公司总部设在华盛顿,有"总统俱乐部"之称,拥有深厚的政治资源,管理资产超过 300 亿美元,是全球最大的私人股权投资基金之一。自成立以来,凯雷集团已在全球 125 亿美元的策略性投资中获得了巨额利润,给投资者的年均回报率高达 35%。美国凯雷投资集团是世界上最大的私人资本公司之一,管理着总额超过 89 亿美元的资产,旗下共有 26 个基金产品,近 300 名投资专业人士在北美、欧洲和亚洲的 14 个国家进行投资合作。

徐州工程机械集团有限公司（以下简称徐工集团）,生产重型机械,如吊机、铲车、轧路机等,是中国重型机械的领头羊。徐工集团成立于 1989 年 3 月,成立 19 年来始终保持中国工程机械行业排头兵的地位,目前位居世界工程机械行业第 16 位,中国 500 强企业第 191 位,中国制造业 500 强第 96 位,是中国工程机械产品品种和系列最齐全、最具竞争力和最具影响力的大型企业集团。"徐工"是行业首个"中国驰名商标"。

## 二、双方合作意向

2005 年 10 月,徐工集团旗下上市公司徐工科技曾公告称,凯雷将出资 3.75 亿美元现金购买徐工机械 85% 的股权,2006 年 10 月收购方案进行了修改,凯雷的持股比例下降至 50%。2007 年 3 月,凯雷再次将收购方案的持股比例减至 45%。在经历三次修改后,凯雷入股徐工机械的方案仍然没有获得商务部的批复。其间,国内工程机械类企业代表和专家、学者纷纷就外资并购徐工是否危及国家产业安全、徐工国有资产价值是否被低估展开了激烈辩论,商务部两度召开听证会,充分听取各方意见。

## 三、徐工独立重组计划全面启动

2008 年 7 月,为国内外财经界广泛关注的凯雷徐工并购案历时三年之久,终于尘埃落定。徐工集团工程机械有限公司和凯雷投资集团共同宣布双方于 2005 年 10 月签署的入股徐工的相关协议有效期已过,双方决定不再就此项投资进行合作,徐工将独立进行重组。

此次徐工、凯雷正式宣布合作意向结束,事实上是为徐工独立重组计划全面启动拉开了大幕。数周来,徐工集团旗下上市公司徐工科技连续发布公告,徐工独立重组方案逐渐浮出水面。

相关公告披露显示,徐工集团目前已基本完成资产重组预案编制,集团绝大部分优质资产将进入上市公司,主要包括徐工重型机械公司、徐工进出口公司、徐工专用车辆公司、徐工液压件公司等。此外,徐工机械已于近日完成重型卡车业务收购,并计划拓展发动机业务。

国泰君安证券股份有限公司的分析报告认为,徐工科技将由此成为我国业务线最全的工程机械上市公司。新公司收入规模也将超越现有的中联、三一重工两大工程机械巨头,成为中国工程机械第一股。

资料来源:根据慧聪网徐工案例整理而成。

案例 2  **可口可乐公司收购中国汇源公司失败案例**

2008年9月3日,汇源宣布可口可乐报价179亿港元,以现金方式收购该公司。此后,该收购案开始了在中国商务部漫长的审批之旅。2008年9月18日,商务部收到可口可乐公司收购中国汇源公司的经营者集中反垄断申报材料。经申报方补充,申报材料达到了《反垄断法》第二十三条规定的要求,11月20日商务部对此项集中予以立案审查,12月20日决定在初步审查基础上实施进一步审查。

商务部依据《反垄断法》的相关规定,从市场份额及市场控制力、市场集中度、集中对市场进入和技术进步的影响、集中对消费者和其他有关经营者的影响及品牌对果汁饮料市场竞争产生的影响等几个方面对此项集中进行了审查。

经审查,商务部认定:此项集中将对竞争产生不利影响。集中完成后可口可乐公司可能利用其在碳酸软饮料市场的支配地位,搭售、捆绑销售果汁饮料,或者设定其他排他性的交易条件,集中限制果汁饮料市场竞争,导致消费者被迫接受更高价格、更少种类的产品;同时,由于既有品牌对市场进入的限制作用,潜在竞争难以消除该等限制竞争效果;此外,集中还挤压了国内中小型果汁企业生存空间,给中国果汁饮料市场竞争格局造成不良影响。

为了减少集中对竞争产生的不利影响,商务部与可口可乐公司就附加限制性条件进行了商谈,要求申报方提出可行的解决方案。可口可乐公司对商务部提出的问题表述了自己的意见,提出初步解决方案及其修改方案。经过评估,商务部认为修改方案仍不能有效减少此项集中对竞争产生的不利影响。据此,根据《反垄断法》第二十八条,商务部作出禁止此项集中的决定。

反垄断审查的目的是保护市场公平竞争,维护消费者利益和社会公共利益。自2008年8月1日《反垄断法》实施以来,商务部收到40起经营者集中申报,依照法律规定立案审查了29起,已审结24起,其中无条件批准23起,对于1起具有排除、限制竞争效果的集中,商务部与申报方进行商谈,申报方提出了减少排除限制竞争的解决方案并作出承诺,商务部附加了减少集中对竞争不利影响的限制性条件批准了该集中。

2009年3月18日,商务部正式宣布根据《反垄断法》,禁止可口可乐收购汇源。商务部具体阐述了未通过审查的三个原因:第一,如果收购成功,可口可乐有能力把其在碳酸饮料行业的支配地位传导到果汁行业。第二,如果收购成功,可口可乐对果汁市场的控制力会明显增强,使其他企业没有能力再进入这个市场。第三,如果收购成功,会挤压国内中小企业的生存空间,抑制国内其他企业参与果汁市场的竞争。

资料来源:根据腾讯官方网可口可乐公司收购中国汇源公司内容整理而成。

# 本 章 小 结

企业扩张是企业运动的一种具体形式,是企业的发展壮大。企业扩张是在企业规模扩大和企业素质提高的相互依赖、相互作用并互为条件中实现的,是企业发展的普遍追求。企业扩张包括内部化扩张和外部化扩张。二者互相促进,缺一不可。

企业并购是企业兼并和收购(merger & acquisition,M&A)的总称。兼并是指一个企业购买其他企业的产权,使之失去法人资格或改变法人实体的一种行为。收购是指一家企业通过收购另一家企业一定数量的股份或资产而获取该企业相应控制权和经营权的行为。按并购企业与目标企业所属行业的关联程度,可分为横向并购、纵向并购和混合并购;按并购的出资方式,可分为现金并购、股票并购、杠杆并购和综合证券并购;按并购方企业对目标企业并购的态度,可分为善意并购和敌意并购。企业并购是基于经营协同效应、财务协同效应、企业快速发展理论、代理问题理论、市场占有理论等原因。

正并购的一般操作程序为聘请中介机构、确定并购方的类型、评估企业并购的风险、选择合适的交易规模、筛选候选企业、首次报价、与目标公司接触、签署意向书、尽职调查、融资、法律文书的签署、兼并收购后的整合等;逆并购的一般操作程序为聘请中介机构、预备工作、准备买主清单、与买主的接触、评价收到的报价、尽职调查和法律文书的准备;反并购的手段有资产重估、股票回购、白衣骑士、金保护伞和锡保护伞、皇冠上的明珠、毒丸防御计划、帕克门战略、反接管修正、清算、反收购的法律手段、目标公司的早期措施等。

企业重组是企业对现有的各种生产要素和资源通过企业间的兼并与收购,出售与分立等各种方式,实现生产要素和资源在企业间的合理流动与重新配置,从而实现资源共享、提升效益、公司扩张和发展目标的行为。企业重组一般会对原有公司产权结构、组织结构、控制权以至法人地位等产生重大影响。企业重组的内容包括业务重组、资产重组、债务重组、股权重组、人员重组和管理体制重组,其中资产重组是企业重组的核心环节,也是其他重组的基础。

## 复习思考题

1. 什么是企业扩张?
2. 什么是企业并购?
3. 企业并购的类型有哪些?
4. 企业并购的动因有哪些?
5. 企业重组的内容有哪些?

# 参 考 文 献

[1] J.弗雷德·威斯通等.兼并重组与公司控制[M].北京:经济科学出版社,1998.

[2] 杰弗里·C.胡克.兼并与收购:实用指南[M].北京:经济科学出版社,2000.

[3] 孟宪昌.企业扩张论[M].成都:西南财经大学出版社,2001.

[4] 陈康幼.投资经济学[M].上海:上海财经大学出版社,2003.

[5] 何小峰,黄嵩.资本市场运作教程[M].北京:中国发展出版社,2003.

**B&E**

# 第九章

## 个人理财

## 本章学习要点

1. 了解个人理财概念；
2. 掌握个人理财的发展趋势；
3. 掌握个人理财资产组合；
4. 了解个人理财的投资工具。

# 第一节　个人理财概述

## 一、个人理财要素界定

### （一）个人理财的概念界定

个人理财是指个人根据其财务状况，建立合理的个人财务规划，并适当参与投资活动来实现个人生活目标的过程。理财是一种贯穿一生的财务规划，它随着外在环境、家庭或个人的生命周期、经济支付能力、认知能力等许许多多条件的变化而变化。

理财分为"自然人"理财和"非自然人"理财。其中，个体工商户、个人独资和个人合伙虽属自然人，但不在我们的讨论范围之列。我们在这里研究的理财主体是自然人中的居民（包括家庭或个人）。个人理财或说居民理财即从家庭或个人角度讨论如何实现资产合理配置和保值增值，如何抵御人生各阶段风险，满足人们的长、中、短期目标，实现财务独立从而达到人生自由。

居民理财可进一步细分为生活理财和投资理财两个部分。生活理财主要是考虑自身整个生命周期，将未来诸如职业选择、子女教育、医疗、养老等生活中个人所需面对的各种事宜进行妥善安排，在不断提高生品品质的同时，即使到年老体弱以及收入锐减时也能保持所设定的生活水平，最终到达终生的财务安全、自主、自由和自在。而投资理财则是在以上的生活目标得到满足以后,追求投资于股票、债券、金融衍生工具、不动产以及其他各种投资工具时的最优回报,加速家庭(个人)资产的成长,从而提高家庭的生活水平和质量。

严格来讲,生活理财和投资理财之间存在着水乳交融的关系,很难彻底区分开来,之所以强调它们之间的这种划分,也是为了让居民明确一点:即居民理财目标是为自己及家人建立一个安心、富足、健康的生活体系,实现人生各阶段的目标和理想。居民理财的核心并不只在于投资收益的最大化,而在于个人资产分配的合理化,以满足个人对理财安全性、收益性的要求。

**(二)个人理财与公司理财区别**

依据不同。居民理财是在商品经济条件下,家庭或个人具有相对独立的经济利益。公司理财是在公司成为自主经营、自负盈亏的独立经济实体后,为确保投入资金的保值和增值、提高自身经济效益,以适应在激烈的市场竞争中生存和发展的需要而产生的。

历史起源不同。居民个人理财起源于原始公社末期,由于商人的出现,财务活动所包含的筹资、投资、耗资、收入、分配五项经济内容均已全部形成,在财务活动中所形成的经济关系(财务关系)也更为丰富。这表明商人财务是最早的私人财务形式;而公司的企业财务起源于企业作为独立的以赢利为目的的经济组织之后,奴隶社会的手工业作坊、封建社会的地主庄园可看出企业财务的雏形,到了资本主义社会,企业财务基本成形。

理财目标不同。居民理财是以提高个人生活质量,规避风险,保障终身的生活为目标;而公司理财通常是以通过资金的筹集与合理使用规避财务风险,达到企业价值最大化为目标。

风险承担能力不同。居民的风险承担能力相对较弱,在进行风险、收益相权衡时,往往把安全性放第一位,收益性放第二位;而公司因拥有相对雄厚的财力,为了追求较高的利润,能够承担较高的风险。

关注时间的长短不同。居民理财是以家庭(个人)的生命周期为时间基础的,关注的时间一直到其生命的终止;公司理财往往有一个持续经营的假设,即公司在可以预计的将来不会终止营业。

依据法律法规不同。居民理财依据的是《个人所得税法》、《证券法》、《保险法》、社会保障及保险、遗产等方面的法律法规;公司理财遵守的是《公司法》《证券法》以及与企业税收、会计等方面相关的法律法规。

研究内容不同。居民理财包括储蓄、投资(含教育投资)等内容;而公司理财主要包括预算、筹资、投资、控制、分析等内容。

**(三)个人理财相关概念**

1. 投资:通俗来讲,居民(或家庭)挣了钱,除去消费掉的,总会有一定的积蓄以备将来所需,将这些积蓄按个人意愿和目的在实物、金融等不同投资工具间进行分配,这个过程就是投资。当然,并不是投资所需资金全部来自积蓄,也可以通过投资的财务杠杆,如银行贷款等方式筹集资金。

2. 资金的时间价值:是指资金在使用过程中随时间推移而发生的增值。它在周转使用中产生,是资金所有者让渡资金使用权而参与社会财富分配的一种形式。货币的时间价值有两种计算方式:单利和复利。

单利终值:$S = p(1 + i \times n)$

复利终值:$S = p(1 + i)n$

其中,$S$ 为本利和;$p$ 为本金;$i$ 为利率;$n$ 为计息次数。

由公式可见,利用复利能快速增加居民财富,在投资中应尽可能地发挥复利作用,而其中最重要的是增加 $n$ 值,在一般情况下,即延长投资年限。

3. 投资风险:即由于投资活动受到多种不确定因素的共同影响,而使得实际投资出现不同结果的可能性。表现为不同投资结果与期望投资收益之间的不一致。家庭和个人面临的风险主要有五类:疾病残疾、死亡;失业;消费品风险;负债风险;金融资产风险。一般来说,实际投资出现不同结果的可能性越大,投资的风险就越大,实际投资结果偏离期望投资收益也就越远。在投资风险存在的情况下,会出现截然不同的两种结果:超过期望水平或低于期望水平。从而对待风险,也产生了三种不同态度的投资者:风险厌恶者、风险中性者和风险偏好者。一般来讲,投资者多为风险厌恶型,即如果投资工具有风险,那么对其期望的收益就应高一些。

4. 投资收益:投资者在进行投资活动时,其主要目的是为了获取一定的报酬。投资者延迟了当前消费,并承担一定的风险,就会要求获得补偿。对于风险的补偿或报酬就是收益。对投资者而言,承受高风险是获取高收益的前提,但并不意味着高风险就一定会获得高收益。在个人理财规划中,个人面临着尽可能高的收益和尽可能低的风险两个相互冲突的目标。收益和风险的权衡构成多种理财活动。

### (四) 个人理财目标和原则

1. 理财目标

人的一生中有各种各样的目标,不同的人有不同的目标,即使同一个人在人生的不同阶段也会有不同的目标。不同的人、处于不同人生阶段的同一人,其理财目标也会不同。但一般来讲,居民理财目标是一定社会政治、经济环境的产物,在一定时期和特定条件下,居民理财目标是相对稳定的。目前中国居民的理财目标主要有以下三个。

(1) 实现家庭财产的保值增值

财产保值是指个人(或家庭)在把持有的富余财产进行投资时,应充分考虑本金的安全。对一般居民来讲,投资的本金可能是其未来生活安定的保障,如果投资风险大的投机性项目,一旦失败,连本金都难以收回,就会使其未来生活受到影响。

财产增值是指通过财产的合理配置,既能保证本金安全,又能给居民带来收益,居民家庭投资的主要目的就是如此。如果某种投资不能给居民带来资产增值,一般就不会被居民所接受,居民追求的就是在保值基础上的增值。

(2)加强家庭(个人)风险管理

改革开放以来,特别是市场化以来,居民收入逐年不断增加的同时,市场化对个人未来不确定性影响也在增大。收入的不确定性、通货膨胀的不确定性、就业的不确定性和对教育、住房、医疗等支出的不确定性日渐增加,居民也越来越明显地感到来自这些方面的压力,这种不确定性也在逐渐改变和影响个人的行为,首要的理性反映就是用当前可支配收入来为未来筹划。在此背景下,居民理财的动机已不仅仅是追求收益性,而是收益与安全性相结合,实现整个生命周期效用的平衡与最大化。

(3)努力过上舒适的退休生活

中国国家社会保障体系的改革使居民不得不考虑如何通过自己的努力过上舒适的老年生活。由于人口出生率逐年下降,2013年后中国开始逐步进入人口老龄化阶段,单纯由政府提供的养老金已远远不能满足个人的退休需要。中国虽然有养儿防老的传统观念,但是随着计划生育的实施,子女负担越来越重,在赡养父母方面逐渐变得心有余而力不足。因此如何合理地配置资产,规划好自己的养老金和晚年生活,不增添子女的经济负担,已成为当代每一个成年人不得不考虑的问题。

2.理财原则

(1)经济效益原则

居民经济生活的基本目标,是在满足生活最佳需要的基础上以财产保值增值为目标,管好用活资金,提高资金利用效果,增加居民经济效益。同时还要规避各种经济风险,堵塞各种经济漏洞,增收节支。

(2)量入为出原则

从财务角度来看,居民资金的正常循环与周转是保证家庭长治久安的先决条件。人的欲望是无止境的,如果消费的欲望过强,必将拖垮家庭经济。量入为出实际上就是要处理好积累和消费的关系,从居民自身的需要和可能出发,不喜新厌旧,有用才买,做到以收定支,使居民资本结构合理,并保持适当的偿债能力。但"量入为出"也并不等于吃光、花光、用光,在通常情况下还要做到略有节余,以备不时之需。

(3)科学管理原则

居民理财方法要讲究科学。居民理财可利用理财软件或咨询专业人士来制定适合自己的理财步骤与方式方法,合理安排资金、时间和精力,提高理财的效率和质量。居民理财手段正朝着现代化方向发展,居民采用不断更新的现代技术和工具管理居民财务收支。

目前居民理财软件、网上理财、手机理财正步入千家万户,改变着人们传统的理财方式和习惯。

（4）多元化投资原则

如果将所有的资金都投资于一种证券或一种资产,当这种证券或资产的价格下跌时,投资者将遭受巨大损失,这也就是我们平时所讲的"不要把鸡蛋放在一个篮子里"的理论。多元化投资能降低风险的关键是投资组合中的各种资产的收益率的相关性要很低。这样,某些资产收益率下降的同时,另外一些资产的收益率却上升,两者相互抵消,整个投资组合的收益率就能保持相对稳定。

（5）风险报酬均衡原则

风险与报酬的关系如图 9-1 所示。

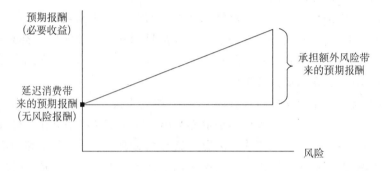

图 9-1　风险与报酬的关系

必要收益（率）＝无风险报酬（率）＋风险报酬（率）
＝资金时间价值＋通货膨胀补贴（率）＋风险报酬（率）

其中,风险报酬是指投资者因承担风险而获得的超过时间价值的那部分额外收益。风险和报酬的基本关系是:风险越大要求的报酬率越高。

风险—报酬权衡原则是指风险和报酬之间存在一个对等关系,投资人必须对报酬和风险作出权衡,为追求较高报酬而承担较大风险,或者为减少风险而接受较低的报酬。所谓对等关系,是指高收益的投资机会必然伴随巨大风险,风险小的投资机会必然只有较低的收益。

## 二、中西方个人理财差异分析

居民理财业务,最初出现在美国,之后在欧洲以及亚洲的日本、中国香港等经济发达国家和地区获得了迅速的推广,现已成为世界各大银行的一项主要业务。从文化传统到经济制度上的差异,导致了中西方在理财知识、技巧与方式等方面都存在着明显差距。

### （一）理财文化不同

中国的传统文化是以儒教为核心的封建文化，几千年的历史基本处在农牧社会，长期重农抑商。中国古代经济思想的一个重要特点是以国家为本位的经济思想占主要地位，历代的思想家大多是从国家的角度谈论财富，把"富国"作为研究经济问题的目的和中心，而很少有人从家庭或个人角度讨论如何发展致富问题。

传统文化观念重视勤俭节约，以家族为生活中心，家庭价值高于个人价值。在分配领域，"不患寡，患不均"的平均主义分配观使人们对分配的着眼点不在发展社会生产力、大量积累社会财富上，而是盯在现在的社会产品能否平均分配，能否满足人们绝对平均主义的心理要求上。中国古代的个人理财思想和理财模式在其发展过程中拘泥于对于以往经验的继承和总结，难以出现突破性的发展。

与西方相比，中国理财文化的优点体现在以点滴节俭的生活，换得较高的储蓄率，加上以家庭为中心形成合力，使得财富的增长令人刮目相看。许多中国人都有一套自己的理财智谋，在中国还形成了各有所长的地域商帮，如徽商、晋商、潮汕帮、宁波帮、温州帮，以及海外的台山商人、青田商人和莆田商人等。

在西方，经济学最早以家庭财产管理为对象，始见于公元前300多年的古希腊思想家色诺芬所著的《经济论》一书，它被认为是世界上第一部家庭经济书著作。另外，由于生活习惯与法律制度的特点，西方家庭成员的财产具有相对独立性并被鼓励超前消费，受发达市场经济的影响，西方居民理财内容比较深入而且涉及范围广泛，注重实用性，关于居民理财方面的研究在西方经济学中也学派众多，并形成了系统的、较成熟的体系。

中西方理财文化的比较见表 9-1。

**表 9-1　中西方理财文化的比较**

| 中　　国 | 西　　方 |
| --- | --- |
| 1. 投资保守，不擅借钱 | 1. 鼓励创业，积极投资 |
| 2. 勤俭节约，储蓄为先 | 2. 鼓励超前消费，借钱消费 |
| 3. 企业和家庭产权不清 | 3. 社会产权明晰 |
| 4. 社会信用不健全 | 4. 重视社会信用 |

### （二）理财目的不同

在西方发达国家，居民个人收支是以"高进高出"的形式来进行的。一方面，由于国民人均收入水平较高，个人向国家缴纳税金的份额也较大，最终形成"高福利"的巨大资金来源。在美、德、法等国的中央政府财政收入中，个人缴纳份额（含个人所得税和社会保险税)所占比重大多都在 50％以上。另一方面,由于高福利国家社会保障程度也相对较高,国民主要靠社会保障制度为其子女提供受教育的机会,以及就业、医疗和养老等方面的物质保障;此外,西方发达的消费信用制度、发达的市场经济体制、完善、规范的证券和保险市场,使居民愿意并且善于将大量的货币收入直接转化为证券资产和保险资产。

以加拿大为例,加拿大的养老保障体系属于典型的"三支柱结构":一是政府收入保障计划;二是雇主主办的养老金计划(即企业年金);三是个人储蓄性计划。加拿大的养老金计划分为三部分:基本养老津贴、收入保障补贴和配偶津贴等,以确保每一个加拿大籍退休老人能够有足够的经济收入安享晚年。另外,加拿大拥有发达的社会福利体系,国民的初等教育和医疗服务全免费;就住房来讲,加拿大房价最贵的城市温哥华,其房价收入比(该城市平均房价与该城市居民家庭年收入之比)只是在 4 左右。因此在此背景下,居民理财会偏重于合法避税、提高生活质量,会注重投资与保险,此时理财的目的是通过资产保值增值来富足人生,锦上添花。

在中国则是另一种情形。我国国民人均收入水平较低,而居民个人能向国家缴纳的份额相对更低。在这一点上,我国财政对居民个人的收支则表现为"低进低出"。正因为如此,我国居民个人不得不依靠个人储蓄的自我积累来实现自我保障。目前城市居民支出中花费最多的依次是住房、教育和医疗。在此背景下,即使是收入颇丰的中产阶级,也无不为保障家庭的安心生活而努力。理财的主要目的则变为确保家庭生活的教育、医疗、住房及养老。

### (三)专业理财队伍不同

在西方国家,大多有专业的理财队伍从事居民理财业,并有严格规范的管理和组织。在美国,个人理财已成为一门独立的、成熟的行业,只有 44％的 CFP(注册理财规划师)执业者受雇于证券、银行、保险、会计等金融服务机构。执业者在提供理财服务时,只能帮助客户制订一个长期的可执行计划,而不是推销特定产品;所有 CFP 执业者都必须遵循一个考虑周全的理财程序——个人财务策划执业操作规范流程,以保证把客户的利益和需要放在第一位。在美国一个合格、称职、有竞争力的 CFP 都应该具备起码的知识和技能准备,包括个人财务策划、投资策划、保险策划与风险管理、员工福利与退休计划、个人税务策划和遗产策划及事业继承六大模块。他们熟悉利率、汇率、保险、股票、基金、税收和退休保障等多方面知识,具备灵活运用各种金融产品和投资衍生工具的经验。在获取客户提供的有关财产规模、预期收益目标和风险承受能力等信息后,通过分析不同金融产品和服务的特点、市场行情的变化,不断调整存款、股票、债券、基金、保险及不动产等各种资产组成的投资组合。个人理财师凭借其较高的业务素质和丰富的职业经验,能够较为准确地预测出客户可能存在的财务风险以及潜在的意外风险,帮助客户为实现每一个人生重大目标提供良好的资金支持。

在 CFP 制度的推动下,美国的个人理财业务逐渐发展成为一个独立的金融服务行业,金融理财师的主要业务也不再是销售金融产品及服务,而是为客户实现其生活、财务目标进行专业咨询,并通过规范的个人理财服务流程实施理财建议,防止客户利益受到侵害。

中国目前与西方发达国家相比还有很大差距,个人理财业刚刚起步,国内尚无 CFP 资格认证,提供此类服务的主要还是传统的金融服务机构,其中又以商业银行为主。机构缺乏高素质的复合型理财人员。虽然目前,绝大多数金融机构十分重视客户服务,设立了理财大厅和专职理财岗位,但他们的工作还主要停留在本机构产品宣传和营销层面上。所谓的"个人理财"服务至多是提供金融产品信息资料和市场行情,聆听客户需求,帮助制定财务规划则无从谈起。显然,服务队伍的现状与居民需求差距较大,他们所能提供的个人理财服务,无论是规模、档次、内容还是水平,都只能说是处于初级阶段的个人理财。

### (四)理财服务不同

#### 1. 服务内容方面

在发达国家,个人理财市场和服务已相当成熟,个人理财几乎深入到每一个家庭。在投资理财过程中,不管是资本家、高收入阶层还是普通阶层,每个人只要将自己对财产规模、生活质量、预期目标和风险承受能力告诉专业理财机构,对方就能替客户量身订制理财方案,还代理操作,同时跟踪和评估绩效,并不断修正投资方案。即使是对理财一窍不通的人,只要委托了专业理财机构进行操作,通常都能获得理想的回报。居民理财涉及面很广,不仅限于股票、债券等金融品种的分配投资,还包括帮客户合理避税、熟悉房地产、进行艺术品投资等。与此相适应,国外先进商业银行的业务几乎囊括了所有个人理财的业务领域,无论是证券投资、保险、基金等投资领域、还是与个人理财有关的代理领域、顾问领域,只要客户需要,银行总可以为客户打造一个专业化、个性化的理财服务。

中国理财业务服务内容方面,由于受国内金融市场分业经营限制,目前存在的现状是理财市场虽然有了需求,但作为市场供应者的金融机构却是出于"各自为政"的动机,基金公司只建议投资者买基金,保险公司只建议投资者买保险,仅从有利于自身的角度出发向客户推荐产品,大多不太愿意向客户推荐和自己产品有互补性关系的其他金融机构的产品,尤其是在具有"替代性"的产品方面,则会采取尽量回避的方式。银行、证券、保险三个市场相对分隔,客户资金一般只能在各自的体系内循环,而无法利用其他两个市场进行增值。银行虽能代理但不能涉足证券、基金等领域,这也使得银行不能从根本上确定这三种投资的回报和风险。并且,受政策的制约,专业理财机构不能对个人资产进行全权管理,不能为客户进行资产分割和投资,理财服务只停留在"建议"和"方案"上,不能代客户实际操作。个人理财只限于提供存款收益比较、存贷款收支比较、投资风险分析、个人金融政策及业务咨询、外汇汇率走势等服务。这种由业务范围导致的产品导向性服务显然无法满足投资者多元的、个性化的理财需求,无法体现"个人财务规划"的客户导向特点,甚至可能使居民丧失对金融产品的信任。

### 2. 服务产品方面

我国各类金融机构理财产品种类单一,而且重投资、轻保障,重金融、轻实物。首先,从理财产品功能定位看,大部分产品定位于投资获利,如热卖的人民币代客理财产品、分红投资型保险产品等。各金融机构在推出理财产品时都把宣传重点放在收益率上,过分强调理财的投资功能而忽视了资金保障功能。其实,理财并不等同于投资。根据美国理财师资格鉴定委员会的定义,个人理财是指如何制定合理利用财务资源、实现个人人生目标的程序,理财的核心是合理分配资产和收入,以实现个人的安全性、流动性和收益性目标。个人参与理财计划,不仅要考虑财富的积累,更要考虑未来生活的保障。从这个意义上来说,理财的内涵比仅仅关注"钱生钱"的个人投资更宽泛。

其次,从产品形式看,金融理财产品较实物理财产品丰富得多,国外较为常见的不动产、字画、贵金属收藏等理财产品目前在我国还少有人问津,这当然有国人认识程度不足、观念有待转变、相关市场有待规范等原因,但另一方面也是由于相关部门没有特别针对居民个人理财需求设计推出合适的产品。

### 3. 服务渠道方面

西方一般采取多渠道全能型服务。这种多渠道零售银行业务主要通过三种渠道与客户接触:一是电子渠道,主要指网上银行;二是电话渠道;三是物理渠道,或者说网点。通过这些渠道,客户不仅可以通过互联网、电话等进行"远端"联系,还可以到任何一个网点与银行员工进行面对面的接触,从而保证了客户和银行员工不受任何时间、地点的限制进行实时联系,分享信息。通过多渠道平台,合理划分不同渠道的交易优势,从而有机会向客户推销更多的银行服务和提供售后知识等等。国内银行的个人理财业务主营销渠道则仍是营销网点,主要依靠营销网点的扩张来扩大市场份额,这样的分销体系,既受地域限制又受时间限制,让客户无法得到完全服务;而且,银行网点内的结构仍以传统的窗口式服务为主,电话银行、网上银行、POS机等服务渠道使用率较低。

## 三、我国个人理财现状

### (一)居民可支配收入提高创造个人理财需求

改革开放以来,中国成为世界上经济增长最快的国家,居民收入水平迅速提高,收入渠道也不断增加。体现在收入分配形式上,单纯依靠工资收入和农业收入的局面已被打破,进而通过劳务、知识、投资以及财产等方式取得收入的情况日益增多。绝大部分城乡居民现在已经步出温饱水平,正在逐步向小康水平迈进。居民可支配收入的提高,使居民消费以后出现剩余,这是个人理财得以发生的物质基础。

表 9-2　城乡居民家庭人均收入及指数表

| 年份 | 农村居民家庭人均名义纯收入/元 | 农村居民家庭人均纯收入指数（1978 年＝100） | 城镇居民家庭人均名义可支配收入/元 | 城镇居民家庭人均可支配收入指数（1978 年＝100） |
|------|------|------|------|------|
| 1978 | 133.6 | 100 | 343.4 | 100 |
| 1988 | 544.9 | 310.7 | 1 181.4 | 182.5 |
| 1990 | 686.3 | 311.2 | 1 510.2 | 198.1 |
| 1995 | 1 577.7 | 383.7 | 4 283.0 | 290.3 |
| 2000 | 2 253.4 | 483.5 | 6 280.0 | 383.7 |
| 2001 | 2 366.4 | 503.8 | 6 859.6 | 416.3 |
| 2002 | 2 475.6 | 528.0 | 7 702.8 | 472.1 |
| 2003 | 2 622.2 | 550.7 | 8 472.2 | 514.6 |
| 2004 | 3 065 | 588.1 | 9 422.0 | 554.2 |
| 2005 | 3 254.9 | 624.5 | 10 493 | 607.4 |
| 2006 | 3 587 | 670.7 | 11 759.5 | 670.7 |
| 2007 | 4 140.4 | 734.4 | 13 785.8 | 752.3 |
| 2008 | 4 761 | 844.5 | 15 781 | 861.2 |

根据表 9-2 国家统计局提供的数据,中国城镇居民人均可支配收入由 1978 年的 343.4 元增长到 2008 年的 15 781 元,30 年间提高了 45 倍(名义增长)。究其原因,一是因为国民经济的增长;二是在我国经济改革进程中,对原来由国家统包的一系列福利制度进行了改革,特别是医疗、就业、住房、养老、教育等方面的改革,使部分实物福利货币化,表现为原来由国家控制的部分收入以货币的形式流到个人手中,使个人的可支配收入增加。但不管从哪个角度,随着资产的急剧增加,居民个人对资产保值和增值的需求日益旺盛。

**（二）居民个人理财方式与家庭财产配置现状**

1. 居民家庭财产中,金融资产比例高

我国城市居民家庭金融资产主要由人民币和外币两部分组成,其中人民币金融资产又由储蓄存款、国库券、股票(含基金按现价计)、其他有价证券、储蓄性保险(累计交款额)、借出款、手存现金、住房公积金余额和其他人民币金融资产组成;外币金融资产由外币储蓄存款、外币手存现金和股票(B 股)等组成。

国家统计局在 2002 年进行的城市家庭财产调查(见表 9-3)显示,城市居民家庭金融资产为 7.98 万元,其中人民币金额为 7.37 万元,占 92.4%;外币折合人民币为 0.61 万元,占 7.6%。人民币资产中,储蓄存款又以绝对优势排在首位,其户均拥有金额为 5.12 万元,所占比例达 69.4%,也就是说城镇家庭近七成的人民币目前都存放在银行中(见表 9-3)。

表 9-3 城镇居民家庭金融资产结构表

| 资产项目 | 户均拥有金额/元 | 结构百分比/% |
|---|---|---|
| 人民币资产合计 | 73 706 | 100.00 |
| 其中:储蓄存款 | 51 156 | 69.41 |
| 股票(A 股) | 7 374 | 10.00 |
| 国库券 | 3 210 | 4.36 |
| 储蓄性保险 | 3 094 | 4.20 |
| 住房公积金余额 | 3 036 | 4.12 |
| 手存现金 | 2 730 | 3.70 |
| 借出款 | 2 512 | 3.41 |
| 其他有价证券 | 359 | 0.49 |
| 其他 | 235 | 0.32 |

在城镇居民财产中,金融资产更加严重地向高收入家庭集中,1/5 户均金融资产最多的家庭拥有超过城镇居民家庭总值 2/3 的金融资产,而户均金融资产最低的 1/5 城镇家庭的拥有比例则会下降到 1%左右。

2. 居民金融资产中,储蓄存款高

表 9-4 我国 GDP 及储蓄存款统计表

| 统 计 指 标 | 1978 年 | 1985 年 | 1990 年 | 1995 年 | 2000 年 | 2005 年 | 2008 年 |
|---|---|---|---|---|---|---|---|
| GDP/亿元 | 3 624 | 8 964 | 18 548 | 58 478 | 89 468 | 182 321 | 300 670 |
| 人均 GDP/元 | 379 | 853 | 1 634 | 4 854 | 7 086 | 13 950 | 23 128 |
| 储蓄存款/亿元 | 211 | 1 623 | 7 120 | 29 662 | 64 332 | 147 054 | 217 885 |
| 人均储蓄存款/元 | 22 | 153 | 623 | 2 449 | 5 082 | 10 792 | 15 781 |
| 储蓄存款占 GDP 百分比/% | 5.81 | 18.1 | 38.39 | 50.72 | 71.93 | 77.36 | 72.47 |

表 9-4 统计数据显示,2008 年年底,我国居民储蓄存款余额是 3 年前的 1.5 倍,是 8 年前的将近 3 倍,更是 23 年前的 134 倍之多,与此同时,我国居民储蓄存款余额占 GDP 的比例从 1978 年的 5.81%迅猛地提高到 2008 年的 72.47%。

凯恩斯主义认为,决定储蓄的是人们的即期收入。当即期收入增加时,虽然消费也增加,但消费的增加必然小于收入的增加,从而形成"边际消费倾向递减"和"边际储蓄倾向递增"的规律。储蓄本质上总是随着收入的增长而增长的。相应的,作为居民储蓄最主要形式的储蓄存款,它当然也会随着国民收入的增长而增长。

改革开放以来,我国居民储蓄的增长速度一直高于经济增长和居民收入的增长速度(见表9-5)。统计数据还显示:2008年,我国名义GDP较1978年增长了近83倍;从1978年到2008年的30年间,我国城乡居民储蓄存款余额增长了近1 033倍。

表 9-5　我国 GDP 及居民储蓄存款年均增长率　　　　　　　　　　　　%

| 阶 段 划 分 | GDP 年均名义增长率 | 储蓄存款年递增率 |
|---|---|---|
| 1978—1985 年 | 13.81 | 33.87 |
| 1985—1990 年 | 15.65 | 34.42 |
| 1990—1995 年 | 25.82 | 33.03 |
| 1995—2000 年 | 8.87 | 16.75 |
| 2000—2005 年 | 15.31 | 17.98 |
| 1978—2005 年 | 15.62 | 27.44 |

**3. 居民消费现状**

(1) 城镇居民消费性支出随人均可支配收入的提高而增长

表 9-6　我国城镇居民消费性支出构成表

| 年份<br>指标 | 2000 年 | | 2001 年 | | 2002 年 | | 2003 年 | | 2007 年 | |
|---|---|---|---|---|---|---|---|---|---|---|
| | 数额/元 | 构成/% | 数额/元 | 构成/% | 数额/元 | 构成/% | 数额/元 | 构成/% | 数额/元 | 构成/% |
| 消费性支出 | 4 998.00 | 100.00 | 5 309.01 | 100.00 | 6 029.8 | 100.0 | 6 510.94 | 100.0 | 9 997.0 | 100.0 |
| 食品 | 1 958.31 | 39.18 | 2 014.02 | 37.94 | 2 271.8 | 37.68 | 2 416.92 | 37.12 | 3 627.91 | 36.29 |
| 衣着 | 500.46 | 10.01 | 533.66 | 10.05 | 590.88 | 9.80 | 637.73 | 9.79 | 1041.69 | 10.42 |
| 家庭设备用品及服务 | 439.29 | 8.79 | 438.92 | 8.27 | 388.68 | 6.45 | 410.34 | 6.30 | 601.82 | 6.02 |
| 医疗保健 | 318.07 | 6.36 | 343.28 | 6.47 | 430.08 | 7.13 | 475.96 | 7.31 | 698.79 | 6.99 |
| 交通和通信 | 395.01 | 7.90 | 457.02 | 8.61 | 626.04 | 10.38 | 721.13 | 11.08 | 1 357.59 | 13.58 |
| 教育文娱 | 627.82 | 12.56 | 690.10 | 13.00 | 902.28 | 14.96 | 934.38 | 14.35 | 1 328.60 | 13.29 |
| 居住 | 500.49 | 10.01 | 547.96 | 10.32 | 624.34 | 10.35 | 699.39 | 10.74 | 982.70 | 9.83 |
| 杂项商品服务 | 258.54 | 5.17 | 284.13 | 5.35 | 195.84 | 3.25 | 215.1 | 3.30 | 579.83 | 3.58 |

表 9-6 数据显示,2000—2007 年我国城镇居民全年消费性支出逐年递增,恩格尔系

数(食品占消费支出比例)有逐年下降的趋势;穿着比例逐渐下降。生存型消费比例的下降,表明了享受发展型消费比例上升,如教育休闲娱乐支出比例持续上升,医疗保健和交通通信消费比例也呈上升趋势,这三项的比例在整个居民消费支出中所占比例由 2000 年的 26.82% 升至 2007 年的 33.86%,反映了精神生活等非商品支出有较大提高。

(2)购房消费支出比例增加过快

**表 9-7  全国部分城市 2004 年房价收入比调查表**

| 城市 | 每平方米商品房平均房价/元 | 90m² 房屋售价/元 | 居民家庭人均可支配收入/元 | 户均年收入/元 | 房价收入比 |
|---|---|---|---|---|---|
| 温州 | 9 278 | 835 020 | 17 727 | 53 181 | 15.70 |
| 上海 | 8 627 | 776 430 | 16 683 | 50 049 | 15.51 |
| 杭州 | 7 210 | 648 900 | 14 565 | 43 695 | 14.85 |
| 北京 | 6 232 | 560 880 | 15 638 | 46 914 | 11.96 |
| 深圳 | 6 037 | 543 330 | 27 596 | 82 788 | 6.56 |
| 宁波 | 5 900 | 531 000 | 15 882 | 47 646 | 11.14 |
| 青岛 | 4 639 | 417 510 | 11 089 | 33 267 | 12.55 |

西方国家的住房专家认为居民住房消费占居民收入 30% 以下居民可以承受,所以 20 世纪 90 年代初世界银行中国局的首席经济师哈默在进行中国住房制度改革研究时,得出一个房价收入比在 3～6 倍之间比较适当的结论,这是一个世界银行认为"比较理想"的比例。特别是这个计算方法的依据,是住房消费占居民收入的比例应低于 30%,这也是世界各国所公认的合理界限。但从表 9-7 看出,我国远远超过了这个界限。随着经济的发展,城镇居民的收入虽然在逐年增加,给居民改善居住条件提供了一定的基础,但房价涨幅大大高于收入的增幅,无形中降低了居民购房能力。目前我国购房主体多是六、七十年代的年轻人,正处在资金积累的过程中,家底并不殷实,因此只能大部分资金依赖银行贷款。

# 第二节  个人理财的发展

20 世纪 90 年代以来,随着社会经济生活发生重大变化,现代居民家庭(个人)投资理财逐步替代传统的家政,这是投资理财活动进一步发展的产物,是居民投资理财社会化。社会理财代表了现代投资理财趋势,意味着新的理财时代的到来。

## 一、理财模式向多元化转变

理财是一种以组织财务活动,处理财务关系为基本内容的经济管理活动。在不同地区或国家,在不同历史时期,在不同的社会经济环境中,理财活动都显现出不同的特色。理财活动在不同区域或不同历史时期的特征总结,就是理财模式。理财模式是对客观理财活动的一种抽象,但理财模式必须体现理财活动的根本思想和本质特征。由于经济因素是影响理财模式的主要因素,所以从经济运行方式(经济运行方式又受到社会制度、经济管理体制、具体国情等多种因素的影响)角度认识理财模式别具意义。基于以上认识,我国居民理财模式可区分为单一理财模式和多元理财模式。

我国传统的投资理财模式非常单一,一般仅限于储蓄。随着经济的发展和收入水平的提升,存款、贷款、股票、债券、投资信托、租赁、保险等各种金融投资理财工具推陈出新,如何选择合适的投资组合,赚取最大利益,成了个人经济生活中新的热点。居民理财模式正从一般储蓄转向组合投资,从单一理财模式转向多元理财模式。

### (一) 低收入水平下的单一理财模式

在单一理财模式下,居民家庭或个人的资金主要来源于劳动薪酬收入,另外极少的一部分来源于存款利息收入。这些资金又主要用于生活消费,一少部分结余则用于储蓄。这种模式可表示如图 9-2。

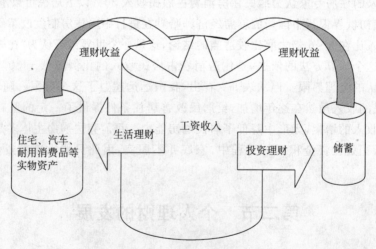

图 9-2　居民理财的单一模式

在单一模式下,居民财富积累和自我生产主要依靠薪酬收入。由于薪酬收入是有限的,因此居民家庭财富的增长速度非常缓慢,而居民生活水平和生活质量的提高也很困难。这一点可以从我国过去几十年低工资制度下居民的生活状况得以印证。我国过去一直实行低工资的制度,而广大居民的收入来源几乎完全依靠工资收入,因此居民收入增长缓慢,居民财富无论从存量还是从增量上看都非常少,居民的生活水平也没有显著的突破。单一理财模式是和我国计划经济运行方式紧密相关的。由于经济体制、投资体制、宏观经济管理制度、市场体制以及由此造成的居民理财意识的影响,形成了居民单一的理财方式。随着我国社会经济的不断发展,单一理财模式已越来越不适应不断变化的经济环境,进一步导致了居民理财模式的创新和发展。

**(二)收入水平提高后的多元理财模式**

多元理财模式是在我国经济快速增长和市场经济体制的发展中形成的一种以收入多元化、投资多元化和消费多元化为特征的居民理财模式。由于我国经济的快速增长和市场制度的建立,居民以工资、奖金为代表的薪酬收入大幅度增加,这从根本上为居民理财方式的改变奠定了基础。多元理财模式可表示为图 9-3。

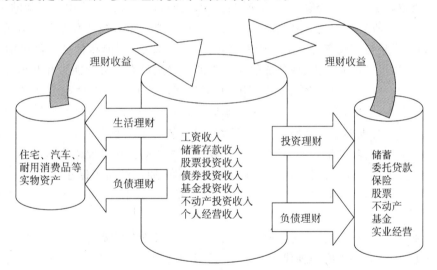

图 9-3 居民理财的多元模式

在多元理财模式下,居民收入除了薪酬收入外,还包括了居民的投资理财收入,诸如股票投资收入、债券投资收入、储蓄存款收入、基金投资收入、住宅房屋等不动产投资收入等预期收入。而且,非薪酬收入在总收入中也占到相当大的比重,这就是收入的"多元化"。同时,居民投资也呈现出多元化特征。

## 二、理财主体向社会化转变

### （一）传统的家政理财

就传统的家政理财而言，主要就是如何运用收入来维持一家人的生活（要么宽裕，要么拮据）。这种传统家政使我们能够有效地安排家庭经济生活，积累财富，提高和改善生活质量。但是对于每个生活在现代经济社会的人来说，不仅要懂得如何积累财富，还必须懂得使财富保值，甚至增值，进行风险管理。

20 世纪 90 年代以来，随着我国社会经济生活发生重大的变化，现代个人（家庭）投资理财逐步替代传统的家政，成为家庭经济生活的一个重要组成部分。而这种投资理财活动进一步发展的产物，就是个人投资理财社会化。仅仅依靠个人或家庭进行投资理财已经成为过去，社会理财的出现和发展，代表了现代投资理财的新趋势，是一种全新的理财概念。

传统家政解决的是单个家庭合理安排收支的问题，它在现代社会中有了新的含义：它不仅仅是使家庭收支合理化，还要使家庭财富保值、增值。家政往往有家庭成员充当管理者（如主妇），或是与家庭有密切关系的人全权负责（如管家）。但在社会经济生活发生巨大变化的时代，仅仅依靠个人，或依靠管家一类的人物是没有足够的能力和知识对家政进行有效管理的。家庭作为社会的基本细胞，其经济活动的基本内容随社会经济生活的发展而不断变化。家庭的消费职能是它的基本职能，而家政的基本内容反映的正是家庭的消费职能。进行合理的消费，维持家庭的正常运转，如将子女抚养成人并教育好等，就是传统家政的基本内容。"量入为出"是传统家政的基本原则。这就要求家庭根据收入多少来合理安排支出的数量和结构。然而，这种量入为出的原则倾向于保守，它不能主动性地对投资进行保值，而仅仅从家庭消费的角度出发安排收支，因此不能对家庭财富进行保值与增值，不能与现代意义上的个人投资理财相比拟。

传统家政的封闭性使其成为家庭经济的附属品。传统家政代表家庭消费理念，而非家庭投资理念，因此不能成为现代意义上的居民理财投资。具体地说，传统家政与现代个人理财投资有以下两个方面的区别。

首先，传统家政能够解决的仅仅是如何"将钱用在刀刃上"这类问题，以有效地对有限的个人可支配收入进行消费，因此始终不能摆脱"柴米油盐"这类家庭消费型职能。而现代理财投资既是建立在家庭合理消费的基础之上，而又独立于家庭消费之上的一种综合投资活动。现代个人投资理财融合了现代经济学、会计学及财务学的方法，遵循利润最大化原则，独立的对家庭财产进行投资，而非单一的家庭消费开支安排。

其次，传统家政由于仅仅限于家庭消费开支的合理安排，对社会生活中的变化，尤其市场经济产生巨大风险对家庭经济的冲击无能为力，带有明显的被动性；而现代个人（家庭)投资理财则针对风险进行个人资财的有效投资,以使财富保值、增值,能够抵御社会生活中的经济风险,是一种典型的主动性行为。

**(二)现代的社会理财**

1. 全新的居民理财概念体现了计划经济向市场经济的转变

改革开放以来,我国国民经济发生了重大变化,各种经济风险也随之而来,特别是20世纪90年代以后,市场经济的巨大风险与机会无不冲击着每个人;经历了几次通货膨胀与市场疲软之后,人们不禁要问:"手里的钱放在哪里最安全?"显然,传统家政由于有着明显的局限性,无法回答这个问题。个人投资理财的学问理所当然地肩负起这一重任。

如前所述,传统家政具有明显的封闭性,它局限于家庭消费,缺乏主动性,不能抵御社会经济风险对家庭经济的冲击,也不能抓住"发财致富"的机会,必然遭到时代的遗弃。而个人理财则恰恰相反,它对传统家政进行取长补短,适应了新经济时代的要求,得到了社会大众的青睐。

计划经济时期,个人、家庭的经济生活几乎已由整个国家的计划安排好。这个时期,个人、家庭只有货币收入还是买不到东西,需要各种票证才能获得基本商品,更不用说是进行投资理财了。因此,传统家政是与计划经济的极端"集体主义"相适应的。市场经济取向经济体制的确立,使个人的积极能动性得到空前发展。市场经济风险与机遇并存,激烈的竞争使人们意识到,必须充分调动自身的潜在投资能力才能获得利益的极大化。这大大地刺激传统家政向主动投资取向型的个人理财转化。

2. 个人投资理财社会化体现了资源经济向知识经济的转化

如果说由传统家政转向个人投资理财体现了计划经济向市场经济的转化,那么个人理财的社会化则反映资源经济向知识经济转化的要求。

自人类进入文明时期以来,从技术进步和生产力发展的角度看,经济发展可以分为三个阶段:劳动力经济阶段,即经济发展主要取决于劳动力的占有和配置;资源经济阶段,即经济发展主要取决于资源的占有和配置;知识经济阶段,即经济发展主要取决于知识的占有和配置。资源经济时代要求人们对资源进行最大限度的占有,才能获得个人利益的最大化,相应的,个人理财方面的资源就是个人财富(资金),如果个人能够在资金投入上尽力,那么投资理财的收益也就得到相应的回报。而投资理财的"个人化"显然能够适应这种资源占有的要求。

世界经济已经发生了巨大的变化,传统的资源经济已经在向知识经济转变。当前社会经济的方方面面都有其独特性和专业性,仅仅依靠个人、家庭的力量,即使是主动性的投资理财,也难以应付社会经济的纷繁变化。知识经济要求个人理财的社会化。不管是储蓄投资、股票投资,抑或是外汇、保险投资,由于投资品种日益增多,所需的专业化知识也不尽相同,即使是同一大类的投资方法也很难为一个人所完全掌握,普通投资大众"单枪匹马"的进行投资理财更是难以"招架"。

从整个世界范围看,各国的个人投资理财活动社会化现象极其明显。西方市场经济发达国家,如美国,个人投资理财多数交给"投资基金"、"养老基金"之类代理,或者向"投资咨询公司"寻求咨询服务。

事实上,自我国市场经济取向体制改革以来,家庭和社会的关系发生了根本性的变化,家庭作为社会的细胞,已不仅仅是自给自足的社会单位,而是市场经济的主体,它被要求参加社会经济交换,离开了市场家庭经济就无法进行。因此个人理财的社会化也是这一社会经济生活变化的必然结果。当然,目前我国个人理财的社会化范围和深度不够,个人理财进行社会化代理的实践也不多见。一方面是由于社会化投资理财机构服务范围不广,建设不够规范,法制不够健全,无法满足个人和家庭的众多投资理财需要。另一方面,个人和家庭投资理财的社会化在思想上还有一定的阻力。传统观念一般认为个人财产管理是私人事务,如果交给别人管理可能会出现很多问题。

3. 社会理财适应和促进了时代的进步

经济学家亚当·斯密在其巨著《国富论》中指出,分工可以使生产力提高,从而增加社会财富。如果每个人专门从事某一工作的某一部分,那么相对于每个人都从事该工作的全部,效率将大大提高,产量也会大量增加。这一论点得到了后人的肯定。在市场经济时代,分工更加细化。不同的人从事不同的工作,有不同的专长。在投资理财方面,专门化知识尤为显得重要。社会如果没有专门从事这项职业的专家存在,而需要从事其他行业的专家分心于此,那么将不利于社会生产力的进一步提高。

另外,个人投资理财社会化适应了市场知识经济时代分工的另一个特征:专业化知识更新周期加快。分工细化速度加快在个人投资理财方面的表现是各种个人投资理财工具创新的加快,而投资理财方向也在不断扩大。在变化莫测的众多机会和风险面前,个人更是难以把握投资方向,因此个人投资理财的社会化显得更加重要。

## 第三节 个人理财业务的客户结构与投资工具分析

个人理财业务使银行以新型的服务方式为客户度身定做理财产品和方案,有效地培育和发展银行的目标客户,使客户能够借助银行的帮助使自己的资产得到最大限度的保值增值,从而对银行产生信任和依赖,密切客户和银行的相互依存关系,成为银行稳定的客户群体。个人理财业务还使银行职能得到延伸,拓展自身业务,更加了解客户的需求,以个性化、人性化的服务体现银行服务的差异性、价值性,打造银行的品牌形象,形成银行独特的企业文化,提升银行的核心竞争力。只有对客户结构进行科学细分,才能量体裁衣,设计出适合不同人群的投资组合,各家商业银行的竞争优势才能凸显出来。本书将结合我国的实际情况,对个人理财的客户群进行综合分析。接下来将介绍我国目前存在的五种主要的投资工具,并对这五种主要的投资进行量化的风险收益分析。

## 一、个人理财业务的客户类型

商业银行个人理财服务的客户类型细分,是指银行将整个个人理财市场的客户群体,按照几种属性划分为若干个客户子群体,使划分后的不同客户子群体之间的差异尽可能大,而每个客户子群体内部的客户差异尽可能小。商业银行根据不同的子群体客户的特征,为子群体内的客户提供最具针对性的理财服务。国际上比较流行的商业银行个人理财客户划分标准主要有两种:生命周期细分和风险偏好细分。

### (一)生命周期细分

一个人一生中不同的年龄段对投资组合的影响非常重要,由于生命周期的复杂性,如果我们不对整个生命周期进行阶段化,将很难得出有代表性的投资组合;每个人从踏入社会的第一天起,就成为银行个人理财业务的潜在客户,因此,在实际的个人理财运作中,按照生命周期的划分方法,通常可以将客户分为六种类型,具体如表9-8所示。

表 9-8　人生六阶段的理财周期表

| 单身期 | 参加工作至结婚的时期,一般为1~5年。这时的收入比较低,消费支出大。这段时期是提高自身、投资自己的大好阶段。这段时期的重点是培养未来的获得能力。财务状况是资产较少,可能还有负债(如贷款、父母借款),甚至净资产为负。 |
|---|---|
| 家庭形成期 | 从结婚到新生儿诞生时期,一般为1~5年。这一时期是家庭的主要消费期。经济收入增加而且生活稳定,家庭已经有一定的财力和基本生活用品。为提高生活质量往往需要较大的家庭建设支出,如购买一些较高档的用品;贷款买房的家庭还需一笔大开支——月供款。 |
| 家庭成长期 | 从小孩学前教育直到上大学,一般为9~12年。在这一阶段里,家庭成员不再增加,家庭成员的年龄都在增长,家庭的最大开支是保健医疗费、学前教育、智力开发费用。同时,随着子女的自理能力增强,父母精力充沛,又积累了一定的工作经验和投资经验,投资能力大大增强。 |
| 子女大学教育期 | 小孩上大学的这段时期,一般为4~7年。这一阶段里子女的教育费用和生活费用猛增,财务上的负担通常比较繁重。 |
| 家庭成熟期 | 子女参加工作到家长退休为止这段时期,一般为15年左右。这一阶段里自身的工作能力、工作经验、经济状况都达到高峰状态,子女已完全自立,债务已逐渐减轻,理财的重点是扩大投资。 |
| 退休期 | 退休以后。老年人身体健康是最大的财富,健康第一,财富第二,这一时期的主要内容是安度晚年,投资和花费通常都比较保守。 |

### (二)风险偏好细分

客户的风险偏好对于投资组合选择有着更重要的意义。一般将投资者划分为三种类

型,包括:保守型投资者、稳健型投资者和激进型投资者,具体划分如表 9-9。我国的商业银行在为客户打造投资组合之前,采用国际上通行的做法,利用科学的调查问卷,来了解投资者的投资偏好。投资者对一些选择性问题给出答案,根据每个答案的得分计算出总分,然后根据总分数所在的区间来判定该投资者究竟是属于什么类型,再根据投资者所属的类型为他设计理财方案。

**表 9-9 不同风险偏好的投资者类型表**

|  |  |
|------|------|
| 保守型 | 保守型投资者非常注重安全性,极力回避风险,故也称为风险厌恶型投资者。即使有远远高于平均收益水平的投资机会,风险厌恶型投资者也不愿轻易涉及,因为,边际收益对他们的满足不及边际风险带给他们的恐慌。风险厌恶型投资者的投资理念就是在名义收益率不小于 0 的情况下,实现风险最小化。 |
| 激进型 | 激进型投资者一般都有着冒险精神,他们不满足于平均的投资收益,他们追求的目标是高收益,为此,他们愿意承受远远高于平均水平的风险,故激进型投资者也叫做风险喜好型投资者。风险喜好型投资者的投资理念就是,高风险必定伴随着高收益。 |
| 稳健型 | 稳健型投资者的投资风格介于保守型投资者与激进型投资者之间。他们既注重本金安全,又要求一定的收益率,有着一定的冒险精神。稳健型投资者的投资理念就是,只要有获得高于平均收益的机会,他们决不放过,以期获得高的收益;对于太高风险的投资,也决不轻易尝试。 |

## 二、个人理财客户结构的综合矩阵分析

在运用生命周期和风险偏好对我国商业银行个人理财的客户结构进行细分之后,我们要对个人理财的客户进行综合分析,下面给出综合分析矩阵,横轴的变量是客户投资偏好,纵轴的变量是客户所在的生命周期,一共划分出 18 种客户类型,并对这 18 种类型客户的特点和投资倾向进行定性分析,矩阵如表 9-10 所示。

**表 9-10 商业银行个人理财客户结构的综合矩阵表**

| | 保守型 | 稳健型 | 激进型 |
|------|--------|--------|--------|
| 单身期 | ★处于单身期保守型投资者,他们这一时期主要目标是在风险较低的情况下,逐步进行资本的原始积累,为以后的生活作准备。他们倾向于由安全性较高的存款、债券、保险构成的投资组合。 | ★处于单身期的稳健型投资者,他们这一时期主要目标是在一定的风险范围内,获得较高的收益,进行资本的积累,为以后的生活作准备。他们倾向于由股票、债券和相当数量基金构成的投资组合。 | ●处于单身期的激进型投资者,他们多是高知识、高收入的年轻人,获取财富的能力强,抗风险强。他们这一时期主要目标是追求高的收益。他们倾向于大量股票和少量存款构成的投资组合。 |

续表

| | 保守型 | 稳健型 | 激进型 |
|---|---|---|---|
| 家庭形成期 | ★处于家庭形成期的保守型投资者,他们这一时期主要目标是在风险较低的情况下,进行资本的积累,为迎接孩子的出生作准备。他们倾向于由存款、债券和基金构成的投资组合。 | ★处于家庭形成期的稳健型投资者,他们这一时期主要目标是在一定的风险范围内,获得较高的收益,为迎接孩子的出生作准备。他们倾向于由基金、股票、债券和一定数量的存款构成的投资组合。 | ●处于家庭形成期的激进型投资者,他们多半是完成了资本的初始积累,开始追求资本增值。他们这一时期主要目标是追求高的收益。他们倾向于大量股票、少量基金和存款构成的投资组合。 |
| 家庭成长期 | ★处于家庭成长期的保守型投资者,他们这一时期主要目标是保证资金安全,以便完成子女的教育储蓄,所以他们倾向于由存款、债券和基金构成的低风险投资组合。 | ●处于家庭成长期的稳健型投资者,他们要抓住经济负担较轻这一时期,实现资本快速增值,同时准备子女的教育基金。他们倾向于由股票、基金、债券构成的投资组合。 | ●处于家庭成长期的激进型投资者,他们这一时期的主要目标是实现资本快速增值,同时准备子女的教育基金。他们倾向于由大量股票和一定数量的基金构成的投资组合。 |
| 子女大学教育期 | ★处于子女大学教育期的保守型投资者,他们的负担很重,主要目标是保证资金安全,以便子女完成大学教育,所以他们倾向于由保险、存款、债券、基金构成的低风险投资组合。 | ●处于子女大学教育期的稳健型投资者,他们的主要目标是实现资本保值增值,以便子女完成大学教育,所以他们倾向于由一定数量的股票、部分存款及大量基金构成的投资组合。 | ●处于子女大学教育期的激进型投资者,他们的主要目标是实现资本保值增值,以便子女完成大学教育,所以他们倾向于由一定数量的股票、部分存款及债券、基金、保险构成的投资组合。 |
| 家庭成熟期 | ●处于家庭成熟期的保守型投资者,他们这一时期的经济状况达到最优,希望能安排好退休后的生活,所以他们更倾向加大保险、债券和基金的投资比例。 | ●处于家庭成熟期的稳健型投资者,要实现资本的保值增值,准备足够的养老金,所以他们更倾向在加大股票的投资比例的同时,也要加大债券和基金的投资比例。 | ●处于家庭成熟期的激进型投资者,他们这一时期的经济状况达到最优,抗风险能力极强,所以他们仍倾向于将大部分资金投资股票,同时购买一定数量的保险。 |
| 退休期 | ★处于退休期的保守型投资者,他们主要目的就是保证身体健康和资金安全。所以他们在继续加大保险投资比例的同时,投资存款和债券。 | ★处于退休期的稳健型投资者,他们的经济状况和身体状况一般都会下降,希望能安排好退休后的生活,所以他们减少股票投资的比例,转而投向保险。 | ★处于退休期的激进型投资者,他们也要根据实际经济状况安排投资,所以他们适当减少股票投资的比例的同时,持有相当比例的保险和存款。 |

注:★一般客户,●优质客户。

### 三、投资工具的风险与收益分析

随着居民收入的增加,投资越来越受到人们的关注。房地产、股票、债券、基金、信托、保险、黄金、外汇等均成为人们的投资工具。每种投资工具所需投入的资金量以及投资周期、风险和收益都是不同的,因此投资人选择投资工具时,首先要清楚这些投资工具各有什么特点。

**(一)稳健型投资工具**

1. 银行储蓄存款。银行存款的风险最低,适合个性保守的投资人,但相对获利也最低,几乎就是俗话所说的"蝇头小利",有时甚至还赶不上通货膨胀。银行存款作为投资工具的特征有:①流动性相对较高。活期存款流动性高,变现力强,可作应急之用。但对于定期存款来说,若未到期提前支取,就要遭受利息损失。②风险较低。由于国家对银行有一定的信用保证作用,因此风险较小。③回报率低。目前国内银行存款利率一般低于同期债券利率。

2. 债券。债券投资可以获取固定的利息收入,也可以在市场买卖中赚取差价。目前,国内银行代理的债券主要包括政府债券、金融债券、企业债券等种类。债券作为投资工具,其特征主要有:①安全性高。安全性是指债券持有人的收益相对固定,不随发行者经营收益的变动而变动,并且可按期收回本金。由于债券发行时就约定了到期后须支付本金和利息,故其收益稳定、安全性高。②收益高于银行存款。债券的收入主要表现为利息收入。在我国,债券的利率高于银行存款利率。投资债券,投资者一方面可以获得稳定、高于银行存款的利息收入,另一方面可以利用债券价格的变动买卖债券,赚取价差。③流动性强。流动性是指债券持有人可按自己的需要和市场的实际状况,灵活地转让债券,提前收回本金。

3. 保险。随着人们对保险认识的加深,个人保险已经成为家庭理财的一个重要组成部分。不论是一个处于成长期还是稳定期的家庭,精心选择一份乃至几份保单将是所有金融产品投资中最稳健的行为。保险作为投资工具其特征有:①有强制性储蓄的作用,但变现力一般。②风险较低。保险最基本的作用是解决因疾病、意外而产生的昂贵开支,保证收入不中断,提供养老金和教育基金。③回报率低。尽管保险金是保险公司按照合同约定给受益人的赔付,无须缴纳个人所得税,但保险的费率随着银行利率而调整,回报较低。

**(二)增值型投资工具**

1. 证券投资基金。证券投资基金即"为客户炒股"的基金,是将众多投资者的零星资金集中后由代理投资的基金管理公司进行专业的管理与投资,投资收益扣除税费和代理服务费用外,其余均归购买基金的投资者分享。

证券投资基金的特点有:①收益高。证券投资基金是由专家运作管理并专门投资于证券市场的基金。证券市场的高收益性也带动了证券投资基金的收益。②风险相对较低。证券投资基金通过汇集众多中小投资者的小额资金,形成雄厚的资金实力,可以同时把投资者的资金分散投资于各种股票,使某些股票跌价造成的损失可以用其他股票涨价的赢利来弥补,分散了投资风险。③流动性强。基金的买卖程序非常简便,对于封闭式基金而言,投资者可以直接在二级市场套现,买卖程序与股票相似;对开放式基金而言,投资者既可以向基金管理人直接申购或赎回基金,也可以通过证券公司等代理销售机构申购或赎回,或委托投资顾问机构代为买卖,变现相当方便,流动性强。

2. 信托。信托是建立在信任基础上的一种财产管理制度,它是财产所有人基于信任将自己的财产转移给他人,由他人以自己的名义,按财产所有人的意愿为第三人的利益或者特定目的管理或者处分该财产的行为,也可以说是"受人之托,代人理财"。信托作为一个风险型投资品种,主要有如下特性:①收益高。整体而言,信托产品具有明显的收益优势。②风险适中。信托产品的风险主要体现在本身的信用风险、投资风险和利率风险上。③流动性低。根据人民银行的相关规定:"信托公司不得发行债券,不得以发行委托投资凭证、代理投资凭证、受益凭证、有价证券代保管单和其他方式筹集资金。"这意味着现有的信托受益权只能以信托合同,而不是信托受益凭证的方式成立,这导致信托合同不能像信托受益凭证那样被分割,而只能整体转让。

3. 外汇交易。个人外汇理财是指银行根据客户的委托,在保证客户本金安全的前提下,由银行投资专家利用国际金融市场上丰富的金融工具对客户资金进行管理和运作,为个人客户自有外汇资金进行以提高收益率为目的的集合性理财业务。外汇交易作为投资工具主要有如下特征:①收益高。投资人可由汇率的变动而获利,即经由特定货币抗衡其他货币汇率的涨跌而买入或卖出。相对股票市场的单边市,炒汇具有双向获利的机会,可以持有买单仓位,即买入货币并预期未来价格会上涨,再以高价卖出;也可持有卖单仓位,即卖出货币并与其未来价格会下跌,再以低价买入。②风险大。在全球这个密不可分的金融世界里,每一刻发生在世界各国的事件或多或少都会影响到这个投资环境,也就是构成了汇市变化的不确定性。③流动性强。外汇市场是 24 小时运作的高度流通性的全球市场,仅在假日有短暂性的休市,所以外汇市场是最具流通性的市场,投资人对于市场消息可立即反应进行交易,不用怕错失交易良机。

4. 房地产。房地产投资之所以越来越受投资者的追捧,除了高收益性外,投资者更看重它的保值功能。房地产投资的特征有:①收益高。因为土地作为一种资源,具有稀缺性。随着人口的增加,土地却不增加,而且人口增加带来需求增加,使得房地产的价格上扬,出现增值的利益。②风险大。房产的价格主要受供求关系影响。由于房屋的不可移动性,投资者一旦决定所购房产的地段和房型就不能改变其属性,因此在初始投资时选择的地段和房型等都会直接影响日后房屋的收益率,如果决策失误,租金下降甚至房屋闲置时,投资者仍要面临还贷、保险、房屋的修缮保养等压力,不仅无法实现预期收益,有时甚至难以收回本金。另外,房地产投资的金融风险也不容忽视。只有当房地产的需求真正反映社会需求时房产价格才会稳步上升。但目前由于银行信贷的支撑,资本的放大使得众多投资者通过炒房将价格拉升,市场需求并未能反映实际需求时,房地产市场就存有泡沫,如果泡沫破灭,房价大跌,投资者将会深度套牢。③流动性差。房地产投资不是一个简单的购买过程,房产转让手续也较其他投资工具烦琐,过户、登记、公证等所有程序办妥至少需要 3～6 个月的时间,因此如果投资者想转让房产,至少要提前一年作好准备。

5. 股票。股票作为一种投资工具,主要具有以下特征:①收益高。股票的收益来源可分为两类,第一种是来自股份公司。认购股票后,持有者即可从公司领取股息和分享公司的红利。第二种是来自股票流通。股票持有者可以持股票到市场上进行交易,当股票的市场价格高于买入价格时,卖出股票就可以赚取差价收益。②风险大。股票风险可以看做是预期收益的不确定性。股票可能给股票持有者带来收益,但这种收益是不确定的,股东能否获得预期的股息红利收益,完全取决于公司的赢利情况,利大多分,利小少分,无利不分;公司发生亏损时股东要承担有限责任;可能血本无归。股票的市场价格也会随公司的赢利水平、市场利率、宏观经济状况、政治局势等多种因素的影响而变化。如果股价下跌,股票持有者会因股票贬值而蒙受损失。③流动性高。流动性是指股票可以依法自由地进行交易的特性。股票持有人虽然不能直接从股份公司退股,但可以在股票交易市场上很方便地卖出股票来变现,在收回投资的同时,将股票所代表的股东身份及其各种权益让渡给受让者。

6. 期货。期货交易原来是一种相对于现货交易的交易方式,但现在已发展成为一种"金融工具"。从其投机的一面来说,它甚至是比股票交易风险还要大的交易。但期货交易除了投机的一面之外,还有保值的一面,尤其是农产品期货的保值交易反而是广大农民降低或规避农产品价格波动风险的工具。期货作为投资品种,主要有如下特性:①收益高。期货市场是高风险高收益的市场,资金的杠杆作用能放大风险,同时也能扩大收益。只要你的头寸与市场走势相吻合,则账户资金很快就会出现翻几番的现象。期货市场的卖空机制也使得期货投资不存在纯粹的牛市和熊市。②投机风险大,保值风险小。期货投资采用保证金交易制度。保证金收取比例由各期货交易所视品种而定,一般在 5％～10％,这种以小搏大的投资无疑增加了投机风险。如果走势与所持头寸的方向相反,则投资者要承担由于价格波动带来的全部风险,由于投资者只缴纳 5％～10％ 的保证金,因此当价格朝不利于投资者的方向波动时,投资者要么追加保证金,否则就得强行平仓。期货市场除具有较大的投机风险外,也有降低风险的功能,即套期保值和套利功能。套期保值的基本思路就是能通过期货市场来锁定价格,以避免现货市场上的价格波动而带来的风险,使交易者的经济收益稳定在一定的水平,避免价格风险。

除了上述几大类投资品种以外,还有诸如收藏品投资、实业投资等,但都不属于金融投资品种的范畴,投资者可以依据自己的素质能力和经济能力来决定是否需要介入。可见,随着银行个人理财业务的不断深入,投资者对理财认识的不断增强,各种投资工具的身影频频出现在个人理财品种中。面对琳琅满目的投资工具,投资者只有根据自身的具体情况选择好适合自己的投资工具,并通过有效的手段规避风险,获取超额收益,最终就能达到资产的最优配置。

# 本 章 小 结

个人理财是指个人根据其财务状况,建立合理的个人财务规划,并适当参与投资活动来实现个人生活目标的过程。

个人理财与公司理财在理财依据、历史起源、理财目标、服务对象的风险承担能力、关注的时间长短、依据的法律法规和研究内容等方面都存在着较为明显的差异。

居民(个人)理财目标是一定社会政治、经济环境的产物,在一定时期和特定条件下,居民理财目标是相对稳定的。目前中国居民理财的目标是实现家庭财产的保值增值、加强家庭(个人)风险管理和努力过上舒适的退休生活。

居民(个人)理财要遵循经济效益原则、量入为出原则、科学管理原则、多元化投资原则和风险报酬均衡原则。

中西方个人理财服务在理财文化、理财目的、专业理财队伍和理财服务方面存在着较大的差异。这就导致了中西方在理财知识、技巧与方式等方面都存在着明显差距。

我国居民的个人理财模式正在经历着从单一式向多元式转变的过程,个人理财概念正在经历着从家政理财向社会理财转变的过程。现代个人理财的手段日益丰富,按照风险和收益的不同。常见的投资工具分为:(1)健型投资工具,包括银行储蓄存款、债券和保险;(2)增值型投资工具,包括证券投资基金、信托、外汇交易、房地产、股票、期货等。投资者可以根据自身的情况,选择适合的投资工具或者通过不同比例的投资工具组合来实现自己的投资目标。

# 复习思考题

1. 简述个人理财的概念。
2. 个人理财与公司理财的区别是什么?

3. 目前我国个人理财的目标是什么？

4. 个人理财的原则有哪些？

5. 目前我国个人理财常见的投资工具主要有哪些？

# 参 考 文 献

[1] 陈树军.个人理财业务也有瓶颈[J].现代商业银行,2004,(09).

[2] 黄浩.个人理财概念及理论基础浅议[J].科技情报开发与经济,2005,(05).

[3] 王佳林,邓珊,朗志中.个人理财工具、风险和策略浅析[J].商业研究,2004,(07).

[4] 李瑜.个人理财金融业务创新的探析[J].商业研究,2004,(17).

[5] 陈乃华.我国的个人理财业务[J].当代经理人(下半月),2005,(02).

[6] 俞国章.完善个人理财服务的若干建议[J].福建金融,2004,(04).

[7] 徐永红,李伟,刘新安.美国个人理财方案设计对我国的启示[J].南方金融.2005,(05).

[8] 沈洁,宫焕久.对经济国际化条件下个人理财业务的思考[J].国际商务研究,2005,(06).

[9] 王宏伟.商业银行个人理财业务发展的障碍与对策[J].中州大学学报,2006,(02).

[10] 牟建华,胡亚林.构建个人理财业务新体系[J].农村金融研究,2006,(03).

# 第 十 章

## 国际投资

## 本章学习要点

1. 掌握国际投资的概念及特点；
2. 理解国际投资的方式；
3. 了解我国利用外资的形式；
4. 了解我国对外投资的形式。

## 第一节　国际投资与全球经济一体化

### 一、国际投资的概念及特点

国际投资是当今世界经济发展中最活跃、最引人注目的活动。第二次世界大战以来，国际间资本的运动日趋频繁，逐渐超过了以往最具影响的商品贸易，对世界经济发展产生了深远影响，成为经济全球化的主导力量。

国际投资，是指国际货币资本及国际生产资本跨国流动的一种形式，是将资本从一个国家或地区投向另一个国家或地区的经济活动。国际直接投资和国际间接投资是国际投资的两种基本形式。国际直接投资是指投资者到国外直接开办工矿企业或经营其他企业，也就是将资本投放到生产经营活动中去，因而投资者对企业或某项经济活动有一定程度的经营权。它包括独资经营、合资经营、合作经营、合作开发以及新发展起来的国际补偿贸易、国际加工装配贸易、国际租赁等具体形式。国际间接投资主要是指国际证券投资以及国际中长期信贷、经济开发援助等形式的对外投资。"跨国性"是国际投资的最显著特征，由此决定了它与国内投资相比具有以下四个特点。

第一，国际投资目的多样性。国内投资的主要目的在于促进经济的发展，而国际投资的目的多种多样。有的国际投资目的在于使资本保值或增值；有的国际投资目的在于改善投资国与东道国的双边经济关系;有的国际投资则带有明显的政治目的等。

第二,国际投资领域的市场分隔性及不完全竞争性。各主权国家受政治、经济、自然、文化及社会等因素的影响,将世界市场分隔成多个市场。国际投资受市场分隔的影响,其流动具有不完全竞争性。

第三,国际投资中货币单位的差异性。各国所使用的货币不同,货币本位的差别决定了资本的国际间相对价格的差别,这种差别影响到国际投资的规模和形式的变化。

第四,投资环境的国别差异性。投资环境由政治、经济、法律、社会文化等方面因素构成。每一因素的差别都会使投资环境产生差异,每一因素发生变化都会导致投资环境的改变。不同国家的政治经济制度、经济发展的水平与速度各不相同;各国的法律及社会文化方面的差异更是明显。因而国际投资环境迥异,影响到国际投资的风险和收益。

## 二、国际投资发展的历史

从历史上看,国际投资的起源可追溯到 19 世纪上半叶。当时国际资本流动是由工业革命所引起的。工业革命的发源地英国,积累了充裕的资本,一方面伦敦成为了为其他国家提供资金的来源地;另一方面为了满足工业革命引起的对原材料以及食品的极大需求而大举对外投资。后来其他资本主义国家也先后开展对外投资活动。根据国际投资规模和形式变化的特征。整个国际投资产生和发展的历史可分为以下四个阶段。

### (一)1914 年以前的国际投资

整个 19 世纪和 20 世纪的前 15 年,国际间私人投资活动异常活跃。据统计,到 1914 年为止,各主要债权国的对外投资总额已超过 410 亿美元。其中主要是私人对外投资。英国、法国和德国是国际上最大的对外投资国,荷兰、瑞士也是重要的国际资本来源地。美国是净债务国,直至 19 世纪末期,随着工业化进程和经济发展,美国开始了较大规模的对外投资活动。

从投资形式上看,1914 年的国际直接投资只占国际投资总额的 19% 左右,国际间接投资是当时的主要投资形式,包括以借贷资本形式的对外投资和以证券形式的投资。从投资方向上看,19 世纪初期,英国的对外投资多投向欧洲大陆,到 1870 年以后,英国的对外投资主要流向农产品和原料的重要产地,尤其是美国、澳大利亚、加拿大、阿根廷和新西兰。法国和德国到 19 世纪末才开始对外投资,法国的对外借贷受政治因素的影响,主要流向苏联、东欧和北欧的一些国家,德国的对外投资也局限在中欧、东欧的一些国家。

### (二)两次世界大战期间的国际投资

第一次世界大战使国际投资的格局发生重大变化,美国从净债务国转变成一个大的债权国。英国与法国由于大量借款和削减对外投资,加之在国外投资的贬值,大大削弱了其债权国地位。德国由于支付战费、协约国的投资被没收及其他地区的投资贬值,而由债权国沦为净债务国。第一次世界大战后,新的主要的长期资本来源地由英国转移到美国。美国的对外长期借款主要有两个流向:一是对昔日的标准国际债权国的巨额贷款(几乎都是欧洲国家,帮助它们用于战争的救济及经济复兴);二是专为经济扩张而进行的贷款。至 1930 年,英国仍是世界主要债权国之一,其投资主要流向英属殖民地。除美、英等少数债权国外,其他国家多为长期债务国。1930 年以后的 10 年,世界经济萧条、经济发展萎缩、国际货币机构解体、贸易保护与外汇管制政策的实施以及政治的动荡不安等,导致新的国际投资中止,未清偿的贷款普遍不再履行义务,出现国际债务危机。并且从 1930 年开始,美国的国际资本开始反向流动,美国的对外投资额少于在美国的外国投资总额。

### （三）“二战”后至 20 世纪 60 年代末的国际投资

第二次世界大战后,除美国外的各参战国的经济惨遭破坏,美国伺机向外进行经济扩张,其对外投资的规模迅速扩大。1946—1965 年期间,美国对外贷款和赠与(军事援助除外)总额达 840 亿美元,其中 500 亿美元为赠与。1956 年是美国私人对外投资的转折点,其投资总额超过以往任何一个时期的水平。与 20 世纪 20 年代的国际投资相比,美国对外投资的形式有了较大的变化。1920 年,美国私人对外投资中约 60％为证券投资,而“二战”以后,占主导地位的对外投资形式是直接投资。1965 年的美国私人对外投资中,直接投资占 82％。同期,美国政府对外投资的规模也逐年增长,1946 年为 50 亿美元,到1965 年达 203 亿美元,20 年间增长 3 倍多。“二战”给英国的国际投资地位也带来了根本性的变化。1938 年至 1948 年期间,英国对外投资的名义价值从 35.5 亿英镑跌落到 19.6亿英镑,同期在海外英镑负债增长极快,超过了英国对外投资总额。到了 20 世纪 60 年代末期,美国的国际收支持续逆差,20 世纪 70 年代初,受国际石油危机的严重打击,美国的世界主要债权国地位发生了动摇。

### （四）20 世纪 70 年代以后的国际投资

进入 20 世纪 70 年代以后,资本和生产国际化程度进一步提高,国际投资的规模超过了以往任何一个时期。1970 年美国的海外资产为 1 654 亿美元,1987 年已达 11 678 亿美元。同期外国在美国的资产由 1 069 亿美元增长到 15 360 亿美元。许多资本主义国家的对外投资额都超过了当年的出口值。随着经济发展水平不平衡的加剧,主要资本主义国家在国际投资领域中的地位也发生了新的变化。日本和联邦德国迅速崛起,已成为世界上名列前茅的对外投资大国。而且 20 世纪 70 年代以后的国际投资在投资方式、流向以及投资的部门结构等方面呈现出一些新的特点。

### 三、国际投资的最新发展趋势

随着全球经济一体化步伐的加快,国际资本的跨国流动日趋活跃,并表现出许多新的特点。国际投资,特别是外国直接投资,在不断自由化和全球化的世界经济中正在发挥着日趋重要的作用,成为世界经济中极其活跃的部分。

#### (一)国际投资规模增长迅速

国际贸易在世界经济中曾经长期占据主导地位,但20世纪80年代以后,随着国际分工的深化,以利用当地生产要素和占领当地市场为主要目的的跨国投资作用逐步加强,规模日趋扩大,增长速度更是世界经济增长和国际贸易增长的几倍甚至几十倍。

#### (二)跨国投资目标地由发展中国家逐步转向发达国家

20世纪90年代中期以前,发展中国家在跨国投资流入中所占份额增长很快,最高时达到40%。但1995年以后,份额却开始降低。在近年跨国投资高速增长的情况下,发展中国家吸收外商投资却增长缓慢,1994年以后分别为1 000亿美元、1 070亿美元、1 380亿美元、1 720亿美元、1 730亿美元和1 980亿美元。1998年发展中国家吸引外商投资占全球份额仅为26%,1999年更下降到24%。发达国家不但是理所当然的对外投资主要来源,也吸收了绝大部分新增跨国投资。1998年增加的1 920亿美元中,几乎全部为发达国家所吸纳;1999年增加的1 670亿美元中,发达国家吸纳了84%。这表明跨国投资取向发生了深刻变化,体现了投资领域发展中国家被"边缘化"的趋势。预计今后几年,全球外国直接投资的总体格局不会有大的改变,发达国家在国际投资中绝对主体地位仍将继续。

#### (三)发展中国家吸收外国直接投资由东亚地区向拉美地区转移

进入20世纪90年代,大多数发展中国家都将借助外资发展本国经济作为其发展战略,国际直接投资日益成为许多发展中国家获取国际资本的主要方式。外国直接投资占发展中国家资本总流量的比例已由1991年的28%增至1998年的56%。在发展中国家里,20世纪90年代初、中期吸收外资增长最快、最多的是东亚地区,尤其是中国表现最突出,但近年却发生转折,拉美地区成为跨国投资热点。

从今后发展趋势看,拉美地区由于私有化高潮已经过去,吸纳跨国投资将有所回落;前苏联东欧地区由于政治、社会逐步稳定,经济形势趋向好转,对外资的吸引力越来越大,将成为新的跨国投资热点地区。非洲的大部分国家仍难以对外资产生真正的吸引力,只可能有个别国家或领域成为跨国投资的亮点;亚洲地区仍是跨国投资重点地区,但内部结构会有变化,中国地位有所下降,印度有可能以其市场、劳动力和新兴产业成为新的吸收外资大国,韩国由于其产业结构调整和企业重组会进一步扩大外资进入规模,甚至日本也可能由于其国内市场的开放而使外商投资有大幅度增长。

### （四）投资自由化趋势日益明显

跨国投资高速增长的内在原因是国际分工和全球竞争的发展，但得以实现的重要原因却是全球范围内投资自由化的发展。据统计，20 世纪 90 年代各国对有关政策的修订中 95％以上都是推进自由化、利于外国投资的，即放松管制、加强市场作用和增加对外商投资的鼓励措施。

目前各发展中国家在吸引外资方面都不同程度地加大了政策力度。从长期来看，印度和韩国将成为亚洲颇具吸引力和发展前途的目标投资国。而长期拒外资于国门之外的日本也有了令人瞩目的变化，如美国纳斯达克 2000 年在日本合资设立了第一个海外股票交易市场。

### （五）跨国并购已成为国际投资的主要形式

跨国并购是国际直接投资增长的主要驱动力。近年来，跨国并购成为发达国家进入外国市场的主要方式，其对发展中国家的重要性也日益增强。据统计，最近几年来公司并购涉及金额以 42％的速度增加，1999 年全球跨国并购额 7 200 亿美元，比上年增长 37％，比当年跨国投资增加总额还多。

今后几年，跨国并购可能进一步深化，而规模会再创新高。金融、电信、医药、汽车等行业将在全球范围内实行资源重组，其主要手段就是跨国并购。在发达国家依然是并购发生重点的同时，由于发展中国家市场开放扩大，一些服务贸易领域、高新技术领域和某些资金技术密集行业也会出现大规模并购。

20 世纪 90 年代中期以前的跨国投资，主要目的是利用当地生产要素或进入当地市场。而从东道国来说，也多是希望利用外商投资来解决资金、技术、管理等问题，达到解决国内就业、增加出口等目的。这决定了跨国投资的主要来源集中在传统制造业。但近年来，服务贸易领域的跨国投资越来越多。随着全球化浪潮的发展，各国服务贸易领域的市场开放度越来越大，金融、保险、电信、交通等行业的跨国并购成为推动跨国投资的最重要力量。而传统制造业领域，如汽车、电子、医药、化工等跨国并购也在更深程度上依赖于服务贸易自由化的发展。这种趋势今后在跨国投资中甚至会更加明显。

# 第二节　国际投资的方式

国际投资目前主要有两种方式：国际直接投资和国际间接投资。国际直接投资又称对外直接投资（foreign direct investment，FDI），按照国际货币基金组织的划分标准，国际直接投资指一国的投资者以取得或拥有国外企业的经营、管理权为特征的投资行为。国际直接投资的投资者能够有效地控制作为投资对象的外国企业。国际间接投资又称对外金融投资(foreign portfolio equity investment,FPEI),是指以取得利息或股息等形式的资本增值为目的、以东道国的有价证券为对象的投资。国际间接投资者不参与国外企业的经营、管理活动,主要通过国际资本市场以国际证券投资及中长期信贷等形式进行对外投资。

## 一、国际直接投资的形式

国际直接投资的形式主要有合资经营、合作经营、独资经营等。

### (一)合资经营企业

#### 1. 合资经营企业的含义

合资经营企业是一种股权式的合营企业。它是由两个或两个以上的当事人联合投资,共同经营,共负盈亏,共担风险的企业。外国合营者和东道国合营者是合资经营企业的投资主体。合营双方无论以哪种身份出现,比如公司、企业和其他经济组织,都必须具备法人资格。

#### 2. 合资经营企业应遵循的原则

合资企业在筹建和经营的整个过程中,自始至终应遵循平等互利的原则。也就是说合资双方应以平等的身份,以其投资的实际价值获得与其投资比例相等的损益。所谓平等的身份,是指双方在民事权利以及财产处理上应享受平等的权利。所谓获得与实际投资比例相等的损益,是指合资双方应按其实际出资的比例分配利润或承担风险。合资企业在整个经营过程中,包括企业管理权力的分配、年终盈余的分配、工资奖励制度的确定、原材料的供应、产品的销售等方面,均应体现平等互利的原则。而要坚持这一原则,就必须要求双方重合同、守信用,在经营管理中互相尊重、互相谅解、合作共事。

#### 3. 合资经营企业的基本做法

(1)出资比例

合资经营企业由合资各方出资认股组成。各方出资的多少,在企业注册资本中各占多大比例根据不同情况,由双方协商确定。国际上大体有三种做法:第一,外国合营者占半数以上;第二,本国合营者占半数以上;第三,双方各占一半。其中最常见的是第二种情况。许多国家投资法都有这样的规定:在合资经营企业中本国合资者的股权不能少于51%,外国合资者的股权不能超过49%,以确保本国在董事会中的优势地位。

(2)出资方式

合资各方在确定了出资比例之后,可采取多种方式进行支付。根据国际惯例,合资企业各方可以现金、实物、工业产权等进行投资。在一般情况下,合资双方均须投入一定数额的现金,具体数额可根据需要双方协商而定。在企业建设初期当双方现金不足时,可以向银行取得借款,但要避免负债过大。企业在经营过程中所需流动资金可由银行借款解决。合资双方除现金出资外,也可用实物作价投资。如机械设备、场地、建筑物等。工业产权是合资双方出资的另一种方式,主要包括两类:一类是通常受法律保护的工业产权,主要有专利、商标等;另一类是不一定受法律保护,由合资者自行采取保护措施的工业产权,主要有技术资料诀窍、工艺流程、技术数据等。工业产权的作价原则上应根据技术的先进性及经济效益来估算,并参照国际上同类技术的价格协商确定。

（3）利润分配

按照国际惯例,合资企业所得的毛利润,在扣除应向当地政府缴纳的所得税和企业的积累基金后,所剩部分由合资双方按注册资本的份额进行分配。目前,世界各国的所得税率高低不等,欧美、日本等发达国家对合资企业的所得税税率较高,一般相当于毛利润的46％～55％左右,发展中国家的所得税税率一般较低,大多在 30％～40％之间。我国对中外合资企业计征的所得税税率是 25％。

（4）产品销售

合资经营企业的产品一般以外销为主,同时也允许向国内市场销售,但应以保证本企业的外汇平衡为原则。在销售渠道的利用上,国际上通常的做法是,由外国合营者代理经销或包销,有的还可以利用外商的商标、销售网等对外销售。

**（二）合作经营企业**

1. 合作经营的含义

合作经营是一种无股权的契约式合营企业。合作双方的责任、权利、义务由合作双方协商并通过协议、合同加以规定。双方签署的协议书、合同,经所在国政府批准后受法律保护。

2. 合作经营企业的组织类型

（1）法人式

这种类型是指双方在一国境内设立的具有该国法人资格的合营实体,有独立的财产权、法律上有起诉和应诉权。以该法人的全部财产为限对债务承担责任,董事会是该企业的最高权力机构。

（2）非法人式

这种类型是指合作双方不在另一国境内设立具有独立法人资格的经营实体,这个合作实体没有独立的财产所有权而只有使用权,合作双方仍以各自本身的法人资格在法律上承担责任,企业的债权债务由合作各方按照合同规定承担责任。企业的管理,可以由各方代表组成联合管理机构,亦可委托一方或聘请第三方进行管理。

3. 合作经营的方式

按照国际惯例,合作经营的方式主要有合作经营、合作生产、合作开发三种。

（1）合作经营

合作经营,也称契约式合资经营,它的特点是合作的一方以设备、技术甚至是原材料等折价作为投入资本,另一方则以土地、基本建设、公用设施以及劳务等折价作为投入资本双方合伙经营。在有些国家,由于土地和公用设施属国家所有,一般不能买卖,只能提供一定时期的使用权,所以,双方投资者在签约时,在合同或协议中要明确规定企业的经营期限,在经营期满后,整个企业的资产就全部归投入土地的一方所有,另一方即完全退出企业。从这一点出发,在企业经营期限内外商投资者必须能够收回其投资本金,并能获得高于一般国际贷款利率的利润;否则,合作双方就不可能达成契约,因此在利润的分配上,国际上通常有如下规定:第一,确定按双方商定的设备折旧年限,从每年提取的折旧费中偿还外商当年应收回的投资资本。第二,从营业总收入中,按双方商定的偿还年限,逐年提取投资者当年应收回的投资资本,并列入成本摊销,然后再按合同规定比例分配利润。通过以上两种方式,就可以保证外国投资者在合作经营期限内收回本金,并得到合理的收益。

（2）合作生产

合作生产是指一种产品或一个工程项目,由合作各方各自承担其中某些部分、部件的生产来共同完成全部项目的一种合作方式。这种生产方式可以利用各方合作者在设备、技术、劳力、原材料等方面的不同条件,发挥各自的优势,提高生产效益,收到较大的经济效益。

（3）合作开发

合作开发是由外国投资者提供资金,使用其先进而适用的技术和管理经验与一国公司、企业在其领地、领海、大陆架或属于该国海洋资源管辖的海域内,划定区域合作勘探、开采储藏的石油、天然气、矿产品,并按双方商定的方式分担投资和分享收益。这种投资方式通过引进外资、技术合作开发本国暂无能力开发的资源,有利于加快资源的开发和利用。

（三）独资经营企业

独资经营企业,是指国外投资者按照所在国法律,经过所在国政府批准,在其境内举办的全部为外国资本投资的企业,公司或其他经济组织。

独资企业是国际上广泛采用的直接投资方式。战后,西方主要资本主义国家为实现资本转移自由化,允许外国资本进入本国独立投资设厂。例如美国、日本和西欧等一些国家,除一些国民经济主要部门和行业限制独资企业外,其他行业一般都允许举办独资企业。一些发展中国家也允许举办独资企业,比如印度,它为了鼓励出口,允许国外投资者在印度任何地方举办全部产品出口或者具有世界先进技术的独资企业。

## 二、国际间接投资的形式

国际间接投资是与国际直接投资相对应的又一种重要的国际投资形式。与国际直接投资相比,它有以下特点:(1)流动性大,风险性小。国际直接投资要参与企业经营活动,以企业的利润来偿还投资。而国际间接投资不同,除国际开发援助贷款和政府贷款期限较长外,其他间接投资形式回收期较短,流动性大,风险性小。(2)国际间接投资表现为自发性和频繁性。例如,因国际间利率差别而引起的国际间接投资,往往自发地从低利率国家向高利率国家流动。此外,国际间接投资容易受世界经济、政治局势变化的影响,经常在国际间频繁移动,以追逐投机性利益或寻找安全场所。

可以按照不同的标准,对国际间接投资分类。按从事国际间接投资主体的不同,国际间接投资可分为:全球性或区域性国际机构投资、政府投资和私人投资;根据筹资手段和管理方法的不同,国际间接投资可分为:国际中长期银行信贷、出口信贷、政府贷款、国际金融机构贷款、国际证券以及近几年新发展起来的混合贷款和国际项目贷款。

### (一)国际中长期银行信贷

国际中长期银行信贷是指一国借款人在国际金融市场上向外国贷款银行借入的中长期货币资金。国际中长期银行信贷与其他国际间接投资形式相比有以下特点:(1)在信贷资金的使用上比较自由,不受贷款银行的限制;(2)中长期银行信贷资金供应充分,借取方便,历年贷款额增长较快,每笔贷款金额大;(3)中长期银行信贷的信贷条件较为苛刻,贷款利率水平较高,贷款期限较短。例如,在欧洲中长期信贷中,独家银行提供的中期贷款期限一般为 3～5 年,中长期银行信贷的期限为 5～10 年。

### (二)出口信贷

出口信贷又称对外贸易中长期信贷。它是一种国际信贷方式,是出口国为支持和扩大本国大型设备的出口,加强国际竞争能力,以对本国的出口给予利息补贴并提供信贷担保的方法,鼓励本国银行对本国出口商或外国进口商(或其银行)提供利率较低的贷款,以解决本国出口商资金周转困难或满足国外进口商对本国出口商支付货款需要的一种融资方式。出口信贷有两种方式:卖方信贷和买方信贷。卖方信贷是指由卖方银行提供给出口商的信贷。卖方信贷通常用于机器设备、船舶等出口。由于这些商品出口所需的资金较大、时间较长,进口厂商一般都要求采用延期付款的方式。出口厂商为了加速资金周转,往往需要取得银行的贷款。买方信贷是出口国银行直接向外国的进口厂商或进口方银行提供的贷款。其附带条件就是贷款必须用于购买债权国的商品,因而起到了促进商品出口的作用,这就是所谓的约束性贷款。

### （三）政府贷款

政府贷款是指一国政府从官方的预算拨款中以优惠贷款方式向另一国政府提供的资金，也称双边官方援助性贷款。政府贷款的赠与成分一般都在 25% 以上。提供贷款的政府主要是经济合作与发展组织的发展援助委员会成员国、石油输出国组织成员国以及原经互会成员国。在政府贷款中绝大部分为发达国家向发展中国家的援助性贷款，少部分为发展中国家向其他发展中国家提供的属于南南合作性质的贷款。

### （四）国际金融机构贷款

国际金融机构贷款主要是指国际货币基金组织、世界银行（国际复兴开发银行）、国际开发协会、国际金融公司、国际农业发展基金会、亚洲开发银行等机构或组织提供的贷款。国际金融机构贷款一般具有期限长和利率低的特点。

### （五）国际证券

国际证券是一种有价证券，是国际资本市场上的一种长期信用工具，可以在国际市场上发行、流通、转让，它代表着一定的权利，持有它，也就获得了定期向发行者索取一定收益的权力，发行者则以此获得一笔急需的长期资金。国际证券主要有两种形式：国际股票和国际债券。

国际股票发行的种类较多，选择的范围广泛，除一些传统的股票类型外，近年来还出现不少新的种类，尤其是股票发行与债券发行相互融合，是国际股票发展中的一个新特点。传统的国际股票类型一般分为普通股和优先股。普通股是最基本最常见的股票。近年来国际股票市场上出现了一些新形式的股票，如无表决权优先股、优先普通股、参与优先股、可兑换优先股、可换股债券等。

国际债券是指一个国家的政府当局、银行及其他金融机构、工商企业或地方社会团体等单位，为了筹措资金，在国际债券市场上以外国货币为面值所发行的有价证券。国际债券同国际股票一样，是发行者给投资者的借款凭证，持有它，就获得定期索取一定收益的权力。它又不同于股票，债券持有人在法律上没有管理或委托他人管理企业的权力，没有议决权，持有人与发行者的关系仅是一种债权债务关系，债务本息一经清偿，双方关系即告结束。国际债券可分为外国债券和欧洲债券两类。与国际债券两种形式相适应的国际债券市场也可分为外国债券市场和欧洲债券市场。

### （六）国际项目贷款

一国政府或一个部门为兴建工程项目除了可向世界银行申请贷款外，还可以利用政府贷款、商业贷款等方式筹资。但是，随着项目建设规模的大型化，工程建设所需的资金数额庞大，单靠工程项目的主办单位很难满足项目对资金的需要。国际项目贷款便应运而生。

国际项目贷款是指为某一特定工程项目发放贷款,它是国际中长期贷款的一种形式。发放项目贷款的主要担保是该工程项目的预期经济收益和其他参与人对工程停建、不能营运、收益不足以偿债等风险所承担的义务,而主办单位的财力与信誉并不是贷款的主要担保对象。

## 三、其他投资方式

### (一)国际租赁

国际租赁指的是承租人与出租人分属不同国家的一种租赁方式。所谓租赁就是承租人(用户)通过向出租人缴纳租金,取得本身所需要的设备工具等物品的使用权。从现象上看,这是融通货物与资金相结合,使承租人获得资本设备使用权的一种筹资方式。实际上它作为一种投资方式,把投资者的工具设备通过租赁公司的中介作用租赁给承租人(受资者),以获得租金,承租人(受资者)通过缴纳租金拥有设备的使用权。租赁的商品除了不可移动的设备或物资资源外,任何机械、设备均可租赁。

1. 租赁的一般程序

租赁公司一般不承担技术谈判。一般先由出租人与承租人直接就设备的价格、规格、交货日期和其他条件进行谈判。当谈判进入商讨租赁条款时,租赁公司开始出面,谈判结束后,租赁设备所需资金由租赁公司负责筹措,承租人与租赁公司签订租赁合同,同时与出租人签订技术支持合同(如维修、更新零部件、培训人员等),合同签订后,出租人直接向承租人发货,货到验收合格后,租期即开始。

2. 租赁的种类

租赁的种类很多,但最基本的是按其性质划分为两类:融资性租赁和经营性租赁。

(1)融资性租赁

融资性租赁也叫金融租赁,是指承租人所需要的设备,由租赁公司融通资金(一般是向银行贷款)代其购买,租给承租人使用。承租人按合同规定向租赁公司缴纳租金,租赁公司以收入的资金偿付银行贷款。融资性租赁合同较长,一般设备为3~5年,大型设备可达10年以上。合同一经签订不可解约,合同期满后,设备可以续租或按残值留购或退回租赁公司。合同期内设备的维修保养、保险、管理等由承租人负责。

(2)经营性租赁

经营性租赁也叫服务性租赁。根据美国标准财务会计委员会的定义,"经营租赁是一种不完全付清租赁,规定出租人除了提供融资外,还提供一些特别服务,如保险和维修等。"经营租赁具有两个特点:首先,在租赁合同期满前,承租人在预先通知出租人的条件下,可以中止合同,退回设备,租用更好的设备。其次,经营租赁是一种短期租赁,服务性强,租赁物的维修、保养、保险和管理等,均由出租人提供,因此其租金也就比较高。

## （二）国际承包

国际承包又称对外承包工程或国际承包工程，是指一个国家的政府部门、公司、企业或项目所有人（一般称工程业主或发包人）委托国外的工程承包人负责按规定的条件承担完成某项工程任务。国际工程承包是一种综合性的国际经济合作方式，是国际技术贸易的一种方式，也是国际劳务合作的一种方式。之所以将这种方式作为国际技术贸易的一种方式，是因为国际承包工程项目建设过程中，包含有大量的技术转让内容，特别是项目建设的后期，承包人要培训业主的技术人员，提供所需的技术知识（专利技术、专有技术），以保证项目的正常运行。

国际承包工程的程序比较复杂，一般需经过工程发包、投标、开标、评标、中标、合同签订、组织实施、竣工付款等程序。

在国际承包工程市场上，由于工程规模大小不一，技术要求也各有不同。因此，承包形式也不一样，目前主要的承包形式除了独立承包外，还有两种，即联合承包形式和分包形式。

联合承包形式主要是由于国际工程承包市场上竞争日益激烈，迫使一些国际承包公司联合起来，利用各自的优势，降低报价以提高市场的竞争能力。另外，由于有些工程规模较大、技术比较复杂，往往一家公司难以承包，也需要几家公司联合起来。国际上常见的联合承包形式主要有：合资承包公司、工程项目合资、联合承包集团、合伙联营承包公司。

分包形式就是一个大的承包商从业主那里承包一个项目后，把部分工程转包给另一个或另几个承包商。其具体形式是：包工不包料、包工包料或包部分材料；包特定设备和材料；包设计可行性研究等。

## （三）劳务输出

劳务输出也就是劳务出口。根据劳务输入国（受资者）的需要，由劳务输出国派出有关人员到劳务输入国进行有关项目的技术服务或劳动服务。向国外提供劳力或服务谋取外汇收益，是一些国家进行对外投资的一种方式。投资国把劳动力作为资本，向缺乏劳动力的另一些国家或地区提供人员去那里工作，即进行投资，也就是向这些国家或地区提供生产要素，因此，这是国际投资方式中的一种具体形式，这种形式对大多数发展中国家来说都比较重要。

# 第三节　对外开放与利用外资

第二次世界大战以后，随着科学技术和国际经济联系的迅猛发展，商品交换、技术转移和资金流动,在规模和速度上都达到了空前的程度。每个国家都必须在充分发挥本国力量和人民智慧的基础上,积极引进其他国家的先进技术,以尽快发展自己的经济。而合理地利用外资和积极地对外投资,则是其中的主要手段。

## 一、对外开放中利用外资的必要性

利用外资是我国进行经济建设过程中长期坚持的一项方针。利用外资是我国政府与地方部门通过各种方式与渠道引进国外资金与技术,包括相应引进相关的管理人才与管理模式,来加快我国的经济建设步伐。利用外资对促进我国经济的健康快速发展是非常必要的,是一项意义重大的经济工作和一种特殊的经济政策。我们可以从三个方面来理解我国利用外资的必要性。

### (一)利用外资是我国进行现代化建设的客观要求

首先,利用外资有其客观必然性。这是因为自从人类社会进入了资本主义时代,开拓了世界市场,使所有国家的生产和消费都成为世界性的了。世界市场是统一的,任何国家都是世界统一市场的一个组成部分,这是不以人们或国家意志为转移的。市场经济发展的客观要求,是无可争辩的事实。国与国之间已被统一的世界市场有机地联系在一起,则国与国之间进行资金余缺的调剂乃是自然而然、顺理成章的事情。其次,从我国经济建设资金需求的实际情况分析,解决我国某些经济落后的问题需要利用外资。我国交通、能源紧张,设备、技术陈旧落后,农业生产力低下,西部落后地区有待开发等问题一直是制约我国现代化建设的主要因素,而主要问题是建设资金缺乏。利用外资解决我国国内资金不足问题,符合中国国情,是明智之举。

### (二)利用外资是我国借鉴其他国家成功经验的需要

利用外资来实现本国经济的现代化,是世界上许多国家取得的成功经验,值得我国大胆借鉴。从第二次世界大战后各国经济恢复与发展的实际经历看,发展较为迅速的国家无不与有效地利用了外资有关,包括美国、日本和西欧国家,也包括发展较快的发展中国家如巴西、土耳其、韩国等。当然,我们中国现在也是一个利用外资非常成功的发展中国家。从目前的经济形势来看,无论是发达国家、发展中国家,还是经济转型国家,都在积极地利用外资。

### (三)利用外资符合我国经济发展的根本目的

改革的实践已经在事实上证明我国利用外资来促进经济发展是可行的。吸收和利用外资是加快我国现代化的重要条件,对促进我国社会进步与经济发展有多方面的积极作用。利用外资有利于弥补国内建设资金的不足;有利于引进先进技术,促进产业升级;有利于吸收国外先进的企业经营管理经验;有利于创造更多的就业机会和增加国家的财税收入;有利于社会主义市场经济体制的建立与完善。

总之,我国利用外资的根本目的,就是要发挥我国市场、资源和劳动力的比较优势,吸引外来资金和技术,促进我国社会生产力的发展,促进我国经济增长的质量和效益。

## 二、我国利用外资的方式

### (一)利用国外多种贷款方式

#### 1. 国际金融组织贷款

国际金融组织贷款主要是指国际货币基金组织、世界银行(国际复兴开发银行)、国际开发协会、国际金融公司、国际农业发展基金会、亚洲开发银行等组织提供的贷款。

国际货币基金组织的贷款,仅限于解决成员国国际收支不平衡的短期资金需要。贷款期限一般为 3～5 年,最长的为 10 年,其中基本贷款的年利率为 4.37%～6.37%。该组织目前有 146 个成员国,我国于 1980 年恢复了国际货币基金组织成员的席位。

世界银行(国际复兴开发银行),对成员国提供长期的建设项目开发货款。贷款期限可长达 15～20 年,贷款利率随国际金融市场的利率升降而浮动,略低于市场利率水平,此外要收取 0.75% 的承担费和 0.5% 的管理费。

国际开发协会属于世界银行的一个附属机构,是专门向发展中国家,特别是经济条件差、国民收入水平低的国家发放长期贷款的金融组织。其贷款期限最长可达 50 年,不计利息,只收 0.75% 的手续费和 0.5% 的服务费,而且可以利用本国货币偿还贷款。

国际金融公司,主要是对成员国中不发达国家的私人生产性企业发放贷款或直接投资。贷款期限为 7～15 年,贷款利率一般高于世界银行贷款。

国际农业发展基金会是联合国的专门机构之一。其宗旨是筹集资金,以优惠条件援助成员国发展农业,以达到增加粮食生产、消除贫困的目的。我国于 1980 年 1 月加入国际农业发展基金会。该基金会的特别贷款是无息贷款,期限为 50 年,只收 1% 的手续费,其对象主要是人均产值 300 美元以下的"粮食优先"国家。其他贷款的期限为 15～20 年,贷款利率为 4%～8%。

亚洲开发银行的贷款对象是成员国政府和公私企业,贷款期限最长可达 30 年,年利率为 10% 左右,其中特别贷款不计利息、只收 1% 的手续费,用于年人均国民生产总值 400 美元以下的国家。1986 年我国恢复了在亚洲开发银行的合法席位。1987 年当选为董事国。

#### 2. 外国政府贷款

外国政府贷款指外国政府通过财政预算每年拨出一定款项直接向我国政府提供的贷款。其特点是利率较低,年利率一般为 2%～3%,期限较长,可达 20～30 年。但这种贷款数额比较有限,一般都限定用途,并一般要求从贷款国进口机器设备。工业发达国家设有专门机构办理政府对外贷款,如美国国务院设有国际开发署,日本经济企划厅设有海外经济合作基金等。

3. 银行信贷

银行信贷按贷款期限可分为:①短期信贷,指一年以下的资金信贷;②双方中期贷款,是由一家银行向另一家银行提供的贷款。贷款金额一般为 0.5 亿～1 亿美元,期限为 3～5 年,这种贷款要签订贷款协议;③银团贷款,是指由一家银行牵头许多银行参加,组成国际性的银团贷款,为一家借款银行筹集资金。此贷款参加的银行多,金额大(1 亿～5 亿美元),期限长(10 年以上)。此外,中国银行与 148 个国家和地区的 1 000 多家银行,近 3 000 个分支机构有往来关系,中国银行在国外设立了分支机构和代办处,可以吸收长期存款。

4. 出口信贷

出口信贷是政府为了鼓励资本和商品输出而设置的专门信贷。根据贷款的对象可分为买方信贷与卖方信贷。这种贷款的特点是利息率比较低,年利率为 8％左右,期限为 10～15 年,但贷款只能用于购买该国设备。

**(二)利用外国直接投资方式**

我国目前吸收的外国直接投资,一般有以下几种方式。

1. 中外合资经营企业

这是目前我国比较有效的一种利用外资的方式。这种方式有利于引进资金和比较先进的技术设备,能够利用外国合资人在国外的销售渠道,并能通过共同经营来学习外方比较先进的经营管理方法。

2. 中外合作经营企业

这种方式是由中国合作者提供土地、资源、劳动力或现有厂房、设备、设施,由外国合作者提供资金、技术、主要设备、材料等。由双方协商决定,按协议的投资方式和分配比例来分取收益。这种方式的优点是我方不提供资金,而是吸收外资来增加我们生产和出口创汇的能力。

3. 中外合作开发

目前,这种方式主要用于我国海上石油合作勘探开发项目。一般分两个阶段进行。第一阶段为地球物理勘探,其费用由外商支付。只有参加第一阶段投资者,方有第二阶段的投标权。第二阶段为勘探开发阶段,我方通过招标,选择外方合作,双方共同投资,在开始商业性生产后,除操作费用外,中方将有固定的留成。其余用于偿还双方的投资、利息和给外商一定的报酬。

4. 外商独资企业

外商独资企业是指全部资本都是外资的企业,企业所有权属于国外资本,利润全部外商所有。这种外商独资企业,除必须遵守我国一切政策法令外,在经济上需向我国政府缴税。这种方式的优点是上马快,我方在经济上不承担任何风险,并且能取得土地租金和劳动服务费及税金等收入。缺点是不能直接学习外方的关键技术和管理方法,也不能利用外商的国外销售渠道。

### (三)利用国外灵活投资方式

#### 1. 补偿贸易

补偿贸易是一种不用现汇结算而是在信贷基础上进行的贸易方式。它的基本做法是:外商向我方出口机器设备或生产技术等,我方不支付现汇,而是在设备、技术投产后,用该设备、技术生产的产品或者用其他商品等分期偿还。其中,用提供的机器设备、技术等生产的产品偿还叫做"直接补偿";用其他商品偿还的,叫做"间接补偿"。我国一般愿意"直接补偿"。它的优点一是可以不支付现汇,就获得我方需要的设备和技术;二是用产品分期偿还,有利于打开出口市场。它的缺点主要是在机器和回销作价上易于吃亏。

#### 2. 对外加工装配

对外加工装配主要是由外商提供一定的原材料、零部件、元器件、辅助材料和包装材料,有的也提供一些设备,由我方工厂按外商要求进行加工装配,成品交外商销售,我方仅收取加工费。如果使用外商提供的设备,其价款由我方用工缴费偿还。如果加工装配业务系用我方原材料、零部件等,除收取加工装配费外,还要收取原料、零部件等价款。这种方式的优点与补偿贸易相似,但对外加工装配项目的技术比较简单,工作也比较被动,创汇能力不强。对外加工装配实际上包括来料加工、来件装配和来样加工三种情况,和补偿贸易结合在一起,通常称为"三来一补"方式。

#### 3. 发行国外债券

利用国际资本市场,通过发行国际债券的方式筹措资金,是国际上通用的利用外资方式之一。这种方式的优点是期限较长,一般可在 7 年以上,发行金额可以稍大,如每次一亿美元左右,筹措的款项可以自由运用,也可以连续发行。它的缺点是发行手续比较复杂,债券利率加上发行费用往往高于商业银行的利率。我国在国际资本市场上发行过债券的主要有中国银行、中国国际信托投资公司、福建投资企业公司、交通银行等企业。发行地点主要在东京、香港、法兰克福、伦敦,币种主要为日元、美元、港币和马克。形式上是公募形式,期限大部分为 10 年,年利率在 5.3%~10% 之间。

#### 4. 信托投资

信托投资一般指资本持有者本人不直接进行投资而委托另外的人进行的投资活动。或者说是指专门进行投资活动的人或法人受他人委托而进行的投资活动。这种方式可以有效地利用外资。

以上各种利用外资的方式各有利弊,必须结合我国经济建设的实际需要,因地制宜、因时制宜、因情制宜地慎重选用。从国外借入资金,虽然在使用上有一定的自主权,但属于国家的外债,要支付较高的利息;而外国投资者直接投资,不构成对外债务、也不用支付利息,但要让出一部分管理权,并且可能支付比利息多得多的利润。就国外借入资金来看,各种方式也是各有其优点和不足。政府贷款和国际金融组织贷款利率较低,但它是属于援助性的,一般数量不大,而且都附带某些条件。出口信贷利率中等,但这种贷款只能用于购买贷款国的设备,且货价一般定得较高,实际利率并不低。银行信贷和发行债券的利率尽管高一些,但前者可以利用借到的自由外汇在价格低廉的市场上买进设备,后者则具有使用期限长、利率固定的优点。

根据以上情况,利用外资时一定要权衡各种方式的利弊得失,选择对我国有利的方式。

## 三、利用外资规模的影响因素

在世界经济迅速发展的今天,谁不积极有效地利用外资引进先进技术来促进本国经济的发展,谁就会在国际竞争中处于劣势地位。但是,我们也应该充分认识到,借债是对未来国民收入的预支,不论是借用官方优惠贷款或一般商业性贷款,都要按时还本付息,就是吸收外商直接投资,也要按时支付外方利润。因此利用外资的规模是一个非常重要的问题。那么利用外资的规模多大才算合适,一些发展中国家的经验教训告诉我们,如果不顾本国的能力,盲目扩大规模,结果会适得其反,而且可能会陷入债务的泥潭无法自拔。20世纪80年代南美债务国的教训是极其深刻的。反过来,如果不充分利用本国的偿债能力,利用外资规模太小,也会延缓经济技术发展的速度。利用外资的规模,需要考虑以下因素。

### (一)偿债率

偿债率是当前国际间分析一国偿债能力的一个重要指标。国际上一般认为:一个国家利用外资每年还本付息的外汇额,以不超过当年出口总收汇的15%～20%为宜,超出这个界限就是超出了偿还能力的危险点。经验表明,一个国家的出口创汇,如果20%以上用于还债的话,一旦遇到经济危机或形势变化而导致出口下降,收汇减少,就会无力支付进口货款和偿还外债。同时,偿债率不仅要看一年,而且要把5～10年的平均偿债率作为衡量借债规模的主要指标。世界银行分析了45个发展中国家的债务情况,偿债率超过20%的17个国家中,15个发生了债务危机。在日本债券市场上,一般发展中国家的偿债率若超过20%,资信就评不到"A级",偿债率15%就很难得到"AA"级的资信,而"AA－"级的资信一般发债就很勉强了。

### (二)负债率

负债率是指一国对外负债总额在国民生产总值中所占的比例。负债率是衡量一个国家的生产总值对外债的承担能力。负债率与偿债率有一定的联系,一般来说,负债率高,偿债率也会高。根据国际经验,我国的负债率不宜过高,因为我国利用外资的管理水平还不高。一般认为,我国的外债总额占国民生产总值的比率以不超过 30％为宜。

### (三)具体项目偿还能力

偿还能力是指各国中央银行或金融当局持有的为国际间普遍接受、能用于国际结算的资产。这些资产的拥有额超过需要支付额越多,国际偿还能力就越充裕。一国的国际偿还能力一般包括黄金、外汇储备、特别提款权和在国际货币基金组织中的储备资金。就具体项目而言,并非要求每一项目自身都有偿还能力。有些项目要有直接的偿还能力,有些项目不能直接创汇但要考虑其产生的综合社会效益,应有间接的偿还能力。只有将各项目的偿还能力真正落到实处,外债的总体偿还能力才能有保证。

### (四)国内人、财、物的配套

国内人、财、物的配套主要包括:①国内的配合资金。我们在研究利用外资规模时,除了看有多少外资可以利用以及外债负担比率外还要考虑国内资金有多大的配合能力。因为在引进国外的技术设备时,还必须在国内兴建厂房和其他工程与其配套。任何项目一般都不可能百分之百地使用外资。世界银行历年贷款项目总平均,贷款额和国内自备资金大致是 3∶7。因此,在引进外资前,首先要看国家财政能够拿出多少钱进行基本建设,在基本建设投资中又能拿出多少钱进行引进项目的配套。如果国内用于配套的建设资金不足,引进的设备就会闲置在仓库中,不仅不能发挥作用,还会造成一定的有形和无形损耗,给国家带来严重损失。②国内的资源条件(包括矿藏资源、水资源和原材料等)。每一个利用外资的项目都要事先落实资源和原材料的供应,这是保证正常生产、提高外资利用效率、实现偿还能力的一个关键。③国内的协作配套。每一个利用外资的项目都要事先落实国内协作配套条件。与之相应的电、煤、水、运以及城市建设、生活等设施必须同步建设,否则主体项目建成后收不到实效,本金不能按期偿还,利息越滚越多,政治上、经济上都将造成损失。④技术力量和经营管理人才。每一个利用外资的项目前必须准备好一定的技术和管理力量,以提高劳动生产率、降低成本,保证合理的投资利润率。

### (五)其他因素

除上述四个因素外,影响利用外资规模的因素主要包括:①国家外汇储备状况(包括黄金储备)。借债规模可与国家外汇储备量成正比关系。②国际收支情况。如果一个国家的国际收支连续数年都比较好,可以适当扩大借债规模;反之,应控制其规模。③借款构成情况。主要看中长期、中低利率贷款和官方援助贷款的多少。与较高利率贷款的比较,中低利率贷款规模大一点,一般风险较小;高利率贷款规模应小一点,期限可短些。④投资环境。如果投资环境有利于经济效益的提升,借债规模可适当大一些,反之,则应小一些。

# 第四节　国际化与对外投资

## 一、国际化下的对外投资

对外投资是指一个国家将本国的资本(包括资金、机器设备、技术秘密、专利、商标等)投放到另一个国家或另几个国家乃至许多国家,也就是把本国的资本投放到自己国境之外。

国际间对外投资活动开始于 19 世纪,英国是最早从事对外投资的大国。第一次世界大战之后,美国也开始注意将资本投放到国外有利可图的企业,但在总额上还赶不上英国。第二次世界大战后,美国的海外投资迅速增长,但总的来说,19 世纪至 20 世纪前半个世纪,对外投资活动虽有所发展,但其速度并不很快。20 世纪 50 年代以后,国际间的投资额迅速增长,其中对外投资较高的国家不仅有美国、英国、德国、日本等,中东的产油国如沙特阿拉伯、科威特等国家也积极参加对外投资。进入 20 世纪 80 年代以来,国际资本输出形势发生显著变化,美国沦为债务大国而日本成为债权大国。美国在 1980 年还是个债权国,但到了 1987 年,对外债务高达 15 360 亿美元,而对外债权仅 11 678 亿美元,成为负债 3 682 亿美元的头号债务大国。而日本 1937 年国外资产高达 2 407 亿美元成为头号债权大国。1989 年日本的海外直接投资额累计已达 1 978.8 亿美元,超过了英国,居全球首位,成为头号海外直接投资国。面对世界迅猛增长的对外投资势态,我国有必要进行对外投资。

### (一)世界经济相互依存的发展要求我们对外投资

在商品经济条件下,随着生产社会化程度的不断增高,任何民族国家都有向生产国际化发展的内在趋势。当代科技革命和国际分工的深入发展推动了生产力的迅猛增长,这在客观上要求社会再生产的某些环节乃至主要生产过程超越一国范围向世界延伸。其他国家发生的事情将对本国的经济发生影响,而本国的经济也在一定程度上依赖于其他国家的行动和政策。世界经济的这种相互依存主要表现在两个方面,一是各国国际贸易发展速度加快;二是各国经济发展在资金上的相互依赖。

世界经济相互依存的发展要求我们不能搞封闭的经济,也不仅仅是消极的开放,只是吸引外国的资金、技术到本国,必须积极跻身于世界经济的舞台。出口商品虽然是达到这一目的的手段之一,但仅此是不够的,还必须运用资金、技术、管理知识的出口形式,使我们不只是在贸易领域参加国际分工,而应深入到生产领域,这就要求我们必须积极开展对外直接投资。

### (二)开放经济要求我们对外投资

从系统观点看,开放系统应是一个可逆的和可反馈的双向循环系统,如果只有能量的输入而无能量的输出,系统的功能将会衰退,其稳定性将遭到破坏。同样,一个开放型经济的国家如果只引进而无输出，长此以往，不仅会产生资金和技术的对外严重依附，而且还会降低国内资金运用和技术创新的能力。只有进出结合、双向流动，开放经济才能处于动态的均衡状态，才能克服长期单向流入可能造成的新式依赖和等距离追赶，才能打破国内资源"瓶颈"约束，跨国配置经济资源，取得封闭经济无法达到的最优效果。

## 二、对外投资的方式和类型

对外投资的方式很多，有直接对外投资方式，包括在国外直接投资开厂或设立公司、对外合资经营、对外合作经营、对外合作开发等；有间接对外投资方式，包括购买国外股票、债券、对外放款等；也有灵活对外投资方式，包括对外补偿贸易、对外租赁、对外信托投资等。这些内容在前面都已作过阐述，这里就不再重复。

跨国公司是当今世界各国对外投资的主要组织形式，下面从分析跨国公司的发展类型入手，以探讨对外投资的类型。现代跨国公司就其体系内经营的行业结构可以分为横向型、垂直型和混合型三种类型。

### （一）横向型

横向型跨国公司兴盛于19世纪70年代，是一种单一产品的专业公司，即在国外子公司生产的产品同母公司国内所生产的产品完全一样。直至20世纪初，它几乎是资本主义国家海外企业的唯一类型，至今仍占重要地位。

横向型跨国公司的主要特征一是能够内部转让国内生产中形成的诸如生产技术、市场销售技能和商标等无形资产优势，不具备这种优势的当地企业要得到它，就得付出巨大的代价。二是横向型跨国公司要求母公司投入的生产要素较少。这对于经济实力不十分强的企业或刚开始试行对外直接投资、经济并不富裕的企业来说非常重要。

### （二）垂直型

垂直型跨国公司兴起于20世纪20年代，战后又得到了迅速发展，它是发达国家跨国公司的一个重要类型。按其经营内容又可分为两种：一种是母公司和子公司生产和经营不同行业的相互有关的产品，它们是一种跨行业公司，主要涉及矿业和能源等与自然资源有关的行业，如开采提炼、加工制造、销售等行业。另一种是母公司和子公司生产和经营不同加工程序或不同工序的产品，它们属于同一行业。主要涉及那些分工已经比较深化的行业，特别是汽车、电子行业。后一种公司内各子公司分别从事生产头道工序（元件、零件）、中间工序（部件）、后道工序（测试等）和最后工序（装配、包装）等。

垂直型跨国公司，由于母公司与子公司生产和经营相互衔接的不同工序的产品，因此一个子公司的产品又是另一个子公司的投入。它通过内部转让中间产品，既可以不花成本，又可以消除通过市场机制应用中间产品所造成的种种不稳定因素、限制和困难。当然要建立垂直型跨国公司,投资者就应比建立横向型跨国公司投入更多的成本,掌握更为复杂的业务。所以,垂直型跨国公司往往是大型的、国际经营经验丰富的公司。

垂直型跨国公司是在国际分工深化基础上发展起来的,它能从各国具体生产的优势出发,按其全球战略安排最佳的产品生产布局,充分发挥各地特点和优势,实现世界范围内的专业化和协作化。同时,由于各地生产部门同属一个公司,它们就可以在技术上、管理上对产品质量、数量和流动进行密切的配合与衔接,从而大大提高经济效能。

### (三)混合型

混合型跨国公司是 20 世纪 50 年代末 60 年代初资本主义兼并运动中产生的一种新类型。混合型跨国公司内个别部门(行业或子公司)也可能包含横向结合和垂直结合的关系,但就总体而言,它既不属于横向型,又不属于垂直型。这种公司体系内部往往横跨许多行业,生产或经营五花八门互不相关的产品。

混合型跨国公司朝着国际混合多种经营的方向发展。其最大的特点是把各种不同行业联合在一起,由一个中心统一管理。

混合型跨国公司主要是通过兼并国外企业的途径迅速发展起来的。跨国公司混合多种经营的益处表现在:①跨国公司适应不断变化的世界情况的灵活性大大增强。多种经营可以减少产品结构危机的威胁,确保跨国公司安全发展,有利于实现全球战略目标。②有利于跨国公司的资金合理流动和分配,母公司根据市场情况变化买进或卖出一些营业公司,使资金得到合理的利用,从而保证垄断组织的更大的利益。

以上是发达国家跨国公司的三种类型。除此之外,近二三十年来,发展中国家的跨国公司(多国公司)发展很快,有人把它称为"新兴的"跨国公司,公司类型有集团性联合公司、由几个国家政府出资的联合公司、两个国家私人资本联合公司等。联合国把它称为发达国家跨国公司的"竞争新手"。与"传统的"跨国公司相比,这种"新兴的"跨国公司的特点表现为四个方面:第一,"新兴的"跨国公司主要将资金投向毗邻的发展中国家或者是投向比自己发展水平更低的国家;第二,"新兴的"跨国公司对外直接投资几乎一开始就集中在制造业上,而且多数属于劳动密集型或中间技术部门;第三,"新兴的"跨国公司由于受经济实力的限制,一般在国外还没有形成大的子公司网;第四,"新兴的"跨国公司大部分采用与当地企业开办合资企业的投资形式。

## 三、对外投资的建议

### (一)实施"走出去"战略

#### 1.统一思想,加强实施"走出去"战略的主动性

实施"走出去"战略是经济全球化进程的客观要求,统一认识有助于从被动转为主动,是成功的关键。目前,虽然我国企业在实施"走出去"战略中仍有困难,但是越来越多的企

业特别是已经成功"走出去"的企业认识到,实施"走出去"战略可以在国际市场融资,弥补国内市场资金的不足;可以利用国际资源,弥补或缓解国内资源供给的不足;可以向外提供成熟技术和设备,加快结构调整;可以学习国外先进技术,提升创新能力和水平;可以借鉴国外的先进管理经验,提高国际竞争能力;可以获取国际市场的第一手信息,避免不必要的损失;可以锻炼和培养跨国经营的人才队伍。中石油集团、中石化、中海油等公司对外投资的成功佐证了上述情况。

2. 认真深入调研,做到知己知彼,百战不殆

调查研究是避免失败和取得成功的基础。国际市场犹如汪洋大海,在跳进之前,要知彼知己。想要"走出去"的企业应对以下问题有清醒地认识:是不是一定要"走出去",到没到"走出去"的时候,是否具备"走出去"的条件和能力,往哪里"走",有没有更好的市场,目标市场的局势是否稳定,政策是否有利,市场规模是否理想,经济效益将会如何,经济走势如何,资源是否充足,出了问题后解决机制是否公道合理,周边市场是否有很大的潜力,竞争对手会作出何种反应等等。华为公司在埃及市场上的成功,TCL、新希望集团、力帆公司在越南市场上的成功等案例表明,投资前充分的市场调研工作是对外投资过程中的重要环节。

3. 制定国际化经营战略,应确定重点投资相关地区和领域

(1) 自由贸易区(自由贸易协定)

建立自由贸易区已经越来越成为发展趋势。组成自由贸易区的国家(地区)取消或大大降低它们之间商品贸易的关税,但仍按照各自的标准对非成员征收关税。由此可以看出,在其他条件同等情况下,投资自由贸易区成员较之非成员有着有利条件。以墨西哥为例,它既是北美自由贸易区的成员,同时也与其他 30 多个国家签订了自由贸易协定。因此,如企业在墨西哥投资,在符合产品增值比例的条件下,生产的产品可以免税或以低税率销往北美自由贸易区和其他 30 多个国家。华源在墨西哥投资近亿美元,生产的棉纺织品因质优几乎百分之百地销往美国,而且售价要高于墨西哥本国企业生产的出口价格。据世界贸易组织统计,目前,已经向世界贸易组织通报并且依然生效的区域自由贸易协定达 172 个,它们的内部货物贸易量占全球货物贸易总量的 50% 以上。

(2) 周边国家

设想投资条件和环境相同,投资周边的发展中国家比投资相隔遥远的国家成本要低得多,同时可以充分利用它们与发达国家的特殊贸易关系。我国周边国家多为发展中国家,有着丰富的资源,也有相当的市场规模,购买力正在不断提高。我国的产品和技术设备不但适合它们的发展水平,而且物美价廉,颇受欢迎。例如,力帆从 1999 年进入越南市场,短短的两年,销售额已经达到 1.17 亿美元。目前我国摩托车占有越南市场的 80%,其中力帆摩托车占到 60%。目前力帆的牌子比本田响。华为已经将产品成功地打入马来西亚、泰国、越南等东盟国家,并且在印度建立了分公司,充分利用印度的软件开发人

才,为实施"走出去"战略服务。

(3) 缺乏完整工业体系的地区

拉美是一个典型的没有完整工业体系(巴西除外)但经济比较发达的地区,5 亿多人口,年国内生产总值超过 2 万多亿美元,人均国内生产总值 4 000 美元,是一个有着巨大潜力的市场。以电器产品为例,尽管拉美家用电器的普及要早于我国,但在质量、品种和式样上都已明显落后于我国,更新换代将出现高潮。由于拉美经济连续多年遭受金融危机的影响,加之昂贵的日本和韩国产品,消费者迫切希望买到高质量但价格合理的产品。拉美国家只要开发,大到石油、小到纸张文具都有市场机会。

(4) 经济待开发的地区

非洲是一个典型的经济待开发地区,也是最后一个未开发的地区。美洲和欧洲的商人正在准备进军非洲市场。非洲共有 53 个国家,7 亿多人口,是世界消费层次最具多样化的地区。我国在非洲已经建立了十多个贸易中心。尽管碰到一定的困难,但总是暂时的,是前进中的困难,是可以克服的。我国企业对非洲的投资尽管刚刚开始,但不乏有成功的实例。例如中石油集团在苏丹投资十几亿美元的石油开采和炼油项目不仅有战略意义,而且有相当的经济效益。

(5) 资源领域

随着全球经济的发展,人类的资源变得越来越少,有些资源已接近枯竭。是否拥有所需资源成为支持经济的持续发展的关键。美国国防部副部长公开承认,美国对伊拉克的战争就是为了伊拉克和中东的石油资源。我国是一个发展中的大国,正在全面建设小康社会,重要的资源人均占有量比较低,发展与资源的矛盾日益突出。2002 年我国石油进口 7 000 万吨,占石油消费量 2.3 亿吨的 30%。预计到 2010 年我国石油需求将达到 2.9 亿吨,同期国内原油产量仅为 1.7 亿吨,对国外原油资源的依赖程度上升到 40%。我国森林覆盖面积只有 30%,远远低于全球的平均水平,我们不能仅靠自己的森林资源来满足建设的需要,要利用国际合作解决这样的资源短缺。有鉴于此,我们要充分利用经济全球化进程带来的有利条件,积极实施"走出去"战略,开展各种形式的经济技术合作,为世界经济的恢复和发展,为我国经济的持续增长服务。在森林合作方面,中信和中国外运在新西兰的不同合作项目提供了成功的经验。

(6) 具有优势的行业

几十年来,我国已经建成了完整的工业体系,有些行业处于领先地位,有着先进的技术和设备,产品质量属上乘,拥有一批训练有素、高素质的科技队伍,在市场上具有很强的竞争力,具备了实施"走出去"战略的条件;有些行业出现了生产能力过剩现象,需要予以转移,进行经济结构调整。我国机电行业、棉纺织、自行车、缝纫机、电冰箱、洗衣机、空调、电视机的生产能力均有较大程度的过剩。这些产品的出口和行业的"走出去",不仅向国际市场提供了时尚产品,而且满足了全球消费者物美价廉的需求,同时有助于解决我们生产能力过剩的难题。

4. 解放思想,开拓创新

人类已经进入 21 世纪的经济全球化时代,国际竞争和合作已经成为人们生活中的现实。作为市场的主体,企业应该不断地解放思想、实事求是、与时俱进、开拓创新。在今天的国际竞争中,以客观的态度分析自己,以积极的姿态参与其中。有思路就会有出路,有创新就会有发展。经济全球化使企业之间的竞争日趋激烈,尽管有合作,但竞争一直没有停止过。在国际合作和项目竞争中,各国相关公司都在使用各种招数,集中一切力量,调集资金,配备最优秀的人才,精心策划和组织,争取最大的成功。

5. 坚持以人为本,建设一支强有力的精干队伍

在国际化经营中,人是经营成败的关键。尤其在今天这个极其复杂的国际环境和技术千变万化、高度发达的时代,拥有一支懂国际经济、国际政治、商业规则、外语等知识的队伍是成功的法宝。在这方面,由于历史的原因,我们存在很大的不足,因此更应把人才的开发作为发展战略的一个组成部分。我国改革开放 30 年来,真正意义上的对外投资历史不长,缺乏这样的一支队伍。解决此问题最好的办法是在培养人才的同时,吸纳国际人才为我们服务,尽管比较昂贵,但确实是一条捷径。这可谓是发展中国家在国际化经营中不得不付出的代价,但有时也可避免。跨国公司以其雄厚的实力,在当地市场招募人才,况且这样的人才相对来说成本还是低的,所以对他们来说,人才是比较容易解决的问题。依据我们的实力和实施"走出去"战略的要求,培养人才成为一项非常紧迫的任务。

6. 借助国际资本市场,为我所用

虽然我国吸引了超过 1.8 万亿美元的外商直接投资,但是由于我国是一个有着 13 亿人口的发展中国家,人均吸引外资约 1380 美元,远远落后于发达国家和相当一些发展中国家。因此,为进一步解决建设中资金不足的问题,除继续做好引资工作外,还要积极"走出去",在国际市场上筹集资金。近年来,我国部分企业已经通过在海外上市,筹集到了相当一部分资金;另外一些企业则以发行企业债券,解决发展资金问题,并获得了相当宝贵的经验。

7. 越是国际化,越是本土化

对外投资是一个问题的两个方面,既解决了引资国的资金短缺问题,又能从投资中获得收益。在我国的外商直接投资以其资金和技术,通过市场和原料的本土化,获得了巨大的经济效益。我国部分企业也开始了这方面的尝试,力争要利用国外资源,包括市场资源、原料资源、人力资源、信息资源以及技术、资金等多种资源,实行市场、人员、产品、资本"本土化战略"。

**(二)实施"走出去"战略**

实施"走出去"战略需要政府和企业的共同努力。就政府而言,政府要转变职能,加强

整体规划和对企业的指导,建立一套科学的协调机制,为企业"走出去"创造良好的法制环境。相关政府部门要梳理现行的政策和规定,逐步取消不利于企业"走出去"的规定,在融资政策、外汇管理制度、人员派出、审批程序等方面,提出切实可行的政策与措施,并加强政府为企业服务的功能。就企业而言,它们是"走出去"战略的主体。在完善企业的法人治理结构过程中,企业要制定出发展海外经营的战略规划,有计划、有步骤地推进"走出去"战略。其形式可以是到境外建立促进贸易发展的销售服务网络,也可以是在国外设立研究和开发中心,乃至在境外设立企业集团的地区总部、代表处或子公司,增强获取市场信息的能力。

1. 加快立法,促进对外投资

我国政府一直支持企业对外投资,并制定了一批相关的政策规定,为实施"走出去"战略奠定了一定的基础。然而只有零零星星的政策和规定是远远不够的,应尽早制定《中华人民共和国境外投资促进法》。将企业"走出去"纳入法律框架之下,一切以法律为指导,避免人为因素和很多的不确定性。完善的法律有助于企业在实施"走出去"战略中制订整体的计划和长远的安排。

2. 建立跨部门的领导协调机制,制定对外投资的整体战略

实施"走出去"战略将是一项长期的任务,直接影响我国经济的持续发展,直接涉及我国企业参与经济全球化的进程,直接影响我国与其他国家的经济技术合作关系的发展,并关系到我国在全球事务中的作用。实施"走出去"战略关系到我国的经济安全和持续发展,意义重大,需要有整体的战略。仅有相关部门参与指导企业对外投资工作显然是不够的,应成立由国家领导人牵头的领导协调机制,全面规划和指导对外投资工作,解决实施"走出去"战略中的重点和难点问题,全面推进这项事关全局的伟大事业。

3. 政府部门提供切实可行的政策支持

迄今为止,我国对外投资成功的少,失败的多。失败的原因非常复杂,有些也与相关政府部门的支持不到位相关联。对外投资涉及国家和企业的利益,既要积极,又要稳妥,政府部门应给予全力支持,同时也要加强监管。对一定数额的对外投资项目可以完全放开,由企业自行负责;对国有企业对外投资的大项目,要给予实质性的支持;加快行政审批制度,简化和规范审批程序,避免重复请示,提高行政效率;在贷款、保险、担保、用汇、退税等方面尽可能提供多的支持,要落实到位;在相关设备和商品出口的通关、检验检疫等方面给予便利。

4. 积极发挥贸易投资促进机构的作用,完善信息和培训服务

在建立市场经济过程中,出现了一批中介机构,其中有一些也从事贸易投资促进工作,为企业"走出去"苦苦耕耘。例如中国国际贸易促进委员会是我国专门从事贸易投资的机构,于1952年成立。60多年来,它与近200个国家和地区的数百个商工会建立了业

务联系,建立了 15 个海外代表处,有 60 个地方分会、20 个行业分会,拥有几万家企业会员,形成了全球和全国的网络;培养了一批熟悉国际市场、精通外语的人才;建立了比较完备的信息系统。鉴此,贸促会在实施"走出去"战略中应该充分利用自己的优势,发挥应有的作用;政府部门也应赋予它相关的任务,特别在信息提供和国际管理人才培训方面让其承担责任。

5. 对外投资项目应区别对待

针对不同的投资主体,企业的对外投资应该区别对待。由于国有企业的资金属于全体人民,所以对其对外投资项目无论大小,都应经过相关部门的审批;对民营企业的对外投资项目,除少数大项外,一般项目原则不进行审批,只需备案即可,以便国家相关部门掌握整体情况。

6. 积极培育我国具有竞争力的跨国公司

我国企业的实力与世界 500 强仍有很大的距离。中国企业 500 强的资产总额、营业收入、利润只相当于世界 500 强的 7.11%、6.12% 和 32%;人均资产、人均营业收入、人均利润只相当于世界 500 强的 14.58%、14.15% 和 72.5%;世界 500 强企业排第一位的美国沃尔玛公司的营业收入相当于中国 500 强的 29.32%。这一差距显示了我国企业的发展重任和巨大的潜力。经济全球化的发展,我国市场经济体制的逐步完善,我国企业科技水平的提高为我国企业在国际舞台上参与国际竞争,提高竞争力,培育自己的具有竞争力的跨国公司创造了有利的条件。国际竞争是凭实力的,没有实力就难以想象在国际竞争中能够取胜。跨国公司是实力的象征,也是海外投资的主体。我们的国家如没有一批自己的跨国公司能够在国际上竞争,就不可能充分利用经济全球化带来的竞争条件,也难以在此过程中获得应有的利益。我们只有建立更多的跨国公司,开展更多的国际经营活动,才能与我国经济的发展相匹配。

**案例 1**

### 联想收购 IBM 的 PC 业务

收购 IBM 的 PC 全球业务一年后,联想迎来了 PC 业务的艳阳天,2006—2007财年,联想综合营业额达 146 亿美元,年同比增长 10%。联想个人电脑销量年同比增长 12%,集团的全年毛利率达创纪录的 14%。

作为国内最大 PC 企业,联想集团当初斥巨资收购 IBM 个人电脑业务全部资产引起了最为广泛的关注。在几乎所有人看来,联想这一举动极具冒险精神。事实上,联想迈出的这一步有着深刻的价值。联想做出的参与主流产业全球竞争的尝试应该给予身处同样境地的中国企业以更多启示——如何从全球产业竞争的分析中找到自身定位,我们依靠什么获取全球竞争的优势。

全球化席卷各国经济之时，全球产业内部的分工与分化更加明显。以 PC 行业为例，全球能够生产 CPU 的企业大致只有英特尔、AMD、IBM 等几家企业，且英特尔大有"独霸天下"之势，而全球能够生产 PC 的企业可谓数不胜数。全球 PC 行业的发展离不开英特尔这样的主角，但离开了任何一家充当配角的 PC 整机生产企业，这个行业依然可以健康发展。

一直以来，中国企业在全球产业分工中都处在产业价值链的最低端，其竞争优势被刻画为低成本，很难与世界顶尖企业针对某个细分产品市场短兵相接。

是否有能力创造出一种新的竞争模式与竞争要素也许是重归 PC、拓展全球经营的联想能否真正意义上战胜戴尔、惠普等企业，成为全球 PC 制造龙头企业的关键。显然，依靠联想自身的实力、技术与资源根本不具有创造新的行业竞争模式的能力，而且，处于生产层面的联想也并没有能力创造一种突破性变革技术，进而改变整个 IT 行业的发展方向。

最终，经过长时间谈判，联想集团在 2004 年年末以总价 12.5 亿美元收购 IBM 旗下持续亏损的全球个人电脑业务。

从联想的角度看，尽管 PC 已是 IBM 的迟暮业务，但对联想仍有较大价值。首先，扩大产能、提高市场占有率、提升产品档次与质量；其次，实现全球化经营；再次，提升联想管理水平与技术实力，培养全球化管理人才。

### 1+1=股权+现金

联想更需要做的是如何使自己在联盟中能够有所作为。

联想通过并购 IBM 的 PC 业务，获得了 IBM 的 PC 业务高手、IBM 遍布全球 160 个国家的渠道以及具有国际化战略规划能力的人才。对于联想来说，IBM 是它进入全球的国际通道，联想并购 IBM 后，有业内人士指出："从收购资金层面上讲，联想当然是 IBM 的直接购买者，但从市场操作功能上看，IBM 倒更像这起交易的买家。"

这种"你中有我，我中有你"的战略合作关系成为联想与 IBM 这场 PC 交易背后最具价值的商业精神。首先，在产品层面，联想与 IBM 有着广泛的合作基础。其次，在产业层面，双方将共同推进 IT 产业变革。总之，联想与 IBM 双方将会在各自不同领域内的比较优势中更加专注于一个方面，同时通过推进新技术、新产品的应用，以全新的网络概念改变全球 IT 产业。

那么，剩下的就要看联想的管理层如何导演了。

并购后，IBM 将成为联想的首选服务和客户融资提供商。在股权结构方面，IBM 成为联想集团的第二大股东。联想集团此次并购的总价为 12.5 亿美元，在 3 年锁定期结束时，IBM 将获得至少 6.5 亿美元的现金和价值至多 6 亿美元的联想集团普通股股票,此外联想还将承担来自 IBM 约 5 亿美元的净负债,IBM 将持有联想集团 18.9％的股份,成为联想第二大股东,股权在 3 年之内不得出售。

这种"你中有我、我中有你"的游戏,使收购 IBM 的 PC 后的联想将不是一个纯粹的联想,而是一个与 IBM 捆绑的联想。另一方面,这也是 IBM 的一种主动性安排。即便合并不成功,为确保 IBM 的 PC 价值不至于贬值、不至于使原有 IBM 人员大规模、快速流动,IBM 也能够主动地采取反收购,而使 IBM 的 PC 业务重新回到 IBM 怀抱,当然这种现象并不是 IBM 董事会希望看到的。

### 1＋1＝并购融资＋股权投资

对于交易额中联想应支付的现金部分,联想不仅得到了充足的资金,还采取了合理转嫁风险的方式。

2005 年 3 月 31 日,联想集团与全球三大私人股权投资公司得克萨斯太平洋集团(Texas Pacific Group)、泛大西洋行情论坛集团(General Atlantic)及美国新桥投资集团(New Bridge Capital LLC)达成协议,三者向联想集团提供 3.5 亿美元的战略投资,其中得克萨斯太平洋集团投资 2 亿美元、泛大西洋集团投资 1 亿美元、美国新桥投资集团投资 5 000 万美元。这 3.5 亿美元将用于收购 IBM 全球 PC 业务,其中约 1.5 亿美元将用做收购资金,余下约 2 亿美元用于日常运营。

根据投资协议,联想集团将向三者发行优先股及认股权证:发行共 27 万余股非上市 A 类优先股,以及可用做认购 2 亿多股联想股份的非上市认股权证。这些优先股将获得每年 4.5％的固定累积优先现金股息(每季度支付),并且在交易完成后第 7 年起,联想或优先股持有人可随时赎回。在这种融资方式下,这三家投资者将最终共拥有约 12.4％的股权。

这三家投资方在联想与 IBM 达成收购协议之前就开始同联想密切接触,并在促成联想与 IBM 的收购中起到了重要作用,同时三家投资方还为联想吸纳了 20 家银行提供的 5 年期 6 亿美元的银行贷款。

获得如此巨额的战略投资,也使得当初那些看淡此桩交易的人改变了想法。联想董事会主席杨元庆更是兴奋不已:"全球三大私人股权投资公司成为联想的战略投资者,对此我们感到十分高兴。它们对企业的运营发展有深入细致的研究,在企业发展战略方面具有很强的规划设计能力,曾经帮助众多著名公司顺利推进整合工作,它们的加入为联想实现顺利过渡和稳健发展奠定了坚实的基础。此项协议充分表明他们对联想成为全球 IT 领导厂商的前景充满信心。"

对于联想而言,引入三家战略投资者既是一个被动的选择,也是"一举三得"的决策。第一,联想集团并没有足够的全球经营经验,只有依靠必要的外来支持才可能渡过全球化经营最为艰难的时期;第二,从提供并购融资到成为战略投资者,资本交易的安排保证了双方利益的逐步对接;第三,并购融资可以减少联想自身的资本投入,同时化解财务风险。

　　资料来源:根据郐永忠《主角梦想始于完美设计》整理而成。

### 案例2　　　　　　　　中海油海外并购

　　2005年8月2日,中海油宣布撤回其对优尼科公司的收购要约。这意味着,中海油在与其竞购对手雪佛龙(Chevron)的明争暗斗中败下阵来。

## 一、背景

　　2005年3月,中国三大石油和天然气生产企业之一的中海油,开始了与年初挂牌出售的美国优尼科公司的高层接触。优尼科是一家有一百余年历史的老牌石油企业,在美国石油天然气巨头中排位第九,近两年其市值低于同类公司20%左右。市值低的一个重要原因是它的主产品天然气市场开拓不够,大量的已探明储量无力开发。在中海油向优尼科提交了"无约束力报价"后,美国雪佛龙公司提出了180亿美元的报价(包括承担债务)。由于没有竞争对手,雪佛龙很快与优尼科达成了约束性收购协议。6月10日,美国联邦贸易委员会批准了这个协议。6月23日中海油宣布以要约价185亿美元收购优尼科石油公司。这是迄今为止,涉及金额最大的一笔中国企业海外并购。中海油收购优尼科的理由是,优尼科所拥有的已探明石油天然气资源约70%在亚洲和里海地区。"优尼科的资源与中海油占有的市场相结合,将会产生巨大的经济效益。"根据国际资本市场的游戏规则,在完成正式交割前任何竞争方都可以再报价。雪佛龙公司的收购在完成交割前,还需经过反垄断法的审查和美国证券交易委员会的审查。只有在美国证交会批准之后,优尼科董事会才能向其股东正式发函,30天后再由全体股东表决。在发函前如果收到新的条件更为优厚的收购方案,仍可重议。7月2日,中海油向美国外国投资委员会(CFIUS)提交通知书,以便于其展开对中海油并购优尼科公司提议的审查。7月20日,优尼科董事会决定接受雪佛龙公司加价之后的报价(以40%的现金、60%的股票的方式进行收购),并推荐给股东大会。中海油对此深表遗憾。据悉,由于雪佛龙提高了报价,优尼科决定维持原来推荐不变。同日,中海油认为185亿美元的全现金报价仍然具有竞争力,优于雪佛龙现金加股票的出价,对优尼科股东而言,中海油的出价价值确定,溢价明显。中海油表示:为了维护股东利益,公司无意提高原报价。8月2日,中海油撤回并购优尼科报价。

## 二、中海油海外并购已非头一遭

1994 年中海油购买阿科公司在印尼马六甲油田 32.58％的权益,实现了海外发展零的突破;2002 年 1 月 18 日中海油收购西班牙瑞普索公司在印尼油田的部分权益,成为印尼最大的海上石油生产公司;2002 年 8 月 23 日中海油 3.48 亿美元收购澳大利亚西北礁层天然气项目(NMS)的上游产品及储量权益;2003 年 10 月,中海油再次斥资 300 亿澳元,签订了收购澳大利亚高更(GORGON)气田部分权益的协议;2005 年 4 月 13 日,中海油与加拿大 MEG 能源公司就收购其 16.69％权益一事签订合同,并已为此项收购支付 1.5 亿加元。

## 三、两者明争暗斗的背后是中美两国的政治博弈

在这场竞购大战中,中海油的竞争对手雪佛龙使出浑身解数,甚至不惜冒毁掉商誉之险而打政治牌,发动美国 40 余位国会议员向布什总统递交公开信,以国家安全和能源安全名义,要求政府对中海油的并购计划进行严格审查。中外媒体曾对其有失君子之风的行为纷纷发表评说。

中海油的背景同样令人浮想联翩。作为中国三大石油和天然气生产企业之一,成立于 1982 年的中海油,其国有资产的比例占到 70％,这不得不令人怀疑,此次并购除了股东利益最大化的目的外,或多或少地与中国的石油供应安全战略行为联系在一起。在石油价格高涨的今天,这样的联想并非毫无根据。

## 四、中国石油企业参与海外收购兼并的原因分析

1. 规避高油价风险,是近年来中国石油企业海外收购兼并浪潮的直接原因。纵观近年来中国石油企业的海外兼并案例,我们不难发现,大多数的案例都属于行业内的横向兼并。其主要目的是通过海外兼并的手段,获得已探明石油资源的所有权。这样,在当今愈演愈烈的能源争夺战中,我国作为一个高耗能的国家,就可以从国内能源企业购买到经济发展所需的资源,而不用因为战略资产的缺乏,而看外国人的脸色行事。

2. 作为国内能源企业,油价高企会使其利润增加。但另一方面,作为以能源为生国内众多下游产业,则会因为承担了高油价而出现利润减少甚至亏损的情况。不过,这一问题同样可以因为国内能源企业所掌控的石油资源的增加而得到缓解。由于国内能源企业是国有控股公司,国家作为企业的大股东,可以采取制定较国际油价低的国内油价方式,让国内能源企业以较低的价格向相关企业供油,从而保持国内经济发展的平衡性。因为这样做,尽管会使国内能源企业利润减少,但同时减轻了以能源为原材料的国内下游企业的负担,可视为一种特殊的调控手段。

近两三年以来,中国三大石油公司加快了其步伐,海外四处寻油。而采用资本运作,通过并购方式,获得资源和渠道,是一种快捷而有效途径。事实上,油气作为一种战略资源,并不是很轻易就能获取的。

3. 石油企业国内垄断,国家为大股东。融资渠道丰富,资金实力雄厚,使海外收购兼并成为可能。本次中海油并购资金来源为:中海油自有资金30余亿美元;高盛、摩根大通提供的过桥贷款30亿美元;中国工商银行提供的过桥贷款60亿美元;中国海洋石油总公司提供的长期次级债形式贷款45亿美元;中海油大股东提供的次级过桥融资25亿美元。可见,其自有资金仅30余亿美元,而其他的融资渠道,或多或少地占了国家大股东的光。如果说中国海洋石油总公司及中海油大股东对于本次并购的融资支持是顺理成章的话,那么若是没有国家大股东这个后台撑腰,中海油能够如此顺利地获得高盛、摩根大通和中国工商银行等金融机构的贷款吗?

## 五、本次中海油并购过程及其最终失败所带给我们的启示

1. 并购仍以现金支付的方式进行,而非股权转换的方式。从表面上看,中海油本次并购采取现金支付的付款方式优惠,对优尼科很有吸引力。与对手的付款方式相比,竞争力强。但其背后反映的事实,却是中国企业尚不能很好融入经济全球化条件下海外并购模式。这是因为:一方面,作为国有控股的国内能源企业,我们并不愿意将部分股份换给美国的公司,主要是害怕此类具有国家安全战略意义的企业控制权易手。而另一方面,作为被并购方的优尼科也不见得愿意接受股权置换的付款方式,显然,握有中国公司的股权,就意味着承担了中国的政治风险。而这一风险,却往往是外企最担心和最不愿意面对的。这一情况,涉及我国改革开放过程中遇到的股权改制问题,也反映出我国企业在这一方面的不成熟。

2. 对于跨国公司并购的游戏规则还不甚熟悉,资本运作手法上不熟练。用功败垂成来形容本次中海油的失败是不为过的。中海油的CEO傅成玉在反思本次收购失败时认为:没买到非常后悔,不是值不值的问题,而是我们失去了一个非常好的发展机会。同时,优尼科也指出了中海油的弱点,称中海油竞购尚不够果断。其实,中海油在早些时候差点就能赢取优尼科董事会的芳心,但在合并谈判的关键环节,中海油拒绝了优尼科开出的一些条件导致了情况的逆转。7月中旬,中海油与优尼科已在相当大程度上完成了合并协议草案,如果当时中海油同意将收购价格再提高一点的话,获得优尼科董事会推荐的就该是中海油而不是雪佛龙。然而,中海油当时拒绝提价,要求优尼科同意支付与雪佛龙交易的中止费用,并就交易向美国国会游说。

资料来源:根据大赢家官方网站中海油海外并购内容整理而成。

# 本 章 小 结

国际投资是当今世界经济发展中最活跃、最引人注目的活动。第二次世界大战以来，国际间资本的运动日趋频繁，逐渐超过了以往最具影响的商品贸易，对世界经济发展产生了深远影响，成为经济全球化的主导力量。

国际投资目前主要有两种形式：国际直接投资和国际间接投资。国际直接投资又称对外直接投资(foreign direct investment，FDI)，按照国际货币基金组织的划分标准，国际直接投资指一国的投资者以取得或拥有国外企业的经营、管理权为特征的投资行为。国际直接投资的投资者能够有效地控制作为投资对象的外国企业。国际间接投资又称对外金融投资(foreign portfolio equity investment，FPEI)，是指以取得利息或股息等形式的资本增值为目的、以东道国的有价证券为对象的投资。国际间接投资者不参与国外企业的经营、管理活动，主要通过国际资本市场以国际证券投资及中长期银行信贷等形式进行对外投资。国际直接投资的形式主要有合资经营、合作经营、独资经营等。国际间接投资可分为：全球性或区域性国际机构投资、政府投资和私人投资。根据筹资的手段和管理的方法不同，国际间接投资可分为：国际银行信贷、出口信贷、政府贷款、国际金融机构贷款、国际证券以及近几年新发展起来的混合贷款和国际项目贷款。

我国利用外资的必要性为：利用外资是我国进行现代化建设的客观要求；是我国借鉴其他国家成功经验的需要；符合我国经济发展的根本目的。

对外投资是指一个国家将本国的资本(包括资金、机器设备、技术秘密、专利、商标等)投放到另一个国家或另几个国家乃至许多国家，也就是把本国的资本投放到自己国境之外。

# 复习思考题

1. 什么是国际投资？
2. 国际投资的方式有哪些？
3. 我国为什么要利用外资？
4. 我国企业制定国际化经营战略，应确定的重点投资相关地区和领域有哪些？

# 参 考 文 献

[1]　罗乐勤,陈泽聪.投资经济学[M].北京:科学出版社,2006.

[2]　王正斌,杜越涛.投资经济学[M].西安:陕西人民出版社,1991.

[3]　张仲敏,任淮秀.投资经济学[M].北京:中国人民大学出版社,1992.

[4]　白旭东.试论我国利用外资的必要性[J].内蒙古科技与经济,2007,(5).

# 第 十 一 章
## 风险管理与投资战略

## 本章学习要点

1. 掌握风险识别的概念及原则；
2. 了解风险识别的技术；
3. 掌握风险管理的含义；
4. 理解风险管理的技术；
5. 了解投资战略的类型。

## 第一节　投资风险的识别

### 一、风险识别的概念

风险识别是指对客观存在的但尚未发生的、潜在的各种风险进行系统地、连续地预测、识别、推断和归纳，并分析产生事故原因的过程。这个定义包含了以下含义：感知风险和识别风险是风险识别的基本内容；风险识别不仅要识别所面临的风险，更重要的、也是最困难的是识别各种潜在的风险；风险识别是风险管理过程中最基本和最重要的程序。风险识别实际上就是采取有严格计划的步骤，在妨碍项目成功的因素变成问题之前发现并定位它们。

### 二、风险识别的原则

#### （一）全面周详的原则

为了对风险进行识别，应该全面系统地考察、了解各种风险事件存在和可能发生的概率以及损失的严重程度，风险因素及因风险的出现而导致的其他问题。损失发生的概率及其后果的严重程度，直接影响人们对损失危害的衡量，最终决定风险政策措施的选择和管理效果的优劣。因此,必须全面了解各种风险的存在和发生及其将引起的损失后果的详细情况,以便及时而清楚地为决策者提供比较完备的决策信息。

### (二)综合考察的原则

单位、家庭、个人面临的风险是一个复杂的系统,其中包括不同类型、不同性质、不同损失程度的各种风险。由于复杂风险系统的存在,使得某一种独立的分析方法难以对全部风险奏效,因此必须综合使用多种分析方法,根据风险清单列举可知,单位、家庭、个人面临的风险损失一般分为三类:

一是直接损失。识别直接财产损失的方法很多,例如询问经验丰富的生产经营人员和资金借贷经营人员,查看财务报表等。

二是间接损失。它是指企业受损之后,在修复前因无法进行生产而影响增值和获取利润所造成的经济损失,或是指资金借贷与经营者受损之后,在追加投资前因无法继续经营和借贷而影响金融资产增值和获取收益所带来的经济损失。间接损失有时候在量上要大于直接损失。间接损失可以用投入产出、分解分析等方法来识别。

三是责任损失。它是因受害方对过失方的胜诉而产生的。只有既具备了熟练的业务知识,又具备了充分的法律知识,才能识别和衡量责任损失。另外,企业或单位各部门关键人员的意外伤亡或伤残所造成的损失,一般是由特殊的检测方法来进行识别的。

### (三)量力而行的原则

风险识别的目的就在于为风险管理提供前提和决策依据,以保证企业、单位和个人以最小的支出来获得最大的安全保障,减少风险损失,因此,在经费限制的条件下,企业必须根据实际情况和自身的财务承受能力,来选择效果最佳、经费最省的识别方法。企业或单位在风险识别和衡量的同时,应将该项活动所引起的成本列入财务报表,进行综合的考察分析,以保证用较小的支出,来换取较大的收益。

### (四)科学计算的原则

对风险进行识别的过程,同时就是对单位、家庭、个人的生产经营(包括资金借贷与经营)状况及其所处环境进行量化核算的具体过程。风险的识别和衡量要以严格的数学理论作为分析工具,在普遍估计的基础上,进行统计和计算,以得出比较科学合理的分析结果。

### (五)系统化、制度化、经常化的原则

风险的识别是风险管理的前提和基础,识别的准确与否在很大程度上决定风险管理效果的好坏。为了保证最初分析的准确程度,就应该进行全面系统的调查分析,将风险进行综合归类,揭示其性质、类型及后果。如果没有科学系统的方法来识别和衡量,就不可能对风险有一个总体的综合认识,就难以确定哪种风险是可能发生的,也不可能较合理地

选择控制和处置的方法。这就是风险的系统化原则。此外,由于风险随时存在于单位的生产经营(包括资金的借贷与经营)活动之中,所以风险的识别和衡量也必须是一个连续不断的、制度化的过程。这就是风险识别的制度化、经常化原则。

## 三、风险识别的内容

### (一)环境风险

环境风险指由于外部环境意外变化打乱了企业预订的生产经营计划,而产生的经济风险。引起环境风险的因素有:国家宏观经济政策变化,使企业受到意外的风险损失;企业的生产经营活动与外部环境的要求相违背而受到的制裁风险;社会文化、道德风俗习惯的改变使企业的生产经营活动受阻而导致企业经营困难。

### (二)市场风险

市场风险指市场结构发生意外变化,使企业无法按既定策略完成经营目标而带来的经济风险。导致市场风险的因素主要有:企业对市场需求预测失误,不能准确地把握消费者偏好的变化;竞争格局出现新的变化,如新竞争者进入所引发的企业风险;市场供求关系发生变化。

### (三)技术风险

技术风险指企业在技术创新的过程中,由于遇到技术、商业或者市场等因素的意外变化而导致的创新失败风险。其原因主要有:技术工艺发生根本性的改进;出现了新的替代技术或产品;技术无法有效地商业化。

### (四)生产风险

生产风险指企业生产无法按预定成本完成生产计划而产生的风险。引起这类风险的主要因素有:生产过程发生意外中断;生产计划失误,造成生产过程紊乱。

### (五)财务风险

财务风险指由于企业收支状况发生意外变动给企业财务造成困难而引发的企业风险。

### (六)人事风险

凡是涉及企业人事管理方面的风险就称为人事风险。

## 四、风险识别的技术

风险的范围、种类和严重程度经常容易被主观夸大或缩小,使项目的风险评估分析和处置发生差错,造成不必要的损失。项目风险识别的方法有很多,任何有助于发现风险信息的方法都可以作为风险识别的工具。以下是一些常用的方法。

### （一）从主观信息源出发的方法

#### 1. 头脑风暴法

头脑风暴法，也称集体思考法，是以专家的创造性思维来索取未来信息的一种直观预测和识别方法。此法由美国人奥斯本于 1939 年首创，从 20 世纪 50 年代起就得到了广泛应用。头脑风暴法一般在一个专家小组内进行。以"宏观智能结构"为基础，通过专家会议，发挥专家的创造性思维来获取未来信息。这就要求主持专家会议的人在会议开始时的发言中能激起专家们的思维"灵感"，促使专家们感到急需回答会议提出的问题，通过专家之间的信息交流和相互启发，从而诱发专家们产生"思维共振"，以达到互相补充并产生"组合效应"，获取更多的未来信息，使预测和识别的结果更准确。头脑风暴法在 20 世纪70 年代末开始引入我国，并受到广泛的重视和采用。

#### 2. 德尔菲法

德尔菲法又称专家调查法，它是 20 世纪 50 年代初美国兰德公司研究美国受苏联核袭击风险时提出的，并在世界上快速地盛行起来。它是依靠专家的直观能力对风险进行识别的方法，现在此法的应用已遍及经济、社会、工程技术等各领域。用德尔菲方法进行项目风险识别的过程是由项目风险小组选定项目相关领域的专家，并与这些适当数量的专家建立直接的函询联系，通过函询收集专家意见，然后加以综合整理，再匿名反馈给各位专家，再次征询意见。这样反复经过四轮至五轮，逐步使专家的意见趋向一致，作为最后识别的根据。我国在 20 世纪 70 年代引入此法，已在许多项目管理活动中进行了应用，并取得了比较满意的结果。

#### 3. 情景分析法

情景分析法是由美国 SIIELL 公司的科研人员 Pierr Wark 于 1972 年提出的。它是根据发展趋势的多样性，通过对系统内外相关问题的系统分析，设计出多种可能的未来前景，然后用类似于撰写电影剧本的手法，对系统发展态势作出自始至终的情景和画面的描述。当一个项目持续的时间较长时，往往要考虑各种技术、经济和社会因素的影响，可用情景分析法来预测和识别其关键风险因素及其影响程度。情景分析法对以下情况是特别有用的：提醒决策者注意某种措施或政策可能引起的风险或危机性的后果；建议需要进行监视的风险范围；研究某些关键性因素对未来过程的影响；提醒人们注意某种技术的发展会给人们带来哪些风险。情景分析法是一种适用于对可变因素较多的项目进行风险预测和识别的系统技术，它在假定关键影响因素有可能发生的基础上，构造出多重情景，提出多种未来的可能结果，以便采取适当措施防患于未然。情景分析法从 20 世纪 70 年代中期以来在国外得到了广泛应用，并产生了目标展开法、空隙添补法、未来分析法等具体应用方法。一些大型跨国公司在对一些大项目进行风险预测和识别时都陆续采用了情景分析法。因其操作过程比较复杂,目前此法在我国的具体应用还不多见。

**（二）从客观信息源出发的方法**

**1．核对表法**

核对表法一般根据项目环境、产品或技术资料、团队成员的技能或缺陷等风险要素,把经历过的风险事件及来源列成一张核对表。核对表的内容可包括:以前项目成功或失败的原因;项目范围、成本、质量、进度、采购与合同、人力资源与沟通等情况;项目产品或服务说明书;项目管理成员技能;项目可用资源等。项目经理对照核对表,对本项目的潜在风险进行联想相对来说简单易行。这种方法也许揭示风险的绝对量要比别的方法少一些,但是这种方法可以识别其他方法不能发现的某些风险。

**2．流程图法**

流程图法首先要建立一个工程项目的总流程图与各分流程图,它们要展示项目实施的全部活动。流程图可用网络图来表示,也可用 WBS 来表示。它能统一描述项目工作步骤;显示出项目的重点环节;能将实际的流程与想象中的状况进行比较;便于检查工作进展情况。这是一种非常有用的结构化方法,它可以帮助分析和了解项目风险所处的具体环节及各环节之间存在的风险。运用这种方法完成的项目风险识别结果,可以为项目实施中的风险控制提供依据。

**3．财务报表法**

通过分析资产负债表、营业报表以及财务记录,风险管理者就能识别本企业或项目当前的所有财产、责任和人身损失风险。将这些报表和财务预测、经费预算联系起来,风险经理就能发现未来的风险。这是因为,项目或企业的经营活动要么涉及货币,要么涉及项目本身,这些都是风险管理最主要的考虑对象。

# 第二节　投资风险的管理

## 一、风险管理的概念

风险管理是指经济单位通过风险识别、风险估测、风险评价,对风险实施有效的控制和妥善处理风险所致损失,期望达到以最小的成本获得最大安全保障的管理活动。风险管理是研究风险发生规律和风险控制技术的一门新兴管理学科,主要是为了适应现代企业自我发展和自我改造的能力。首先,由于科学技术的飞速发展及其广泛应用于社会生活的各个方面,无形中使各种风险因素及风险发生的可能性大大增加,并且使风险事故发生所造成的损失规模起了很大变化。例如,万吨巨轮遭遇海难、钻井平台倾覆海中等,这都说明,现代化的工业也会造成巨额经济损失,这就对企业所负担的责任提出更高的管理要求。其次,在现代经济生活中,企业面临着国内外众多商家的激烈竞争,其各种经济活动、经济关系日趋复杂,投机活动也越来越多,使各种动态风险因素剧增,并渗透到社会生产和社会生活的各个方面。企业为了防止可能发生的风险与损失,以及解决损失后如何获得补偿等问题,就必须进行风险识别、风险估测、风险评价,并在此基础上优化组合各种风险管理技术,对风险实施有效的控制和妥善处理风险所致损失的后果,期望达到以最小的成本获得最大安全保障的目标。

## 二、风险管理的产生

风险来自未来的不确定性。人类真正提出"风险"并对其进行研究始于 18 世纪,然而对风险的掌握是一个极其漫长的过程。人类活动的扩展引起风险日趋复杂,其种类不断增加,同时,风险的发展刺激了风险管理的发展,而风险管理的发展又推动人们向更高的目标登攀。

风险管理作为一个为更多企业所认可和采纳的新的管理方法,其发展主要来自以下几方面的推动。

### (一)企业内外部日趋复杂的风险环境

自 20 世纪 90 年代末起,伴随着信息技术的发展和全球经济一体化,世界市场变化风起云涌,风险数量及其复杂性也与日俱增。据美国一家公司 2001 年的统计,一个典型的大型跨国公司可以有多达 11 000 种的风险,其中能够用现有的手段管理控制的只有 2 600 种左右。也就是说所有其他 75% 的风险都由公司或者说主要由股东承担。旧的风险管理范例不足以参考以化解当今有代表性的企业所面临的风险,企业迫切需要新的风险管理方法和技术。

### (二)风险管理技术的不断提高

风险数量及其复杂性的增加促进了金融衍生品市场的增长,期货、期权、远期互换、资产证券化等金融衍生产品层出不穷。这些金融衍生品为企业提供了转移风险的工具,使得企业应对风险的策略和手段日益丰富。同时,信息技术的发展虽然提高了企业风险的发生水平,但也使得对许多风险的有效监控成为可能。一些更精确更直观更容易操作的风险度量方法和风险管理工具不断涌现,如 VAR、EVA 等。与 20 年前相比,风险管理的手段更趋于多样化、系统化,风险应对策略更趋于复杂化、专业化。

### (三)国际组织及各国风险管理协会的大力推动

自 20 世纪 80 年代以来,美国、英国、法国、日本等国家先后建立起全国性和地区性的风险管理协会。这些组织积极推动各国的风险管理理论研究和实践,先后出台了各国的风险管理标准,在 1995 年由澳大利亚和新西兰联合制定了世界上第一个风险管理标准

（AS/NZS 4360）后，2003 年英国制定了 AIRMIC/ALARM/IRM 标准，2004 年美国 COSO 制定了 COSO ERM 标准等。与此同时，西方十国集团在 2001 年又签署了《巴塞尔协议Ⅱ》，对银行的风险管理提出了更加明确的要求。

### （四）各国的立法

各国从 20 世纪 80 年代以来，加快了对公司治理结构和内控系统的立法，如英国 1998 年制定了公司治理委员会综合准则（Combined Code of the Committee on Corporate Governance），该准则被伦敦证券交易所认可，成为交易所上市规则的补充，要求所有英国上市公司强制性遵守。2002 年 7 月，美国国会通过萨班斯法案（Sarbanes-Oxley 法案），要求所有美国上市公司必须建立和完善内控体系。萨班斯法案被称为是美国自 1934 年以来最重要的公司法案，在其影响下，世界各国纷纷出台类似的方案，加强公司治理和内部控制规范，加大信息披露的要求，加强企业全面风险管理。到目前为止，世界上已有 30 几个国家和地区，包括所有资本发达国家和地区及一些发展中国家如马来西亚，都发表了对企业的监管条例和公司治理准则。在各国的法律框架下，企业有效的风险管理不再是企业的自发行为，而成为企业经营的合格要求。

全面风险管理在未来将保持蓬勃发展的势头。除企业以外，将有越来越多的非营利机构，包括政府、学校等开始实施全面风险管理。将有越来越多的大学开始设置企业全面风险管理的课程。虽然全面风险管理作为一种管理理论还有待于进一步成熟和完善，但其理念和方法已经开始深刻地影响组织的首脑、企业的 CEO。全面风险管理将不仅引发风险管理理论和方法的一场革命，而且将引发企业管理理论的一场革命。

## 三、风险管理的原则

### （一）有效性原则

投资牢固树立"风险防范，立身之本"的理念。各项风险管理制度必须符合国家有关法律、法规和相关主管部门的规章制度，具有高度的权威性，必须贯穿于管理的各个方面和投资活动的每个环节，真正落到实处，成为所有员工都必须认真遵守和严格执行的行动准则。

### （二）统一性原则

制定风险管理和控制的规章，建立风险防范机制，必须要坚持效益性、安全性和流动性的高度统一。合理确定风险控制的标准，保证经营管理和投资活动的顺利进行。为此，必须注意统筹和协调成本、收益、效率三者之间的关系。首先，要坚持成本控制原则。进行风险管理时，往往要付出一定的成本，主要包括：交易成本、执行成本、机会成本、风险成本等。因此，在进行风险管理时，要在保证风险管理效率的前提下，尽可能将风险管理的成本降到最低。其次,要坚持效率最高原则。所谓投资风险管理的效率,是指通过一定的风险管理手段,使投资所面临的风险减少或消除的程度。从理论上来说,投资必然会以风险管理的效率最高作为选择风险管理策略的基本原则,但是,在实际的风险管理活动中,效率往往与成本成正比,因此,人们经常会陷于顾此失彼的困境中。所以,如何准确地评估风险管理的效益与成本,是进行风险管理的重要原则。最后,要坚持保护收益原则。在现实生活中,大量的风险既具有可能给人们带来损失,也可能给人们带来意外收益的两重性。一般来说,在其他情况一定的条件下,人们应该尽量选择那些既能避免可能的损失,又能保护可能的意外收益的策略。在具体实际中,我们必须综合考虑这几个原则,协调一致、统筹兼顾、综合运用。

### (三)创新性原则

投资所面临的经营环境、竞争状况是不断发展变化的,其风险的影响因素和作用机理也在变化。因此,投资的风险管理和内控机制也不是一成不变的,它应该不断适应外界变化,总结实践经验,学习、借鉴国外的先进理念和做法,在管理体系和控制方法等方面推陈出新。

### (四)一贯性原则

由于投资本身的特殊性和复杂性,投资者往往就会忽视风险。因此,必须克服投资在风险管理问题上的"运动性"缺陷,始终一贯地将风险管理工作制度化、规范化,常抓不懈。

## 四、风险管理的目标

风险管理的目标就是指在识别与衡量风险的基础上,控制与处置风险,防止和减少损失,保障社会生产及各项活动的顺利进行。风险管理的目标一般包括两部分:一是损失前的目标;二是损失后的目标。

损失前的管理目标是避免或减少损失的发生;损失后的管理目标则是尽快恢复到损失前的状态,两者结合在一起,才形成风险管理的完整目标。

### (一)损失发生前的管理目标

1. 管理成本最少的目标,又称经济目标

它是指风险管理者用最经济节约的方法为可能发生的风险作好准备,它要求风险管理人员运用最合适的、最佳的技术手段来降低管理成本。也就是说,在损失发生前,风险管理者应比较各种工具、各种安全计划,以及保险和防损技术费用,并对它们进行全面的财务分析,以谋求用最经济合理的处置方式,把控制损失的费用降到最低程度;通过尽可能低的管理成本达到最大的安全保障,取得控制风险的最佳效果。只有注意各种效益与费用支出的分析,严格核算成本和费用支出,才能实现这一目标。

**2. 减少忧虑心理和恐惧心理,提供安全保障**

风险给人们带来了精神上、心理上的紧张不安,而这种心理上的忧虑和恐惧会严重影响劳动生产率的提高,造成工作效率低下甚至无效率。损失前的管理目标之一就是要减少人们的这种焦虑和不安情绪,提供一种心理上的安全感和有利于生产生活的宽松环境,这是十分必要的。国外有人将此目标称为"A Quiet Night Sleep"(睡得安稳)。

**3. 履行有关义务**

与其他各种管理一样,实施风险管理也必须满足有关责任和义务。这包括必须遵守政府法令和规则及各种公共准则,履行必要的社会责任,全面实施防灾防损计划,尽可能消除风险损失的隐患。

**(二)损失发生后的管理目标**

**1. 维持企业的生存**

在损失发生后,企业至少要在一段合理的时间内才能部分恢复生产或经营。这是损失发生后的企业风险管理工作的最低目标。只有在损失发生后能够继续维持受灾企业的生存,才能使企业有机会减少损失所造成的影响,尽早恢复损失发生之前的生产状态。

**2. 生产能力的保持与利润计划的实现**

这是损失发生后的企业风险管理工作的最高目标。如何使风险事故对于企业所造成的损失为最小,保证企业的生产能力与利润计划不因为损失的发生而受到严重的影响,是企业风险管理工作中必须策划的目标。为了保证这个目标的实现,企业在制定和设计损失发生后的风险管理的目标过程中,就必须根据企业的资本结构和资产分布状况确定消除风险事故影响的最佳经济和技术方案。

**3. 保持企业的服务能力**

这是损失发生后的企业风险管理工作的社会义务目标。企业的社会责任之一就是保证其对于社会和消费者所作出的服务承诺的正常履行,这种责任的履行不仅是为了维护企业的社会形象,而且是为了保证企业发挥作为整个社会正常运转的链条作用。所以,对于企业来说,这个目标具有强制性和义务性的特点。如公共事业必须保证对于公共设施提供不间断的服务,生产民用产品的企业必须能够在损失发生后保证继续履行对于其客户承诺的售后服务,以防止消费者转向该企业的竞争对手。

**4. 履行社会责任**

即尽可能减轻企业受损对其他人和整个社会的不利影响,因为企业遭受一次严重的损失灾难转而会影响到雇员、顾客、供货人、债权人、税务部门以至整个社会的利益。这是损失发生后的企业风险管理工作的社会责任目标。企业作为社会的一部分,其本身的损失可能还涉及企业员工的家属、企业的债权人和企业所在社区的直接利益,从而使企业面临严重的社会压力。因此,企业在制定自身的风险管理目标时不仅要考虑到企业本身的需要,还要考虑到企业所负担的社会责任。

## 五、风险管理的技术

根据风险评价结果,为实现风险管理目标,选择最佳风险管理技术与实施是风险管理中最为重要的环节。风险管理技术分为控制法和财务法两大类,前者的目的是降低损失频率和减少损失程度,重点在于改变引起风险事故和扩大损失的各种条件;后者是事先作好吸纳风险成本的财务安排。

**(一)控制法**

控制法是指避免、消除风险或减少风险发生频率及控制风险损失扩大的一种风险管理方法。主要包括以下几种。

1. 避免

避免是放弃某项活动以达到回避因从事该项活动可能导致风险损失的目的的行为。它是处理风险的一种消极方法。通常在两种情况下进行:一是某特定风险所致损失频率和损失幅度相当高时;二是处理风险的成本大于其产生的效益时。避免风险虽简单易行,有时能够彻底根除风险,如担心锅炉爆炸,就放弃利用锅炉烧水,改用电热炉等,但又存在因电压过高致使电热炉被损坏的风险。但有时因回避风险而放弃了经济利益,增加了机会成本,且避免的采用通常会受到限制。如新技术的采用、新产品的开发都可能带有某种风险,而如果放弃这些计划,企业就无法从中获得高额利润。地震、人的生老病死、世界性经济危机等在现有的科技水平下,是任何经济单位和个人都无法回避的风险。

2. 预防

预防是指在风险发生前为了消除和减少可能引起损失的各种因素而采取的处理风险的具体措施。其目的在于通过消除或减少风险因素而达到降低损失频率的目的。具体方法有工程物理法和人类行为法。前者如精心选择建筑材料,以防止火灾风险,其重点是预防各种物质性风险因素;后者包括对设计、施工人员及住户进行教育等,其重点是预防人为风险因素。

3. 抑制

抑制是指风险事故发生时或发生后采取的各种防止损失扩大的措施。抑制是处理风险的有效技术。例如,在建筑物上安装火灾警报器和自动喷淋系统等,可减轻火灾损失的程度,防止损失扩大,降低损失程度。抑制常在损失幅度高且风险又无法回避和转嫁的情况下采用。

4. 风险中和

风险中和是风险管理人采取措施将损失机会与获利机会进行平分。如企业为应付价格变动的风险,可以在签订买卖合同的同时进行现货和期货买卖。风险的中和一般只限于对投机风险的处理。

5. 集合或分散

集合或分散是集合性质相同的多数单位来直接负担所遭受的损失,以提高每一单位承受风险的能力。就纯粹风险而言,可使实际损失的变异局限于预期的一定幅度内,适用大数法则的要求。就投机风险而言,如通过购并、联营等手段,以此增加单位数目,提高风险的可测性,达到把握风险、分担风险、降低风险成本的目的。该方法适用于大数法则,但只适用于特殊的行业、地区或时期。

**(二) 财务法**

由于人们对风险的认识受许多因素的制约,因而对风险的预测和估计不可能达到绝对精确的地步,而各种控制处理方法,都有一定的缺陷。为此,有必要采取财务法,以便在财务上预先提留各种风险准备金,消除风险事故发生时所造成的经济困难和精神忧虑。财务法是通过提留风险准备金,事先作好吸纳风险成本的财务安排来降低风险成本的一种风险管理方法。即对无法控制的风险事前所作的财务安排。它包括自留或承担和转移两种。

1. 自留或承担

自留是经济单位或个人自己承担全部风险成本的一种风险管理方法,即对风险的自我承担。自留有主动自留和被动自留之分。采取自留方法,应考虑经济上的合算性和可行性。一般来说,在风险所致损失频率和幅度低、损失短期内可预测以及最大损失不足以影响自己的财务稳定时,宜采用自留方法。但有时会因风险单位数量的限制而无法实现其处理风险的功效,一旦发生损失,可能导致财务调度上的困难而失去其作用。

2. 转移

风险转移是一些单位或个人为避免承担风险损失而有意识地将风险损失或与风险损失有关的财务后果转嫁给另一单位或个人承担的一种风险管理方式。

风险转移分为直接转移和间接转移。直接转移是风险管理人将与风险有关的财务或业务直接转嫁给他人;间接转移是指风险管理人在不转移财产或业务本身的条件下将财产或业务的风险转移给他人。前者主要包括转让、转包等;后者主要包括租赁、保证、保险等。其中,转让是将可能面临风险的标的通过买卖或赠与的方式将标的所有权让渡给他人;转包是将可能面临风险的标的通过承保的方式将标的经营权或管理权让渡给他人;租赁是通过出租财产或业务的方式将与该项财产或业务有关的风险转移给承租人;保证是保证人和债权人约定,当债务人不履行债务时,保证人按照约定履行债务或承担责任的行为;保险则是通过支付保费购买保险将自身面临的风险转嫁给保险人的行为。例如,企业通过分包合同将土木建筑工程中水下作业转移出去,将带有较大风险的建筑物出售等。

# 第三节　投资战略的基本理论

## 一、投资战略概述

### （一）战略的含义

战略一词来源于希腊语 strategos,其本义是指"将军指挥军队的艺术"。在军事方面,战略是指挥军队的艺术和科学,也意指基于对战争全局的分析而作出的谋划。在军事上,"战"通常是指战争、战役,"略"通常是指筹划、谋略,联合取意,"战略"是指对战争、战役的总体筹划与部署。我国古代兵书早就提及过"战略"一词,意指针对战争形势作出的全局谋划。

人类战略意识及战略思想源远流长,有关战略的知识体系伴随着人类文明的发展而不断丰富、完善、深化。千百年来,人类的战略思想及其理论在军事、政治、外交领域已经枝繁叶茂,形成了博大精深的理论体系和研究方法。但是,战略的思想应用于企业经营发展只是随着资本主义工业大革命的兴起、发展,并且随着企业这种特有的社会经济组织形态的发展才逐步发展起来的。

在企业的管理领域中,人们在不同意义上使用"战略"一词,其含义目前并不统一。人们出于不同目的、在不同场合赋予企业战略不同的含义。企业战略可以认为是设立远景目标并对实现目标的轨迹进行的总体性、指导性谋划,具体而言,企业战略是根据市场状况,结合自身资源,通过分析、判断、预测,设立远景目标,并对实现目标的发展轨迹进行的总体性、指导性谋划。

### （二）投资战略的含义

战略应用于投资活动,就是投资战略。投资战略是指根据企业总体经营战略要求,为维持和扩大生产经营规模,对有关投资活动所作的总体性、指导性谋划。它是将有限的企业投资资金,根据企业战略目标评价、比较、选择投资方案或项目,获取最佳的投资效果所作的选择。企业投资战略是企业总体战略中较高层次的综合性子战略,并影响其他分战略。投资战略作为一种职能战略,其基本出发点必须是站在企业全局的立场之上的,企业的投资战略必须在企业总体战略之下展开,为企业总体战略服务。企业投资战略在企业战略体系中占有举足轻重的地位,在企业明确了自己的性质和宗旨后,通过对企业资源的合理组合运用,决定企业如何发展这些业务。

## 二、按预期目标划分的投资战略的类型

不同的投资者因其市场竞争地位、投资资金规模、投资项目特点等的不同而采取不同

的投资战略。因此,在企业现实的投资经营活动中,投资者所采用的投资战略的表现形式、运作方法、操作技巧、创意手法千差万别。但从投资战略的本质上讲,可以按照投资想要达到的目的将投资战略分为高附加值战略、名牌发展战略和价值链战略三种类型。

### (一) 高附加值战略

对于功能类似的产品,投资者都希望可以在市场上获得更高的价格,从而实现更高的利润。对于这一产品相应的投资项目来讲,投资者就希望获得更高的投资回报率。投资者的这一目的可以通过高附加值战略来实现。

#### 1. 附加值理论

拉卡(A. W. Ruckey)是美国研究附加值理论的创始人之一,他长期从事经营顾问工作,通过这些顾问活动,他系统地分析、研究了1914年至1954年期间美国制造业的附加值与工资的关系。他发现,工资在附加值中所占比例(是相对数)不约而同地在某个范围内。拉卡把附加值称为生产价值(production value)。他指出:"生产价值是因为企业的生产活动所附加于原材料上增加的价值,也就是由总销售额减掉原材料费、动力费、消耗品费后得到的附加值数值。"这里的生产价值实际上就是附加值。从拉卡的定义我们可以看出,附加值是附加在原材料及劳动之上的价值,它是由总销售额减去一系列费用后的剩余。

雷曼(M. R. Lehman)是一位追求以人为中心的德国经营管理专家,是附加值学说的另一创始人,他专门研究在经营活动中人与资本两者的关系,他强调人的创造作用,所以他把附加值称为创造价值(created value)。他认为每个职工能创造多少附加值(即为人均附加值)要比每个职工能创造多少生产值(劳动生产率)更为重要。雷曼还指出:考察一个企业不仅要看其创造的附加值有多少,更应该看企业的人均附加值和附加值率的水平。雷曼认为创造价值是由薪金、津贴、交易税、营业税、资本利息和自由资金收益等之和构成。实际上,雷曼定义的附加值就是工资、利息和税利三部分之和。雷曼定义与拉卡定义的主要不同在于前者用生产总额代替了销售总额,并将折旧费看成非附加值构成。

日本专家竹山正宪折中了拉卡和雷曼对附加值的定义,他认为附加值乃是在企业外部购进的价值上重新加上自己公司所创造的那部分价值。竹山正宪也采用减法的形式计算附加值:附加值＝销售额(或生产额)－外部购进价值(非附加值)。对拉卡和雷曼定义的折中表现在竹山正宪提出的"粗附加值"和"纯附加值"概念上,所谓"纯附加值"即工资、利息和税利三部分之和,这与雷曼的定义一致,而"粗附加值"则在"纯附加值"的基础上加入折旧费用,也就与拉卡的定义相吻合。

目前广泛采用的附加值概念是由美国知名管理学家德鲁克(P. F. Drucker)从市场营销学的角度提出的,他将附加值称为"贡献价值"(contribution value),它是企业生产的产品或提供的服务所得的总额与由外部买进的原材料或服务的采购额之间的差值。德鲁克明确地将服务等无形产品引入附加值的定义中,这对于分析第三产业的附加值至关重要。

我国的黄良辅先生对附加值的研究也有重要的理论和实践价值,他指出附加值的实质是劳动价值,即体力劳动和脑力劳动价值之和。随着科学技术的进步,脑力劳动(或称智力价值)在附加值中所占的比重越来越大,成为附加值的核心。对于市场上的商品来说,人类的智力可表现为科技的创造力、文化艺术魅力和市场营销的推销力及吸引力三部分。商品的附加值主要由商品的科技含量、文化艺术含量和市场适销对路程度决定。

纵观人类社会发展的历史可以看到:社会物质财富、精神财富的增长主要依靠两个方面:一方面是物质产品(精神产品)的生产数量、品种数量的增加;另一方面是提高每个产品的附加值含量。前者是增加数量,也就是提高附加值的累计数量;而后者是提高每个产品的附加值含量,也就是提高劳动创造的价值。因此这两个方面的发展,实质上都归结为提高附加值。所以说,附加值的增加包括数量和含量两个方面,附加值是人类社会财富的源泉。

2. 附加值与企业投资

从德鲁克对附加值的定义可以清楚地看到,企业创造的附加值是企业对社会的一种贡献:从宏观来看,全社会企业贡献价值的总量大小可以反映该国的国民收入状况;从微观来看,贡献价值直接反映企业的盈亏状况。因此,对于企业投资者来说,商品或劳务的附加值越高,其投资效益就越高,企业未来运营的业绩就越好。

从另一方面来讲,根据国内外学者的研究,商品的附加值主要体现在商品的科技含量、文化艺术含量和市场适销对路程度上,但科技的创造力、文化艺术魅力和市场营销的推销力及吸引力等从原材料变为产品,又从产品变为商品,并最终实现其附加值,需要一个至关重要的环节,那就是企业的投资。适当的企业投资可以将上述三者有机地结合起来,通过资本的运动创造附加值,并借助市场销售来实现。

3. 高附加值战略及其实现途径

高附加值战略就是指,企业在进行投资项目的选择时为得到较高的企业产品附加值所采取的总体性、指导性谋划。

投资项目的高附加值战略策划,就是对投资项目的筛选、主题的确立、具体的构思、可行性研究、投资决策和实施,运用高附加值战略理论,最大限度地提高企业附加值和产品附加值,使项目获得较高的投资报酬率。

高附加值战略是一种新型企业发展战略,也是赢利的诀窍。高附加值战略的提出,是人们在经济活动指导思想上的一个重大思想观念的转变:从追求产值转为追求附加值。把企业的一切活动,把投资项目的所有策划都与提高附加值结合起来,用能否有利于企业附加值的提高,企业产品附加值的提高,作为衡量企业一切活动、衡量投资活动的标准。

高附加值战略是企业谋求市场竞争优势地位的核心战略,又是实现优势地位的重要途径。

### (二)名牌发展战略

随着市场经济的发展,当今世界上产品之间的竞争在很大程度上已经变成了品牌之间的竞争。因此,名牌发展战略已成为企业发展战略尤其是企业投资战略中最为重要的组成部分。

1. 名牌的概念和特征

名牌是指具有一定知名度、信任度和美誉度的商品标识,是能够带来利益并产生价值的知识产权。是否能创建成功并发展创新名牌产品,要根据产品在市场上的竞争能力来确定,其指标有三:一是市场占有率。它是产品在市场上竞争能力的集中表现,是某一产品品牌与同类产品争夺市场优胜程度的一项比较指标。反映产品在质量、性能、款式、价格、服务等方面适应消费者的满意程度。市场占有率最高的产品品牌,称为品牌首位度,产品品牌首位度越高,表明市场越成熟,名牌功能越强。二是知名度和美誉度。它是产品声誉和企业形象的综合反映,体现着消费者的认同感和信赖度,是名牌的"名气"所在。三是商标价值。名牌产品商标价值连城,是一种无形财富,驰名商标的含金量是极高的。

名牌的特征可以按其表现形式分为内部特征和外部特征。

(1)内部特征:可靠的质量、先进的技术、优越的性能、有效的管理和高素质的员工。

(2)外部特征:较大的市场占有份额;较高的超值创利能力;较强的出口创利能力;商标具有广泛的法律效力;商标具有不断的投资支持;商标具有较强的超越地理和文化边界的能力。

在名牌产品的内外部特征中,质量是名牌产品的一个基本属性,而社会影响是名牌产品的本质特征,二者融为一体,成为名牌产品的完整概念。

2. 创造和发展名牌的意义

随着人们对品牌在市场经济中的地位、作用的认识,创造和发展名牌的重大意义也被人们所认识,并上升到理论的高度,成为企业经营发展的一个重大课题,同时也成为企业投资的一个重要战略。

(1)名牌易于行销于市

由于名牌的信任度和美誉度,消费者购买名牌,不仅感到它品质可靠,而且还得到心理上的满足,因而名牌具有刺激消费的作用,加之名牌的知名度,使更多的消费者慕名而来,这就扩大了市场占有率。

(2)名牌能产生高附加值

名牌商品中糅进了创造者的知识产权,提高了产品的技术含量和文化艺术含量,增加了消费者对它的期望值,这就提高了产品的附加值,从而提高了投入产出比。

（3）名牌是企业最重要的经营资本

由于名牌的市场占有率、产品高附加值、市场竞争力所带来的稳定可靠的经济效益，为企业塑造了良好的社会形象，增强了企业在融资、经济合作等多方面的信誉度，并使企业在生产经营、扩张发展中可以较好地利用各种社会资本。在现实生活中，无论是银行还是股民，都对名牌企业最放心，最愿意给名牌企业贷款，最愿意购买名牌企业的股票。

（4）名牌是最实在、最能保值增值的资产

任何一个企业，厂房会破旧，设备会老化，技术会过时，人员会衰老，这些企业创业中投入的资本都会随着时间的推移，逐渐转移到商品上去，而只有品牌这一特殊资本，在质量和信誉的精心维护下，会随着时间的推移，随着产品市场销售额、市场知名度、社会影响力的不断累积，其资本价值会不断增值。有远见的企业家，特别重视将自己的经营成果尽可能转化为知识产权，一代代地传下去，在市场竞争中不断保持优势。

（5）名牌可作为重要的投资资本

商标一经注册，就属注册人独自专有，不仅可以作为商品进行交易买卖，而且可以成为资本，游离产品和企业实体，作为资本投入，参加投资项目（合资合作项目）的建设经营，并获得相应的产出效益。以著名商标入股，与其他企业合资或联营等新型的资本运作方式，已在国内外流行；一般企业通过与名牌联姻，借"名牌"开启市场；而名牌企业则以名牌专利等知识产权作为资本，实现低成本、低风险的企业扩张。

（6）名牌是"护身符"和"通行证"

有了被社会公众认可的驰名商标，企业的产品可以依法得到特殊保护，而有了世界驰名的商品品牌，可以在国际市场上通行无阻。根据《巴黎公约》的规定："商标注册国或使用国主管机关认为一项商标在该国已成为驰名商标，已经成为有权享有本公约利益的人所有，而另一商标构成对此驰名商标的复制、仿造或翻译，用于相同或类似商品上，易于造成混乱时，本同盟各国应依职权拒绝或取消该另一商标的注册，并禁止使用。商标的主要部分抄袭驰名商标或者是导致造成混乱的仿造者，也应适用本条规定。"也就是说被认定为驰名商标后，在国际上也受到特殊保护。

3. 名牌发展战略及其实施

名牌发展战略是通过商品或企业的知名品牌效应，利用知名品牌为企业获得更高的商业利润，并持续向知名品牌进行投资，最终实现品牌和利润共同发展的目标所采取的总体性、指导性谋划。

名牌是商品的外美与内秀的统一，名牌发展战略正是为了实现商品的外美与内秀，而从投资策划、项目实施、投入产出、生产经营、售后服务的各个环节都采用相应的方法和手段，使企业的产品成为名牌产品。企业家、经营管理人员和科技开发人员需要在投资项目战略制定和策划的实际运作过程中研究怎样实施名牌发展战略。

一个新投资的项目,要给项目产出的商品取名(注册商标),要给项目企业取名,有的项目是服务项目,还要给企业名称注册服务商标。因此,从项目投资伊始,就必须开展品牌策划。作为新上的投资项目,与现有的企业有所不同,其名牌发展战略的策划方法、策划重点也有所不同。

投资项目在实施之前,有的已有品牌,有的尚无品牌,根据投资项目的具体情况,实施名牌战略主要有四种途径:(1)自创名牌;(2)引进名牌;(3)繁衍名牌;(4)"多牌化"名牌及"非品牌化"。

(1)自创名牌

自创名牌是指投资者根据对投资项目的产品概念、主题的理解,自行设计出能较好地体现其中所蕴涵的文化理念、商业理念的品牌(商品类商标、服务类商标、公司名称),并通过注册登记,取得合法地位,然后围绕这一品牌,全方位策划名牌发展战略并加以实施。

作为投资前的自创名牌策划,主要是:

① 超前设计注册商标。在项目投资决策确定之后,就应该马上设计并注册商标,抢先占领重要的商标资源。一个好的商标(有文化艺术魅力、有社会影响力和社会知名度的商标)是非常珍稀和宝贵的。抢先注册商标,就是抢先占领了一种极为宝贵的资源,并通过注册转变成为一种极为重要的资本。商标是具有法律效力的知识产权,它不仅受到法律的保护,而且它还可以为项目提供法律的保护。

有些投资项目,技术专利含量不高,无法通过专利法来构筑市场屏障,阻止竞争者的仿造行为,避免或延缓竞争。这些投资项目往往是创意好、构思巧、文化艺术含量高,但创意是无法保护的。因此,在策划这类投资项目时,除了在项目的构思上、力求独特性、不可仿造性外,在运作上力求抢占先机,通过超前注册商标构筑有效的市场屏障。如果产品市场不仅在国内,而且还有国际市场,就必须及早到潜在的国际市场所在国家注册商标。

② 设计的商标应尽可能有较高的文化艺术魅力,牌子独特、新颖而合法。独特性和显著性是商标设计所必须考虑的重要因素,一般包括下列要求:音节响亮,读来朗朗上口,易读、易听、易说;容易书写,容易记忆,过目后印象深刻;含义准确,不产生歧义;注重写意,意象美好,带来联想,令人心驰神往;风格独特,或有浓郁的民族风格,或有强烈的现代精神,不求一律,但求唤起人的精神追求。商品竞争的最高层次是文化的竞争。从商标名气切入,占领消费者的精神世界,进入商品竞争的最高层次,这是名牌发展战略中最高的境界,也是优秀的投资者崇尚的思路。

③ 对名牌形成的全过程进行系统的设计、策划。

④ 尽可能使商标名称与企业商号保持一致,使得企业自我形象设计和向社会公众传播的形象一致,使名牌战略与 CI 战略结合在一起,产生综合整体效益,使企业的产业不仅能在有形资产方面继承下来,而且能够在知识产权、社会形象和文化传统等无形资产方面

也继承下来。

（2）引进名牌

自创名牌是一项耗资、费力、费时，风险很大的系统工程。为了减少投资、尽快占领市场，降低投资风险，许多企业选择了引进名牌这一策略。由于名牌本身具有的优势——知名度、信任度、市场占有率等，使得投资引进名牌的企业很快站在高起点上，取得了市场竞争的优势地位。因此，许多企业家热衷于购买名牌商标、租用名牌商标，或者是与名牌商标的所有者合作，共同使用开发名牌商标。引进名牌，已成为一条创名牌的捷径。

一般来讲，引进名牌有两种典型的方式：一是购买名牌企业。将某一现成的名牌企业买断，借助名牌的声誉和企业的生产经营能力开拓自己的事业。二是购买名牌使用权。除非经营不下去或者有万不得已的特殊情况，任何一个名牌企业都不会轻易卖掉自己历尽千辛万苦创建的名牌企业。因此，购买名牌企业的机会非常少。而且名牌企业到了难以维持的境地，名牌的声望、名牌的市场占有额、名牌企业的综合生产经营能力都已大大削弱。因此，购置名牌企业也有风险。相比之下购买名牌使用权，是一个更为妥当的创名牌之路。

购买名牌使用权有利有弊。

有利的方面：一是时间省。创建一个名牌，耗时耗资，非朝夕而至；而购买名牌使用权，马上见效，节省了大量时间，迅速得到社会认可，迅速占领了市场，迅速提升了企业形象。二是费用低。购买名牌使用权支付的费用比自创品牌低得多。三是风险小。购买正在上升时期的名牌使用权，如购买麦当劳的特许经营权，可以借着名牌的发展势头取得商业利润，亏本的风险较小。四是综合效益好。①由于名牌的市场竞争力和较高的附加值，使购买名牌使用权的企业迅速获得较好的投资报酬，积累了经济实力。②购买名牌使用权，不仅使企业的产品迅速得到社会认可，迅速占领市场，而且大大提升了企业的形象，奠定了社会知名度、信任度的基础。③购买他人的名牌使用权，要严格按照他人成熟的、科学、先进的生产工艺技术，质量经营管理标准去做，这就迅速提高了企业的生产经营管理水平，提高了员工的素质，为今后自创名牌奠定了技术质量基础和可信度基础。

购买名牌使用权不利的方面：一是被动受约束；二是使用他人名牌，也要不断在品牌上投资，这实际是为名牌的所有者积累品牌资本价值，而不完全是在开创自己的事业。

购买名牌使用权的方法：购买他人名牌使用权时，必须认真分析投资项目的产品概念、主题，寻找能较好地体现这些概念、主题的名牌商标，分析所购名牌的特征、名声及市场状态、市场价值，确定自己所能支付的合理价格，估算出购买名牌使用权这一特殊投资行为的投资回报，最好能与自创名牌的投资回报进行比较权衡，经过科学、全面的分析研究后，再与名牌出让方签订合同，然后按照名牌的质量、标识及其他生产经营要求，组织生产营销。

（3）繁衍名牌

无论是自创名牌还是引进名牌，都是投资项目中的品牌投资，作为投资项目，策划最基本的投资谋略是谋求投资资本优化组合,这也可以运用于投资项目的品牌策划上,成为实施名牌战略的第三种方式。

繁衍名牌是指投资者将自己(或是他人)已经具有一定知名度的名牌资本,通过与他人(其他投资者)的合作方式,将品牌资本与其他投资资本(资金、场地、设备、技术、人才等)优化组合在一起,形成一个投资共同体,从而合作繁衍名牌,最大限度地发挥品牌资本和其他资本的效能,不断扩大市场规模,不断提高产品竞争力,为投资各方创造更好的经济效益。

繁衍名牌是一种合作战略,是一种互惠互利的战略,是同甘共苦,共同承担风险,共同享受利益的战略,这就把"自创名牌"和"引进名牌"的优点结合在一起,并能较好地避免前两种方式的弊端。

(4)"多牌化"名牌

在名牌发展战略的理论研究和实践中,有一个误区,那就是把名牌发展战略片面地、教条地理解为单打一的名牌战略:只搞一个品牌,排斥多品牌。当今的消费者不仅崇尚名牌,而且还求新求变,喜新厌旧。有的品牌只能体现一种产品概念,如"五粮液"是中国白酒业的知名品牌,它体现质优、价高、尊贵的白酒消费概念,但这一概念适合消费能力较高的消费者,而对于收入较低的消费者,它虽有吸引力但却缺乏购买力,这些消费者更爱买同属茅台集团的"五粮醇"或"金六福"品牌白酒。

除了购买力的差别外,性别差异、文化差异等许多因素都会影响单打一的名牌效应。有鉴于此,"同一企业,多种品牌"便成为名牌发展战略的新思路。在某些类别的商品上,"多牌化"效应比单打一的名牌效应更好。使企业占据了更多的货架位置,从而占领了更广阔的市场空间,满足了不同的消费者,甚至是同一类消费者的不同需求。同时搞活了同一企业集团内部的竞争,抵御了外部对手,有利于自身产品的不断优化,使多牌产品向名牌转化。

 **案例1** **奇瑞公司的品牌发展之路**

1999年12月18日,对于安徽芜湖的奇瑞公司来说是一个值得纪念的日子,奇瑞的第一台整车终于呱呱坠地。事实上,当时的奇瑞并没有完全意义上的整车生产资格,甚至最早生产和销售的2 000多辆轿车也是在"安徽省汽车零部件有限公司"的名字下完成的。为了让这个没有生产汽车许可证的企业能够生存下去,在安徽省和芜湖市两级政府的帮助下,指定奇瑞汽车为芜湖的出租车用车,并为其上牌照。但对于一个没有品牌知名度和美誉度的汽车企业来说,要想继续发展下去面临的困难是十分巨大的。

但奇瑞造出来的车无论内在的质量如何,都因为没有登上国家轿车目录而不合法,被国家有关部门要求停产。经过多方努力,在国家经贸委的协调下,奇瑞进行了加入上汽集团的谈判。双方签署了《国有资产划转协议》,奇瑞同意将 35 040 万元的资产(注册资本的 20%)无偿划到了上汽集团的账下,但上汽与奇瑞约定了"四不"原则,即不投资、不参与管理、不承担风险和不分红。2001 年 1 月,安徽省汽车零部件有限公司正式更名为上汽奇瑞。奇瑞轿车也得以上了国家机械局公布的车辆生产管理目录,获得了久盼的"7 字头"目录。从此,奇瑞汽车所有的车型在尾部左上角都打上了"上汽奇瑞"的标志,导致很多购车的人曾以为这是上海生产的汽车。"上汽奇瑞"四个字给了这个新企业良好的市场形象,这是奇瑞加入上汽集团获得的最大好处。有了"上汽"品牌的奇瑞搭上了中国汽车产业发展的快车,在短短三四年时间里,奇瑞已经稳居国内轿车销售十强。2003 年 3 月 1 日,奇瑞第 10 万辆汽车下线。2003 年全年销售汽车 90 367 辆,销售额应该至少在 80 亿元以上。这一年中,奇瑞继风云之后,一口气推出了三款全新的车型:QQ、东方之子和旗云。2004 年 4 月 15 日,第 20 万辆奇瑞轿车驶下生产线。虽然当时奇瑞加入上汽更多的是为了获得一个生产整车的资格,但是不可否认的是上汽的品牌效应为奇瑞公司后来的发展打下了良好的基础,"繁衍名牌"这一战略对奇瑞公司在汽车市场的生存和发展起到了至关重要的作用。

2004 年 9 月 23 日,"上汽集团奇瑞汽车有限公司"正式更名为"奇瑞汽车有限公司"。这意味着,从这一天起,奇瑞正式作为一个独立的公司开展对外活动,奇瑞正式以独立自主的形象登上中国汽车舞台,奇瑞公司打造其自主品牌的道路也正式起步了。奇瑞在积极打造硬实力的同时,高度重视培育软实力,秉承"大营销"理念,全面升级"品牌、品质、服务"三大平台,不断提升品牌形象和企业形象。2006 年 10 月,也就是奇瑞正式独立以后刚刚两年,"奇瑞"就被认定为中国驰名商标,并入选"中国最有价值商标 500 强"第 62 位,同年 11 月,奇瑞公司被美国《财富》杂志评为"最受赞赏的中国公司"第 11 位,成为我国唯一一家进入此排行榜前 25 位的汽车制造企业。2007 年 6 月 28 日,奇瑞被《环球》杂志社和罗兰贝格国际管理咨询公司共同评定为"2007 年度最具全球竞争力中国公司 20 强"和"发展中国家 100 大竞争力企业"。2007 年 8 月 22 日,奇瑞公司第 100 万辆汽车下线。2008 年,奇瑞公司第三次被《财富》杂志评为"最受赞赏的中国公司",同时,在世界知名战略管理公司罗兰贝格发布的最新研究报告里,奇瑞第二次入围"全球最具竞争力的中国公司 TOP10"。作为中国企业 500 强的奇瑞汽车,其产品和品牌的公众知晓度、忠诚度不断提高,"奇瑞"、"CHERY"文字以及商标图形已成为全国汽车行业的知名品牌。

2009 年,奇瑞公司的品牌战略开始发生变化,从以前单一的"奇瑞"品牌开始向多元化品牌拓展。目前奇瑞公司旗下现有奇瑞(CHERY)、开瑞(KARRY)、瑞麒(RIICH)、威麟(RELY)四个子品牌,覆盖家轿、微车、商用车和高端品牌领域,"大品牌"战略满足了细分市场的不同消费需求。奇瑞公司在主打经济型乘用车的奇瑞品牌旗下已有 QQ3、QQ6、QQme、A1、A5、A3、瑞虎 3、东方之子、东方之子 Cross、新旗云等十余款整车投放市场,在主打农村客货两用车的开瑞品牌旗下已有开瑞优雅、优翼、优派三款整车,在主打高端轿车市场的瑞麒品牌旗下已有 G5、G6、M1 三款整车,另有数十款储备车型将相继上市。奇瑞公司的"多牌化"名牌发展战略部署已经初具规模,但其最终的效果如何还有待于时间的检验。

资料来源:根据《中国汽车工业年鉴》、《中国汽车工业全记录》、奇瑞公司官方网站等提供的资料整理。

### (三)价值链战略

1. 价值链理论

价值链是哈佛大学商学院教授迈克尔·波特(Michael Porter)于 1985 年提出的概念,波特认为,"每一个企业都是在设计、生产、销售、发送和辅助其产品的过程中进行种种活动的集合体。所有这些活动可以用一个价值链来表明。"企业的价值创造是通过一系列活动构成的,这些活动可分为基本活动和辅助活动两类,基本活动包括内部后勤、生产作业、外部后勤、市场和销售、服务等;而辅助活动则包括采购、技术开发、人力资源管理和企业基础设施等。这些互不相同但又相互关联的生产经营活动,构成了一个创造价值的动态过程,即价值链。

价值链在经济活动中是无处不在的,上下游关联的企业与企业之间存在行业价值链,企业内部各业务单元的联系构成了企业的价值链,企业内部各业务单元之间也存在着价值链联结。价值链上的每一项价值活动都会对企业最终能够实现多大的价值造成影响。

波特的"价值链"理论揭示,企业与企业的竞争,不只是某个环节的竞争,而是整个价值链的竞争,而整个价值链的综合竞争力决定企业的竞争力。用波特的话来说:"消费者心目中的价值由一连串企业内部物质与技术上的具体活动与利润所构成,当你和其他企业竞争时,其实是内部多项活动在进行竞争,而不是某一项活动的竞争。"

2. 价值链战略

在投资领域,价值链战略就是通过分析投资过程中和产品生产销售过程中的价值形成过程,从中寻找高利润区,寻求价值链的高效利用,开展业务重组,通过与上下游伙伴的合作和企业独特性的建立,营造健康的企业生态圈和生命形态。

价值链战略实施的首要任务就是对企业的价值链进行分析。企业的完整价值链是一个跨越企业边界的供应链中各节点企业所有相关作业的一系列组合。完整价值链分析就是核心企业将其自身的作业成本和成本动因信息与供应链中节点企业的作业成本和成本动因信息联系起来共同进行价值链分析。具体来说,完整价值链分析的步骤如下。

（1）把整个价值链分解为与战略相关的作业、成本、收入和资产,并把它们分配到"有价值的作业"中;

（2）确定引起价值变动的各项作业,并根据这些作业,分析形成作业成本及其差异的原因;

（3）分析整个价值链中各节点企业之间的关系,确定核心企业与顾客和供应商之间作业的相关性;

（4）利用分析结果,重新组合或改进价值链,以更好地控制成本动因,产生可持续的竞争优势,使价值链中各节点企业在激烈的市场竞争中获得优势。

在价值链分析的基础上,企业找到需要重新组合或改进的价值链部分,并通过投资等活动对该部分价值链进行改造,更好的提高企业的竞争力,最终更大化的实现企业的价值。

**案例 2**

## 吉列公司的价值链战略

作为一个护理品、消费类电器行业的巨头,吉列公司在个人护理品市场上长期以来都处于领先地位,但公司高层认为他们的表现还是逊色于高露洁、联合利华和宝洁公司等竞争对手。于是吉列公司首席执行官 James Kilts 提出了一项旨在改善企业各项功能的改革方案。在这个方案的指引下,吉列公司展开了一场调查,以比较自己在企业运营方面与行业对手之间的差距。调查结果显示,吉列公司的存货水平高、服务水平相对低下。

为了找出这些问题的根源,吉列公司开始了一个为期 6 个月的项目,来分析自己的供应链流程。通过分析这些流程,他们发现问题如下:

一是计划和计划的执行缺乏同步协调。一般来说,吉列公司的库存水平都是比较恰当的。但由于一些必要的数据没有能够在企业内部进行很好的沟通,很多库存都没有被保存在正确的位置。比如,需求计划人员通常都根据当月第三个星期的数据预测下一个月的情况。但是生产计划通常都是在当月的第二个星期就制订出来。在这种安排下,如果预测的情况发生变化,往往很难对生产计划作出相应的改变。Duffy 说:"供应计划和需求计划相互脱节,整个流程就产生了缺口,也就导致了高库存和低水平服务现象的发生。"

二是不同功能部门之间对某些概念理解有偏差。比如,存货计划人员是按照标准的库存循环周期来补充库存的,当这些计划人员要求补充库存时,他们都希望存货能够按照他们预期的期限到达。但是,配送部门则是按照货物在途运输的时间来衡量他们是否准时送货的,也就不管运输时间是否符合库存的实际要求。这种脱节必然导致产品不能准时到达分销中心。

三是吉列公司得到的数据多,但是可用信息却很少。比如,吉列公司也定期发布管理报告,但报告中很少指出问题的根源所在。另外,吉列公司的供应链中还存在着一些不必要的复杂性。比如,吉列仓库里还有许多不适用的货物储存单元(SKU),导致卖不出去的产品堆积在仓库里,这就使得吉列公司对市场变化不能作出更为迅速的反应。

为了向顾客提供更多的价值,得到更多的市场份额,吉列公司把自己定位在产品的价值链上,对内部业务流程和组织结构进行了重新调整。

传统上人们认为,价值链开始于制造商的货架,终止于客户的货架。而 Duffy 说:"提出价值链的概念,我们是在向我们的企业传达这样一种信息,不仅要向客户提供我们的产品,而且还要把价值带给我们的客户以及最终的消费者。"同时 Duffy 认为,"价值链关注的不仅仅是为客户配送中心供货的过程,还应关注如何和我们的客户合作,以便于我们能够保证以合适的成本、在合适的时机把货物配送到客户的货架上。"

在业务流程的改变方面,吉列公司着重改善了供需计划的制订过程。为了达到这种目的,Duffy 和他的同事们使用了几种不同的策略。比如,吉列公司现在把供需信息按照主要客户、特别促销、会员商店采购等科目进行了分类。此外,需求预测的方式也改为由下而上,即和客户一起,共同预测未来的产品需求状况。

至于供给计划方面,吉列公司致力于缩短产品到达它的配送中心的运输时间和到达客户处的时间,并一改过去使用公司内部研制的电子制表软件来决定存货的水平的状况,开始使用 Optiant 公司的软件来检查变量,如每周订单的历史记录和变化、预测准确度、生产运行周期、配送中心补充存货所需的交货时间等,决定存货的适度水平。

通过利用现有的 Manugistics 计划应用软件,及对末端用户进行这套软件的培训,吉列公司试图改变运营问题的分析方式。

为了支持流程的改变,在进行流程改善之前,吉列公司就在组织结构上作了一些必要的变化。在过去,需求计划、供应计划、促销管理和配送都有各自的副总裁,分别由首席执行官直接管理。现在,这些副总裁首先要向 Duffy 汇报工作,让他能够对供应链具有足够的预见能力和控制能力,以便在存货、成本和客户服务之间进行权衡。

在重组的过程中,吉列公司还重新调整了部门经理的工作目标和激励机制,以便让他们也能够支持价值链概念的实施。Duffy说,以前有的人会根据自己的目标作出决定,而不考虑整个体系的利益,重组的目的就是把整个公司的员工凝聚在一起。

很快就有迹象表明,吉列公司根据客户价值观对流程和组织结构的变化,不仅给客户带来了价值,而且也给吉列公司自身带来了非常积极的影响。首先,是配送中心的生产预测准确率,由以前的46%飙升到71%。其次,吉列公司还通过放弃不符合财务标准的产品而减少了7%的货物储存单元。此外,他们还通过采用北美的包装标准,废除了专门用于加拿大市场的货物储存单元,这样需要运送货物的目的地数量也减少了30%。

资料来源:胡畅. 价值=低库存+好服务——吉列公司的价值链战略[J]. 物流时代.2004,(12).

## 三、按市场状况划分的投资战略的类型

### (一)空白市场的投资战略

1. 空白市场的投资机会

人类社会已进入飞速发展的时代,一方面是科学技术的发展,使产品更新换代的速度越来越快,产品生命周期大大缩短,新的产品大量涌现;另一方面是经济的发展,使消费领域不断扩展,消费能力和消费水平也不断提高。一方面,由于社会的进步和人类文明的发展,人们已从趋同化特征转为差异化与个性化,任何一家厂商都无法满足这种千变万化的个性化需求,购买与消费已成为人们的一种享受,新的市场空间在不断出现;另一方面是消费者的成熟,使需求不断更新,市场不断变化,厂商的淘汰率也随之增大。这些多重因素的作用,使空白市场永远存在,与之相应的空白市场投资机会也永远大量地存在。

2. 空白市场的切入目标:创造需求

任何一种新产品上市,对于消费者来说都是陌生的,他不可能事先就产生了现实需求。例如,在微波炉这种产品问世以前,人们不可能产生对微波炉的需求,在没有计算机、互联网时,人们也不会等待计算机出现之后再去搞科研设计和信息处理。因此,对于开发空白市场来讲投资者的切入目标是创造市场需求。

3. 空白市场的投资风险与障碍

投资空白市场,是围绕新产品的开发、生产、销售等一系列环节的新的项目运作。抢先进入市场,新产品开发可有较大的获利能力,但由于产品技术开发费用和市场开发费用

高,市场销售前景不明朗,加之围绕新产品的开发、生产、销售,投资组建一个项目企业所需要投入的各种资本,需要配置的各种资源都远远超过一个现有企业的新产品开发所需的投资,因而投资风险大大增加。特别是某些特殊生产经营项目,固定资产(建筑物、设备、水、电路等基础设施)及专用技术是主要投资,一旦产品市场机会丧失,这些固定资产投资非常难以转移或变现,因而这类投资项目的风险更大。

此外,投资空白市场将会遇到一系列的障碍,这些障碍如果不能克服,障碍就变成风险。在空白市场投资将面临两个主要障碍,一是来自顾客的障碍,二是来自投资者(企业)自身的障碍。

(1) 顾客障碍

空白市场投资意味着为消费者提供一种全新的产品或服务,要得到消费者的认可、接受,并花钱购买并非易事。

第一,认可障碍。新产品连同母体——新企业上市,一般是消费者没有见到过、没有使用过、甚至没有听说过的产品和没有听说过的企业,产品不一定会让消费者产生兴趣,企业也不一定会让消费者产生信任。

第二,消费习惯障碍。从新的企业购买新的产品(服务),意味着一般消费者要改变消费习惯,包括品牌消费习惯。特殊消费者——企业要调整生产工艺,抛弃原有的生产方式,抛弃原有的原材料供应商。如建筑企业使用新型墙体材料取代实心红砖,建筑设计部门就必须运用新的工程设计方法,工人必须掌握更复杂的墙体材料安装施工技术,供应部门必须和新供应商——建材企业打交道,并抛弃红砖生产企业。而经销商要改变进货渠道、改变经营方式及售后服务方式。上述这些都会对使用新企业提供的新产品造成许多障碍。

第三,消费风险障碍。使用新企业提供的新产品意味着改变消费习惯(乃至生活方式、经营方式、工作方式、生产方式),这种改变可能带来方便、舒适、效率和效益,同时也可能带来风险:如新产品的质量是否可靠(如微波炉带来了极大的方便,但也可能造成微波泄漏,有害人体),改变进货渠道经营方式的经营风险,改变生产工艺的生产风险等。

第四,价格障碍。新产品上市,由于生产规模限制,产品成本较高,加上企业一般都会趁竞争者未出现前获得较高的垄断利润而采用较高销售价格,这就使更多的消费者难以接受。

(2) 企业自身障碍

进入空白市场意味着投资者涉足一个近乎全新的行业或领域,进入一个几乎陌生的区域,这时,投资者自身的实力、能力就可能成为投资障碍。

第一,信息障碍。投资决策必须以相关行业和相关产品的市场信息为基础,但是,投资者在涉足一个全新的行业、进入一个陌生的地区时,很难全面地搜集到行业市场信息,特别是市场产品、市场投资的最新动态信息。

第二,资金障碍。大多数投资者在投资新项目时都面临着资金困难。项目的固定资产投资需要充足的资金,生产经营需要充足的流动资金。

第三,管理障碍。新项目实施、新产品入市,都面临管理人才不足,经营管理跟不上的困难。

第四,质量障碍。新建项目无论是企业运转,还是产品生产,都处于生产经营初期,需要有一段时间磨合、提高,因此,往往出现质量波动,这就给产品进入市场带来许多障碍。

第五,规模障碍。新建项目刚建成、新产品刚入市,不可能一下子达到理想的生产和流通规模,企业的经济效益会受到很大影响,从而使产品价格缺乏吸引力。

第六,销售障碍。新项目新企业很难迅速建立起完善的销售渠道,这就使新产品进入市场出现销售障碍。

### 4. 空白市场切入战略

空白市场是一个暂时无人进入的市场空间,在切入空白市场时,有两种战略选择:一是抢先战略,二是市场领先者战略。

#### (1) 抢先战略

选择空白市场投资,就等于确定了抢先战略。抢先战略是谋求优势地位的最直接、最有效的手段。在现代商业竞争中,如果不是目标市场选择错误,产品质量不行,自身实力无法维系在抢先阶段的生产经营活动,一般情况下,每个最先切入市场者都能取得较为理想的市场空间和生产经营的领先位置。如索尼公司的半导体产品在世界市场上取得了较大的市场份额,就因为其抢先投资开发半导体。在市场上,许多风行一时但寿命不长的产品,最先进入市场者都因无竞争者而获得很大的市场份额,取得很高的投资回报率。而后期进入者,由于竞争者众多,商业平均利润低,加之顾客的消费心理发生改变,市场萎缩,这样,后进入的厂家就可能会蒙受巨大损失。

#### (2) 市场领先者战略

美国营销专家菲利普·科特勒(Philip Kotler)根据各公司在行业中的行为,把它们分成市场领先者、市场挑战者、市场追随者或市场补缺者。绝大多数的行业都有一个被公认的市场领先者公司,这个公司在相关的产品市场上占有最大的市场份额,它通常在价格变化、新产品引进、分销覆盖和促销强度上,对其他公司起着领导作用,其他公司都承认它的统治地位。切入空白市场就是选择了抢先战略,但这不等于选择了市场领先者战略,抢先只是在某个时期中的时间顺序排列,而不是力量顺序排列,市场领先者则是一种力量强弱的排列。

选择抢先战略的企业,与赛跑中的领跑者类似,容易取得市场领先者的位置,但这位置能否自始至终保持下去,还要取决于市场竞争的发展情况,取决于竞争各方力量对比的

# 投资经济学

変化。因此，投资者在进入空白市场时，是否选择市场领先者战略还要根据市场产品状况、竞争状况和投资者自身实力进行全面分析、权衡后才能决定。

市场的投资战略策划是一个系统工程，它不仅涉及市场机会、市场目标、市场风险障碍，还涉及投资目标、投资时机、市场利益分配机制、人力资源等诸多方面。因此，投资者不论是开发空白市场，还是进入未饱和市场、饱和市场时，都应将诸多因素综合在一起进行整体考虑，才能制定出正确的行动方针和行动方式。

## （二）未饱和市场的投资战略

### 1. 未饱和市场的投资机会

新产品投放市场后一段时期，随着人们对新产品、新的消费方式的认同，加之产品质量的提高，产品进入了成长期。成长期是产品被市场迅速接受和利润大量增加的时期，未饱和市场主要就是处于产品的成长期。由于市场需求大量增加，尽管竞争者不断涌入，但整个市场处于需求大于供给的状况，加之产品的技术工艺基本成熟，投资风险大大降低，因此，未饱和市场拥有许多良好的投资机会，并成为投资的主导趋向。

新产品创造了新需求，但新产品的性能质量和市场供应量又不能完全满足新需求，新需求引发了新产品的问世，而新产品可能引发出更新的需求。例如，黑白电视机的出现，满足了人们对电视机的需要，同时也促使人们产生对彩色电视机的需求；当彩色电视机出现后，人们在满足之后，又产生了对高清晰度、大屏幕、遥控、与计算机联机、多媒体电视等多方面的需求。此外，黑白电视机在城市的需求早已饱和，甚至被淘汰，但在经济不发达地区却因消费能力有限仍有市场需求。因此，尽管电视机市场已经饱和了，但总有不饱和的需求存在。其他各种产品的市场情况也大体如此，未饱和市场的存在，提供了大量的市场投资机会。

### 2. 未饱和市场的切入目标：分割需求、扩大需求

分割需求是从市场上还没有完全被满足的需求中分割出一部分来，作为投资者自己的目标市场。分割需求并不排斥创造需求，产品质量、特点、式样、功能的改进与创新，实际上是创造了一种更高层次的需求。分割需求实质上是采用一种"特殊"的竞争战略，即在总的市场不变的情况下让竞争者损失一部分已有市场份额或是损失一部分潜在市场份额而为本企业所占领。

与分割需求——竞争战略相对应的是扩大需求——扩大市场战略。未饱和市场往往是成长中的市场，市场量在不断增大。投资者通过扩大市场需求，开辟新的市场空间、就能增加自己的市场份额，这就是通常我们比喻的"把蛋糕做大"。

### 3. 未饱和市场的投资风险与障碍

未饱和市场投资也有一定风险，但与空白市场和饱和市场相比较，风险较小。一方面，未饱和市场不是一个全新的市场，产品已被消费者熟悉并认可，企业可节省大量市场

346

开发费用;另一方面,从市场整体供求态势来看,还是供不应求,市场竞争还不十分激烈,产品,特别是有特色的产品都有生存空间,企业付出的竞争成本还不高。

未饱和市场的投资障碍主要有以下几方面。

(1)已有企业的优势

① 已有企业由于规模经营和由经验曲线(学习曲线)而获得的成本优势。成本优势将使已有企业在竞争中取得价格优势。这样,新的投资者要想取得竞争优势,从一开始就必须达到规模经济要求,而且必须在技术上、经营管理上达到并超过已有企业,这就大大增加了投资资本需求量,大大增加了经营管理难度。

② 市场进入屏障。已有企业会通过专利申请保护,与市场消费者、市场管理者的某种合作等方式为后来的竞争者设置市场进入障碍。

③ 已有企业由于抢先战略而取得企业地理位置优势,占有原材料、产品运输方面的优势,这些优势都会使后来者处于不利地位。

④ 已有企业的品牌优势。已有企业通过先入为主形成的第一印象,通过市场销售建立起来的顾客忠诚,通过广告宣传形成的产品形象、企业形象等构成了已有企业的品牌优势。已有企业的品牌优势使得后来者要想分割市场需求份额,必须花费很大的财力、人力,才能树立起新企业的产品品牌形象,逐步取得品牌优势。

(2)消费习惯障碍

从新的企业购买新的产品,普通消费者要改变消费习惯,而企业则可能需要调整部分生产工艺,抛弃原有的原材料供应商。

**4.未饱和市场的切入战略**

(1)市场扩展基本战略

在未饱和市场进行投资,必须采取市场扩展基本战略:根据投资者的生产和营销能力、资本运筹能力,确定一个市场机会好的投资项目,并对市场上已有的产品或服务进行适当的改进与创新,独树一帜地打入市场。

① 质量改进——注重于增加产品的功能特性:耐用性、可靠性、速度、口味。

② 特点改进——注重于增加产品的新特点(例如尺寸、重量、材料等),扩大产品的多功能性、安全性和便利性。

③ 式样改进——注重于增加对产品的美学诉求。增加产品的艺术性。如改进产品的包装式样,增加地方民族特色,增加艺术魅力等。

④ 进入新的细分市场。

⑤ 进入新的分销渠道。

⑥ 在适当时候降低价格,扩大市场占有份额。

⑦ 企业广告的目标,重点放在说服消费者接受和购买产品上,而不是放在产品知名

度上。

一个新企业采取以上市场扩展基本战略后,将会大大加强其竞争地位。至于在市场竞争中究竟是采取市场领先者战略,还是挑战者战略,追随者战略或是补缺者战略,还应视市场情况和发展态势,并结合企业的自身实力来决定。

(2)市场竞争战略

① 市场领先者战略。未饱和市场是成长中的市场,市场空隙较大,还没有形成真正的市场领导者,呈现"群雄并起、军阀混战"的局面。这时,新的入市公司有条件和机会成为市场领先者。

② 挑战者战略或追随者战略。成为市场领先者要求投资者具备雄厚的实力,这不是每个投资者都能具备的。而且一旦成为市场领先者(哪怕是暂时的)就成为众矢之的,必须为保住其地位付出巨大的代价。因此,更多的投资者可以考虑采取挑战者战略或追随者战略,以较少投资取得一定的市场效益。

③ 补缺者战略。在市场竞争中,有一个最聪明的竞争谋略,那就是避免竞争,这对于实力薄弱的投资者、小公司来讲极为重要。在未饱和市场上,许多小公司不能参与大规模的正面竞争,他们要么为一些稳定的大公司提供零配件,"背靠大树"或"攀龙附凤",有很强的生存力和发展力;要么转向某些特殊领域,做别人不愿做、不能做、或忘记做的事,既不被人注意,也不会引起别人的攻击,拥有自己的生存之地,并不断积累自己的实力。这是力量薄弱的投资者的一个正确选择。

在制定市场竞争战略时,应将投资基本战略作为指导思想并加以运用。

### (三)饱和市场的投资战略

#### 1.饱和市场的投资机会

饱和市场是指产品在市场上供求平衡、甚至供大于求,呈现饱和的态势。要在饱和市场上投资成功,就必须以同业竞争对手的失败为基础。到饱和市场去投资,等于选择了你死我活的决斗。

饱和市场的投资机会相对于空白市场和未饱和市场来讲,机会少得多,投资难度也大得多。但机会少并非等于没有,一旦把握住好的机会,也会产生巨大的利润回报。饱和市场的投资机会一般会在几种情况下出现。

第一种情况:消费者购买力发生了突然的增长,需求总量明显增加。例如当新一轮经济周期开始,经济呈上升趋势时,社会购买力就会突然增加,为饱和市场注入巨大的活力,这在房地产项目及相关产业上特别明显。又例如,当某个邻国的货币在国际金融市场上大幅增值(或是本国的货币大幅贬值)时,邻国的旅游者就会大量涌入本国的旅游市场,以便充分利用货币增值(贬值)带来的好处。1997年亚洲金融风暴之后,到东南亚国家旅游的费用大大降低,刺激了外国游客的增加。

第二种情况:投资者能够对现有产品进行改进创新,推出较为新型的产品。

第三种情况:投资者有实力参与竞争,并从竞争者手中夺过一部分市场份额。

**2.饱和市场的切入目标:转移需求**

在饱和市场中,原有的公司或企业已将市场分割完毕,要想在此领域投资,就必须将竞争者控制的市场需求转移出一部分到自己这方面来。

**3.饱和市场的投资风险与障碍**

饱和市场的投资风险,主要取决于竞争对手:竞争者实力越强,自身实力越弱,投资风险越大;竞争者实力越弱、自身实力越强,投资风险越小。因此,饱和市场的投资风险与自身实力成反比。

未饱和市场的投资障碍,在饱和市场中不仅同样存在,而且更为严重。此外,政府为了维持经济结构的合理与稳定,避免社会资本的浪费、保护本国、本地区经济的稳定与发展,减少社会政治上的不安定、减少失业人口,还会采取一系列投资导向政策,对某些产业、行业限制向饱和市场投资。这些都成为向饱和市场投资的重大障碍。

**4.饱和市场的投资战略**

饱和市场犹如一个城坚壕深的城堡,易守难攻,加之饱和市场的现在主人为保护市场既得利益,早已防范森严。因此,要打入饱和市场,与竞争者拼个你死我活,没有极大的把握,没有正确的战略和谋略,其结果不难想象。

(1)行动方针

对将要投资的项目进行行业分析,对投资机会和自身实力进行评估,综合考虑、权衡利弊,再作决策。

① 行业分析。对饱和市场进行科学认真的行业分析:对投资地区的总体产业状况、具体行业投资状况、行业经营状况、市场容量、竞争者状况及相关的投资环境进行详细认真的分析。

② 机会与实力评估。在行业分析的基础上,对市场投资机会和自身实力进行认真客观的评估,将激烈竞争可能付出的代价及成本与投资机会可能带来的收益及利润进行比较权衡,并考虑到风险因素。如果实施投资能得到较为理想的投资报酬率,则上项目;如果不能,必须放弃。

(2)行动方式

① 在饱和市场中,寻找市场占有者的薄弱环节,从薄弱环节突破。

② 采用差异化战略,对市场现有产品的质量、特点、式样进行改进和创新,创造更高层次的需求。

③ 采用高附加值战略与低价格战术。通过高附加值战略(如新技术、新工艺、新材料的使用,管理营销手段的变革等等)在产品成本上取得竞争优势,而又采取相对竞争者较

低的价格,从而以质量和价格取胜,夺取一部分市场。

④ 将自身的某方面优势,如资金优势、技术优势与某个市场先入者,特别是具备较强实力、占有较大市场份额的企业、公司的市场优势、生产经营优势结合起来,形成更优的投资资本组合,在饱和市场上形成新的更强的企业公司,打破竞争态势,夺取市场份额。这是"借船造大船"巧妙进入饱和市场的投资谋略,这一投资方式将大大降低投资风险,大大降低投资资本需求,避开了许多的投资障碍,迅速进入市场,并迅速取得竞争优势。

⑤ 由于饱和市场一般都处于产品成熟期、产品衰退期,因此,如果在饱和市场投资,项目不能及时收回投资、获得利润,而投资形成的固定资产(厂房、场地、设备、专有技术)、流动资产(原材料),乃至专门人才不能变现转移资本或是不能为企业新的投资项目有效利用,那么,投资者的投资效益将受重大损失。为尽可能减少这方面的损失,在饱和市场投资,必须允分考虑到固定资产将来的使用前途和利用效率,甚至还应考虑到撤出投资的应变措施。

# 本 章 小 结

风险识别是指对客观存在的但尚未发生的、潜在的各种风险进行系统地、连续地预测、识别、推断和归纳,并分析产生事故原因的过程。

风险识别的原则包括:全面周详的原则、综合考察的原则、量力而行的原则、科学计算的原则、系统化、制度化、经常化的原则。

风险识别的内容包括:环境风险、市场风险、技术风险、生产风险、财务风险和人事风险。

风险识别的技术主要有:头脑风暴法、德尔菲法、情景分析法、核对表法、流程图法和财务报表法。

风险管理是指经济单位通过风险识别、风险估测、风险评价,对风险实施有效的控制和妥善处理风险所致损失,期望达到以最小的成本获得最大安全保障的管理活动。

风险管理要秉承有效性原则、统一性原则、创新性原则和一贯性原则。

风险管理的技术包括控制法和财务法。其中控制法可以采取避免、预防、抑制、风险中和与集合或分散等方法;财务法可以采取自留或承担及转移等方法。

投资战略是指根据企业总体经营战略要求,为维持和扩大生产经营规模,对有关投资活动所作的总体性、指导性谋划。它是将有限的企业投资资金,根据企业战略目标评价、比较、选择投资方案或项目,获取最佳的投资效果所作的选择。

按预期目标可以将投资战略划分为高附加值战略、名牌发展战略和价值链战略三种类型;按市场状况可以将投资战略划分为空白市场的投资战略、未饱和市场的投资战略与饱和市场的投资战略三种类型。

# 复习思考题

1. 什么是风险识别？
2. 风险识别的原则有哪些？
3. 风险管理的目标包括哪些内容？
4. 风险管理的技术有哪些？
5. 什么是投资战略？
6. 投资战略的基本分类有哪些？

# 参 考 文 献

[1]　颜建军.中国名牌发展战略[M].昆明:云南人民出版社,1994.

[2]　黄良辅.高附加值战略[M].香港:香港海峰出版社,1995.

[3]　卢有杰,卢家仪.项目风险管理[M].北京:清华大学出版社,1998.

[4]　沈建明.项目风险管理[M].北京:机械工业出版社,2004.

[5]　高德敏.投资运筹[M].北京:中国国际广播出版社,2004.

[6]　沈建明.项目风险管理[M].北京:机械工业出版社,2004.

[7]　胡畅.价值＝低库存＋好服务——吉列公司的价值链战略[J].物流时代,2004,(12).

[8]　王长峰.现代项目风险管理[M].北京:机械工业出版社,2008.

[9]　许谨良.风险管理[M].第3版.北京:中国金融出版社,2006.

[10]　刘钧.风险管理概论[M].第2版.北京:清华大学出版社,2008.

# 第十二章

## 投资价值与效益评价

## 本章学习要点

1. 理解投资价值的概念；
2. 理解公司价值评估的概念及特征；
3. 掌握价值评估的基本方法；
4. 理解效益评价的内容；
5. 理解效益评价的体系；
6. 了解企业投资增值的意义。

## 第一节　投资价值评估的理论

　　20 世纪以来，随着并购浪潮在美国资本市场上不断兴起，由此而诞生出许多新型公司，它们无论是在管理经验、公司成长，还是在公司赢利与偿债能力等方面，都产生了新的变化，进而对公司价值产生较大的影响，关注公司价值为人们追逐的焦点。20 世纪 50 年代，金融创新在英、美等国产生；进入 70 年代，金融创新得到迅速的发展，经济活动与金融活动紧密相连，在这种背景下，公司价值理论在西方发达国家得到迅速发展和广泛应用。面对经济的全球化趋势和激烈的市场竞争，"公司价值最大化"逐步成为公司经营的战略目标，公司价值将成为 21 世纪经济领域中的关键词。在新形势下，人们进行投资决策不仅仅只关注公司的业绩，更关注的是公司价值，它是公司内外众多因素的融合体。对公司价值进行准确及时的评估是投资者作出投资决策，进行有效理财的一个极其重要的环节。

　　本章前两节讨论公司的价值评估理论，后两节讨论项目的效益评价理论。

### 一、公司价值的界定

投资价值是指评估对象对于具有明确投资目标的特定投资者或某一类投资者所具有

352

的价值,亦称特定投资者价值。本书主要讲述公司价值的评估理论。

### (一)劳动价值论

这种观点认为公司价值是凝结在公司这一特殊载体上的无差别的人类劳动,其大小是由其社会必要劳动时间决定的。对于公司,作为一种特殊的载体,通过凝结无差别的人类劳动,从而生产出具有使用价值的各种商品和提供具有价值的服务,以获取收益。因而公司既具有使用价值也具有价值,是一种载体式的特殊商品,可以通过上市、并购、重组、破产等诸多市场交易方式来体现其价值的高低,这种观点无疑是正确的。然而公司作为一种特殊的商品,无法形成批量生产、批量销售,且公司本身交易的稀少性和差异性使凝结在其中的社会必要劳动时间的计量变得异常复杂,难以确立社会必要劳动时间与货币量之间关系。所以,用劳动价值论解释公司价值具有理论的意义但缺乏实际应用意义。

### (二)效用价值论

这种观点认为,公司价值的高低取决于人们消费公司的商品或提供劳务后感受的大小。如果感受越大,公司的价值也就越高,感受越小,公司价值越小。这种观点下的公司价值强调了市场消费者的因素,从消费者的角度,运用效用来反映公司价值,也可以在一定程度上体现公司价值水平的高低。但效用具有较强的主观性,在同一时间不同的消费者会产生不同的效用;在不同的时间,同一人消费时其效用也存在差异。因此,效用价值论也只能从理论的角度去分析公司价值,在计量与确认上还存在着较大的难度。

### (三)成本价值论

这种观点是从会计核算角度出发,认为公司价值是建立公司的全部成本费用的货币化表现,其大小是由组建公司的全部支出构成的。因此,公司价值可由公司各单项资产评估值汇总求得。这种观点是把公司作为一般的商品,其价值的形成就是根据构成商品的各项要素成本之和。这种观点充分考虑了公司价值的可计量性,计算方法简单。但实际上,公司不是一般的商品,它是一种特殊的商品,构成公司的各种要素组合在一起,会产生一种组合效应。当这种效应为正效应时,公司价值大于各单项资产之和;当这种组合效应为负效应时,公司价值会小于各单项资产之和。

### (四)市场价值论

这种观点从市场交换角度出发,认为公司价值是在有组织的市场上进行交易或在私人团体之间协商谈判时,在无胁迫无负债交易中的价值。当然在非组织的市场情况下,公司价值也可以通过个人之间的交易来确定,参与交易的双方都会随时调整他们各自对公司价值的评估,从而达成共识。它是一种双方协商后的价值,因此对双方都是比较公平合理的。因此,市场价值又称为公允价值。然而在任何时点上公司的市场价值都受到很多因素的制约,例如各当事人的偏好甚至一时的兴致,收购活动的激烈程度,重大的产业发展,政治经济条件的转变等。因此,这种价值易受外界因素的影响,具有潜在的不稳定性,因而在计量上相对比较困难。

### （五）未来价值论

这种观点认为公司价值是由公司的未来获利能力决定的。因此,公司价值是公司在未来各个时期产生的净现金流量的现值之和。公司的未来获利能力包括公司现有的获利能力和潜在的获利机会。前者是指在公司现有的资产、技术和人力资源基础上,已经形成的预期获利能力;后者是指公司当前尚未形成获利能力,但以后可能形成获利能力的投资机会。所以,公司价值是在公司现有基础上的获利能力价值和潜在的获利机会价值之和。这种价值观是一种非常科学的方法,它充分考虑了价值的时间因素,也考虑了公司价值的可比性,但这种方法要求公司未来的现金流量和折现率都是可知的,这样就比较容易准确地估计公司的价值。但现实情况并非如此,变幻莫测的外部环境,使公司面临着各种不确定的风险因素,因此,公司的未来现金流量和折现率都很难确定,因而操作起来具有很高的难度。

以上的各种价值似乎都在某一方面存在着合理性,但这些价值论都不同程度地存在局限。本书采用因素价值论,即公司价值是由特定时期体现和影响公司综合实力的内部因素和外部因素的融合体。

## 二、公司价值的特征

### （一）公司价值是一种因素价值

公司作为一种特殊的商品,其价值既受内部因素的影响,也受外部因素的制约。内部因素表现为公司的经营管理、公司赢利、公司成长以及公司风险,它们可能是公司的优势因素,也可能是公司的劣势因素,影响着公司内部价值的大小。外部因素包含各种环境因素(比如政治、政策、自然环境、技术、经济与人口等等)、行业因素和市场因素等的共同影响,它们可能为公司实现价值增值提供机会,也可能对公司产生威胁,导致公司价值减少。公司价值是由这些内外因素共同决定的,这些要素价值的强弱,决定公司价值的大小。

### （二）公司价值是一种综合价值

公司价值涉及多种内外因素,它们共同作用并决定着公司价值,因此,公司价值是由内部因素和外部因素共同构成的综合体。

### （三）公司价值是一种时间价值

由于公司价值是由各种因素共同来决定的,在不同的时间,因素的种类和因素的影响强度,以及影响的方向都可能发生变化。因此,公司价值是体现在特定时间下的综合价值。

总之,公司价值是指在特定的时间中展示公司这一特殊商品的综合实力的各种影响因素(包括内部因素与外部因素)的综合体。

## 三、公司价值评估理论的历史变迁

价值评估理论与方法产生于 19 世纪末 20 世纪初的并购行为,并随着人们对公司价值概念理解的不断深入而逐渐发展成熟。公司价值评估的历史包含着公司价值含义变动史和价值评估方法变动史。价值评估理论的历史变迁大致经历了三个时期。

### (一) 价值评估的萌芽期(19 世纪末 20 世纪初)

19 世纪 60 年代,随着工业化的开始,公司并购在证券市场上逐渐活跃起来。美国首先掀起历史上第一次并购浪潮,并在 1898—1903 年间进入高峰期。横向并购(即生产同类产品的公司间并购)成为当时并购的主流。当时工业股票的上市,投资银行资金的提供以及收购经纪人都对公司的价值评估产生了强烈的需求,公司价值开始受到人们的关注。在公司并购活动中,并购价格作为一个焦点问题,它是决定并购活动成败的关键。只有确定一个买卖双方都能接受的价格,并购活动方能完成。这一价格的确定,实质上依赖于买卖双方对公司价值的估计。这一时期,公司价值表现为交换价值或公允市场价值,公司价值评估服从或服务于公司的兼并收购或者股权转让。在这些活动中所需要的公司交换价值或公允市场价值如何确定,成为并购或股权转让成败的关键。而资产的价值资料易于取得,且比较明确。因而以资产价值来确定公司价值显得比较容易,且易于被并购双方所接受,因而账面价值法成为当时评估公司价值的主流方法。

### (二) 价值评估的成长期(20 世纪初到 20 世纪 50 年代)

这个时期经济活动与金融活动关系日益密切,出现了由经济货币化向经济金融化过渡的趋势。公司管理当局所控制的资源往往是已经完全证券化的资产和负债,如股票和债券。由于证券市场的高度发达,许多公司实现了直接融资。股权投资人和债券投资人成为公司资产直接索偿权的持有人。公司管理者对公司管理的关注已经远离了生产和经营过程而转移到了公司各种金融资产的市场价值上。

随着投资者数量的日益增多,上市公司的经营行为和理财行为迅速在公司股票价格上得到体现。科学合理的管理行为会提高公司的股票价格,低劣不合理的管理行为会降低公司的股票价格。公司股票价格的变化直接导致了投资者(既包括股权资本投资者,也包括债权资本者)投资财富的增减。人们将公司价值理解为对公司投资价值,投资获利水平不是取决于公司在以往时期里所获得的收益,而是取决于公司在未来时期里可能获得的收益(现金流量)。购买股票就是购买公司的未来已经成为业内人士的共识,公司的可持续性发展成了投资者和公司管理者所关心的核心问题。经济金融化在奇迹般地提高了整个经济系统流动性的同时,也带来了不容忽视的风险。它可以在一夜之间给人们带来巨额财富,同时也可以使亿万资产顷刻间化为乌有。对公司风险的界定、度量及控制已经成为一个极其关键的要素。公司要想求得长远发展,必须在风险与收益之间进行科学的权衡。

由于风险因素的加入,使人们逐渐意识到利润最大化已经不再是公司的最终目标,现金流量成为公司价值的衡量尺度。这个时期现金流量折现法的评估思想获得了普遍的认可,但在具体操作上,预期现金流量和公司可持续发展年限的确定以及折现率的选择还存在很大问题。

### (三) 价值评估的成熟期(20世纪50年代至今)

1958年著名经济学家莫迪格利尼和米勒发表了《资本成本、公司融资与投资管理》学术论文,对投资决策、融资决策与公司价值之间的相关性进行了深入研究,并为公司价值研究提供了方法论。在无税的条件下,公司价值与融资决策无关。他们认为,公司价值的大小主要取决于投资决策。在均衡状态下,公司的市场价值等于按其风险程度相适合的折现率对预期收益进行折现的资本化价值。夏普的资本资产定价模型(CAPM)用于对股权资本成本的计算,大大提高了折现率确定的理论支持。对于加权平均资本成本问题,人们逐渐认识到,与未来财务决策及其现金流量相关的不是账面价值的权数,而是市场价值的权数。折现率的研究方面的进展,提高了折现率与价值评估的相关程度。

20世纪80年代兴起的高科技革命,引起了知识经济的全面崛起,从而对公司价值评估技术提出了新的要求。在信息电子和生物制药行业,它们虽然微利甚至还未达到盈亏平衡,但其股票市价却高得惊人。究其原因乃是潜在的投资机会在起作用。20世纪70年代发展起来的期权定价理论就可以很好地对公司这种潜在的获利机遇进行评估。运用期权定价技术来调整按现金流量贴现法评估的公司价值,无疑会使公司发展机遇这一要素在公司价值中得以充分体现,从而使评估值进一步趋向合理。

## 四、公司价值评估的特征

通过对公司价值评估历史的追溯,本书认为价值评估的发展具有以下特征。

### (一) 经济环境因素是诱因

正是由于经济环境的改变,引起新的价值评估的需求,从而推动价值评估方法的发展。因此,价值评估发展的动因是不断满足经济环境变化所导致的对评估信息的需求。

### (二) 公司价值含义的变异是直接原因

早期人们只关注公司的交换价值;后来将可持续发展因素和风险因素纳入了公司价值的考虑范畴;之后公司潜在的获利机会也并入了公司价值的衡量范围。公司价值含义的变异直接引起评估理论与方法的发展。

### （三）价值评估的复杂性不断增强

人们对公司价值含义理解的变化，一方面标志着价值评估理论的不断完善与成熟；另一方面也反映出公司价值越来越受到众多因素的影响，价值评估技术面临着更加严峻的考验，使得价值评估呈现出一定程度的复杂性。

### （四）价值评估呈递推式变异

新的价值评估思想总是以原有的评估思想为基础，并产生一些新的变异，从而推动新的评估理论与方法的不断诞生。

## 五、公司价值评估的意义

公司价值评估是一项综合性的要素评估，是对公司整体经济价值进行判断、估计的过程。随着中国经济体制改革的深入和现代公司制度的推行以及我国资本市场的不断发展，以公司并购、股权重组、资产重组、股票发行等经济交易行为的迅速增加，公司价值评估的应用空间得到了极大的突破，在市场经济中的作用也日益显现，具体体现在以下几个方面。

### （一）公司投资者

通过公司价值评估，有利于投资者进行理性分析与投资决策，有利于降低投资风险。随着中国证券市场的逐渐规范化，各种信号显示出价值型的投资理念。对于投资者来说，只有通过对公司的价值评估，才能理性地认识到公司存在的风险与其真实的价值，从而理性地作出投资决策，规避公司存在的较大风险，减少冲动的行为所带来的不可挽回的损失。

### （二）公司产权交易者

通过对公司价值的评估，有助于产权交易者对公司的前景与存在的风险有一个清醒的认识，并作为交易价格的基础。只有充分分析了公司的价值状况之后，才能准确地把握住交易机会，掌握交易主动权，尽可能地降低由此带来的风险。

### （三）公司内部的经营管理者

对公司进行价值评估，有利于公司内部的经营管理层进行决策，以提高管理效率。以开发公司潜在价值为目的的价值管理正在成为现代公司经营管理的新方向。公司价值管理更加注重对公司整体获利能力的分析和评估，从而制订和实施合适的经营发展计划以确保公司的经营决策，有利于增加股东的财富价值。在这一趋势下，公司管理人员将不再满足于反映公司历史的财务数据，而是更多地运用公司价值评估的信息展望公司未来，提高公司未来赢利能力。

### （四）公司监管部门

对公司进行价值评估，有利于监管部门规范市场管理制度，建立有序和谐的证券市场。证券市场是公司融资与投资者投资的重要平台，而监管部门的职能就是确保该平台的良性运行，并对双方进行有效的管理与监督。管理层通过对申请上市的公司进行价值评估，以评估的结果作为是否获得上市资格，并根据其风险程度与价值潜力的大小确定其上市融资规模。对已上市公司进行价值评估，以评估的结果作为是否获得再融资（包括增发和配股）与是否被分流或者退出证券市场的重要标准。监管部门通过这种积极有效的分流激励机制，既可以敦促上市公司加强自身的经营管理，又可以降低证券市场的风险。对于投资者来说，降低了投资风险，增加投资获利的机会，有利于增加他们进入证券市场的热情。只有投资方与融资方共同关注着证券市场，才能使证券市场的融资渠道与投资渠道通畅，从而保证证券市场有序而和谐地发展。

总之，公司的价值评估直接影响着投资方、产权交易方、经营管理者与监管部门，影响着中国的经济发展系统，进而给中国的宏观经济发展带来直接而深远的影响。

# 第二节　价值评估的方法

《国际价值评估准则》（International Valuation Standards，IVS）指南 6 指出，公司价值评估主要有资产基础法（asset based approach）、收益法（income approach）和市场法（market approach）三种评估方法，这也是目前比较成熟的三大基本方法。

## 一、资产基础法

IVS 指南 6 指出，公司价值评估中的资产基础法基本上类似于其他资产类型评估中使用的成本法，因此，首先分析成本法。

### （一）成本法（cost approach）

成本法又称为成本加和法，是实现公司重建思路的具体技术手段，具体是将构成公司的各种要素资产的评估值加总求得公司整体价值的方法。通常在实际处理中，是以公司的资产总值超过负债总额后的净值，剔除债券折价、组建费用以及递延费用，再加上存货跌价准备。该方法也称为账面价值法。

1. 成本法的优点

（1）比较简单，易于计量和确认。只要评估出所有单项资产的价值，不用考虑资产间的组合效应，因而显得比较容易。

（2）具有很强的可操作性。根据公司的资产负债表上的相关资料就可以计算出公司的资产价值。

（3）可以防止资产流失。在我国国有企业效益低下，资产盘子大，非经营性资产占有相当大比重，而且证券市场不完善的条件下，为防止国有资产流失，却不失为一种比较恰当的选择。

（4）可以作为评价公司整体价值的基础。成本法计算的资产价值，虽然不能真实反映公司的价值，但它作为公司价值的构成部分，可以作为评价公司整体价值的基础。如果公司的整体价值低于公司的资产价值，此时说明公司资产的组合效应为负效应；反之为正效应。

**2. 成本法的缺点**

（1）仅从历史投入（即构建资产）角度考虑公司价值，而没有从资产的实际效率和公司运行效率角度考虑。

（2）对无形资产的价值估计不足，尤其不适用于高新技术公司的价值评估。

（3）评估的结果容易产生误解。这种方法评估的结果是，无论效益好坏，同类公司只要原始投资额相等，则公司价值评估值相同，甚至有的时候，效益差的公司评估值还会高于效益好的公司评估值。

（4）忽视了资产的时间损耗。成本法虽然以提取折旧的方式来考虑资产在生产经营过程中的经营损耗，但没有考虑时间损耗，相同的资产在不同的时间，其价值是不一样的。

（5）忽视了资产的整体组合效应。成本法从资产存量出发，通过资产单项评估后汇总得到的公司价值，这就造成了公司资产质的规定性和量的规定性之间的脱节以及不考虑资产整体效应的弊端。权衡成本法的利弊，成本法比较适合于评估非经营性资产价值以及破产公司的清算价值。对于破产清算的公司，因为对于非经营性资产，不存在资产的组合效应问题；公司处于停产状态，资产的组合效应几乎不用考虑。

**（二）资产基础法（asset based approach）**

当然，鉴于成本法存在诸多的局限，这种方法在国外极少采用。《国际价值评估准则》指南 6 针对成本法的诸多局限作了适当的修正，其主要思路为：

1. 资产基础法是从调整后的资产价值中扣除调整后的负债值，以获得调整后的净资产值。采用资产基础法评估时，原以历史成本为基础的资产负债表由反映所有资产（有形和无形）和所有负债现行市场价值的资产负债表所替代。

2. 以持续经营为前提对公司进行评估时，资产基础法不应当是唯一使用的评估方法，除非这是该行业买方和卖方的通常做法。

3. 以公司即将进入清算为前提进行评估时，应当评估各资产的市场价值，并扣除相关清算费用，如支付给离开雇员的补偿、清算过程费用等。

4. 在可能使公司进入清算的情况下，评估公司价值时应当调查公司在清算基础上可能比在持续经营基础上具有更高价值的可能性。

资产基础法是根据现行市场价值对资产与负债进行调整之后确定出来的,相对于成本法,更能真实地反映公司资产在当时的真实价值,更具有经济意义。而交易价格通常会考虑其当时的价值,因而更加适合评估非经营性资产价值以及破产公司的清算价值。资产基础法虽然对成本法作了适度的修正,但它评估的依然只是单纯资产的价值,而不包括资产间的组合价值。因此,这种方法只能作为持续经营公司进行评估的近似方法。

## 二、收益法

收益法是通过综合考核公司的历史状况、发展前景和行业与宏观经济等因素来估算公司未来预期收益,根据公司的投资期望回报率和风险因素确定折现率,以确定公司预期收益现值作为公司价值的一种评估方法。收益法中最常见的方法是贴现现金流量法与经济增加值法。

### (一) 贴现现金流量法(discounted cash flow),即 DCF 法

目前,国际上通用的评估公司整体内在价值的方法是贴现现金流量(DCF 法)法。基本思路如下。

1. 估计出公司资产的未来现金流量序列

公司资产创造的现金流量也称自由现金流量,它们是在一段时期内由以资产为基础的营业活动或投资活动创造的。但这些现金流不包括与公司筹资活动有关的收入与支出。因此,公司在一定时期内创造的自由现金流量为

$$CFA = EBIT \times (1 - T_C) + D - \Delta C - N_C$$

其中:CFA 是指自由现金流量;EBIT 是指息税前收益;$T_C$ 是指公司所得税税率;$\Delta C$ 是指这一时期资本需求的变化量;$N_C$ 是指购置新资产支付的现金与出售旧资产收回的现金之间的差额。

2. 确定贴现率

确定能够反映自由现金流量风险所要求回报率。现金流的回报率由正常投资回报率和风险投资回报率两部分组成。通常,现金流量风险越大,要求的回报率越高,即贴现率越高。贴现率的确定通常选择以下两种方法。

① 风险累加法。这种方法确定的贴现率公式为

$$R = R_1 + R_2 + R_3 + R_4$$

其中:$R$ 表示贴现率;$R_1$ 代表行业风险报酬率;$R_2$ 代表经营风险报酬率;$R_3$ 代表财务风险报酬率;$R_4$ 代表其他风险报酬率。

这种方法将所有的风险报酬都纳入了贴现率中,从纯理论的角度来看,是确定贴现率的一种不错的方法。但这种方法需要逐一确定每一种风险报酬率,带有较大的操作难度;而风险报酬率本身的确定带有一定的主观性,从而不可避免地影响准确度。

② 加权平均资本成本(WACC)法。加权平均资本成本模型是在公司价值评估中测算贴现率的一种较为常用的方法。该模型是以公司的所有者权益和长期负债所构成的投资资本,以及投资资本所需求的回报率,经加权平均计算来获得公司价值评估所需贴现率的一种数学模型。其公式为

$$\text{WACC} = K_{\text{D}} \times (1 + T_{\text{C}}) \times \frac{D}{D+E} + K_{\text{E}} \times \frac{E}{D+E}$$

$$K_{\text{E}} = R_{\text{F}} + (R_{\text{M}} - R_{\text{F}}) \times \beta$$

其中:WACC 是指加权平均资本成本,即公司评估的贴现率;$K_{\text{D}}$ 是指长期负债成本利息率;$K_{\text{E}}$ 代表所有者权益要求的回报率,即权益资本成本;$R_{\text{M}}$ 表示社会平均收益率;$R_{\text{F}}$ 表示无风险报酬率;$\beta$ 是指行业平均收益率与社会平均收益率的比值。$\beta$ 值越大,其风险越大,期望回报率越高。

3. 计算公司价值

$$V = \sum_{i=1}^{n} \frac{\text{CFA}}{(1+r)^i} + \frac{TV}{(1+r)^n}$$

其中:$V$ 为公司的价值;$TV$ 为第 $n$ 年年末公司资产的变现值;$r$ 为贴现率。在评估公司价值时,DCF 法的估价模型具有成本法和市场法不可比拟的优越性,具体体现在两个方面。

① 它明确了资产评估价值与资产的效用或有用程度密切相关,重点关注公司资产未来的收益能力。

② 它能适用于那些具有很高的财务杠杆比率或财务杠杆比率发生变化的公司。

**例 12-1**　被评估对象为一经营中企业,企业前 4 年预期净收益为 10 万元、11 万元、10 万元和 12 万元;预计从第 5 年起每年净收益与第 4 年相同,经营期限可认为是无限的,折现率取 10%,则该企业的评估值为

$$V = \sum_{i=1}^{n} \frac{\text{CFA}}{(1+r)^i} + \frac{TV}{(1+r)^n}$$

代入数据得

$$V = 10 \times \frac{1}{1+0.1} + 11 \times \frac{1}{(1+0.1)^2} + 10 \times \frac{1}{(1+0.1)^3} + 12 \times \frac{1}{(1+0.1)^4} +$$

$$12 \times \frac{1}{0.1} \times \frac{1}{(1+0.1)^4}$$

$$= 115.85(万元)$$

但 DCF 法使用起来比较复杂,在实际应用时,必须满足一个假设前提,即公司经营持续稳定,未来现金流量序列可预期且为正值。另外,使用 WACC 法确定贴现率必须具备经营风险相同、资本结构不变及股利分配制度稳定在内的严格假设。这些假设的存在使

得 DCF 法在评估实践中往往会因一些特殊情况而受到限制,具体体现在:

① 对于当前存在经营困难的公司而言,这些公司的当前现金流或收益往往为负,而且可能在将来的很长一段时间内还会为负。

② DCF 法只能估算已经公开的投资机会和现有业务未来的增长所能产生的现金流量的价值,没有考虑在不确定性环境下的各种投资机会,而这种投资机会将在很大程度上决定和影响公司的价值。

③ 对于拥有某种无形资产,但目前尚未利用的情况,这样预期现金流量难以估计,就会低估公司价值。

总之,DCF 法比较适合于预计在某一段时期内,现金流量相对比较稳定的上市公司。

### (二) 经济增加值法(economic value added),即 EVA 法

1. EVA 的含义

经济增加值(economic value added,EVA)是公司税后净营业利润减去所有资本费用的余额。

$$\text{EVA} = \text{税后净营业利润} - \text{资本费用} = I \times r - I \times \text{WACC} = I(r - \text{WACC})$$

其中:$I$ 为投资资本;$r$ 为投资资本利润率;WACC 为加权平均资本成本。用 EVA 反映的公司价值为

$$\text{公司价值} = \text{投资资本} + \text{预期 EVA 现值} = I + PV_1 + PV_2$$

其中:$PV_1$ 为明确预期的 EVA 的现值,$PV_2$ 为明确预测期后 EVA 的现值。公司进行经营活动必须先投入一定量的资本,然后才能创造价值。但任何来源的资本,其使用都不是无偿的,而是有代价的,这个代价就是资本费用。如果公司在一定时期的利润刚好等于按加权平均资本成本计算的资本费用,公司的价值就恰好等于最初的投资。只有当公司的利润多于或少于其资本费用时公司的价值才会多于或少于其投资资本。

2. 以 EVA 法为基础评估的优点

① 这种方法直观地反映了价值影响要素对公司价值的驱动作用,便于进行战略规划。投资资本利润率是影响公司价值的首要因素。从 EVA 公式的第二项和第三项可见,只有当投资资本利润率大于资本成本时,提高公司投资增长率才会增加价值;如果投资资本利润率等于资本成本,增加投资是毫无意义的;如果投资资本利润率小于资本成本,增加投资即提高增长率反而会减少公司价值。

② 这种方法应用较简单。预测出 EVA 后,按照现金流量贴现法的公式,用 EVA 代替自由现金流量,就可以计算出预测期和预测期后的现值,得出公司价值。

3. EVA 法存在的问题

① EVA 是源于美国的业绩评价指标,因此,它的定义也是根据美国会计实务得出的,直接应用于我国,因两国会计处理存在很大的差异,所以要进行资本结构差异调整和

会计方法差异调整,这使得 EVA 的调整过程变得相当复杂。

② 多数情况下需要进行 5～10 项调整,才能使 EVA 达到精确程度。一项调整是否重要可以按照下列原则进行判断:这项调整对 EVA 是否真有影响;管理层是否能够影响与这项调整相关的支出;这项调整对执行者来说是否容易理解;调整所需的资料是否容易取得。在计算时,哪些进行调整哪些不调整是一个很主观的过程,很难在简便与准确之间进行权衡。

③ 资本成本的确定困难,尤其是股权成本。股权成本的计算方法很多,但是选择哪种计算方法最合适,还没有定论。资本成本具有隐含性,它并非是公司真正支付的成本,反映的是一种估计资本的机会成本。由于估计标准的差异,因此,计算出的资本成本也会存在差异,而最终选择何种计算方法作为公司实际运用的资本成本往往依赖于管理人员的经验判断。

从严格意义上讲,无论是 EVA 法还是收益贴现法,只不过在会计收益计算过程中,考虑了所有资本的成本,同时认为获取比资本成本更高的收益才是创造价值。

### (三)期权定价法

#### 1. 方法的提出

期权定价法是针对现金流量贴现法在评估一些公司价值中的不足,主要表现在未考虑公司未来发展机会价值而提出的。传统的现金流量贴现法估算公司价值评估对象时,局限于已到位的资产或正在开展的经营活动,以此为基础预测公司现金流量。现实经营中公司开展投资活动并非都能立刻获取收益,投资目的也不仅仅是为了短期获利而可能是一些长期目标,比如占有更大的市场份额、申请注册某种专利权、获取特许经营权等这些将使公司未来发展获得更好的机会。基于上述情况,国外学者近年来对现金流量贴现法作了修正。他们认为如果用 $V$ 表示公司价值,则有

$$V = V_a + V_g$$

其中: $V_a$ 为已到位资产的贴现值; $V_g$ 为未来增长机会的贴现值; $V_g$ 一般被解释为未来的投资,但是由于公司可以选择进行或不进行未来的投资,也就是说它可以选择利用还是不利用未来的投资机会。因此,也可以把 $V_g$ 视为公司对未来投资机会进行选择的一种期权,称为经营期权。这一期权的交割价是未来获得该资产所需的投资。在到期日这一期权是否具有价值取决于资产未来的价值及公司是否交割这一期权。一般来说,公司在未来某个时间开展停止或改变某种经营活动的权利与其现在就实施该行为的权利是不同的,之所以称其为期权是因为公司可以根据各种条件的变化情况等到最适当的时机再作出取舍。这与金融学范畴中的期权很相似,拥有投资机会就像拥有买方期权一样,通过耗费一定的资本,即支付一定的期权价格,可以选择现在或将来投资,从而取得一定的资产回报以达到公司价值最大化。

2. 期权定价法的特点

① 期权定价法将公司置于动态的经济环境中,它考虑到外部不确定的经济条件会影响公司的价值。期权定价法和现金流量贴现法结合使用,将现金流量贴现法计算出的公司价值和未来增长机会的贴现值加总,可以更全面真实地反映公司价值,因此,期权定价法使现金流量贴现法得到进一步完善。

② 期权定价法适宜评价高风险且资本密集型的高科技公司价值。因为它能极大影响甚至改变长期投资决策;另外,期权定价法也可用于计算那些在可预见时期内拥有同行领先技术优势、销售网络、自然资源开采以及特种行业特许经营权并拥有这一时期内进行长期投资选择权的公司价值。

③ 这种价值评估方法的运用可使公司不仅重视目前业绩,而且关注公司发展前景和机会,避免短视行为。将期权价值作为公司价值中的重要部分,有助于经营者与投资者通过对公司整体价值的进一步认识,制定长期的战略决策。

3. 这种方法存在的问题

① 缺乏定价所需的信息。期权估价法的非交易性,必然导致价格信息的缺乏,对于期权价值,我们无法直接通过市场获得应用期权定价模型所需的变量标的资产市场价格及其波动性,而且也不像金融期权那样可以用期权市场的实际价格信息检验定价结果的合理性或是计算其隐含波动性。

② 存在其他影响价值的因素。我们知道,按照著名的B—S模型(布莱克—斯科尔斯模型)影响标准期权的因素主要有五个,即标的资产市场价格及其波动性、执行价格及其距到期日的时间和无风险利率。但是经营期权毕竟不完全等同于金融期权,它还有自身的特殊性,所以需要考虑其他因素,比如竞争者可能的反应将会直接影响将来这些期权执行后的实际效果,所以要找到完全真实反映公司经营期权价值的一般期权,然后套用定价模型是非常困难的。在实际操作中许多因素只能不予考虑或作出一些假设,这就必然影响最终的结果。因此,如何对模型进行修正使之与实际偏差不断缩小仍是值得研究的问题。

综上所述,采用收益法对公司价值进行评估,所确定的价值是取得预期收益权利所支付的货币总额。因此,从理论上讲,收益法是评估公司价值的最直接最有效的方法。因为公司价值的高低应主要取决于其未来整体资产的获利能力,而三个基本参数,即公司预期收益、贴现率和获利持续时间,但要想获得这三个参数具有相当的难度。这种方法适合于经营比较稳定的公司的价值评估。

# 三、市场法

## (一) 市场法的原理

这种方法是发展较早的一种估价方法,也是一种客观的估价方法。它的原理是利用与目标公司(被评估公司)相同或相似的已交易公司价值或已上市公司的价值作为可比公司价值,用目标公司与可比公司之间某变量的比率作为调整系数,对可比公司的价值进行调整后,测算出目标公司的整体价值。

这种方法的假设前提为:目标公司价值与可比公司价值的比值等于目标公司某变量与可比公司某变量之间的比值,即

$$\frac{V^*}{V} = \frac{M^*}{M}$$

其中:$V^*$ 为目标公司价值;$V$ 为可比公司价值;$M^*$ 为目标公司某变量;$M$ 为可比公司某变量。上式整理后得

$$V^* = V \cdot \frac{M^*}{M} = M^* \cdot \frac{V}{M}$$

**例 12-2**　被评估资产是某公司的一台已使用 3 年的设备,据调查,市场上同型号新设备每台 12 万元,预计该设备还可以使用 5 年。则被评估资产重估值为

$$V^* = V \cdot \frac{M^*}{M} = M^* \cdot \frac{V}{M}$$

代入数据得

$$V^* = 12 \times \frac{5}{3+5} = 7.5(万元)$$

### (二)市场法的要求

从公式可以看出,市场法必须确定好如下变量值。

#### 1. 可比公司价值的确定

通常对于已上市的公司,选择上市公司在股票交易市场的价格,乘上流通股数计算出来;对于进行交易的公司,就以交易价作为可比公司的价值。

#### 2. $M$ 变量的确定

$M$ 变量是一个非常重要的因素,确定是否合适将会影响到评估的结果准确性。通常结合目标公司的基本情况,分析对目标公司的价值或价格影响最大的因素,也就是选择与价值或价格最相关的因素。因此,确定时必须首先考虑相关性的程度,通常选择与股票价格或交易价格相关程度最强的变量。在实际应用中经常选择收益、账面价值或销售额。当然要结合具体的情况,可能还有其他的因素与价格的相关程度更高,这样也可以选择其他因素。总之,$M$ 变量的确定,必须通过分析多个变量与价值或价格的相关程度,然后才确定出最佳的变量。

#### 3. 可比公司的确定

在市场法中,可比公司的确定是评估工作的关键,直接影响到目标公司的价值是否被正确地评估。在确定可比公司时,必须要考虑风险和现金流量方面与目标公司相类似的

公司。在通常情况下,可比公司与目标公司应该在同一行业,且规模相似,以便保证两者具有相似的风险和现金流量特征,从而在主体方面具有可比性。

### (三)市场法的优势与局限

市场法相对来说,是一种比较简单的方法,公式中所需变量都可以通过一定的方式取得,因而具有较强的可操作性;市场法还具有价值预测的功能,只要充分结合信息挖掘技术,就可以对公司的未来价值作出相应的预测。但这种方法还存在许多问题:

1. 该法要求找到可比公司,但在现实中,很难找到真正意义上的可比公司。即使是在同一行业中,各公司本身所具有的特点限制了这种分析的相关性。

2. 对于各公司间相互比较的价值尺度或参数的合理性无法确定。

3. 该法要求有一个较为完善发达的证券交易市场,要有行业部门齐全且足够数量的上市公司。

4. 目前被广泛使用的比率是市盈率,但市盈率指标也存在一些弱点。

(1) 即便是同一行业不同股票的市盈率比较也没有多大意义,因为不同股票未来的成长性以及成长的稳定性是不一样的。

(2) 在考虑各可比公司的历史成长记录后,再来比较各自市盈率的高低和相对投资价值的高低,这种做法虽然有一定价值,但作用不大。因为股票的未来成长性和不确定性与历史记录有所相关但相关性不大,从根本上并不能保证过去 5 年内增长最快最稳定的公司,一定会在未来 5 年内表现好于其他可比公司。走势偏离历史倾向的上市公司比比皆是。可见应用市盈率法一定要首先确定影响各行业各可比公司未来成长能力的因素,只有在这一前提下才能应用市盈率来确定价值。

# 第三节　投资效益评价理论

## 一、投资效益的概念

投资效益是指在一定区域内,整个社会从该投资项目中获得的总收益与总成本之间的比较。在投资项目的实施过程中,既有总量均衡与非均衡变动、结构的产业和区域转换,又有外部自然环境、社会环境的适应和协调。因此,投资项目的综合效益不仅包括可以用价值形式表示的直接经济效益、间接效益和乘数效应,还包括难以用价值形式表示的社会效益。也就是说,投资项目的综合效益包括有形和无形两个部分,有形的就是可以用货币或其他的形式来衡量的部分,比如投资项目产生的收益、对当地税收和就业的贡献份额等。无形的效益是指不能用货币或其他实物来衡量的部分,比如该项目对整个地区劳动力素质、居民文化素质的提高,城市知名度的提升,对外经济文化交往程度的加深等等,这些对一个地区的长远发展意义重大,但都是不能用有形的价值来衡量的。

## 二、效益评价的主要内容

### (一)效益评价的基础和前提

1. 投资项目的市场分析

市场分析是项目可行性研究与评估的前提和先决条件,也是决定项目建设必要性的关键。市场分析的目标在于揭示出项目产品的市场结构及需求状况,通常采取市场调查、市场预测和市场趋势综合分析的方法,围绕与项目产品相关的市场条件展开,包括市场状况调查、产品需求与供应预测、产品价格预测、目标市场分析、市场竞争能力分析和市场风险分析等。市场分析的时间跨度应根据项目产品的生命周期、市场变化规律和占有数据资料的时效性等方面进行综合分析。

2. 投资项目的技术评价

项目技术评价是对项目所使用的工艺技术、技术装备和项目实施技术等方面的可行性进行的评价,以减少项目的盲目决策所造成的损失。每个项目的经济效益和社会效益都是在既定的项目工艺技术与装备方案等前提下取得的,都是在一定的技术组织措施条件下取得的,只有项目技术可行才会取得项目的经济价值。因此,在进行项目经济和社会效益评价之前,必须进行项目技术评估,以确定项目的技术可行性。因为,只有技术可行的项目才有进一步进行项目的财务评价和国民经济评价。

(1)项目工艺技术评价

项目工艺技术是指项目运行中生产产品或服务拟采用的工艺流程和工艺技术方法。项目工艺技术的评价应确保其先进、适用和经济。具体讲就是,工艺技术必须要满足项目运行的需要;要适应原材料和技术装备条件的要求;要满足技术的先进性和进步性的要求。

(2)项目技术装备评价

项目的技术装备评价主要包括来源评价,即采取国内采购还是由国外进口以及各自的优缺点;配套性评价,即项目技术装备本身的配套性问题,以及它与其他技术装备的配套性问题;项目技术装备与项目建筑和运营条件的配套评价;项目技术装备相关支持软件方面的评价。

(3)项目实施技术方案评价

由于一个项目运行的时间周期比较长,所以要对项目实施的技术方案的优劣进行评估。主要内容包括:项目实施技术方案和工艺技术方案的协调性;项目实施技术方案和技术装备方案的协调性;项目实施技术方案的经济性和安全性的协调性。

### （二）投资项目的经济效益评价

投资项目经济评价是根据国民经济社会发展战略和行业、地区发展规划的要求，在完成产品（服务）的市场需求预测、厂址选择、工艺技术方案选择等工程技术研究确定项目建设初步方案的基础上，计算项目投入的费用和产出的效益，并运用定量与定性分析方法、对投资项目的财务可行性和经济合理性进行分析论证，作出全面的经济评价，并通过多方案比较优化，推荐出项目最佳投资方案，为项目投资决策提供科学依据。其最终目的就是以最少的资源投入获得最大的投资收益。投资项目经济评价又可以分为两个层次：财务评价和国民经济评价。财务评价是在既定的财税制度和价格体系下，从项目（企业）的财务角度分析、计算和评价项目的基本生存能力、财务赢利能力和清偿能力，据以判断项目在财务上的可行性，明确项目对投资主体的价值贡献，属于微观评价；而国民经济评价是从国家整体角度分析、计算评价项目对国民经济的净贡献，据以判断项目在经济上的合理性，属于宏观评价。

1. 投资项目的财务评价

投资项目的财务评价是根据现行财税制度、市场价格体系和项目评价的有关规定，从项目的财务角度分析计算项目直接发生的财务效益和费用，编制财务报表，计算财务评价指标，对可行性研究报告中有关项目的基本生存能力、赢利能力、偿债能力和抗风险能力等财务状况进行分析评价，据以判断项目的财务可行性，明确项目对投资主体的价值贡献，为项目投资决策提供科学依据。财务评价的内容具体包括基本生存能力、赢利能力、偿债能力和抗风险能力。

（1）项目的基本生存能力

根据财务计划现金流量表，考察项目计算期内各年的投资活动、融资活动和经营活动所产生的各项现金流入和流出，计算净现金流量和累积盈余资金，分析项目是否有足够的净现金流量（净收益）维持正常运营。各年累计盈余资金不应该出现负值，出现负值时应进行短期融资。项目生产运营期间的短期融资应体现在财务计划现金流量表中。

（2）项目的赢利能力

项目的赢利能力就是指项目投资的赢利水平。项目的赢利能力应当从两方面进行评价。一是评价项目达到设计生产能力的正常生产年份可能获得的赢利水平，即按照静态方法计算项目正常生产年份的企业利润及其占总投资的比率大小，如采用总投资收益率和权益投资收益率来分析评价项目年度投资赢利能力。二是评价项目整个寿命期内的总赢利水平。运用动态方法考察资金时间价值，计算项目整个项目寿命期内企业的财务收益和总收益率，如采用财务净现值和财务内部收益率等指标分析评价项目寿命期内所能够达到的实际财务总收益。

（3）项目的偿债能力

项目的偿债能力就是指项目按期偿还到期债务的能力。通常表现为借款偿还期,对于已经约定借款偿还期限的项目,还应当采用利息备付率和偿债备付率指标分析项目的偿债能力。它们都是银行进行项目贷款决策的依据,也是分析评价项目偿债能力的重要指标。

（4）项目投资的抗风险能力

通过不确定性分析(如盈亏平衡分析、敏感性分析)和风险分析(如概率分析),预测分析客观因素变动对项目赢利能力的影响,检验不确定性因素的变动对项目收益、收益率和投资借款偿还期等评价指标的影响程度,分析评估投资项目承受各种投资风险的能力,提高项目投资的可靠性和赢利能力。

2. 投资项目的国民经济评价

国民经济评价是从国民经济的整体角度出发,按照资源合理配置的原则,采用影子价格、影子汇率和社会折现率等国家参数,分析社会成员为项目投资活动所付出的代价及项目对占用经济资源所产生的各种经济效果,考察项目所耗费社会资源和对社会的贡献,计算项目对国民经济和社会的净贡献,评价项目投资的资源配置效率,衡量项目在微观经济上的合理性和在宏观经济上的可行性。

由于国民经济评价是一项较复杂的分析评价工作,根据目前我国的实际条件和可能,只是对某些在国民经济建设中有重大影响和作用的大中型重点建设项目及特殊行业和基础性与公益性等投资项目、投入产出市场竞争不充分或不具备市场交易条件的项目,以及主要产出物和投入物的市场价格不能反映其真实价值、市场无法依据价格有效配置资源、财务分析评价结论会偏离或不能反映项目的目标并导致决策失误的项目,才进行国民经济评价。

3. 投资项目经济评价的决策依据

首先,对于一般竞争性项目,如果通过财务评价就能够满足投资决策的需要,则可将财务效益评价结论作为项目决策的依据,可不进行国民经济分析评价。其次,对于关系到国家安全、国土开发项目和市场不能有效配置资源的经济和社会发展项目,应以国民经济评价结论作为主要依据,同时也应满足财务基本生存能力。最后,对于特别重大的投资项目,应以财务评价和国民经济评价的结论作为项目决策依据,同时也应当考虑区域和宏观经济影响与社会评价的结论。

**（三）投资项目的社会效益评价**

投资项目的社会效益评价,是指分析评价投资项目为实现国家和地方的各项社会发展目标所作的贡献与影响,以及项目与社会的相互适应性的一种系统的调查、研究、分析、评价方法。也就是说,投资项目的社会效益评价主要包括两个方面,即投资项目的效益与影响评价以及项目与社会相互适应性分析。项目的社会效益与影响评价是以各项社会政策为基础,针对国家与地区各项社会发展目标而进行的分析评价,主要包括项目对社会环境、自然与生态环境、自然资源以及社会经济四个方面的效益与影响评价。项目与社会相互适应性分析的目的是使项目与社会相适应,以防止发生社会风险,保证项目生存的可持续性;促使社会适应项目的生存和发展。

### 1. 项目环境影响评价

项目环境影响评价是指人们在开展项目前,在充分调查研究的基础上识别、预测和评价该项目对自然环境可能带来的影响,以便按照社会发展与环境保护相协调的原则进行决策并尽可能在项目开始之前制定出消除或减轻其负面影响的措施。项目环境影响评价的内容主要包括:项目的地理位置和项目的规模评价、项目的自然环境影响评价、项目的自然环境影响的经济评价、项目环境影响的全面评价、提出项目的环境保护或补救措施。项目环境影响评价对项目决策具有重要作用,它有利于项目的选址和布局的合理性;有利于提出和实施环境保护措施;为区域的社会经济发展提供必要的导向;促进项目相关环境科学技术的发展。

### 2. 项目社会影响评估

项目的社会影响评估就是对于项目对社会公平和社会环境等方面的正负社会影响的分析和评价。当前,项目的社会影响评价主要有四种:一是包含在项目国民经济评估中的社会影响分析;二是项目经济评价加上项目收入分配公平分析;三是项目的国家宏观经济和社会分析;四是引入社会学家参与评价的项目社会公平分析或社会影响评价。我国的项目社会影响评价的内容主要集中在项目所带来的社会公平、社会和谐、社会福利、社会保障、社会稳定安全、文化、保健、精神文明建设、组织观念等方面的影响,也包括项目对于项目所在地区社会环境可持续发展的影响。对于这些影响的全面评估都属于项目社会影响评价的范畴。

### 3. 项目风险评价

投资项目风险评价是在市场预测、技术方案、工程方案、融资方案和项目社会经济评价论证中已进行初步风险分析的基础上,进一步综合分析和识别投资项目在建设投资和生产运营实施过程中可能潜在的主要风险因素。通过识别风险因素,采用定量和定性分析方法估计各种风险因素发生的可能性及对投资项目的影响程度,判明影响项目的关键风险因素,提出规避风险的对策和措施;通过风险分析的信息反馈,改进和优化设计方案、降低项目风险损失、提高投资决策水平。风险分析评价主要包括对投资风险的识别、风险属性的分析、风险量的估算及风险规避方案的评估。

# 第四节 投资效益评价的方法

一个好投资决策和正确的投资方法是分不开的,而科学的投资方法需要有科学的效益评价指标体系的指导。

## 一、评价指标体系设计的原则

指标体系的建立是为评价工作准备的,因此,要使投资项目效益评价工作有章可循,评价结果较为客观、全面和准确,其评价指标体系的建立应该遵循如下原则。

### (一)全面性原则

评价指标体系的建立,既要能够反映投资项目的管理和经营能力,又要能够反映项目的赢利能力、发展能力和可持续发展能力,以及对整个社会进步的贡献。

### (二)系统性原则

对投资项目的综合效益评价是一个相当复杂的过程,涉及方方面面,其指标体系由一系列指标有机结合而成,在构建指标体系时,应当重视各指标之间的联系,真正使评价指标做到全面、系统。

### (三)科学性原则

指标的设置既要考虑到指标自身的科学合理性,又要结合项目的具体特点,遵循客观规律;既要有动态指标,又要有静态指标;既要有定性指标,又要有定量指标。

### (四)导向性原则

通过指标体系的建立,有助于项目的建设和运营,有助于其加强经营管理、降低成本费用,把工作重点引导到提高综合效益上来,并对项目管理的非正常化行为起到约束和规范作用。

## 二、评价指标体系的框架

现有的投资项目评价体系主要分为技术效益、财务效益、社会效益,这几个部分之间往往是孤立的,在某种情况下甚至可能出现冲突。换句话说,就是采取分类别评估的方式,分别由不同部门采取项目经济评估和社会效益评估,然后由上级部门根据实际需要统筹决定,决定的结果往往是不同部门之间实力对比的产物,即讨价还价的结果。例如,对于一个迫切需要经济加速发展的地方政府,在经济效益与社会效益发生冲突,特别是环境效益不佳的情况下,往往采取以牺牲环境效益为代价的措施。这种情况在目前中国经济发展中比较普遍。而在社会压力比较大的地区,当两者发生冲突的情况下,往往会兼顾两者利益,甚至在某种程度上会以适度放慢经济增长速度为代价,来求得环境状况的改善。这在西方社会比较普遍。换句话说,在传统的项目评价体系中,并不存在一个客观地兼顾各方面效益的评价体系,从而消除投资项目评价工作中的主观性。

科学而客观的投资项目评价指标体系,应当通过设计一套尽可能完善的指标体系,能够综合投资项目各方面的效益评价情况,尽量避免各部门之间的利益之争;同时,设计的指标之间应当尽量减少冲突,也就是说,要妥善解决好互斥项目的效益评估问题。所以投资项目评价体系由两部分构成:事前评价和事后管理评价。投资项目评价方法众多,本书事前评价采用三重盈余评价指标体系,而事后管理评价指标采用挣值评价方法。

**(一) 评价指标体系的特点**

1. 首先是将三重盈余评价指标体系思想运用到项目评价中

"三重盈余"(triple bottom line)的概念一般运用在企业的绩效评价中。最初由英国的 Sustain Ability 公司总裁 John Elkington 于 1998 年提出,其基本含义是企业在追求自身发展过程中,需要同时满足经济繁荣、环境保护和社会福利三方面的平衡发展。它顺应了可持续发展的要求,说明了一个健康的企业需要同时在经济绩效、生态绩效、社会绩效三方面都有显著表现,即"三重盈余"绩效,如图 12-1 所示。

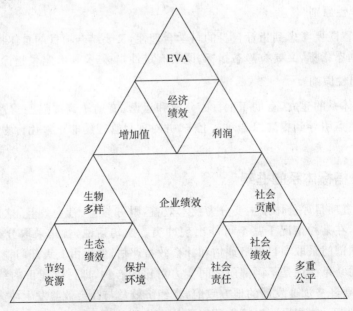

图 12-1 "三重盈余"体系图

"三重盈余"评价指标体系包含了总评价指标体系和扩展性评价指标体系两个层次的评价指标体系。总评价指标主要包括"有效增加值—生态增加值—责任性增加值"三个层次。有效增加值是通过市场交换或项目分配在当期已经实现的增加值,它是项目利益相关者的利益源泉和基本保障,反映了经济方面的绩效。生态增加值是指考虑到生态影响的项目增加值,综合反映考虑生态影响的项目绩效。责任性增加值是指可持续和负责任的增加值,是同时考虑生态影响和社会影响的项目增加值。

扩展性评价指标体系是对总体性指标体系的补充,主要包括经济效益评价指标体系、生态绩效评价指标体系和社会绩效评价指标体系等。经济绩效评价指标体系是以有效增加值为核心指标,从增加值角度、赢利角度、偿债角度、资产营运角度、现金流量角度分别设置的,主要包括以下指标:有效增加值率、资产增加值率、净资产报酬率、应收账款周转率、存货周转率、单位资产有效增加值现金流量、单位资产经营活动现金流等。生态绩效评价指标体系主要包括能源、原料、水资源、排放物、产品和服务、供应商以及生态计划和政策等方面的指标。社会绩效评价指标主要包括工作与劳动、人权、社会影响、产品责任等方面的指标。本书吸收"三重盈余"的思想,将指标扩展到事后管理评价部分。通过将两者合并,构造出一个从项目的市场条件分析,直到最后的管理效益。

2. 其次是将管理效益纳入评价指标体系中

一个成功的投资项目必须进行有效的成本管理,这个问题必须在项目的过程中始终加以考虑。在这里,引进的成本管理手段又不是简单的成本测度与控制,而是挣值管理(earned value)。挣值全面考虑了项目和生产作业的三大约束,即范围、进度和成本,从而对项目和生产作业的整个生命周期进行综合绩效管理。挣值法的核心是将项目在任一时间的计划指标、完成状况和资源耗费综合度量。将进度转化为货币,或人工时、工程量(如:钢材吨数、水泥立方米、管道米数或文件页数)。挣值法的价值在于将项目的进度和费用综合度量,从而能准确描述项目的进展状态。挣值法的另一个重要优点是可以预测项目可能发生的工期滞后量和费用超支量,从而及时采取纠正措施,为项目管理和控制提供了有效手段。

图12-2　"钻石模型"体系图

**(二)投资项目评价指标体系**

综上所述,项目效益评价的指标综合为一个"钻石模型",如图12-2所示。

### 三、评价指标体系的设计

该模型首先从项目市场条件分析入手，评估项目当前所面临的宏观环境和微观环境；然后考察项目的技术、财务和国民经济效益；接着，分析该项目的环境影响、社会影响、风险因素等社会效益方面的内容；最后，根据项目目前的进展情况，进行挣值管理情况分析。

涉及实际考察时的框架和涉及的指标如表 12-1 所示。

**表 12-1 投资项目效益评价指标体系表**

| 评价内容 | | | | 主 要 内 容 |
|---|---|---|---|---|
| 投资项目综合效益评价 | 市场条件分析 | | | 宏观、微观 |
| | 技术条件分析 | | | 工程设计方案分析、生产工艺方案分析、设备选型方案分析 |
| | 经济效益分析 | 财务效益评价 | 赢利能力分析 | 投资回收期、内部收益率、净现值 |
| | | | | 投资利润率、资本金利润率 |
| | | | 偿债能力分析 | 借款偿还期、偿债备付率、利息备付率 |
| | | | | 资产负债表、流动比率、速动比率、产权比率、现金流量比率 |
| | | 国民经济分析 | | 社会净现值、社会内部收益率 |
| | 社会效益分析 | 环境影响 | | |
| | | 社会影响 | | |
| | | 风险影响 | | 盈亏平衡点分析、敏感性分析 |
| | | | | 项目贷款风险考察 |
| | 项目管理评价 | | | 挣值分析法 |

#### （一）市场条件分析

市场条件分析是投资项目综合评价的起点。一个项目是否可行，首先要看投资项目是否存在建设的"必要性"，而项目的"必要性"则取决于项目的社会需要和市场需求，只有当项目符合国家产业政策、适合市场需求，技术上具备一定的领先优势，才能获得成功。因此，成功的投资项目综合效益评价必须从项目产生的宏观经济和微观经济条件分析出发。宏观和微观分析可以采取定量或者定性方法，考虑到项目本身所具有的复杂性以及一般数据资料比较难以获得，可以采用定性的方法，以求得大概的印象。

### （二）技术条件分析

技术是否可行是项目存在的前提条件,技术上的成功与否决定了一个项目的成败。也就是说,一个项目是否可行,首先是要看其技术上是否可行,如果在技术上不安全、不可靠,项目就缺少存在的基础和前提。同时,项目的技术方案又决定项目的经济效益。进行技术评估时,要坚持项目技术的先进性、适用性、经济性、可靠性的原则,并能够遵守国家有关的技术政策、法规、标准。主要从技术发展的角度论证项目建设的必要性,考察产品选用的技术先进性,分析生产工艺和技术设备的适用性,并对工程设计方案作出科学、客观的分析。

### （三）项目经济效益评价

经济效益评价是项目可行性分析的核心,它根据国民经济和社会发展战略及各行业、各地区发展规划的要求,在作好产品(服务或劳务)市场需求预测及厂址选择、工艺技术选择等工程技术研究的基础上,计算项目的效益和费用,通过多方案比较,对拟建项目的财务可行性和经济合理性进行分析论证作出全面的经济评价,为项目的投资决策提供科学的依据。

1. 财务分析指标

这里主要考虑两个方面:赢利能力和偿债能力。在分析赢利能力时,充分考虑到其时间价值,采用动态投资回收期、净现值、内部收益率这三个指标。如果动态投资回收期比较短,说明项目投资回收的能力比较强;否则,投资回收的能力就比较差。投资项目的净现值是指按照行业的基准投资收益率,将项目计算期各年的净现金流量折现到建设期初的现值总和,用以考察项目在计算期内赢利能力。如果净现值大于 0,就表示项目在财务上是可行的。内部收益率是当项目计算期内各年净现值之和等于 0 时的折现率(也就是收益现值等于成本现值)。当内部收益率大于行业基准收益率或必要报酬率时,项目在财务上就是可行的。

主要指标的公式如下:

（1）净现值（NPV）

$$NPV = \sum_{t=0}^{n}(CI - CO)_t(1+i_0)^{-t} = \sum_{t=0}^{n}(CI - K_t - CO')_t(1+i_0)^{-t}$$

式中:NPV——净现值;

$CI_t$——第 $t$ 年的现金流入额;

$CO_t$——第 $t$ 年的现金流出额;

$K_t$——第 $t$ 年的投资支出;

$CO'_t$——第 $t$ 年除投资支出以外的现今流出,即 $CO'_t = CO_t - K_t$;

$n$——项目寿命年限；

$i_0$——基准折现率。

判别准则：对单一项目方案而言，若 NPV≥0，则项目应予接受；若 NPV<0，则项目应予拒绝。多方案必选时，净现值越大的方案相对越优。

（2）动态回收期

$$\sum_{t=0}^{T_P^*} (CI-CO)_t (1+i_0)^{-t} = 0$$

判别准则：若 $T_P^* \leqslant T_b^*$，项目可以接受；否则应予以拒绝。

（3）内部收益率（IRR）

$$NPV(IRR) = \sum_{t=0}^{n} (CI-CO)_t (1+IRR)^{-t} = 0$$

判别准则：设基准收益率为 $i_0$，若 IRR≥$i_0$，则项目在经济效益上可以接受；若 IRR<$i_0$，则项目在经济效益上不可接受。

在分析偿债能力时，主要采用借款偿还期、偿债备付率、利息备付率等指标进行评价，这些指标更能够从总体上把握项目的偿债能力，而且一般来说，数据也比较容易取得。资产负债表、流动比率、速动比率、产权比率、现金流量比率的计算更是评价偿债能力的最基本指标。

2. 国民经济评价

这里采用了社会净现值和社会内部收益率等指标，这是因为就像财务评价一样，社会净现值采用社会必要报酬率来折现，更加直观地反映项目的社会价值，只有社会净现值大于 0 的项目才能给社会带来财富，是可取的。而通过计算出来的社会内部收益率与社会必要报酬率的比较可以较为精确地衡量投资项目的社会溢价，从而得出投资与否的决策。

（四）项目社会效益评价

1. 环境影响

主要从项目导致土壤、水、生态的变化考虑。这些内容由于受到可供数据不足的影响，往往采取描述的方式。

2. 社会影响

同样受制于资料的多寡，主要从总体上把握项目的实施对地区经济社会发展所带来的经济发展、社会进步、职工福利、城市形象等方面的影响。

3. 风险分析

盈亏平衡点分析是对建设项目进行风险分析的第一步，计算简便，可直接对项目的最关键的赢利性问题进行初步分析，是目前较为广泛采用的方法。敏感性分析着眼于研究关键变量对项目的影响,从而提高对项目经济效益评价的风险分析准确性和可靠性,降低投资风险。国家开发银行项目贷款风险分析参照表是当前应用比较广泛的一种衡量贷款风险的工具,相当实用和便捷。

**（五）项目管理效益评价**

这里采用挣值管理的方法,通过计算项目的挣值,可以有效评价项目进展的顺利程度和管理水平的高低。

1. 挣值法的基本参数

（1）计划工作量的预算费用（budgeted cost for work scheduled,BCWS）

BCWS 是指项目实施过程中某阶段计划要求完成的工作量所需的预算费用。计算公式为:BCWS=计划工作量×预算定额。BCWS 主要是反映进度计划应当完成的工作量(用费用表示)。

（2）已完成工作量的实际费用（actual cost for work performed,ACWP）

ACWP 是指项目实施过程中某阶段实际完成的工作量所消耗的费用。ACWP 主要是反映项目执行的实际消耗指标。BCWS 是与时间相联系的,当考虑资金累计曲线时,是在项目预算 S 曲线上的某一点的值。当考虑某一项作业或某一时间段时,例如某一月份,BCWS 是该作业或该月份包含作业的预算费用。

（3）已完成工作量的预算成本（budgeted cost for work performed,BCWP）

BCWP 有时称挣值、盈值和挣得值,是指项目实施过程中某阶段按实际完成工作量和预算定额计算的费用,即挣得值（earned value）。BCWP 的计算公式为:BCWP=已完成工作量×预算定额。BCWP 的实质内容是将已完成的工作量用预算费用来度量。

2. 挣值法的四个评价指标

（1）费用偏差（cost variance,CV ）

CV 是指检查期间 BCWP 与 ACWP 之间的差异,计算公式为:CV = BCWP − ACWP。当 CV 为负值时表示执行效果不佳,即实际消费费用超过预算值,即超支。反之当 CV 为正值时表示实际消耗费用低于预算值,表示有节余或效率高。若 CV=0,表示项目按计划执行。

（2）进度偏差（schedule variance,SV ）

SV 是指检查日期 BCWP 与 BCWS 之间的差异。其计算公式为:SV = BCWP − BCWS。当 SV 为正值时表示进度提前;SV 为负值时表示进度延误。若 SV=0,表明进度按计划执行。

（3）费用执行指标（cost performed index,CPI）

CPI 是指挣得值与实际费用值之比。CPI=BCWP/ACWP,CPI>1 表示低于预算;CPI< 1 表示超出预算;CPI=1 表示实际费用与预算费用吻合。若 CPI=1,表明项目费

用按计划进行。

（4）进度执行指标（schedule performed index，SPI）

SPI 是指项目挣得值与计划值之比，即 SPI＝BCWP／BCWS，SPI＞1 表示进度提前；SPI＜1 表示进度延误；SPI＝1 表示实际进度等于计划进度。

3. 挣值法评价曲线

挣值法评价曲线如图 12-3 所示，横坐标表示时间，纵坐标表示费用。BCWS 曲线为计划工作量的预算费用曲线，表示项目投入的费用随时间的推移在不断积累，直至项目结束达到它的最大值，所以曲线呈 S 形状，也称为 S 曲线。ACWP 为已完成工作量的实际费用，同样是进度的时间参数，随项目推进而不断增加，也是呈 S 形的曲线。利用挣值法评价曲线可进行费用进度评价，如图 12-3 所示的项目 CV＜0，SV＜0 表示项目执行效果不佳，即费用超支，进度延误，应采取相应的补救措施。

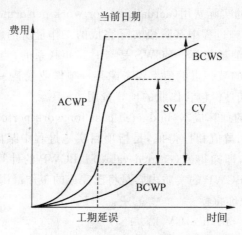

图 12-3　挣值法评价曲线

# 第五节　企业投资回收与增值的意义

## 一、企业投资回收的含义及形式

投资回收是指投资实现后，通过投资项目的运作，投资资金以货币资金的形态重新全额回归到投资者手中的过程。实现投资回收，必须是在投资实现后，凭借投资项目才能完成的。若在投资实现前，比如投资只完成一半，投资者就通过一定方法取回一部分资金，甚至全额资金，则不能称为投资回收，只能称为抽回投资。因为这时投资者取回的资金是以放弃对尚未完成投资的财产权、退出该项投资活动为代价的，而不是通过投资项目的运作实现的。在理解投资回收概念时,还有一个非常重要的问题需要引起高度重视,即投资回收的顺利性。它表现为:(1)初始投资额必须全额回归到投资者手中。若在投资项目报废时投资额还不能全额回归到投资者手中,这时可称为没有顺利实现投资回收。(2)投资的回收必须在计划期限之内。若超过计划期限,也不能算顺利实现投资回收。

由于企业投资的领域相当广泛,投资内容丰富多彩,与之相适应,投资回收的形式也呈多样化。归纳起来大致有以下几种形式:(1)商品回收形式。即通过出售商品取得销售收入来实现投资回收。商品回收是目前企业投资回收中最主要的形式,工业企业、商业企业的固定资产,房地产开发企业的房地产投资的回收基本采用商品回收的形式。在商品回收形式下,投资资金能否顺利回收,主要看其提供的商品是否适销对路以及成本的高低。(2)服务回收形式。即通过向客户提供服务取得营业收入以实现投资回收。服务回收主要适用于大部分的第三产业的固定资产投资回收,如金融、通信、运输、咨询等,它是仅次于商品回收的重要投资回收形式。在服务回收形式下,投资资金能否顺利回收与服务的质量和成本直接相关。(3)特许权回收形式。无形资产的投资回收,如专利、专有技术、制造方法、商标等的投资回收可通过出让特许权的方式。在特许权回收形式下,投资资金的顺利回收主要取决于使用该项特许权可获取的经济效益的大小。(4)市场回收形式。如企业购买证券进行购并投资,可通过证券市场抛售或转让所持的证券实现投资回收;又如企业的固定资产投资可通过机器、设备的租赁市场、产权交易市场加以回收。(5)间接回收形式。以上(1)~(4)的这四种形式有一个共同的特点:投资回收直接依赖于投资对象本身,因而可称为直接回收形式。有些投资的回收不是靠投资对象本身,而是通过投资对象之外的相关方面的受益来实现,这种回收的形式称为间接回收形式。大企业特别是跨国公司其投资回收常常采用间接回收形式。比如企业并购,用于并购的投资有时往往难以从被并购的企业中回收,但是可能因此扩大了市场份额,相应增加了企业利润,从而用于并购的投资通过间接途径得以回收。随着我国企业集团的崛起,间接回收的观念越来越被众多的企业所接受,在投资回收形式中所占的比重正在迅速上升。

在现实经济生活中,有的企业投资回收的形式比较简单,或者为商品回收或者为服务回收等;有的企业投资回收形式则比较复杂,可能是几种回收形式的综合。

## 二、企业投资增值的含义及途径

### (一)企业投资增值的含义

投资回收对企业十分重要,但其只是企业投资的最低要求。在市场经济条件下,企业不仅希望回收投资,更希望投资增值。所谓投资增值,是指在投资运行中,投资在原有数量的基础上有所增加的过程或结果。企业投资增值可表现为投资货币量的增加,也可表现为投资价值量的增加。在商品经济的条件下,企业更关注投资价值量的增加。

### （二）企业投资增值的途径

**1．外部经济条件的变化引起的自然增值**

这些外部条件主要有：汇率、通货膨胀、技术进步、土地增值等。

**2．生产经营活动产生的增值**

在投资决策正确的情况下，投资增值主要依赖于企业生产经营活动的好坏。企业生产经营活动进行得好，投资就可实现增值；反之，很有可能造成投资失败。有时在投资决策不十分正确的情况下，由于企业生产经营活动搞得非常出色，投资也有可能实现增值。企业的生产经营活动主要包括三个环节：原材料等的采购、生产的管理、产品的销售（即供、产、销）。衡量三环节工作的好坏，可大致进行如下分析。

（1）原材料采购等的分析：主要分析原材料的价格、采购费用的高低；各种原材料采购数量、到货时间是否恰当。

（2）生产管理的分析：主要分析原材料、燃料、动力消耗状况；工资支付状况；管理费用支出状况；固定资产利用状况。分析单位产品所耗的这些费用是否合理，有否进一步降低的可能。

（3）销售的分析：主要分析销售价格、销售费用是否合理，近期、远期销售量的测算是否准确；营销策略是否正确。

**3．资本经营引起的投资增值**

在改革开放日益深化的今天，越来越多的企业家已不满足于生产经营，而将目光瞄准了资本经营。从而使投资的形式也日趋多样化，参股、控股、资产重组等的投资越来越多。一般而言，这方面的投资增值可能来源于投资项目本身，也可能来源于投资项目之外，或两者兼而有之。

投资增值与投资回收有着天然的联系，投资增值依赖于投资回收，投资回收是投资增值的基础，只有投资实现了回收，才能保证投资增值的实现。投资回收速度越快、时间越早，投资增值的可能性就越大；反之，投资增值的可能性就越小。

## 三、企业投资回收与增值的意义

顺利实现投资回收对企业生产经营活动具有重大的意义。首先，它是衡量企业投资成败的标准。在市场经济条件下，企业的投资行为是趋利行为，是为了达到预期赢利而将资金转化为资产的行为。因此，凡投资的实际赢利等于或大于预期赢利时，将被视为成功的投资；凡投资的实际赢利小于预期赢利，可视为不完全成功的投资；凡实际赢利之和小于投资额的，则为失败投资（除采用间接回收途径外）。由于实际赢利之和小于投资额即意味着无法实现投资回收，可见，能否实现投资回收是衡量投资成败的最低标准。其次，实现投资回收是企业维持简单再生产的必要条件。再次，能否实现投资回收对企业整体经济效益也有影响。企业任何一项投资活动,如获成功可提高企业整体经济效益,如失败则会使企业整体经济效益下降。投资成败对企业整体经济效益的影响有时较小,有时则较大,有时甚至是利害攸关的。投资成败对企业整体经济效益的影响程度一般与投资规模大小、未能收回的资金数量有关。最后,能否顺利实现投资回收将全面影响企业生产经营活动的方方面面,如企业的融资能力、企业的股票价格、企业的信誉度、企业形象、企业内部凝聚力,等等。

企业投资增值对企业、对整个国民经济有着重要意义。就企业而言,投资没有增值表明投资的目的没有达到,投资活动成了无意义的活动;投资没有增值意味着企业难以进一步扩大规模,会大大削弱企业的活力;投资没有增值,企业的资产增值就无从谈起,增加实力也成空中楼阁;投资没有增值,企业利润也不大可能大幅度增加。总之,投资增值是企业不断发展壮大的唯一途径。从国民经济角度看,投资增值对国家财政收入,对不断满足人民日益增长的物质生活的需求,对国防、科研、文化教育事业的发展,对国民经济的持续增长,对增强国家经济实力等均有着不可估量的意义。

# 本 章 小 结

投资价值是指评估对象对于具有明确投资目标的特定投资者或某一类投资者所具有的价值,亦称特定投资者价值。

公司价值是在特定时期体现和影响公司综合实力的内部因素和外部因素的综合体。公司价值评估的特征:经济环境因素是诱因;公司价值含义的变异是直接原因;价值评估的复杂性不断增强;价值评估呈递推式变异。

价值评估的方法主要有资产基础法、收益法、市场法三种。

投资效益是指在一定区域内,整个社会从该投资项目中获得的总收益与总成本之间的比较。现有的投资项目评价主要包括市场条件、技术评价、经济效益评价、社会效益评价等。

投资效益评价的原则包括全面性、系统性、科学性、导向性。

效益评价指标体系首先从项目市场条件分析入手,评估该项目当前所面临的宏观环境和微观环境;然后考察项目的技术、财务和国民经济效益;接着,分析该项目的环境影响、社会影响、风险因素等社会效益方面的内容;最后,根据项目目前的进展情况,进行挣值管理情况分析。

投资活动最终体现为资金的回收和增值。

# 复习思考题

1. 本书是如何界定公司价值的？其特征有哪些？
2. 公司价值评估的特征是什么？
3. 价值评估的方法有哪些？
4. 效益评价的原则是什么？
5. 如何设计效益评价指标体系？
6. 企业投资增值的途径有哪些？

# 参 考 文 献

[1] 莫顿·米勒.论金融衍生工具[M].刘勇等,译.北京:清华大学出版社,1999.

[2] 李麟,李骥.企业价值评估与价值增长[M].北京:民主与建设出版社,2001.

[3] 陈康幼.投资经济学[M].上海:上海财经大学出版社,2003.

[4] 单炳亮.公司价值评估理论的发展[J].当代经济科学,2004,26(1).

[5] 卿松.公司价值评估方法新论[D].厦门:厦门大学博士论文,2006,5.

[6] 陈培.投资项目综合效益评价方法研究与应用[D].南京:南京理工大学硕士论文,2008,1.